Eka Kurniawan

Schönheit ist eine Wunde

Zu diesem Buch

Einundzwanzig Jahre nach ihrem Tod erhebt sich Dewi Ayu aus ihrem Grab. Die einstmals beliebteste Prostituierte Halimundas findet, es sei an der Zeit, ihre jüngste Tochter kennenzulernen. Wieder in der Welt der Lebenden, muss sie feststellen, dass ihre Töchter grausame Schicksale erdulden müssen. Alle, bis auf die jüngste – denn die ist mit unsagbarer Hässlichkeit gesegnet.
Dewi Ayu begibt sich auf die Suche nach der Ursache für den Fluch, der auf ihrer Familie lastet. Eine Suche, die im Zweiten Weltkrieg beginnt, über einen despotischen Herrscher führt und dem Aufstreben einer jungen Nation beiwohnt. Zwischen fliegenden Frauen, rachsüchtigen Geistern und besessenen Totengräbern spinnt sich ein Netz der Wahrheit, das die Geschichte einer Familie und eines ganzen Landes einfängt.

»Grotesker Witz durchwebt den ganzen Roman. Eka Kurniawans Prosa hat etwas Subversives: Wendungsreich illustriert er die blutige Geschichte seines Landes im 20. Jahrhundert am Beispiel einer Familie. Kurniawan erzählt indonesische Geschichte von unten.« *Katharina Borchardt, Neue Zürcher Zeitung*

Der Autor

Eka Kurniawan (*1975 in Indonesien) studierte Philosophie an der Gadjah Mada Universität in Yogyakarta. Neben Romanen und Kurzgeschichten schreibt er Drehbücher und Essays, zudem bloggt er und zeichnet Comics. Für seinen Roman *Tigermann* wurde er 2016 für den Man Booker International Prize nominiert.

Die Übersetzerin

Sabine Müller arbeitet in Köln als Übersetzerin für Indonesisch und Englisch. Außerdem ist sie als Redakteurin für Online- und Printmedien und als Indonesischdozentin tätig. Sie studierte Ethnologie, Malaiologie und Soziologie an der Universität zu Köln sowie Indonesisch in Yogyakarta.

Mehr über den Autor und sein Werk auf *www.unionsverlag.com*

Eka Kurniawan

Schönheit ist eine Wunde

Roman

Aus dem Indonesischen von
Sabine Müller

Unionsverlag

Die Originalausgabe erschien 2002 im Verlag Kompas Gramedia, Jakarta.
Die Übersetzung aus dem Indonesischen wurde unterstützt
vom SüdKulturFonds in Zusammenarbeit mit Litprom e.V. – Literaturen der Welt
und dem LitRI Translation Funding Program des Nationalen Buchkomitees
und dem Ministerium für Bildung und Kultur der Republik Indonesien.

Im Internet
Aktuelle Informationen, Dokumente und Materialien
zu Eka Kurniawan und diesem Buch
www.unionsverlag.com

Unionsverlag Taschenbuch 828

Diese Ausgabe erscheint in Vereinbarung mit Pontas Literary & Film Agency
Originaltitel: Cantik Itu Luka

Neptunstrasse 20, CH-8032 Zürich
Telefon +41 44 283 20 00
mail@unionsverlag.ch

Die erste Ausgabe dieses Werks im Unionsverlag erschien 2017
Reihengestaltung: Heinz Unternährer
Umschlagbild: Daniel o'dowd (Unsplash)
Umschlaggestaltung: Peter Löffelholz
Druck und Bindung: CPI – Clausen & Bosse, Leck
ISBN 978-3-293-20828-5

Der Unionsverlag wird vom Bundesamt für Kultur mit einem
Verlagsförderungs-Strukturbeitrag für die Jahre 2016–2020 unterstützt.

Auch als E-Book erhältlich

1

An einem Wochenendnachmittag im März und einundzwanzig Jahre nach ihrem Tod erhob sich Dewi Ayu aus ihrem Grab. Ein Hirtenjunge, der sein Mittagsschläfchen unter einem Frangipanibaum gehalten hatte, wachte auf, machte sich in seine kurzen Hosen und begann zu schreien, derweil seine vier Schafe panisch zwischen den Grabmalen aus Stein oder Holz umherrannten, als sei plötzlich ein Tiger in ihre Mitte gesprungen. Alles begann mit lauten Geräuschen aus dem Inneren eines alten Grabes, das jeder, trotz des namenlosen und kniehoch mit Gras überwucherten Steins, als die letzte Ruhestätte von Dewi Ayu kannte. Da sie im Alter von zweiundfünfzig Jahren gestorben und nach einundzwanzig Jahren wiederauferstanden war, konnte am Ende niemand ihr wahres Alter berechnen.

Sobald der Hirtenjunge ihnen berichtet hatte, was auf dem Friedhof vor sich ging, liefen die Leute aus der Umgebung herbei. Die Enden ihrer Sarongs hochraffend, Kinder tragend, Besenstiele umklammernd oder noch schmutzig von der Arbeit im Reisfeld, drängten sie sich hinter Zierkirsch- und Rizinusstauden oder in der angrenzenden Bananenpflanzung.

Niemand wagte, sich dem alten Grab zu nähern. Die Leute lauschten nur dem Lärm aus dessen Innerem, so als stünden sie, wie sie es oft taten, um den Hausierer herum, der jeden Montag vor dem Markt seine Heilmittel anbot. Sie genossen das unheimliche Schauspiel, das sie in Angst versetzt hätte, wären sie ganz allein dort gewesen. Zudem erwarteten sie noch eine Art Wunder und nicht bloß laute Geräusche aus einem alten Grab, denn schließlich war die Frau unter diesem Stück Erde in den Kriegsjahren eine Prostituierte für die Japaner gewesen, und die Kyais sagten immer, dass die mit Sünde behafteten Menschen ihre grausame Strafe im Grab erhalten würden. Der Lärm rührte also bestimmt von der Peitsche eines strafenden Engels her. Doch den Leuten wurde es langsam langweilig, denn ein bisschen aufregender durfte es schon werden.

Das Wunder kam dann, und zwar überaus fantastisch. Das Grab

bebte, bekam Risse, und die Erde flog in die Luft, als wäre darunter ein Sprengsatz detoniert. Es folgten ein leichtes Beben, dann ein Windstoß, der Gestrüpp und Grabsteine umherwirbelte, und unter dem Regen aus Erde, der über der Szene niederging, stand die Gestalt einer alten Frau mit regungsloser, mürrischer Miene und noch in ein Leichentuch gehüllt, als wäre sie erst in der Nacht davor begraben worden. Die Leute gerieten außer sich und liefen, panischer noch als die Schafe, auf und davon. Ihre Schreie hallten von den Berghängen in der Ferne wider. Eine der Frauen warf ihr Baby in die Büsche, und ihr Mann umklammerte einen Bananenstrunk. Zwei Männer stürzten in einen Graben, einige fielen bewusstlos an den Straßenrand, und wieder andere liefen ohne anzuhalten mindestens fünfzehn Kilometer weit.

Dewi Ayu, die all das beobachtete, hustete nur und staunte, sich mitten auf einem Friedhof wiederzufinden. Sie hatte inzwischen die zwei obersten Knoten ihres Leichentuchs gelöst und machte sich an die zwei untersten, um gehen zu können. Ihr Haar war auf wundersame Weise gewachsen, und als sie es aus dem weißen Baumwolltuch schüttelte, fiel es, in der Nachmittagsbrise wehend und glänzend wie schwarze Algen im Fluss, bis auf die Erde. Ihre Haut war faltig, doch ihr Gesicht schimmerte hell. Aus lebhaften Augen beobachtete sie die Leute, die sich hinter die Büsche gedrängt hatten, bevor ein Teil von ihnen die Flucht ergriff und der andere Teil die Besinnung verlor. An niemanden im Besonderen gerichtet, schimpfte sie laut und klagte, wie schlecht die Menschen doch waren, sie bei lebendigem Leib begraben zu haben.

Ihr erster Gedanke war ihr Baby, das natürlich längst kein Baby mehr war. Als sie vor einundzwanzig Jahren starb, hatte sie nur zwölf Tage zuvor ein hässliches Mädchen zur Welt gebracht. Es war so hässlich, dass die Hebamme unsicher war, ob es sich tatsächlich um ein Baby handelte oder um einen Klumpen Kot, zumal zwischen der Öffnung für Babys und der Öffnung für Kot nur zwei Zentimeter Abstand lagen. Aber das Neugeborene krümmte sich und lächelte, und schließlich war die Hebamme doch davon überzeugt, dass es wahrhaftig ein Baby war. Der Mutter, die kraftlos und ohne erkennbaren Wunsch, ihr Neugeborenes zu sehen, auf dem Bett lag, sagte sie, dass das Baby gesund war und einen freundlichen Eindruck machte.

»Es ist ein Mädchen, stimmts?«, fragte Dewi Ayu.

»Ja«, antwortete die Hebamme, »genau wie die drei Babys davor.«

»Vier Töchter, und alle sind sie schön«, sagte Dewi Ayu barsch. »Ich sollte ein eigenes Bordell aufmachen. Sag mir, wie hübsch ist die Kleine?«

Das inzwischen stramm in ein Tuch gewickelte Baby begann zu weinen und sich in den Armen der Hebamme zu winden. Eine Frau betrat den Raum, nahm die mit Blut besudelten Tücher mit hinaus und entsorgte die Plazenta. Die Hebamme beantwortete Dewi Ayus Frage nicht, denn sie konnte einfach nicht behaupten, dieses Baby, das aussah wie ein schwarzer Kothaufen, sei hübsch. Stattdessen sagte sie: »Du bist eine alte Frau, ich glaube nicht, dass du dein Kind stillen kannst.«

»Das stimmt. Alles aufgebraucht von meinen ersten drei Kindern.«

»Und von Hunderten von Männern.«

»Einhundertzweiundsiebzig Männer. Der Älteste war zweiundneunzig Jahre alt, der jüngste war zwölf, eine Woche nach seiner Beschneidung. Ich erinnere mich an jeden einzelnen.«

Das Baby schrie wieder. Die Hebamme erklärte, sie müsse eine Amme für die Kleine finden. Andernfalls müsse sie Kuhmilch auftreiben oder Hundemilch, wenn nicht sogar Rattenmilch. »Ja, geh schon«, erwiderte Dewi Ayu.

»Das arme Ding«, sagte die Hebamme, während sie das herzzerreißende Gesicht des Mädchens betrachtete. Sie wäre nicht einmal in der Lage gewesen, es zu beschreiben, für sie sah es aus wie ein verwünschtes Ungeheuer aus der Hölle. Der unförmige Körper war pechschwarz, als wäre er bei lebendigem Leib verkohlt. Die Nase ähnelte mehr einer Steckdose. Der Mund erinnerte an den Schlitz in einem Sparschwein, und die Ohren sahen aus wie die Henkel an einem Topf. Die Hebamme war überzeugt, dass es kein hässlicheres Geschöpf auf der Erde gab als diesen unglücklichen kleinen Wicht, und angenommen, sie wäre Gott, dann hätte sie das Kind wohl eher getötet als es leben zu lassen. Die Welt würde gnadenlos grausam zu ihm sein.

»Armes Kind«, sagte die Hebamme noch einmal, bevor sie sich auf die Suche nach einer Amme machte.

»Ja, armes Kind«, erwiderte Dewi Ayu, sich auf dem Bett krümmend. »Dabei habe ich alles getan, um es zu töten. Aber ich hätte eine Handgranate schlucken und sie in meinem Bauch zünden sollen. Unglückselige Kleine – genau wie die schlechten Menschen haben es die Unglückseligen schwer mit dem Sterben.«

Zunächst versuchte die Hebamme das Gesicht des Babys vor den Blicken der Nachbarsfrauen zu verstecken. Aber sobald sie ihnen sagte, dass sie für das Baby Milch benötigte, drängelten und keiften sie, um es zu sehen. Für jeden, der Dewi Ayu kannte, war es normalerweise ein Genuss, ihre niedlichen Töchterchen anzuschauen. Die Hebamme schaffte es daher nicht, die Frauen abzuwehren, die schließlich das Tuch über dem Gesicht des Kindes zur Seite schoben. Als sie aber das Baby sahen und vor lauter Schreck kreischten, lächelte die Hebamme nur und erinnerte sie daran, dass sie ihr Bestes getan hatte, um es vor ihnen zu verbergen.

Nach dem eiligen Abgang der Hebamme standen die Frauen mit stumpfsinnigen Gesichtern rat- und regungslos herum. »Man hätte es umbringen sollen!«, sagte die Frau, die als erste aus der Schockstarre erwachte.

»Das hab ich versucht«, sagte Dewi Ayu, die dazugetreten war. Sie trug lediglich ein abgetragenes Hauskleid sowie ein Tuch, das um ihre Hüften geschlungen war. Ihr Haar war völlig zerzaust, als hätte sie gerade einen Stierkampf hinter sich.

Die Leute sahen sie mitleidig an.

»Sie ist doch hübsch, oder?«, fragte Dewi Ayu.

»Mhh, ja.«

»Es gibt keinen schrecklicheren Fluch, als hübsche Töchter in eine Welt von Männern zu setzen, die so zuchtlos sind wie Hunde in der Paarungszeit.«

Keine der Frauen antwortete, sie blickten Dewi Ayu nur mitfühlend an, hatten sie ihr doch die Unwahrheit über das kleine Mädchen gesagt. Rosinah, das stumme Mädchen aus den Bergen, das seit Jahren für Dewi Ayu arbeitete, führte diese ins Badezimmer. Sie hatte bereits ein Bad eingelassen, und dort lag Dewi Ayu im duftenden, schwefelhaltigen Seifenwasser, derweil das stumme Mädchen ihr Haar mit Aloe-vera-Öl wusch. Allein dieses stumme Mädchen schien nichts erschüttert zu haben, obwohl sie ganz sicher von dem hässlichen Mädchen wusste, denn Rosinah war die Einzige, die während der Arbeit der Hebamme dabei gewesen war. Sie schrubbte den Rücken ihrer Arbeitgeberin mit einem Bimsstein, legte ihr ein Handtuch um und schaffte Ordnung im Badezimmer, sobald Dewi Ayu hinausgegangen war.

Jemand versuchte die bedrückte Stimmung zu vertreiben und sagte zu Dewi Ayu: »Du musst ihr einen guten Namen geben.«

»Ja«, sagte Dewi Ayu. »Ihr Name ist Schönheit.«

»Oh«, schrien die Leute und versuchten, peinlich berührt, sie davon abzubringen.

»Oder Wunde?«

»Um Gottes willen, bloß nicht diesen Namen.«

»Wenn das so ist, heißt sie eben Schönheit.«

Sie blickten Dewi Ayu hilflos nach, wie sie in ihr Zimmer schritt, um sich anzuziehen, entsetzt von der Vorstellung, ein Mädchen, schwarz wie Pech und mit einer Steckdose im Gesicht, würde Schönheit gerufen werden. Es war eine Schande.

Es stimmte allerdings, dass Dewi Ayu, sowie sie sich sicher war, dass sie trotz ihres halben Jahrhunderts auf dem Buckel schwanger war, versucht hatte, ihr Kind zu töten. Genau wie bei den anderen drei wusste sie nicht, wer der Vater war. Doch im Gegensatz zu den anderen hegte sie diesmal nicht den geringsten Wunsch, dass es überlebte. So schluckte sie fünf Paracetamol, die sie von einem Dorfarzt bekommen hatte, und trank dazu einen halben Liter Sodawasser, was beinahe sie selbst umbrachte, aber offenbar nicht reichte, um das Baby zu töten. Sie dachte sich eine andere Methode aus und bat die Hebamme, das Baby zu töten, indem sie sich einen kleinen Holzstab einführte. Daraufhin blutete sie zwei Tage und zwei Nächte, und der kleine Holzstab kam zersplittert heraus, doch das Baby wuchs ungerührt weiter. Sechs weitere Versuche unternahm sie, doch alle blieben vergebens. Schließlich gab sie auf und klagte: »Es ist eine wahre Kämpfernatur, es will den Kampf gegen seine Mutter endgültig gewinnen.«

So ließ Dewi Ayu ihren Bauch dicker und dicker werden, führte, wie es üblich war, im siebten Monat das Selamatan-Ritual durch und ließ das Baby schließlich auf die Welt kommen, auch wenn sie sich weigerte, es anzusehen. Ihre ersten drei Töchter waren ohne Ausnahme schön, wie zeitverzögert geborene Drillinge. Sie hatte genug von solchen Babys, die ihrer Meinung nach eher den Modepuppen in einem Schaufenster glichen, und wollte daher ihr Jüngstes nicht sehen, denn sie war sich sicher, es würde sich nicht von seinen drei älteren Schwestern unterscheiden. Sie lag damit völlig falsch und ahnte nicht, wie hässlich ihr Jüngstes war. Selbst als die Nachbarsfrauen verstohlen miteinander flüsterten und meinten, das Neugeborene könnte das Resultat einer wilden Kreuzung aus einem Affen, einer Kröte und einem Waran sein, kam sie nicht auf die Idee, sie sprächen über ihr Baby. Und als die Frauen von den wilden Hunden erzählten, die am Abend zuvor im Wald geheult hatten, von den Eulen, die nacheinander angeflogen waren, legte sie dies nicht im Geringsten als unheilvolle Vorzeichen aus.

Kaum dass sie sich angezogen hatte, legte sie sich erschöpft wieder hin: Sie hatte vier Babys auf die Welt gebracht und mehr als ein halbes Jahrhundert gelebt. Und dann kam ihr die düstere Einsicht, dass, wenn das Baby nicht sterben wollte, eben die Mutter diejenige sein sollte, die ging. Auf diese Weise müsste sie es ebenfalls nicht zu einer jungen Frau heranwachsen sehen. Sie stand auf, machte ein paar wankende Schritte zur Tür und schaute die Nachbarsfrauen an, die noch immer ihre Köpfe zusammengesteckt hatten und ihr Baby verlästerten. Rosinah tauchte aus dem Badezimmer auf und trat an Dewi Ayus Seite, ahnend, dass ihre Arbeitgeberin einen Auftrag für sie hatte.

»Kauf mir ein Leichentuch«, sagte Dewi Ayu. »Ich habe dieser verfluchten Welt schon vier Mädchen geschenkt. Die Zeit ist reif für meine Leichentrage.«

Die Frauen schrien auf und schauten Dewi Ayu mit ihren dumpfen Mienen an. Ein hässliches Baby zu gebären war eine Schandtat, doch es einfach zurückzulassen war noch viel schändlicher. Das sagten sie ihr allerdings nicht, sondern versuchten nur, ihr auszureden, für nichts und wieder nichts zu sterben. Sie erzählten von Leuten, die über hundert Jahre alt geworden waren, sie sei doch noch viel zu jung zum Sterben.

»Wenn ich hundert Jahre alt werde«, sagte Dewi Ayu ungerührt, »dann würde ich acht Babys zur Welt bringen. Und das sind viel zu viele.«

Rosinah ging los und kaufte eine Bahn weißen Stoffes, den Dewi Ayu sich gleich umlegte, auch wenn das nicht dazu führte, sie auf der Stelle sterben zu lassen. Und so lag Dewi Ayu reglos auf ihrem Bett, in das Leichentuch gehüllt, und wartete mit unheimlicher Gelassenheit darauf, dass der Todesengel sie abholte. Die Hebamme ging derweil auf der Suche nach einer stillenden Frau durch das Viertel, und als sie merkte, wie vergeblich das war, gab sie dem Baby schließlich von dem Wasser, in dem man zuvor Reis gewaschen hatte.

Als die Zeit des Reiswaschwassers vorüber war und Rosinah dem Baby Kuhmilch gab, die im Laden unter dem Namen Bärenmarke verkauft wurde, lag Dewi Ayu immer noch auf ihrem Bett und erlaubte niemandem, das Baby mit Namen Schönheit in ihr Zimmer zu bringen. Doch die Geschichte von dem hässlichen Baby und seiner Mutter im Leichentuch verbreitete sich wie eine Seuche und zog die Leute nicht nur aus der Nachbarschaft an, sondern auch aus den entferntesten Dörfern des Bezirks. Sie kamen herbei, um Zeuge dieser Ereignisse zu werden, von denen man schon sprach wie von der Geburt eines Propheten, wobei sie das Heulen der wilden Hunde mit dem Stern, den die Heiligen Drei Könige bei der Geburt Jesus gesehen hatten, und die Mutter im Leichentuch mit der entkräfteten Maria verglichen. Ein ziemlich übertriebener Vergleich.

Mit der verängstigten Miene eines kleinen Mädchens, das im Zoo ein Tigerbaby streichelt, standen sie gemeinsam mit dem hässlichen Baby vor der Kamera des reisenden Fotografen. Zuvor hatten sie sich bereits mit Dewi Ayu ablichten lassen, die unverändert mit ihrer unheimlichen Gelassenheit dalag, ungerührt über den rücksichtslosen Tumult um sie herum. Einige Leute mit schweren und unheilbaren Krankheiten kamen in der Hoffnung, das Baby berühren zu können. Rosinah untersagte das bald, da sie befürchtete, die vielen Krankheitskeime würden das Baby befallen. Als Ersatz stellte sie eimerweise das Badewasser von Schönheit bereit. Andere erhofften sich vom Kontakt mit Schönheit Erfolg bei ihren Geschäften oder Glück am Spieltisch. Die stumme Rosinah reagierte mit großer Umsicht auf all diese Umstände, die ihr die seltene Gelegenheit boten, zu Geld zu kommen, und stellte Spendenboxen auf, die sich rasch mit den Geldscheinen der Besucher füllten. So brauchte sich das Mädchen, das kurzerhand die Fürsorge für das Baby übernommen hatte und mit der Möglichkeit rechnete, dass Dewi Ayu am Ende tatsächlich starb, keine Sorgen um die Milch und um ihre Zukunft zu zweit in diesem Haus zu machen, zumal nicht zu erwarten war, dass die drei älteren Schwestern von Schönheit jemals dort auftauchen würden.

Der Aufruhr nahm allerdings ein abruptes Ende, als mehrere Polizisten auftauchten, begleitet von einem Kyai. Dieser fing gleich an zu schimpfen, nannte die ganze Sache eine Ketzerei und befahl Dewi Ayu, sich anständig zu benehmen und das Leichentuch abzulegen.

»Wenn du eine Prostituierte bittest, sich auszuziehen«, spottete Dewi Ayu, »solltest du Geld dabeihaben, um sie zu bezahlen.«

Der Kyai betete um Vergebung, empfahl sich und kam nie wieder.

Und wieder war es nur Rosinah, die sich von Dewi Ayus Tollheit, ganz gleich in welcher Form sie daherkam, nicht aus der Ruhe bringen ließ, und es stellte sich immer deutlicher heraus, dass nur dieses Mädchen die Frau wirklich verstand. Lange bevor sie versucht hatte, das Baby in ihrem Leib zu töten, hatte ihr Dewi Ayu gesagt, sie sei es leid, noch ein weiteres Kind zu haben, und da wusste Rosinah, dass Dewi Ayu schwanger war. Angenommen, Dewi Ayu hätte eine solche Bemerkung den Nachbarsfrauen gegenüber gemacht, die mehr Vergnügen an Klatsch und Tratsch fanden als Hunde am Heulen, dann hätten diese nur verächtlich gegrinst und ihr geantwortet, das sei Blödsinn. »Hör mit der Hurerei auf, dann wirst du auch nicht schwanger!«, hätten sie gesagt.

Eine solche Bemerkung macht man vielleicht einer anderen Prostituierten gegenüber, nicht aber Dewi Ayu. Niemals hatte sie ihre drei (und nun vier) Kinder als Fluch der Prostitution betrachtet. Wenn sie keine Väter hatten, so Dewi Ayu, dann deshalb, weil sie in der Tat keine Väter hatten, und nicht etwa, weil ihre Väter unbekannt waren, und schon gar nicht, weil sie nie mit einem Mann vor ein geistliches Oberhaupt getreten war. Sie glaubte vielmehr, es seien die Kinder von Dämonen.

»Denn auch Teufel machen Witze, genau wie Götter«, sagte sie. »Wie Maria das Kind Gottes oder wie jede der beiden Ehefrauen der Gottheit Pandu dessen Kinder gebar, so ist meine Gebärmutter der Ort, an dem Teufel ihre Saat auswerfen. Und ich gebäre dann ihre Kinder. Ich habe die Nase voll, Rosinah.«

Wie so oft lächelte Rosinah nur. Sie konnte nicht sprechen, höchstens unzusammenhängende, gurgelnde Laute von sich geben, aber sie konnte lächeln, und sie mochte es, ihr Lächeln zu verschenken. Dewi Ayu hatte sie sehr gern, gerade deswegen. Sie nannte sie einmal das Elefantenkind, denn egal wie wütend Elefanten waren, sie lächelten immer, so wie man es im Zirkus, der am Ende fast jeden Jahres in die Stadt kommt, beobachten kann. In ihrer Zeichensprache, die man nicht in einer Schule für Taubstumme, sondern nur direkt von Rosinah selbst lernen konnte, teilte das Mädchen Dewi Ayu mit, dass sie keinerlei Anlass für ihren Verdruss habe. Schließlich hatte sie keine zwanzig Kinder, wohingegen die mythische Königin Gandari einhundert Kinder gebar. Dewi Ayu brach in schallendes Lachen aus. Sie mochte Rosinahs kindlichen Humor und lachte auch dann noch, als ihr einfiel, dass Gandari ihre einhundert Kinder nicht einzeln zur Welt gebracht, sondern dass sie nur einen Klumpen Fleisch geboren hatte, aus dem dann einhundert Kinder entstanden.

So tat Rosinah heiter ihre Arbeit. Sie kümmerte sich um das Baby, ging zwei Mal am Tag in die Küche und wusch jeden Morgen die Wäsche. Währenddessen lag Dewi Ayu fast ohne sich zu rühren da, tatsächlich wie eine Leiche, die darauf wartete, dass man ihr Grab aushob. Natürlich – wenn sie hungrig war, stand sie auf und aß etwas. Jeden Morgen und jeden Nachmittag ging sie außerdem ins Bad. Aber danach hüllte sie sich wieder in das Leichentuch ein und lag starr ausgestreckt auf dem Bett, mit ihren Händen auf dem Bauch, geschlossenen Augen und einem leichten Lächeln auf den Lippen. Einige der Nachbarn versuchten, einen Blick durch das offene Fenster auf sie zu werfen, obwohl Rosinah wieder und wieder erfolglos versuchte, sie zu vertreiben. Die Leute fragten Dewi Ayu, warum sie sich nicht einfach umbringen würde. Entgegen ihrer sonstigen spitzzüngigen Art blieb Dewi Ayu jedes Mal völlig regungslos.

Der lang erwartete Tod kam schließlich am zwölften Tag nach der Geburt der hässlichen Schönheit, zumindest glaubten das die Leute. Die ersten Anzeichen gab es am Morgen, als sie zu Rosinah sagte, sie wolle nach ihrem Ableben bloß keinen Grabstein mit ihrem Namen. Stattdessen wünschte sie sich ein Epitaph mit einem einzigen Satz darauf: »Ich gebar vier Kinder, und ich starb.« Rosinahs Gehör war ausgezeichnet, und sie konnte schreiben und lesen, sodass sie diese Mitteilung säuberlich aufschrieb. Doch Dewi Ayus Bitte wurde vom Imam der Moschee, der die Beerdigungszeremonie leiten würde, ausgeschlagen. In seinen Augen vergrößerte diese verrückte Bitte die Sünde noch, und er entschied, dass das Grabmal dieser Frau keinerlei Inschrift bekommen sollte.

An jenem Nachmittag fand eine der Nachbarinnen, die durch das Fenster gespäht hatte, Dewi Ayu in einem derart friedlichen Schlaf, wie es nur der letzte sein kann. Allerdings war etwas auffallend anders: Im Zimmer hing der Geruch von Borax in der Luft. Rosinah hatte es in der Bäckerei gekauft, und Dewi Ayu hatte sich mit diesem Mittel zur Konservierung von Leichen eingerieben, das man auch bei der Herstellung von Fleischbällchen verwendet. Rosinah hatte die Frau in ihrer Todesbesessenheit gewähren lassen. Selbst wenn Dewi Ayu ihr befohlen hätte, ein Grab auszuheben und sie bei lebendigem

Leib zu begraben, hätte sie dem Folge geleistet und es als Ausdruck des Humors ihrer Arbeitgeberin hingenommen.

Nicht aber diese schamlose Voyeurin. Die Nachbarsfrau machte einen Satz ins Zimmer. Für sie war Dewi Ayu nun endgültig zu weit gegangen. »Hör zu, du Hure, die du mit all unseren Männern geschlafen hast«, sagte sie vorwurfsvoll. »Wenn du sterben willst, dann stirb, aber balsamier bloß nicht deinen Körper ein, denn erst wenn deine Leiche verrottet, brauchen wir nicht mehr eifersüchtig zu sein.« Sie stieß Dewi Ayu an, doch diese rollte nur, ohne aufzuwachen, auf die Seite.

Rosinah kam herein und bedeutete mit einem Zeichen, dass sie bestimmt schon tot war.

»Die Hure ist tot?«

Rosinah nickte.

»Tot?« Da offenbarte diese Heulsuse ihren wahren Charakter und jaulte, als ob die Tote ihre eigene Mutter gewesen wäre, und sagte zwischen ein paar Schluchzern: »Der achte Januar im letzten Jahr war der schönste Tag für unsere Familie. An dem Tag hat mein Mann unter der Brücke Geld gefunden, ging damit in Mama Kalongs Bordell und schlief mit dieser Hure, die jetzt hier tot vor mir liegt. Danach kam er nach Hause, und es war der einzige Tag, an dem er nett war und keinen Einzigen von uns schlug.«

Rosinah sah die Frau mit einem verächtlichen Blick an, wie um zu sagen, es sei kein Wunder, dass er sie schlagen wollte. Dann warf sie die Heulsuse hinaus, damit sie den Leuten mitteilte, Dewi Ayu sei gestorben. Es war nicht nötig, ein Leichentuch zu kaufen, denn das hatte sie ja schon seit zwölf Tagen um. Es war nicht nötig, sie zu waschen, denn sie hatte sich bereits selbst gebadet; sie hatte sogar schon ihren Körper einbalsamiert. »Am liebsten«, gab Rosinah dem Iman der nächstgelegenen Moschee mit Zeichen zu verstehen, »hätte sie wohl auch für sich selbst die Gebete gesprochen.« Der erwiderte hasserfüllt, dass er nicht bereit war, für den Leichenhaufen einer Hure zu beten, und schon gar nicht, ihn zu beerdigen.

»Seit sie tot ist«, signalisierte Rosinah, »ist sie keine Prostituierte mehr.«

Kyai Jahro, so hieß der Iman der Moschee, gab schließlich nach und leitete die Beerdigungszeremonie für Dewi Ayu.

Bis zu ihrem Tod, den nicht viele so bald erwartet hatten, sah sie ihr Baby tatsächlich kein einziges Mal. Die Leute sagten, sie habe großes

Glück gehabt, denn jede Mutter würde angesichts eines derart hässlichen Babys untröstlich sein. Ihr Tod wäre alles andere als friedlich gewesen, nichts mit Ruhe in Frieden. Nur Rosinah bezweifelte dies, wusste sie doch, wie sehr Dewi Ayu schöne Töchter verabscheute. Angenommen, sie hätte erfahren, wie hässlich ihre Jüngste war und wie sehr sie sich von ihren drei älteren Schwestern unterschied, Dewi Ayu wäre überglücklich gewesen. Doch sie erfuhr es nicht. Weil die stumme Rosinah ihrer Arbeitgeberin fast immer gehorchte, drängte sie die Kleine ihrer Mutter selbst während der letzten verbleibenden Tage vor ihrem Tod nicht auf, obwohl Dewi Ayu möglicherweise den Zeitpunkt ihres Todes zumindest für ein paar Jahre hinausgezögert hätte, hätte sie gewusst, wie das Baby aussah.

»Dummes Zeug, der Tod ist Gottes Angelegenheit«, sagte Kyai Jahro.

»Sie nahm sich zwölf Tage lang vor zu sterben, und sie starb«, gab Rosinah, die Starrköpfigkeit ihrer Arbeitgeberin übernehmend, mit ihren Gesten zu verstehen. Nach dem Letzten Willen der Toten wurde Rosinah Vormund für das erbarmungswürdige Baby. Und Rosinah war es auch, die sich die vergebliche Mühe machte, Dewi Ayus drei Töchtern telegrafisch mitzuteilen, dass ihre Mutter gestorben war und auf dem öffentlichen Friedhof Budi Dharma begraben werden würde. Zwar kam keine der drei, aber die Beerdigung am nächsten Morgen wurde in einer Feierlichkeit abgehalten, die in der Stadt über Jahre konkurrenzlos bleiben sollte. Fast alle Männer, die jemals mit der Prostituierten geschlafen hatten, erwiesen ihr die letzte Ehre. Sie hauchten zärtliche Küsse auf die Blüten der Jasmingebinde und streuten diese auf dem gesamten Weg, den der Leichenzug nahm. Hinter ihnen drängten sich eifersüchtig die Ehefrauen oder die Geliebten der Männer, denn sie waren sich sicher, dass diese schamlosen Kerle sich für die Gelegenheit, noch einmal mit Dewi Ayu zu schlafen, keilen würden, ohne Rücksicht darauf, dass sie nunmehr eine Leiche war.

Rosinah ging hinter der Leichentrage her, die von vier Männern aus dem Viertel getragen wurde. Das Baby schlief fest in ihren Armen, geschützt von einem Ende ihres Kopftuchs, das sie umgelegt hatte. Eine der Frauen, es war die Heulsuse, ging mit einem Korb voller Blütenblätter neben ihr her. Rosinah griff nach den Blumen und warf sie zusammen mit Geldmünzen in die Luft, um die sich die Kinder rauften. Die Jungen und Mädchen stürzten den Münzen bis in den Straßengraben nach und bekamen die Tritte der Trauernden ab, die die Segenslieder des Propheten sangen.

Dewi Ayu wurde in einem Winkel des Friedhofs begraben, an dem sich bereits die Gräber anderer Unglückseliger befanden, so hatten es Kyai Jahro und der Totengräber vereinbart. Dort lagen üble Räuber aus der Kolonialzeit, auch ein geistesgestörter Mörder und ein paar Kommunisten. Und nun auch eine Prostituierte. Man glaubte, dass diese Menschen keinen friedlichen Tod haben würden und in ihren Gräbern wegen all der Bestrafungen, die sie dort zu erwarten hatten, keine Ruhe einkehrte. So war es nur klug, sie von den Gräbern frommer Leute fernzuhalten, die nichts anderes wollten, als in Frieden zu ruhen und zu verwesen, von Würmern angeknabbert zu werden und sich ungestört zu lieben und mit den Engeln zu vereinen.

So schnell diese festliche Zeremonie vorüberging, so schnell vergaßen die Leute Dewi Ayu. Nach jenem Tag kam niemand mehr an ihr Grab, selbst Rosinah und Schönheit nicht. Sie überließen es den Seestürmen, herabfallende Frangipaniblätter überhäuften und wildes Elefantengras überwucherten es. Nur Rosinah hatte einen überzeugenden Grund, warum sie Dewi Ayus Grab nicht in Ordnung brachte. »Weil ich nur das Grab einer Toten sauber halte«, sagte sie dem hässlichen Baby in ihrer Zeichensprache, die das Baby natürlich nicht verstand.

Möglicherweise besaß Rosinah tatsächlich die Fähigkeit, zukünftige Ereignisse vorauszusehen, eine Gabe, die ihr von weisen Ahnen vererbt worden war.

In die Stadt gekommen war sie vor fünf Jahren mit ihrem alten Vater, der in den Sandminen in den Bergen gearbeitet hatte und an starkem Rheumatismus litt; da war Rosinah vierzehn Jahre alt. Eines Tages tauchten sie in Dewi Ayus Zimmer in Mama Kalongs Bordell auf. Die Prostituierte interessierte sich zunächst weder für das junge Mädchen noch für dessen Vater, den alten Mann mit einer Nase wie ein Kakaduschnabel, silbrigen Locken, einer faltigen Haut so dunkel wie Kupfer und einer äußerst bedächtigen Art zu gehen, als ob sämtliche seiner Knochen auseinanderfielen, sobald man ihn nur ein wenig anstieß. Dewi Ayu hatte ihn sofort wiedererkannt.

»Du bist süchtig, alter Mann«, sagte sie zu ihm. »Wir haben uns erst vor zwei Nächten geliebt.«

Der Mann lächelte verlegen wie ein kleiner Junge, der sich zum ersten Mal mit seiner Freundin verabredet, und nickte. »Ich will in deinen Armen sterben«, sagte er. »Ich kann dich nicht bezahlen, aber ich gebe dir dieses stumme Kind. Es ist meine Tochter.«

Irritiert betrachtete Dewi Ayu das junge Mädchen. Rosinah lächelte sie freundlich an. Sie war damals sehr dürr, trug ein mit Spitzen besetztes, viel zu großes Kleid und keine Schuhe, ihr lockiges Haar lediglich mit einem Gummiband zusammengehalten. Wie bei den meisten Mädchen aus den Bergen war ihre Haut zart, ihr rundliches Gesicht unauffällig, sie hatte kluge Augen, eine flache Nase und breite Lippen, und mit ebendiesen Lippen schenkte sie allen ein angenehmes Lächeln. Dewi Ayu wusste nicht, wozu ein solches Mädchen nutze sein sollte, und sah den alten Mann wieder an. »Ich habe selbst drei Töchter, wozu sollte ich das Kind hier brauchen können?«, fragte sie ihn.

»Sie kann zwar nicht sprechen, dafür aber lesen und schreiben«, antwortete ihr Vater.

»Alle meine drei Töchter können lesen und schreiben – und sie können sprechen«, erwiderte Dewi Ayu und lachte spöttisch. Der alte Mann blieb jedoch hartnäckig dabei, er wolle mit ihr schlafen und in ihren Armen sterben und sie mit dem stummen Mädchen bezahlen. Sie könne alles mit der Kleinen machen. »Du kannst aus ihr eine Hure machen und ihr Geld nehmen, so lange sie lebt«, sagte der alte Mann. »Oder du kannst, falls kein Mann was von ihr will, Hackfleisch aus ihr machen und das Fleisch auf dem Markt verkaufen.«

»Ich weiß nicht, ob jemand ihr Fleisch essen würde«, erwiderte Dewi Ayu.

Der Alte weigerte sich aufzugeben und wurde allmählich quengelig, wie ein kleines Kind, das dringend pinkeln muss. Es war nicht so, dass Dewi Ayu nicht hätte nett sein und dem alten Mann ein paar schöne Stunden im Bett schenken wollen; irritiert war sie lediglich von der merkwürdigen Tauschaktion. Daher schaute sie immer wieder zwischen dem alten Mann und seiner stummen Tochter hin und her, bis schließlich das Mädchen um ein Blatt Papier und einen Bleistift bat und etwas aufschrieb: »Schlaf mit ihm, er wird jeden Augenblick sterben.«

So schlief Dewi Ayu mit dem alten Mann, nicht weil sie seiner verrückten Tauschaktion zustimmte, sondern vielmehr wegen des Hinweises des Mädchens, dass er bald sterben würde. Sie rangen miteinander auf dem Bett, während das stumme Mädchen vor der Schlafzimmertür auf einem Stuhl saß, eine kleine Tasche mit Kleidern umklammernd, die zuvor ihr Vater getragen hatte. Die Sache dauerte nicht lange, und nachher gestand Dewi Ayu offen ein, dass sie außer einem leichten Kitzeln zwischen ihren Beinen nichts gespürt hatte. »Als hätte eine Libelle an meinem Bauchnabel geknabbert«, sagte sie. Der Alte fiel stürmisch und ohne Umschweife, wie ein Bataillon niederländischer Soldaten mit der Mission, alles dem Erdboden gleichzumachen, über Dewi Ayu her, bewegte sich rhythmisch und schien seinen Rheumatismus vergessen zu haben. Seine Eile brachte Früchte, denn schon bald darauf bäumte er sich kurz auf und schnaubte. Zunächst nahm Dewi Ayu an, es handele sich um das Zucken eines Mannes, der den Inhalt seiner Hoden ausspeit, aber offenbar war es diesmal mehr als das: Der alte Mann hatte auch seine Seele ausgespien. Er starb hingestreckt in ihren Armen und mit seiner feuchten und noch aufgerichteten Lanze.

Sie begruben ihn heimlich in dem Winkel des Friedhofs, in dem später auch Dewi Ayu liegen sollte. Obwohl sie sich nie um das Grab ihrer Arbeitgeberin kümmerte, besuchte Rosinah am Ende eines jeden Fastenmonats das Grab ihres Vaters, jätete das Unkraut und betete ohne Überzeugung. Dewi Ayu nahm das stumme Mädchen bei sich auf, nicht als Bezahlung für die traurige Nacht, sondern weil die Stumme nun weder Vater oder Mutter noch einen anderen Verwandten hatte. Zumindest, so dachte Dewi Ayu damals, konnte ihr das Mädchen im Haus Gesellschaft leisten, nachmittags die Läuse aus den Haaren nesteln und das Haus hüten, wenn sie selbst im Bordell war.

Entgegen ihren Erwartungen fand Rosinah kein lebhaftes, sondern ein schlichtes und ruhiges Haus vor. Der Anstrich der ursprünglich cremefarbenen Wände war offenbar seit Jahren nicht mehr erneuert worden, die Fenster waren staubig, die Gardinen vermodert, selbst die Küche wirkte, als diente sie höchstens dazu, um eine Kanne Kaffee zu kochen. Die einzigen gepflegten Räume waren das Badezimmer mit einer großen japanischen Badewanne und das Schlafzimmer der Hausherrin. In den ersten Tagen schon bewies Rosinah ihre ganze Nützlichkeit. Während Dewi Ayu jeweils schlief, strich sie die Wände neu, putzte den Fußboden und schrubbte die Fensterscheiben mit Sägemehl, das sie von einem Holzfäller bekommen hatte. Sie tauschte die Gardinen aus und begann, im Hof Ordnung zu schaffen, der sich kurze Zeit später mit vielerlei Blumen füllte. Am ersten gemeinsamen Nachmittag wachte Dewi Ayu auf und nahm zum ersten Mal in ihrem Haus den Duft von Gewürzen aus der Küche wahr, und bevor es für Dewi Ayu Zeit war aufzubrechen, aßen die beiden gemeinsam zu Abend. Rosinah störte sich nicht am baufälligen Zustand des Hauses, vielmehr faszinierte sie die Tatsache, dass niemand sonst außer den beiden dort lebte. Damals hatte Dewi Ayu noch nicht die Zeichensprache des stummen Mädchens gelernt, sodass Rosinah wieder zu Papier und Bleistift griff.

»Du sagtest, du hast drei Kinder?«, fragte sie.

»Das stimmt«, antwortete Dewi Ayu. »Sie waren fort, sowie sie wussten, wie man die Hose eines Mannes aufknöpft.«

Rosinah erinnerte sich sofort an diese Worte, als Dewi Ayu einige Jahre später sagte, dass sie nicht noch einmal schwanger werden wollte, obwohl sie da bereits wieder schwanger war, und sie es leid sei, Kinder zu haben. Häufig saßen sie am Nachmittag schwatzend vor der Küchentür und beobachteten die Hühner, die Rosinah angeschafft hatte und die nun in der Erde scharrten. Und wie Scheherazade erzählte Dewi Ayu jede Menge fantastischer Geschichten, von denen die meisten von den hübschen Mädchen handelten, die sie zur Welt gebracht hatte. Auf diese Weise knüpften sie eine auf gegenseitigem Verständnis beruhende Freundschaft, sodass Rosinah, als Dewi Ayu auf verschiedene Weise versuchte, das Baby in ihrem Leib zu töten, sie nicht daran hinderte. Sie gab ihr vielmehr den klugen Rat: »Bete für ein hässliches Baby.«

Dewi Ayu wandte sich ihr zu und antwortete: »Seit Jahren glaube ich nicht mehr an Gebete.«

»Es kommt darauf an, zu wem du betest«, sagte Rosinah lächelnd. »Ein paar der Götter haben sich ja doch als ziemlich geizig herausgestellt.«

Ohne jede Überzeugung begann Dewi Ayu zu beten. Sie betete, wann immer es ihr einfiel; im Bad, in der Küche, auf der Straße und sogar dann, wenn ein dicker Mann auf ihr lag und über ihr ruderte: »Wer immer meine Gebete erhört, Gott oder Teufel, Engel oder der Geist Iprit, lass mein Kind hässlich sein.« Sie begann auch damit, sich alle möglichen hässlichen Dinge vorzustellen. Sie stellte sich einen Teufel vor, mit Hörnern und hervorstehenden Reißzähnen wie ein Eber, und dachte, wie viel besser es sei, ein solches Baby zu haben.

Eines Tages sah sie eine Steckdose und stellte sich diese als die Nase ihres Babys vor. Außerdem dachte sie sich seine Ohren als Topfhenkel, seinen Mund als Schlitz in einem Sparschwein und seine Haare wie die Borsten an einem Besen. Und angesichts eines ekligen Haufen Kots in der Toilette fragte sie sich vergnügt, ob es nicht möglich wäre, ein Baby in dieser Art zu bekommen, mit der Haut eines Komodowarans und den Beinen einer Schildkröte. Immer üppiger trieb es Dewi Ayus Fantasie, während das Baby in ihrem Leib heranwuchs.

Den höchsten Punkt erreichte sie in der siebten Vollmondnacht ihrer Schwangerschaft, als sie in Rosinahs Gesellschaft in Blütenwasser badete. Üblicherweise ist dies die Nacht, in der eine Frau ihrem Wunsch, wie das erwartete Kind einmal aussehen soll, mit einer Zeichnung Ausdruck verleiht. Andere Mütter zeichneten für ihre Töchterchen mystische Figuren, und wenn sie einen Jungen wünschten, zeichneten sie Helden des Schattentheaters Wayang. Nicht aber Dewi Ayu. Sie wünschte sich kein Baby, das einem Vorbild ähnelte, außer vielleicht einem Wildschwein oder einem Affen oder eben überhaupt nichts und niemandem. So zeichnete sie die Gestalt eines unansehnlichen, nicht im Entferntesten einem Menschen ähnelnden Babys mit schwarzer Holzkohle auf die Schale einer Kokosnuss. Eines furchterregenden Monstrums, das sie selbst bis zu dem Tag, an dem man ihre Leiche zu Grabe trug, nicht zu Gesicht bekommen sollte.

Schließlich aber sah sie ihr Kind dann doch noch, an dem Tag, an dem sie nach einundzwanzig Jahren ihrem Grab entstieg. Der Tag neigte sich bereits, es regnete in Strömen, und ein heftiger Sturm, der den Jahreszeitenwechsel anzeigte, zog auf. Die Wildhunde heulten in den Bergen, und ihr Heulen übertönte den Muezzin, der die Leute zum gemeinsamen Maghrib-Gebet in die Moschee rief, allerdings erfolglos. Die Leute mochten nicht nach draußen gehen, wenn es in der Dämmerung so stark regnete, besonders dann nicht, wenn die Wildhunde heulten, und schon gar nicht, wenn ein Gespenst sich in seinem tropfnassen Leichentuch über die Dorfstraße schleppte.

Die Strecke vom öffentlichen Friedhof bis zu ihrem Haus war nicht gerade kurz, aber die Ojek-Fahrer hätten lieber ihre Motorräder in den Straßengraben gefahren und sofort die Flucht ergriffen, anstatt Dewi Ayu als Beifahrerin mitzunehmen. Auch keines der Sammeltaxis hielt an. Die Garküchen und Geschäfte entlang der Straße zogen es ebenfalls vor zu schließen, und die Türen und Fenster der Wohnhäuser blieben fest verriegelt. Niemand war auf der Straße, nicht einmal die Obdachlosen und Verrückten, niemand, außer dieser alten Frau, die von den Toten auferstanden war. Es bewegten sich nur die Fledermäuse, die am Himmel gegen den Sturm ankämpften, und die Gardinen, die sich hier und dort zur Seite schoben und den Blick auf ein vor Angst erblasstes Gesicht freigaben.

Dewi Ayu zitterte vor Kälte, und Hunger hatte sie auch. Einige Male klopfte sie an die Türen von Leuten, von denen sie annahm, dass sie sie noch kannten, doch die Bewohner rührten sich nicht, wenn sie nicht schon längst ohnmächtig geworden waren. Daher freute sich Dewi Ayu umso mehr, als sie aus einiger Entfernung ihr Haus wiedererkannte. Es sah noch genauso aus wie an jenem Tag, an dem man sie begraben hatte. Entlang des Zaunes blühte die Bougainvillea, und davor standen die Chrysanthemen, es wirkte friedlich hinter dem Vorhang aus Regen, im warmen Licht der Lampe auf der Veranda. Sie vermisste Rosinah sehr und hoffte, dass ein Abendessen auf sie wartete. Diese Vorstellung trieb sie zur Eile an, ähnlich wie bei den Leuten am Bahnhof oder am Busterminal. Dabei löste sich ihr Leichentuch und entblößte beinahe ihren nackten Körper, doch sie griff schnell danach und wickelte es sich wieder um, so wie sich junge Mädchen nach dem Bad in ein Handtuch hüllen. Sie vermisste auch ihre Tochter, die vierte, und hoffte, sie würde sehen, was aus ihr geworden war. Die Leute hatten recht, ein ausgiebiger Schlaf konnte dazu führen, dass man seine Meinung änderte, vor allen Dingen, wenn der Schlaf einundzwanzig Jahre dauerte.

Das Mädchen saß auf einem Stuhl auf der Veranda, dort wo einst Dewi Ayu und Rosinah ihre Nachmittage miteinander verbrachten und sich gegenseitig die Läuse aus den Haaren klaubten. Es war allein, als wartete es im Licht der schwachen Glühbirne auf jemanden. Zunächst hatte Dewi Ayu das Mädchen für Rosinah gehalten, doch sowie sie vor ihm stand, war sie sich bewusst, dass sie es nicht kannte. Beinahe hätte sie bei seinem Anblick aufgeschrien, denn diese furchterregende Gestalt sah aus, als hätte sie schwerste Verbrennungen erlitten. Ein böser Gedanke kam ihr in den Sinn, nämlich dass sie nicht auf die Welt zurückgekehrt, sondern in die Hölle geraten war. Doch mit ihrem gesunden Verstand erkannte sie bald, dass sich hinter diesem hässlichen Monstrum nichts anderes als ein erbarmungswürdiges Mädchen verbarg. Dewi Ayu war sogar dankbar, schließlich einen Menschen anzutreffen, der bei dem Anblick einer alten Frau, die in ein Leichentuch gehüllt im strömenden Regen vorbeikam, nicht auf und davon lief. Natürlich wusste sie noch nicht, dass es sich um ihre eigene Tochter handelte, genauso wenig wie sie wusste, dass inzwischen einundzwanzig Jahre vergangen waren, und daher versuchte sie, um ihrer Verwirrung ein Ende zu setzen, das Mädchen anzusprechen.

»Das ist mein Haus«, erklärte sie. »Wie ist dein Name?«

»Schönheit.«

Dewi Ayu brach darauf zunächst in ein unhöfliches Lachen aus, doch dann hielt sie inne und hatte alles begriffen. Sie setzte sich auf den Stuhl auf der anderen Seite des Tisches mit einem gelben Tischtuch darauf und einer Tasse Kaffee, die offenbar dem Mädchen gehörte.

»Wie eine Kuh, die sieht, dass ihr Kalb plötzlich laufen kann«, sagte sie verblüfft, bat höflich um den Kaffee und trank ihn. »Ich bin deine Mutter«, fuhr sie fort, voller Stolz, vor allem auch weil ihre Tochter genauso aussah, wie sie es sich gewünscht hatte. Wenn es an diesem Tag nicht geregnet hätte, sie nicht hungrig gewesen wäre und der Mond geschienen hätte, dann wäre sie nur allzu gerne auf das Dach geklettert und hätte dort getanzt, um dies zu feiern.

Das Mädchen drehte sich weder um, noch sprach sie ein einziges Wort.

»Was tust du so spät abends auf der Veranda?«, fragte Dewi Ayu.

»Ich warte darauf, dass mein Prinz kommt«, sagte das Mädchen schließlich, auch wenn sie sich dabei nach wie vor nicht umdrehte. »Um mich von dem Fluch meines hässlichen Gesichts zu erlösen.«

Sie war von diesem gut aussehenden Prinzen besessen, seit sie sich darüber bewusst geworden war, dass niemand so hässlich war wie sie. Rosinah hatte versucht, sie mit zu den Nachbarn zu nehmen, selbst als sie noch im Tragetuch lag, aber niemand wollte sie empfangen. Die Nachbarskinder hätten den Rest des Tages geschrien und geweint, und die älteren Leute hätten Fieber bekommen und wären innerhalb von zwei Tagen gestorben. Man wies sie überall ab, und als die Zeit für Schönheit gekommen war, zur Schule zu gehen, wollte keine einzige Schule sie aufnehmen. Rosinah hatte einen der Schuldirektoren sogar angefleht, dieser aber war mehr an dem stummen Mädchen interessiert als an dem hässlichen Mädchen und zögerte nicht, sie in seinem verschlossenen Büro zu begrapschen. Die kluge Rosinah sagte sich, dass es für alles einen Ausweg gab. Wenn sie ihre Jungfräulichkeit verlieren musste, um Schönheit einschulen zu können, dann würde sie sie hergeben. So fand sie sich an jenem Morgen nackt auf dem Drehstuhl des Schuldirektors wieder und schlief dreiundzwanzig Minuten lang mit ihm unter dem brummenden Motorengeräusch des Ventilators. Doch dieses Mal nützte alles nichts: Schönheit wurde der Zugang zur Schule mit der Begründung verwehrt, wenn sie in den Unterricht ginge, würden die anderen Kinder fortbleiben.

So fasste Rosinah schließlich den Entschluss, das Mädchen zu Hause selbst zu unterrichten, zumindest im Rechnen und Schreiben. Aber noch bevor sie überhaupt die Gelegenheit dazu bekam, musste sie eines Tages überrascht feststellen, dass das Mädchen bereits die Anzahl der Geckorufe richtig beziffern konnte, und noch verblüffter war sie, als sie die Kleine eines Nachmittags dabei antraf, wie sie einen Stapel Bücher aus der Hinterlassenschaft ihrer Mutter hervorgeholt hatte und laut daraus vorlas. Noch rätselhafter war, dass das Mädchen, Jahre bevor es lesen konnte und ohne dass Rosinah wusste, wer ihm das beigebracht haben sollte, bereits in der Lage war zu sprechen. Rosinah versuchte, die Kleine zu bespitzeln, doch vergebens, denn niemals ging sie weiter als bis zum Gartenzaun, und niemals kam jemand vorbei, und sie traf niemanden außer Rosinah selbst, die stumm war und mit ihren Händen sprach. Und doch war es offensichtlich, dass die Kleine sämtliche Dinge, sowohl die sichtbaren als auch die unsichtbaren, zutreffend bezeichnen konnte und selbst die Wörter für die Katzen und die Echsen und Hühner und Enten, die wild im Haus herumliefen, kannte.

Abgesehen von diesen Wundern blieb sie ein unglückseliges, hässliches und mitleiderregendes Mädchen. Rosinah traf sie häufig dabei an, wie sie hinter dem Fenstervorhang stand und die Leute auf der Straße beobachtete, oder auch sie selbst, wenn sie das Haus verließ, um etwas einzukaufen, und mit einem Blick ansah, als hoffte sie, mitgenommen zu werden. Natürlich hätte Rosinah nichts dagegen einzuwenden gehabt, doch die Kleine selbst war es, die mit ihrer bemitleidenswerten Stimme ablehnte: »Nein, die Leute würden für den Rest ihres Lebens den Appetit verlieren.«

Sie verließ in aller Frühe das Haus, noch bevor die Leute aufwachten, außer den Gemüseverkäufern, die sich eilig auf den Weg zum

Markt machten, oder den Bauern, die sich eilig auf die Felder machten, oder den Fischern, die sich eilig auf den Heimweg machten, entweder zu Fuß oder auf ihren Fahrrädern, doch all diese Leute würden sie im Morgengrauen nicht sehen. Diese Zeit gehörte Schönheit, um die Welt zu erkunden, mit den Fledermäusen, die heimwärts in ihre Nester flogen, mit den Spatzen, die in den Wipfeln der Mandelbäume erwachten, mit den Hühnern und ihrem durchdringenden Kikeriki, mit den Schmetterlingen, die aus ihren Puppen schlüpften, zu Hibiskusblüten flogen und sich dort niederließen, mit den Katzen, die sich auf den Fußmatten streckten, mit dem Duft, der aus den Küchen der Nachbarn drang, mit dem Lärm der Maschinen, die irgendwo in der Ferne nach und nach eingeschaltet wurden, mit den Stimmen einer Morgenpredigt, die aus irgendeinem Radio klangen, aber vor allem mit der im Osten glühenden Venus. Das alles genoss sie, während sie auf der Schaukel unter dem Sternfruchtbaum saß. Rosinah hätte nicht einmal gewusst, dass man das kleine Licht, das so hell glühte, Venus nannte, aber Schönheit wusste es nur zu gut, so gut wie sie sich auch mit den Sternenkonstellationen und ihrem Wink für das Schicksal auskannte.

Sobald es hell wurde, verschwand sie im Haus, wie der Kopf einer Schildkröte, der sich vor Störenfrieden in den Panzer zurückzieht. Denn für gewöhnlich blieben die Schulkinder vor dem Gartentor stehen, in der Hoffnung, sie zu sehen, und beobachteten neugierig Haustür und Fenster. Die älteren Leute hatten ihnen schaurige Geschichten über die schreckliche Schönheit erzählt, die in diesem Haus lebte, stets bereit, den ungezogenen Kindern die Köpfe abzuhacken oder sie bei lebendigem Leib in Stücke zu zerteilen, wenn sie nörgelten. Solche Geschichten versetzten die Kinder in Angst und Schrecken und weckten gleichzeitig ihr Interesse, diesem furchterregenden Schreckgespenst leibhaftig zu begegnen und herauszufinden, ob es tatsächlich existierte. Doch sie sahen es nie, denn Rosinah drohte ihnen mit einem Besen, und die Kinder liefen schreiend und das stumme Mädchen verspottend davon. Tatsächlich waren es nicht nur die Kinder, die vor dem Tor stehen blieben und hofften, einen Blick auf Schönheit werfen zu können. Auch die Frauen, die in den Fahrradrikschas sitzend vorüberfuhren, drehten ihre Köpfe, und ebenso die Leute, die auf dem Weg zur Arbeit waren, und die Hirten, die ihre Schafe vor sich hertrieben.

Und so ging Schönheit in der Nacht nach draußen, wenn es den Kindern verboten war, das Haus zu verlassen, und Eltern damit beschäftigt waren, sie zu beaufsichtigen, und nur die Fischer sich eilig und mit Ruder und Netz auf ihren Schultern auf den Weg zum Meer machten. Sie saß dann auf dem Stuhl auf der Veranda, in Gesellschaft einer Tasse Kaffees. Wenn Rosinah sie fragte, was sie nachts auf der Veranda tat, dann gab Schönheit ihr die gleiche Antwort wie ihrer Mutter: »Ich warte auf meinen Prinzen, der mich von dem Fluch meines hässlichen Gesichts erlöst.«

»Armes Mädchen«, sagte ihre Mutter an jenem Abend, an dem sie sich zum ersten Mal begegneten. »Du solltest vor Freude über einen solchen Segen tanzen. Lass uns ins Haus gehen.«

Dewi Ayu genoss von Neuem die Liebenswürdigkeit Rosinahs, als das stumme Mädchen wie früher warmes Wasser in der alten Wanne zubereitet hatte, mitsamt Schwefel und Bimsstein sowie einem Stück Sandelholz und Betel-Blättern. Erfrischt erschien sie danach zum Abendessen, und Rosinah und Schönheit schauten ihr zu, wie sie gierig ihr Essen verschlang, als ob sie die vergangenen Jahre ohne Nahrung wettmachen musste. Sie verspeiste zwei ganze Thunfische, die Gräten eingeschlossen, eine Schüssel Suppe und zwei Teller Reis. Ihr Getränk bestand aus einer klaren Brühe mit kleinen Stückchen von Schwalbennestern darin. Sie aß deutlich schneller als die anderen beiden. Nach dem Essen grollte ihr Magen noch lange nach, und ein unaufhaltbarer knatternder Furz drang aus ihrem Arschloch.

Dann fragte sie, ihren Mund mit einem Stofflappen abwischend: »Also, wie lange war ich tot?«

»Einundzwanzig Jahre«, antwortete Schönheit.

»Entschuldigt, das war viel zu lang«, sagte sie bedauernd. »Aber es gab keinen Wecker im Grab.«

»Vergiss beim nächsten Mal nicht, einen mitzunehmen«, sagte Schönheit und fügte aufmerksamerweise hinzu: »Und vergiss das Moskitonetz nicht!«

Dewi Ayu ignorierte die Worte, die Schönheit in einem leisen, schrillen Sopran ausgesprochen hatte, und fuhr fort: »Das ist sicherlich verwirrend, dass ich nach einundzwanzig Jahren wiedergekommen bin, denn selbst der Gekreuzigte mit den langen Haaren brauchte nur drei Tage, um von den Toten aufzuerstehen.«

»Sehr verwirrend«, sagte Schönheit. »Schreib beim nächsten Mal ein Telegramm, bevor du kommst!«

Dewi Ayu konnte diese Stimme nicht einfach ignorieren. Nachdem sie noch einmal darüber nachgedacht hatte, witterte sie einen feindseligen Unterton in den Bemerkungen ihrer Tochter. Aber das hässliche Mädchen schenkte ihr lediglich ein Lächeln, als ob es sie nur daran erinnern wollte, beim nächsten Mal nicht so unachtsam zu sein. Dewi Ayu schaute hilfesuchend zu Rosinah, aber auch das stumme Mädchen lächelte nur, scheinbar ohne jeden Hintergedanken.

»Und plötzlich bist du vierzig Jahre alt, Rosinah. Es dauert nicht mehr lange, da bist du alt und runzelig.« Dewi Ayu hatte das mit einem Lachen gesagt, um die Stimmung etwas aufzuheitern.

»Wie eine Kröte«, gab Rosinah in ihrer Zeichensprache zu verstehen.

»Wie ein Komodowaran«, gab Dewi Ayu zurück.

Beide schauten sie Schönheit an, in Erwartung, dass sie etwas sagte, und tatsächlich brauchten sie nicht lange zu warten.

»Wie ich«, sagte sie. Kurz und schaurig.

Einige Tage konnte Dewi Ayu die Anwesenheit des verdrießlichen Monstrums in ihrem Haus ignorieren, da sie mit den Besuchen alter Bekannter beschäftigt war, die darauf brannten, Geschichten aus der Welt der Toten zu erfahren. Selbst der Kyai, der vor vielen Jahren widerwillig ihre Beerdigung geleitet und sie stets so angewidert angeschaut hatte, wie ein Mädchen Regenwürmer, besuchte sie mit der ausgesuchten Höflichkeit frommer Menschen angesichts eines Heiligen und erklärte aufrichtig, dass ihre Auferstehung einem Wunder gleichkam und dass schließlich niemandem ein Wunder zuteilwurde, wenn er nicht selbst ein Heiliger war.

»Natürlich bin ich eine Heilige«, sagte Dewi Ayu ausgelassen. »Schließlich hat mich einundzwanzig Jahre lang kein einziger Mann berührt.«

»Wie fühlt es sich an, tot zu sein?«, fragte Kyai Jahro.

»Eigentlich macht es Spaß. Das ist auch der Grund, warum keiner der Toten zurückkommt.«

»Aber du bist wiederauferstanden«, entgegnete der Kyai.

»Ich bin zurückgekommen, um euch das zu sagen.«

Das passte bestens für die Predigt am Freitagnachmittag, und der

Kyai ging freudestrahlend fort. Er brauchte sich nicht zu schämen, das Haus von Dewi Ayu aufgesucht zu haben, obgleich er Jahre zuvor gewettert hatte, dass es eine Sünde war, das Haus dieser Hure zu betreten, und wenn man auch nur den Gartenzaun berührte, würde man in der Hölle schmoren. Aber wie die Frau selbst sagte, sie war nicht länger eine Prostituierte, nachdem sie einundzwanzig Jahre lang von niemandem berührt worden war und – davon konnte man wohl ausgehen – fortan auch nicht mehr berührt werden würde.

Diejenige, die am meisten unter dem Wirbel um diese alte, vom Tod wiederauferstandene Frau litt, war niemand anderes als Schönheit, die sich in ihrem Zimmer einschließen musste. Zum Glück dauerten die Besuche nie länger als ein paar Minuten, denn die Leute spürten bald das entsetzliche Grauen, das hinter der verschlossenen Zimmertür dräute. Ihnen war, als ob ein böser Hauch, schwarz und grauenerregend, über sie niedergehe, begleitet von einem befremdlichen, Übelkeit erregenden Gestank, der durch die Türritzen und das Schlüsselloch hervorströmte und sich mit durchdringender Kälte bis ins Knochenmark fraß. Die meisten von ihnen hatten Schönheit noch nie gesehen, außer vielleicht, als sie noch ganz klein war und die Hebamme mit ihr auf der Suche nach einer Amme durch das Viertel gezogen war. Aber der bloße Gedanke an das Monstrum hinter der Zimmertür und der dröhnende Klang der Stille reichten bereits, dass sich den Leuten die Nackenhaare aufrichteten und sie am ganzen Leib zitterten. Aus ihren Mündern kam dann nur noch leeres Geschwätz, und sie vergaßen ihren Wunsch, wundersame Geschichten von Dewi Ayu zu hören. Nachdem sie notgedrungen ein halbes Glas ungesüßten Tees getrunken hatten, standen sie schleunigst auf und verabschiedeten sich, um anderen Leuten von ihrem Besuch zu erzählen.

»Egal wie groß deine Neugier auf die vom Tode wiederauferstandene Dewi Ayu ist«, sagten sie zu jedem nach ihrem grausigen Besuch. »Ich rate dir, geh nicht in ihr Haus.«

»Warum denn nicht?«

»Du wirst sterben vor Angst.«

Als niemand mehr zu Besuch kam, stellte Dewi Ayu, abgesehen von ihrer Angewohnheit, auf der Veranda zu sitzen, ihren gut aussehenden Prinzen zu erwarten und ihr Schicksal aus den Sternbildern vorherzusagen, mehr und mehr Eigentümlichkeiten an Schönheit fest. Eines Nachts tönte es so laut aus dem Schlafzimmer ihrer Tochter, dass Dewi Ayu aus dem Bett stieg und sich in der Dunkelheit auf den Weg zu ihr machte. Das Gerumpel war zweifellos real, und so stand sie völlig fassungslos vor der Schlafzimmertür. Ihre Verwirrung wuchs noch, als sie eindeutige Laute aus dem Mund des hässlichen Mädchens vernahm. Sie stand noch dort, als Rosinah mit einer Taschenlampe auftauchte.

»Ich kenne diese Laute sehr gut«, sagte Dewi Ayu zu Rosinah, halb im Flüsterton. »Aus den Zimmern des Bordells.«

Rosinah nickte zustimmend.

»Solche Laute machen die Leute im Bett beim Sex«, fuhr Dewi Ayu fort.

Und wieder nickte Rosinah.

»Die Frage ist, mit wem sie schläft, oder vielmehr, wer mit ihr schlafen will?«

Rosinah schüttelte den Kopf. Nein, sie schlief mit niemandem. Und wenn doch, würde man niemals erfahren, mit wem, denn man sah niemanden. Dewi Ayu war vom Gleichmut des stummen Mädchens beeindruckt, und es erinnerte sie an ihre eigenen verrückten Zeiten, in denen nur dieses Mädchen sie verstanden hatte. Später in dieser Nacht saßen sie in der Küche vor dem alten Herd und warteten darauf, dass das Kaffeewasser kochte. Im Schein der lodernden Flammen, die an den trockenen Astresten eines Kakaobaums, den dürren Wedeln einer Kokospalme und den Fasern ihrer Früchte nagten, unterhielten die beiden Frauen sich, so wie sie es früher häufig getan hatten.

»Hast du es ihr beigebracht?«, fragte Dewi Ayu.

Rosinah formte mit ihren Lippen ein »Was?«.

»Zu masturbieren.«

Rosinah schüttelte den Kopf, was so viel hieß wie »Schönheit masturbiert nicht, sie schläft mit jemandem, aber du weißt nicht, mit wem.«

»Warum nicht?«

»Weil ich es auch nicht weiß.« Rosinah schüttelte den Kopf.

Sie erzählte von all den merkwürdigen Begebenheiten. Wie das Mädchen, als es noch klein war und ohne dass es ihr jemand beigebracht hatte, sprechen konnte. Wie es sogar im Alter von sechs Jahren zu lesen und zu schreiben begonnen hatte. Schließlich hatte Rosinah ihm überhaupt nichts beigebracht, da es anfing, Dinge zu tun, von denen selbst Rosinah nichts verstand. Sticken im Alter von neun Jahren,

Nähen im Alter von elf, und frag nicht, ob es kochen kann, es macht dir jedes Gericht, das du dir wünschst.

»Jemand muss es ihr beigebracht haben«, sagte Dewi Ayu verwirrt.

»Aber es ist niemand in dieses Haus gekommen«, erwiderte Rosinah in ihrer Zeichensprache.

»Es ist mir gleich, wie er ins Haus gekommen ist oder wie er es angestellt hat, dass wir nichts davon wissen. Aber jemand ist gekommen und hat ihr alles Mögliche beigebracht, sogar, wie man miteinander schläft.«

»Es kommt jemand hierher, und sie schlafen miteinander.«

»Im Haus spukt es.«

Rosinah hatte nie daran geglaubt, dass es in diesem Haus spukte, aber Dewi Ayu hatte allen Grund zur Annahme, dass dem so war. Aber das war etwas anderes, und Dewi Ayu wollte kein Wort darüber vor Rosinah verlieren, jedenfalls nicht in dieser Nacht. Sie vergaß Wasser und Kaffee und verschwand in ihr Schlafzimmer.

In den folgenden Tagen versuchte die alte Frau, dem hässlichen Mädchen auf die Schliche zu kommen und eine einleuchtende Erklärung für all diese Merkwürdigkeiten zu bekommen. Sie wollte nicht daran glauben, dass ein Geist dafür verantwortlich war, auch wenn es diesen Geist in ihrem Haus tatsächlich gab.

Eines Morgens trafen sie und Rosinah einen alten Mann vor dem brennenden Ofen an. Er zitterte vor Kälte und sah aus wie ein Guerillakämpfer, mit zerzaustem, verfilztem Haar, das mit gelblich welken Palmfasern zusammengebunden war. Sein spitzes, eingefallenes Gesicht sah aus, als hätte er seit Jahren gehungert, seine dunkle Kleidung war über und über mit Dreck und getrocknetem Blut besudelt, und er hatte sogar einen kleinen Dolch, der, an einem Ledergürtel festgemacht, von seiner Hüfte baumelte. Er trug Schuhe, wie sie Gurka-Truppen zur Zeit des Krieges besaßen, viel zu groß für seine Füße.

»Wer bist du?«, fragte Dewi Ayu ihn.

»Nenn mich Shodancho«, sagte der alte Mann. »Mir ist kalt, erlaube mir, mich für einen Moment vor deinem Ofen aufzuwärmen.«

Rosinah versuchte ihn einzuschätzen. Vielleicht war er tatsächlich ein Shodancho gewesen, hatte früher einmal ein Bataillon der japanischen Armee angeführt und dann gegen die Besatzungsmacht rebelliert. Vielleicht war er darauf in die Wälder geflohen, hatte dort festgesteckt, ohne jemals zu erfahren, dass die Japaner und die Niederländer längst fort waren und wir bereits eine Republik hatten, mit einer eigenen Flagge und einer eigenen Nationalhymne. Rosinah brachte ihm Frühstück und betrachtete ihn voller Rührung, ein wenig zu viel des Respekts.

Dewi Ayu betrachtete ihn hingegen mit Argwohn und fragte sich, ob er der Prinz war, auf den ihre Tochter allabendlich wartete, und ob er ihr beigebracht hatte, wie man miteinander schlief. Nun war dieser Mann aber offensichtlich über siebzig Jahre alt und vielleicht schon seit Jahren impotent, und so schämte sich Dewi Ayu ihrer niederen Gedanken. Sie forderte den Mann auf, bei ihnen zu wohnen, denn es gab noch ein leer stehendes Zimmer, und er schien jede Verbindung zur realen Welt verloren zu haben.

Shodancho erklärte sich in seinem bedauernswerten Zustand damit einverstanden. Das war an einem Dienstag, drei Monate nachdem Dewi Ayu wiederauferstanden war. Am selben Tag fanden sie Schönheit hilflos hingestreckt auf dem Boden ihres Zimmers. Unterstützt von Rosinah versuchte ihre Mutter, ihr aufzuhelfen, und legte sie aufs Bett.

Shodancho war plötzlich hinter ihnen aufgetaucht und sagte: »Schaut euch ihren Bauch an, sie ist schwanger, bestimmt im dritten Monat.«

Dewi Ayu sah Schönheit verwirrt und ungläubig an und fragte schließlich wütend: »Wie bist du schwanger geworden?«

»So wie du viermal schwanger geworden bist«, antwortete Schönheit. »Ich habe mich ausgezogen und mit einem Mann geschlafen.«

2

Etwas Seltsames musste vorgefallen sein, denn eines Nachts wurde der alte Ma Gedik gezwungen, die blutjunge Dewi Ayu zu heiraten.

Er hatte schnarchend geschlafen, als ein Wagen vor seinem Haus hielt, dessen schnaubende Motorengeräusche, die durch die pechschwarze Nacht drangen, ihn schließlich aufweckten. Er hatte sich noch nicht von seinem ersten Schreck erholt, als schon der nächste wie ein Wirbelsturm über ihn hereinbrach: Ein Muskelpaket von einem Mann war aus dem Wagen gestiegen, von seiner Hüfte baumelte eine Machete, und er hatte Ma Gediks Mischlingshund, der nachts vor der Tür schlief, einen derartigen Tritt versetzt, dass dieser laut bellend und angriffsbereit aufsprang. Vergebens, denn der Fahrer des Wagens erschoss ihn mit einem Gewehr. Der Hund heulte kurz auf und starb, und fast im gleichen Augenblick trat das Muskelpaket gegen das Türblatt aus weichem Holz, das daraufhin nur noch schlaff von der oberen Türangel herabhing.

Das Innere der Hütte war so finster, als bewohnten sie Fledermäuse und Eidechsen statt Menschen. Im Mondlicht, das durch die Türöffnung fiel, ließen sich kaum die zwei Räume ausmachen: ein Schlafzimmer, in dem der alte Mann verwirrt auf dem Rand eines Holzbettes saß, und eine Küche, in der sich ein fast bis zum Rand mit Asche verstopfter Ofen befand. Spinnweben kreuzten sich überall, außer auf der Route des alten Mannes zwischen Ofen, Bett und Haustür. Der Gestank nach Pisse, schlimmer noch als in einem Pferde- oder Schweinestall, löste beim Muskelmann einen sofortigen Hustenanfall aus. Er nahm mit spitzen Fingern eine Handvoll von den Palmwedeln, die neben dem Ofen aufgehäuft waren, zündete das eine Ende mit einem Gasfeuerzeug an und erleuchtete mit dieser Fackel den Raum. Alle möglichen Gegenstände warfen ihre wild tanzenden Schatten umher, und Fledermäuse flatterten hervor. Der alte Mann saß unverändert auf dem Rand seines Holzbetts und betrachtete den ungebetenen Gast mit unverminderter Verwirrung.

Als nächste Überraschung zeigte ihm der Muskelmann eine Schreibtafel, auf der fein säuberlich in der Handschrift eines Mädchens etwas geschrieben stand. Er konnte es nicht lesen, der Muskelmann ebenso wenig, aber Letzterer wusste, was dort geschrieben stand.

»Dewi Ayu will dich heiraten«, sagte er.

Es musste sich um einen Scherz handeln, denn selbst seine wildesten Träume reichten an eine solche Fantasie nicht heran. Er war ein alter Mann, hatte mehr als ein halbes Jahrhundert gelebt, und selbst die alten Witwen, deren Männer im Kampf gegen die Niederländer in Sumatra gestorben oder ins Straflager Boven-Digoel verbannt worden waren, hätten es vorgezogen, gute Taten für ihr Leben im Jenseits anzuhäufen, als daran zu denken, einen Karrenzieher wie ihn zu heiraten. Er könnte von Glück sprechen, wäre er imstande gewesen, einer

Frau genug zu essen zu bieten; denn wie man mit einer Frau schlief, hatte er praktisch vergessen. Sein letztes Mal in einem Bordell lag Jahre zurück, und es war ebenfalls viele Jahre her, dass er es sich mit der Hand besorgt hatte. Daher sagte er mit der Einfältigkeit eines Mannes vom Dorf zu dem Muskelmann: »Ich weiß ja nicht einmal, ob ich sie entjungfern kann.«

»Kein Problem. Ob sie nun von dir oder vom Schwanz eines Hundes entjungfert wird, sie will dich heiraten«, erwiderte der Muskelmann grimmig. »Wenn du es nicht tust, wird dich Tuan Stammler den wilden Hunden zum Frühstück vorwerfen.«

Er schauderte. Viele der Niederländer hielten sich wilde Hunde als Begleiter für die Wildschweinjagd, und wenn sie einen Einheimischen nicht mochten, ließen sie ihn im Kampf auf Leben und Tod gegen die wilden Hunde antreten. Aber auch wenn an der Drohung etwas Wahres dran war – einmal ganz abgesehen davon, dass er überhaupt nicht verstand, warum er sie überhaupt heiraten sollte –, war eine Heirat mit Dewi Ayu keine einfache Angelegenheit. Er hatte nämlich bereits versprochen, niemals zu heiraten. Seine unsterbliche Liebe galt einer Frau, die einst gen Himmel fliegend verschwunden war und Ma Iyang hieß.

Mit dieser Frau verband ihn eine unerfüllte Liebe. Ma Gedik und Ma Iyang wuchsen gemeinsam in der Fischersiedlung auf, sie trafen sich jeden Tag, schwammen im selben Wasser in der Flussmündung, aßen vom selben Fisch, und es lag nur an ihrer Jugend, dass sie noch nicht heirateten. Anders als die anderen seines Alters trug Ma Gedik auf Schritt und Tritt ein Bambusrohr mit sich herum. Diesen Behälter, gefüllt mit der Milch seiner Mutter, hatte Ma Gedik seit dem Zeitpunkt, da er laufen und sich ohne seine Mutter vom Haus fortbewegen konnte, immer dabei. Davon zunehmend irritiert, fragte Ma Iyang ihn eines Tages, warum er die Milch im Alter von inzwischen neunzehn Jahren immer noch trank, selbst wenn sie sauer geworden war.

»Weil mein Vater bis ins hohe Alter die Milch meiner Mutter getrunken hat.«

Ma Iyang verstand. Hinter einer Ansammlung von Pandan-Büschen zog sie ihre Kleider aus und forderte den jungen Mann auf, an den Brustwarzen ihrer reizend wachsenden Brüste zu saugen. Es kam zwar keine Milch heraus, aber das Erlebnis reichte, um Ma Gedik auf der Stelle von der Milch seiner Mutter aus dem Bambusrohr zu entwöhnen und sich unsterblich in das Mädchen zu verlieben. So ging das, bis eines Nachts eine Pferdekutsche Ma Iyang abholte, die, zurechtgemacht wie eine javanische Tänzerin, schön und schmerzlich zugleich anzusehen war. Als Ma Gedik wie immer als Letzter davon erfuhr, lief er den Strand entlang, der Kutsche hinterherjagend. Als er sie erreicht hatte, rief er dem hübschen Mädchen, das hinter dem Kutscher saß, die Frage zu: »Wohin fährst du?«

»Ins Haus des niederländischen Tuan.«

»Wozu? Du musst doch kein Hausmädchen für einen Niederländer werden.«

»Werde ich auch nicht«, sagte das Mädchen. »Ich werde seine Mätresse. Du wirst mich dann Nyai Iyang nennen.«

»Scheiße!«, schrie Ma Gedik. »Wozu willst du seine Mätresse werden?«

»Weil, wenn ich es nicht tue, Vater und Mutter den wilden Hunden zum Frühstück vorgeworfen werden.«

»Aber du weißt, dass ich dich liebe?«

»Das weiß ich.«

Während er weiter neben der Pferdekutsche herlief, beweinten beide, der junge Mann und das Mädchen, gemeinsam ihren schmerzlichen Abschied, den nur der verwirrt dreinschauende Kutscher bezeugte. Besonnen versuchte dieser die beiden zu beruhigen: »Liebe heißt nicht, den anderen zu besitzen.«

Dies tröstete die beiden in keiner Weise, sondern führte dazu, dass Ma Gedik stürzte und in jammerndes Wehklagen über sein Unglück ausbrach. Das Mädchen befahl dem Kutscher, auf der Stelle anzuhalten und zurückzusetzen. Dann stieg sie von der Kutsche und stellte sich vor den jungen Mann. Und im Beisein des alten Kutschers, des Pferdes, der singenden Frösche, der Eulen, Moskitos und Motten machte das Mädchen ein Versprechen.

»In sechzehn Jahren wird der niederländische Herr meiner überdrüssig sein. Wenn du mich dann noch liebst und wenn du das, was der Niederländer übrig gelassen hat, noch willst, dann warte auf mich auf dem Gipfel des Sandsteinhügels.«

Danach sahen sie sich nie wieder, und eine Nachricht gab es ebenso wenig. Ma Gedik wusste nicht einmal, wer dieser niederländische Herr war, der derart lüstern sein musste, um sich eine Geliebte zu nehmen, die mit ihren fünfzehn Jahren noch im Begriff war aufzublühen. Er selbst war neunzehn Jahre alt und schwor, er würde Ma Iyang immer lieben, auch wenn sie in Stücke zerhackt nach Hause zurückkehren würde.

Der Weggang eines geliebten Menschen ist keine einfache Sache. Während der Wartezeit entwickelte sich Ma Gedik zu einem Mann, der verrückter noch war als die Verrückten, idiotischer als die Idioten und vor allem trauriger als die Trauernden in der Trauerzeit. Seine Kumpel vom Hafen, wo er als Karrenzieher und Lastenkuli arbeitete, versuchten ihn zu trösten, indem sie ihm rieten, eine andere Frau zu heiraten, doch er vertat Zeit und Geld lieber beim Glücksspiel und kam nachts betrunken nach Hause. Seine engen Freunde gaben es auf, ihn zur Heirat mit einer anderen Frau zu ermuntern, und überredeten ihn nun dazu, ins Bordell zu gehen. Zumindest, so hofften sie, würden die Rundungen einer Frau seine Traurigkeit schmälern. Zu jener Zeit gab es nur ein einziges Bordell am Ende des Hafendamms. Ursprünglich für die niederländischen Soldaten gebaut, tauchten diese kaum mehr dort auf, nachdem sich die Syphilis ausgebreitet hatte. Sie zogen es vor, sich eigene Mätressen zu halten, und so wurde das Bordell im Laufe der Zeit immer häufiger von den Hafenarbeitern besucht.

»Ehe oder Bordell, beides ist Verrat«, sagte Ma Gedik starrköpfig. Doch als seine Freunde ihn, betrunken und halb bewusstlos, eines Tages zu diesem Bordell schleppten und er den Verdienst eines ganzen Tages für ein Bett und eine fette Frau mit einer Möse so groß wie ein Mauseloch ausgegeben hatte, war er rasch vom Reiz überzeugt und meinte nun: »Prostituierte zu vögeln ist kein Verrat, denn sie werden mit Geld bezahlt und nicht mit Liebe.«

So wurde er ein treuer Stammgast in diesem Bordell am Ende des Hafendamms, er schlief mit den Frauen und flüsterte dabei den Namen des Mädchens, das ihn verlassen hatte. Das tat er fast jedes Wochenende, gemeinsam mit seinen Freunden. In Zeiten, in denen Geld reichlich vorhanden war, schlief jeder mit einer eigenen Prostituierten, doch wenn Sparsamkeit angesagt war, teilten sie sich zu fünft eine Frau. In den folgenden Jahren heirateten die Freunde einer nach dem anderen. Für Ma Gedik brach eine bittere Zeit an, denn seine Freunde hatten immer seltener die Gelegenheit, ins Bordell zu gehen, und darüber hinaus Ehefrauen, mit denen sie aus Liebe schliefen und nicht für Geld. Und allein ins Bordell zu gehen, gehört zu den niederschmetterndsten Dingen der Welt. Er ging dazu über, die Geschicklichkeit seiner Hand zu trainieren, wenn er sich einsam fühlte; und wenn er es einfach nicht mehr aushielt, machte er sich in der pechschwarzen Nacht heimlich zum Ende des Hafendamms auf und schlich sich, noch bevor die Fischer vom Meer zurückkehrten, nach Hause.

Allmählich wurde er ein Sonderling, ein Menschenfeind sogar. Nicht selten erwischte man ihn im Tierstall eines Nachbarn, wo er im Begriff war, eine Kuh zu vergewaltigen oder – bis dessen Eingeweide heraustraten – ein Huhn. Manchmal schlug er erst einen Hirtenjungen, fing dann eines der Schafe und bearbeitete es mitten auf der Weide. Eine Frau mittleren Alters, die ihn einmal dabei ertappte, rannte, entsetzt über so viel Triebhaftigkeit, samt ihrem mit Jamswurzelblättern gefüllten Korb über den Deich und zwischen den Reisfeldern auf und davon. Die Leute begannen, ihm aus dem Weg zu gehen, denn er wusch sich nicht mehr. Er aß auch keinen Reis mehr oder andere Nahrungsmittel, sondern nur noch seinen eigenen Kot oder den Kot anderer, den er in den Bananenpflanzungen fand. Seine Familie und seine Freunde machten sich große Sorgen und riefen einen Heilkundigen, der aus großer Ferne anreiste. Sein Ruf, alle möglichen Krankheiten heilen zu können, eilte ihm weit voraus. Dieser Heilkundige war Inder, und mit seiner weißen Robe und seinem wehenden Bart wirkte er weise und fast wie ein Heiliger. Er untersuchte den Patienten im Ziegenstall, wo man Ma Gedik vor einem Monat festgebunden hatte und wo dieser dank des Stallmists überlebte. Mit ruhiger Stimme sprach der Heilkundige zu den besorgten Leuten: »Nur die Liebe ist imstande, einen Verrückten zu heilen.«

Das nun war eine äußerst schwierige Angelegenheit, da man ihm Ma Iyang nicht zurückbringen konnte. Schließlich gaben die Leute auf und ließen ihn für die weiteren Jahre des Wartens gefesselt im Stall.

»Sie haben sich das Versprechen gegeben, sechzehn Jahre zu warten«, sagte seine Mutter wütend. »Er wird längst verrottet sein, wenn es so weit ist.« Es war sie, die wutentbrannt entschieden hatte, ihn zu fesseln, weil sie gezwungen war, sechs todgeweihte Hühner zu schlachten, deren Eingeweide sich aus ihren Hinterteilen wanden.

Doch er verrottete nicht. Vielmehr besserte sich sein gesundheitlicher Zustand mit dem nahenden Ende der Wartezeit, und er bekam sogar rosige Wangen. Nach der Schule und bevor sie nach Hause gingen, um die Tiere zu hüten, versammelten sich die barfüßigen Schuljungen vor Ma Gediks Ziegenstall und machten sich über ihn lustig. Er wiederum brachte ihnen bei, wie man sein Geschlechtsteil verwöhnte, indem man es mit etwas Spucke in der Hand rieb. Als der Lehrer davon hörte, verbot er allen Kindern, sich ihm zu nähern. Trotzdem probierten die Jungen aus, was er ihnen beigebracht hatte. Heimlich und mitten in der Nacht kam immer wieder der ein oder andere zu ihm an den Ziegenstall und flüsterten ihm zu, er hätte gerade eine neue Art zu Pinkeln entdeckt, die sich viel besser anfühlte als die normale.

»Es wird euch noch mehr Spaß machen, wenn ihr es mit dem, was die Mädchen dort haben, ausprobiert.«

Als ein Bauer eines Nachmittags zwei Kinder im Alter von neun Jahren in den Pandan-Büschen miteinander schlafend vorfand, verschlossen die Dorfleute kaltherzig den Ziegenstall mit Brettern. Ma Gedik war im dunklen Stall eingesperrt, ohne dass ein einziger Mensch mit ihm sprach.

Doch diese Bestrafung schmälerte nicht im Geringsten seinen Lebensmut. Gefesselt und in diesen Stall gesperrt, begann er unanständige Lieder zu singen, die den Kyais die Zornesröte ins Gesicht trieb und viele Leute nachts um ihren Schlaf brachte. So ging das wochenlang, und die meisten empfanden es als Rache. Aber ausgerechnet an jenem Morgen, als die Dorfbewohner übereingekommen waren, seinen Mund mit einer jungen Kokosnuss zu stopfen, geschah ein Wunder. Er sang keine unanständigen Lieder mehr, sondern wunderschöne Liebesweisen, die nicht wenige Zuhörer zu Tränen rührten. Die Weisen waren derart schön, dass die Leute aus der ganzen Umgebung ihre Arbeit einstellten, als erwarteten sie, dass Engel vom Himmel herabstiegen. Endlich begriff jemand die Bedeutung dieses Wunders: Es war für Ma Gedik der letzte Tag des Wartens, der Tag, an dem er seine Geliebte auf dem Gipfel des Sandsteinhügels wiedersehen würde.

Freunde und Familie umschwärmten den Ziegenstall und begannen, die festgenagelten Bretter abzureißen. Im Inneren des Stalls, dessen beißend stinkende Feuchte an ein Rattenloch erinnerte, fanden sie den Mann unverändert vor, in seinen Fesseln liegend und eine Liebesweise singend. Sie schnitten die Schnüre auf und brachten ihn zu einem Wassergraben, in dem sie ihn alle gemeinsam badeten wie ein neugeborenes Baby oder einen alten, soeben verstorbenen Mann. Sie rieben seinen Körper mit Rosenöl und Lavendel ein, gaben ihm ordentliche, warme Kleidung, ein Hemd und ein Paar abgetragener Hosen eines Niederländers, und putzten ihn heraus wie die Leiche eines Christen, die man in den Sarg legt.

Als all das getan war, machten einige seiner alten Freunde anerkennende Bemerkungen: »Du siehst sehr gut aus«, sagten sie. »Ich fürchte, meine Frau wird sich noch in dich verlieben.«

»Und ob sie das wird«, erwiderte Ma Gedik, »wenn selbst Schafe und Krokodile sich in mich verlieben.«

Es stimmte, was der Heilkundige aus Indien gesagt hatte: Die Liebe hatte seine Krankheit geheilt. Niemand hatte mehr Angst vor Ma Gedik, und alle vergaßen sein früheres schlechtes Benehmen. Selbst junge Mädchen standen ganz dicht neben ihm, ohne Bedenken, seine Hand könnte sich lüstern herantasten, und die frommen Leute begrüßten ihn freundlich, ohne zu befürchten, ihre Ohren könnten mit Obszönitäten brüskiert werden. Seine Mutter richtete ein kleines Fest auf seine plötzliche Genesung aus, mit gelbem Reis und einer guten Portion Fleisch von einem Huhn, das, ohne dass ihm der Darm aus dem Anus hing, ordentlich geschlachtet worden war. Dazu holte man einen Kyai, der Genesungsgebete sprechen sollte. Das war ein glanzvoller Morgen in der Fischersiedlung, in einem noch in Nebel gehüllten Winkel von Halimunda. Ein Morgen, den keiner der Bewohner jemals vergessen sollte und der auch viele Jahre später immer wieder wachgerufen wurde, wenn ihre Kinder und Kindeskinder die Liebesgeschichte von Ma Gedik und Ma Iyang erzählten, die für lange Zeit ein Sinnbild der ewigen Liebe blieb.

Doch das sechzehnjährige Warten endete tragisch. Kurz nachdem es unter der Sonne stechend heiß zu werden begann, waren heranrasende Autos und galoppierende Pferde zu hören. Niederländer würden, so hieß es, einer Mätresse nachjagen, die in Richtung des Sandsteinhügels geflohen war. Zweifelsohne Ma Iyang. Auf einem Esel, den er im Stall eines Pferdekarrenbetreibers entdeckt hatte, jagte Ma Gedik den Niederländern und seiner Geliebten hinterher, und hintendrein liefen die Leute aus dem Viertel, einer nach dem anderen, wie der Schwanz einer riesigen Schlange. Sie kamen bis zu einem Tal, in dem die Niederländer stehen geblieben waren und Ma Gedik laut lamentierend immer wieder den Namen seiner Geliebten rief.

Man erkannte Ma Iyang winzig klein auf dem Gipfel des Sandsteinhügels. Kein Auto, kein Pferd und schon gar kein Esel würde sie dort erreichen. Die Niederländer warfen ihr wutentbrannte Blicke zu und schworen, sie den wilden Hunden vorzuwerfen, sollte man sie zu fassen bekommen. Ma Gedik versuchte, den Sandsteinhügel hinaufzuklettern, was ihn derart anstrengte, dass sich die Leute fragten, wie es die Frau nur geschafft hatte. Als der Kampf endlich gewonnen war, stand Ma Gedik neben seiner Geliebten, überschäumend vor Sehnsucht.

»Willst du mich noch?«, fragte Ma Iyang. »Meinen Körper hat der Niederländer von oben bis unten abgeleckt und mit seinem Speichel eingesabbert, und in meine Scham hat er mit seinem Glied eintausendeinhundertzweiundneunzig Mal eingestoßen.«

»Ich habe mit meinem Glied vierhundertzweiundsechzig Mal in die Mösen von achtundzwanzig Frauen eingestoßen und habs mir von Hand unzählige Male besorgt, die Tiere nicht mitgerechnet, worin also unterscheiden wir uns?«

Als sei eine schamlose Gottheit in sie gefahren, liefen die beiden aufeinander zu, umschlangen und küssten sich in der tropischen Sonnenglut. Und um ihrer seit so langer Zeit aufgestauten Sehnsucht freien Lauf zu lassen, zogen sie ihre Kleider aus und warfen sie fort, sodass sie vom Wind umspielt wie Mahagoniblüten kreisend talwärts flogen. Die verblüffte Menge beobachtete fassungslos die Szene, einige schrien kurz auf, und die Gesichter der Niederländer glühten rot. Die beiden aber liebten sich ohne jede Zurückhaltung auf einem flachen Sandsteinfelsen und vor den Augen all der Leute, die das Tal füllten, als schauten sie einen Film im Kino. Die frommen Frauen bedeckten ihre Gesichter mit den Enden ihrer Kopftücher, und die Männer bekamen einen Ständer und wagten nicht, einander anzusehen.

Doch die Niederländer sagten: »Was hab ich dir gesagt, die Einheimischen sind Affen, keine Menschen.«

Die eigentliche Tragödie geschah erst, nachdem sie miteinander geschlafen hatten und Ma Gedik seine Geliebte aufforderte, vom Berg zu steigen und mit ihm nach Hause zu gehen, um dort miteinander zu leben, einander zu lieben und zu heiraten.

Das sei unmöglich, sagte Ma Iyang. Bevor sie einen Fuß in das Tal setzten, würden die Niederländer sie in das Gehege der Wildhunde werfen. »Ich will lieber fliegen.«

»Das geht nicht«, sagte Ma Gedik. »Du hast keine Flügel.«

Da machte Ma Iyang, deren nackter Körper über und über mit Schweißtropfen besetzt war, die wie Perlen im Sonnenlicht glitzerten, einen Satz und flog in Richtung Tal. Sie verschwand hinter dem sich senkenden Nebel. Die Leute hörten nur die herzzerreißenden Schreie Ma Gediks, der die Berghänge auf der Suche nach seiner Geliebten hinablief. Alle Leute beteiligten sich an der Suche, selbst die Niederländer und die wilden Hunde. Sie ließen keinen Winkel des Tals unberührt, doch Ma Iyang wurde nie gefunden, weder lebendig noch tot, bis am Ende jeder glaubte, dass die Frau tatsächlich fortgeflogen war. Die Niederländer glaubten das auch, und auch Ma Gedik. Da nur der Sandsteinhügel zurückgeblieben war, nannten ihn die Leute nach der Frau, die von seinem Gipfel aus in den Himmel geflogen war: Ma-Iyang-Hügel.

Ma Gedik jedoch zog sich in das Sumpfgebiet zurück, wo es die Niederländer während der Regenmonate wegen der Malariamücken nicht aushielten, und errichtete sich dort eine Hütte. Am Tag zog er mit seinem Karren beladen mit Kaffee, Kakaobohnen und hin und wieder Kopra und Yamswurzeln zum Hafen, und in der Nacht schloss er sich in seine Zurückgezogenheit ein. Von kurzen Gesprächen mit anderen Karrenziehern abgesehen, sprach er meist nur mit sich selbst oder mit seinen ihn stets begleitenden Geistern. Auch wenn er keine Rinder oder Hühner vergewaltigte und keinen Kot mehr aß, begannen die Leute anzunehmen, er habe einen Rückfall seines Wahns erlitten.

Nachdem die erste Hütte errichtet worden war, kamen mehr und mehr Leute in die Sümpfe, weitere Hütten wurden gebaut, und es entstand eine neue Siedlung. Solange die Malariamücken nichts von ihrer Aggressivität eingebüßt hatten, scherten sich die Niederländer weder um die dortigen Besitzverhältnisse noch um die Steuern. Der einzige Niederländer, der sich jemals in diese Gegend wagte, war ein Kontrolleur, der damit beauftragt worden war, eine Volkszählung durchzuführen. Dieser Kontrolleur war auch der einzige Besucher, der jemals bei Ma Gedik erschien. Sein erster Besuch in der Hütte war eine merkwürdige Erfahrung für ihn. Er traf einen alternden Mann an und vernahm einen diffusen Lärm, als lebte dort eine Familie mit vielen Kindern.

»Ich lebe hier mit meiner Frau und unseren neunzehn Kindern«, sagte Ma Gedik.

Der Kontrolleur machte sich sorgfältig Notizen und setzte seine Arbeit im Haus der Nachbarn fort. Die Leute in der Siedlung schworen bei ihrem Leben, dass der alte Mann ganz allein in seiner schäbigen

Hütte lebte. Es würde keine Ehefrau und schon gar keine neunzehn Kinder geben. Der Kontrolleur, dessen Neugier geweckt worden war, ging ein weiteres Mal zu der Hütte. Und genau wie bei seinem ersten Besuch traf er lediglich den Mann an und vernahm undeutliche Laute; diesmal klang es aus der dunklen Kammer, als sänge eine Frau ihr Baby in den Schlaf, und von irgendwoher waren Kinderstimmen zu hören.

»Ich lebe hier mit meiner Ehefrau und unseren neunzehn Kindern«, sagte Ma Gedik wieder.

Der Kontrolleur kam nie wieder, denn eine Woche später fand man ihn tot in seinem Pensionszimmer, gestorben am Malariafieber. Dieses Ereignis lag nun viele Jahre zurück, und der Kontrolleur blieb der einzige Mensch, der jemals die Hütte Ma Gediks betreten hatte – bis zu jener Nacht, in der sein Mischlingshund von den Gewehrsalven des fremden Fahrers getötet wurde und der Muskelmann die Tür seiner Hütte eintrat, mit der Nachricht, Dewi Ayu wolle ihn heiraten. Da er nicht wusste, warum sie ihn hätte heiraten wollen, schwante ihm Übles. Das Mädchen war mit Sicherheit schwanger, und er würde nun gezwungen werden, sie zu heiraten, um die Schande für ihre niederländische Familie abzuwenden.

Noch am ganzen Körper schlotternd, fragte er daher den Muskelmann: »Ist sie schwanger?«

»Wer?«

»Dewi Ayu.«

»Wenn sie dich heiraten will«, erwiderte der Mann, »dann höchstens deshalb, weil sie gerade nicht schwanger werden will.«

Dewi Ayu empfing ihren Zukünftigen voller Freude, während es Ma Gedik umgekehrt ganz elend zumute war. Sie forderte ihn auf, ein Bad zu nehmen, und gab ihm etwas Anständiges zum Anziehen, denn, so sagte sie ihm, der Geistliche würde jeden Moment eintreffen. Auch das hellte Ma Gediks Gemüt nicht auf, im Gegenteil. Je näher der Zeitpunkt ihrer Eheschließung kam, desto niedergeschlagener wurde er.

»Lächle, mein Liebling«, sagte Dewi Ayu. »Wenn du es nicht tust, werden dich die wilden Hunde verschlingen.«

»Sag mir, warum willst du mich heiraten?«

»Den ganzen Morgen schon fragst du mich immer dasselbe«, sagte Dewi Ayu, mittlerweile ein wenig verärgert. »Meinst du, andere Leute haben einen Grund zu heiraten?«

»Zumindest lieben sie sich.«

»Und wir tun das genaue Gegenteil, wir lieben uns nicht«, sagte Dewi Ayu. »Das ist doch ein guter Grund, oder etwa nicht?«

Das Mädchen war gerade erst sechzehn Jahre alt und wie viele Mischlingskinder umwerfend schön. Sie hatte schwarz glänzende Haare und blau schimmernde Augen. Mit ihrem Hochzeitskleid aus Tüll und dem kleinen Diadem sah sie aus wie die Fee aus einem Kinderbuch. Nachdem die gesamte Familie ihre Sachen gepackt und sich mit Scharen anderer Niederländer zum Hafen aufgemacht hatte, um nach Australien zu fliehen, hatte sie nun im Hause Stammler das Sagen. Japanische Soldaten hatten Singapur besetzt und waren möglicherweise inzwischen schon in Batavia gelandet. Auch wenn man in Halimunda davon noch nichts mitbekommen hatte, waren die ansässigen Niederländer doch bereits in Angst und Schrecken versetzt und flohen, solange es noch möglich war.

Die Gerüchte über einen Krieg vor Ort waren schon seit Monaten in Umlauf, nachdem man im Radio vom Ausbruch des Krieges in Europa gehört hatte. Zu der Zeit besuchte Dewi Ayu die Schule der Franziskaner, jene Schule, die viele Jahre später zur staatlichen Mittelschule werden und in der in einer der Schultoiletten ihre Enkeltochter Rengganis die Schöne von einem Hund vergewaltigt werden sollte. Dewi Ayu wollte Lehrerin werden, und zwar aus dem recht einfachen Grund, weil sie keine Krankenschwester werden wollte. Zur Schule wurde sie morgens gemeinsam mit Tante Hanneke gefahren, die in einem Kindergarten unterrichtete, mit dem Wagen, der später auch Ma Gedik abholte, von demselben Fahrer, der den Hund des alten Mannes erschoss.

Sie hatte die besten Lehrer Halimundas: Nonnen, die sie in Musik, Geschichte, Sprachen und Psychologie unterrichteten, sowie Jesuitenpriester aus dem Priesterseminar, die Religionskunde, Kirchengeschichte und Theologie lehrten. Alle waren sie von der natürlichen Intelligenz Dewi Ayus beeindruckt, gleichermaßen aber auch durch ihre Schönheit verunsichert. Einige der Nonnen versuchten sie zu überzeugen, ebenfalls Nonne zu werden und ein Leben in Armut, Keuschheit und Reinheit zu geloben.

»Das ist unmöglich«, sagte sie. »Wenn jede Frau ein solches Gelübde ablegte, würde die Menschheit aussterben wie die Dinosaurier.«

Ihre schockierende Art zu sprechen war noch beunruhigender als ihre Schönheit.

Das Einzige, was Dewi Ayu an der Religion mochte, waren die fantastischen Geschichten, und das Einzige, was sie an der Kirche mochte, war der sanfte Klang des Angelusläutens. Darüber hinaus deutete nichts darauf hin, dass sie an irgendetwas glaubte.

Als der Krieg in Europa ausbrach, war sie in ihrem ersten Jahr auf der Franziskaner-Schule. Schwester Maria hatte vorn in der Klasse ein Radio aufgestellt, aus dem aufgeregt berichtet wurde, dass die deutschen Truppen in die Niederlande einmarschiert waren und lediglich vier Tage gebraucht hatten, um das Nachbarland zu besetzen. Die Kinder waren überrascht und beeindruckt, dass es so was wie Krieg wirklich gab und er nicht bloß eine von den langweiligen Geschichten in ihren Schulbüchern war. Und außerdem hatte dieser Krieg das Land ihrer Vorfahren getroffen, und die Niederlande hatten verloren.

»Erst haben es die Franzosen und nun die Deutschen besetzt«, sagte Dewi Ayu. »Das ist wirklich ein armseliges Land.«

»Dewi Ayu, was willst du damit sagen?«, fragte Schwester Maria.

»Ich will damit sagen, dass wir viel zu viele Händler anstatt Soldaten haben.«

Als Strafe für ihre vorlaute Bemerkung musste sie Psalmen lesen. Unter allen Schulkindern war Dewi Ayu das einzige, das an der Kriegsnachricht seine Freude hatte und eine schaurige Vorhersage traf: Der Krieg würde bis nach Niederländisch-Indien und sogar bis nach Halimunda kommen. Nichtsdestotrotz schloss sie sich den gemeinsamen Gebeten an, die die Schwestern für das Wohlergehen ihrer in Europa lebenden Familien abhielten und dabei den Umstand ignorierten, dass Dewi Ayu von keinem Angehörigen dort wusste.

Die Angst vor dem Krieg traf auch ihr Haus, vor allem weil ihr Großvater und ihre Großmutter, Ted und Marietje Stammler, Familie in den Niederlanden hatten. Sie fragten ständig nach Briefen aus dem fernen Land, die jedoch niemals eintrafen. Aber vor allem machten sie sich Sorgen um Dewi Ayus Vater und Mutter, Henri und Aneu Stammler, die vermutlich nach Europa geflohen waren. Sie waren an einem Morgen vor sechzehn Jahren einfach gegangen, ohne sich zu verabschieden, und hatten die neugeborene Dewi Ayu zurückgelassen. Auch wenn das, was sie getan hatten, ihre Familie entrüstete, sorgte sie sich doch um sie.

»Wo auch immer sie sein mögen, ich hoffe, sie sind glücklich«, sagte Ted Stammler.

»Und wenn die Deutschen sie umbringen, werden sie glücklich im Himmel leben«, sagte Dewi Ayu. Und darauf antwortete sie sich selbst: »Amen.«

»Nach sechzehn Jahren ist mein Zorn abgekühlt«, sagte Marietje. »Du solltest dir wünschen, sie sehen zu können.« Ihre Worte waren an Dewi Ayu gerichtet.

»Selbstverständlich tue ich das, Oma. Sie schulden mir immerhin sechzehn Weihnachtsgeschenke und sechzehn Geburtstagsgeschenke. Die sechzehn Ostereier nicht mitgerechnet.«

Dewi Ayu war die Geschichte von den beiden, von Henri und Aneu, längst zu Ohren gekommen. Einige der Küchenangestellten hatten sie ihr flüsternd erzählt, denn wenn Ted oder Marietje erfahren hätten, dass sie dem Mädchen gegenüber auch nur ein Wort davon durchsickern ließen, würden sie ausgepeitscht werden. Aber mit der Zeit gingen Ted und Marietje anscheinend davon aus, dass Dewi Ayu bereits die ganze Wahrheit kannte, einschließlich des Kapitels darüber, wie man sie eines Morgens in einem Korb liegend vor der Küchentür aufgefunden hatte. Sie schlief tief und fest in eine Decke gewickelt, ein Schnipsel Papier war dazugelegt, auf dem ihr Name geschrieben stand sowie eine kurze Notiz, aus der hervorging, dass ihre Eltern bereits auf der *Aurora* in Richtung Europa segelten.

Seit sie denken konnte, wunderte sie sich, warum sie keine Eltern, sondern nur Opa und Oma und eine Tante hatte. Aber als sie dann erfuhr, dass sich ihr Vater und ihre Mutter eines Morgens auf und davon gemacht hatten, wurde sie nicht etwa wütend, sondern bewunderte die beiden sogar ein wenig. »Sie sind wahre Abenteurer«, sagte sie zu Ted Stammler.

»Du hast zu viele Geschichtenbücher gelesen, Kind«, sagte ihr Großvater.

»Es sind fromme Leute«, sagte sie wieder. »In der Bibel wird von einer Mutter erzählt, die ihr Kind im Nil ausgesetzt hat.«

»Das ist etwas ganz anderes.«

»Ja, natürlich. Mich hat man vor der Tür ausgesetzt.«

Sowohl Henri als auch Aneu waren Ted Stammlers Kinder. Sie lebten seit ihrer Geburt unter demselben Dach, und niemand bemerkte, wie sie sich ineinander verliebten. Während der zwei Jahre ältere Henri aus dem Schoß Marietjes stammte, war Aneu die Tochter von Ted und einer einheimischen Mätresse namens Ma Iyang. Obwohl Ma Iyang in einem anderen Haus lebte und von zwei Muskelpaketen bewacht wurde, hatte Ted nach Aneus Geburt beschlossen, sie in sein Haus zu holen, auch wenn es deswegen eine heftige Auseinandersetzung mit Marietje gab. Aber was will man machen, die meisten Niederländer hielten sich Mätressen und zeugten uneheliche Kinder. Marietje erklärte sich schließlich damit einverstanden, dass die Kleine bei ihnen im Haus lebte, und übertrug ihr den Familiennamen, um nicht zum Gespött der Leute im Billard-Club zu werden.

Henri und Aneu wuchsen gemeinsam auf und hatten genug Zeit, sich ineinander zu verlieben. Henri war ein sympathischer Junge. Er stellte sich bei der Schweinejagd mit den Barsoi-Hunden, die man direkt aus Russland importierte, geschickt an, war ein guter Ballspieler, konnte gut schwimmen und auch tanzen. Unterdessen wuchs Aneu zu einer hübschen jungen Frau heran und verbrachte die meiste Zeit damit, Klavier zu spielen und mit lieblicher Sopranstimme zu singen. Ted und Marietje erlaubten den beiden zum Jahrmarkt und in den Tanzpalast zu gehen, denn sie waren alt genug für solche Vergnügungen und würden dort vielleicht sogar eine passende Partie finden. Das war der Anfang des Unglücks. Nachdem sie einmal bis spät in die Nacht getanzt und danach in einem Restaurant Limonade getrunken hatten, kehrten sie nicht nach Hause zurück. Irgendwann begann Ted sich zu sorgen, und zusammen mit zwei der Wachmänner machte er sich schließlich auf den Weg zum Jahrmarkt. Dort fanden sie jedoch nur das in Dunkelheit gehüllte und stillstehende Karussell vor, die verriegelte Geisterbahn, den menschenleeren Tanzpalast, die geschlossenen Essensbuden und ein paar der Angestellten, die erschöpft vor ihren Buden schliefen.

Da sie unauffindbar waren, erkundigte Ted sich bei einigen der Freunde seiner Kinder, von denen einer zu berichten wusste: »Henri und Aneu sind in Richtung Bucht gegangen.«

Nachts gab es in dieser Bucht außer ein paar Unterkünften nichts. Ted durchsuchte die Gebäude eins nach dem anderen und fand die beiden schließlich in einem der Zimmer, nackt und sichtlich überrascht. Ted sagte kein Wort, und sie kehrten nie wieder nach Hause zurück. Niemand wusste, wo sie nach diesem Vorfall lebten. Vielleicht zogen sie von Unterkunft zu Unterkunft und lebten von Gelegenheitsarbeiten oder von dem Geld, das ihre Freunde ihnen gaben. Oder sie hatten sich in den Wald zurückgezogen und lebten dort von Früchten und Hirschfleisch. Jemand meinte, sie seien nach Batavia gegangen und arbeiteten bei der Bahngesellschaft. Ted und Marietje erfuhren nichts weiter über sie, bis zu jenem Morgen, an dem Ted ein Baby in einem Korb vor der Tür fand.

»Und dieses Baby warst du«, sagte Ted. »Sie gaben dir den Namen Dewi Ayu.«

»Und auf der *Aurora* machten sie noch mehr Kinder, auf dass es in Europa vor jeder Haustür einen Korb gäbe«, antwortete das Mädchen.

»Als deine Großmutter davon erfuhr, ist sie durchgedreht. Sie lief aus dem Haus und war nicht mehr einzuholen, weder von Pferden noch von Autos. Dann entdeckten wir sie auf dem Gipfel des Sandsteinhügels. Sie kam aber nicht mehr hinab, sondern flog davon.«

»Oma Marietje ist geflogen?«, fragte Dewi Ayu.

»Nein, Ma Iyang.«

Die Mätresse war ihre andere Großmutter. Ihr Großvater erklärte ihr, dass sie, wenn sie auf der Veranda auf der Rückseite des Hauses saß und nach Norden schaute, zwei kleine Sandsteinhügel sehen könne. Der Hügel im Westen war es, von dem aus Ma Iyang davongeflogen und im Himmel verschwunden war und den die Leute aus der Gegend nach ihr benannt hatten. Das war beeindruckend und traurig zugleich. Dewi Ayu saß an den Nachmittagen häufig allein auf der Veranda und sah zu dem Hügel hinauf, in Erwartung, ihre Großmutter zu sehen, wie sie wie eine Libelle dahinschwebte. Nur der Krieg lenkte sie schließlich ab, und Dewi Ayu saß nun häufiger vor dem Radio und hörte die Berichte von der Front, anstatt den Hügel zu beobachten.

Obwohl der Krieg in weiter Ferne ausgetragen wurde, waren seine Auswirkungen bald auch bis nach Halimunda zu spüren. Gemeinsam mit einigen anderen Niederländern besaß Ted Stammler eine Kakao- und Kokosnussplantage, die größte im gesamten Bezirk. Der Welthandel war wegen des Krieges aus den Fugen geraten, und ihre Geschäfte brachen ein. Strenge Sparmaßnahmen wurden darauf in der Familie eingeführt. Marietje kaufte für die Küche nur noch das Notwendigste von den Straßenverkäufern, die von Haus zu Haus zogen. Hanneke hörte auf, ins Kino zu gehen und Schallplatten zu kaufen. Auch Mr Willie, Sohn eines Niederländers und einer Einheimischen, der für die Familie als Aufpasser in den Pflanzungen und als Fahrzeugmechaniker arbeitete, musste bei der Gewehrmunition und beim Brennstoff für den Wagen sparen. Unterdessen wurde Dewi Ayu im Schulwohnheim untergebracht.

Auf diese Weise versuchten die Franziskaner-Nonnen, während des Krieges zu helfen. Sie öffneten die Türen ihrer Wohnheime, ohne dafür eine Gegenleistung zu verlangen. Es kam die Zeit, in der sich der Unterricht nur noch um den Krieg drehte und die Gespräche in der Schule von der Angst geprägt waren, der Krieg würde schließlich bis in diese Stadt und bis in die Vorgärten ihrer Häuser kommen.

Dewi Ayu, die für dieses Gerede keine Geduld aufbrachte, stand in einer dieser Unterrichtsstunden auf und verkündete laut: »Warum lernen wir nicht, mit Gewehren und Kanonen zu schießen, anstatt hier nur rumzusitzen und zu reden?«

Die Nonnen sahen sich gezwungen, Dewi Ayu wegen ihrer Bemerkung für eine ganze Woche nach Hause zu schicken. Und nur weil Krieg herrschte, verzichtete ihr Großvater auf weitere Strafen. Sie kehrte an dem Tag in die Schule zurück, als die Bomben auf Pearl Harbor fielen und Schwester Maria, die Geschichtsunterricht gab, feierlich bemerkte: »Es wird Zeit, dass Amerika eingreift.«

Mit einem Male wurde ihnen bewusst, wie nah der Krieg bereits gekommen war, wie eine im Gras kriechende Echse, langsam aber sicher die Erdoberfläche mit Blut und Patronen bedeckend. Dewi Ayus Vorhersage sollte sich bald bewahrheiten. Es waren natürlich nicht die deutschen, sondern die japanischen Truppen, die näher rückten. Wie der Tiger pissend sein Revier markiert, wehten bald die Fahnen mit der roten Sonne auf den Philippinen, und plötzlich wehten sie auch in Singapur.

Im Hause Stammler wuchs sich dieser Umstand zu einem beinahe unlösbaren Problem aus. Wie alle erwachsenen Männer erhielt auch Ted Stammler eine Einberufung zum obligatorischen Militärdienst. Das war weitaus schmerzhafter als die Sparmaßnahmen beim Einkaufen. Hanneke gab ihm weinend ein paar Talismane, und Dewi Ayu gab ihm einen guten Ratschlag: »In die Gefangenschaft des Feindes zu geraten ist weit besser, als erschossen zu werden.«

Ted ging schließlich fort, ohne dass jemand wusste, wo er stationiert werden würde. Wahrscheinlich käme er nach Sumatra, um die in Richtung Java vorrückenden japanischen Truppen zu blockieren. Gemeinsam mit anderen Männern, die meisten wie er Plantagenbesitzer, brach Ted auf und ließ Halimunda und seine Familie zurück.

»Bei meinem Leben, er hat ja selbst ein Schwein noch nie richtig getroffen«, sagte Marietje weinend, als sie sich auf dem Hauptplatz der Stadt von ihm verabschiedete. Sie nahm nun den Platz ihres Mannes ein und wurde Familienoberhaupt, doch sie sah dabei so traurig aus, dass ihre Tochter und ihre Enkelin sie aufzuheitern versuchten.

Mr Willie kam fast täglich vorbei, um bei schweren Arbeiten zu helfen. Er selbst hatte aus unterschiedlichen Gründen keine Einberufung zum Militärdienst erhalten: Er war ein Indo, ein Mischling, hatte sich nie als niederländischer Staatsbürger registrieren lassen, und seit er von einem Wildschwein gerammt worden war, zog er ein Bein nach.

»Nur ruhig, Oma, die Augen der Japaner sind viel zu schmal, als dass sie den Namen Halimunda auf der Landkarte entziffern könnten«, sagte Dewi Ayu zu ihr. Natürlich wollte sie ihre Großmutter nur aufheitern, doch Marietje ließ sich kein Lächeln entlocken.

Niedergeschlagenheit machte sich in der Stadt breit. Es fand kein Jahrmarkt mehr statt, und es kam niemand in den Billard-Club. Es gab keine Tanzveranstaltungen, und die Büros der Plantagen waren nur von einigen wenigen Frauen und alten Männern besetzt. Die Leute trafen sich höchstens noch im Schwimmbad, wo sie aber kein Wort miteinander sprachen. Nur die Einheimischen ließen sich durch nichts aus der Ruhe bringen. Die Karrenzieher strömten unverändert in Scharen in Richtung Hafen, wo die Frachtschiffe ankerten. Nach wie vor arbeiteten die Bauern auf ihren Reisfeldern, und die Fischer fuhren nachts aufs Meer hinaus. Die Niedergeschlagenheit der Niederländer gründete auf der Erkenntnis, dass die Japaner, die als Bauern oder Händler, als Fotograf oder Zirkusakrobat in Halimunda gelebt hatten, plötzlich verschwunden waren. Da begriffen die Leute, dass sie die ganze Zeit über mit feindlichen Spionen zusammengelebt hatten.

Die regulären Truppen kamen nach Halimunda, das nun im Begriff war, der Ausgangspunkt für die massenhafte Flucht nach Australien zu werden, denn die Stadt hatte den größten Hafen entlang der Südküste der Insel Java. Zu Beginn war er nichts weiter als ein gewöhnlicher Fischerhafen an der breiten Mündung des Flusses Rengganis gewesen. Die Küstenbewohner und die Leute aus dem Landesinneren kamen hier lediglich zusammen, um ein paar Güter zu handeln. Die Fischer verkauften Fische, Salz und Fischpaste und tauschten sie gegen Gewürze, Reis und Gemüse.

Lange vor dieser Zeit befand sich an der Stelle, an der nun Halimunda lag, nur eine weite, sumpfige Ebene und ein ausgedehnter nebliger Urwald ohne Eigentümer. Eine Prinzessin aus der letzten Generation des Königreichs Pajajaran war in diese Gegend geflohen und gab ihr einen Namen, und ihre Nachkommen siedelten dort. Das Königreich Mataram nutzte die Gegend als Abschiebeort für aufsässige Prinzen. Die Niederländer interessierten sich nicht im Geringsten dafür, vor allem nicht wegen der aggressiven Malariamücken in den Sümpfen, den unkontrollierbaren Überschwemmungen und den miserablen Wegen. Bis in die Mitte des 18. Jahrhunderts war das einzige große Schiff, das jemals dort anlegte, die englische *Royal George*, und sie war nicht des Handelns wegen gekommen, sondern lediglich, um Süßwasser aufzunehmen. Allerdings reichte dies, um die Verantwortlichen der Niederländischen Handelskompanie zu verärgern und misstrauisch zu machen. Sie hatten den Verdacht, die Engländer hätten bereits Kaffee und Indigo, vielleicht sogar Perlen gekauft, und womöglich schmuggelten sie über Halimunda sogar ihre Waffen für die Truppen des Freiheitskämpfers Diponegoro. Schließlich landete die erste niederländische Expedition mit dem Zweck, sich dort umzusehen und anschließend eine Karte anzufertigen.

Die ersten Niederländer, die dort lebten, waren ein Leutnant, zwei Sergeanten und zwei Korporäle. Sie wurden von etwa sechzig, mit Gewehren bewaffneten Soldaten begleitet. Diese kleine Garnison eröffnete offiziell einen Stützpunkt in Halimunda. Der Kampf gegen Diponegoro war vorbei, und die Intensivkultur wurde eingeführt. Bevor auch die Niederländer Kakao anbauten, wurden die Ernteerträge, vor allem Kaffee und Indigo, über den Landweg in Richtung Batavia befördert. Das war mit vielen Risiken verbunden: Die Güter konnten unterwegs verderben, und vor allem gab es Räuber entlang der Strecke. Mit der Eröffnung des Seehafens Halimundas konnten die Ernteerträge nun direkt auf die Schiffe verladen und für den Verkauf nach Europa transportiert werden. Man begann, breitere Straßen zu bauen, um den vielen, in beide Richtungen verkehrenden Karren und Pferdewagen Platz zu schaffen. Kanäle wurden gezogen, um Überschwemmungen zu verhindern, und um den Hafen herum errichtete man Lagerhallen. Obwohl er im Vergleich zu jedem anderen Hafen an der Nordküste nie von großer Bedeutung war, geriet der Hafen Halimundas doch mehr und mehr ins Visier der Kolonialregierung, bis er schließlich für Privatunternehmen geöffnet wurde.

Das erste Unternehmen, das in der Stadt operierte, war die Nederlandsch-Indische Stoomvaart-Maatschappij, die mehrere Segelschiffe unterhielt. Es folgten Lagerfirmen, insbesondere nach der Eröffnung der von Osten nach Westen verlaufenden Eisenbahnstrecke. Doch mit Bestehen der ersten Garnison in Halimunda, und weil der Handel dort vermutlich nie wirklich florieren würde, zog es die Kolonialregierung vor, die Stadt zum militärischen Stützpunkt zu entwickeln. Man erkannte ihre weitaus wichtigere strategische Bedeutung als der einzige große Hafen an der Südküste, sie war wie eine Hintertür, durch die man – sollte ein großer Krieg ausbrechen – eine Evakuierung durchführen konnte, ohne die Sunda- oder die Bali-Straße durchqueren zu müssen.

Man begann damit, Festungen zu bauen und Kanonen am Strand zum Schutz von Hafen und Stadt aufzustellen. Wachtürme wurden auf den Hügeln der bewaldeten Landzunge errichtet, wo sich viele Jahre zuvor die Prinzessin aus dem Königreich Pajajaran niedergelassen hatte, und hundert Artilleriesoldaten wurden abgeordnet, die Kaserne zu besetzen. Ihr Waffenbestand wurde zwanzig Jahre später mit fünfundzwanzig Armstrong-Kanonen aufgerüstet. Die Verteidigungsmaßnahmen erreichten Anfang des 20. Jahrhunderts ihren Höhepunkt, als die Wohnsiedlung für das Militär und weitere Baracken gebaut wurden. Das setzte viele Dinge in Halimunda in Gang: ein Bordell, ein Krankenhaus, Maßnahmen zur Bekämpfung von Malaria, einen Billard-Club, und schließlich die Niederlassung von weiteren niederländischen Unternehmern, von denen einige Kakaoplantagen gründeten, die auch viele Jahre später noch bestanden.

Als der Krieg ausbrach und die Niederlande von den deutschen Truppen besetzt worden waren, wurden alle militärischen Einrichtungen saniert und eine größere Zahl von Soldaten in der Stadt stationiert. Dann berichtete das Radio, dass zwei englische Kriegsschiffe, die *Prince of Wales* und die *Repulse*, von den Japanern versenkt worden waren und die Malaiische Halbinsel in die Hände des Feindes gefallen war. Dort endete der Sieg der Japaner allerdings nicht. Kurz darauf unterzeichnete Generalleutnant Arthur Percival, der Oberbefehlshaber der englischen Verteidigungsstreitkräfte, die Kapitulationserklärung für Singapur, also der Verteidigungsfestung der Engländer schlechthin. Schließlich kam eines Morgens ein Beamter in die Häuser Halimundas, um ihnen die schreckliche Botschaft mitzuteilen: »Die Japaner haben Surabaya bombardiert.« Die einheimischen Arbeiter ließen auf der Stelle ihre Arbeit liegen, und der gesamte Handel kam zum Stillstand. »Ihr müsst fliehen«, sagten sie zu Marietje Stammler, die, in Begleitung von Hanneke und Dewi Ayu, kein Wort darauf erwiderte.

Flüchtlinge, die mit dem Zug oder mit dem Privatwagen angereist waren, überschwemmten die Stadt. Die Autos wurden einfach kreuz und quer vor der Stadt abgestellt und verstopften die Gräben, während ihre Halter nächtelang Schlange standen, um eines der Schiffe zu besteigen. Etwa fünfzig Kriegsschiffe kamen in den Hafen, um die Evakuierung zu unterstützen. Alles schien in Chaos zu versinken und die Niederlage Niederländisch-Indiens so gut wie unausweichlich.

Die nunmehr nur noch aus drei Personen bestehende Familie Stammler packte sofort ihre Sachen, als sie die Bestätigung für ihren Abreisetag erhalten hatte. Allerdings wurde sie von der plötzlichen Entscheidung Dewi Ayus überrascht: »Ich werde nicht gehen.«

»Sei nicht dumm, Kind«, sagte Hanneke. »Die Japaner werden dich nicht verschonen.«

»Es muss auf jeden Fall ein Stammler hierbleiben«, sagte sie starrköpfig. »Ihr wisst so gut wie ich, auf wen man warten muss.«

Marietje brachte diese Starrköpfigkeit zum Weinen, und sie sagte: »Sie werden dich in Gefangenschaft nehmen.«

»Oma, mein Name ist Dewi Ayu, und alle Leute wissen, dass das der Name einer Einheimischen ist.«

Nachdem die Japaner mit ihren Bomben Surabaya zerstört hatten, setzten sie ihre Angriffe auf das nächste Ziel fort: den Hafen Tanjung Priok im Norden Batavias. Einige hohe Beamte der Kolonialregierung erreichten Halimunda und machten sich als Erste aus dem Staub. Marietje und Hanneke Stammler bestiegen schließlich den Riesendampfer *Zaandam*, ohne Teds Schicksal im Schlachtfeld erfahren zu haben, und ließen die hartnäckige Dewi Ayu zurück. Die *Zaandam* hatte bereits viele Male Passagiere befördert, doch diese Reise sollte ihre letzte sein. Zusammen mit einem anderen Schiff traf sie auf einen japanischen Aufklärungskreuzer. Die *Zaandam* wurde widerstandslos versenkt, und Dewi Ayu trat, mit Mr Willie, einigen Bediensteten und den Wachmännern an ihrer Seite, die Zeit der Trauer an.

Nach einem Gefecht in Bataan auf den Philippinen landete eine japanische Infanterie der achtundvierzigsten Division in Kragan an der Nordküste Zentraljavas. Die eine Hälfte bewegte sich über Surabaya nach Malang weiter, die andere Hälfte nannte sich Sakaguchi-Brigade und erreichte Halimunda. Japanische Flugzeuge warfen Bomben auf die Ölraffinerien Mexolie Olvado der Bataafsche Petroleum Maatschappij sowie auf die Arbeitersiedlungen und die Verwaltungsgebäude der Kakao- und Kokosnussplantagen. Nach nur zwei Gefechtstagen zwischen der Sakaguchi-Brigade und den Soldaten der Königlich Niederländisch Indischen Armee, die vor der Stadt ihre Stellung gehalten hatten, erhielt General P. Meijer die Mitteilung von der Kapitulation der Niederländer in Kalijati.

Ganz Niederländisch-Indien war zu Fall gebracht und besetzt. General P. Meijer übergab schließlich im Stadthaus die Kontrolle über Halimunda an die Japaner.

Dewi Ayu verfolgte all diese Ereignisse, doch sprach sie während der Trauerzeit mit niemandem. Sie saß meist auf der Veranda hinter dem Haus und betrachtete den Hügel, von dem Ted gesagt hatte, er trüge den Namen Ma Iyang. An einem dieser Nachmittage erschien Mr Willie im Hinterhof, an seiner Seite ein Borsoi-Hund, der, so vermutete man, früher ihrem Vater Henri gehört hatte. Zum ersten Mal in der Trauerzeit sprach sie: »Die eine flog, die andere versank.«

»Was ist passiert?«, fragte Mr Willie.

»Ich gedenke nur meiner beiden Großmütter«, antwortete sie.

»Tun Sie etwas, die Bediensteten sind verunsichert. Sie sind doch jetzt das Familienoberhaupt?«

Sie nickte. Und so wies sie Mr Willie bei Sonnenuntergang an, alle Bediensteten des Hauses zu versammeln: die Köchinnen, die Wäscherinnen, die Gartengehilfen, die Wachmänner. Sie sagte ihnen, dass sie nun die Herrin im Haus sei. Alle ihre Anordnungen müssten befolgt werden, und niemand dürfe sich ihr widersetzen. Sie selbst würde niemanden auspeitschen, falls aber Ted Stammler zurückkehrte, dann würde er alle Aufsässigen auspeitschen und sie den wilden Hunden vorwerfen. Ihre erste Anordnung machte niemandem der Bediensteten zu schaffen, aber sie überraschte und verwirrte sie: »Heute Nacht noch wird jemand von euch in der Siedlung in den Sumpfgebieten einen alten Mann mit dem Namen Ma Gedik entführen«, sagte sie. »Denn morgen früh werde ich mich mit ihm verheiraten.«

»Scherzen Sie nicht, Nona«, sagte Mr Willie.

»Lachen Sie doch, wenn Sie das lustig finden.«

»Aber inzwischen sind selbst die Priester verschwunden, und die Kirchen sind zerbombt«, sagte Mr Willie.

»Die islamischen Geistlichen sind aber noch da.«

»Sie sind keine Muslimin, oder?«

»Auch keine Katholikin, schon lange nicht mehr.«

Das war der Auftakt zur Ehe zwischen Dewi Ayu und Ma Gedik. Ein erbärmlicher alter Mann heiratet ein hübsches Mädchen. Diese Nachricht verbreitete sich rasch bis in alle Winkel der Stadt; und selbst die Japaner, die nach und nach in die Stadt gekommen waren, sprachen darüber. Währenddessen ließen die Niederländer, denen es nicht gelungen war zu fliehen, ihre Hausangestellten Briefe überbringen, in denen sie fragten, ob die Nachricht der Wahrheit entsprach. Einige unter ihnen wärmten sogar die Geschichte der peinlichen Affäre ihrer Mutter und ihres Vaters wieder auf.

»Was würde passieren, wenn ich dich nicht heiraten will?«, fragte Ma Gedik, wenige Augenblicke bevor der islamische Geistliche eintreffen sollte.

»Du würdest den wilden Hunden zum Frühstück vorgeworfen werden.«

»Dann überlasse mich ihnen.«

»Und der Ma-Iyang-Hügel würde dem Erdboden gleichgemacht.«

Das allerdings war eine weit ernster zu nehmende Drohung, und so heiratete er schließlich wehrlos Dewi Ayu an diesem Morgen, etwa um neun Uhr und gerade als die Zeremonie der japanischen Soldaten zum Zeichen ihrer Stadtbesetzung begann. Außer den Bediensteten und den Wachmännern des Hauses war niemand eingeladen worden, um ihre Hochzeit zu feiern. Mr Willie wurde Trauzeuge, und Ma Gedik zitterte während der ganzen Trauung und versprach sich ständig beim Ehegelöbnis. Schließlich fiel er, kurz nachdem der Geistliche die Ehe für rechtmäßig erklärte, ohnmächtig um. Als er wieder zu sich kam, war er bereits der Ehemann von Dewi Ayu, ohne zu wissen, was eigentlich passiert war.

»Der arme Mann«, sagte Dewi Ayu. »Er wäre eigentlich mein Großvater, wenn Ted nicht Ma Iyang zu seiner Mätresse gemacht hätte.«

Als Ma Gedik gegen Nachmittag zu sich gekommen war, weigerte er sich, Dewi Ayu zu berühren, und sah sie mit einem Blick an, als hätte er den Teufel in Frauengestalt vor sich. Er schrie, als Dewi Ayu Anstalten machte, sich ihm zu nähern, und warf mit allem, was er zu fassen bekam, nach ihr. Als Dewi Ayu innehielt, kauerte er sich zitternd und weinend wie ein Baby in eine Ecke des Zimmers. Geduldig blieb Dewi Ayu bei ihm, setzte sich in seine Nähe, noch immer in ihrem Hochzeitskleid. Dann und wann sprach sie ihm gut zu, sich ihr doch zu nähern, sie zu berühren, und sie ermunterte ihn, er dürfe mit ihr schlafen, war sie doch nun seine Ehefrau. Sowie aber Ma Gedik zu schreien anfing, hörte sie mit ihren Annäherungsversuchen auf, schwieg wieder und schenkte ihm lediglich ein geduldiges Lächeln.

»Warum hast du Angst vor mir? Ich möchte lediglich von dir berührt werden, und natürlich sollst du mit mir schlafen, du bist schließlich mein Ehemann.«

Ma Gedik sagte nichts darauf.

»Überleg mal, wir sind verheiratet, und du schläfst nicht mit mir«, sagte sie noch einmal. »Ich werde niemals schwanger, und die Leute werden behaupten, dass dein Schwanz es nicht bringt.«

»Du bist eine Teufelin in der Gestalt einer Verführerin«, sagte schließlich Ma Gedik.

»Die verführerische Schöne«, fügte Dewi Ayu hinzu.

»Du bist keine Jungfrau mehr.«

»Das stimmt nicht«, sagte Dewi Ayu ein wenig gekränkt. »Schlaf mit mir, und du weißt, dass du unrecht hast.«

»Du bist keine Jungfrau, sondern schwanger, und du willst mich zum Sündenbock machen.«

»Das stimmt ebenso wenig.«

Sie diskutierten bis weit in die Nacht, oder besser bis zum frühen Morgen, und keiner von beiden änderte seine Meinung. Als der Morgen anbrach und das Tageslicht in ihr Hochzeitszimmer drang, trat Dewi Ayu müde und frustriert auf den Mann zu, ohne sich darum zu scheren, wie heftig er schrie. Sie entledigte sich ihres Hochzeitskleids, ihrer Wäsche und des Diadems und warf alles auf das Bett. Splitternackt stand sie vor dem alten, noch immer hysterisch schreienden Mann und sprach laut in dessen Ohr: »Tu es, und du wirst wissen, dass ich Jungfrau bin.«

»Beim Teufel, ich werde es nicht tun, weil ich weiß, dass du keine Jungfrau mehr bist.«

Da steckte Dewi Ayu, direkt vor der Nase Ma Gediks, den Mittelfinger ihrer rechten Hand in ihre Scheide und schob ihn tief hinein. Das Mädchen verzog jedes Mal, wenn sie den Finger in ihrem Schoß bewegte, das Gesicht vor Schmerz, bis sie ihn wieder herauszog und ihn Ma Gedik zeigte. Ein Tropfen Blut schimmerte auf der Fingerspitze, und Dewi Ayu schmierte diesen von Ma Gediks Stirn abwärts bis zu seiner zitternden Kinnspitze.

»Du hast recht«, sagte Dewi Ayu. »Jetzt bin ich keine Jungfrau mehr.«

Sie verließ das Zimmer, um sich zu baden und anschließend ins Hochzeitsbett schlafen zu legen. Den alten Mann, der nach wie vor in der Zimmerecke vor Angst schlotterte, ignorierte sie. Da sie einen ganzen Tag und eine ganze Nacht lang kein Auge zugetan hatte, war sie wenig später tief und fest eingeschlafen und reagierte auch nicht, als die Bediensteten versuchten, sie zum Mittagessen zu bewegen. Sie wachte am Nachmittag auf und ging geradewegs und ohne einen Gedanken an Ma Gedik zu verschwenden ins Esszimmer. Sie aß mit großem Appetit und ließ sich von niemandem stören, auch wenn die Bediensteten auf ihre Anweisungen warteten. Erst als sie wieder in ihr Zimmer kam, bemerkte sie, dass der Mann verschwunden war. Sie suchte ihn im Badezimmer, im Hof und in der Küche, doch sie fand ihn nirgends. Dewi Ayu fragte schließlich einen der Wachmänner, der vor dem Haus stand.

»Er ist schreiend weggelaufen, als hätte er einen Teufel gesehen, Nona.«

»Ihr habt ihn nicht aufgehalten?«

»Er ist zu schnell gelaufen, genau wie Ma Iyang vor sechzehn Jahren«, sagte der Wachmann. »Aber Mr Willie ist ihm mit dem Auto hinterhergefahren.«

»Und, hat er ihn geschnappt?«

»Nein.«

Dewi Ayu lief zum Stall, und zusammen mit zwei anderen Wachmännern jagte sie ihm auf einem Pferd hinterher. Dewi Ayu tippte darauf – auch wenn sie damit nur knapp danebenlag –, dass der Mann in Richtung des Sandsteinhügels gelaufen war, von dessen Gipfel sich einst Ma Iyang gestürzt hatte und im Nebel verschwunden war. Tatsächlich war Ma Gedik nicht zu diesem Hügel gelaufen, sondern zu dem, der östlich neben ihm lag. Sie fragten einige Leute auf der Straße und entdeckten dann die Reifenspuren des Wagens, die sie an den Fuß des Hügels führten. Dewi Ayu ging auf Mr Willie zu, der hinter dem Steuer saß und außerstande schien, das Fahrzeug weiter bergauf zu fahren.

»Er ist auf dem Gipfel und singt«, sagte Mr Willie.

Dewi Ayu schaute nach oben und sah Ma Gedik auf einem Felsen stehen, wie ein Künstler auf der Bühne. Sie konnte kaum etwas hören und wusste nicht, dass es das Lied war, das Ma Gedik Jahre zuvor, am letzten Tag seines sechzehnjährigen Wartens auf Ma Iyang, gesungen hatte.

»Er springt bestimmt, wie seine Geliebte«, sprach Mr Willie weiter. »Fliegt dem Himmel entgegen und verschwindet im Nebel.«

»Nein«, sagte Dewi Ayu. »Er wird gegen die Felsen schlagen, und sein Gesicht wird zerschmettern.«

Und so kam es auch. Sowie er sein Lied zu Ende gesungen hatte, sprang Ma Gedik hinab ins Tal. Es sah aus, als flöge er, außer sich vor Glück, so wie niemand ihn in den letzten Jahren seines Lebens gesehen hatte. Er versuchte seine Arme zu bewegen, sie zu schlagen wie die Flügel eines Vogels, doch statt in die Höhe zu fliegen, sauste sein Körper mit zunehmender Geschwindigkeit abwärts. Obwohl er den Ausgang seines Sprungs kannte, lächelte er und jauchzte vor Freude. Schließlich krachte er in die Felsen, und sein Körper zerschmetterte in hackfleischgroße Stücke, genau wie es Dewi Ayu vorausgesagt hatte.

Sie brachten seine sterblichen Überreste, die eher wie die Mischung für eine Fleischbrühe aussahen als wie eine Leiche, nach Hause und begruben sie anständig. Dewi Ayu gab dem Hügel den Namen Ma Gedik, gleich neben dem Hügel Ma Iyang, und entschied, eine Woche lang zu trauern. Gegen Ende ihrer Trauerzeit erhielt sie die Nachricht, dass Ted Stammler bei der Verteidigung Batavias im letzten Gefecht der Niederländer gefallen war. Seine Leiche traf nie ein, aber Dewi Ayu beschloss, auch diesmal eine Woche lang zu trauern. Am Ende der zweiten Trauerzeit, entzückt darüber, keine weitere Todesnachricht zu erhalten, legte sie ihre Trauergarderobe ab und tauschte sie gegen unbeschwertere Kleider aus. Sie machte sich stilvoll zurecht und ging zum Markt, als wäre nichts geschehen. Als sie aber vom Markt zurückkehrte, erwartete sie etwas viel Schrecklicheres als eine weitere Todesnachricht.

Mr Willie, mit Jackett, Krawatte und glänzend polierten Lederschuhen, trat auf sie zu und sagte, es gebe eine äußerst wichtige Angelegenheit zu besprechen. Dewi Ayu vermutete, der Mann würde seine Stellung aufgeben und nach Batavia gehen, um sich dort eine andere Arbeit zu suchen. Oder vielleicht würde er sich der japanischen Armee anschließen. Doch sie lag mit allem völlig daneben.

Im verlegen erröteten Gesicht von Mr Willie waren keinerlei Hinweise auf das, was nun kommen sollte, zu finden, bis er schließlich kurz und bestürmend herausbrachte: »Nyonya, heiraten Sie mich.«

3

Dewi Ayu hatte nicht bedacht, dass die Japaner, um den Krieg zu gewinnen, Informationen eingeholt hatten, einschließlich der Tatsache, dass sie das Kind einer niederländischen Familie war. Nicht nur ihr Gesicht und ihre Haut verrieten sie, sondern auch die Dokumente des Einwohneramts, dessen komplettes Archiv nun in den Händen der Japaner lag. Egal ob ihr Name nun Dewi Ayu war oder nicht – sie würden ihr die Einheimische nie abnehmen.

»So sieht es wohl aus«, sagte sie zu sich selbst. »So wie alle Leute wissen, dass dieser Schriftsteller Multatuli ein Trinker war und kein Javaner.«

Allein hing sie ihren Erinnerungen nach und hörte die Lieblingslieder ihres Großvaters, die das Grammophon abspielte, Schuberts Unvollendete und Rimski-Korsakows Scheherazade, und dachte darüber nach, wie sie auf Mr Willies Heiratsantrag reagieren sollte. Nach der völlig missglückten Heirat mit Ma Gedik war es für sie unvorstellbar, noch einmal zu heiraten. Sie kannte Mr Willie als einen guten Mann, und früher hatte sie sich sogar gewünscht, dass er ihre Tante Hanneke heiraten würde. Einen solch guten Mann zu enttäuschen war ebenso schwierig, wie mit ihm leichtsinnigerweise die Ehe einzugehen.

Mr Willie war in die Stadt gekommen, als ihr Großvater den Wagen der Familie im Autohaus Velodrome in Batavia bestellt hatte, um den schon in die Jahre gekommenen Fiat zu ersetzen. Das Unternehmen gehörte einem gewissen Brest van Kempen, ein freundlicher Mann, der den Kunden beim Kauf eines Wagens die Option der Ratenzahlung einräumte. Ihr Großvater war jedoch nicht an der Ratenzahlung interessiert, sondern an der Werbeaktion, von der seine Freunde gesprochen hatten: Das Velodrome bot mit dem Kauf eines Wagens eine kostenlose Unfallversicherung sowie die Übernahme anfallender Reparaturen durch eine gute Werkstatt an, und man stellte darüber hinaus sogar einen erfahrenen Mechaniker. Der Großvater kehrte nach Hause zurück mit Mr Willie, der von nun an sowohl Mechaniker als auch Fahrer sein würde und den er vor allem auch für einige der Plantagenmaschinen einsetzen wollte. Er war ein Mann in den Dreißigern und von mittlerer Statur; seine Kleidung war meist über und über mit Schmieröl bedeckt, und er trug eine Weste, die er nie zuknöpfte. Zudem hatte er ein Gewehr bei sich, mit dem er Ratten und vor allem Schweine schoss. Dewi Ayu war damals ein Mädchen von elf Jahren. Das war fünf Jahre, bevor Mr Willie ihr den Heiratsantrag machte.

»Denken Sie noch einmal darüber nach, Mister«, sagte sie. »Ich bin etwas verrückt.«

»Sie lassen keinerlei Anzeichen für Verrücktheit erkennen«, sagte Mr Willie.

»Als Ma Gedik tot war, habe ich erkannt, dass ich ihn aus Wut auf Ted, der seine und Ma Iyangs Liebe zerstörte, geheiratet habe. Ich muss verrückt sein.«

»Sie sind bloß unvernünftig.«

»Das heißt nichts anderes als verrückt, Mister.«

Dann kam die Rettung und entband sie der Notwendigkeit, auf den Heiratsantrag dieses Mannes zu reagieren. Es war noch früh am Morgen, und die letzte Schallplatte hatte noch nicht zu Ende gespielt, da sah sie eine Kolonne von Militärlastwagen den Strand entlangkommen, um alle in der Stadt verbliebenen Niederländer einzusammeln und in Gefangenenlager zu bringen. Einen Tag zuvor waren die Soldaten zu ihnen in die Häuser gekommen und hatten ihnen befohlen, ihre Koffer zu packen. In der Nacht hatte Dewi Ayu, ohne es jemandem mitzuteilen, schon gar nicht Mr Willie, bereits ihre Sachen zusammengesucht. Sie würde nicht viel mitnehmen, nur einen Koffer mit Kleidung, eine Decke, eine dünne Schlafmatte und die Besitzurkunden ihrer Familie. Geld oder Schmuck tat sie nicht in den Koffer, da sie davon ausging, dass man ihr Wertsachen ohnehin wegnehmen würde. Stattdessen häufte sie ein paar Halsketten und Armreifen in die Toilettenschüssel und spülte so lange mit Wasser, bis alle in der Mistgrube gelandet waren. Den restlichen Schmuck steckte sie in mehrere kleine Umschläge, die sie unter den Bediensteten des Hauses verteilen wollte, damit diese davon leben und sich irgendwo anders eine neue Arbeit suchen konnten. Als ihren Anteil schluckte sie sechs mit Jadesteinen, Türkisen und Diamanten besetzte Ringe. Diese Ringe würden in ihrem Magen sicher aufgehoben sein, und solange sie in Gefangenschaft war, würde sie sie erneut schlucken, wann immer sie mit dem Kot herauskamen. Aber nun war es Zeit zu gehen, denn einer der Lastwagen hielt vor ihrem Haus. Zwei Soldaten mit Bajonetten stiegen aus und kamen die Treppe zur Veranda hinauf, auf der Dewi Ayu sie bereits erwartete.

»Ich erkenne euch«, sagte Dewi Ayu, »ihr seid die Fotografen, die früher an der Straße, da wo sie einen Knick macht, zu finden waren.«

»Das war eine schöne Arbeit, wir haben Fotos von allen Niederländern in Halimunda«, sagte einer der Soldaten.

»Machen Sie sich fertig, Nona«, sagte der andere.

»Nyonya«, korrigierte Dewi Ayu ihn. »Ich bin Witwe.«

Sie bat um etwas Zeit, um sich von den Bediensteten des Hauses zu verabschieden. Diese waren sich ebenso im Klaren darüber, dass ihre Arbeitgeberin gehen musste. Dewi Ayu sah Inah, eine der Köchinnen, weinen. Ihre Großmutter hatte dieser wahren Herrin der Küche sämtliche Gastmahle, die die Familie ausrichtete, anvertraut. Dewi Ayu würde ihre Indonesische Reistafel nicht mehr genießen können, vielleicht niemals wieder. Eine gute Köchin zu haben war ein wichtiger Bestandteil des familiären Wohlergehens gewesen, doch nun war ihre Familie nicht mehr vorhanden. Die Einzige, die übrig geblieben war, würde das Haus nun gleichfalls verlassen und eine Kriegsgefangene sein. Dewi Ayu kamen unzählige Erinnerungen in den Sinn, als sie der Köchin einen der Umschläge, in dem eine goldene Halskette steckte, überreichte. Als sie noch ein Kind war, hatte ihr Inah das Kochen beigebracht, sie ließ sie die Gewürze mahlen und das Feuer im Ofen mit einem Wedel anfachen. Ein Anfall von Traurigkeit übermannte sie, er traf sie heftiger als die Nachricht vom Tod ihrer Großmutter oder ihres Großvaters.

Neben der Köchin stand Inahs Sohn Muin. Er war von allen stets der am ordentlichsten gekleidete, selbst die Niederländer waren davon beeindruckt. Er trug ein Blangkon, das gefaltete Kopftuch für Männer, und seine Aufgabe war es, sich überall im Haus nützlich zu machen und sich vor allem während der Mahlzeiten um den gedeckten Tisch zu kümmern. Ted Stammler hatte ihm beigebracht, wie man ein Grammophon bediente, und er trug ihm häufig auf, die Platte zu wechseln und ein bestimmtes Musikstück abzuspielen. Muin freute sich jedes Mal, wenn er die Gelegenheit dazu bekam, so als ob niemand anderes dazu imstande gewesen wäre. Da er das Grammophon häufig bediente, kannte er viele klassische Stücke, und sie gefielen ihm.

»Du kannst sie dir alle nehmen«, sagte Dewi Ayu zu ihm und deutete mit der Hand auf das Regal mit den Schallplatten und auf das Grammophon.

»Das geht nicht«, sagte Muin. »Sie gehören dem Herrn.«

»Glaub mir, Tote hören keine Musik.«

Viele Jahre nach Kriegsende und nach der Gründung der Republik entdeckte sie Muin vor dem Markt. Zu der Zeit waren bis auf wenige Ausnahmen keine niederländischen Familien mehr in der Stadt, und es gab niemanden sonst, der wohlhabend genug gewesen wäre, sich Hausangestellte leisten zu können. Sie wusste, dass Muin kaum etwas anderes beherrschte, als den Tisch abzuräumen und das Grammophon zu bedienen. Und da stand er nun, spielte eine der Schallplatten aus der Hinterlassenschaft ihres Großvaters auf dem Grammophon ab, während ein dressierter Affe mit einem Regenschirm in der Hand oder einen kleinen Karren schiebend vor ihm auf und ab lief und zur Musik tanzte. Es war ein von der Symphonie Nr. 9 in d-Moll untermalter Affenzirkus, und die Leute warfen Kleingeld in den Blangkon, der umgedreht vor Muin auf dem Boden lag. Dewi Ayu sah ihm aus der Ferne zu, lächelnd über sein gutes Los.

Die andere Aufgabe Muins war es gewesen, Briefe zu überbringen. Es gab noch keine Telefonanschlüsse in den Häusern, und das, was man als Brief bezeichnete, war eine doppelseitige Schiefertafel. Häufig tauschte Dewi Ayu Klatsch und Tratsch mit ihren Schulfreundinnen aus, indem sie auf die Vorderseite der Tafel schrieb. Mit ihr lief Muin dann zum Haus der Freundin, und während er auf die Antwort auf der Rückseite wartete, bot man ihm gekühlte Getränke an und das von ihm so heiß geliebte Gebäck. Schließlich kehrte er nicht nur mit der Tafel, sondern auch mit den neuesten Klatschgeschichten der Dienstboten zurück. Er genoss seine Arbeit, und Dewi Ayu schickte ihn beinahe täglich. Nur ein einziges Mal schickte sie Muin nicht. Das war bei der letzten von ihr verfassten Tafel, nämlich als Mr Willie mit einem der Wachmänner besagte Nachricht zur Hütte Ma Gediks brachte.

»Die Tafel kannst du auch haben«, sagte sie nun zu Muin.

Dann stand sie vor der Wäscherin, der Herrscherin über den Brunnen und die Handwaschseife: Supi. Als sie noch klein war, hatte die alte Frau sie immer ins Bett gebracht, ihr das Schlaflied *Nina Bobo* vorgesungen und das Märchen vom verlorenen Affen Lutung Kasarung erzählt. Ihr Ehemann, stets mit einer Machete am Gürtel und einer Sichel in der Hand, arbeitete als Gärtner. Häufig kam er mit einer Überraschung nach Hause: einem kleinen Kätzchen aus dem Wald, einem Schlangenei, einem Leguan, und manchmal auch mit einem leckeren Mitbringsel, wie einer halbreifen Stachelannone, einem Strunk Bananen oder einem ganzen Sack voller Mangos.

Auch einige kräftige Kerle standen da, das waren die Männer, die das Haus, die Ziegenställe und die Gärten bewachten. Dewi Ayu umarmte jeden einzelnen von ihnen, und vielleicht zum ersten Mal seit vielen Jahren weinte sie. Der Abschied von ihnen fühlte sich an, als verlöre sie einen Körperteil. Schließlich stand sie vor Mr Willie. »Ich bin verrückt, und nur einen Verrückter heiratet einen anderen Verrückten«, sagte Dewi Ayu zu ihm. »Ich aber will keinen Verrückten heiraten.« Sie gab ihm einen Kuss auf die Wange und ging dann gemeinsam mit den beiden bereits ungeduldig wartenden japanischen Soldaten fort.

»Passt auf mein Haus auf«, sagte sie ein letztes Mal zu ihnen, »es sei denn, diese Leute hier reißen es sich unter den Nagel.«

Sie kletterte auf den Lastwagen, der vor dem Haus wartete, und beinahe hätte sie keinen Platz mehr auf der Ladefläche gefunden, wo sich bereits viele Frauen und schreiende Kinder zusammendrängten. Sie winkte den Menschen zu, die noch auf der Veranda ihres Hauses standen. Sechzehn Jahre hatte sie dort gelebt und war so gut wie nie über die Stadtgrenzen hinausgekommen, von einigen kurzen Reisen nach Bandung oder nach Batavia einmal abgesehen. Sie sah die Borsoi-Hunde, wie sie von der Rückseite des Hauses herangelaufen kamen und vorne im Hof bellten. Der Hof war dicht mit Japangras bewachsen, gleich neben dem Haus breitete sich Jasmin aus, und am Zaun entlang standen die Sonnenblumen. Der Hof war das Revier der

Hunde, dort im Gras wälzten sie sich besonders gern, und Dewi Ayu hoffte, dass sie bei Mr Willie in guten Händen waren. Der Lastwagen setzte sich in Bewegung, und Dewi Ayu konnte kaum atmen, so dicht waren die Körper der Frauen zusammengepfercht. Sie winkte den bellenden Borsoi-Hunden noch einmal zu.

»Nicht zu fassen, unsere eigenen Häuser müssen wir zurücklassen«, sagte eine der Frauen neben ihr. »Ich hoffe nur, das dauert nicht allzu lange.«

»Hoffe lieber, dass unsere Soldaten die Japaner zurückdrängen können«, sagte Dewi Ayu. »Sonst werden wir gehandelt wie Reis und Zucker.«

Rechts und links am Straßenrand hockten Einheimische und warfen den Frauen, die sich auf der Ladefläche drängten, unergründliche Blicke zu. Einige jedoch weinten, als sie unter den Niederländerinnen vertraute Gesichter ausmachten, und zwischen einzelnen Schluchzern wurden Taschentücher geschwenkt.

Dewi Ayu hatte ihre Tränen fortgewischt und lächelte angesichts dieser befremdlichen Szenerie. Es waren einfache, gute Menschen, anständig und ein wenig faul. Dewi Ayu kannte einige unter ihnen, denn sie hatte sich häufig von zu Hause fortgestohlen und war zu ihnen in ihre Hütten gegangen. Die Einheimischen hatten ihr viele Geschichten erzählt, und sie mochte sie, weil sie gern lachten. Manchmal machten sie sie auf traditionelle Art zurecht, mit einem eng gewickelten Sarong, einer aus zarter Spitze genähten Kebaya-Bluse und mit einem Haarknoten, wie ihn auch ihre Großmutter trug. Die meisten, die sie erkannte, hatten in der Kakaoplantage ihres Großvaters gearbeitet. Sie waren sehr arm, ihnen war es lediglich gestattet, die Kinofilme von der anderen Seite der Leinwand aus anzuschauen, wo die Bilder seitenverkehrt erschienen; und sie waren nie im Billard-Club oder im Tanzpalast gewesen, außer wenn sie ihn fegen sollten. »Schaut nur«, sagte sie zu den Frauen neben sich. »Die Leute sind verwirrt, weil zwei fremde Nationen den Krieg miteinander auf ihrem Land austragen.«

Die Reise schien ewig zu dauern, sie führte zu dem Gefängnis, das an der Westküste lag, genauer gesagt an der Mündung eines der Nebenarme des Rengganis-Flusses. Früher war es mit Schwerkriminellen belegt gewesen: Mörder und Vergewaltiger sowie politische Häftlinge der Kolonialregierung, die meisten von ihnen Kommunisten, die nur vorübergehend dort waren, bevor sie nach Boven-Digoel verbannt wurden. Die Frauen litten unter der tropisch glühenden Sonne, ohne Schirme, ohne einen Schluck zu trinken. Auf halber Strecke blieb der Lastwagen stehen, jedoch nicht wegen ihnen. Die Frauen bekamen weder zu essen noch zu trinken, nur der Lastwagen erhielt frisches Wasser für seinen Kühler.

Dewi Ayu, erschöpft vom Kauern und auf die Straße Gucken, drehte sich um und lehnte sich mit dem Rücken an die Lastwagenwand. Da bemerkte sie, dass sie einige der Frauen recht gut kannte. Es waren Nachbarinnen darunter, und mit einigen war sie zur Schule gegangen. Das gesellschaftliche Leben der niederländischen Gemeinde verlief in engen Bahnen. Als Kind ging man fast täglich mit anderen Kindern in die Bucht zum Schwimmen, die Jugendlichen trafen sich im Tanzpalast, im Kino oder bei Kleinkunstveranstaltungen, und war man erwachsen, ging es in den Billard-Club. Dewi Ayu kannte einige Frauen vom Schwimmen aus Kindertagen, hier und dort erkannte sie eine Tanzfreundin. Sie warfen einander ein bitteres Lächeln zu, und eine der jungen Frauen fragte sie flachsend: »Und, wie gehts dir so?«

Mit völligem Ernst antwortete Dewi Ayu: »Mir gehts mies. Bin gerade auf dem Weg in ein Gefangenenlager.«

Das brachte sie zumindest für einen Augenblick zum Lachen.

Sie kannte das spaßende Mädchen, es hieß Jenny, als Kinder waren sie gemeinsam zum Schwimmen gegangen und hatten mit einem alten Autoreifen geplanscht, den Dewi Ayu häufig mit ins Wasser nahm. Das hatte sie noch wenige Wochen zuvor, vor dem Chaos des Krieges, getan. Sie konnte förmlich die Jugendlichen am Ende des Strandes vor sich sehen, und die alten Männer mit ihren Tabakpfeifen im Mund, die unter den Schirmen im Sand saßen und in erster Linie dort waren, um die Mädchen in ihren Badeanzügen zu beobachten. Sie wusste auch genau, was in der Umkleide vor sich ging. Was man mit »Umkleide« bezeichnete, war ein Verschlag an der öffentlichen Wasserstelle in der Nähe des Strandes, der zwar getrennte Bereiche für Männer und Frauen vorsah, dessen Wände jedoch nur aus Bambusgeflecht bestanden. Oft hatte Dewi Ayu ein Augenpaar dabei ertappt, wie es durch die Ritzen spähte. Sie spähte dann einfach zurück und rief: »Ach, du lieber Gott, deiner ist aber klein!« Dem Besitzer des Augenpaars war das jedes Mal fürchterlich peinlich, und er suchte schleunigst das Weite.

Manchmal gab es helle Aufregung, wenn die Rückenflosse eines

Hais auftauchte. Niemals aber wurde ein Schwimmer angegriffen, denn der Strand von Halimunda war viel zu flach für die imposanten Fische. Manchmal wurde ein kleiner Hai angespült oder geriet in ein Fischernetz, aber jedes Mal wurde das Tier wieder freigelassen, denn keiner der Fischer wagte es, einen Hai zu erlegen. Das würde Unglück bringen, sagten sie. Haie waren nicht die einzigen Tiere, vor denen die Schwimmer Angst hatten. Sie trauten sich nie, in der Nähe der Flussmündung zu schwimmen, denn dort lebten Krokodile, und diese fraßen besonders gerne Menschen. Heute war die Bucht mit den sanften Wellen bestimmt dicht bevölkert mit einheimischen Kindern, die immer barfüßig und schmutzig herumliefen und sogleich zur Seite gingen, wenn die jungen europäischen Männer und Fräuleins ins Wasser gingen. Das war eine schöne Zeit gewesen, und sie fragte sich, ob ihnen in der Gefangenschaft wohl auch erlaubt sein würde, schwimmen zu gehen.

»Bete, dass wir keinem Krokodil begegnen«, sagte eine Frau mittleren Alters mit einem Baby auf dem Schoß.

Das war berechtigt. Denn um das Gefängnis, das inmitten des Deltas lag, zu erreichen, mussten sie den Fluss überqueren. Nach der wenig erbaulichen Reise auf dem Lastwagen hielten sie am Ufer des Flusses an. Die japanischen Soldaten patrouillierten am Strand und schrien die vom Lastwagen hinuntersteigenden Frauen in einer Sprache an, die keine von ihnen verstand.

Sie wurden ins Innere der Fähre gepfercht, was weit besorgniserregender war als die Fahrt mit dem Lastwagen, bestand doch nun die Möglichkeit zu ertrinken. Die älteren Frauen mahnten zu Recht, dass die Krokodile jederzeit auftauchen konnten, und denen würden sie schwimmend nicht entkommen. Das Schiff setzte sich langsam und mit ohrenbetäubendem Lärm in Bewegung und drehte leicht bei, um nicht zu sehr gegen die Strömung ankämpfen zu müssen. Dichter, rußgesättigter Rauch stieg aus dem Schornstein auf und formte sich in der Höhe zu dunklen Rauchschwaden. Ein paar Reiher flogen aufgeschreckt empor, ließen sich jedoch kurz darauf wieder im flachen Wasser nieder. Die Aussicht empfand niemand als schön, zumal hinter den Büschen ein altes Gebäude sichtbar wurde, das bereits für die Aufnahme von Kriegsgefangenen geräumt zu sein schien. Es war das Gefängnis Bloedenkamp, was wörtlich »Blutlager« bedeutete und selbst bei Verbrechern gefürchtet war. War man einmal dort, war es nahezu unmöglich, von dort zu fliehen, außer man war imstande, den Fluss, der an dieser Stelle mehr als einen Kilometer breit war, schneller zu durchschwimmen als die Krokodile.

Als das Schiff anlegte, schrien die japanischen Soldaten erneut in ihrer unverständlichen Sprache, und die Frauen sprangen sofort von Bord, als wüssten sie, dass die Männer sie zur Eile antrieben. Die Kinder begannen zu weinen, und es gab einige Aufregung: Ein Koffer fiel ins Wasser, worauf seine Besitzerin beim Versuch, ihn wiederzuholen, patschnass wurde; eine Matratze rutschte in den Schlamm; eine Frau verlor ihr Kind aus den Augen, und es wurde niedergetrampelt. Sie gingen bis zum Tor des Gefängnisses, das aus drei Eisengittern bestand und von mehreren Soldaten bewacht wurde. Bevor sie hindurchtraten, reihten sie sich vor einem Tisch auf, hinter dem zwei Japaner mit Listen in der Hand saßen. Neben ihnen stand jeweils ein Korb für alles Geld, Schmuck und was immer die Frauen an Wertgegenständen bei sich hatten. Einige der Frauen warfen unaufgefordert ihre Wertsachen in einen der Körbe.

»Tut es selbst, bevor wir euch durchsuchen«, sagte einer der Soldaten in fließendem Malaiisch.

»Durchsucht doch meine Scheiße«, sagte Dewi Ayu zu sich selbst, hatte sie doch die Ringe hinuntergeschluckt.

Das Gefängnis war ekelerregender als ein Schweinestall. Die Wände und die Böden waren verdreckt, an vielen Stellen klebte Blut, und der Boden wimmelte von Läusen, Kakerlaken und Blutegeln. Das Dach war undicht, und in den Mauerritzen wuchsen Moose und Gräser. Kanalratten, so groß wie der Oberschenkel eines Kleinkinds, huschten, durch die Neuankömmlinge aufgescheucht, im Zickzack zwischen den Beinen der Frauen umher, die schreiend in die Höhe sprangen. Bevor die Frauen diesen Ort zu einer bewohnbaren Stätte machen konnten, mussten sie sich zunächst gegen die Ratten durchsetzen und ein eigenes Territorium erkämpfen. So schnell wie möglich steckten sie daher die Grenzen ihres Reviers mit ihren Koffern ab und machten dort anschließend laut schluchzend sauber. Dewi Ayu erhielt einen winzigen Platz in der Mitte einer Art Halle, dort rollte sie ihre Schlafmatte aus und legte sich erschöpft mit ihrem Koffer als Kopfkissen hin. Sie konnte von Glück sprechen, dass sie weder eine Mutter noch eine Tochter dabeihatte, um die sie sich hätte kümmern müssen, und dass sie auch nicht die Chinintabletten und einige andere Medikamente vergessen hatte, denn angesichts der nicht funktionierenden Toiletten würden Ruhr und Malaria eine echte Bedrohung darstellen.

Am Abend gab es nichts zu essen. Das wenige an Proviant, das die Frauen mitgenommen hatten, war bereits am Mittag verzehrt worden. Eine der Frauen fragte die Japaner nach Essen und erhielt als Antwort, vielleicht am nächsten Tag oder am übernächsten. In der Nacht hungerten sie. Dewi Ayu verließ die Halle und betrat den Hof. Das dreiteilige Gefängnistor war unverschlossen geblieben, die Insassen konnten sich außerhalb des Gefängnisses aufhalten und umherspazieren. Schon bei der Anfahrt hatte Dewi Ayu ein paar Kühe gesehen. Vielleicht gehörten sie den einheimischen Gefängniswärtern oder den Bauern, die im Delta lebten. Während des Saubermachens ihres Plätzchens hatte sie eine Menge Blutegel eingesammelt und in eine alte Konservendose gestopft. Sie wählte eine der grasenden Kühe, die fetteste, und platzierte die Blutegel auf ihrer Haut. Die Kuh, davon nicht im Geringsten gestört, wandte sich nur kurz um, und Dewi Ayu setzte sich neben sie auf einen Stein und wartete. Sie wusste, dass die Egel sich nun mit dem Blut der Kuh vollsaugten und, sobald sie satt waren, wie überreife Äpfel vom Baum herabfielen. Als es so weit war, klaubte sie die Blutsauger auf und tat sie zurück in die Dose. Jetzt waren sie richtig fett.

In etwas Wasser, das sie aus dem Fluss geholt hatte, kochte sie die Egel in der Dose auf einem Lagerfeuer. Ungewürzt brachte sie die Dinger in die Halle, die ihr neues zu Hause war. »Es gibt Abendessen«, sagte sie zu den Frauen und deren Kindern, die in unmittelbarer Nachbarschaft zu ihr hausten. Niemand zeigte Interesse, Blutegel zu essen, und einer Frau wurde es beim Anblick der ekelerregenden Speise übel. »Nicht die Egel essen wir, sondern das Blut der Kuh«, erklärte Dewi Ayu darauf. Mit einem kleinen Messer zerteilte sie einen der Egel, zog den Klumpen Kuhblut aus seinem Inneren heraus, spießte diesen mit der Messerspitze auf und steckte ihn sich in den Mund. Noch immer zeigte niemand Interesse, sich der kruden Mahlzeit Dewi Ayus anschließen zu wollen, bis schließlich die Nacht hereinbrach und der Hunger unerträglich wurde. Die Frauen probierten. Es schmeckte etwas fade, machte aber einigermaßen satt.

»Wir werden nicht verhungern«, sagte Dewi Ayu. »Außer Blutegeln gibts auch noch Geckos, Eidechsen und Ratten.«

»Danke auch«, sagten die anderen schnell.

Die erste Nacht war blankes Grauen. Das Licht schwand so schnell, wie in tropischen Gefilden üblich. Es gab zwar keinen Strom im Gefängnis, aber fast alle Frauen hatten Kerzen mitgebracht, sodass kleine Lichter den Raum erfüllten und die Wände sich mit schwankenden Schatten bevölkerten, die den Kindern Angst machten. Sie lagen völlig entmutigt auf ihren Matten auf dem Fußboden und konnten die ganze Nacht keinen ruhigen Schlaf finden. Ratten huschten angriffslustig in der Dunkelheit umher, Mücken surrten ihnen von einem Ohr zum anderen, und Fledermäuse flogen kreuz und quer über ihren Köpfen. Die Situation wurde noch verschlimmert durch die unangekündigten Visiten der japanischen Soldaten, die das Gepäck nach Geld und Schmuck durchsuchten. Der Morgen kam und verhieß nichts Gutes.

Bloedenkamp war belegt mit über fünftausend Frauen und Kindern, die von den Japanern irgendwo eingesammelt worden waren, jedenfalls waren sie nicht alle aus Halimunda. Der einzige Hoffnungsschimmer kam von einer Kartenlegerin, die ihnen offenbarte, dass amerikanische Piloten Bomben auf die Militärbaracken der Japaner warfen. Dewi Ayu, die für gewöhnlich sehr früh am Morgen aufwachte, um ihr Geschäft zu verrichten, eilte zu den Toiletten, vor denen sie jedoch bereits eine lange Warteschlange erwartete. Das Beste würde sein, mit ihrer Konservendose etwas Wasser zu schöpfen und damit auf das Feld hinter dem Zellentrakt zu gehen. Dort, zwischen Yamswurzelpflanzen, grub sie wie eine Katze in der Erde und erleichterte sich dann in das Loch. Nachdem sie sich den Hintern abgewaschen und dabei noch ein wenig Wasser in der Dose gelassen hatte, stocherte sie in ihrem Kot herum, um die sechs Ringe zu finden. Einige der Frauen beobachteten sie bei dieser abstoßenden Art, ihr Geschäft zu verrichten, und taten es ihr in gebührendem Abstand nach: Sie ahnten nicht, dass Dewi Ayu einen Schatz hütete. Die Ringe spülte sie mit dem restlichen Wasser ab und schluckte sie erneut hinunter. Wer wusste schon, was sie nach dem Krieg erwartete. Vielleicht würde sie das Haus verloren haben und einen Teil der Plantage, aber sie schwor sich, niemals diese Ringe zu verlieren. Sie kehrte zurück in die Halle, ohne Gewissheit, an diesem Tag ein Bad nehmen zu können.

Am nächsten Morgen mussten die Neuankömmlinge unter der sengenden Sonne auf dem Feld stehen und auf den Lagerkommandanten warten. Die Kinder weinten, und die Frauen wurden beinahe ohnmächtig, denn es war ihnen nicht gestattet, sich auf den Boden zu setzen. Der Kommandant tauchte schließlich mit seinem Gefolge auf, er hatte einen dichten Schnauzbart, ein Samurai-Schwert schwang von seiner Hüfte, und seine Stiefel glänzten in der Sonne. Mit der Hilfe eines Übersetzers lehrte er den Gefangenen die Kunst der Ehrerbietung, bei der man sich tief über die Hüfte hinab verbeugte. Er erklärte ihnen, dass sie sich auf diese Weise vor allen japanischen Soldaten zu verbeugen hatten, sobald der Befehl »Keirei!«, also grüßen, erschallte, und sie durften sich erst dann wieder aufrichten, wenn sie den Befehl »Naore!«, also rühren, hörten.

»Auf diese Weise zollt man dem Kaiserreich Japans Respekt«, erklärte er, abermals mit der Hilfe des Übersetzers. Diejenigen, die dem nicht Folge leisteten, würden entsprechend bestraft werden: Sie erhielten zusätzliche Arbeit, würden ausgepeitscht oder sogar getötet werden.

Wieder zurück in der Halle, brachten einige der Frauen ihren Kindern schleunigst die Befehle bei, aus Angst, sie könnten ansonsten folgenschwere Fehler begehen. Nach einiger Zeit, in der immer wieder die Schreie von »Keirei!« und »Naore!« aus den Mündern der Mütter ertönten, brachen Dewi Ayu und einige andere Mädchen in schallendes Gelächter aus.

»Sie sind noch bösartiger als die Japaner«, sagte Dewi Ayu. Und nun lachten alle.

Es gab nicht viel Abwechslung in der Gefangenschaft. Dewi Ayu versammelte ein paar der kleinen Kinder um sich, und mit dem Gespür einer künftigen Lehrerin richtete sie eine kleine Schule in einem ungenutzten Winkel der Halle ein. Sie brachte ihren Schülern Lesen, Schreiben, Rechnen, Geschichte und Geografie bei. Abends erzählte sie den Kindern Märchen und Geschichten aus der Bibel, ebenso unzählige Episoden des Schattenspiels aus dem *Ramayana* und dem *Mahabharata*, die sie früher von den Einheimischen gehört hatte. Die Kinder liebten sie für ihre Erzählungen, und die Geschichten aus ihrem Mund schienen niemals zu versiegen. Sie erzählte so lange, bis es an der Zeit war, dass die Kinder zum Schlafen zu ihren Müttern zurückkehrten.

Um den täglichen Aufgaben nachzukommen, begannen die Frauen, sich in kleinen Gruppen mit einer jeweils gewählten Anführerin zu organisieren. Sie arbeiteten wechselweise, denn die Japaner verlangten, dass die Zellen stets sauber zu sein hatten, und sie stellten einen Arbeitsplan auf: Essen in der Gemeinschaftsküche zubereiten, Wasserbehälter auffüllen, Küchengerätschaften abwaschen, den Hof fegen, Säcke mit Reis und Yamswurzeln sowie das Brennholz und andere Dinge von den Lastwagen laden und in das Vorratslager tragen. Dewi Ayu wurde als eine der Gruppenanführerinnen gewählt, denn sie galt bereits als erwachsen genug. Außerdem hatte sie niemanden bei sich, um den sie sich hätte kümmern müssen. Abgesehen von der kleinen Schule, die sie in der Halle eingerichtet hatte, organisierte sie ein Krankenhaus, das zwar ohne Betten und ohne die nötigen Medikamente auskommen musste, in dem es aber eine Ärztin gab, die sie ausfindig gemacht hatte. Einige der Frauen verlangten nach einem Pastor, doch die Männer waren in einem anderen Gefängnis untergebracht worden. Dewi Ayu aber fand eine Ordensschwester und betrachtete diese als völlig hinreichend. »Solange niemand heiraten will«, sagte sie entschlossen, »brauchen wir auch keinen Pastor. Wenn es nur darum geht, eine Predigt zu halten und Gebete vorzusprechen, dann kann das jeder machen.«

Nicht alles verlief so reibungslos. Die kleinen Jungen wurden in der Gefangenschaft wilder. Sie taten sich mit ihren Freunden aus demselben Lagerblock zusammen und provozierten die anderen. Die Auseinandersetzungen der Jungen waren noch häufiger als die Wutausbrüche der Japaner. Die Mütter waren gezwungen, härtere Maßnahmen zu ergreifen, und schlugen die Kinder, die das jedoch nicht abschreckte. Die Japaner hatten keinerlei Interesse daran, die Auseinandersetzungen zu schlichten oder zu unterbinden, vielmehr schienen sie die Kämpfe häufig noch anzuheizen, als handelte es sich für sie um einen neuen Zeitvertreib.

Das Essen war ein weiteres Problem. Die ausgeteilten Rationen waren immer knapp bemessen und reichten bei Weitem nicht für die Tausenden von zusammengepferchten Gefangenen. Die Frauen hungerten häufig. Zum Frühstück bekamen sie lediglich gesalzenen Reisbrei, zum Mittagessen gab es Gemüse, das sie hinter dem Zellentrakt selbst angepflanzt hatten, und abends aßen sie ein Stück trockenes Brot. Niemals gab es Fleisch, und die Tiere, die es einmal im Bloedenkamp gegeben hatte, waren nahezu ausgerottet. Obwohl sie anfangs niemand essen wollte, machten schließlich alle Jagd auf Mäuse und Ratten, bis im ganzen Delta keine mehr zu finden waren. Als die Nager verschwunden waren, kamen die Echsen und Geckos an die Reihe.

Danach verschwanden allmählich auch die Kröten. Manchmal gingen die Kinder fischen, aber weil sie nicht allzu weit fortgehen durften, mussten sie sich häufig mit winzigen Fischen von der Größe eines kleinen Fingers oder mit Kaulquappen zufriedengeben. Das Luxuriöseste waren die Bananen, aber diese waren für die Kleinkinder bestimmt, und die Frauen stritten sich höchstens um die Schalen.

Die Babys begannen als Erste zu sterben, es folgten die älteren Frauen. Die Krankheiten töteten schließlich auch junge Mütter, Kinder, heranwachsende Mädchen – jeder konnte ganz plötzlich sterben. Der Hof hinter den Zellen wurde zum Friedhof.

Dewi Ayu freundete sich mit einem zwei Jahre jüngeren Mädchen namens Ola van Rijk an, die mit ihrer Mutter und ihrer kleinen Schwester inhaftiert worden war. Sie kannte Ola schon lange, da ihr Vater zu den Besitzern von Kakaoplantagen gehörte und ihre Familien sich früher häufig besucht hatten. Eines Nachmittags traf Dewi Ayu sie tränenüberströmt an.

»Meine Mutter liegt im Sterben«, sagte Ola.

Dewi Ayu ging mit ihr, um nach der Kranken zu sehen. Ola schien sich nicht geirrt zu haben. Nyonya van Rijk hatte hohes Fieber, war sehr blass und zitterte. Es bestand kaum Hoffnung, hatten sie doch keinerlei Medikamente. Dewi Ayu wusste aber, dass es Medikamente für die Soldaten gab. Sie wies Ola an, zum Lagerkommandanten zu gehen und ihn um Medizin und etwas zu essen zu bitten. Ola bekam Panik bei der Vorstellung, mit den Japanern sprechen zu müssen.

»Geh, oder deine Mutter stirbt«, sagte Dewi Ayu.

Schließlich ging Ola los, und Dewi Ayu versuchte der Kranken mit einer Kompresse auf der Stirn zu helfen und Olas kleine Schwester zu beruhigen. Sie musste etwa zehn Minuten warten, bis Ola ohne Medizin, dafür aber heftig weinend zurückkehrte. »Lass sie sterben«, sagte sie unter Schluchzen.

»Was sagst du da?«, fragte Dewi Ayu.

Ola schüttelte schwach den Kopf und wischte sich die Tränen mit dem Saum ihres Ärmels ab. »Es geht nicht«, sagte sie kurz. »Der Kommandant will mir nur dann Medizin geben, wenn ich mit ihm schlafe.«

»Lass mich mit ihm reden«, sagte Dewi Ayu wütend. Sie traf den Lagerkommandanten in seinem Büro an, in das sie, ohne zuvor an die Tür zu klopfen, hineingeplatzt war. Der Kommandant saß auf seinem

Stuhl, starrte auf den Tisch, auf dem eine Tasse mit kaltem Kaffee stand und ein Radio, das ohne etwas zu senden vor sich hin rauschte. Der Mann blickte auf, von so viel Unverfrorenheit überrascht, und in seinem Gesicht machte sich Wut breit. Bevor er aber explodieren konnte, war Dewi Ayu bereits auf ihn zugegangen und stand nun, nur noch durch den Tisch von ihm getrennt, vor ihm. »Ich komme als Ersatz für das Mädchen von eben, Kommandant. Sie haben Sex mit mir, geben dafür aber ihrer Mutter Medizin und einen Arzt. *Und einen Arzt!*«

»Medizin und einen Arzt?« Er kannte bereits einige malaiische Ausdrücke. Seine Wut löste sich angesichts eines solch unverhofften Geschenks an diesem langweiligen Nachmittag in Luft auf. Das Mädchen war sehr hübsch, höchstens siebzehn oder achtzehn Jahre alt, vielleicht sogar noch Jungfrau, und sie würde ihren Körper allein für ein Fiebermittel und einen Arzt herschenken. Er lächelte, schmierig und gierig, und er fühlte sich wie ein glücklicher alter Mann. Er ging um den Tisch herum, wo Dewi Ayu ihn bereits mit der ihr eigenen Gelassenheit erwartete. Der Kommandant stellte sich neben sie, umfasste mit einem Griff ihr Gesicht, seine Finger krochen wie eine Echse an ihrer Nase entlang, an ihren Lippen, hielten an ihrem Kinn, hoben es an, um ihr Gesicht sehen zu können. Seine Finger setzten ihren Weg fort, fuhren an ihrem Hals hinab; seine Hand, rau vom allzu häufigen Griff um das Samurai-Schwert, glitt über ihre Halskuhle und weiter bis zum Kragen ihres Kleides.

Dewi Ayu zuckte leicht zusammen, als seine Hand sich unter den Stoff schob, aber ehe sie sichs versah, hatten sich die Finger bereits um ihre linke Brust geschlossen, und von da ab wurden die Bewegungen immer entschlossener. Der Kommandant öffnete die Knöpfe ihres Kleides so schnell, wie er die Anzahl seiner Truppen überprüfte, knetete ihre Brust und küsste lüstern ihren Hals. Seine gierigen Hände glitten hierhin und dorthin, als bedauerte er, mit nur zwei Händen geboren worden zu sein.

»Machen Sie schnell, Kommandant, sonst stirbt die Frau.«

Der Kommandant schien sich diesem Gedanken anzuschließen, und ohne etwas zu sagen, zog er Dewi Ayu zu sich, hob sie hoch und legte sie, nachdem er die Kaffeetasse und das Radio beiseitegeschoben hatte, rücklings auf den Tisch. Er zog das Mädchen rasch aus, dann sich selber und stürzte sich auf sie wie eine Katze auf einen Fisch.

»Vergessen Sie nicht, Kommandant, Medizin und einen Arzt«, versicherte sich Dewi Ayu noch einmal.

»Ja, Medizin und einen Arzt«, erwiderte der Kommandant. Dann stieß der Japaner heftig zu, sofort und ohne Umschweife, und Dewi Ayu kniff ihre Augen zu, denn schließlich war es das erste Mal, dass ein Mann in sie eindrang: Sie schauderte kurz, ließ das Grauen dann aber über sich ergehen. Es gelang ihr kaum, die Augen zu schließen, da der Kommandant völlig ungehemmt an ihr rüttelte und ihren Körper ununterbrochen zustoßend zu allen Seiten schob. Das Einzige, was sie resolut verhindern konnte, war, dass er ihre Lippen küsste. Das Schauspiel endete mit einer Eruption, und der Kommandant rollte sich neben den Körper Dewi Ayus, wie niedergestreckt und mit stockendem Atem.

»Wie stehts, Kommandant?«, fragte Dewi Ayu.

»Großartig, es war wie ein Erdbeben«, war seine Antwort.

»Ich meinte die Medizin und den Arzt.«

Fünf Minuten später bekam sie einen Arzt, es war ein Einheimischer mit runder Brille und freundlichem Auftreten. Dewi Ayu war erfreut darüber, nicht noch mehr mit den Japanern zu tun haben zu müssen. Sie brachte ihn zu der Zelle, in der die Familie van Rijk lebte. An der Tür traf sie Ola, die sie sofort fragte: »Hast du es getan?«

»Ja.«

»O Gott!«, schrie das Mädchen auf, wieder bitterlich weinend. Dewi Ayu versuchte sie zu beruhigen, während der Arzt nach der Kranken sah.

»Das war gar nichts«, sagte Dewi Ayu zu dem Mädchen, »stell es dir so vor, als hätte ich durch meine vordere Öffnung geschissen.« Aber ganz so einfach war es nicht, wie sich herausstellen sollte.

Aufblickend sagte der Doktor: »Die Frau ist tot.«

Seither lebten sie zu dritt: Dewi Ayu, Ola und die kleine Gerda, gerade einmal neun Jahre alt, wie eine kleine Familie. Olas und Gerdas Vater war wie Ted zum Militär eingezogen worden. Sie hatten keinerlei Nachricht von ihm, wussten nicht, ob er noch lebte, in Gefangenschaft geraten oder tot war. Das erste Ostern und Weihnachten im Lager war bereits vergangen, ohne Ostereier und ohne Tannenbaum, auch die Kerzen waren längst aufgebraucht. Sie versuchten, die Zeit gemeinsam durchzustehen, einander zu trösten, sich der einzig ernsten Gefahr zu stellen, die sie jederzeit ereilen konnte: Krankheit und Tod. Dewi Ayu verbot der kleinen Gerda, irgendetwas von irgendjemandem zu stehlen, so wie es viele der anderen Kinder taten. Unermüdlich strengte sie ihr Hirn an, um das Problem einer täglichen Mahlzeit zu lösen. Die Blutegel waren bereits verschwunden, und die Kühe der Gefängniswärter grasten schon lange nicht mehr im Delta.

Eines Tages entdeckte Dewi Ayu ein Krokodiljunges an einem Ende des Deltas. Da sie wusste, dass man bei der Begegnung mit einem Krokodil an Land dessen Schwanz aus dem Weg gehen musste, schlug sie von vorn den Kopf des Reptils mit einem großen Stein ein. Eines seiner Augen war zwar geplatzt, aber es lebte noch. Das unglückselige Tier schlug mit dem Schwanz hin und her und bewegte sich Richtung Fluss. Mit einer spitzen Bambusstange, an der normalerweise die Bootstaue festgemacht waren, stieß Dewi Ayu mit einer Entschlossenheit zu, die sie sich selbst kaum zugetraut hatte, und tötete das Krokodiljunge, indem sie die Stange zuerst in sein noch unversehrtes Auge und dann in seinen Leib stach. Es starb qualvoll. Bevor womöglich seine Mutter und andere Artgenossen kamen, zog Dewi Ayu das Reptilienbaby an seinem Schwanz ins Lager. Nun konnten sie feiern, denn es gab Krokodilfleischsuppe. Viele Frauen lobten Dewi Ayus Mut und bedankten sich bei ihr.

»Es gibt noch viele andere im Fluss«, sagte Dewi Ayu ruhig, »nur falls ihr wollt, meine ich.«

Man hatte ihr von klein auf beigebracht, vor nichts Angst zu haben. Ihr Großvater hatte sie viele Male mit zur Schweinejagd genommen. Sie war sogar an der Seite von Mr Willie gewesen, als ihn ein Schwein rammte und so schwer verletzte, dass er ein Leben lang sein Bein nachzog. Sie wusste, wie man einem Schwein begegnete: Lauf niemals geradeaus, sondern im Zickzack, denn ein Schwein ist nicht imstande, schnell zu wenden. Die Wachmänner hatten ihr das beigebracht, genauso wie sie ihr beibrachten, einem Krokodil zu trotzen, oder was sie tun musste, wenn sie von einer Python umwickelt oder von einer Giftschlange gebissen wurde, wie sie sich am besten gegen die wilden Hunde wehrte und was zu tun war, wenn ein Blutegel ihr Blut saugte. Bisher war sie zwar noch nie von einem dieser Tiere bedroht worden, doch an das, was ihr die Wachmänner beigebracht hatten, würde sie sich immer erinnern.

Von ihnen lernte sie außerdem verschiedene Mantras, mit denen sich der Teufel vertreiben oder das Wohlergehen bewahren ließ. Sie selbst hatte zwar nie Gebrauch von ihnen gemacht, war aber froh, sie zu beherrschen. Sie kannte einen javanischen Händler, der von weit her aus den Bergen kam und über einhundert Kilometer zu Fuß ging, nur um den Niederländern die Früchte aus seinem Garten zu verkaufen. Für eine Strecke benötigte er vier Tage. Gewöhnlich schlief er in einem der Lager der Stammlers, und bevor er sich am folgenden Tag wieder auf den viertägigen Rückweg machte, gab Dewi Ayus Großmutter ihm Abendessen und eine heiße Tasse Kaffee. Außer Geld nahm er manchmal auch einige gebrauchte Kleidungsstücke mit. Er hatte niemals Angst vor den Tieren im Wald, und Dewi Ayu wusste warum: Er sagte Mantras auf.

Sie selbst glaubte jedoch nicht an die Kraft der Mantras, so wie sie sich auch stets über Sinn und Zweck des Betens wunderte. »Bete, dass Amerika den Krieg gewinnt«, sagte sie zu Gerda, obwohl sie selber niemals beten würde.

Mittlerweile verbreiteten sich die Gerüchte vom Sieg Amerikas und von der Niederlage Deutschlands im Lager von Mund zu Mund. Es spendete ein wenig Trost, auch wenn die Hoffnung trügerisch war. Die Tage vergingen, und auch die Wochen und Monate. Schließlich kam das zweite Weihnachten. Entgegen ihrer sonstigen Gewohnheit schloss sich Dewi Ayu dieses Mal dem Weihnachtsfest an, um Gerda aufzumuntern. Sie brach einen Zweig von einem der Banyanbäume, die vor dem Lagertor wuchsen, schmückte ihn mit Papierschnipseln und sang *Jingle Bells*. Sie wunderte sich selbst über ihre religiösen Anwandlungen, aber letztendlich war auch sie glücklich, in diesen Zeiten Ola und Gerda um sich zu haben, auch wenn das Leben in diesem Gefangenenlager alles andere als erfreulich war.

Sie machten Pläne für die Zeit, wenn der Krieg, auf welche Weise auch immer, einmal zu Ende ging und sie frei sein würden. Dewi Ayu erklärte, dass sie zurück in ihr Haus kehren, alles in Ordnung bringen und genau wie zuvor leben wollen würde. Vielleicht nicht ganz genau wie zuvor, denn möglicherweise hatten die Einheimischen in der Zwischenzeit einen Aufstand gemacht und eine eigene Republik gegründet. Doch sie würde in ihr Haus zurückkehren und dort leben. Sie würde sich freuen, wenn Ola und Gerda mit ihr mitkämen. Olas Mutmaßungen waren jedoch nüchterner, nämlich dass die Japaner das Haus an sich gerissen und an jemand anderen verkauft haben könnten, oder aber dass es die Einheimischen an sich gerissen und als ihr Eigentum erklärt haben könnten.

»Dann kaufen wir es zurück«, sagte Dewi Ayu. Sie lüftete Ola und Gerda gegenüber ihr Geheimnis, dass sie einen Schatz aus der Hinterlassenschaft ihrer Großmutter besaß, auch wenn sie ihnen nicht verriet, wo genau er sich befand. »Selbst wenn die Japaner das Haus bombardiert haben und nichts außer einer Kachel übrig ist, kaufen wir es.«

Gerda freute sich an einer solchen Vorstellung. Sie war inzwischen elf Jahre alt, wirkte aber sehr zart, und es schien, als sei sie in den letzten zwei Jahren nicht mehr gewachsen. Sie war klein und mager. Allerdings erging es allen Frauen so, und Dewi Ayu war sich sicher, dass auch sie zehn bis fünfzehn Kilo an Gewicht verloren hatte.

»Das würde für fünfzig Schüsseln Suppe reichen«, sagte sie kichernd.

Der eigentliche Wahnsinn aber kam erst nach beinahe zwei Jahren ihrer Gefangenschaft. Eines Tages begannen die japanischen Soldaten damit, eine Liste der Frauen zwischen siebzehn und achtundzwanzig Jahren zu erstellen. Dewi Ayu würde bald neunzehn werden. Ola war siebzehn. Zunächst wussten sie nicht, wozu eine solche Liste dienen sollte, und vermuteten, es ginge um schwerere Zwangsarbeit. Bis eines Morgens ein paar Militärlastwagen über den Fluss kamen und einige Armeeoffiziere mit der Fähre in Richtung Bloedenkamp fuhren. Letztere waren bereits mehrmals dort gewesen, um Inspektionen durchzuführen und um neue Anordnungen oder Befehle zu geben. Dieses Mal lautete der Befehl, jene jungen Frauen im Alter von siebzehn bis achtundzwanzig Jahren im Hof zu versammeln. Plötzlich brach Chaos aus, denn die Frauen hatten begriffen, dass sie bald von ihren Familienmitgliedern und von ihren Freundinnen getrennt werden würden.

Ola und einige andere junge Frauen versuchten, sich wie alte Frauen zurechtzumachen, was natürlich zwecklos war. Andere liefen einfach drauflos, versteckten sich in den Toilettenverschlägen oder kletterten auf das Gefängnisdach und duckten sich, doch die japanischen Soldaten spürten sie überall auf. Eine alte Frau, die fürchtete, von ihrer Tochter getrennt zu werden, versuchte zu protestieren und forderte, wenn man die jungen Frauen mitnehmen müsse, dann sollten alle Frauen mitgenommen werden. Daraufhin wurde sie von zwei Soldaten grün und blau geschlagen.

Schließlich standen die jungen Frauen in mehreren Reihen auf dem Lagerplatz, zitternd vor Angst, und ihre Mütter befanden sich, in einer Gruppe versammelt, viele Meter entfernt von ihnen. Etwas abseits der Mütter und ganz allein sah Dewi Ayu die kleine Gerda stehen, sie klammerte sich an einen Pfosten und hielt mit zugeschnürter Kehle ihre Tränen zurück. Ola, die neben Dewi Ayu stand, wagte es nicht aufzusehen und starrte stattdessen auf die Spitzen ihrer ramponierten Schuhe. Dewi Ayu hörte, wie einige Frauen weinten und Gebete vor sich hin flüsterten. Dann näherten sich die japanischen Offiziere und nahmen die Frauen eine nach der anderen in Augenschein. Sie grinsten, während sie den Körper jeder Einzelnen vom Scheitel bis zu den Fußspitzen mit ihren Blicken abtasteten. Hin und wieder hoben sie das Kinn einer Frau mit einem Finger an, um ihr Gesicht besser sehen zu können. Sie rümpften dann die Nase und fuhren mit der Prüfung der Nächsten fort.

Dann kam es zur Selektion. Einige der Mädchen wurden aus der Reihe zitiert, und wann immer eines weggeschickt wurde, war es, als schnellte ein Pfeil aus der Gruppe der Mädchen in die Gruppe der Mütter. Bald stand nur noch die Hälfte von ihnen auf dem Platz, darunter auch Dewi Ayu und Ola. Es sah ganz so aus, als würden sie nicht aussortiert werden, denn auch bei der zweiten Selektion blieben die zwei immer noch auf dem Platz, kraftlose Statisten im grausigen Schauspiel der Japaner. Sie wurden eine nach der anderen aufgerufen, um vor einen der Offiziere zu treten, der sie mit seinen zusammengekniffenen, schmalen Augen noch gründlicher inspizierte. Nach dieser Selektion blieben nur noch zwanzig Mädchen übrig, sie standen in der Mitte des Platzes und hielten sich aneinander fest, auch wenn sie nicht wagten, sich dabei anzusehen. Das waren die auserwählten Frauen: jung, hübsch, gesund und kräftig. Man befahl ihnen, schleunigst zu packen, alles, was sie besaßen, mitzunehmen und sich im Lagerbüro zu versammeln. Der Lastwagen, der sie fortbringen würde, wartete bereits.

»Ich muss Gerda mitnehmen«, sagte Ola.

»Nein«, sagte Dewi Ayu. »Wenn wir sterben, überlebt wenigstens sie.«

»Oder umgekehrt?«

»Oder umgekehrt!«

Sie vertrauten Gerda einer Familie an, die Dewi Ayu ebenfalls seit

Langem kannte. Nichtsdestotrotz war diese Entscheidung für Ola nicht einfach zu akzeptieren. Eine ganze Weile noch saßen die beiden Schwestern eng umschlungen in einem Winkel der Halle. Derweil packte Dewi Ayu ihre noch verbliebenen Sachen und half Ola, die Dinge zu sortieren, die sie mitnehmen oder für Gerda zurücklassen wollte.

»Na schön, nach zwei langweiligen Jahren machen wir jetzt also einen Ausflug«, sagte Dewi Ayu. »Ich bringe dir ein paar Souvenirs mit«, sagte sie, zu Gerda gewandt.

»Dann vergiss den Reiseführer nicht«, erwiderte Gerda.

»Du Spaßvogel«, gab Dewi Ayu zurück.

Die zwanzig jungen Frauen versammelten sich neben dem Tor, und nur Dewi Ayu gab sich den Anschein, als ginge es tatsächlich auf einen ausgelassenen Ausflug. Die anderen standen fassungslos und ängstlich beisammen, sich hin und wieder nach ihren Angehörigen umsehend, die sie zurücklassen würden. Ein paar der Soldaten trieben sie zusammen und drängten sie gewaltsam vorwärts, während die Offiziere vorausgingen. Als sie auf die Fähre stiegen, war von dort aus noch das von Soldaten bewachte Gefängnistor zu sehen, und weit dahinter standen die zurückgelassenen Frauen zusammen und schauten der Abfahrt zu. Ein paar Taschentücher wurden geschwenkt und erinnerten sie an die Zeit, als die Japaner sie aus ihren Häusern geholt und mitgenommen hatten. Und nun erwartete sie eine weitere Reise. Nachdem sich die Fähre in Bewegung gesetzt hatte, schwand nach und nach die Sicht auf das Tor und ins Innere des Lagers. Darauf brachen viele der Mädchen in lautes Weinen und Schluchzen aus, übertönten noch den Schiffsmotor und die Schreie der Wachsoldaten, die das Gejammer allmählich wütend machte.

Auf der anderen Seite des Flusses wurden sie auf einen Lastwagen verfrachtet. Sie kauerten sich in die Ecken der Ladefläche, nur Dewi Ayu nicht, die sich stehend an die Seitenwand lehnte und ihren Blick über das ihr vertraute Panorama Halimundas schweifen ließ, während unweit von ihr zwei bewaffnete japanische Soldaten standen. Nach den zwei Jahren, die sie gemeinsam in der Gefangenschaft verbracht hatten, kannten sich die Mädchen untereinander fast alle, doch keines von ihnen schien sich unterhalten zu wollen, vielmehr wunderte sich jedes über Dewi Ayus Gelassenheit. Selbst Ola wusste nicht, was ihrer Freundin durch den Kopf ging, und mutmaßte, dass Dewi Ayu einfach niemanden hatte, um den sie sich Sorgen machen musste. Sie hatte niemanden zurückgelassen und niemanden verloren.

»Wohin werden wir gebracht?«, fragte Dewi Ayu die beiden Soldaten, obwohl sie bereits vermutete, dass der Lastwagen auf dem Weg zum westlichen Ende der Stadt war, vielleicht auch darüber hinaus.

Offenbar war ihnen befohlen worden, kein Wort mit den Mädchen zu wechseln, sodass die Soldaten Dewi Ayus Frage mit ausdrucksloser Miene ignorierten und stattdessen ihre Unterhaltung auf Japanisch weiterführten.

Sie wurden zu einem großen Haus gebracht, das früher das Ferienhaus einer niederländischen Familie aus Batavia gewesen war. Es besaß einen weitläufigen Hof, in dessen Mitte ein Banyanbaum wuchs, verschiedene Palmen waren abwechselnd in einer Reihe angeordnet, und China-Kokosnusspalmen standen entlang des Zaunes. Sowie der Lastwagen auf den Hof gefahren war, hatte Dewi Ayu bereits geschätzt, dass es in diesem zweistöckigen Haus mehr als zwanzig Zimmer gab. Die Mädchen stiegen vom Lastwagen, sichtlich überrascht von der unvermuteten Abwechslung: Von einem widerwärtigen und finsteren Gefangenenlager waren sie plötzlich in ein großes, komfortables und luxuriöses Haus gelangt. Es konnte nicht mit rechten Dingen zugehen, es musste sich um einen falschen Befehl oder etwas in der Art handeln.

Außer den beiden Wachsoldaten der Hinfahrt bewachten einige weitere Soldaten das Haus. Einige patrouillierten auf dem großen Hof, wieder andere saßen auf der Veranda und spielten Karten. Eine Einheimische mittleren Alters trat aus dem Haus, sie trug ihr Haar in einem Dutt und ein weites Kleid ohne Gürtel. Sie lächelte beim Anblick der Mädchen, die nach wie vor wie erschreckte Hühnchen im Hof standen.

»Was ist das für ein Haus?«, fragte Dewi Ayu freundlich.

»Nenn mich Mama Kalong«, sagte sie. »Wie der Kalong-Flughund bin ich häufiger in der Nacht als am Tag wach.« Sie stieg die Veranda herab und ging auf die jungen Frauen zu. Sie versuchte ihre Mienen, aus denen jeder Lebensmut gewichen war, aufzuheitern, indem sie lächelte oder einen Scherz machte. »Dies ist das Ferienhaus eines Limonadenfabrikanten aus Batavia, dessen Namen ich vergessen habe, aber das spielt auch keine Rolle, nun ist es euer Haus.«

»Wozu?«, fragte Dewi Ayu.

»Ich denke, ihr wisst es. Ihr seid hier als Freiwillige, die sich um die versehrten Seelen der Soldaten kümmern.«

»So etwas wie die Freiwilligen des Roten Kreuzes?«

»Du bist klug, mein Kind. Wie heißt du?«

»Ola.«

»Gut, Ola, bitte deine Freundinnen doch, ins Haus zu kommen.«

Das Innere des Hauses war noch weit beeindruckender. Eine ganze Reihe von Gemälden im romantischen Mooi-Indie-Stil hingen an den Wänden. Die gesamte Hauskonstruktion, aus sehr aufwendig geschnitztem Holz gefertigt, schien völlig intakt zu sein. Dewi Ayu betrachtete eines der Gemälde, das an der Wand hing und das mehrere Personen zeigte, die dicht gedrängt auf einem Sofa saßen. Offenbar waren auf dem Bild nicht weniger als drei Generationen porträtiert worden. Vielleicht war es diesen Familienangehörigen gelungen zu fliehen, vielleicht gehörten einige von ihnen zu den Insassen von Bloedenkamp, aber möglicherweise waren sie auch schon alle tot. Ein großes Porträt der Königin Wilhelmina stand achtlos hingestellt in einer Ecke des Raums, vielleicht hatten es die Japaner abgehängt. Das brachte Dewi Ayu zu Bewusstsein, dass auch sie wohl kein Haus mehr haben würde. Entweder hatten es die Japaner in Besitz genommen, oder es war von einer fehlgeleiteten Bombe zerstört worden. In diesem Haus aber schienen sämtliche Dinge sehr gut gepflegt worden zu sein, vielleicht von Mama Kalong.

Als Dewi Ayu in eines der Zimmer ging, kam es ihr vor, als betrete sie ein Brautzimmer. Auf einem riesigen Bett lag eine weiche, dicke Matratze, es gab ein Moskitonetz so rot wie ein Wasserapfel, und die Luft war mit Rosenduft geschwängert. Die Schränke hingen noch voll mit Kleidungsstücken, manche davon hatten offenbar einer jungen Frau gehört, und Mama Kalong sagte ihnen, sie dürften die Kleider ruhig tragen. Ola ließ sich gar zur Bemerkung hinreißen, dass dies alles nach den zwei Jahren der Gefangenschaft wie ein Traum sei.

»Was hab ich dir gesagt«, sagte Dewi Ayu, »wir machen einen Ausflug.«

Sie bekamen jede ein eigenes Zimmer, und das war noch nicht das Ende des Luxus. Mama Kalong, unterstützt von einer der Hausangestellten, servierte ihnen ein Abendessen, das aus einer kompletten Indonesischen Reistafel bestand und das nach der langen Zeit des Hungerns das Beste war, das sie jemals gegessen hatten. Einzig der

Gedanke an diejenigen, die sie im Lager zurückgelassen hatten, hielt die meisten der jungen Frauen davon ab, diesen überschwänglichen Luxus genießen zu können.

»Wenn bloß Gerda mitgekommen wäre«, sagte Ola.

»Wenn wir nicht noch zur Zwangsarbeit in einer Waffenfabrik geschickt werden, könnten wir sie holen gehen«, versuchte Dewi Ayu sie zu beschwichtigen.

»Die Frau sagt, wir wären hier als Freiwillige des Roten Kreuzes.«

»Was ist denn da der Unterschied? Du weißt ja nicht einmal, wie man eine Wunde verbindet, und Gerda schon gar nicht.«

Das stimmte allerdings. Auf jeden Fall aber waren die Mädchen bereits ganz angetan von der Vorstellung, Freiwillige des Roten Kreuzes zu sein, auch wenn sie dabei auf der Seite des Feindes standen. Zumindest war das allemal besser, als im Gefangenenlager zu verhungern. Sie begannen, sich lebhaft über Dinge der Ersten Hilfe auszutauschen. Eines der Mädchen sagte, dass sie früher Mitglied bei den Pfadfindern gewesen war und wisse, wie man Wunden verband, und nicht nur das, sie wisse auch, wie man leichte Krankheiten wie Bauchschmerzen, Fieber und Lebensmittelvergiftungen mit Heilpflanzen behandelte.

»Das Problem ist nur, dass die japanischen Soldaten keine Mittel gegen Bauchschmerzen brauchen«, sagte Dewi Ayu darauf. »Sie brauchen jemanden, der sie oberhalb des Halses amputiert.«

Dewi Ayu verließ die anderen und ging auf ihr Zimmer. Weil sie diejenige war, die stets ruhig blieb, betrachteten die Mädchen Dewi Ayu als eine Art Anführerin, auch wenn sie nicht die Älteste unter ihnen war. Als sie gegangen war, folgten die neunzehn anderen Mädchen ihr daher aufs Zimmer, drängten sich auf ihr Bett und diskutierten darüber, wie man den japanischen Soldaten wohl den Hals amputierte, im Fall, dass ihr Kopf verwundet und zu nichts mehr zu gebrauchen war. Dewi Ayu schenkte ihrem albernen Gerede keine Beachtung und zog es vor, ihr neues Bett zu erkunden, wie ein kleines Kind, das ein neues Spielzeug bekommen hatte. Sie knetete die Matratze, strich über die Decke, wälzte sich hin und her und sprang sogar darauf herum, sodass das Bett schwankte und ihre Freundinnen darauf auf- und niederhüpften.

»Was machst du denn nur?«, fragte eine von ihnen.

»Ich will herausfinden, ob dieses Bett bei starken Erschütterungen zusammenbricht oder nicht«, antwortete sie, nach wie vor hüpfend.

»Es ist unwahrscheinlich, dass es ein Erdbeben gibt«, sagte ein anderes Mädchen.

»Wer weiß das schon«, sagte sie. »Bevor ich beim Schlafen auf den Boden falle, liege ich lieber gleich dort unten.«

»Komisches Mädchen«, sagten sie, als sie hinaus und in ihre eigenen Zimmer gingen.

Als Dewi Ayu allein war, ging sie zum Fenster hinüber und öffnete es. Beim Anblick der soliden Eisenstäbe sagte sie zu sich selbst: »Es gibt keine Möglichkeit zu fliehen.« Sie schloss das Fenster wieder, stieg aufs Bett und zog, ohne vorher ihre Kleider zu wechseln, die Decke über sich. Bevor sie ihre Augen schloss, betete sie: »Ach zum Teufel, so ist nun mal der Krieg.«

Als der Morgen anbrach, hatte Mama Kalong bereits das Frühstück zubereitet: gebratener Reis und Spiegeleier. Alle Mädchen hatten gebadet, trugen allerdings noch ihre alten Kleider, die nach dem ständigen Gebrauch und dem häufigen Waschen und Trocknen in der Sonne mehr wie Lumpen aussahen. Nach ihren geröteten Augen zu urteilen, hatten sie nicht gut geschlafen. Einigen war deutlich anzusehen, dass sie die ganze Nacht hindurch geweint hatten.

Nur Dewi Ayu hatte sich ungeniert am Schrank der Hausherren bedient und trug nun ein cremefarbenes Kleid mit weißen Tupfen, kurzen Ärmeln und einem Gürtel mit runder Schnalle. Sie hatte Puder aufgetragen, ihre Lippen geschminkt und verströmte einen Hauch von Lavendel. Sie hatte alles in der Schublade im Schminktisch gefunden. Als sei es ihr Geburtstag, so anmutig und strahlend wirkte Dewi Ayu, wenn auch unter den anderen Mädchen etwas fehl am Platz. Diese sahen Dewi Ayu vorwurfsvoll an, als hätten sie eine Verräterin auf frischer Tat ertappt. Doch sobald das Frühstück beendet war, liefen auch sie auf ihre Zimmer und zogen sich um. Sie warfen ihre alten Kleider in die Wäschekübel und bewunderten sich gegenseitig.

Die Japaner kamen erst gegen Mittag, der Klang ihrer Stiefel erfüllte das Haus. Den Mädchen wurde sofort wieder bewusst, dass sie immer noch Gefangene waren, und es kam ihnen seltsam vor, wie ausgelassen sie vorhin noch gewesen waren. Sie wichen vor den Männern zurück, bis sie an die Wand stießen, und wurden wieder zu den betrübten Geschöpfen von zuvor.

Außer Dewi Ayu, die gleich einen der Besucher begrüßte. »Wie geht es Ihnen?«

Der Japaner wandte sich nur kurz und ohne ein Wort zu sagen zu ihr um und ging dann zu Mama Kalong. Nachdem er kurz mit ihr gesprochen hatte, kam er zurück, überprüfte die Anzahl der Mädchen und machte sich dann mit den anderen wieder auf den Weg. Im Haus war es wieder ruhig, nur die Mädchen und Mama Kalong waren dort sowie einige wenige Soldaten, die vor dem Haus patrouillierten.

»Er hat uns abgezählt, als wären wir ein Haufen Soldaten«, beschwerte sich eine der jungen Frauen.

»Weil das die Arbeit eines Kommandanten ist«, sagte Mama Kalong.

Den ganzen Tag über taten sie nichts, außer gemeinsam in einem der vielen Zimmer herumzusitzen, und die ersten Anzeichen von Langeweile machten sich breit. Nachdem sie ihren Erinnerungen aus der Zeit ihrer glücklichen Kindheit, lange vor dem Krieg, nachgehangen hatten, gingen ihnen allmählich die Gesprächsthemen aus. Sie vermieden es, über das Rote Kreuz oder über etwas, das damit zu tun hatte, zu sprechen, denn es gab keinerlei Hinweis darauf, dass sie tatsächlich als Freiwillige eingesetzt werden würden. Die Japaner hatten kein Wort darüber verloren, allerdings auch über nichts anderes. Die Frauen erwarteten, dass zumindest Übungen stattfinden mussten, die sie auf ihre Aufgaben als Freiwillige vorbereiteten, aber es sah inzwischen ganz danach aus, als sollten sie in diesem Haus verrotten, umgeben von diesem unsinnigen Luxus. »Und außerdem«, warf eine von ihnen ein, »muss man bedenken, dass die Front weit weg ist, vielleicht im Pazifik, vielleicht in Indien, aber mit Sicherheit nicht in Halimunda. Es gibt keine verletzten Soldaten in dieser Stadt, und niemand braucht hier das Rote Kreuz.«

»Sie brauchen immer noch Fachleute für Halsamputationen«, sagte Dewi Ayu.

Dies fand niemand mehr witzig, vor allem deshalb nicht, weil die Person, aus deren Mund der Scherz kam, sich allem Anschein nach um nichts scherte. Sie schien ihre wahre Freude an allem zu haben, aß die aufgetischten Äpfel so gierig wie im Anschluss auch die Bananen und die Papayas.

»Bist du gierig oder hungrig?«, fragte Ola.

»Beides.«

Der nächste ereignislose Tag steigerte ihre Verwirrung noch. Ola versuchte sich mit dem Gedanken zu trösten, dass sie vielleicht mit anderen Kriegsgefangenen ausgetauscht werden würden und daher das gute Essen, Obdach und Kleidung bekamen, um keinen leidenden Eindruck zu machen. Kein anderes der Mädchen glaubte daran. Die nächste Gelegenheit, Fragen zu stellen, kam, als einige Japaner erneut im Haus auftauchten, diesmal in Begleitung eines Fotografen. Aber niemand unter ihnen sprach Englisch oder Niederländisch und schon gar kein Malaiisch. Sie gaben den Mädchen lediglich mit Handzeichen zu verstehen, sich in Pose zu werfen, denn sie würden nun fotografiert werden. Widerwillig und mit gezwungenem Lächeln reihten sie sich vor der Kamera auf, in der Hoffnung, Ola würde recht behalten und die Fotos sollten lediglich über ihren Zustand Aufschluss geben, da ein Austausch von Kriegsgefangenen kurz bevorstand.

»Warum fragt ihr nicht Mama Kalong?«, fragte Dewi Ayu.

Schließlich trafen sie die Frau und stellten sie zur Rede.

»Sie haben uns gesagt, wir wären Freiwillige des Roten Kreuzes?«

»Freiwillige, ja«, sagte Mama Kalong, »wenn vielleicht auch nicht des Roten Kreuzes.«

»Sondern?«

Mama Kalong sah die Mädchen an, die sie aus unverstellten, unschuldigen Gesichtern erwartungsvoll anblickten, bis sie langsam ihren Kopf schüttelte und sich zum Gehen wandte.

Die Mädchen folgten ihr rasch nach. »Sagen Sie doch etwas«, baten sie.

»Alles, was ich weiß, ist, dass ihr Kriegsgefangene seid.«

»Warum bekommen wir dann so viel zu essen?«

»Damit ihr nicht sterbt.« Dann verschwand sie im Hinterhof.

Die Mädchen konnten ihr nicht weiter nachstellen, da die Soldaten sie aufhielten und nur die Frau durchließen. Ihre Wut steigerte sich noch, als sie ins Haus zurückkehrten und dort ihre Freundin Dewi Ayu antrafen, die, leise vor sich hin summend, in einem Schaukelstuhl saß und immer noch von den Äpfeln aß.

Sie wandte sich ihnen zu und lächelte beim Anblick ihrer Gesichter, die kaum ihre Wut verbargen. »Ihr seht lustig aus«, sagte sie, »wie Flickenpuppen.«

Sie standen um Dewi Ayu herum, die jedoch nichts mehr sagte, bis eines der Mädchen sie schließlich ansprach: »Kommt es dir etwa nicht so vor, als ginge es hier nicht mit rechten Dingen zu?«, fragte sie. »Beunruhigt dich denn gar nichts?«

»Beunruhigung kommt von Unwissenheit«, sagte Dewi Ayu.

»Und du denkst also, du weißt, was mit uns passieren wird?«, fragte Ola.

»Ja«, antwortete sie. »Wir werden Prostituierte.«

Sie alle wussten es, aber nur Dewi Ayu hatte den Mut, es auszusprechen.

4

Mama Kalong betrieb das Bordell seit der Zeit, als die Militärbaracken der niederländischen Kolonialregierung massiv erweitert worden waren. Davor war sie selbst einfach ein Mädchen, das seiner boshaften Tante in deren Trinkstube aushalf. Sie verkauften Tuak, Wein aus Zuckerrohr oder Reis, und die Soldaten waren gute Kunden. Auch wenn die Trinkstube sich mit dem Einzug der Truppen in Halimunda mehr und mehr belebte, fiel für das Mädchen kaum genug zum Leben ab. Im Gegenteil, es musste von fünf Uhr morgens bis elf Uhr nachts arbeiten und bekam dafür nur zwei Mahlzeiten am Tag. Doch dann fand es einen Weg, seine begrenzte Freizeit zu nutzen, um eigenes Geld zu verdienen.

Sobald die Trinkstube geschlossen war, ging die Heranwachsende zu den Baracken der Soldaten. Sie wusste, was die Männer brauchten, und die Männer wussten, was sie wollte. Die Soldaten bezahlten sie dafür, dass sie sich nackt und mit gespreizten Beinen vor sie hinstellte. Bevor sie mit ihrem Geld nach Hause ging, schliefen drei oder vier Soldaten mit ihr. Es dauerte nicht lange, da überstieg ihr Verdienst bei Weitem das, was die Tante mit ihrem Laden erzielte. Sie hatte ein gutes Gespür fürs Geschäft. Eines Tages, sie hatte sich soeben eine Standpauke anhören müssen, weil sie bei der Arbeit fast eingeschlafen war, verließ sie ihre Tante und eröffnete ihre eigene Trinkstube am Ende des Hafendamms. Sie verkaufte Wein aus Zuckerrohr oder Reis – und ihren Körper. Sie ging auch nicht mehr zu den Baracken, sondern die Soldaten kamen zu ihr in die Trinkstube. Am Ende des ersten Monats hatte sie bereits zwei Mädchen im Alter von etwa zwölf Jahren gefunden, die sie in der Wirtschaft sowohl als Bedienungen als auch als Prostituierte unterstützten. Sie hatte den Grundstein ihrer Karriere als Bordellmutter gelegt.

Nach drei Monaten waren sechs Huren dort, sie selbst nicht mitgezählt. Nun war der geeignete Zeitpunkt gekommen, die Trinkstube zu erweitern und einige Zimmer mit Wänden aus Bambusgeflecht anzubauen. Wenig später kam ein Oberst zur Inspektion des Militärpostens, der auch das Bordell besuchte. Er hatte nicht die Absicht, die Dienste einer Hure für sich in Anspruch zu nehmen, sondern wollte sich davon überzeugen, dass das Etablissement für seine Soldaten gut genug war.

»Hier sieht es aus wie in einem Schweinestall«, sagte er, »die Männer werden an dem Dreck hier sterben, noch bevor sie auf den Feind treffen.«

Mama Kalong antwortete dem Oberst in angemessen respektvoller Weise: »Noch bevor sie ein besseres Bordell bekommen, werden sie aber an ihrer Geilheit sterben.«

Da der Oberst zur Überzeugung gelangt war, das Bordell sei der Moral und dem Kampfgeist seiner Soldaten zuträglich, verfasste er einen positiven Bericht, und anderthalb Monate nach seinem Besuch befürwortete die zuständige Militärstelle, ein dauerhaftes Bordell bauen zu lassen. Sie entfernten das Dach aus Zuckerpalmblättern sowie die Wände aus Bambus und ersetzten sie durch Mauern, die nicht weniger massiv waren als die einer Verteidigungsfestung, und legten verputzte Fußböden. Fast sämtliche Betten bestanden aus Teakholz, und die Matratzen waren mit erlesener Baumwolle gefüllt.

Mama Kalong, der all das kostenlos zugefallen war, war sichtlich erfreut und sagte zu jedem der einkehrenden Soldaten: »Habt Sex, als wärt ihr hier zu Hause.«

»Bloß nicht«, entgegnete ihr einer der Soldaten. »Bei mir zu Hause gibt es nur meine Mutter und meine Oma.«

Es sprach sich schnell herum, dass unter diesem Dach jedermann überaus verwöhnt wurde. Die Prostituierten machten sich stilvoller zurecht als die angesehensten niederländischen Frauen und waren schöner noch als die Königin.

Als die Syphilis um sich griff, drängte Mama Kalong gemeinsam mit den Soldaten darauf, ein Krankenhaus errichten zu lassen. Es entstand genau genommen ein Militärkrankenhaus, aber mit der Zeit suchten es auch Zivilpersonen auf. Das Bordell war kurzzeitig von Bankrott bedroht, doch auch für diesen Fall hatte Mama Kalong gleich ein paar Patentlösungen zur Hand. Sie versuchte einige der Soldaten davon zu überzeugen, sich jeweils eigene Mätressen zu leisten, und versprach ihnen, gegen Bezahlung natürlich, entsprechende Frauen zu suchen. Sie durchstreifte die Dörfer und ging sogar bis in die Berge, um bereitwillige Mädchen als Mätressen für die niederländischen Soldaten zu finden. Obwohl die jungen Frauen jeweils nur von einem Soldaten in Anspruch genommen wurden, quartierte Mama Kalong sie alle im Bordell ein. Auf diese Weise garantierte sie, dass die Frauen keine Geschlechtskrankheiten übertrugen, und wurde damit bald reich. Fühlte sich ein Soldat von Mama Kalongs gnadenlosen Preisen ausgepresst und entschloss sich, seine Mätresse zu heiraten, dann verlangte sie von ihm ein Vielfaches an Entschädigungszahlung. Die angestammten Huren überließ sie unterdessen allen anderen Gästen und hatte für sie sogar neue Stammkunden gewinnen können, die die Soldaten ersetzten: Fischer und Hafenarbeiter.

Gegen Ende der Kolonialherrschaft konnte man Mama Kalong zu Recht als die reichste Frau Halimundas bezeichnen. Sie kaufte jene Landstücke auf, die die Bauern nach ihren Niederlagen am Spieltisch zu verkaufen gezwungen waren, und erweiterte dadurch ihren Grundbesitz, bis dieser sich nahezu über die gesamten Ausläufer der Berge erstreckte. Was die Größe betraf, wurden ihre Ländereien höchstens von den Plantagen der Niederländer übertroffen.

Sie war eine Art kleine Königin in der Stadt: Alle Leute, ganz gleich ob Einheimische oder Niederländer, achteten sie. Mit ihrer Pferdekutsche fuhr sie zu ihren diversen Geschäftsangelegenheiten, wobei an erster Stelle die Frauen kamen, die mit ihrer Scham hausieren gingen. In der Öffentlichkeit trat sie mit ausgesuchter Höflichkeit auf, trug einen eng anliegenden Sarong mit einer Kebaya und die Haare zum Dutt hochgesteckt. Natürlich war sie längst nicht mehr so dünn wie früher. Etwa um diese Zeit begannen die Leute sie wie die jungen Prostituierten Mama zu nennen. Niemand hätte sagen können, wer sie als Erstes so genannt hatte, aber irgendwann wurde ihr Name zu Mama Kalong verlängert. Sie mochte ihn, und mit der Zeit schien sie wie alle anderen ihren wirklichen Namen vergessen zu haben.

»Nachdem alle anderen Königreiche zugrunde gegangen sind, ist in Halimunda ein neues entstanden«, sagte ein betrunkener niederländischer Soldat in der Trinkstube, »und das ist das Königreich von Mama Kalong.«

Auch wenn man sie zweifellos als habgierig bezeichnen konnte, so war sie nie darauf aus, ihre Mädchen leiden zu lassen. Im Gegenteil, sie neigte dazu, sie zu verwöhnen, ähnlich einer Großmutter, die sich um eine Schar von Enkelkindern kümmerte. Hausangestellte bereiteten warmes Wasser zu, damit die Mädchen nach dem anstrengenden Geschlechtsakt ein heißes Bad nehmen konnten. An bestimmten Tagen gewährte sie ihnen Urlaub und lud sie auf einen Ausflug zum Wasserfall ein. Darüber hinaus ließ sie die besten Schneider kommen, die ihnen Kleider nähten. Das Wichtigste aber war für sie die Gesundheit der Mädchen. »Denn«, so erklärte sie, »in einem gesunden Körper liegt der höchste Genuss.«

Dann gingen die niederländischen Truppen fort, und es kamen die japanischen Truppen. Das Bordell von Mama Kalong aber blieb auch in diesen wechselhaften Zeiten bestehen. Sie bediente die japanischen Soldaten ebenso zuvorkommend wie ihre vorherigen Kunden und wählte sogar noch hübschere Mädchen aus. Eines Tages wurde sie von der Dienststelle für zivile und militärische Angelegenheiten der Stadt zu einer kurzen, besorgniserregenden Befragung einbestellt. Im Ganzen ging es darum, dass manche der hohen Beamten des japanischen Militärs nach exklusiven Prostituierten verlangten, die nicht auch noch für die niederrangigen Soldaten und vor allem nicht für die Hafenarbeiter und Fischer arbeiteten. Es mussten neue, wirklich frische und gut gepflegte Prostituierte sein, und Mama Kalong sollte sie so schnell wie möglich auftreiben, denn die Männer gingen, nach ihren eigenen Worten, an ihrer Geilheit fast zugrunde.

»Es ist einfach, solche Mädchen aufzutreiben«, sagte sie.

»Sag uns, wo?«

»Unter den Kriegsgefangenen«, antwortete Mama Kalong kurz und knapp.

Als am Nachmittag mehrere Japaner eintrafen, gerieten die Mädchen außer sich und liefen panisch umher. Sie suchten nach Spalten und Ritzen, durch die sie hätten schlüpfen und entkommen können, doch kein Fleckchen war unbewacht. Der Hof des Hauses war zu einem großen Teil von einer hohen Schutzmauer umgeben, die lediglich über ein Tor zur Vorderseite hin sowie über eine kleine Tür zur Rückseite hin verfügte, beides gleichermaßen unüberwindbar. Einige der Mädchen versuchten sogar, auf das Hausdach zu klettern, als ob sie von dort fortfliegen oder sich mit einem Seil in den Himmel ziehen lassen konnten.

»Ich habe schon überall nachgesehen«, sagte Dewi Ayu. »Es ist unmöglich, von hier zu fliehen.«

»Wir werden Huren!«, schrie Ola, die zusammenbrach und weinte.

»Es ist schlimmer als das«, ergänzte Dewi Ayu. »Es sieht ganz danach aus, als würden wir dafür nicht einmal bezahlt werden.«

Eine andere junge Frau, sie hieß Helena, stellte sich einem der japanischen Offiziere in den Weg und beschuldigte ihn, das verstoße gegen die Menschenrechte und insbesondere gegen die Genfer Konvention.

Nicht nur die Japaner, auch Dewi Ayu brach in schallendes Gelächter aus. »Im Krieg gelten keine Konventionen, Schätzchen«, sagte sie.

Die junge Helena war von der Erkenntnis, dass sie Huren werden würden, am meisten erschüttert. Es hieß, sie habe schon vor Ausbruch von Krieg und Chaos den Entschluss gefasst, Nonne zu werden. Sie war die Einzige, die ein Gebetbuch mitgenommen hatte, und begann nun, unter den Augen der Japaner und in der Hoffnung, die Soldaten würden wie die Teufel vor Angst und Schrecken heulend davonlaufen, einen Psalm daraus laut vorzulesen. Unerwarteterweise aber verhielten sich die japanischen Soldaten ihr gegenüber höflich und antworteten am Ende jeder Gebetszeile: »Amen.« Dann lachten sie natürlich.

»Amen«, antwortete auch Helena, bevor sie kraftlos in einen Sessel sackte.

Einer der Offiziere brachte ein paar Bögen Papier und übergab jedem der Mädchen jeweils einen. Darauf standen auf Malaiisch Blumennamen geschrieben. »Das sind eure neuen Namen«, sagte der Offizier.

Als Dewi Ayu ihren Namen las, war sie hocherfreut: Rose. »Achtung«, sagte sie, »keine Rosen ohne Dornen.« Ein Mädchen erhielt den Namen Orchidee, ein anderes Dahlie. Olas neuer Name lautete Allamanda.

Man befahl ihnen, auf ihre Zimmer zu gehen. Währenddessen stellten sich etliche Japaner vor dem Tisch auf der Veranda für eine Eintrittskarte an. Der Preis für die erste Nacht war beträchtlich hoch, denn man ging davon aus, dass die Mädchen noch Jungfrauen waren; niemand wusste, dass Dewi Ayu es nicht mehr war. Anstatt auf ihre Zimmer zu gehen, drängten sich die jungen Frauen in das Zimmer von Dewi Ayu, die gerade noch einmal die Stabilität ihres Bettes überprüfte und schließlich bemerkte: »Es wird also ein Mensch auf der Matratze das Erdbeben auslösen.«

Nach kurzen und leicht zu gewinnenden Scharmützeln krallten die Soldaten sich ihre Opfer eins nach dem anderen. Als hielten sie ein krankes Kätzchen, hatten sie mit festem Griff jeweils ein Mädchen gepackt, das nun vergeblich versuchte, sich loszureißen. In den folgenden Stunden drangen aus jedem Zimmer die hysterischen Schreie und der Lärm der anhaltenden Kämpfe zu Dewi Ayu. Einigen Mädchen gelang es, nackt aus dem Zimmer zu fliehen, doch die Soldaten fingen sie wieder ein und warfen sie aufs Bett zurück. Dewi Ayu hörte ihre Freundinnen während des grauenvollen Aktes laut und verzweifelt jammern, und sie hörte Helena, wie diese, während ein Japaner gewaltsam in ihre Scham eindrang, sogar Psalmen herausschrie. Die ganze Zeit über hörte sie außerdem das Lachen der Japaner auf der Veranda, die sich über den Krawall amüsierten.

Nur sie selbst gab keinen Laut von sich. Sie bekam einen japanischen Offizier ab, der groß und kräftig gebaut war, wie ein Sumo-Ringer zur Fülligkeit neigte und ein Samurai-Schwert an seiner Hüfte trug. Dewi Ayu lag rücklings auf dem Bett, ihren Blick hatte sie zur Zimmerdecke gerichtet, und weder wandte sie sich dem Mann zu, noch lächelte sie ihn an. Sie schien mehr dem tumultartigen Lärm außerhalb des Zimmers zu lauschen, als darauf zu achten, was innerhalb ihrer vier Wände vor sich ging. Sie lag da wie eine Leiche kurz vor der Bestattung. Selbst als der japanische Offizier sie anschrie, sie solle ihre Kleider ausziehen, rührte sie sich nicht, sie schien nicht einmal mehr zu atmen.

Verärgert zog der Japaner sein Samurai-Schwert, legte dessen Spitze an Dewi Ayus Wange und wiederholte seinen Befehl. Doch Dewi Ayu verharrte reglos, selbst dann noch, als die Klinge des Samurai-Schwerts in ihre Wange schnitt. Ihre Augen blickten unverändert an die Zimmerdecke, und ihre Ohren schienen auf mögliche Geräusche weit außerhalb des Zimmers gerichtet zu sein. Wütend warf der Japaner das Samurai-Schwert zur Seite und schlug zwei Mal in Dewi Ayus Gesicht, was allerdings nur eine Rötung auf ihrer Wange hervorrief und ihren Körper leicht bewegte, woraufhin sie jedoch augenblicklich wieder in ihre einen zur Weißglut treibende Teilnahmslosigkeit zurückfiel.

Resigniert riss der stämmige Soldat schließlich die Kleider von der vor ihm liegenden Frau und warf sie zu Boden. Nun war sie nackt. Er schob ihre Arme auseinander, bis sie weit gespreizt waren, und verfuhr dann ebenso mit ihren Beinen. Nachdem er das Stück stumme Fleisch hinlänglich betrachtet hatte, zog er sich selbst nackt aus, sprang auf das Bett, legte sich bäuchlings auf den Körper und fiel über ihn her. Selbst während des kalten Geschlechtsakts blieb Dewi Ayu in der Position, in die sie der japanische Soldat gebracht hatte, ohne jede Regung und ohne zwecklosen Widerstand. Sie schloss ihre Augen nicht, sie lächelte nicht, sie blickte nur an die Zimmerdecke.

Ihre eisige Haltung trug erstaunliche Früchte: Der Japaner brauchte keine drei Minuten. Zwei Minuten zwanzig Sekunden, wie es Dewi Ayu mit Blick auf die Standuhr in einer Zimmerecke errechnet hatte. Der Japaner rollte zur Seite und erhob sich murrend. Schleunigst zog er sich an, verließ ohne ein Wort zu sagen das Zimmer und schlug die Tür hinter sich zu.

Jetzt erst bewegte sich Dewi Ayu, sie lächelte süßlich, streckte ihre Glieder und sagte: »Was für ein langweiliger Abend.« Sie zog sich an und ging ins Badezimmer. Dort traf sie einige der anderen Mädchen an. Sie wuschen sich, als könnten sie sich von all dem Schmutz, der Scham und vielleicht auch der Sünde mit ein paar Schöpfkellen Wasser reinigen. Sie sprachen kein Wort miteinander. Doch damit war die erste Nacht nicht vorüber, denn es dämmerte erst, und eine ganze Reihe von Japanern wartete noch. Nach dem Bad wurden die Mädchen aufs Neue gezwungen, zurück auf ihre Zimmer zu gehen, und wieder gab es Kämpfe, wieder gab es lautes Jammern, nur nicht von Dewi Ayu, die wieder in ihre Kaltherzigkeit zurückfiel.

In dieser Nacht wurden sie jeweils von vier oder fünf Männern genommen. Eine Nacht des Wahnsinns. Worunter Dewi Ayu am meisten litt, war nicht der rohe, nicht enden wollende Akt des Eindringens, der sie in ihrer rätselhaften Starre fast einfrieren ließ, sondern die hysterischen Schreie und das Wehklagen ihrer Freundinnen. »Die armen Mädchen«, sagte sie zu sich selbst, »sich gegen das Unvermeidliche zu wehren, schmerzt mehr als alles andere.« Dann brach der neue Tag an.

Am Morgen bekam Dewi Ayu Arbeit. Helena hatte sich in ihrer

Verzweiflung büschelweise Haare abgeschnitten, und ihre Frisur musste so gut es ging gerichtet werden.

In der dritten Nacht wurde das Grauen noch einmal übertroffen. Sie fanden Ola mehr tot als lebendig im Badezimmer auf, sie hatte versucht, sich die Pulsadern aufzuschneiden. Dewi Ayu brachte sie sofort, bewusstlos und patschnass, wie sie war, in ihr Schlafzimmer, während Mama Kalong nach einem Arzt rief. Ola starb nicht, aber Dewi Ayu erkannte, dass das, was ihnen widerfuhr, weit grauenhafter war, als sie es sich jemals hätte vorstellen können. Als Ola über dem Berg war, sagte sie zu ihr: »Das Souvenir, das ich Gerda mitbringen will, lautet nicht, ›Deine Schwester wurde vergewaltigt und ist jetzt tot‹!«

Obgleich das nun schon seit einigen Tagen so lief, akzeptierten viele der Mädchen ihr schreckliches Los nicht, und in der Nacht konnte Dewi Ayu nach wie vor ihre hysterischen Schreie hören. Zwei Mädchen versteckten sich immer wieder in der Dachkammer oder kletterten auf den Sapotillbaum hinter dem Haus.

Schließlich gab sie den Mädchen den Ratschlag, das zu tun, was sie jede Nacht tat. »Liegt da wie eine Leiche«, sagte sie, »bis es ihnen langweilig wird.«

Das fanden die Mädchen allerdings noch weitaus schrecklicher. Stillschweigend dazuliegen, während ein Mann über ihren Körper herfiel und in sie eindrang, das konnte sich keine von ihnen vorstellen.

»Oder versucht, einen Mann, der euch gefällt, mit all eurer Aufmerksamkeit zu bedienen, sodass er mehr will und er jeden Abend kommt und euch für die ganze Nacht bezahlt. Ein und den gleichen Mann zu bedienen ist allemal besser, als ständig mit anderen Männern schlafen zu müssen. Es könnte sogar sein, dass er euch als Mätresse nimmt.«

Diese Idee schien geringfügig besser, aber immer noch zu furchtbar, um von ihren Freundinnen ernsthaft in Betracht gezogen zu werden.

»Oder erzählt ihnen etwas wie Scheherazade«, sagte Dewi Ayu.

Niemand unter ihnen fühlte sich unter diesen Umständen imstande, Geschichten zu erzählen.

»Fordert sie zum Kartenspiel auf.«

Niemand unter ihnen konnte Karten spielen.

»Wenn das so ist, dreht den Spieß einfach um«, sagte Dewi Ayu resigniert. »Vergewaltigt sie!«

Trotz dieser Umstände gelang es den Mädchen tagsüber tatsächlich auch mal, ausgelassen zu sein, ohne irgendeine Belästigung. In der ersten Woche hatten sie die Tage damit zugebracht, sich jeweils allein in ihre Zimmer einzuschließen und dort zu weinen, sie schämten sich viel zu sehr, um aufeinander zuzugehen. Nach der ersten Woche aber begannen sie allmählich, sich nach dem Frühstück zu treffen, sie versuchten einander zu trösten und über Dinge zu sprechen, die nichts mit den leidvollen Nächten zu tun hatten.

Dewi Ayu traf sich einige Male mit Mama Kalong und knüpfte mit ihr eine außergewöhnliche Freundschaft. Den Ausschlag dafür gab Dewi Ayus besonnene und nicht offen feindselige Art, mit der sie Mama Kalong in Bezug auf die Japaner keine Schwierigkeiten bereitete.

Mama Kalong erzählte Dewi Ayu, sie sei die Eigentümerin eines Bordells am Ende des Hafendamms. Inzwischen würden viele Frauen unter Zwang dorthin gebracht werden, um das Verlangen der japanischen Soldaten niederen Ranges zu befriedigen. Es seien alles einheimische Frauen, nur in diesem Haus nicht. »Ihr habt Glück, es nicht Tag *und* Nacht tun zu müssen«, sagte Mama Kalong. »Die niederen Soldaten sind noch viel schlimmer.«

»Da gibt es keinen Unterschied zwischen einem niederen Soldaten und dem Kaiser von Japan«, sagte Dewi Ayu. »Alle haben sie gleichermaßen den weiblichen Schoß im Visier.«

Mama Kalong stellte den Mädchen eine alte, nahezu blinde Einheimische als Masseurin zur Verfügung. Jeden Morgen schlossen sich alle dem Ritual des Massierens an; sie schenkten den Worten Mama Kalongs Glauben, dass sie nur auf diese Weise nicht schwanger würden. Nur Dewi Ayu nicht, die sich manchmal massieren ließ, weil sie erschöpft war, aber meist den Morgen vor dem Frühstück lieber schlafend verbrachte.

»Man wird schwanger, weil man gevögelt wird, und nicht, weil man nicht massiert wird«, sagte sie unbekümmert.

Sie nahm das Risiko in Kauf. Nach einem Monat im Bordell war sie die Erste, die schwanger wurde. Mama Kalong legte ihr nahe, abzutreiben. »Denk an deine Familie«, riet sie ihr.

Darauf sagte Dewi Ayu: »Genau wie du sagst, Mama, denke ich an meine Familie, und der einzige Familienangehörige, den ich habe, ist das Kleine in meinem Bauch.« So ließ Dewi Ayu ihren Bauch von Tag zu Tag runder und größer werden. Die Schwangerschaft brachte ihr Vorteile: Mama Kalong schrieb ihr vor, in einem der hinteren Zimmer zu wohnen, und gab allen Japanern bekannt, dass das Mädchen schwanger sei und niemand mit ihr schlafen dürfe. Da sowieso keiner der Japaner mit ihr schlafen wollte, brachte dies Dewi Ayu auf den Gedanken, den anderen Mädchen zu raten, es ihr gleichzutun. »Es stimmt, was die Leute sagen, jedes Kind bringt ein ganz spezielles Glück!«

Aber keines der Mädchen hatte den Mut, das gleiche Risiko auf sich zu nehmen wie Dewi Ayu.

Auch drei Monate später ließ niemand die allmorgendliche Routine der Massage aus, um nicht schwanger zu werden. Sie mussten sich jeden Abend aufs Neue dem Albtraum stellen, und sie zogen dies der Alternative vor, mit dickem Bauch nach Hause zurückzukehren und vor die Augen ihrer Mütter treten zu müssen.

»Was sollte ich wohl Gerda sagen?«, fragte Ola.

»Sag doch einfach: Gerda, ich hab das Souvenir in meinem Bauch.«

Wie auch vor Dewi Ayus Schwangerschaft hatten die Mädchen tagsüber viel Freizeit. Sie trafen sich und plauderten. Ein paar von ihnen lernten Karten spielen, und wieder andere halfen Dewi Ayu dabei, die winzigen Anziehsachen für das Baby zu nähen. Trotz der Umstände waren sie von der Tatsache angetan, dass eine von ihnen bald ein Baby haben würde, und erwarteten ungeduldig den Moment, an dem das Kleine in diese grausame Welt hineingeboren werden würde.

Sie sprachen manchmal auch wieder über den Krieg. Es gab Gerüchte, dass die alliierten Truppen die militärischen Stellungen der Japaner angriffen, und die Mädchen hofften, dass Halimunda eine davon war.

»Ich hoffe, alle Japaner werden umgebracht und sterben mit heraushängenden Eingeweiden«, sagte Helena.

»Nicht so laut, mein Kind kann dich hören!«, sagte Dewi Ayu.

»Warum sollte es das nicht tun?«

»Es hat einen Japaner zum Vater.«

Sie alle lachten über Dewi Ayus bitteren Scherz.

Die Aussicht, dass die alliierten Truppen jeden Augenblick eintreffen könnten, munterte sie aber tatsächlich auf. Und als dann eine verirrte Brieftaube ins Haus geflogen kam, die eines der Mädchen einfing, schrieben sie Briefchen mit Kurznachrichten an die alliierten Truppen: »Helfen Sie uns«, oder »Wir werden zur Prostitution gezwungen«, oder »Zwanzig junge Frauen warten auf ihre Retter«. Es war eine absurde Idee, und es war kaum vorstellbar, dass diese Taube die alliierten Truppen würde finden können. Nichtsdestotrotz ließen sie sie am Nachmittag mit ihrer Post fliegen.

Einen Hinweis darauf, dass die Taube auf alliierte Truppen gestoßen war, gab es nicht. Als das Tier aber kurz darauf ohne die Briefe erneut auftauchte, glaubten die Mädchen fest daran, dass zumindest irgendwo irgendjemand ihre Nachrichten gelesen hatte. Und so versandten sie mit großem Eifer neue Briefe. Das taten sie für weitere drei Wochen.

Es kamen zwar keine Alliierten, aber es kam ein General der japanischen Armee, den noch keines der Mädchen zuvor gesehen hatte. Bei seinem plötzlichen Besuch versuchten die wachhabenden Soldaten, ihm möglichst aus dem Weg zu gehen, indem sie in die hintersten Winkel des Hofes zurückwichen. Den zwei Soldaten, die er ansprach, schienen die Knie zu schlottern.

»Was ist das hier für ein Haus?«, fragte der General.

»Ein Bordell«, rief Dewi Ayu, noch bevor einer der japanischen Soldaten antworten konnte.

Der General war von großer, kräftiger Gestalt, möglicherweise ein Nachkomme der Samurai längst vergangener Zeiten, und er trug zwei Samurai-Schwerter, die links und rechts an seiner Hüfte hingen. Sein kühl und ernst wirkendes Gesicht zierte ein üppiger Backenbart.

»Seid ihr Huren?«, fragte er.

Dewi Ayu schüttelte den Kopf. »Wir kümmern uns um die versehrten Seelen der Soldaten«, erwiderte sie. »So sind wir Huren geworden, wir werden dazu gezwungen, aber nicht bezahlt.«

»Bist du schwanger?«

»Ihr sagt das in einem Ton, als ob Ihr nicht glauben könntet, dass ein Japaner ein Mädchen schwängern könnte, General.«

Er hatte bei Dewi Ayus Kommentar aufgehorcht und begann nun, alle im Haus befindlichen Japaner lautstark zur Rede zu stellen. Als die Dämmerung hereinbrach und die ersten Kunden eintrafen, geriet er außer sich vor Wut. Er rief die Offiziere zu sich und hielt mit ihnen in einem der Räume eine geschlossene Versammlung ab. Es war allzu offensichtlich, dass niemand ihm zu widersprechen wagte.

Unterdessen freuten sich die Mädchen im Haus gewaltig über den

Besuch des Generals, als bekunde dieser ihren triumphierenden Sieg, errungen aufgrund ihrer unermüdlichen Briefsendungen. Sie betrachteten den General voller Dankbarkeit und sahen in ihm ihren Erlöser.

»Ich kann es kaum glauben, dass ein Engel das Gesicht eines Japaners haben kann«, sagte Helena.

Bevor er zu seinem Stützpunkt zurückkehrte, ging er auf die Mädchen zu, die sich in einem Teil des Esszimmers versammelt hatten. Er stellte sich vor sie hin, nahm seine Kappe ab und verbeugte sich tief vor ihnen bis über die Hüfte hinab.

»Rühren!«, rief Dewi Ayu ihm zu.

Der General richtete sich auf, und zum ersten Mal sah man ihn lächeln. »Schreibt mir wieder, wenn diese wahnsinnigen Männer euch anrühren«, sagte er.

»Warum seid Ihr erst so spät gekommen, General?«

»Wenn ich zu früh gekommen wäre«, sagte er mit seiner tiefen, aber sanften Stimme, »hätte ich nur ein leeres, unbewohntes Haus vorgefunden.«

»Darf ich Euren Namen erfahren, General?«, fragte Dewi Ayu.

»Musashi.«

»Wenn mein Kind ein Junge ist, werde ich ihm den Namen Musashi geben.«

»Bete, dass du ein Mädchen bekommst«, sagte der General. »Ich habe noch nie davon gehört, dass eine Frau einen Mann vergewaltigt.«

Daraufhin verließ er die Mädchen und stieg, während sie ihm nachwinkten, in den Lastwagen, der im Hof vor dem Haus auf ihn gewartet hatte. Die Offiziere, die eben noch linkisch herumgestanden und sich mit einem Taschentuch den Schweiß von der Stirn gewischt hatten, beeilten sich nun, ihm zu folgen.

Der Abend wurde richtig friedlich. Es war der erste, an dem kein einziger Kunde kam, um sie zu vergewaltigen, und die Mädchen begingen ihn mit einem kleinen Fest. Mama Kalong gab ihnen drei Flaschen Wein, und Helena goss ihn in kleine Gläser wie ein Priester bei der Heiligen Kommunion. »Auf das Wohl des Generals«, sagte sie. »Er sah sehr gut aus.«

»Hätte er mich nehmen wollen, ich hätte mich nicht gewehrt«, sagte Ola.

»Wenn ich ein Mädchen bekomme«, sagte Dewi Ayu, »dann wird es Allamanda heißen, wie Ola.«

Mit einem Mal war alles zu Ende. Es gab keine Hurerei mehr und auch keine japanischen Offiziere, die spät in der Nacht kamen, um sich ihre Körper zu erkaufen.

Was allerdings einige der Mädchen beunruhigte, war die bevorstehende Begegnung mit ihren Müttern. Sie wussten nicht, wie sie über das, was ihnen widerfahren war, sprechen sollten. Einige versuchten sich ein Herz zu fassen, indem sie sich vor einen Spiegel stellten und zu ihrem Spiegelbild sagten: »Mama, ich bin jetzt Prostituierte.« Natürlich würde es so nicht gehen, und sie versuchten es erneut: »Mama, man hat mich zur Prostitution gezwungen.«

Sie waren sich im Klaren darüber, dass es weit schwieriger werden würde, vor ihren Müttern zu sprechen als vor dem Spiegel. Das einzig Positive war, dass die Japaner nicht zu beabsichtigen schienen, sie alsbald nach Bloedenkamp zurückzuschicken, sondern sie auch weiterhin im Haus festhielten. Nun nicht länger als Prostituierte, sondern, wie zu Beginn, als Kriegsgefangene. Die Soldaten bewachten sie nicht weniger streng, und Mama Kalong versorgte die Mädchen weiterhin beispiellos.

»Ich behandele meine Huren wie Königinnen«, sagte sie voller Stolz, »selbst wenn sie bereits im Ruhestand sind.«

Sie vertrieben sich die Tage, Wochen und Monate, indem sie sich mit Dingen um Dewi Ayu herum beschäftigten, die weiterhin an den winzigen Anziehsachen für ihr Baby nähte. Unterstützt von ihren Freundinnen, besaß sie inzwischen fast einen ganzen Korb voller Kleidungsstücke, die allesamt aus den Stoffen gemacht waren, die sie aus den Kleiderschränken der Hauseigentümer zusammengetragen hatten. Solange sie auf das Ende des Krieges warteten, rettete sie das zumindest vor der Langeweile.

Schließlich kam Mama Kalong mit einer Hebamme ins Haus. »Alle meine Mädchen, die schwanger geworden sind, haben ihr Kind mit ihrer Hilfe zur Welt gebracht«, sagte sie.

»Ich hoffe nur, dass nicht alle, denen sie geholfen hat, Huren waren«, sagte Dewi Ayu.

An einem Dienstag des Jahres, das mit dem Fortgang aus Bloedenkamp und der Ankunft im Bordell begonnen hatte, gebar Dewi Ayu ein Mädchen, dem sie den Namen Allamanda gab, so wie sie es versprochen hatte. Das Kind war wunderschön, ganz wie seine Mutter, und das einzige Indiz dafür, dass sein Vater ein Japaner war, waren seine schmalen Augen.

»Ein hellhäutiges Mädchen mit Schlitzaugen«, sagte Ola, »so etwas gibt es nur in Niederländisch-Indien.«

»Das einzige Pech ist nur, dass es nicht das Kind des Generals ist«, sagte Helena.

Das kleine Baby wurde bald zur kostbarsten Zerstreuung für sämtliche Bewohner des Hauses. Selbst die japanischen Soldaten kauften ihm Puppen und richteten für sein künftiges Wohl ein Fest aus.

»Sie müssen ihm gegenüber Respekt zollen«, sagte Ola, »denn schließlich ist Allamanda das Kind eines ihrer Vorgesetzten.«

Dewi Ayu war erleichtert, dass es Ola Schritt für Schritt gelungen war, nicht mehr nur an die schrecklichen Geschehnisse der jüngsten Vergangenheit zu denken, und sie allmählich zu dem munteren Mädchen von einst wurde. Olas Tage waren gefüllt mit Handreichungen, mit denen sie sich gemeinsam mit den anderen, die sich nun als Tanten bezeichneten, um das Baby kümmerte.

Eines Nachts drang ein Soldat in Helenas Zimmer ein und versuchte, sie zu vergewaltigen. Helena schrie so laut, dass alle anderen davon aufwachten und der Soldat in die Dunkelheit davonlief. Bis zum Morgen wusste niemand, wer der Schuldige gewesen war. Dann traf der General ein. Er zerrte wahllos einen Soldaten in die Mitte des Hofes, drückte ihm eine Pistole in die Hand und ließ ihn dort in der Sonne schmoren. Der Soldat starb durch die Kugel, die er sich selbst in den Mund und durch sein Gehirn schoss. Danach wagte es niemand mehr, sich den Mädchen zu nähern.

Nach wie vor herrschte Krieg. Den Mädchen kamen entweder über Mama Kalong oder über die Bediensteten Gerüchte zu Ohren, nach denen es den japanischen Soldaten gelungen war, den Bau von unterirdischen Verteidigungsfestungen entlang der Südküste fertigzustellen. Mama Kalong gab ihnen heimlich ein Radio, aus dem sie erfuhren, dass Japan von zwei Bomben getroffen, eine dritte allerdings nicht abgeworfen worden war, doch das reichte, um das Haus in Aufruhr zu versetzen. Die japanischen Soldaten schienen von der Nachricht ebenfalls erfahren zu haben. In den folgenden Tagen saßen sie apathisch unter den Bäumen, bevor einer nach dem anderen verschwand, irgendwohin abkommandiert. Als schließlich die ersten Flugzeuge der Alliierten am Himmel über Halimunda kreisten und kleine Flugblätter abwarfen, auf denen stand, dass der Krieg bald zu Ende sei, wurde das Haus nur noch von zwei japanischen Soldaten bewacht.

Dass die Mädchen nicht versuchten zu fliehen, obwohl sie nur von diesen zwei Soldaten bewacht wurden, lag an der unklaren Situation. Außerdem meldete das Radio, dass die Städte bereits von englischen Truppen kontrolliert wurden, und es schien sicherer zu sein, vorerst im Haus zu bleiben, anstatt sich draußen auf den Straßen aufzuhalten. Japan hatte verloren, und nun warteten sie auf die rettenden alliierten Streitkräfte. Doch es schien, als hätten diese vergessen, dass es die Stadt Halimunda auf der Erdoberfläche überhaupt gab. Vorerst kehrten aber die Flugzeuge wieder und warfen Kekse und Penizillin ab, und dann tauchten Bodentruppen auf. Es kamen Truppen, die sämtlich aus niederländischen Einheiten bestanden und sich selbst KNIL, also Koninklijk Nederlands Indisch Leger, nannten. Sie ersetzten sogleich die japanische Flagge vor dem Haus durch ihre eigene. Die beiden japanischen Soldaten ergaben sich widerstandslos.

Zur größten Überraschung Dewi Ayus befand sich Mr Willie in einer der Einheiten.

»Ich habe mich der KNIL angeschlossen«, sagte er.

»Das ist immerhin besser, als sich den japanischen Truppen anzuschließen«, erwiderte Dewi Ayu. Sie zeigte ihm ihr Töchterchen und fügte lachend hinzu: »Das ist alles, was von den Japanern übrig geblieben ist.«

Wenig später wurden die Familienangehörigen der zwanzig jungen Frauen aus Bloedenkamp im Haus untergebracht. Gerda war sehr abgemagert. Als sie ihre Schwester danach fragte, was seit ihrem Abschied geschehen war, antwortete Ola nur: »Es war ein Ausflug.« Doch Gerda durchschaute es gleich, sowie sie die kleine Allamanda sah. Nun lebten die Hausbewohner in Gesellschaft der niederländischen Soldaten, die sie in wechselnden Schichten bewachten. Das war eine sehr schwierige Zeit für Dewi Ayu, da Mr Willie keinen Hehl aus seiner Liebe für sie machte, obwohl er bereits einen Korb erhalten hatte und ihm aller Wahrscheinlichkeit nach ein weiterer zuteilwerden würde.

Und wieder war es ein Unglück, das Dewi Ayu rettete.

Eines Nachts, Mr Willie und drei andere Soldaten waren für die Nachtwache eingeteilt, griff eine Guerillatruppe von Einheimischen das Haus an. Die Guerillakämpfer waren mit gestohlenen Waffen der japanischen Truppen ausgerüstet, mit Macheten, Messern und Handgranaten. Ihr plötzlicher Angriff war äußerst effektiv: Sie töteten die vier niederländischen Soldaten. Mr Willie wurde von hinten geköpft, gerade als er sich mit Dewi Ayu im Wohnzimmer unterhielt, und als sein Kopf in Richtung Tisch flog, besudelte sein Blut die kleine Allamanda. Ein weiterer Soldat wurde in der Toilette beim Pinkeln erschossen, und die zwei übrigen wurden im Hof getötet.

Die Guerillakämpfer, es waren mehr als zehn Mann, versammelten alle Gefangenen. Als sie realisierten, dass diese ausnahmslos Frauen und Niederländerinnen waren, wurden sie noch brutaler. Sie fesselten einige Frauen in der Küche und zerrten andere in die Schlafzimmer, um sie dort zu vergewaltigen. Die Schreie der Frauen drangen noch tiefer ins Mark als in der Nacht, als die Japaner sie zu Prostituierten gemacht hatten, und auch Dewi Ayu musste sich heftig gegen einen Guerilla widersetzen, der ihr Baby gegriffen und ihre Hand mit einem Messer verletzt hatte.

Die Hilfe kam spät, aber sie vertrieb die Guerillas augenblicklich. Die Frauen begruben die Leichen der vier Soldaten im Hof hinter dem Haus.

»Wenn du dich den Guerillakämpfern angeschlossen hättest«, sagte Dewi Ayu, während sie eine Blume auf Mr Willies Grab niederlegte, »hättest du mich zumindest vergewaltigen können.« Dann weinte sie um ihn.

Vorfälle solcher Art ereigneten sich mehrfach. Die vier Wachsoldaten waren dem jeweils aus dem Hinterhalt auftauchenden, bis auf die Zähne bewaffneten Dutzend Guerillakämpfern hoffnungslos unterlegen. Der verantwortliche Kommandant war nicht in der Lage, weitere Wachen bereitzustellen, da sein Posten selbst unter Personalmangel litt. Die Frauen fühlten sich erst sicher, als die englischen Truppen eintrafen und die Sicherheitskräfte in der ganzen Stadt verstärkten. Die Truppen waren ein Teil der Dreiundzwanzigsten Indischen Division, die nach Java gekommen war und denen viele Gurkhas angehörten. Sie installierten an mehreren Stellen Maschinengewehre und errichteten einen Posten im Hof des Hauses. Als die einheimischen Guerillakämpfer erneut anrückten, erwartete sie dieses Mal ein erbitterter Gegner. Es gelang ihnen nicht, bis in den Innenhof vorzudringen, und einer von ihnen wurde bei dem Versuch getötet. Danach ließen die Guerillas das Haus in Ruhe.

Bewacht von den englischen Truppen, verlief das Leben der Frauen in recht friedlichen und angenehmen Bahnen. Sie richteten kleine Feste aus, um die schrecklichen Tage der Vergangenheit zu vergessen. Hin und wieder fuhren die jungen Frauen in einem Militärjeep und bewacht von mehreren vollbewaffneten Soldaten zum Strand. Es kam sogar vor, dass sich Männer in die Mädchen verliebten, und die Mädchen in die Männer. Für die Mädchen war es schwer, über das, was ihnen widerfahren war, zu sprechen, doch je länger das alles hinter ihnen lag, desto mehr erholten sie sich. Sie machten noch einmal ein kleines Fest mit Wein und Gebäck und engagierten eine Band von einheimischen Musikern.

Die Befreiung der Gefangenen setzte sich fort: Eine Einsatzgruppe des Internationalen Roten Kreuzes traf ein, und bald darauf sollten alle Kriegsgefangenen nach Europa ausgeflogen werden. Zivilisten, vor allem solche, die mehr als drei Jahre in der Gefangenschaft verbracht hatten, waren im Land trotz Ende des Krieges nicht sicher. Die einheimische Bevölkerung hatte ihre Unabhängigkeit erkämpft, und überall formierten sich bewaffnete Milizen. Einige gaben sich als Nationalarmee aus, andere nannten sich Volksarmee, und alle setzten sich aus Guerillakämpfern zusammen, die von außerhalb in die Stadt gekommen waren. Die meisten der Milizionäre waren während der Besatzungszeit von den Japanern ausgebildet worden, und diese standen nun zum Teil jenen einheimischen Kämpfern gegenüber, die durch die niederländische Armee ausgebildet worden waren und sich im Zuge dieses chaotischen Krieges der KNIL angeschlossen hatten. Der Krieg war also längst nicht zu Ende, er hatte vielmehr erst begonnen, und die Einheimischen nannten ihn Revolutionskrieg.

Die zwanzig jungen Frauen und ihre Familienangehörigen, die bisher im Haus gefangen gehalten worden waren, bereiteten sich für die Abreise mit dem Flugzeug vor, das das Rote Kreuz organisiert hatte. Alle, außer einer Frau, die wie immer ihre eigenen Vorstellungen hatte: Dewi Ayu. »Ich habe niemanden in Europa«, erklärte sie. »Ich habe nur Allamanda und das Baby, das in meinem Bauch wächst.«

»Du hast aber doch Gerda und mich«, sagte Ola.

»Aber hier bin ich zu Hause.«

Dewi Ayu hatte bereits mit Mama Kalong darüber gesprochen, dass sie Halimunda nicht verlassen wollte. Sie würde weiterhin in der Stadt leben, selbst wenn es bedeutete, dass sie als Prostituierte arbeiten musste. Mama Kalong bot ihr an: »Bleib hier in diesem Haus wie bisher. Es gehört jetzt mir, und die Niederländer können es unmöglich zurückfordern.«

Als alle anderen schließlich abreisten, blieb Dewi Ayu gemeinsam mit Mama Kalong und den Hausangestellten zurück. Sie erwartete die Geburt ihres zweiten Kindes, von dem sie sicher war, dass es von einem der Guerillakämpfer stammte, und las im Roman *Max Havelaar* von Multatuli, den Ola zurückgelassen hatte. Auch wenn sie das Buch bereits gelesen hatte, las sie es ein zweites Mal, denn sonst gab es nichts zu tun, und Mama Kalong untersagte ihr, sich anzustrengen.

Als das Baby zur Welt kam, war Allamanda fast zwei Jahre alt, und Dewi Ayu nannte es nach dem Mädchen im Roman, den sie gerade las: Adinda.

Nach weiteren Monaten in Mama Kalongs Haus begann sich Dewi Ayu Gedanken über ihren Schatz zu machen, der unter Bergen von Fäkalien begraben im Abwasserrohr der Toilette ihres früheren Hauses steckte. Und vor allem machte sie sich Gedanken darüber, wie sie dieses Haus wieder in ihren Besitz bringen konnte. Das Haus, in dem sie gegenwärtig lebte, hatte sich in ein neues Bordell verwandelt. Die Mädchen, die es füllten, waren während des Krieges Prostituierte für die Japaner gewesen. Mama Kalong hatte es verstanden, solche Mädchen ausfindig zu machen, die sich nicht mehr nach Hause zu ihren Familien wagten und sich stattdessen dafür entschieden hatten, bei Mama Kalong zu bleiben, um in ihrem Königreich als Prinzessinnen zu leben. Soldaten der KNIL waren ihre treuen Stammkunden. Mama Kalong erlaubte Dewi Ayu, auf unbegrenzte Zeit mit ihren zwei Kindern eines der Zimmer zu belegen, ohne sich prostituieren zu müssen. Dewi Ayu nahm Mama Kalongs Großzügigkeit gern an, nichtsdestotrotz war sie der Ansicht, dass ein Bordell nicht der geeignetste Ort war, um ihre beiden kleinen Kinder aufwachsen zu lassen, und sie bestand darauf, in ihr früheres Haus zurückzukehren.

Sie musste sich nicht prostituieren, denn sie besaß noch die sechs Ringe, die sie während der Kriegsjahre immer wieder geschluckt hatte. Einen davon, er war mit einem Jadestein besetzt, verkaufte sie an Mama Kalong und lebte von dem Erlös. Sie konnte sich davon sogar einen gebrauchten Kinderwagen aus dem Trödelladen leisten. In diesem Kinderwagen beförderte Dewi Ayu ihre zwei Kinder, als sie zum ersten Mal wieder die Straßen von Halimunda entlangging. Die kleine Adinda lag unter dem Verdeck, während Allamanda, mit einem Pullover und einem Mützchen bekleidet, hinter ihrer kleinen Schwester saß. Dewi Ayu hatte ihr Haar zu einem Haarknoten hochgesteckt und trug ein langes, mit einem Gürtel versehenes Kleid, dessen zwei seitliche Taschen mit Milchflaschen für die kleine Adinda sowie mit Taschentüchern und Stoffwindeln vollgestopft waren. Ruhig und gelassen ging sie den Kinderwagen schiebend daher.

Die Straßen waren wie ausgestorben, nur wenige Menschen waren unterwegs. Sie hatte Gerüchte gehört, dass die meisten der erwachsenen Männer in den Urwald gegangen waren, um sich der Guerilla anzuschließen. Da war lediglich ein alter Barbier an der Straßenecke, der aussah, als würde er in vergeblicher Erwartung seiner Kundschaft vor Langeweile sterben. Von ihm abgesehen sah Dewi Ayu nur wenige, für die Bewachung der Stadt zuständige Soldaten der KNIL, die, müde und ebenfalls gelangweilt, in alten Zeitungen blätterten. Sie saßen hinter dem Steuer eines Lastwagens oder eines Jeeps, und einige hockten sogar auf der Schnauze eines Panzers. Sowie sie bemerkt hatten, dass die Vorübergehende eine Frau weißer Hautfarbe war, schauten sie Dewi Ayu freundlich an und offerierten ihr, sie zu begleiten, da es für eine niederländische Frau, die allein spazieren ging, alles andere als sicher sei. Die Guerillakämpfer, so sagten sie, konnten jederzeit auftauchen.

»Vielen Dank«, sagte Dewi Ayu. »Ich bin aber auf Schatzsuche und nicht bereit, mit jemandem zu teilen.«

Sie schlug einen Weg ein, den sie niemals vergessen könnte und der in das Viertel führte, in dem die niederländischen Plantagenbesitzer ihre Häuser hatten. Dieses Viertel grenzte an den Strand, und die Häuser verfügten über jeweils eine Veranda zu der kleinen Straße hin, die sich entlang des Strandes erstreckte, und über eine Veranda an der Rückseite, von der man in der Ferne hinter dem Grün der Plantagen und der bewirtschafteten Felder zwei Sandsteinhügel ausmachen konnte. Dewi Ayu erreichte diesen Ortsteil nach einem ruhigen Spaziergang entlang der parallel zum Strand verlaufenden Straße und mit der Gewissheit, dass die Guerillas niemals vom Meer her auftauchten. Nichts schien sich verändert zu haben. Der Zaun war wie einst mit Chrysanthemen überwachsen, der Sternfruchtbaum stand immer noch neben dem Haus, und von seinem untersten Ast hing die Schaukel herab. Die Blumentöpfe, die ihre Großmutter auf der Veranda aufgereiht hatte, waren ebenfalls noch vorhanden, auch wenn die Anthurien inzwischen wild gewuchert und alle Aloe-vera-Pflanzen an Wassermangel eingegangen waren. Die Orchideen, die am vorderen Stützbalken hingen, wanden sich bis auf den Boden hinab. Und das hochgeschossene Gras zeugte ebenfalls davon, dass sich niemand um seine Pflege kümmerte. Dewi Ayu erkannte, dass die Hausangestellten und Wachmänner das Haus längst verlassen haben mussten und auch keiner der Borsoi-Hunde mehr dort lebte.

Sie schob den Kinderwagen auf den Hof und wunderte sich über den sauberen Fußboden der Veranda. Jemand musste den Staub gefegt haben, ging es ihr durch den Kopf. Als sie versuchte, die Tür zu öffnen, stellte sie fest, dass sie unverschlossen war. Den Kinderwagen vor sich her schiebend trat sie ins Haus, obwohl die Kleinen bereits zu quengeln anfingen. Das Wohnzimmer lag im Dunkeln, und sie schaltete eine Lampe an. Der Strom funktionierte noch, und heller Lichtschein verbreitete sich. Sämtliche Dinge waren noch an ihrem Platz: der Tisch, die Stühle, der Schrank, nur das Grammophon nicht, das Muin mitgenommen hatte. Sie entdeckte ihr Porträtfoto, das noch an der Wand hing und ein Mädchen von fünfzehn Jahren zeigte, das kurz davor stand, die Schule der Franziskaner zu besuchen.

»Schau mal, das ist deine Mama«, sagte sie zu Allamanda. »Von einem Japaner fotografiert, und kurz darauf von einem anderen Japaner vergewaltigt, der möglicherweise dein japanischer Vater ist.«

Zu dritt setzten sie den Rundgang durch das Haus fort, sie gingen sogar in den ersten Stock hinauf. Dewi Ayu erzählte von ihren Erinnerungen, die sie mit dem Haus verband, zeigte das Zimmer, in dem ihre Großmutter und ihr Großvater geschlafen hatten, zeigte Fotos von Henri und Aneu Stammler, auf denen sie noch sehr jung und noch nicht ineinander verliebt waren. Die Kleinen verstanden von alldem natürlich kein Wort, doch Dewi Ayu schien ihre Rolle als Reiseführerin zu genießen, bis sie sich schließlich an den Schatz im Abwasserrohr erinnerte. Sie munterte ihre zwei Kinder dazu auf, sich mit ihr die Toilette genauer anzuschauen, und war erleichtert, als sie diese tatsächlich noch an Ort und Stelle vorfand. Sie würde lediglich die Abwasserrohre aufstemmen und ihren Schatz heben müssen.

»Da läuft in den Zeiten der neuen Republik doch glatt noch eine Niederländerin herum«, hörte sie plötzlich jemanden hinter ihrem Rücken sagen. »Was machen Sie hier, Nyonya?«

Dewi Ayu wandte sich um, und da stand sie vor ihr, die Besitzerin der Stimme: eine alte Einheimische mit aggressiver Miene. Sie trug einen Sarong und eine Kebaya, beides schmutzig, und stützte sich auf einen Gehstock. Ihr Mund war mit einem Batzen Betel gefüllt. Sie stand vor Dewi Ayu und warf ihr einen feindseligen Blick zu. Sie hätte wohl auch nicht gezögert, Dewi Ayu wie einen Hund mit dem Gehstock zu schlagen.

»Du siehst selbst, sogar mein Foto hängt noch an der Wand«, sagte Dewi Ayu und zeigte auf das Porträt des fünfzehnjährigen Mädchens. »Ich bin die Besitzerin dieses Hauses.«

»Ich hab dein Foto bloß noch nicht gegen meins ausgetauscht.«

Die alte Frau verwies Dewi Ayu sofort des Hauses, auch wenn diese mit Nachdruck erklärte, die Besitzurkunden dafür zu haben. Als Antwort darauf lachte die Alte nur meckernd und winkte mit einer Handbewegung ab. Anhand dessen, was die alte Frau erzählte, während sie den ungebetenen Gast zur Tür geleitete, wurde deutlich, dass das Haus zunächst von den Japanern beschlagnahmt worden war. Nach Ende des Krieges hatte es sich dann die Familie eines Guerillakämpfers genommen. Das war die Familie der alten Frau. Ihr Mann hatte, bevor er sich gemeinsam mit ihren fünf Söhnen in den Urwald schlug, durch den Hieb eines Samurai-Schwerts einen Arm verloren, und wurde später, ebenso wie zwei der Söhne, von KNIL-Soldaten erschossen. »Und somit bin ich jetzt die rechtmäßige Erbin dieses Hauses. Deine Fotos kannst du mitnehmen und musst nicht mal dafür bezahlen.«

Dewi Ayu erkannte schnell, wie zwecklos es war, der Frau mit Argumenten zu begegnen. Sie verließ, den Kinderwagen vor sich her schiebend, das Haus, war jedoch wild entschlossen, sich dieses zurückzuholen. Sie ging zur provisorischen zivilen und militärischen Regierungsverwaltung der Stadt und suchte einen Kommandanten der KNIL auf, den sie in der Hausangelegenheit um Rat bat. Doch der Mann riet ihr, das Haus fürs Erste aufzugeben. Denn noch seien die Guerillakämpfer in der Gegend aktiv. Falls sich das Haus im Besitz einer Guerillafamilie befände, dann wäre es ratsamer, es abzuschreiben, es sei denn, man habe genügend Geld, um es zurückzukaufen.

Geld aber hatte sie keines. Der Erlös aus dem Verkauf der fünf übrig gebliebenen Ringe würde nicht reichen, um das Haus zurückkaufen zu können. Die einzige Hoffnung lag im Toilettenabfluss, doch diesen Schatz konnte sie nicht heben, solange sie das Haus nicht besaß. Sie suchte schleunigst Mama Kalong auf, wusste sie doch, dass diese Frau jederzeit und jedermann eine Hilfe war, und sagte ihr gerade heraus: »Mama, leih mir Geld. Ich will mein Haus zurückkaufen.«

Wenn es um Geld ging, legte Mama Kalong stets ein ausgezeichnetes Gespür für das Geschäftliche an den Tag. »Von was willst du es zurückzahlen?«, fragte sie.

»Ich besitze einen Schatz«, antwortete Dewi Ayu. »Vor dem Krieg habe ich sämtlichen Schmuck meiner Großmutter an einem Platz versteckt, den niemand kennt – außer mir und Gott.«

»Und wenn Gott ihn sich genommen hat?«

»Dann komme ich zu dir zurück und werde Hure, um meine Schulden zu begleichen.«

Das war die für beide Seiten gleichermaßen vorteilhafteste Vereinbarung. Mama Kalong stellte sich darüber hinaus persönlich als Vermittlerin für den Rückkauf des Hauses zur Verfügung, denn wenn es Dewi Ayu selbst versuchen würde, konnte es durchaus sein, dass die Witwe des Guerillakämpfers sich weigerte. Aufgrund ihres niederländischen Aussehens würde man Dewi Ayu nicht abnehmen, eine Einheimische zu sein. Und außerdem war Mama Kalong sehr geschickt darin, Leuten, die Geld benötigten, Dinge abzukaufen. Sie versprach Dewi Ayu, den geringstmöglichen Preis auszuhandeln.

Die Angelegenheit dauerte fast eine ganze Woche. Jeden Tag ging Mama Kalong zwischen Bordell und Haus hin und her, um mit der streitlustigen Guerilla-Großmutter zu verhandeln. Die Alte wollte von diesem Haus nur dann lassen, wenn sie ein anderes als Ersatz und eine gewisse Summe Geld erhielt. Schließlich war Mama Kalong erfolgreich, und Dewi Ayu konnte die Frau endlich aus dem Haus werfen und sie davor warnen, jemals wieder einen Fuß hineinzusetzen. In Begleitung Mama Kalongs zog Dewi Ayu mit ihren zwei kleinen Kindern sogleich um, wobei sie den KNIL-Militärjeep eines der Stammkunden des Bordells benutzte. Wie froh war Dewi Ayu, endlich wieder in ihrem Haus zu sein, mit der Gewissheit, dass ihr nun alles gehörte.

»Wie lange wirst du für die Rückzahlung brauchen?«, fragte schließlich Mama Kalong.

»Gib mir einen Monat.«

»Gut, das sollte genug Zeit für die Ausgrabung sein«, sagte sie.

»Wenn dich jemand im Haus behelligt, komm einfach zu mir. Ich kenne die Guerillakämpfer ebenso gut, wie ich die KNIL-Soldaten kenne. Sie alle gehören zu meiner Kundschaft.«

Dewi Ayu begann nicht sofort mit der Ausgrabung. Zuallererst sah sie sich nach einer Kinderbetreuung um und entschied sich für eine alte Frau aus einem Dorf am Fuß der Berge. Sie hieß Mirah. Früher, das hieß vor dem Krieg, war sie Hausangestellte bei einer niederländischen Familie gewesen, dennoch erklärte Dewi Ayu ihr gegenüber nachdrücklich, dass sie selbst keine Niederländerin sei, sondern eine Einheimische mit Namen Dewi Ayu. Über Mirah fand sie einen fähigen Gärtner, der den vernachlässigten Hof in Ordnung brachte. Es dauerte eine weitere Woche, bis sie sich in Ruhe umsehen und feststellen konnte, dass alles in seinen früheren Zustand versetzt worden war, mit einem gepflegten Hof und frischen Pflanzen.

»Wir haben Glück«, sagte sie zu sich selbst, »weder die Japaner noch die Alliierten haben das Haus zerstört.«

In dieser Zeit erhielt sie Nachricht von Ola und Gerda. Die Geschwister waren bei ihrem Großvater und ihrer Großmutter, und selbst ihr Vater, der in Sumatra von den japanischen Soldaten gefangen genommen worden war, erfreute sich wieder bester Gesundheit. Ola hatte sich mit einem englischen Soldaten verlobt und würden noch in diesem Jahr heiraten. Dewi Ayu konnte unmöglich anreisen, um bei der Feier dabei zu sein, und schickte daher lediglich ein paar Fotos von ihren beiden kleinen Kindern. Umgekehrt erhielt sie später einige Fotos von der Hochzeit. Eines davon hängte sie an die Wand, sodass Ola es sehen würde, sollte sie einmal zu Besuch kommen.

Nachdem der größte Teil der Arbeit am Haus beendet war, begann Dewi Ayu, sich mit der Ausgrabung des Schatzes zu beschäftigen. Da sie dem Gärtner, der Sapri hieß, vertraute, rief sie ihn zu sich und legte ihm ihren Plan, die Abwasserrohre aufzustemmen, dar. Denn, so erklärte sie ihm, täten sie das nicht, wäre es ihr nicht möglich, Mirah und ihn zu bezahlen. Noch am gleichen Tag besorgte Sapri ein Brecheisen und eine Hacke, und Dewi Ayu zog die Hosen ihres Großvaters an, rollte die Ärmel ihres Hemdes hoch und half dem Gärtner dann, den Fußboden im Haus sowie die Erde auf der gesamten Länge des Abwasserrohrs bis hin zur Sickergrube aufzugraben. Das einzig Positive an ihrer Arbeit war die Tatsache, dass die Toilette seit Kriegsbeginn offenbar nicht mehr benutzt worden war. Sie würden also keine warmen und stinkenden Fäkalien vorfinden, sondern nur aufgelockerte Erde voller Würmer.

Sie arbeiteten den ganzen Tag, während Mirah die zwei Kleinen betreute. Hin und wieder hielten sie für einen Moment inne, um sich kurz auszuruhen und etwas zu essen, bevor sie damit fortfuhren, den Beton aufzubrechen und in den verbliebenen, bereits zu Erde gewordenen Resten von Fäkalien zu stochern. Es sah jedoch ganz danach aus, als würden sie außer den sich verärgert windenden Regenwürmern nichts anderes finden. Dewi Ayu war sicher, dass sie bereits den gesamten Inhalt des Abwasserrohrs ausgegraben hatten, und noch immer waren sie nicht auf den Schmuck gestoßen, den sie dort entsorgt hatte. Keine goldene Halskette, kein goldenes Armband, nur ein Haufen modriger Erde, braun und feucht riechend. Sie glaubte nicht daran, dass sich all der Schmuck mit den Fäkalien zersetzt hatte, ließ ihre Arbeit niedergeschlagen ruhen und murrte: »Gott hats gestohlen.«

Während der Revolution wurden zahllose heroische Parolen ausgerufen, an die Mauern entlang der Straßen oder auf ausgerollte Spruchbänder geschrieben und selbst in Schulhefte gekritzelt. Dies brachte Mama Kalong auf die Idee, ihrem Bordell einen Namen zu geben, der von ganz ähnlicher Aufbruchstimmung zeugte und der ihre innere Einstellung am ehesten repräsentierte. Sie hatte bereits verschiedene Namen ausprobiert, wie »Sex oder Tod« und »Einmal Sex, immer Sex«, war jedoch schließlich zu dem Entschluss gekommen, dass der Name ihres Bordells »Sex bis in den Tod« lauten sollte.

Leider wurde der Name bittere Realität. Während er mit einer Prostituierten schlief, kam ein Soldat der KNIL ums Leben, da er von einem Guerillakämpfer geköpft wurde. Dann gab es einen Guerilla, der während des Liebesspiels von der KNIL erschossen wurde. Und selbst eine Prostituierte überlebte den Beischlaf mit einem Kunden nicht, da dieser sie derart lang küsste, dass sie keine Luft mehr bekam.

Im »Sex bis in den Tod« wurde Dewi Ayu Prostituierte. Sie wohnte allerdings nicht dort, da sie ein eigenes Haus besaß. Sie machte sich bei Anbruch der Dämmerung dorthin auf den Weg und kehrte im Morgengrauen nach Hause zurück. Außerdem hatte sie inzwischen drei Töchter: Allamanda, Adinda und Maya Dewi. Letztere kam drei Jahre nach Adinda auf die Welt. In der Nacht betreute Mirah die Kinder, doch am Tag kümmerte sich Dewi Ayu um sie, so wie es alle Mütter zu tun pflegen. Sie schickte ihre Töchter auf die beste Schule, sie schickte sie sogar ins Gebetshaus, wo sie bei Kyai Jahro den Koran zu lesen lernten.

»Sie dürfen keine Prostituierten werden«, sagte sie zu Mirah, »es sei denn, sie wollen es.«

Sie selbst gab niemals offen zu, aus freien Stücken Prostituierte geworden zu sein, sondern erklärte stets, sie sei es aufgrund historischer Entwicklungen geworden.

»Genau wie die Geschichte einen Menschen zu einem Propheten macht oder zu einem Kaiser«, so erklärte sie es ihren drei Töchtern.

Sie war die begehrteste Prostituierte in der Stadt. Beinahe alle Männer, die ins Bordell kamen, richteten es so ein, dass sie zumindest einmal mit ihr schliefen, koste es, was es wolle. Nicht weil sie davon besessen waren, mit einer niederländischen Frau zu schlafen, sondern weil sie wussten, dass Dewi Ayu eine gute Liebhaberin war. Sie wurde von keinem Mann grob behandelt, so wie es häufig andere Prostituierte erlebten, denn hätte dies jemand gewagt, wären die anderen Männer Amok gelaufen, als handelte es sich bei Dewi Ayu um ihre eigene Ehefrau. Keine Nacht verging, ohne dass sie einen Kunden bediente, auch wenn sie deren Anzahl auf nur einen Mann pro Nacht begrenzte. Von jedem, der ihren Körper begehrte und diese exklusive Dienstleistung in Anspruch nahm, verlangte Mama Kalong den höchsten Tarif. Dies bescherte der inzwischen angejahrten Frau, die nachts niemals schlief, einen zusätzlichen Verdienst.

Wenn Mama Kalong eine Königin in der Stadt war, dann war Dewi Ayu eine Prinzessin. Beide hatten einen ähnlichen Geschmack, wenn es um ihre Kleidung und ihre Aufmachung ging. Sie gehörten zu den Frauen, die großen Wert auf ihr Äußeres legten, und kleideten sich noch anständiger als die Frömmlerinnen. Mama Kalong trug am liebsten gemusterte Batikstoffe, die sie direkt aus Solo, Yogyakarta oder Pekalongan kommen ließ und mit einer Kebaya kombinierte. Ihr Haar trug sie zu einem Knoten gesteckt. Derart zurechtgemacht, erschien sie selbst im Bordell, und nur wenn sie sich Ruhe gönnte, trug sie ein weites Hauskleid. Dewi Ayu mochte gemusterte Kleider, die sie bei ihrer Stammnäherin in Auftrag gab, welche diese exakt aus den Modezeitschriften für Frauen kopierte. Selbst die frommen Frauen schauten sich verstohlen bei ihr ab, wie man sich kleidet und zurechtmacht.

Sie waren eine wahre Quelle der Freude in Halimunda. Es gab keine wichtige Veranstaltung in der Stadt, zu der sie nicht eingeladen wurden. Jeden Unabhängigkeitstag saßen sie bei Major Sadrah, dem Bürgermeister, den Gemeindevorstehern und natürlich bei Shodancho, nachdem dieser aus dem Urwald zurückgekehrt war. Obwohl die Frömmlerinnen die beiden Frauen abgrundtief hassten, weil sie wussten, dass ihre Männer, wenn sie in der Nacht verschwunden waren, im »Sex bis in den Tod« weilten, grüßten sie sie freundlich und verzogen das Gesicht erst hinter ihrem Rücken.

So war das, bis eines Tages ein Mann die Absicht hatte, die Prinzessin, die Hure namens Dewi Ayu, für sich allein zu besitzen. Er hatte sogar vor, sie zu heiraten. Niemand hatte den Mut, sich dem Wunsch des Mannes entgegenzustellen, denn er war, wie es hieß, unbesiegbar. Dieser Mann hieß Maman Gendeng.

So endete das Glück der Männer Halimundas, und ein Lächeln machte sich auf den Lippen ihrer Ehefrauen und ihrer Geliebten breit.

5

Noch Jahre später erinnerten sich die Leute an jenen turbulenten Morgen, als der Mann nach Halimunda kam und sich am Strand mit mehreren Fischern prügelte. Sämtliche Geschichten, die sich um diesen Preman, diesen Banditen, rankten, waren ihnen so gegenwärtig wie die Gleichnisse im Heiligen Buch. Maman Gendeng war der einzige Schüler von Meister Sepak am Fuß des Vulkans Gede gewesen und hatte bereits in jungen Jahren als einer der letzten Krieger seiner Art gegolten. Gegen Ende der niederländischen Kolonialzeit trat er seine Wanderjahre an, während derer er allerdings weder auf einen ebenbürtigen Gegner noch auf einen Verbündeten traf. Dann kamen die Japaner, und als der Revolutionskrieg ausbrach, trat er in die Volksarmee ein und zeichnete sich selbst mit dem Rang eines Obersten aus. Im Zuge der Neustrukturierung der Armee wurde er jedoch wie Tausende andere Mitstreiter mit nichts anderem außer der Ehre, sich als Revolutionskämpfer bezeichnen zu dürfen, entlassen. Maman Gendeng ließ sich davon nicht im Geringsten verstimmen und ging erneut auf Wanderschaft. Gegen Ende des Krieges hatte er sich schließlich seinen jüngsten Ruf erarbeitet: den eines Banditen.

Sein Geschick dafür entsprang seinem Hass auf die Reichen, wobei sich dieser durchaus nachvollziehen ließ. Er war das uneheliche Kind eines Bupati, eines Landrats. Wie in ihrer Familie seit Generationen üblich, hatte seine Mutter im Haus dieses Bupatis als Küchengehilfin gearbeitet. Niemand wusste, wann das Verhältnis der beiden begonnen hatte, aber jeder wusste, dass der Bupati einen außerordentlich großen sexuellen Appetit besaß und ihm eine Ehefrau sowie etliche Konkubinen und Mätressen bei Weitem nicht reichten. In bestimmten Nächten zerrte er eine Hausangestellte in sein Schlafzimmer, und nicht selten traf es eine der Küchengehilfinnen, die er zwang, mit ihm zu schlafen. Maman Gendengs Mutter war jedoch die einzige Frau, die das Pech hatte, dabei schwanger zu werden. Die Frau des Bupati erfuhr davon, und um den guten Ruf der Familie zu wahren, warf sie die Schwangere aus dem Haus, ohne sich darum zu scheren, dass nicht nur deren Eltern, sondern auch deren Großeltern und Urgroßeltern mütterlicher- wie väterlicherseits bereits seit vielen Jahren der Familie gedient hatten. Mit nichts außer dem heranwachsenden Baby in ihrem Bauch durchstreifte die Unglückliche den Urwald und verirrte sich bis zum Vulkan Gede. Meister Sepak, der alte Meister der Kampfkunst, fand sie mehr tot als lebendig und half ihr, das Kind unter einer Zuckerpalme zur Welt zu bringen.

»Gib ihm den Namen Maman, nach seinem Vater«, sagte die Frau, »er ist der Bastard dieses Bupatis.« Die Frau starb, noch bevor sie das Kind eingehender betrachten konnte.

Tief betrübt nahm der alte Meister das Kind mit zu sich nach Hause. »Du wirst der ultimative Krieger sein«, sagte er zu dem Baby.

Er sorgte gut für den Jungen, gab ihm ordentlich zu essen und unterrichtete ihn in der hohen Kunst des Kämpfens. Noch bevor der Kleine laufen konnte, hatte Meister Sepak mit dem Training begonnen, das unter anderem vorsah, ihn in eiskaltes Wasser zu tauchen und in der Mittagssonne schmoren zu lassen. Sowie der Junge auf seinen wackligen Beinchen stehen konnte, warf er ihn in den Fluss und ließ ihm keine andere Wahl, als sich um sein Leben schwimmend ans Ufer zu retten. Im Alter von fünf Jahren war er tatsächlich der stärkste Junge auf der Erdoberfläche. Maman Gendeng – wie sein Name inzwischen lautete – war imstande, mit seiner bloßen Hand einen Stein in feinste Sandkörner zu zermahlen. Im Gegensatz zu anderen Meistern gab Sepak sein ganzes Wissen restlos an den Jungen weiter. Er brachte ihm sämtliche Kampfstile bei, übergab ihm all seine Amulette und lehrte ihn, auf Altsundanesisch, Lateinisch, Niederländisch und Malaiisch zu lesen und zu schreiben. Selbst das Kochen brachte er ihm nicht weniger gewissenhaft bei als das Meditieren.

Als Maman Gendeng zwölf Jahre alt war, starb Meister Sepak. Nun war die Zeit gekommen, sich an seinem leiblichen Vater zu rächen. Nachdem er den alten Herrn und Meister begraben und eine Woche lang getrauert hatte, stieg er vom Berg herab und begab sich auf Wanderschaft. Gleichzeitig fielen die japanischen Truppen ins Land ein. Er traf seinen Vater nicht in dessen Haus an, denn die gesamte Familie war in den Kriegswirren in alle Himmelsrichtungen verstreut worden. Als Handlanger der Niederländer befand sich der Bupati ebenfalls auf der Flucht. Während Maman Gendeng auf eine Gelegenheit zur Rache wartete, diente er in der Volksarmee und forschte weiterhin nach dem Aufenthaltsort seines ärgsten Feindes, nämlich des Mannes, der seine Mutter vertrieben hatte und für ihren Tod verantwortlich war. Doch auch nach drei Jahren war er nicht in der Lage, Rache zu üben, denn als er seinen Vater endlich fand, war dieser bereits tot, gerichtet von einem Erschießungskommando der Volksarmee. Er stand vor dessen Leiche, nicht willens, sie zu begraben.

Die Japaner gingen, die Republik wurde gegründet, und als der Revolutionskrieg begann, schloss sich Maman Gendeng einem Guerillatrupp an. Die Männer ließen sich in kleineren Ortschaften an der Nordküste nieder und verbrachten die Tage in den Fischerhütten und die Nächte an der Front. Doch die KNIL-Truppen unter Leitung der Niederländer gewannen die meisten Scharmützel und drängten die Guerillakämpfer ins Landesinnere. Das einzig Nennenswerte aus jener Zeit waren Maman Gendengs Gefühle für ein Fischermädchen namens Nasiah. Sie war ein hübsches Mädchen mit Grübchen in den Wangen und zart-dunkler Hautfarbe. Maman Gendeng hatte sie bereits viele Male gesehen, wenn er am Strand entlangging, um Fische für das Abendessen aufzutreiben. Sie war ein freundliches Mädchen, schenkte dem Guerillakämpfer ihr einnehmendstes Lächeln und schlich sich hin und wieder zu ihm, um ihm etwas zum Essen vorbeizubringen.

Außer ihrem Namen wusste Maman Gendeng nicht viel über sie. Doch ihre Anwesenheit heiterte ihn auf, und er war fest entschlossen, seine Wanderschaft aufzugeben und jede Schlacht zu gewinnen, nur um in ihrer Nähe zu sein. Inzwischen hatten die Freunde Maman Gendengs dessen verborgene Leidenschaft bemerkt und ermunterten ihn, sich anständig um das Mädchen zu bemühen. Abgesehen von den Prostituierten, die er in der Zeit der japanischen Besatzung getroffen hatte, hatte Maman Gendeng sich noch nie mit einer Frau unterhalten und schon gar nicht in einer derart ernsten Angelegenheit. Plötzlich wurde ihm bewusst, dass es ihm weit beängstigender zu sein schien, dem hübschen Mädchen Nasiah gegenüberzustehen, als einem Erschießungskommando der Niederländer. Als er aber dann eines Tages Nasiah sah, die sich, einen Korb voller frischer Fische vor der Brust hertragend, allein auf dem Heimweg befand, nutzte er die Gunst der Stunde und schloss zu ihr auf. Sowie er das süße Lächeln sah, das die Grübchen in ihren Wangen zum Vorschein brachte, nahm er all seinen Mut zusammen und fragte schließlich, ob sie seine Frau werden wolle.

Nasiah war gerade einmal dreizehn Jahre alt. Ob es nun ihrer Jugend oder etwas anderem geschuldet war, auf jeden Fall ließ sie daraufhin sofort ihren Korb fallen und lief wie ein kleines Kind, das sich vor einem Verrückten fürchtete, und ohne ein Wort des Abschieds auf und davon. Maman Gendeng, inmitten der verstreut umherliegenden Fische stehend, sah ihr nach und wünschte, er fiele tot um. Aber er bereute nichts, denn die Liebe hatte ihm Schwung verliehen, wie nichts anderes es vermocht hätte. Also sammelte er die Fische ein, hob den Korb auf und ging zuversichtlichen Schrittes zum Haus des Mädchens. Er würde bei Nasiahs Vater so, wie es sich gehörte, um ihre Hand anhalten.

Vor dem Haus traf er Nasiah an, die dort bei einem schmächtigen Jungen mit einem verkrüppelten Bein stand. Er wusste vom Hörensagen, dass zwei ältere Brüder Nasiahs im Guerillakampf ums Leben gekommen waren und ihr Vater ein alter Fischer war. Doch von einem einbeinigen Jungen, der so mager war, als hätte er seit Monaten gehungert, wusste er nichts. Er stellte sich vor die beiden hin, setzte den Korb neben Nasiah auf die Erde und bemühte sich zu lächeln. In seiner Brust hämmerte es, das Feuer der Eifersucht war entfacht und würde sich so schnell nicht wieder legen. Nur seinem Mut oder seiner Einfalt war es zu verdanken, dass er sein Anliegen noch einmal vorbrachte. »Nasiah, willst du meine Frau werden?«, fragte er mit flehendem Gesichtsausdruck. »Sobald der Krieg vorüber ist, will ich dich heiraten.«

Das zierliche Mädchen aber fing zu weinen an und schüttelte den Kopf. »Herr Guerilla«, sagte es stotternd. »Sehen Sie nicht den Mann an meiner Seite? Es stimmt, er ist schwach und wird wahrscheinlich nie aufs Meer hinausfahren, um zu fischen, und schon gar nicht wird er wie Sie in den Krieg ziehen. Es wäre ein Leichtes für Sie, ihn zu töten, und mich könnten Sie ebenso leicht einfangen wie einen fliegenden Fisch. Sollten Sie dies aber im Sinn haben, so erlauben Sie mir, mit ihm zusammen zu sterben, denn wir lieben uns und wollen niemals getrennt voneinander sein.«

Der magere Junge blieb stumm, hielt den Kopf gesenkt und blickte nicht ein einziges Mal auf. Maman Gendeng brach augenblicklich das Herz. Er nickte langsam, dann wandte er sich ab und ging, ohne sich zu verabschieden und ohne sich noch einmal umzusehen. Er hatte gesehen, wie sehr sie einander liebten. Er wollte ihr Glück nicht zerstören, auch wenn er dafür sein auf unabsehbare Zeit schmerzendes Herz würde kurieren müssen.

Während des ganzen restlichen Krieges wurde er immer wieder von grauenvollen, durch die tragische Zurückweisung seiner Liebe ausgelösten Halluzinationen heimgesucht. Manches Mal setzte er sein Leben aufs Spiel, indem er sich als Zielscheibe für die Gewehrkugeln und die Kanonenkugeln des Feindes aussetzte, und nur seiner Schicksalsfügung war es zu verdanken, dass er dies überlebte. Während all dieser Zeit sah er das Mädchen nicht wieder, und er ging jeder Gelegenheit, mit ihr zusammenzutreffen, aus dem Weg. Erst als der Krieg beendet war und er von der Hochzeit des Mädchens mit ihrem Liebsten gehört hatte, schickte er ihr als Geschenk eine wunderschöne rote Schärpe, die er einer Weberin abgekauft hatte.

Die Guerillastellungen wurden zerschlagen, und die Entlassungen begannen. Maman Gendeng stimmte dies eher froh als traurig, und er trat seine Wanderschaft wieder an, auch wenn er den Herzschmerz dabei mitnahm. Eingedenk der früheren Marschroute der Guerilla, die eher der Fluchtroute vor dem Feind entsprach, wanderte er der Nordküste entlang. Er schlug sich durch, indem er die Häuser reicher Leute ausraubte und zu ihnen sagte: »Wer in der Zeit der Revolution zu Geld kommt, ist entweder Handlanger der Niederländer oder der Japaner.«

Er und ein Dutzend seiner Anhänger verbreiteten Angst und Schrecken in den Städten an der Küste. Polizei und Armee hefteten sich an ihre Fersen. Gemeinsam mit seiner Bande lebte er wie Robin Hood, er bestahl die Reichen und verteilte die Beute unter den Armen, er sorgte für den Lebensunterhalt von Witwen, die ihren Mann im Krieg verloren hatten, und ihren Halbwaisen. Sein Ruf schüchterte sowohl Feinde als auch Freunde ein, doch ihn selbst machte all das nicht glücklich. Wohin er auch ging, er trug seine alte Wunde mit sich, und keins der Mädchen, denen er begegnete, und schon gar nicht die Huren in den Palmwein-Buden konnten seinen Schmerz lindern. In den Nächten, in denen er beinah den Verstand verlor, befahl er seinen Gefolgsleuten, hübsche Mädchen von zart-dunkler Hautfarbe und mit Grübchen in den Wangen zu finden. Er beschrieb das Aussehen von Nasiah derart präzise, dass die jungen Frauen, die schließlich zum Unterschlupf kamen, sich wie Mehrlinge kaum voneinander unterscheiden ließen. Er schlief mit ihnen Nacht für Nacht, doch Nasiah konnten sie nicht ersetzen.

Er schöpfte erst wieder Lebensmut, als er Fischerkinder die Legende von einer Prinzessin namens Rengganis erzählen hörte. Manche sagten, die Frau sei derart schön, dass jeder für sie zu sterben bereit sei und einmal sogar ein Krieg wegen ihr ausgebrochen war. Maman Gendeng wachte eines Nachts auf, bereit, gegen jedermann zu kämpfen, um eine solche Frau zu bekommen. Er weckte seine Männer einen nach dem anderen auf und fragte sie, an welchem Ort Prinzessin Rengganis lebte. Natürlich in Halimunda, antworteten sie. Maman Gendeng hatte diesen Namen noch nie gehört, aber einer seiner Gefährten erklärte ihm, dass er, wenn er mit dem Boot an der Küste entlang immer Richtung Westen führe, Halimunda erreichen würde. Fest entschlossen, seine Herzenswunde zu heilen, übergab er noch in dieser Nacht die Kontrolle über sein Räuberterritorium an seine Gefährten und teilte ihnen mit, dass er mit dem Boot in See stechen würde, um seine wahre Liebe zu finden. Er hatte sich endlich wieder verliebt, auch wenn er die Frau namens Rengganis lediglich aus den Geschichten der Fischerkinder kannte.

Es hieß, die Prinzessin sei außerordentlich schön, sie stamme aus dem letzten Geschlecht der Könige von Pajajaran und habe die Schönheit der Prinzessinnen aus dem Palast geerbt. Viele Leute sagten, die

Prinzessin selbst habe erkannt, dass ihre Schönheit Unglück brachte. Als Rengganis noch klein war und sie auch jenseits der Palastmauern umherlaufen konnte, hatte sie bereits für Aufruhr und Wirbel gesorgt. Wo immer sie langging und man in ihr Antlitz blicken konnte, das von einem zarten Nebel von Traurigkeit umhüllt zu sein schien, erstarrten die Leute wie groteske Figuren und glotzten ihr nach, wobei sich nur ihre Augäpfel bewegten und den Schritten des Mädchens folgten. Rengganis' Erscheinen führte bei vielen der Hofbeamten zu Tagträumen, sie vernachlässigten ihre Regierungsangelegenheiten, und ein Teil des Königreichs konnte von einer Räuberbande eingenommen werden. Erst nach großen Anstrengungen und dem Verlust der Hälfte der königlichen Truppen gelang die Rückeroberung.

»Eine solche Frau«, sagte Maman Gendeng, »ist die Suche nach ihr wert.«

Darauf erwiderte ein Freund: »Ich hoffe nur, man bricht dir nicht zum zweiten Mal das Herz.«

Selbst der Vater der Prinzessin, von dem es hieß, er sei der letzte König des Reiches gewesen, bevor es unter den Angriffen des Sultans von Demak fiel, alterte frühzeitig durch die Besessenheit für die Schönheit seiner Tochter. Mit dem eigenen Kind schlafen zu wollen gehört sich nicht, aber verliebt ist nun einmal verliebt. Die Liebe und die Gewissensbisse führten eine Schlacht in seinem Inneren, so lange, bis ihm deutlich wurde, dass nur der Tod ihn von diesem Leiden befreien konnte. Und die Königin, die natürlich eifersüchtig geworden war, ließ der Gedanke nicht los, der einzige Ausweg sei, das kleine Mädchen zu töten. Sobald sich eine Gelegenheit ergab, schlich sie sich in die Küche und nahm ein Messer, ging auf Zehenspitzen ins Schlafzimmer ihrer Tochter, bereit, ihr die Klinge ins pochende Herz zu stoßen. Doch sowie sie ihre Tochter sah, wurde auch sie bezaubert und verliebte sich in sie und vergaß das Vorhaben, sie zu erstechen. Stattdessen ließ sie das Messer fallen, ging auf das Mädchen zu, berührte seine Haut und küsste es, bevor sie zu Besinnung kam und sich schämte und ihre Tochter verließ, ohne ein Wort zu sagen.

Maman Gendeng war von dem Bild, das er sich selbst von Prinzessin Rengganis entworfen hatte, bezaubert. Während der gesamten Reise traf er Fischer, die die Legende von der Schönen immer wieder erzählten. Mit seinem kleinen Boot segelte er immerfort gen Westen, und wenn die Dämmerung anbrach, legte er bei den Fischersiedlungen an, um sich auszuruhen. Er fragte die Bewohner, wie lange es noch nach Halimunda sei, und diese erklärten ihm den Weg. Sie hießen ihn zunächst weiter westwärts zu fahren, bevor er sich eine Weile gen Süden und dann wieder in östliche Richtung halten sollte. Sie rieten ihm zur besonderen Vorsicht in den Wogen des Südlichen Meeres. Außerdem erzählten sie ihm Geschichten über die Prinzessin, die den einsamen Wanderer noch mehr hinrissen.

»Ich werde sie heiraten«, schwor er.

Prinzessin Rengganis litt sehr unter der Schönheit, die ihr zuteilgeworden war. Sowie sie dies erkannt hatte, schloss sich die Königstochter in ihrem Zimmer ein. Ihre einzige Verbindung zur Außenwelt war eine kleine Öffnung in der Tür, durch welche ihr die Dienstmädchen Kleidung und Mahlzeiten reichten. Sie hatte geschworen, niemals ihre Schönheit zur Schau zu stellen, und hoffte, dass der Mann, der sie heiratete, sie aus anderen Gründen lieben würde. Daher beschäftigte sie sich in ihrer Zurückgezogenheit einzig und allein damit, ihr Hochzeitskleid und ihre Aussteuer zu nähen. Ihre Zurückgezogenheit reichte jedoch nicht, die Verbreitung der Kunde von ihrer Schönheit, die bereits von wandernden Abenteurern und Geschichtenerzählern übers Land getragen worden war, zu unterbinden. Ihr von seiner ungehörigen Liebe zermürbter Vater und ihre vor Eifersucht blinde Mutter kamen schließlich überein, dass die einzige Lösung war, ihre Tochter zu verheiraten. Darauf schickten sie neunundneunzig Boten bis in jeden Winkel des Königreichs sowie in die benachbarten Länder, um einen Wettbewerb für Prinzen und Ritter und überhaupt alle Männer auszurufen. Erster und einziger Preis: die Heirat mit der schönsten Frau der Welt, Prinzessin Rengganis.

Gut aussehende Männer strömten herbei, und der Wettbewerb begann. Die Wettkampfgegner traten nicht im Bogenschießen gegeneinander an, so wie es der mythische Arjuna getan und auf diese Weise Draupadi erhalten hatte. Stattdessen wurden sie jeweils nur befragt, welche Art von Frau sie sich wünschten, wie groß, wie schwer, was ihre Lieblingsspeise sein sollte, die Art und Weise, wie sie sich kämmte, die Farbe ihrer Kleider, ihr Geruch und vieles mehr. Anschließend hieß man sie, sich vor die verschlossene Tür des Schlafzimmers der Prinzessin zu setzen und sie selbst über ihre Eigenschaften zu befragen. Sollte die Vorstellung des Mannes genau mit dem Wesen der Prinzessin übereinstimmen und sollte sich die Vorstellung der Prinzessin mit dem Wesen des Mannes decken, dann, so versprach es der König, erlaubte er ihnen zu heiraten. Es ist dies ein wenig erfolgversprechendes Verfahren, und so blieb auch der Wettbewerb ergebnislos und ergab keinen einzigen Mann, der sich als der Prinzessin Liebster eignete.

Es ist nun mal keine einfache Angelegenheit, eine solche Frau für sich zu gewinnen. Als Maman Gendeng durch die Sunda-Straße fuhr, versuchte eine Bande von Seepiraten, ihn seiner Habseligkeiten zu berauben. Maman Gendeng, der lange nicht mehr gekämpft hatte, ließ seinem körperlichen Bedürfnis freien Lauf und versenkte die Piraten. Dies war allerdings nicht das einzige Hindernis auf seinem Weg. Bei der Einfahrt in das Südliche Meer empfing ihn ein tosender Sturm, und ein Paar Haie umkreisten sein Boot. Er war gezwungen, anzulegen und hinter den Sümpfen einen Hirsch zu erjagen, den er dann den Haien zum Fraß vorwarf, um sich während der weiteren Reise ihr Wohlwollen zu sichern.

All das für das Mädchen namens Rengganis.

Nach dem ergebnislosen Wettkampf erlag das Königreich aufs Neue derselben Traurigkeit, derselben schrecklichen Schönheit. Bis eines Tages ein unzufriedener Prinz sich auf den Weg zum Palast machte, mit dreihundert berittenen Kriegern sowie der schändlichen Absicht, sich die Prinzessin gewaltsam zu holen. Im Grunde genommen freute sich der König bei der Vorstellung, jemand würde die Prinzessin entführen und heiraten, doch um seiner Ehre willen war er gezwungen, seine Soldaten in den Krieg gegen die Missetäter zu entsenden. Dann kam ein zweiter Prinz aus einem anderen Königreich mit ebenfalls dreihundert berittenen Kriegern im Gefolge, um den ersten zu unterstützen – sowie in der Hoffnung, er erhielte die Prinzessin als Dankeschön –, und ein immer weiter um sich greifender Krieg brach aus. Andere Ritter und Prinzen wurden früher oder später vom Sog dieses gewaltigen Krieges erfasst und mitgerissen, und am Ende des Jahres ließ sich nicht mehr sagen, wer gegen wen Krieg führte, außer dass alle Gegner um eine Frau kämpften, die inzwischen seit Jahren als Schönheitsgöttin von Halimunda galt. Ihre Schönheit war ein Fluch, und der Fluch nahm immer bizarrere Züge an: Tausende Soldaten wurden verletzt und starben, das ganze Land versank in Chaos und wurde von Krankheiten und Hunger erbarmungslos heimgesucht. All das wegen der unheilvollen Schönheit.

»Das waren die fürchterlichsten Zeiten«, sagte ein alter Fischer, bei dem Maman Gendeng übernachtete. »Es war fürchterlicher als der Bubat-Krieg nach dem hinterhältigen Angriff der Majapahit-Armee, obwohl wir überhaupt nicht gern Krieg führen.«

»Ich bin ein Veteran des Revolutionskriegs«, sagte Maman Gendeng.

»Das war gar nichts im Vergleich zum Krieg um Prinzessin Rengganis.«

Das Mädchen selbst blieb nicht unwissend. Es hörte die Kriegsmeldungen von den Dienstmädchen, die es ihr durch das Schlüsselloch zuflüsterten. Die kleine Schönheit litt so sehr darunter, dass jede Katastrophe ihren Ursprung bei ihr zu nehmen schien, dass sie weder schlafen noch essen konnte. Und weder ihr Wehklagen noch ihr Tod könnten dies wiedergutmachen. Da erinnerte sie sich an das Hochzeitskleid und dachte plötzlich, der einzige Weg, den Krieg zu beenden, wäre es, zu heiraten.

Inzwischen hatte sie schon viele Jahre eingeschlossen in ihrem Zimmer gelebt, lediglich von Dunkelheit umgeben und nur in der Gesellschaft einer Öllampe und ihres Hochzeitskleids. Das Kleid war sehr aufwendig gefertigt und zweifellos das schönste Hochzeitskleid auf Erden. Kein Schneider wäre in der Lage gewesen, etwas Vergleichbares zu schaffen. Als ihre Näharbeit schließlich eines Morgens vollendet war, fasste sich Prinzessin Rengganis ein Herz und beschloss, jemanden zu heiraten, um den Krieg und all das Unglück zu beenden. Allerdings wusste sie nicht, wer das sein könnte. Daher sagte sie zu sich selbst, dass sie das Fenster öffnen und denjenigen zu ihrem Lebensgefährten wählen würde, der sich als Erster dahinter zeigte.

An jenem unvergesslichen Morgen, an dem sie ihren Schwur in die Tat umsetzen sollte, wusch sie sich mit dem Wasser, in das sie die Blüten der »Blume der hundert Nächte« eingelegt hatte, und zog anschließend ihr Hochzeitskleid an.

In diesem Aufzug kam ihre Schönheit noch mehr zur Geltung. Sie strahlte selbst in ihrem abgedunkelten Zimmer, und die Dienstmädchen, die durchs Schlüsselloch spähten, fragten sich völlig bezaubert, was sie wohl vorhatte. Mit anmutigen Schritten näherte sich Prinzessin Rengganis dem Fenster, stand für einen Moment still dahinter und atmete dann tief aus. Ihr Entschluss war gefasst, ihr Versprechen gegeben. Ihre Hand zitterte stark, als sie den Fensterladen berührte, und urplötzlich fing sie zu weinen an, ergriffen von Gefühlen, die irgendwo zwischen abgründiger Traurigkeit und überbordender Freude angesiedelt waren. Sie öffnete das Fensterschloss, und nach der zarten Berührung mit ihren Fingerspitzen öffnete sich das Fenster mit einem einzigen Ruck. Der Fensterladen schwang knarrend auf. Sie sprach: »Wer immer dort draußen ist, heirate mich.«

»So ein Pech, dass ich in diesem Augenblick nicht dort war«, sagte Maman Gendeng zu einem weiteren Fischer und an einem weiteren Morgen. »Sag mir, wie weit bin ich noch von Halimunda entfernt?«

»Nicht mehr weit.«

Die gleichen Worte hatten bereits eine Menge Leute zu ihm gesagt, »nicht mehr weit«, und sie bauten ihn in keiner Weise auf, denn er schien einfach nicht ankommen zu wollen. Er setzte seine Fahrt fort, und in jeder Fischersiedlung und in jedem Hafen, an dem er anlegte, fragte er, ob er in Halimunda sei. O nein, fahr weiter östlich, sagte man ihm. Jeder sagte das Gleiche, und das nagte allmählich an seinem Selbstvertrauen. Plötzlich beschlich ihn der Gedanke, dass ihn alle im Zuge einer einzigen Verschwörung belogen hatten und es die Stadt möglicherweise überhaupt nicht gab. Halimunda war nichts weiter als ein ausgedachter Name. Er beschloss, dass er beim nächsten Mal, wenn er nach Halimunda fragte und die Leute ihm rieten, weiter nach Osten zu fahren, seine Fäuste schwingen und diese Posse samt der ganzen Verschwörung ein für alle Mal beenden würde.

In diesem Moment machte er einen Fischerhafen und eine Reihe von Fischersiedlungen an Land aus. Er drehte gleich bei, um anzulegen, und richtete einige Worte des Abschieds an die beiden Haie, die ihn bis hierher freundschaftlich verbunden begleitet hatten. Er zitterte vor Entkräftung und Verdruss und hatte die Hoffnung auf eine Begegnung mit der anbetungswürdigen Prinzessin Rengganis praktisch aufgegeben. Er stieg vom Boot und sprach einen Fischer an, der gerade dabei war, sein Fischernetz durch das seichte Wasser am Ufer zu ziehen. Maman Gendengs Fäuste waren geballt und bereit zuzuschlagen, als er fragte, ob er in Halimunda sei.

»Ja, das ist Halimunda.«

Der Fischer hatte wirklich Glück, denn hätte Maman Gendeng, den selbst sein eigener Lehrer als ultimativen Krieger bezeichnete, seiner Wut freien Lauf gelassen, wäre er ihm völlig hilflos ausgeliefert gewesen. Unterdessen freute sich Maman Gendeng unbändig darüber, dass ihn seine lange Reise endlich an sein Ziel geführt hatte. Halimunda war alles andere als ein leeres Wort; er war in der Stadt angekommen, sog ihren Geruch nach Fisch ein und war bereits einem ihrer Bewohner begegnet. Er fiel unter den verwirrten Blicken des Fischers voller Dankbarkeit auf die Knie. »Alles an diesem Ort scheint schön zu sein«, murmelte er.

»Hier ist selbst die Scheiße immer schön«, sagte der Fischer. Er war bereits im Gehen begriffen, doch Maman Gendeng hielt ihn auf.

»Wo kann ich Rengganis finden?«, fragte er.

»Welche Rengganis meinst du?«, fragte ihn der Fischer zurück. »Dutzende von Mädchen heißen hier so. Sogar die Straßen und Flüsse tragen den Namen Rengganis.«

»Natürlich meine ich Prinzessin Rengganis.«

»Die ist doch schon seit Hunderten von Jahren tot.«

»Was sagst du da?«

»Die ist doch schon seit Hunderten von Jahren tot.«

Mit einem Mal war alles zu Ende. Das hat der sich doch nur ausgedacht, sagte Maman Gendeng zu sich selbst. Doch vermochte ihn das nicht zu beruhigen, und plötzlich entlud sich seine Wut. Er schlug auf den unglücklichen Fischer ein und schrie ihn an, er sei ein Lügner. Andere Fischer kamen ihrem Freund mit hölzernen Rudern zu Hilfe, doch Maman Gendeng zertrümmerte die Ruder, und am Ende lagen ihre Besitzer besinnungslos und alle viere von sich gestreckt im nassen Sand. Dann näherten sich drei Männer, augenscheinlich Premans einer Gang. Sie forderten ihn auf, sich aus dem Staub zu machen, denn der Strand sei ihr Territorium. Maman Gendeng ging nicht, stattdessen schlug er erbarmungslos auf sie ein, bis auch sie schließlich ausgestreckt und halb tot über den Leibern der Fischer lagen.

Dies war jener turbulente Morgen, an dem Maman Gendeng nach

Halimunda kam und ein heilloses Durcheinander anrichtete. Fünf Fischer und drei Premans waren seine ersten Opfer. Das nächste Opfer war ein alter Veteran, der sich mit seinem Gewehr näherte und aus einiger Entfernung auf Maman Gendeng schoss. Der Alte ahnte nicht, dass Gewehrkugeln dem fremden Mann nichts anhaben konnten, und als er es begriffen hatte, lief er auf und davon, doch Maman Gendeng holte ihn ein. Er nahm das Gewehr des Veteranen und schoss ihm in die Wade, sodass dieser auf der Straße zusammenbrach. »Wer will als Nächstes gegen mich kämpfen?«, fragte er.

Er musste einfach noch mehr Bewohner dieser Stadt verprügeln, die ihn mit einer jahrhundertealten Geschichte schamlos zum Narren gehalten hatten. Jeden weiteren Kampf an jenem Tag gewann Maman Gendeng ausnahmslos, und schließlich blieb niemand mehr an diesem Strand übrig, der es mit ihm aufnehmen wollte. Er selbst zeigte erste Anzeichen von Müdigkeit. Daher ging er in eine der Garküchen, wo ihn der Besitzer mit allem, was er zu bieten hatte, bewirtete. Die Leute brachten ihm sogar Palmwein und hofften, dass er betrunken keinen Ärger mehr verursachte. Gesättigt und entkräftet, wie er war, wurde Maman Gendeng schläfrig. Schwankenden Schrittes kehrte er zum Strand zurück und legte sich auf sein Boot, das er auf den Sand gezogen hatte. Bevor er einschlief, dachte er an seine zurückliegende Reise und an seine Enttäuschung und sagte schließlich, für alle Leute, die sich um ihn gedrängt hatten, klar und deutlich zu hören: »Wenn ich einmal eine Tochter bekomme, werde ich sie Rengganis nennen.« Dann fiel er in den Schlaf.

Tatsächlich war Prinzessin Rengganis viele Jahre zuvor gestorben. Das geschah jedoch erst, nachdem sie geheiratet und sich in die Abgeschiedenheit Halimundas geflüchtet hatte. Sowie sie das jahrelang verschlossen gehaltene Fenster geöffnet hatte, fielen die warmen Strahlen der Morgensonne hindurch und blendeten die Augen der Prinzessin, sodass sie für mehrere Augenblicke nichts als gleißendes Licht sehen konnte. Die Erde schien stillzustehen, als die anbetungswürdige Schönheit aus ihrer undurchdringlichen Finsternis hinaus in die Welt trat. Die Vögel hörten zu zwitschern auf, der Wind hörte zu wehen auf, und die Prinzessin stand dort wie ein Gemälde, mit dem Fenster als Bilderrahmen. Als sie sich schließlich an die Helligkeit gewöhnt hatte, sah sie zum Fenster hinaus. Ihr Blick war noch zögerlich, und ihre Wangen röteten sich, denn nun war der Augenblick gekommen, da sie demjenigen begegnete, der ihr Geliebter werden würde. Doch so weit das Auge reichte, war niemand zu sehen, außer einem Hund, der in ihre Richtung blickte, sowie er das knarrende Geräusch des sich öffnenden Fensters gehört hatte.

Einen Augenblick lang war die Prinzessin perplex, aber da sie niemals ein Versprechen brechen würde, sagte sie geradeheraus, dass sie diesen Hund heiraten werde.

Niemand akzeptierte diese Heirat, und es dauerte nicht lange, da zogen sich die beiden in die Abgeschiedenheit des nebligen Urwalds am Ufer des Südlichen Meeres zurück. Rengganis selbst war es, die dem Ort den Namen Halimunda – Land des Nebels – gab. Das Paar lebte dort viele Jahre und bekam natürlich Nachkommen. Später glaubten die meisten Bewohner Halimundas, sie seien die Nachfahren der Prinzessin und des Hundes, dessen Namen niemals jemand erfahren sollte. Die Prinzessin selbst schien ihn nicht zu kennen, und sie gab ihm auch keinen. Als sie ihn zum ersten Mal von ihrem Fenster aus sah, wusste sie nur, dass sie hinuntermusste, um ihren Bräutigam zu treffen und sich bald mit ihm zu vermählen, ohne sich darum zu scheren, was die Leute sagen würden. »Denn«, so erklärte sie, »der Hund schert sich nicht darum, ob ich schön bin oder nicht.«

Maman Gendengs Ankunft in Halimunda sprach sich rasch herum. Noch am gleichen Abend hatte es ihn in das beste Bordell der Stadt verschlagen, nämlich in das von Mama Kalong in der Nähe der Flussmündung. Er betrat die Trinkstube, in der die inzwischen angejahrte Frau in Gesellschaft einiger Huren und ihrer Premans persönlich anwesend war. Nach seinem Nickerchen am Strand hatte er den Entschluss gefasst, sich in der Stadt niederzulassen, um ein Teil von ihr und damit ein Nachfahre von Prinzessin Rengganis zu werden. Er hatte Gefallen an der lebhaften Fischersiedlung gefunden, erinnerte sie ihn doch an vergangene Zeiten. Ihm gefielen die Trinkbuden, die in einer Reihe entlang des Strandes standen, die Geschäfte auf der Jalan Merdeka und natürlich Mama Kalongs Bordell.

Maman Gendeng war auf die Empfehlung eines Mannes dorthin geraten, den er auf der Straße angesprochen und nach einem Bordell gefragt hatte. Er dachte, dass es am sinnvollsten wäre, die Stadt, wenn er dortbleiben wollte, zu kontrollieren. Der dafür beste Weg war, ins

Bordell zu gehen und alles Weitere von dort aus zu regeln. Nachdem er also ein Glas Bier getrunken hatte, das ihm Mama Kalong persönlich servierte, hatte sie doch bereits bruchstückhaft von seinem Ruf gehört, der ihm nach den Vorfällen am Strand vorauseilte, stellte er sich in die Mitte der Wirtschaft und fragte, wer der stärkste Mann in der Stadt sei. Ein paar der Premans, die für den Schutz des Bordells zuständig waren, schien die Frage zu verstimmen, und nach den zig bereits stattgefundenen Schlägereien brach eine weitere im Innenhof der Trinkstube aus. Maman Gendeng benötigte nicht lange, um die Männer zu verprügeln, wobei er ihre Macheten und Sicheln ebenso ignorierte, wie das Samurai-Schwert, das von einem Kommandanten der japanischen Truppen zurückgelassen worden war.

Sich zufrieden die Hände reibend, betrat er anschließend wieder die Wirtschaft und hoffte, einen weiteren Mann zu finden, den er verprügeln konnte. Stattdessen fiel sein Blick auf eine schöne Frau, die, mit einer Zigarette im Mundwinkel, in einer Ecke des Raumes saß. »Mit dieser Frau, Hure oder nicht, will ich schlafen«, flüsterte er Mama Kalong zu.

»Sie ist die begehrteste Hure hier, ihr Name ist Dewi Ayu«, erwiderte Mama Kalong.

»So etwas wie ein Maskottchen?«, fragte Maman Gendeng.

»So etwas wie ein Maskottchen.«

»Ich werde mich in dieser Stadt niederlassen«, fuhr Maman Gendeng fort. »Und wie ein Tiger sein Territorium markiert, werde ich eine Marke auf ihre Scham setzen.«

Ohne sichtliches Interesse saß Dewi Ayu an ihrem Platz in der Ecke. Im Schein der Lampe strahlte ihre Haut zart und beinahe weiß und ließ klar und deutlich ihr niederländisches Erbe erkennen. In ihren Augen lag ein Blauschimmer, ihre fast schwarzen Haare waren zu einer Hochfrisur gesteckt, wie sie die Frauen in Frankreich trugen, und zwischen ihren langen, schlanken Fingern mit blutrot lackierten Nägeln steckte eine Zigarette. Sie trug ein elfenbeinfarbenes Kleid mit einem Gürtel um ihre schlanke Taille. Sie hörte, was der Mann zu Mama Kalong sagte, und wandte sich zu ihm um. Ihre Blicke trafen sich, und Dewi Ayu lächelte ihn verführerisch, jedoch völlig regungslos an.

»Beeil dich, Liebling«, sagte sie, »bevor du dir noch in die Hosen machst.«

Dewi Ayu ließ ihn wissen, dass sie einen speziellen Raum besitze, einen Pavillon, direkt hinter der Trinkstube. Allerdings habe sie diesen noch nie auf ihren eigenen Beinen betreten, denn der Mann, der sie wollte, musste sie auf seinen Armen tragen wie ein frisch vermählter Bräutigam seine Braut. Bei dieser schönen Hure hatte Maman Gendeng nicht das Geringste dagegen einzuwenden, und so ging er auf sie zu, stellte sich vor sie hin und verbeugte sich vor ihr. Sie wog etwa sechzig Kilogramm, schätzte er, als er sie auf seine Arme genommen hatte, dann schritt er durch den hinteren Teil der Wirtschaft und durch eine Tür hindurch, durchquerte einen Orangenhain, in dem es betörend duftete, und ging schließlich in der Dunkelheit auf einen kleinen, zwischen anderen Gebäuden stehenden Pavillon zu. Maman Gendeng sagte zu Dewi Ayu: »Ich bin hierhergekommen, um Prinzessin Rengganis zu heiraten, bin aber mehr als hundert Jahre zu spät dran. Willst du nicht ihren Platz einnehmen?«

Dewi Ayu küsste den Mann, der sie auf seinen Armen trug, und antwortete ihm: »Eine Prostituierte bietet Sex gegen Geld, eine Ehefrau tut dies freiwillig. Die Sache ist die, dass ich es nicht mag, mit jemandem zu schlafen, ohne dafür bezahlt zu werden.«

Sie liebten und umschmeichelten sich beinahe die ganze Nacht, beide gleichermaßen erregt, wie ein Liebespaar nach langer Trennung. Als der Morgen anbrach, waren sie bis auf die Decke, in die sie sich zu zweit eingehüllt hatten, noch immer nackt, sie saßen vor dem Pavillon und genossen die Kühle. Spatzen hüpften geschwätzig in den Ästen der Orangenbäume oder flatterten dicht unter das Dach des Pavillons. Als die Sonne im Kamm zwischen den beiden Hügeln Ma Iyang und Ma Gedik im Norden der Stadt aufging, wurde es langsam wärmer.

Halimunda erwachte. Die Liebenden machten sich bereit für den Tag, legten die Decke ab, nahmen ein warmes Bad in der großen Wanne, welche die Japaner zurückgelassen hatten, und zogen sich an. Wie an jedem anderen Morgen machte sich Dewi Ayu auf den Weg zu ihrem eigenen Haus. Sie habe Kinder, drei Mädchen, erklärte sie, doch würde sie ihm niemals eines anbieten, denn keines sei eine Hure. Maman Gendeng teilte ihr mir, er habe noch nie mit einer Frau geschlafen, die keine Hure war, abgesehen von dem einen Mal, als Krieg war und er unter Liebeskummer gelitten hatte. Dewi Ayu fuhr in einer Fahrradrikscha nach Hause, und Maman Gendeng war bereit, den neuen Tag in dieser Stadt anzugehen.

Mama Kalong bereitete ihm ein Frühstück aus gelbem Reis, Reisstrohpilzen und Wachteleiern, die sie frühmorgens vom Markt bestellte. Maman Gendeng fragte noch einmal nach dem stärksten, aber auch wirklich stärksten Mann in dieser Stadt. »Denn es kann nicht sein«, sagte er, »dass zwei Platzhirsche an einem Ort sind.« Mama Kalong pflichtete ihm bei. Sie nannte ihm den Namen eines Mannes, Edi Idiot, der meistgefürchtete Preman am Busbahnhof, und fasste seinen Ruf so zusammen: Selbst Soldaten und Polizisten fürchteten ihn, er hatte mehr Menschen getötet als ein Soldat während des letzten Krieges, und alle Banditen und Räuber und Piraten in der Stadt zählten zu seinen Männern. Höchstwahrscheinlich war ihm Maman Gendengs Name längst zu Ohren gekommen, denn es war davon auszugehen, dass ihm die Premans aus dem Bordell bereits Bericht erstattet hatten.

Am Mittag machte sich Maman Gendeng auf den Weg in Richtung Busbahnhof und traf den Mann auf einem Schaukelstuhl aus Mahagoni hin- und herkippelnd an. »Übergib mir deine Macht«, sagte Maman Gendeng zu ihm, »oder wir kämpfen solange, bis einer von uns tot ist.«

Edi Idiot hatte den Mann bereits erwartet und nahm dessen Herausforderung an. Diese gute Nachricht verbreitete sich rasch. Die Bewohner der Stadt, die seit Jahren keine solch fantastische Vorführung mehr gesehen hatten, strömten begeistert in Scharen zum Strand, wo die zwei Männer ihren Kampf austragen würden. Niemand wagte, eine Vorhersage darüber zu treffen, wer wen am Ende umbrachte. Der Militärkommandant der Stadt hatte eine Kompanie von Soldaten entsandt, die von einem hageren Mann angeführt wurde, den die Bewohner unter seinem Spitznamen Shodancho kannten. Allerdings war jedem klar, dass dieser nicht imstande sein würde, den Wettkampf zu unterbinden.

Shodancho kontrollierte einen kleinen Distrikt der Stadt von seinem Quartier aus, an dessen Tür er ein Schild mit der Aufschrift »Militärdistriktkommandant Halimunda« aufgehängt hatte. Da die Schlägerei in seinem Zuständigkeitsbereich stattfinden sollte, hatte er sich persönlich dem militärischen Befehlshaber der Stadt angeboten, diese zu unterbinden. Wie sich allerdings herausstellte, richteten die bewaffneten Männer seiner Kompanie nicht viel aus, außer dass sie ein wenig für Ruhe und Ordnung unter den Schaulustigen sorgten. Eigentlich hoffte Shodancho, dass beide Männer starben, denn auch er war der Meinung, dass es unmöglich drei Herrscher über das Gebiet geben konnte, als dessen einziger er sich selbst sah. Wie alle anderen wartete auch er zunächst einfach ab. Am Ende mussten sie eine Woche lang auf die Entscheidung des Kampfes warten, denn dieser dauerte ganze sieben Tage und sieben Nächte.

Als der Kampf nahezu entschieden war, sagte Shodancho zu einem der Soldaten: »Es sieht ganz danach aus, als würde Edi Idiot sterben.«

»Für uns macht das keinen Unterschied«, sagte der Soldat trübsinnig. »Die Stadt ist voller Banditen und Räuber und Guerillaveteranen und Revolutionskämpfer und übrig gebliebener Kommunisten. Wir bekommen allen Ärger, den sie veranstalten, ab und können nichts dagegen tun.«

Shodancho nickte. »Wir tauschen nur den Namen Edi Idiot gegen den Namen Maman Gendeng aus«, fügte er hinzu.

Der Soldat lächelte bitter und flüsterte: »Wir können nur hoffen, dass er sich nicht in die Geschäfte des Militärs einmischt.«

Auch wenn er nur den militärischen Distrikt in einem Teil Halimundas kontrollierte, brachte man Shodancho in der ganzen Stadt großen Respekt entgegen. Selbst einige seiner vorgesetzten Kommandanten erwiesen ihm offiziell die Ehre, denn jeder wusste von seiner Rolle als Anführer des Aufstands während der japanischen Besatzungszeit und vom Mut, den er dabei unter Beweis gestellt hatte. Die Leute in der Stadt waren sich sogar ziemlich sicher, dass dieser Mann die Unabhängigkeit proklamiert hätte, wären ihm nicht Sukarno und Hatta zuvorgekommen. Er war sehr beliebt, auch wenn man wusste, dass er nicht der vorbildlichste Soldat war. Sein Militärdistrikt operierte eher im Bereich des Schmuggels von Textilien nach Australien sowie der Einfuhr von Fahrzeugen und elektronischen Geräten. In jenen Jahren florierte das Geschäft, und kein einziger seiner vorgesetzten Kommandanten beabsichtigte dies zu ändern, sprang doch auch einiges für die Generäle heraus. Bei einer Schlägerei für Sicherheit zu sorgen war dagegen eine zu vernachlässigende Angelegenheit.

Kurz darauf starb Edi Idiot, nachdem sein Kontrahent ihn unter Wasser gedrückt hatte, bis seine Kräfte ihn verließen. Dann beförderte Maman Gendeng seine Leiche ein Stück weiter aufs Meer hinaus, wo sich seine Freunde, die zwei Haie, über die unerwartete Nachmittagsmahlzeit freuten. Maman Gendeng kehrte zum Strand zurück, sah sich nahezu allen Bewohnern der Stadt gegenüber, die den Kampf mitangesehen hatten, und wirkte dabei so frisch, als könne er sieben weitere solche Schlägereien auf sich nehmen. Der Menge gegenüber gab er eine Erklärung ab: »Seine Macht geht hiermit an mich über.« Und dann ergänzte er noch einen Punkt in eigener Sache: »Niemand darf mit Dewi Ayu aus dem Bordell von Mama Kalong schlafen, außer mir.«

Überrascht von Maman Gendengs Erklärung, nahm sich Dewi Ayu vor, sich künftig für die möglichen Ansinnen des Mannes zu wappnen, dessen Position nun, nachdem er Edi Idiot hatte töten können, unangefochten war. Daher schickte sie einen Boten, der den neuen Preman auf einen Besuch zu ihr einlud. Maman Gendeng nahm die Einladung dankend an und versprach, baldmöglichst vorbeizukommen.

Die beste Hure in der Stadt, die praktisch alle erwachsenen Männer Halimundas bedient hatte, war eine schöne Frau von fünfunddreißig Jahren und legte besonderen Wert auf ihre Körperpflege. Sie hatte sich zur Gewohnheit gemacht, jeden Morgen ihre Haut mit schwefelhaltiger Seife zu reinigen, und einmal im Monat legte sie sich in heißes, mit verschiedenen Kräutern versetztes Badewasser. Der Mythos ihrer Schönheit glich beinah jenem, der sich um die Ahnfrau der Stadt rankte, und der einzige Grund, warum es bislang keinen Krieg um sie gegeben hatte, bestand darin, dass Dewi Ayu eine Hure war und ein jeder mit ihr schlafen konnte, vorausgesetzt, er besaß das nötige Geld dazu. Eine Monopolstellung, wie sie sich der Preman vorstellte, bedurfte daher der Klärung.

Die Prostituierte war selten in der Öffentlichkeit zu sehen, es sei denn im Vorüberfahren in einer Rikscha, in der Dämmerung, wenn sie auf dem Weg zu Mama Kalongs Bordell war, oder am Morgen, wenn sie nach Hause fuhr. Davon abgesehen begegnete man ihr gelegentlich, wenn sie mit ihren Töchtern ins Kino ging oder zum Jahrmarkt, und, natürlich, wenn sie die Mädchen zur Schule brachte. Es kam vor, dass sie zum Markt ging, das war allerdings äußerst selten. Jemand, der nicht aus der Stadt kam, hätte sie nicht als Hure erkannt, denn stets trug sie von allen das schicklichste Kleid und schritt anmutig wie die Palastfräulein daher, mit ihrem Einkaufskorb in der einen und ihrem Sonnenschirm in der anderen Hand. Selbst im Bordell trug sie stets ein hochgeschlossenes, wärmendes Kleid aus dickem Stoff. Sie saß dort viel lieber in einem Winkel des Gastraums und las in einem ihrer Reisebücher, anstatt die Männer auf der Straße zu verführen, das war nicht ihre Art.

Ihr Haus lag am Fuß eines kleinen Berges in jenem Teil Halimundas, in dem während der Kolonialzeit vor allem Niederländer gelebt hatten. Es war dem Meer zugewandt, und hinter dem Haus erstreckten sich wie eh und je die Kakao- und Kokosplantagen. Dewi Ayu hatte es aus nostalgischen Gründen zurückgekauft, doch sie litt unter ihren Erinnerungen. Am Ufer des Flusses Rengganis renovierte man gerade eine Wohnanlage, dort hatte sie sich bereits eines der Häuser reservieren lassen und hoffte, im kommenden Jahr umziehen zu können.

Der Preman kam am Nachmittag zu Besuch, kurz nachdem die Hausherrin aufgestanden war und sich frisch gemacht hatte, und wurde von einem kleinen Mädchen von etwa elf Jahren begrüßt. Das Mädchen stellte sich als Maya Dewi vor, die jüngste Tochter Dewi Ayus, und hieß Maman Gendeng im Vorraum warten, da ihre Mutter sich noch die Haare trocknete. Sie würde ebenso schön werden wie ihre Mutter, das war in ihrem jungen Alter bereits abzusehen. Während Maman Gendeng wartete, brachte ihm das Kind ein Glas Limonade, in dem ein kleiner, bei der Nachmittagshitze Belebung versprechender Eiswürfel schwamm. Als der Preman eine Zigarette hervorholte, brachte das Mädchen eilig einen Aschenbecher und stellte ihn auf den Tisch. Maman Gendeng schaute sich im Raum um und dachte bei sich, dass sein aufgeräumtes und gepflegtes Erscheinungsbild sicherlich in der Hand dieses kleinen Mädchens lag. Er wusste bereits, dass Dewi Ayu drei Töchter hatte, und nun war er neugierig, wie schön wohl die älteren Schwestern des Mädchens sein würden. Allamanda und Adinda schienen jedoch nicht zu Hause zu sein.

Dewi Ayu erschien, ihr offenes Haar glänzte im Licht der Nachmittagssonne. Sie forderte ihre Tochter auf, sie mit ihrem Besuch allein zu lassen, dann weckte sie die Katze auf, die zusammengerollt auf einem der Sessel schlief, und setzte sich. Sämtliche ihrer Bewegungen waren bedächtig und anmutig. Sic saß zurückgelehnt im Sessel, ein Bein über das andere geschlagen, in einem langen, im Nacken zusammengeknoteten Kleid mit zwei großen Seitentaschen. Von dort, wo er saß, nahm Maman Gendeng den zarten Lavendelduft wahr, den ihr Körper verströmte, sowie den Hauch von Aloe vera in ihrem Haar. Auch wenn er bereits mit ihr geschlafen und sie nackt gesehen hatte, erlaubte ihm ihre Art, sich zu kleiden, über ihre anbetungswürdige Schönheit zu fantasieren. Mit einer Hand, schlank und weiß wie Milch, griff sie in eine der Taschen ihres Kleides und holte daraus eine Packung Zigaretten hervor, um einen Augenblick später ebenfalls zu rauchen. Maman Gendeng machte ihre betörende Schönheit verlegen, er war nur mehr in der Lage, auf die Füße der Frau zu blicken, die in einem Paar dunkelgrüner Samtschlappen steckten, von dem einer langsam hin- und her schwang.

»Danke, dass du gekommen bist«, sagte Dewi Ayu. »Willkommen in meinem Haus.«

Der Preman kannte bereits den Grund für die Einladung, oder zumindest hatte er eine Vermutung. Ihm war bewusst, dass sich seine Forderung durch nichts rechtfertigen ließ. Doch seit ihrer ersten Begegnung und der darauf folgenden leidenschaftlichen Nacht hatte er sich in diese Frau verliebt. Zum ersten Mal hatte er seine alten Wunden vergessen können, hatte er Nasiah und Prinzessin Rengganis aus seinem Gedächtnis getilgt und war hingerissen von dieser bewundernswerten Hure. Er wollte nicht noch einmal verletzt werden, und wenn er sie schon nicht heiraten konnte, dann sollte zumindest niemand anderes außer ihm mit ihr schlafen.

Die Gelassenheit der Hure war wirklich außerordentlich, sicherlich entsprang sie ihrer natürlichen Intelligenz. Gleichmäßig blies sie den Zigarettenrauch aus, und mit ihren Augen blickte sie der emporsteigenden Rauchwolke nach wie ein grübelnder Denker. Der Duft ihrer Importzigarette war frisch und leicht und eindeutig ohne Nelken. Vorhin war sie mit einem eigenen Glas Limonade erschienen, aus dem sie, nachdem sie die Zigarette geraucht hatte, einen Schluck nahm. Mit einer Geste forderte sie den Preman auf, von seiner eigenen Limonade zu trinken, und er kam dieser Aufforderung verlegen nach. Aus der Ferne hörte man ein Kind die große Trommel in einer Moschee schlagen, es musste also drei Uhr nachmittags sein.

»Bedauernswerterweise«, sagte die Prostituierte, »bist du der zweiunddreißigste Mann, der mich zu besitzen versucht.«

Ihre Bemerkung überraschte den Preman nicht, er hatte vielmehr den Wortlaut ziemlich genau vorhergesehen. Dies verlieh ihm den Mut zu sprechen: »Falls ich dich nicht heiraten kann«, sagte er, »dann bezahle ich dich zumindest jeden Tag als Hure.«

»Die Sache ist nur die, dass ich nicht jeden Tag Sex haben kann und ich häufig Geld fürs Warten bekommen würde«, sagte Dewi Ayu amüsiert. »Was mir allerdings gefiele, ist, dass ich wüsste, wer der Vater des Kindes ist, wenn ich schwanger würde.«

»Das heißt also, du stimmst zu, dein Leben lang meine Hure zu sein?«, fragte Maman Gendeng.

Dewi Ayu schüttelte den Kopf. »Nein, so lange nicht«, sagte sie, »sondern nur so lange dein Schwanz und deine Finanzen mitmachen.«

»Ich könnte meinen Schwanz notfalls durch meinen Finger ersetzen, oder durch einen Kuhfuß.«

»Dein Finger wird reichen, Hauptsache, du weißt, wie man damit umgeht«, sagte Dewi Ayu nun laut lachend. Dann hielt sie plötzlich inne und sagte: »Das bedeutet also das Ende meiner Karriere als öffentliche Hure.«

Sie sagte das mit einem wehmütigen Gesichtsausdruck angesichts der vergangenen Jahre, in denen sie viel Trauriges erlebt, aber durchaus auch gute Zeiten gekannt hatte.

»Alle Frauen sind Huren«, sagte Dewi Ayu, »denn selbst eine gute Ehefrau verkauft ihre Scham für die Mitgift oder für das Geld für den Einkaufsbummel oder, falls vorhanden, für die Liebe.« Nach einer kurzen Pause fuhr sie fort: »Es ist nicht so, dass ich nicht an die Liebe glaube, sondern im Gegenteil tue ich alles, was ich tue, voller Liebe. Ich wurde in eine katholische Familie aus den Niederlanden geboren und war Katholikin, bis ich am Tag meiner Hochzeit mein Syahadat sprach und Muslimin wurde. Ich war einmal eine Frau mit einem Ehemann, und ich war einmal eine Frau mit einer Religion, beides habe ich verloren. Das bedeutet jedoch nicht, dass ich die Liebe verloren habe. Um Hure zu sein, muss man alles lieben, alle Menschen, alle Dinge: Geschlechtsteile, Finger oder Kuhfüße. Ich fühle mich, als wäre ich gleichermaßen eine Heilige und ein Sufi geworden.«

»Bei mir ist es das Gegenteil, die Liebe hat mir große Schmerzen zugefügt«, sagte der Preman.

»Du kannst mich lieben«, sprach Dewi Ayu weiter, »doch richte keine Erwartungen an mich, denn diese haben nichts mit Liebe zu tun.«

»Wie sollte ich jemanden lieben, der mich nicht liebt?«

»Du musst es lernen, Preman.«

Als Zeichen ihrer Übereinkunft reichte Dewi Ayu ihm ihre Hand, und Maman Gendeng küsste ihre Fingerspitzen. Ihre Abmachung stimmte beide glücklich, und auch wenn sie nicht unter einem Dach lebten, so ließ ihr Arrangement sie doch wie ein Ehepaar erscheinen.

Als Maman Gendeng die Töchter der Prostituierten kennenlernte, die ganz und gar die Schönheit ihrer Mutter geerbt hatten, war Allamanda sechzehn und Adinda vierzehn Jahre alt. Den Leuten gegenüber erklärte er: »Ich bringe jeden um, der den Mädchen etwas anhaben will.«

Immer häufiger sah man sie alle gemeinsam in der Öffentlichkeit, wie eine Familie. Sie schauten sich einen Film im Kino an oder verbrachten den Sonntag am Strand, wo sie im Meer badeten oder angelten. Davon abgesehen, trafen sich Dewi Ayu und Maman Gendeng in der Nacht im Pavillon hinter Mama Kalongs Wirtschaft, und wenn der Morgen anbrach, musste Dewi Ayu sich nicht mehr wie früher eiligst auf den Heimweg machen, sondern sie konnten im Orangenhain noch eine Weile entspannt beisammensitzen und plaudern.

Eines Nachts jedoch wurde ihre zärtliche Verbundenheit erschüttert. Es geschah einige Wochen nach seiner Ankunft in Halimunda. Maman Gendeng besuchte das Bordell Mama Kalongs in dieser Nacht nicht, und Dewi Ayu vertrieb sich die Zeit mit ihrer Reiselektüre. Bislang hatte kein einziger Mann gewagt, die Prostituierte auch nur zu berühren, niemand bis auf diesen Mann, der an jenem Abend in Begleitung seiner Leibgarde in das Bordell kam: Shodancho.

Er war noch nie in diesem Etablissement gewesen und kannte es bislang nur seinem Namen nach. Er war erst kurze Zeit vor dem Preman in die Stadt gekommen und hatte dort sein militärisches Quartier errichtet. Die Leute erzählten, dass er nach seinem Aufstand gegen die Japaner und auch während des Revolutionskriegs im Urwald gelebt habe. Nun war er in diesem Bordell aufgetaucht, und Mama Kalong war darüber derart erfreut, dass sie sich gleich anschickte, ihn persönlich zu begrüßen und ihm jeden Wunsch zu erfüllen. Shodancho hatte nicht viele Wünsche, er wünschte sich nur die schönste Hure am Platz. Er sah sich in der Wirtschaft um, und als er Dewi Ayu entdeckte, zeigte er ohne zu zögern auf sie. Die Anwesenden erschauderten bei seiner Wahl, und niemand wagte einen Laut von sich zu geben, als Dewi Ayu ihren Kopf schüttelte. Es geschah zum ersten Mal, dass Dewi Ayu einen Kunden abwies. Shodancho würde jedoch nicht wegen eines Kopfschüttelns aufgeben. Er schritt auf die Prostituierte zu, richtete seine Pistole auf sie und befahl ihr, den Reiseführer aus der Hand zu legen und sich auf den Weg Richtung Bett zu machen. Das erbitterte sie, denn zum ersten Mal seit Jahren musste sie auf ihren eigenen Füßen in ihr Zimmer gehen, anstatt auf Händen über die Schwelle getragen zu werden. Shodancho folgte ihr in den Pavillon, seine Leibwächter setzten sich in die Trinkstube, um dort auf ihn zu warten.

»Du fuchtelst mit deiner Pistole herum wie ein Feigling«, sagte die Prostituierte verärgert.

»Das ist eine schlechte Angewohnheit von mir, entschuldigen Sie mich«, sagte Shodancho. »Ich wollte nur fragen, ob ich Ihre älteste Tochter, Allamanda, heiraten darf.«

Dewi Ayu verzog ihren Mund zu einem spöttischen Lächeln und erinnerte ihn daran, dass sich schlechtes Benehmen der Mutter gegenüber negativ auf die Erfüllung seines Wunsches auswirken könne. Dann erwiderte sie etwas überlegter: »Allamanda verfügt über ihr eigenes Gehirn und über ihren eigenen Körper. Frag sie selbst, ob sie dich heiraten will oder nicht.« Im Stillen sagte sie sich, wie armselig der dürre Soldat doch war, auf diese Weise einen Heiratsantrag machen zu müssen.

»Jeder in der Stadt weiß, dass Allamanda schon viele Männer enttäuscht hat, und ich befürchte, dass es mir ebenso ergehen könnte«, erwiderte darauf Shodancho.

Dewi Ayu war darüber im Bilde. Junge wie alte Kerle waren verrückt nach Allamanda. Sie alle versuchten, ihre Liebe zu gewinnen, standen am Ende jedoch mit leeren Händen da. Dewi Ayu wusste, warum das so war. Ihre Tochter liebte nur einen Mann; er war fortgegangen, und sie wartete auf dessen Heimkehr.

»Das ändert nichts an der Tatsache, dass du Allamanda selbst fragen musst«, sagte Dewi Ayu wieder. »Wenn sie dich heiraten will, dann werde ich eine großartige Feier ausrichten. Wenn sie dich nicht heiraten will, dann rate ich dir, dich umzubringen.«

Aus dem Orangenhain drang der Ruf einer Eule, die wohl nach Erdmäusen spähte. Dewi Ayu versuchte Zeit zu gewinnen und hoffte, dass Maman Gendeng endlich kommen und die Angelegenheit unter Männern geregelt werden würde. Shodancho näherte sich ihr, berührte ihr Kinn, das so makellos zart wie Wachs war, und fragte sie: »Und was soll ich jetzt tun, Nyonya?«

»Such dir ein anderes Mädchen«, riet sie ihm. Es gebe viele hübsche Mädchen in der Stadt, und alle stammten sie von Prinzessin Rengganis ab, deren Schönheit legendär war. Shodancho jedoch machte keine Anstalten zu gehen, stattdessen stieß er Dewi Ayu grob aufs Bett.

Hastig zog er sie aus, stieg selbst auf die Matratze, und mit der gleichen Hastigkeit drang er in sie ein. Als sein Schwanz sich ausgekotzt hatte, blieb er einen Moment lang liegen, stieg dann vom Bett, zog sich an und verließ Dewi Ayu, ohne ein weiteres Wort zu verlieren.

Dewi Ayu lag da, fassungslos über das, was soeben geschehen war. Das lag nicht nur daran, dass ein Mann mit ihr geschlafen hatte, obwohl Maman Gendeng allen erklärt hatte, dass das außer ihm niemand anderes dürfe. Sie fasste es nicht, weil man zum ersten Mal mit ihr auf diese respektlose Art und Weise umgesprungen war. Selbst die japanischen Soldaten hatten sie höflicher behandelt, und die Männer Halimundas waren ihr gegenüber stets weit aufmerksamer gewesen als zu ihren Ehefrauen. Ihr Blick fiel auf ihr Kleid, zwei Knöpfe waren durch die rohe Gewalt, mit der sie geöffnet worden waren, abgesprungen, und das schmerzte sie. Sie betete, dass dieser Mann vom Blitzschlag getroffen werden würde. Ihr Schmerz wuchs noch, als sie sich nochmals vor Augen führte, auf welche Weise dieser Mann in sie eingedrungen war, es hatte nur wenige Augenblicke gedauert, als sei sie nicht diese schöne Frau, die von der ganzen Stadt bewundert wurde, sondern als sei sie nicht mehr als ein Stück Fleisch, und als habe dieser Mann nur eine Kloschüssel gefickt. Sie fluchte, vergoss sogar einige Tränen und machte sich früher als sonst auf den Heimweg.

Maman Gendeng hörte von dem Vorfall, noch ehe der neue Tag anbrach. Zu dem Zeitpunkt kannte er Shodancho noch nicht, er wusste allerdings, wo er nach ihm suchen musste. Vom Busbahnhof, wo der Preman nun lebte, brach er auf, ging die Jalan Merdeka entlang und überquerte den Bolzplatz in Richtung Kommandostützpunkt des Militärdistrikts Halimunda. Vor dem Eingangstor trat der wachhabende Soldat aus dem Wachhäuschen heraus und hielt ihn auf. Maman Gendeng fuhr ihn an, er wolle Shodancho sehen. Der Soldat war bis auf einen kleinen Dolch und einen Schlagstock unbewaffnet, und er wusste, dass er nicht die geringste Chance gegen diesen Mann hatte. So deutete er lediglich auf eine Tür, hinter der Shodancho zu finden sein würde. Der Soldat salutierte noch, was Maman Gendeng allerdings übersah.

Mit einem Paar Jeanshosen und einem kurzärmeligen T-Shirt bekleidet, das den Blick auf das Drachen-Tattoo auf seinem rechten Oberarm aus seiner Zeit als Guerillakämpfer freigab, betrat er ohne anzuklopfen das Büro von Shodancho. Der Kommandant befand sich inmitten eines Funkgesprächs mit der Kommandozentrale und blickte überrascht auf. Beim Anblick des dreist und großspurig dastehenden Mannes beendete er sogleich das Gespräch und erhob sich von seinem Stuhl. Nun stand er Auge in Auge dem Mann gegenüber, den er gleich als den einen der beiden Kontrahenten am Strand erkannte und der ihn mit Zorn in seinem Blick anfunkelte. Noch bevor er ein Wort sagen konnte, fuhr ihn Maman Gendeng an. »Hör zu, Shodancho! Niemand außer mir darf mit Dewi Ayu schlafen. Und ich sag dir, wenn du es noch einmal wagst, dich ihrem Bett zu nähern, dann kenne ich keine Gnade und mache all das hier dem Erdboden gleich.«

Shodancho war außer sich vor Wut: Da bedrohte ihn einer, und das in seinem eigenen Büro. Er fragte den ungebetenen Gast, ob er denn nicht wisse, wer er sei. Man würde ihn auf nur ein Wort von ihm von Staats wegen hängen. Außerdem wisse er, dass Dewi Ayu eine Hure sei, und wenn das Problem darin bestünde, dass er mit einer Hure geschlafen hatte, ohne zu bezahlen, dann würde er mehr für sie bezahlen, als es jemals ein anderer zuvor getan hatte. Aufgebracht von der überheblichen Art des Premans, der da vor ihm stand, zog Shodancho seine Pistole aus dem Halfter. Er richtete die entsicherte Waffe auf den Mann, um ihm zu verstehen zu geben, dass er keine Angst vor dessen Drohungen habe und es besser sei, er würde schleunigst seine Beine in die Hand nehmen und aus seinem Büro verschwinden, es sei denn, er wolle erschossen werden.

»Also gut«, sagte der Preman, »dir scheint nicht klar zu sein, mit wem du es zu tun hast.«

Shodancho hatte nicht die Absicht, den Mann zu erschießen, er wollte ihm lediglich ein wenig Angst einjagen. Als er aber sah, wie Maman Gendeng plötzlich mit einem Dolch fuchtelte, hatte er keine andere Wahl, als den Abzug zu ziehen. Eine Kugel schnellte mit einem lauten Knall aus dem Lauf. Er sah, wie Maman Gendeng gegen die Wand gepresst wurde, musste dann aber mit großem Erstaunen feststellen, dass dieser nicht den kleinsten Kratzer davongetragen hatte. Die Kugel drehte sich wie ein Kreisel auf dem Boden. Dabei war er sich sicher, nicht danebengeschossen zu haben, war er es doch gewohnt, selbst auf eine Distanz von fünfzig Metern sein Ziel zu treffen. Sein Erstaunen steigerte sich noch, als er sah, wie Maman Gendeng nur in seine Richtung lächelte.

»Hör zu, Shodancho«, sagte dieser nun, »ich habe den Dolch

gezogen, nicht um dich anzugreifen, sondern um dir zu zeigen, dass ich keine Angst vor dir habe, denn ich bin unverwundbar, weder deine Pistolenkugeln noch die Klinge meines Dolches können mir etwas anhaben.« Darauf stach sich Maman Gendeng den Dolch mit aller Kraft in seinen Bauch. Die Klinge zerbrach, und die Spitze fiel klirrend zu Boden, ohne die kleinste Wunde am Körper hinterlassen zu haben. Er griff nach der Kugel und hob auch das zerbrochene Stück des Dolches vom Boden auf und hielt Shodancho beides unter die Nase.

Shodancho hatte zwar von Leuten mit solchen Fähigkeiten gehört, sie jedoch noch nie mit eigenen Augen gesehen. Aus seinem Gesicht war auf der Stelle alle Farbe gewichen.

Bevor er Shodancho, der völlig regungs- und sprachlos mit der Pistole in seiner kraftlosen Hand dastand, zurückließ, sagte Maman Gendeng: »Noch einmal, Shodancho, rühr Dewi Ayu nicht an, sonst mach ich nicht nur diesen Ort hier dem Erdboden gleich. Sondern dann bring ich dich um.«

6

Shodancho meditierte gerade, bis auf den Kopf vollständig im warmen Sand eingegraben, als einer seiner Männer, der Soldat Tino Sidiq, sich näherte. Der Soldat wagte nicht, ihn zu stören, obgleich er nicht sicher war, dass es ihm überhaupt gelänge. Denn auch wenn Shodanchos Augen, ähnlich einem Erwürgten, weit offen standen, schien er selbst jemanden, der direkt vor seiner Nase vorüberging, nicht wahrzunehmen. Seine Seele wanderte in der Welt des Lichts, so jedenfalls hatte Shodancho seinen Zustand der Ekstase häufig selbst beschrieben.

»Die Meditation bewahrt mich davor, die verkommene Welt sehen zu müssen«, pflegte er zu sagen und hinzuzufügen, »zumindest bleibt mir der Anblick deiner Visage erspart.« Allmählich kehrte Leben in seinen Körper zurück. Am Blinzeln seiner Augen erkannte Tino Sidiq, dass Shodancho seine Meditation beendet hatte. Mit einer einzigen geschmeidigen Bewegung tauchte dieser, fast schwebend und dabei feine Sandkörner verstreuend, aus dem Sand empor und setzte sich neben den Soldaten. Er war völlig unbekleidet, und sein hagerer Körper bezeugte seine strenge Körperdisziplin. Er fastete wie der Prophet Dauud jeden zweiten Tag, auch wenn gemeinhin bekannt war, dass er kein sonderlich frommer Mensch war.

»Hier sind deine Kleider, Shodancho«, sagte Tino Sidiq und reichte ihm eine dunkelgrüne Uniform.

»Mit jeder Garderobe wird deiner Seele eine andere Narrenrolle übergestülpt«, sagte Shodancho, während er die Uniform anzog. »Jetzt bin ich Shodancho, der Schweinejäger.«

Obwohl er diese Rolle zu übernehmen bereit war, wusste Tino Sidiq, dass Shodancho sie ganz und gar nicht schätzte. Einige Tage zuvor war direkt von Major Sadrah, dem Militärkommandanten der Stadt Halimunda, die Anordnung eingetroffen, aus dem Urwald zurückzukehren und die Bevölkerung der Stadt bei der Ausrottung der Schweinepopulation zu unterstützen. Shodancho mochte es überhaupt nicht, Befehle von »diesem Blödmann Sadrah«, wie er ihn stets zu nennen pflegte, zu empfangen. Andererseits war die Bitte auch eine Anerkennung. Sie bedeutete, dass einzig und allein Shodancho die Stadt Halimunda kannte wie seine eigene Handinnenfläche und nur ihm die Bewohner zutrauten, bei der Jagd auf die Schweine helfen zu können.

»So sieht es aus, wenn es in der Welt keinen Krieg gibt, dann kommen die Soldaten aus den Bergen, um Schweine zu jagen«, sagte Shodancho. »Sadrah ist ein Blödmann, er weiß noch nicht einmal, wo sein eigenes Arschloch ist.«

Shodanchos Unterschlupf befand sich in jenem Urwald, in dem viele Jahre zuvor Prinzessin Rengganis Zuflucht gesucht hatte. Die ausgedehnte Landzunge, auf der dieser Wald lag, hatte die Form eines Elefantenohrs, das Ufer war größtenteils mit steil abfallenden Korallenfelsen gesäumt, und nur wenige Abschnitte bildeten flache Sandstrände. Der Landstrich war von Menschen nahezu unberührt geblieben, denn schon in der Kolonialzeit wurde er als Waldschutzgebiet ausgewiesen, in dem Leoparden und wilde Hunde fortbestanden. Dort lebte Shodancho nun schon seit mehr als zehn Jahren in einer kleinen Hütte, die er in seiner Zeit als Guerillakämpfer errichtet hatte, und war in Gesellschaft der zweiunddreißig ihm untergebenen Soldaten. Die Männer fuhren abwechselnd und oftmals begleitet von Zivilisten, die sie im Wald unterstützten, mit dem Lastwagen in die Stadt, wo sie ihre Angelegenheiten regelten – nicht aber Shodancho.

Seine ausgedehntesten Streifzüge während dieser zehn Jahre führten ihn allenfalls in die Höhlen, in denen er meditierte. In seine Hütte kehrte er höchstens zurück, um angeln zu gehen, das Essen für seine Soldaten zuzubereiten und sich um die Ajaks, die wilden Hunde, zu kümmern, die er in der Zwischenzeit abgerichtet hatte. Sein friedliches Leben wurde nun von der Anordnung Sadrahs, bei der Ausrottung der Schweine zu helfen, gestört. Denn da die Schweine nicht im Urwald, sondern in den Hügeln nördlich von Halimunda lebten, bedeutete dies, dass er sich auf den Weg in die Stadt begeben musste. Dieser Anordnung Folge zu leisten kam für ihn einem Verrat an seiner Hingabe für die Zurückgezogenheit gleich. »Was für ein erbarmungswürdiges Land«, sagte er, »in dem selbst die Soldaten nicht imstande sind, Schweine zu jagen.«

Sein letzter Besuch in der Stadt lag beinahe elf Jahre zurück. Eines Tages – er war bereits viele Jahre Mitglied der Guerilla gewesen – hörte er, dass die Truppen der KNIL aufgelöst werden sollten. Sämtliche Angelegenheiten waren bereits am Verhandlungstisch besiegelt worden. Er erschien in der Stadt und half dabei, viele der KNIL-Soldaten zum Hafen zu geleiten, wo diese das Schiff bestiegen, das sie zurück in die Heimat bringen sollte. »Sayonara«, sagte er enttäuscht. »Ich bin wie ein Angler, der geduldig auf seinen Fang wartet und dann von jemandem einen Korb voller frischer Fische geschenkt bekommt.« Das war der Moment, in dem er sich dazu entschloss, zurück in den Urwald zu gehen, gemeinsam mit den zweiunddreißig ihm treu ergebenen Soldaten. Für die folgenden mehr als zehn Jahre, in denen keinerlei kriegerische Auseinandersetzungen anstanden, ergaben die Männer sich ihrer beruflichen Tatenlosigkeit. Ihre einzige Beschäftigung bestand in der Sicherung der Transporte eines Schmugglers, den Shodancho noch aus der Zeit des Aufstands gegen die Japaner kannte. Selbstverständlich war Shodancho selbst nie Bestandteil der Eskorte für die Lastwagen, denn seine zweiunddreißig Soldaten erledigten alles anstandslos ohne ihn. Wie seine engsten Vertrauten wussten, durchstreifte er viel lieber den Urwald, um Höhlen auszukundschaften und dort zu meditieren, wenn er nicht gerade nach Papageifischen angelte oder seine Wendigkeit trainierte, die er in einem echten Kampf benötigen würde. Er konnte zum Beispiel urplötzlich verschwinden, nur um ebenso überraschend wieder aufzutauchen.

Er hatte diese Guerillatechnik entwickelt, als die Japaner die Insel

Java mit ihrer Sechzehnten Armee besetzt hielten und er als Shodancho im Halimunda-Bataillon eingesetzt worden war. Er war zwanzig Jahre alt, als ihm plötzlich eine glänzende Idee in den Sinn kam: zu rebellieren. Der erste Mann, den er einweihte, war Sadrah, ein Freund aus Kindertagen und ebenfalls Shodancho im selben Bataillon, das bei den Japanern Daidan hieß. Die beiden Männer hatten ihre militärische Laufbahn gemeinsam mit ihrem Eintritt in den Seinendan begonnen, eine von den Japanern gegründete paramilitärische Jugendkompanie. Gemeinsam durchliefen sie auch ihre militärische Ausbildung in Bogor, nachdem Peta, die indonesische Freiwilligenarmee Pembela Tanah Air, gegründet worden war, und schlossen diese zeitgleich als Shodancho ab. Anschließend kehrten sie nach Halimunda zurück, wo ihnen jeweils ein Trupp oder Shodan unterstellt war. Shodancho hoffte, seinen Freund nun auch zum gemeinsamen Rebellieren anstiften zu können.

»Damit schaufelst du dir dein eigenes Grab«, sagte Sadrah.

»Die Japaner sind von weit her gekommen, nur um mich zu begraben«, erwiderte Shodancho lachend. »Das ist eine gute Geschichte für meine Enkel.«

Er war zwar der jüngste Shodancho Halimundas und derjenige mit dem hagersten Körperbau, doch nur ihn nannte man tatsächlich Shodancho. Als sein Plan, einen Aufstand zu organisieren, beschlossene Sache war, führte er die Bewegung persönlich an. Es gab insgesamt acht Shodancho, die mit ihren jeweiligen Budancho erklärten, sich dem Aufstand anschließen zu wollen, sowie zwei Chudancho, die als Guerillaberater tätig sein würden. Der Daidancho erfuhr von ihrem Plan, entschied jedoch, sich nicht einzumischen. »Ich bin kein Totengräber«, sagte der Daidancho, »und erst recht nicht für mich selbst.«

»Das Grab für dich schaufle ich, Daidancho«, sagte Shodancho, bevor er ihn aufforderte, die konspirative Versammlung zu verlassen. »Er verrottet lieber hinter seinem Schreibtisch«, sagte er zu den anderen Versammlungsmitgliedern, als der Daidancho gegangen war.

Dann breitete er eine grobe Karte von Halimunda aus und begann, den Generalplan zu entwerfen. Dort, wo die Japaner stationiert waren, machte Shodancho jeweils ein Zeichen, es waren Codes der Kurawa-Truppen. Für seine eigene Truppe verwendete er die Codes der Pandawa. Den Männern gefiel der Plan, auch wenn Shodancho sie gleich warnte: »Es gibt keinen Bhisma, der nicht sterben kann, und es gibt keinen Yudistira, der nicht lügen kann: Alle Menschen können sterben und müssen ums Überleben kämpfen, auch wenn sie lügen müssen.« Sein Großvater hatte ihm, als er noch klein war, die Heldengeschichten aus dem *Mahabharata* erzählt, und er hatte eine solch überschäumende Leidenschaft für den Krieg entwickelt, dass die Leute häufig sagten, er hätte der Kommandant der Sechzehnten Armee sein sollen.

Sechs Monate dauerten die geheimen Versammlungen, bis die Männer sich sicher genug fühlten, den Aufstand auszuführen. Sie zählten die Waffen und die Munition, gingen die Fluchtpläne durch für den Fall, dass der Aufstand scheiterte, und strategische Punkte, sollte es ihnen gelingen, die Stadt Halimunda zu kontrollieren. Sie schickten mehrere Kuriere zu anderen Daidan, um dort um Unterstützung zu ersuchen, denn ohne diese würden sie selbst nach einem erfolgreichen Aufstand höchstens einige Tage durchhalten können. Anfang Februar waren sämtliche Pläne ausgereift. Der Aufstand sollte Mitte des Monats, am Vierzehnten, ausgeführt werden.

»Vielleicht kehre ich nie wieder zurück«, sagte er, als er sich von seinem Großvater verabschiedete. »Oder ich komme als Leiche nach Hause.«

Der Tag des Aufstands rückte näher. Shodancho trug eine ihm hinreichend erscheinende Menge an Gewehren und Munition zusammen und versicherte sich, dass auf die Gepäcktaschen seiner Männer Medikamente verteilt waren, auf die sie im Fall des Rückzugs zurückgreifen konnten. Er kontaktierte einen Händler namens Bendo, dem er in der Vergangenheit beim Schmuggel von Teakholz geholfen hatte und der ihm nun Nahrungsmittel für die Guerillakämpfer zur Verfügung stellte. Dann traf er persönlich den Bupati sowie den Bürgermeister und den Polizeichef. Ihnen teilte er jeweils mit, dass am 14. Februar eine Gefechtsübung stattfände, an der ohne Ausnahme alle Soldaten der Peta in Halimunda teilnehmen würden und die durch niemanden behindert werden dürfe. Das war sein indirekter Hinweis auf den geplanten Aufstand. Seine Augen und Ohren waren auf die Möglichkeit eines Verrats eingestellt.

»Heute«, sagte er um halb drei am Tag des Aufstands, »wird der arbeitsreichste Tag für die Totengräber werden.«

Der Auftakt des Aufstands verlief blitzartig mit dem Beschuss des

Quartiers der Kempeitai, der Militärpolizei der japanischen Armee, im Hotel Sakura. Dreißig Männer wurden auf dem Bolzplatz hingerichtet, darunter einundzwanzig japanische Soldaten und Beamte, fünf Niederländisch-Indonesier und vier Chinesen, die man der Kollaboration mit den Japanern verdächtigte. Ihre Leichen wurden rasch zum Friedhof geschleppt und dort einfach vor das Haus des Totengräbers geworfen.

Die Reaktion der Öffentlichkeit war alles andere als motivierend. Die Leute zogen es vor, sich in ihren Häusern einzuschließen, denn sie ahnten, dass dies nur der Beginn eines noch weit schrecklicheren Terrors war. Die Verstärkung der japanischen Armee würde bald in der Stadt eintreffen und die Aufständischen, ohne Gefangene zu machen, liquidieren. Die Aufständischen selbst werteten die Lage als ihren Sieg und schienen in Feierstimmung zu sein. Sie holten die Hinomaru, die japanische Flagge, herunter und ersetzten sie durch ihre eigene. Sie fuhren auf den Lastwagen durch die Stadt, grölten Parolen von Freiheit und Unabhängigkeit und sangen Kampflieder. Als der Morgen dämmerte, waren sie verschwunden, als seien sie von der Nacht verschluckt worden. Sie gingen davon aus, dass die Japaner – wie wohl ganz Java – längst von dem Aufstand erfahren hatten und mit dem anbrechenden Morgen auch die Verstärkungstruppen eintreffen würden.

»Nach all dem«, sagte Shodancho, »müssen wir uns so lange von Halimunda fernhalten, bis Japan den Krieg verloren hat.«

Sie teilten die aufständischen Truppen in drei Gruppen ein und schwärmten aus. Die erste Gruppe unter dem Kommando von Shodancho Bagong und seinem Chudancho-Berater rückte nach Westen vor, um sich den aus dieser Richtung nach Halimunda vordringenden Soldaten der japanischen Truppen als auch der Peta entgegenzustellen. Sie beabsichtigten, im Niemandsland an der Distriktgrenze, dort wo Räuberbanden ihr Unwesen trieben, Stellung zu beziehen. Die zweite Gruppe, geführt von Shodancho Sadrah und seinem Chudancho-Berater, würde sich im hügeligen und dichten Urwald verschanzen, um das nördliche Einfallstor zu sichern. Die dritte und letzte Gruppe bewegte sich unter der Führung von Shodancho in östliche Richtung, um den Einfallsweg über den Fluss zu kontrollieren. Ihre Mitglieder mussten sich sowohl auf Gefechte in den Sumpfgebieten als auch auf Ruhr und Malaria gefasst machen. Die südliche

Grenze vernachlässigten sie, denn hier kam ihnen die Natur mit dem tosenden Südlichen Meer entgegen. Die drei Gruppen setzten sich vor Mitternacht in Bewegung, als in der Ferne die wilden Hunde zu heulen begannen.

Es war ihr erster richtiger Krieg. Da war Begeisterung, aber auch Angst. Zwei der Soldaten riefen nach ihren Müttern. Doch als der Kommandant sie nach Hause schicken wollte, kehrte ihr Enthusiasmus zurück, und sie waren fest entschlossen, entweder die Schlacht zu gewinnen oder zu sterben. Alle Männer marschierten schließlich in Richtung der geplanten Standorte. In den Händen hielten sie die Waffen, die ihnen mehr oder weniger beliebig aus dem ehemaligen Bestand der KNIL nach deren Entwaffnung zugeteilt worden waren, größtenteils kurzläufige Karabinergewehre sowie einige Steyr-Sturmgewehre. Sie besaßen eine kleine Kanone sowie einige 8-Millimeter-Mörser, die sie aus den Daidan entwendet hatten. Nur die Shodancho und Budancho trugen Gewehre, während die unteren Dienstränge, die Japaner nannten sie Giyukei, mit einem Bajonett oder gar nur einem angespitzten Bambusstock vorliebnehmen mussten. Jeweils zwei Soldaten gingen als Kundschafter voraus, und zwei weitere bildeten die Nachhut. Mit ihrem disparaten Waffenarsenal ausgestattet, waren die Männer fest entschlossen, einen Krieg gegen die stärkste Armee Asiens zu führen, jene Armee, die bereits Kriege in Russland und China gewonnen hatte, die die Franzosen, Engländer und Niederländer aus ihren Kolonien vertrieben hatte, die gegenwärtig Krieg im Pazifik gegen nahezu die halbe Welt führte, und deren Angehörige ihnen beigebracht hatten, wie man ein Gewehr überhaupt korrekt hielt.

»Es werden die Helden gewinnen«, sagte ermutigend Shodancho. »Auch wenn es immer ein wenig länger dauert.«

Am ersten Tag ihres Guerillakampfs griff die Gruppe um Shodancho einen mit mehreren japanischen Soldaten besetzten Lastwagen an, der auf das Delta, dort wo das Gefängnis Bloedenkamp lag, zusteuerte. Eine Granate zündete direkt unter dem Benzintank und ließ den Lastwagen explodieren, alle Insassen kamen ums Leben. Dann meldete ein Kurier, dass die Westgruppe im Urwald an der Distriktgrenze in einen offenen Kampf mit den japanischen Truppen geraten war und sich erbitterte Gefechte mit ihnen lieferte. Bagong und seinen Männern war es gelungen, aus der feindlichen Belagerung zu entkommen und sich im Urwald zu verschanzen, scheinbar ohne dass die japanischen Soldaten nach ihnen suchten. Die Nordgruppe griff die Japaner entlang der Hauptstraße an, wurde dann jedoch von einer großen nachrückenden Einheit der japanischen Armee aufgehalten, von denen sie den Befehl erhielt, zum Daidan zurückzukehren. Und tatsächlich: Shodancho Sadrah und seine Soldaten gaben auf, machten kehrt und gingen in die Stadt zurück.

»Selbst ein Esel denkt daran, den Weg nach Hause zu vergessen«, sagte Shodancho. »Er ist noch blöder als ein Esel.«

Am zweiten Tag stellte sich ihnen eine japanische Truppe entgegen, mit der sie sich heftige Gefechte entlang des Flussufers lieferten. Es gelang ihnen zwar, zwei japanische Soldaten zu töten, doch der Preis, den sie dafür zahlten, war zu hoch: Fünf von ihnen starben bei einem einzigen Gegenschlag, und plötzlich waren sie eingekesselt. Vergeblich versuchten die Kämpfer, sich über den Fluss zu retten, und gerieten dabei in die feindliche Schusslinie. Shodancho und ein kleiner Teil seiner Männer überlebten, indem sie in einem letzten Rettungsversuch unter Wasser tauchten, ein weiterer Mann kam dabei ums Leben, doch dann konnten sie entkommen.

Rasch änderte Shodancho die zuvor festgelegte Guerillaroute: Sie würden umkehren, jedoch nicht, um aufzugeben. Ziel war nun ein geschütztes Urwaldgebiet südlich der Stadt, auf einer Landzunge gelegen. Sie schritten in einem Bogen durch die Mangrovensümpfe, setzten dann auf Flößen den Weg entlang des Ufers fort, überwanden das vorgelagerte Korallenriff und drangen schließlich über den Strand in den Urwald ein. Damit hatten sie die nach ihnen suchenden Soldaten der japanischen Truppen und der Peta ausmanövriert – eine grandiose Taktik. Die Feinde mutmaßten, dass sie ihren Weg in östliche Richtung fortsetzten und sich mit den Aufständischen der anderen Daidan zusammenschlossen, so wie sie es ursprünglich tatsächlich vorhatten. Shodancho zog nüchtern Bilanz: Der Aufstand war gescheitert, Japan hatte schnell davon erfahren, und die anderen Daidan hatten sie nicht unterstützt. Die bestmögliche Strategie würde nun sein, sich in den der Stadt nächstgelegenen Urwald zurückzuziehen und einen echten Guerillakampf vorzubereiten.

Einige Tage hielten sie sich in einer Höhle versteckt, damit die Fischer sie vom Meer aus nicht sahen. Sie schickten einen Kurier, der in Erfahrung bringen sollte, wie es um die Westgruppe stand, aber auch wie die Lage in der Stadt im Allgemeinen war. Der Kurier kehrte mit einer schlechten Nachricht zurück: Die Soldaten der japanischen Truppen und der Peta hatten die Verteidigungslinien der Westgruppe umstellt und das Stück Urwald, in dem die Männer sich versteckt gehalten hatten, durchkämmt. Die Räuber hatte man laufen lassen, während man die Aufständischen nach einem heftigen Kampf ausnahmslos gefangen nehmen konnte. Doch die Männer der Westgruppe hatten sich nicht ergeben wollen, obwohl ihre Munition längst aufgebraucht war und ihnen nur die Bajonette und angespitzten Bambusstöcke geblieben waren. Wegen ihres Widerstands sollten die sechzig überlebenden Aufständischen, darunter auch Shodancho Bagong und sein Chudancho-Berater, am 24. Februar auf dem Vorplatz des Daidan hingerichtet werden.

Shodancho stieg verkleidet als Landstreicher vom Berg herab, ein dürrer Bettler, in Lumpen gehüllt und von der Krätze befallen. Diese Verkleidung war ihm nicht allzu schwer gefallen, denn nach den beinahe zehn Tagen als Guerillakämpfer unterschied er sich äußerlich kaum mehr von einem echten Obdachlosen. Mit seinem schmutzstarrenden Haar betrat er die Stadt, ohne dass ihn jemand erkannte. Er ging den Gehsteig entlang, in einer Hand eine alte Konservendose mit einem Stein darin, den er träge schüttelnd klappern ließ. Unter einem Flamboyantbaum stehend, sah er der angekündigten Hinrichtung zu. Einer nach dem anderen wurden die sechzig aufständischen Soldaten erschossen. Ihre Leichen wurden anschließend auf einen Lastwagen geworfen und dann einfach vor dem Haus des Totengräbers abgeladen.

»Nehmt euch niemals vor zu sterben, um in Erinnerung zu bleiben«, sagte er seinen verbliebenen Soldaten, als sie in ihrem Guerillastützpunkt die Fahne auf Halbmast hissten. »Obwohl, glaubt mir, es gibt nicht viele Menschen, die an Dinge sich zu erinnern bereit sind, die sie nicht persönlich betreffen.«

Er schmiedete einen grausamen Racheplan. Eines Nachts führte er einen Überfall auf einen Militärposten an, bei dem er und seine Männer Munition stahlen und sechs japanische Soldaten töteten, deren Leichen sie mitten auf der Straße zurückließen. Bevor sie zu ihrem Unterschlupf zurückkehrten, sprengten sie noch einen Lastwagen in die Luft und waren verschwunden, bevor der erste Hahn zu krähen begann. Die auf der Straße liegenden sechs Leichen der Japaner brachten am nächsten Morgen die ganze Stadt in Aufruhr, und die Leute fragten sich, wer das getan haben konnte. Den Japanern und den Leuten in den Daidan, darunter auch Sadrah, war schnell klar: Shodancho lebte noch, und er hatte einen erbitterten Krieg erklärt.

Rasend vor Wut begannen die Japaner sofort mit einer aggressiven Suchaktion, verloren allerdings bald jede Spur. Die Soldaten durchsuchten die Häuser der Bewohner und befragten jeden, ob sie Shodancho und seine Männer gesehen hätten, erhielten jedoch keinerlei brauchbare Information. Am dritten Tag nach dem Mord an den sechs Japanern wurde ein Lebensmittelspeicher geplündert und ein Lastwagen gestohlen, nachdem die zwei japanischen Soldaten, die Wache gehalten hatten, getötet worden waren. Der Lastwagen wurde später zwar umgekippt in einem Fluss gefunden, doch die Ladung von Reissäcken war verschwunden. Die japanischen Soldaten durchkämmten darauf das gesamte Flussufer, entdeckten jedoch nichts und niemanden.

Eines Nachts, zwei Monate nach dem Aufstand, erreichte ein Kurier Shodanchos Guerillaversteck und erzählte, dass von ihrem Aufstand inzwischen nahezu alle Javaner erfahren hatten. Ihrem Beispiel folgend, war es in einigen anderen Daidan ebenfalls zu Aufständen gekommen. Obwohl diese von geringerem Ausmaß und letztendlich gescheitert waren, setzten sie die Japaner derart unter Druck, dass Gerüchte aufkamen, die Peta würde aufgelöst und sämtliche Waffen eingezogen werden.

»Das ist das Risiko, wenn man sich ein hungriges Tigerjunges hält«, sagte Shodancho.

Vier Tage später sprengten sie eine Brücke genau in dem Moment in die Luft, als fünf Lastwagen beladen mit japanischen Soldaten darüberfuhren. Das schnitt Halimunda für mehrere Monate von der Außenwelt ab, und die Guerillakämpfer waren in ihrem Versteck vorerst in Sicherheit.

An einem strahlenden und unvergesslichen Morgen fand Shodancho, der soeben am Korallenfelsen am Strand seinen Stuhlgang beendet hatte, eine männliche Leiche, die von den Wellen bis in Ufernähe gespült worden war. Der Tote war bereits derart aufgequollen, dass er jeden Augenblick zu explodieren drohte, auch wenn er keinen beißenden Gestank verströmte. Er war lediglich mit einem Lendenschurz bekleidet. Mit der Hilfe einiger seiner Soldaten zog Shodancho ihn ans Ufer und schaute ihn sich eingehend an. Eine tiefe Wunde klaffte in dessen Bauch. »Die stammt von einem Hieb mit einem Bajonett«, sagte Shodancho. »Er wurde von Japanern getötet.«

»Ein Aufständischer eines anderen Daidan«, warf einer der Soldaten ein.

»Oder er hat mit der Geliebten von Kaiser Hirohito geschlafen.«

Plötzlich verstummte Shodancho und schaute in das Gesicht des Toten. Zweifellos ein Einheimischer. Sein Gesicht war bartlos und eingefallen, als habe er, wie die meisten der Einheimischen, zu wenig zu essen bekommen. Doch das war es nicht, was Shodanchos Aufmerksamkeit auf sich zog, sondern es war die seltsame Form seines Mundes. Er schlussfolgerte blitzschnell: »Dieser Mann beißt auf etwas.« Mit seinen Fingern und mit der Hilfe eines seiner Soldaten versuchte er den starren Kiefer der Leiche zu lösen. Es kostete einige Mühe, bis der Mund schließlich geöffnet war.

»Da ist nichts«, sagte der Soldat.

»Doch«, erwiderte Shodancho. Er griff in den Rachen des Toten und beförderte eine Papierkugel hervor, die sich durch das eingedrungene Meerwasser fast aufgelöst hatte. »Deswegen hat man ihn getötet«, sagt Shodancho. Er faltete das Papier auf einer von der Sonne gewärmten großen Muschel auseinander. Es handelte sich um ein mit einer Vervielfältigungsmaschine gedrucktes Flugblatt. Das Meerwasser im Mund des Toten hatte die Tinte leicht verlaufen lassen, doch Shodancho konnte das Geschriebene dennoch klar und deutlich entziffern. Den Männern klopfte das Herz, sie erwarteten eine wichtige Botschaft, denn es konnte nicht sein, dass ein Mann wegen eines bedeutungslosen Papiers getötet worden war. Als Shodancho das Flugblatt in seinen dieses Mal nicht vor Kälte oder Hunger zitternden Fingern hielt und ihm die Tränen nur so aus den Augen strömten, stieg die Verwirrung seiner Soldaten noch. Doch bevor sie ihm eine Frage stellen konnten, kam er ihnen zuvor: »Welches Datum haben wir heute?«, fragte er.

»Den 23. September.«

»Wir sind über einen Monat zu spät.«

»Für was?«

»Um zu feiern«, antwortete er. Dann las er ihnen vor, was auf dem Papier aus dem Mund des Toten gedruckt stand.

»PROKLAMATION: WIR, DAS VOLK INDONESIENS, ERKLÄREN HIERMIT UNSERE UNABHÄNGIGKEIT. 17. AUGUST 1945, IM NAMEN DES INDONESISCHEN VOLKES, SUKARNO & HATTA.«

Für einen Augenblick herrschte Stille, dann brach lauter, schriller Jubel los. Bis auf Shodancho liefen alle auf den Hügel zu, tanzten wie vom Teufel besessen vor ihren Hütten und sangen. Unaufgefordert packten sie ihre Siebensachen zusammen, als sei nun alles zu Ende. Sie machten sich sogar bereit, aus dem Urwald und hinein in die Stadt zu laufen, um die frohe Botschaft zu überbringen, doch Shodancho hielt sie rasch auf, bevor der Wahnsinn noch ausartete. »Wir müssen uns sofort besprechen«, sagte er.

Die Männer folgten ihm und versammelten sich vor seiner Hütte.

»Noch immer sind viele Japaner in Halimunda«, erklärte Shodancho. »Sie wissen mit Sicherheit schon davon, verschweigen es aber.« Dann entwarf er auf die Schnelle eine Strategie. Die Hälfte von ihnen sollte einen Blitzangriff auf das Postgebäude durchführen, falls nötig mit Geiselnahme. Das würde nicht allzu schwierig sein, da alle Postangestellten Einheimische waren. Es gab dort eine Vervielfältigungsmaschine, mit der die Männer die Meldung des Toten drucken und so schnell wie möglich in der ganzen Stadt verteilen sollten. »Setzt dafür die Postboten ein!«, sagte Shodancho entschieden. Die andere Hälfte sollte sich in die Daidan schleichen, dort verkünden, was geschehen war, die Japaner entwaffnen, die Massen mobilisieren und eine große Versammlung auf dem Bolzplatz einberufen. Die von Shodancho geführte Besprechung verlief kurz und bündig, und im Anschluss daran verließen sie den Urwald.

Ihre Ankunft in der Stadt brachte alle Bewohner in Aufruhr, noch bevor die Männer das Flugblatt druckfrisch aus der Post geholt und verteilt hatten. Shodancho gelang es, einen Lastwagen sicherzustellen, auf dem er zusammen mit einigen seiner Männer durch die Stadt fuhr und ausrief, »Indonesien ist seit dem 17. August unabhängig, Halimunda folgt am 23. September.« Die Menschen, die den Straßenrand säumten, erstarrten wie zu Stein geworden. Der Barbier schnitt einem Kunden sogar beinah ein Ohr ab, und ein chinesischer Hefeklößchenverkäufer verlor die Kontrolle über sein Fahrrad, wurde immer schneller, überschlug sich und krachte schließlich gegen die Tür eines Ladens. Sie schauten dem vorüberfahrenden Lastwagen ungläubig nach, dann hoben sie die umherflatternden Flugblätter auf und lasen sie. Schließlich brach Euphorie aus, die Schulkinder am Straßenrand begannen zu tanzen, und die Erwachsenen taten es ihnen gleich.

Die Japaner traten aus ihren Büros, darunter auch der Kommandant Sidokan. Sie waren wie gelähmt, als sie erfuhren, was geschehen war, und leisteten nicht den geringsten Widerstand, als die Soldaten der Peta aus den Daidan erschienen und sie entwaffneten. Ganz ohne Zeremonie nahmen Shodanchos Männer nun die Hinomaru herunter und schlugen sie den Japanern ins Gesicht. »Fresst eure verfluchte Fahne!«, schrien sie, dann hissten sie im Rahmen einer Ehrenzeremonie die indonesische Rot-Weiße und sangen ihre Nationalhymne *Indonesia Raya*.

Die Leute fanden sich nach und nach auf dem Bolzplatz ein, abgemagert und in Lumpen gekleidet, aber strahlend. Sie hatten noch nie in ihrem Leben, auch nicht aus den Geschichten ihrer Vorfahren, von etwas gehört, das »Unabhängigkeit« hieß. Doch an jenem Tag erfuhren sie davon: Indonesien war unabhängig, und damit natürlich auch Halimunda. Am Nachmittag hisste Shodancho noch einmal feierlich die Fahne, wobei er den Proklamationstext laut vorlas. Die Einwohner saßen im Schneidersitz im Gras, nur die Kämpfer wohnten der Zeremonie in strammer Haltung bei. Ab diesem Tag führten die Schulkinder und die Soldaten die Feierlichkeiten zum Gedenken an die Proklamation alljährlich und für viele Jahre am 17. August durch, während aber die Einwohner ihre eigene Zeremonie jeweils am 23. September abhielten, bis sich ihnen schließlich auch die Schulkinder und die Soldaten anschlossen. An diesem Tag ehrten sie nicht nur die Fahne, lasen den Proklamationstext und sangen die Hymne *Indonesia Raya*, sondern sie schickten sich darüber hinaus auch gegenseitig mit Speisen gefüllte Körbe und veranstalteten einen Jahrmarkt. Und wenn jemand von außerhalb der Stadt sie fragte, und selbst wenn ein Lehrer seine Schüler fragte, an welchem Tag Indonesien unabhängig geworden war, dann antworteten sie: am 23. September.

Die Regierung unternahm einige Anstrengungen, um diesen Irrtum aus der Welt zu schaffen und die Sache des verzögerten Informationsflusses im Jahr 1945 klarzustellen, doch die Einwohner Halimundas wären zu sterben bereit gewesen, nur um den Tag der Unabhängigkeit weiterhin am 23. September zu begehen. Am Ende machte niemand mehr ein Aufhebens darum.

Ein Tumult brach aus, als eine Gruppe von Einwohnern mit dem

Daidancho im Schlepptau ankam, um ihn auf grausame Weise hinzurichten, da sie ihn des Verrats während des Aufstands verdächtigten. Die Leute waren drauf und dran, ihn am Seemandelbaum, der in einem Winkel des Bolzplatzes wuchs, aufzuhängen, als Shodancho eingriff. Er befreite den Daidancho und führte ihn in die Mitte des Platzes. Er wusste bereits von dessen Verrat, und daher überreichte er ihm eine Pistole. Für die Menge, die sich um die zwei Männer gedrängt hatte, sagte er deutlich hörbar: »Wir sind beide von den Japanern ausgebildet worden, du weißt, was du als Verräter zu tun hast.«

Der Daidancho hielt sich die Waffe an die Schläfe und setzte seinem Leben selbst ein Ende. Nichtsdestotrotz befahl Shodancho den Soldaten, die Zeremonie der letzten Ehrerweisung für ihn durchzuführen, und die Leiche des Daidancho wurde in eine Fahne eingehüllt und in einem freien Stück Erde unweit des städtischen Krankenhauses begraben, sozusagen als Ahnvater ihres Heldenfriedhofs. Es blieb der einzige Todesfall an diesem Tag. Shodancho übernahm die uneingeschränkte Kontrolle über die Daidan und entsandte einige Kuriere, um weitere Informationen zu erhalten. Gemeinsam mit den Einwohnern der Stadt setzten sie die Brücke, die sie zuvor zerstört hatten, wieder instand. Die Kuriere kehrten bereits zwei Tage später zurück und berichteten, dass man Peta inzwischen aufgelöst und in allen Daidan ein örtliches Sicherheitskommando eingerichtet hatte.

Auch in Halimunda bildeten sie ein solches Sicherheitskommando. Doch zwei Tage später traf ein weiterer Kurier ein, der vermeldete, dass man die Sicherheitskommandos aufgelöst und durch Einheiten des indonesischen Heeres ersetzt hatte.

»Sollten die noch einmal ersetzt werden«, sagte Shodancho verärgert, »dann zieht Halimunda gegen Indonesien in den Krieg.«

Weitere Kuriere überbrachten weitere Regierungsentscheidungen, die unter anderem eine Richtlinie für die Zuweisung von Rängen vorgaben. Shodancho überrundete seine Kameraden und erhielt den Rang eines Oberstleutnants, während sein blödsinniger Kumpel Sadrah schon als Major Sadrah zufrieden war. Allerdings schenkte Shodancho solchen Dingen nicht allzu große Aufmerksamkeit und ließ jeden wissen: »Ich ziehe es vor, Shodancho zu bleiben.« Einige Wochen später überbrachte ein Kurier einen Brief, der offenbar bereits vor einiger Zeit geschrieben worden war und erst jetzt, mit einigen

Monaten Verspätung, beim Adressaten eintraf. Der Brief stammte vom Präsidenten der Republik Indonesien und war an Shodancho gerichtet. Den Inhalt dieses Briefes kannte bald jeder in der Stadt. Der Präsident der Republik Indonesien hatte in Anerkennung seiner Heldenhaftigkeit beim Aufstand vom 14. Februar Shodancho als den Oberbefehlshaber des indonesischen Heeres im Rang eines Generals ernannt.

Während die Stadtbevölkerung seine Auszeichnung als Oberbefehlshaber feierte, zog sich Shodancho in seinen Guerilla-Unterschlupf zurück. Den ganzen Tag verbrachte er allein, er fischte oder schwamm im Meer und meditierte auf der Wasseroberfläche treibend wie ein Ertrunkener. Er wollte nicht über den Albtraum nachdenken, den es bedeutete, Oberbefehlshaber des indonesischen Heeres zu sein. Bevor er ging, hatte er Major Sadrah gegenüber erklärt, »wie deprimierend zu erfahren, dass ich es bin, der als Erstes einen Aufstand organisiert hat und deswegen als Oberbefehlshaber auserwählt wurde. Ich frage mich, was für eine Armee wir haben, die einen Mann zu ihrem Oberbefehlshaber wählt, der sich nicht einmal mit dem Geschlecht einer Frau auskennt.« Am Abend wurde er von einigen seiner Vertrauten aufgespürt und in die Stadt zurückgebracht.

Eine Woche später erhielt er über einen weiteren Kurier eine Nachricht, die ihn aufatmen ließ. Angesichts der Tatsache, dass der Stuhl des Oberbefehlshabers über Monate hinweg von Shodancho nicht eingenommen worden war, hatten die Feldherren der Divisionen und die Regimentskommandanten aus ganz Java und Sumatra beschlossen, einen Ersatz für ihn zu finden. »Der Präsident der Republik hat bereits Oberst Sudirman als den Oberbefehlshaber des indonesischen Heeres im Rang eines Generals ernannt«, teilte der Kurier mit.

»Gott sei Dank«, sagte Shodancho, »ein solcher Posten ist nur etwas für Leute, die ihn wirklich wollen.«

Während die Meldung von Shodanchos Auswechslung die Einwohner Halimundas betrübte, ging Shodancho in einem erleichterten Glücksgefühl auf.

Das indonesische Heer wurde wenig später umbenannt in Sicherheitsarmee. Sie hatten eben erst die Namensschilder ausgetauscht, als abermals eine Meldung eintraf: Die Sicherheitsarmee wurde umbenannt in Streitkräfte der Republik Indonesien.

»Ob wir wohl einen Krieg gegen Indonesien führen sollen?«, fragte Major Sadrah.

Shodancho lachte und schüttelte den Kopf. »Das ist nicht nötig«, sagte er beschwichtigend. »Als eine Nation lernen wir nun eben auch erst, Namen und Titel zu schaffen.«

Die japanischen Truppen hatten das Land noch nicht verlassen, und die Bewohner Halimundas hatten noch nicht die Gelegenheit, die Zeit des Friedens bewusst wahrzunehmen, als die Flugzeuge der Alliierten am Himmel über der Stadt zu kreisen begannen. Innerhalb nur weniger Tage trafen englische und niederländische Truppen ein. Die in Kriegsgefangenschaft geratenen Soldaten der KNIL wurden befreit und wiederbewaffnet, und sie begannen ihrerseits damit, die Waffen der einheimischen Soldaten einzuziehen. Shodancho ergriff sofort die Notfallmaßnahme, sämtliche seiner Mitstreiter erneut in den Urwald zu führen. Dieses Mal teilte er die Männer auf die vier Himmelsrichtungen auf, wobei er selbst die Einheit anführte, die den Urwald auf der Landzunge im Süden sicherte. Er beschloss, einmal mehr in den Guerillakampf zu ziehen, dieses Mal gegen die alliierten Truppen, in deren Gefolge sich die Niederländer der NICA, der Netherlands Indies Civil Administration, befanden. Sie waren nicht die Einzigen, die in den Urwald zogen. Zivilisten, die meisten von ihnen junge Männer, folgten ihnen und schworen Shodancho, von dem sie im Guerillakampf angeführt werden wollten, die Treue. Er war gezwungen, seine Soldaten auf die Guerillaeinheiten, die nun zum Großteil aus diesen Zivilisten bestanden, als Anführer aufzuteilen. Zu diesen Männern gehörten auch jene, die die Gruppe von niederländischen Soldaten getötet und Dewi Ayu und ihre Freundinnen vergewaltigt hatten, bevor die englischen Truppen kamen und die jungen Frauen beschützten.

Dieser Guerillakampf dauerte zwei Jahre, in denen es häufiger Niederlagen zu erleiden als Siege zu feiern galt. Allerdings bekamen die KNIL-Truppen nie den Mann zu fassen, nach dem sie beharrlich suchten und von dem sie sicher waren, dass er sich im Urwald auf der Landzunge aufhielt: Shodancho. Der Zugang zu diesem Urwald wurde von vielen Guerillakämpfern gesichert, die sich in den von den Japanern errichteten Verteidigungsfestungen verschanzten und die sich in diesem Landstrich so gut wie niemand sonst auskannten. Die von den englischen Kombattanten unterstützten KNIL-Soldaten brachten nicht den Mut auf, in den Urwald vorzudringen, und zogen es vor, ihre Stellungen in der Stadt zu sichern. Die Guerillakämpfer hatten umgekehrt Schwierigkeiten, bis in die Stadt vorzudringen. Die KNIL-Soldaten versuchten, die Transportwege für Lebensmittel und Munition zu blockieren, doch das sollte sich schon bald als vergeblich herausstellen, denn die Guerilla pflanzte ihren eigenen Reis im Urwald an, und sie war es überdies gewohnt, ohne Munition zu kämpfen. Einige Male wurden die Männer aus der Luft beschossen, doch die Japaner hatten ihnen beigebracht, wie man einem solchen Angriff entkam.

Das war die Zeit, in der Shodancho seine Guerillatechniken weiterentwickelte. Er tüftelte optimale Möglichkeiten der Tarnung und der Unterwanderung mittels blitzschneller Bewegungen aus. Er war in der Lage, plötzlich irgendwo aufzutauchen und dann, so schnell, wie er gekommen war, wieder zu verschwinden. Manchmal wurde er von seinen eigenen Gefolgsleuten überall gesucht, dabei hatte er sich als einer von ihnen getarnt und unter sie gemischt.

»Der Unterschied zum Versteckspiel ist«, erklärte er, »sowie der Guerilla gefunden wird, ist er tot.«

Dann erhielt er die Nachricht, mit der sämtliche Kämpfe eingestellt wurden: Die Niederlande hatten am Verhandlungstisch die Souveränität der Republik Indonesiens anerkannt. Shodancho stimmte das verdrießlich. Die Republik war bereits seit vier Jahren unabhängig, aber die Niederländer erkannten sie jetzt erst an, und die Zivilregierung nahm das einfach hin, Hauptsache, die Niederländer verließen das Land.

»Als wäre dieser bis heute andauernde Krieg völlig bedeutungslos gewesen«, sagte er enttäuscht.

Trotzdem verließ Shodancho mit den Kerntruppen seiner Guerilla den Urwald. Als er und die Männer in der Stadt erschienen, wurden sie von der Stadtbevölkerung freudig begrüßt, denn schließlich war er nach wie vor ein Held. Die Leute aus Halimunda, von denen ein Großteil ebenfalls eben erst aus dem Urwald zurückgekehrt war, säumten den Straßenrand, bunte Fahnen wurden geschwenkt. Shodancho saß auf einem Esel, ignorierte die seines Erachtens übertriebene Begrüßung und steuerte direkt auf den Hafen zu. Dort machten sich die niederländischen Soldaten und Zivilisten bereit, das Schiff zu besteigen, das sie nach Hause bringen würde. Shodancho ging auf den Kommandanten der KNIL-Truppen zu, der begeistert war, am Ende seines

Dienstes seinen ärgsten Feind persönlich zu treffen. Als seien sie eng vertraut, gaben sie einander die Hand und umarmten sich sogar.

»Irgendwann führen wir wieder Krieg gegeneinander«, sagte der Kommandant.

»Ja«, erwiderte Shodancho, »wenn es die Königin der Niederlande und der Präsident der Republik Indonesien erlauben.«

Dann verabschiedeten sie sich voneinander am Fuß der Schiffstreppe. Shodancho stand selbst dann noch am Kai, als die Treppe längst hochgezogen worden war, und der Kommandant stand an der Schiffsreling, während der Anker gelichtet wurde. Als der Maschinenlärm zu dröhnen und das Schiff zu schwanken begann, winkten sie einander zu.

»Sayonara«, sagte Shodancho schließlich.

Mit dem Ende des Kriegs kam jene Stille, die auch Menschen im Ruhestand befällt. Shodancho verbrachte zunächst mehrere Tage in seinem ehemaligen Shodan-Quartier am Strand von Halimunda. Tagsüber vertrieb er sich die Zeit höchstens damit, dass er Gras schnitt und seinem Esel zum Fressen gab, oder er angelte im nahen Flüsschen nach Fischen. Schließlich rief er einige seiner Freunde zusammen und teilte ihnen mit, dass er für unbestimmte Zeit in den Urwald zurückkehren wolle.

»Was wirst du tun?«, fragte Major Sadrah, der inzwischen dem Militär in Halimunda vorstand, »es gibt keine Guerilla mehr.«

»In Friedenszeiten gibt es für einen Soldaten nichts zu tun«, antwortete Shodancho gelassen. »Daher werde ich einfach ein wenig Handel im Urwald betreiben.«

Und genau dies tat er. Er kontaktierte Bendo, jenen Händler, der unter seinem Schutz den Schmuggel mit Teakholz betrieben und ihm im Gegenzug bei der Logistik während des Guerillakampfs geholfen hatte. Gemeinsam mit einem chinesischen Händler, den Bendo mit ins Spiel brachte, würde Shodancho sein Schmuggelgeschäft mit mehr Waren über die Route durch den Urwald auf der Landzunge ausdehnen. Als sie sich einig wurden, war er bereit, in den Urwald zurückzukehren – gemeinsam mit zweiunddreißig seiner treusten Soldaten, die ihn bei seinem neuen Unternehmen zur Seite standen.

»Nun sind unsere einzigen Feinde die Räuber«, sagte er zu den Männern.

Das stimmte. Jeder in der Stadt, ob Zivilist oder Soldat, wusste bald über ihre Schmuggeleien Bescheid. Alles ging über den kleinen Hafen, der am Ende der Landzunge errichtet worden war, rein und raus: Fernseher, Armbanduhren, Kopra und sogar Flipflops. Die Leute in der Stadt beklagten sich nie, denn Shodancho war ihr Held geblieben, und ein Teil der Waren landeten häufig zu äußerst niedrigen Preisen in Halimunda, bevor sie in andere Städte verschickt wurden. Auch die Militärbeamten schwiegen, nicht nur weil Major Sadrah ein enger Freund von Shodancho war, sondern weil Shodancho die Hälfte seiner Gewinne für die Generäle in der Hauptstadt vorsah. Jeder hatte bald bemerkt, dass er neben seinem natürlichen Talent für die Kriegsführung auch über einen außerordentlichen Geschäftssinn verfügte.

»Es gibt keinen Unterschied zwischen Krieg und Geschäft«, sagte Shodancho. »Das eine wie das andere verlangt List und Verschlagenheit.«

Im Grunde war Shodancho nicht allzu sehr in die Geschäfte eingespannt, denn diese lagen bei seinen zweiunddreißig Soldaten in guten Händen. Er verbrachte die mehr als zehn Jahre im Urwald vor allem damit, in seiner Guerillahütte zu wohnen, zu fischen, zu meditieren und wilde Hunde abzurichten. Er ordnete seinen Soldaten sogar an, sich in der Stadt ein Haus zu kaufen, sich dort niederzulassen oder auch zu heiraten, und sich lieber dabei abzulösen, ihm im einsamen Urwald Gesellschaft zu leisten. Während die Soldaten allmählich ihren kriegerischen Instinkt verloren und, da sie zu viel aßen und einen geruhsamen Lebenswandel führten, zunehmend an Leibesfülle gewannen, blieb Shodancho ganz der Alte. Sein Körper war nach wie vor hager, und seine Beweglichkeit ließ nicht im Geringsten nach. Er erlegte sich selbst verschiedene Arbeiten auf, darunter die Zubereitung der Mahlzeiten für seine Soldaten, obgleich er von allen am wenigsten aß. Allmählich genoss er sein friedliches Leben, bis zu jenem Tag, als Major Sadrah ihn darum bat, aus dem Urwald zu kommen und die Schweine an den Ausläufern der Hügel Ma Iyang und Ma Gedik auszurotten.

»Ich weiß nicht, ob die Soldaten sich zur Schweinejagd bewegen lassen«, sagte Tino Sidiq zu Shodancho. »Seit zehn Jahren sitzen sie nur hinter dem Lastwagensteuer.«

»Das macht nichts, ich habe schon neue Soldaten rekrutiert, die bereit für den Kampf sind«, sagte Shodancho. Er stieß einen schrillen Pfiff aus, und augenblicklich kamen seine Hunde angelaufen, sie waren überwiegend grau, agil und kampfbereit. Es waren beinah hundert Tiere, die sich nun zu seinen Füßen drängelten.

»Das sollten genug für den Kampf gegen die Schweine sein«, erwiderte der Soldat Tino Sidiq, während er einen der Hunde tätschelte.

»Gleich kommende Woche ziehen wir an die Front«, sagte Shodancho.

Die Sache mit der Schweinejagd hatte ihren Anfang etwa vier oder fünf Jahre zuvor mit einem Bauer namens Sahudi und fünf seiner Freunde genommen. Die Reisfelder und Äcker der Bauern lagen am Fuß des Ma-Iyang-Hügels und wurden seit einem Monat von Wildschweinen heimgesucht. Da die Erntezeit näher rückte, befürchtete Sahudi, die Verwüstungen durch die Schweine würden noch zunehmen, und rief eilig seine Freunde zusammen, um sich für einen Gegenangriff zu rüsten. Seine Geduld war endgültig erschöpft, als sein siebenjähriges Kind sogar im Hinterhof seines Hauses ein Schwein entdeckt hatte.

Sie wählten eine Vollmondnacht. Jeder mit einem Luftgewehr in der Hand, saßen die sechs Männer jeweils zu zweit in Guaven-, Sapotill- und Tahitiapfelbäumen, die in einiger Entfernung voneinander auf dem Feld standen. Sie warteten geduldig, ohne miteinander zu sprechen, mit im Dunkel glimmenden Enden ihrer Zigaretten und der Instruktion zu schießen, sobald einer von ihnen das erste Schwein erspähte. Sie mussten fast bis zum frühen Morgengrauen ausharren, als endlich ein Schnaufen zu hören war. Nach wenigen Minuten zeigte sich das Tier im Schein des Vollmonds, und es war nicht nur eins, es war ein Paar, das über die dort angebauten Bohnen- und Maisstauden herfiel.

Sahudi brachte sein Luftgewehr sofort in Anschlag. Er zielte auf das Schwein, das er im Mondschein am deutlichsten erkennen konnte, und dann, im selben Moment, lösten sich Schüsse aus drei Gewehren. Das Schwein fiel vornüber zu Boden, seinen Kopf zierten drei Einschusslöcher, genau an der Stirn. Die drei anderen Männer versuchten, das zweite Schwein zu schießen, doch es entkam. Sowie es die Gewehrschüsse hörte und sah, wie sein Partner zu Boden ging, stürmte es auf und davon, alles, was ihm im Weg stand, niederrennend.

Die sechs Männer sprangen von den Bäumen herab, und als Sahudi erkannte, dass das Schwein noch nicht endgültig tot war, stach er mit aller Kraft einen Stock in dessen Brust, worauf das Tier noch einmal zuckte, bevor es seine Seele aushauchte. Doch dann geschah etwas, das die sechs Männer ungläubig auf den im Mondschein liegenden Kadaver starren ließ: Der Schweinekörper mit seinem schwarzen, schlammbesudelten Fell verwandelte sich plötzlich in eine menschliche Leiche, mit drei Einschusslöchern im Schädel, die Brust von einem Stock durchstoßen.

»Scheiße!«, sagte Sahudi. »Das Schwein verwandelt sich in einen Menschen.«

Die Nachricht von diesem Vorfall verbreitete sich rasch von Viertel zu Viertel, bis ganz Halimunda davon wusste. Niemand kannte den toten Mann, und niemand nahm sich der Leiche an, sodass sie im städtischen Krankenhaus vor sich hin verweste, bis man sie im öffentlichen Friedhof begrub. Doch seit dieser Zeit brachte niemand mehr den Mut auf, ein Schwein zu töten, denn jeder fürchtete sich vor dem Fluch, von dem Sahudi und seine fünf Freunde getroffen worden waren: Sie hatten den Verstand verloren. Vier Jahre vergingen, ohne dass jemand ein Schwein erlegte, obwohl die Biester inzwischen zur zerstörerischsten Plage für die Reisfelder und Äcker geworden waren. Da sie selbst zu große Angst hatten, lag die einzige Hoffnung der Bauern in den Händen des Militärs. Major Sadrah hatte bereits mehrere Soldaten in den Wald entsendet, doch ihre Beute sorgte jedes Mal für Hohn und Spott, wenn sie anstatt erlegter Schweine immer wieder wilde Hühner und Kaninchen zurückbrachten. Major Sadrah schickte schließlich den Kurier zu Shodancho, denn er wusste nur allzu gut, dass bloß auf diesen Mann Verlass sein würde.

Wie es schien, wussten alle Einwohner Halimundas bereits von der bevorstehenden Ankunft Shodanchos. Genau wie zehn Jahre zuvor säumten sie die Straße und schwenkten Taschentücher und kleine Fähnchen, in der Hoffnung, ihren jahrelang entschwundenen Helden mit eigenen Augen zu sehen. Die kleinen Kinder standen ganz vorn, neugierig auf die Gestalt, von der ihre Väter und Großväter sowie ihre Mütter und Großmütter immer wieder erzählt hatten. Die Veteranen des Revolutionskriegs trugen ihre Galauniformen, als wäre es der Unabhängigkeitstag. Die regulären Soldaten bereiteten ihm einen ehrenvollen Empfang, für den sie am Strand Kanonen abfeuerten, und die Schulkinder bejubelten ihn mit einer Parade von Musikkapellen.

Endlich erschien Shodancho, dieses Mal ritt er nicht auf einem Esel, sondern ging zu Fuß. Seine Kleider saßen ihm locker, sein Haar war sehr kurz, sein wie eh und je hagerer Körper ließ ihn mehr wie einen buddhistischen Weisen erscheinen als wie einen Soldaten. Begleitet wurde er von seinen zweiunddreißig treuen Soldaten, die er in der Woche zuvor mit harter Körperertüchtigung gequält hatte, damit sie ihre Leibesfülle verringerten. Außerdem waren da sechsundneunzig zusätzliche Soldaten: Die meisten grau, einige weiß oder braun, bildete das Rudel der abgerichteten Hunde die Nachhut und schien die außerordentliche Begrüßung durch die Stadtbevölkerung freudig aufzunehmen. Major Sadrah begrüßte seinen alten Freund persönlich.

Während er Sadrah umarmte, der mittlerweile einen Bauch hatte wie eine hochschwangere Frau, witzelte Shodancho an die Adresse des Publikums scharfzüngig: »Da habe ich ja schon das erste Schwein gefangen, und es ist nur der Anfang.«

Die Männer um Shodancho kamen in dessen ehemaligem Quartier unter, das man aus Respekt vor ihm unverändert und unbesetzt erhalten hatte. Wie versprochen und ohne sich länger auszuruhen, begann Shodancho bereits am nächsten Tag mit seinen Kampfgefährten die große Jagd. Ein Soldat trieb jeweils drei Hunde vor sich her, wobei Shodancho, mit einem Gewehr und einem Dolch bewaffnet, alle Beteiligten anführte. Im Gegensatz zu Sahudi und seinen Freunden warteten sie nicht einfach auf die Schweine. Vielmehr sorgten die Jäger für viel Lärm im Unterholz, also dort, wo die Schweine für gewöhnlich lebten. Davon wurden die Tiere aufgescheucht und begannen wild umherzulaufen.

An jenem Tag gelang es ihnen, sechsundzwanzig Schweine zu fangen, am folgenden Tag waren es einundzwanzig, und am dritten Tag fingen sie siebzehn Tiere. Das war eine ausreichend hohe Zahl, um die Population der Unruhestifter drastisch zu dezimieren, sodass man in der Stadt die Jäger und ihre Beute jubelnd empfing. Ein Teil der Schweine wurde mit Speeren oder durch Gewehrkugeln getötet, andere wurden in der Nähe des Shodan-Quartiers auf dem Bolzplatz zusammengetrieben, auf dem ein großes, behelfsmäßig errichtetes Gehege stand. Das Merkwürdige war, dass sich kein einziges der getöteten Schweine in einen Menschen verwandelte. Es waren alles echte

Schweine, mit ihrem schlammbesudelten, schwarzen Fell, mit Reißzähnen und langen Schnauzen. Davon ermutigt, beteiligten die Bauern sich am vierten Tag schließlich selbst an der Schweinejagd, und diese gehörte seither im Zeitraum zwischen Ernte und Aussaat zur festen Tradition.

Während man die getöteten Schweine in die Küchen chinesischer Restaurants verfrachtete, wurden die lebenden Tiere für die Schweinekämpfe vorbereitet, die im Rahmen der Feierlichkeiten dieses glorreichen Sieges geplant waren. In einer Arena sollten sie gegen wilde Hunde antreten, was die unterhaltungsdurstigen Bewohner von Halimunda voller Begeisterung erwarteten. Shodancho und seine Soldaten errichteten die Arena auf dem Bolzplatz. Deren Wand bestand aus drei Meter hohen, im Kreis angeordneten Holzbrettern. An der Außenseite dieser Wand, in einer Höhe von zwei Metern, befestigte man stabile und auf über Kreuz gestellte Bambusstangen gestützte Bretter, auf denen die Zuschauer stehen sollten. Der Weg zu einem Stehplatz auf diesen Brettern führte über eine Treppe, die von zwei Soldaten in der Funktion von Kartenabreißern bewacht wurden. Die Eintrittskarten konnten bei einem hübschen Mädchen, das hinter einem Tisch vor der Arena saß, käuflich erworben werden.

Die Aufführung begann an einem Sonntagnachmittag, zwei Wochen nach der Ankunft Shodanchos, und dauerte insgesamt sechs Tage, bis alle Schweine tot und in die Restaurantküchen befördert worden waren. Die Zuschauer strömten aus allen Winkeln der Stadt herbei, einige waren sogar von jenseits der Stadtgrenzen angereist, und stellten sich gleich bei der hübschen Kartenverkäuferin an. Unterdessen kletterten jene, die zuschauen, aber nicht bezahlen wollten oder konnten, lärmend auf die Kokosnussbäume, die den Bolzplatz umsäumten. Die bunten Farbtupfer ihrer Kleidungsstücke machten sich seltsam aus, als ob die Kokosnüsse plötzlich nicht mehr nur grün oder braun wären.

Die Schweinekämpfe selbst waren äußerst fesselnd. Obwohl Shodancho seine Ajak abgerichtet hatte, kam deren Wildheit jäh zum Vorschein, sobald sie zu mehreren über ein Wildschwein herfielen. Ein Schwein kämpfte gegen fünf oder sechs wilde Hunde, das war natürlich unfair, aber die Zuschauer wollten, dass das Schwein tatsächlich starb. Sie schauten sich auch keinen Kampf an, sondern ein Massaker. Wenn ein Schwein versuchte, einen Ajak anzugreifen, dann fielen weitere Hunde darüber her und bissen ihm ins Fleisch, bis es ihm in Fetzen vom Leib hing. Wenn ein Schwein Zeichen der Erschöpfung zeigte, übergoss es ein Soldat mit einem Eimer Wasser, um es gegen einen weiteren Angriff seitens der Ajak zu wappnen. Der Ausgang eines Kampfes stand stets fest: Das Schwein starb, und ein oder zwei Ajak trugen leichte Blessuren davon. Darauf wurde ein neues Schwein in die Arena gejagt, und sechs frische Ajak waren bereit, es zu zerfleischen. Die Zuschauer schienen mit der Darbietung dieses Massakers zufrieden zu sein. Außer Shodancho, den plötzlich ein anderer Anblick in den Bann gezogen hatte.

Sein Blick war inmitten der Menge auf ein außergewöhnlich hübsches junges Mädchen gefallen, das die Tatsache, dass der Großteil der Zuschauer aus Männern bestand, offenbar nicht bekümmerte. Sie war vielleicht gerade einmal sechzehn Jahre alt, wie ein Engel, der sich auf die Erde verirrt hatte. Ihr Haar war mit einer dunkelgrünen Schleife zusammengebunden, und selbst aus der Ferne konnte Shodancho den scharfen Blick in ihren reizenden Augen erkennen sowie ihre wohlgeformte Nase und ihr ungnädiges Lächeln. An diesem von der Meeresbrise erfüllten Nachmittag trug sie ein atemberaubendes elfenbeinfarbenes Kleid, und ihre weiße Haut schien zu strahlen. Das Mädchen holte eine Zigarette aus der Tasche ihres Kleides hervor, und mit einer außerordentlichen Gelassenheit begann sie zu rauchen, während ihre Augen weiterhin auf die Ajak und das Schwein im Kampf miteinander gerichtet waren. Shodancho hatte sie bereits gesehen, als sie die Zuschauertreppe emporgestiegen war, offenbar war sie allein gekommen. Fasziniert vom Anblick dieses Engels, fragte er Major Sadrah, der neben ihm stand: »Wer ist dieses Mädchen?«

Mit den Augen dem Zeigefinger seines Freundes folgend, antwortete Major Sadrah: »Sie heißt Allamanda, sie ist die Tochter von Dewi Ayu, der Hure.«

Als alles rund um die Schweinejagd erledigt war, verschenkte Shodancho seine sechsundneunzig Ajak an die Einwohner Halimundas. Der Großteil der Ajak ging an die Bauern, die sie für die Bewachung der Reisfelder und Äcker einsetzen würden, und der Rest wurde willkürlich unter anderen Bewohnern verteilt. Denjenigen, die bei dieser Gelegenheit keinen Ajak erhalten hatten, sagte Shodancho, sie sollten sich noch etwas gedulden, denn in nicht allzu weiter Ferne würden sich die Tiere vermehren und Welpen haben. Seit dieser Zeit wurde Halimunda von Hunden bevölkert, die von jenen Ajak abstammten.

Shodancho sollte gemäß seinem ursprünglichen Plan längst in den Urwald zurückgekehrt sein. Bei seiner Ankunft hatte er zu Major Sadrah gesagt, dass er nur so lange in der Stadt bleiben würde, bis die Sache mit den Schweinen erledigt war. Doch seit er Allamanda in der Schweinekampfarena gesehen hatte, konnte er einfach nicht mehr schlafen. »Das muss Liebe sein«, sagte er zu sich selbst. Und diese Liebe ließ ihn aufgewühlt nach einem Vorwand suchen, länger in der Stadt bleiben zu können oder sie womöglich nie wieder verlassen zu müssen.

Die Hilfe kam in Gestalt des Major Sadrah, als dieser sagte: »Geh vorerst nicht zurück, wir wollen erst noch unseren Sieg feiern, und zwar mit Orkes-Melayu-Musik.«

»Aus Liebe zu dieser Stadt werde ich vorerst nicht heimkehren«, erwiderte Shodancho rasch.

Er sah das Mädchen wieder in der Nacht, als die Siegesfeierlichkeiten mit der Darbietung einer Orkes-Melayu-Kapelle gekrönt wurden. Die Veranstaltung fand wieder auf dem Bolzplatz statt, diesmal benötigten die Zuschauer jedoch keine Eintrittskarten, sodass immer mehr Leute herbeiströmten. Die jungen Leute Halimundas liebten Orkes-Melayu-Abende; hier konnte man sich bewegen und tanzen, ganz gleich, ob man nun vom Alkohol oder vom Rhythmus der Musik beschwingt war. Die Musikgruppe kam mit mehreren Sängerinnen aus der Hauptstadt. Niemand hatte zuvor von ihr gehört, was aber auch niemanden störte.

Die ausnahmslos schnulzigen Lieder erzählten von gebrochenen Herzen, unerwiderter Liebe und untreuen Ehemännern. Trotzdem lächelten und lachten die Sängerinnen mit ihrem sexy Make-up freizügig, egal, wie traurig die Lieder waren, die sie sangen. Dann drehten sie sich mit dem Rücken zum Publikum und schwenkten ihr Hinterteil. Dafür ernteten sie Applaus, worauf sie sich wieder umdrehten und in die Hocke gingen. Die Leute applaudierten ihnen abermals, denn sie trugen Miniröcke, sodass das zu sehen war, was zu sehen beabsichtigt war. Es war dieses Zusammenspiel von rhythmischer Musik, Sinnlichkeit und Rührseligkeit, das die Menschen in dieser Nacht so ausgelassen machte.

Shodancho sah Allamanda ein weiteres Mal, wieder allein. Sie trug

Jeans und eine Lederjacke, und auch diesmal steckte eine Zigarette zwischen ihren süßen Lippen. Shodancho war aufrichtig dankbar dafür, aus dem Urwald zurückgekehrt und in seiner geliebten Stadt einem Engel aus Fleisch und Blut begegnet zu sein. Das Mädchen bewegte sich im Gegensatz zu allen anderen vor der Bühne nicht, es stand neben einem der zahlreichen Essensstände, die rings um den Bolzplatz aufgestellt waren, und schaute dem Treiben zu. Der von der Liebe überwältigte Shodancho hielt den Anblick dieser Schönheit nicht mehr aus und schritt blindlings auf das Mädchen zu. Aufgrund seiner Popularität kam er allerdings nur langsam vorwärts, denn er war gezwungen, die freundlichen Grußworte der Leute zu erwidern. Endlich stand das Mädchen vor ihm, das heißt, er stand vor dem Mädchen und sah ihre umwerfend natürliche Schönheit aus der Nähe. Er versuchte zu lächeln, Allamanda hingegen bedachte ihn mit einem gleichgültigen Blick.

»Es ist nicht gut«, sagte Shodancho, um ein Gespräch mit ihr zu beginnen, »wenn eine junge Frau abends allein unterwegs ist.«

Allamanda sah Shodancho immer noch mit dem Ausdruck der Gleichgültigkeit geradewegs in die Augen und sagte: »Sei nicht albern, Shodancho, ich bin heute Abend mit Hunderten von Leuten unterwegs.«

Mit diesen Worten wandte sich Allamanda zum Gehen und ließ Shodancho, ohne sich von ihm zu verabschieden, einfach stehen.

Shodancho war fassungslos und rührte sich wie angewurzelt nicht von der Stelle. Diese unerwartete Offensive war weit furchtbarer als jede Schlacht, die er bislang erlebt hatte. Er machte kehrt und schritt, Körper und Geist völlig kraftlos, von dannen. »Gibt es eine Guerillastrategie, um die Liebe zu besiegen?«, fragte er sich mit einem kurzen Seufzer.

Er bemühte sich, die Bilder des Mädchens aus seinem Gedächtnis zu vertreiben, doch je mehr er sie zu vergessen versuchte, desto mehr wurde er von ihrem Gesicht mit seinen zur Hälfte japanisch und niederländisch geprägten Zügen und dem leicht indonesischen Einschlag verfolgt. Er versuchte eine Begründung dafür zu finden, warum es unmöglich sein würde, das Mädchen zu lieben. »Denk doch nur«, sagte er beim Schlafengehen, obschon er längst nicht mehr in den Schlaf fand, »das Mädchen ist möglicherweise erst in dem Jahr geboren, als ich Shodancho wurde und den Aufstand plante.« Der

Altersunterschied zwischen den beiden betrug wohl zwanzig Jahre. Und nun musste sich dieser Mann, der einmal Oberbefehlshaber und durch den Präsidenten der Republik Indonesien persönlich in den Rang eines Generals erhoben worden war, einem Mädchen ergeben, das gerade einmal sechzehn Jahre alt war. Je länger er darüber nachdachte, desto schmerzlicher erschien ihm das Ganze, und desto tiefer versank er in dieser endlosen Liebe.

Schließlich wachte er eines Morgens auf und gestand sich ehrlich ein, dass er sich in dieses Mädchen verliebt hatte, und er schwor bei seiner Soldatenehre, dass Allamanda seine Ehefrau werden würde. »Ich werde nicht in den Urwald zurückkehren«, sagte er vor sich her.

Seine zweiunddreißig Soldaten fragten sich unterdessen irritiert, warum Shodancho keine Anstalten machte, aufzubrechen. Sie erwarteten nach wie vor seinen Befehl, bis Tino Sidiq ihn schließlich darauf ansprach: »Wann gehen wir zurück, Shodancho?«

»Zurück, wohin?«, fragte dieser zurück.

»In den Urwald«, antwortete Tino Sidiq, »dorthin, wo wir in den letzten zehn Jahren gelebt haben.«

»In den Urwald zu gehen ist keine Rückkehr«, sagte Shodancho. »Du und ich, wir alle sind hier geboren, in dieser Stadt, in Halimunda. Hierher sind wir in Wirklichkeit zurückkehrt.«

»Willst du nicht mehr zurück in den Urwald?«, fragte Tino Sidiq ein letztes Mal.

»Nein.«

Als Beleg dafür brachte er das Schild an sein früheres Shodan-Quartier an: Militärdistriktkommandant Halimunda. Zu Major Sadrah, der, nachdem er von Shodanchos Entscheidung, in der Stadt zu bleiben, und vor allem von dessen eigenmächtiger Entscheidung, eine Militärdistriktkommandantur einzurichten, gehört hatte, plötzlich bei ihm aufgetaucht war, sagte er kurz und bündig: »Nun bin ich Militärdistriktkommandant, treu dem Soldatenschwur ergeben, und erwarte Befehle.«

»Mach keine Scherze. Du bist General, und dein Platz ist an der Seite des Präsidenten«, sagte Major Sadrah.

»Ich bin bereit, alles zu sein, solange ich nur in dieser Stadt bleiben kann, an der Seite des Mädchens, dessen Name du mir genannt hast«, sagte er im herzzerreißenden Ton. »Und wenn ich ein Hund werden muss.«

Sadrah sah seinen Freund mit einem tiefen mitleidigen Blick an. »Das Mädchen hat schon einen Geliebten«, sagte er nach einem Moment des Zögerns. Unfähig, in Shodanchos Gesicht zu blicken, sah er in eine andere Richtung und fügte hinzu: »Ein junger Mann namens Kliwon.«

Er wusste, dass seine Worte ins Herz stachen.

7

Niemand wusste, wie Genosse Kliwon am Ende Jungkommunist geworden war, denn ohne wohlhabend zu sein, war er doch eher den schönen Seiten des Lebens zugetan. Sein Vater war tatsächlich Kommunist gewesen. Ein talentierter Redenschwinger, der unter der niederländischen Kolonialregierung ungeschoren davongekommen und nicht nach Boven-Digoel verbannt worden war, der dann aber aufgrund seines losen Mundwerks und seiner unzähligen Pamphlete der japanischen Militärpolizei als Kommunist aufgefallen und schließlich hingerichtet worden war. Es gab jedoch keinerlei Anzeichen dafür, dass Kliwon in seine Fußstapfen treten würde. Er war ein kluger Schüler gewesen, hatte sogar zwei Klassen übersprungen, und es schien, als läge ihm die ganze Welt zu Füßen.

Insgesamt erweckte Kliwon eher den Eindruck eines verwöhnten Kindes als eines disziplinierten jungen Kommunisten. Schon früh geriet er zum Anführer der Jungs aus dem Viertel. Zum Spaß drangen sie in Gärten und Pflanzungen ein und stahlen, was immer sie dort vorfanden: Kokosnüsse, Holzscheite oder ein paar Kakaobohnen, die sie noch an Ort und Stelle aufaßen. Oder sie schnappten sich in der Nacht vor Lebaran, dem Fest zum Ende des Fastenmonats, ein Huhn und rösteten es auf dem Feuer, um sich anderntags beim Besitzer zu entschuldigen. Auch wenn der eine oder andere Nachbar über sie schimpfte, so fielen sie doch niemandem allzu lästig, und man ließ sie meist gewähren. Kaum ins Teenageralter gekommen, gingen sie hemmungslos ins Bordell. Um sich das nötige Geld zu verdienen, fuhren sie aufs Meer und halfen den Fischern, die Netze einzuholen, und sobald sie ausbezahlt wurden, suchten sie eine Hure auf. Manchmal aber hatten sie wirklich kein Geld, doch ihre Bordellbesuche hatten dazu geführt, dass sie ihren Trieb nicht mehr im Zaum halten konnten.

Kliwon war ein kluger Junge, dessen Einfälle manches Mal überraschend, oft aber auch schlicht verrückt waren. Einmal nahm er drei seiner Freunde mit ins Bordell, wo sie nacheinander mit einer Prostituierten schliefen. Zuerst hatte die Frau sie aufgefordert, zu zweit aufs Bett zu steigen, denn sie habe, so erklärte sie, eine Öffnung vorne und eine hinten. Aber keiner der Jungen wollte sich eine Öffnung mit einer Kackwurst teilen, daher schliefen sie einer nach dem anderen mit ihr. Kliwon zeigte sich als ein wahrer Anführer, ließ seinen drei Freunden den Vortritt und machte sich erst im Anschluss über die Frau her. Sowie das Schäferstündchen beendet war, musste die Prostituierte zusehen, wie die Jungen durch die Tür stürmten und ohne zu bezahlen verschwanden.

»Ich habe sie gefragt, ob sie mit uns schlafen will«, erzählte Kliwon kurz darauf den Leuten in der Wirtschaft, »und sie hat gesagt, sie wolle.« Die Leute versammelten sich gerne um ihn, um sich seine Geschichten anzuhören, und er fuhr fort: »Wenn sie es will und wir es wollen, warum sollten wir dann also bezahlen?«

Seine Mutter Mina, die nicht wollte, dass ihm dasselbe widerführe wie ihrem Ehemann, versuchte, ihn von den verrückten marxistischen Ideen fernzuhalten. Sie scherte sich daher nicht sonderlich um das, was er trieb, solange er kein Kommunist werden würde. Sie schickte ihn ins Kino, zu Konzerten, sie ließ ihn sich in den Wirtschaften betrinken oder Schallplatten kaufen und war froh darüber, wenn er mit einer Menge Mädchen befreundet war. Sie wusste, dass ihr Sohn mit vielen dieser Mädchen schlief, oder dass viele Mädchen ihn dazu aufforderten, doch das war ihr nur recht. Für sie war dies weitaus besser, als wenn sie ihn eines Tages vor einem Erschießungskommando sehen müsste. »Und wenn er Kommunist werden sollte, dann soll er wenigstens ein glücklicher Kommunist sein«, sagte seine Mutter. Durch ihre jahrelange Ehe mit einem Kommunisten und durch ihre Bekanntschaft mit dessen Genossen war sie zu der Erkenntnis gelangt, dass Kommunisten ständig trübsinnig und unglücklich waren. Derweil die meisten Menschen während der japanischen Besatzung und des Revolutionskriegs schwierige Zeiten durchmachten, ließ Mina ihren Sohn in einer endlosen Blase des Glücks leben.

Im Alter von siebzehn Jahren führte er für die Maßstäbe der Stadt ein wahrhaft strahlendes Leben. Er trug Hosen mit weiten Schlägen und dunkle Hemden sowie glänzend polierte Slipper. Die Mädchen folgten ihm, wohin er auch ging, sie zogen ihm hinterher wie die Schleppe eines Brautkleids, und ihnen wiederum zogen die jungen Männer hinterher. Die Mädchen verliebten sich in ihn und ließen Geschenke auf ihn niederprasseln, die sich dann in seinem Haus anhäuften, als sei es ein Trödelladen. Sie hatten nichts anderes im Kopf als den nächsten Abend und die nächste Party. Auch seine männlichen Freunde schwärmten für ihn, denn er beanspruchte die Mädchen niemals nur für sich allein. Auf diese Weise führten sie ihr Leben. In jenen Jahren waren Kliwon und seine Freunde vermutlich die glücklichsten Menschen in der Stadt.

Damals hatte Kliwon bereits vom einzigartigen Ruf der Prostituierten namens Dewi Ayu gehört, und falls es etwas gab, das sein Glück trübte, dann war es die Tatsache, dass er bis zum Alter von siebzehn Jahren noch nicht mit jener Prostituierten geschlafen hatte, von der alle Welt sprach. Er hatte es bereits mehrere Male versucht, war aber immer zu spät gekommen, da Dewi Ayu nur mit einem Mann pro Nacht zu schlafen bereit war und die Männer ständig Schlange standen. Und wenn er einmal nicht zu spät dran war, dann kam ein Mann, der ihn ausbootete, weil er mehr bezahlte: Mama Kalong räumte immer jenen Männern das Vorrecht ein, die am meisten zu zahlen in der Lage waren. Er war besessen von dem Gedanken, in ihr Zimmer treten und in ihrem Bett liegen zu können. Seine Fantasien gingen so weit, dass er sich manches Mal, wenn er mit einem Mädchen schlief, dabei vorstellte, es handele sich um Dewi Ayu, die er vom Sehen inzwischen kannte.

Zumindest machte ihm Dewi Ayu bewusst, dass nicht alle Frauen verrückt nach ihm waren. Tatsächlich traf es zu, dass verheiratete wie geschiedene oder verwitwete Frauen – wenn auch nicht ganz so ungehemmt wie die jungen Mädchen, die ihm auf Schritt und Tritt folgten – ihm verstohlene Blicke zuwarfen und tief in ihren Herzen den Wunsch hegten, ihn in ihre Schlafzimmer zu schleppen. Er hatte bereits mit einigen dieser Frauen geschlafen, und es sah ganz danach aus, als hätte er es mit allen tun können, sofern er es gewollt hätte, ausgenommen eben mit Dewi Ayu. Nur bei dieser Frau war er sich sicher, dass sie nicht verrückt nach ihm war, dass er im Gegenteil bezahlen musste, wenn er sie wollte. Mehrere Tage lang zerbrach er sich den Kopf darüber, welche Wege es geben könnte, um mit ihr zu schlafen. Es müsste gar nicht lange sein, weniger als fünf Minuten würden ihm bereits reichen. Auch nur ihren Körper zu berühren würde ihn glücklich machen. Schließlich entschloss er sich, zum Haus der Frau zu gehen, etwas, das noch nie ein Mann zuvor getan hatte.

Kliwon mochte Musik und konnte gut Gitarre spielen, zumindest verfügte er über ein großes Repertoire von schnulzigen Liedern und melancholischen Keroncong-Stücken, die er jeweils im Kreis seiner Freunde sang. An einem Sonntag ging er schließlich zu Dewi Ayus Haus, allein, mit seiner Gitarre in der Hand, zurechtgemacht wie ein Straßenmusiker und in der Absicht, diese Frau mit seinem Gesang und seiner Süßholzraspelei zu verführen. Er hatte bereits viele Mädchen, die verrückt nach ihm waren, betört, indem er vor ihren Schlafzimmerfenstern sang. Und so stand er nun auf der Veranda vor Dewi Ayus Haus, begann die Gitarrenseiten zu zupfen und mit seiner Falsettstimme zu singen.

Die Prostituierte schien nicht im Geringsten in Versuchung zu geraten, weswegen er ganze fünf Lieder singen musste, ohne dass jemand die Tür öffnete. Er hatte gehört, dass Dewi Ayu mit ihren drei Töchtern sowie zwei Hausangestellten zusammenlebte und dass es sich um freundliche Leute handelte. Mit diesem guten Vorgefühl blieb er so lange stehen, bis er zehn Stücke gesungen hatte und sich seine Kehle trocken anfühlte. Nach einer geschlagenen Stunde holte er ein Taschentuch hervor und wischte sich die Schweißperlen ab, die ihm an Hals und Stirn glitzerten, während seine Beine ihn kaum mehr tragen konnten. Es gab keinerlei Anzeichen dafür, dass die Hausherrin sich blicken lassen würde. Schließlich legte er die Gitarre auf den Gartentisch und setzte sich auf einen Stuhl. Es flimmerte ihm vor Augen, doch er war entschlossen, nicht aufzugeben.

Offenbar zog das Ende der Darbietung die Aufmerksamkeit der Hausherrin mehr an als der Gesang selbst. Denn plötzlich öffnete sich die Tür, und ein kleines Mädchen von acht Jahren erschien mit einem Glas kalter Limonade, die es auf den Tisch neben die Gitarre stellte.

»Du darfst vor unserem Haus singen, so lange du magst«, sagte es, »aber du hast bestimmt großen Durst.«

Ungelenk erhob sich Kliwon. Nicht wegen der Worte des kleinen Mädchens oder wegen der kalten Limonade, die es ihm anbot, sondern weil er einen bezaubernden Engel vor sich stehen sah. Noch niemals in seinem Leben hatte er ein solch hübsches Mädchen gesehen, obschon er bereits Dewi Ayu gesehen hatte, von der man sagte, sie sei die schönste Frau der Stadt. Er fragte sich, aus welchem Material Gott ein solches Wesen geschaffen haben könnte, denn es kam ihm vor, als ginge von dessen Körper ein strahlendes Licht aus. Dieser Anblick ließ seine Knie mehr zittern als das lange Stehen und Singen, ohne dass ihm jemand Aufmerksamkeit schenkte. Mit bebenden Lippen fragte er stockend: »Wie heißt du?«

»Allamanda, ich bin Dewi Ayus Tochter.«

Ihr Name traf sein Hirn wie ein Hammer. Er griff nach seiner Gitarre und setzte sich in Bewegung wie jemand, der seine Orientierung verloren hat. Mehrmals blickte er sich zu der hübschen Kleinen um, und jedes Mal wandte er sich wieder ab, als hielte er das strahlende Licht, das ihr Körper aussendete, nicht aus.

Er war schon am Gartentor, als das Mädchen ihm nachrief: »Trink doch etwas, bevor du gehst, du bist bestimmt durstig.«

Wie hypnotisiert machte Kliwon kehrt und ging zurück auf die Veranda, nahm das Glas mit der kalten Limonade und trank, während das Mädchen ihn liebenswürdig anlächelnd dabeistand. »Nur weil du sie gemacht hast, trinke ich die Limonade, meine Kleine«, sagte Kliwon und stellte das leere Glas zurück auf den Tisch.

»Da irrst du dich«, sagte Allamanda, »unsere Hausangestellte hat sie gemacht.«

Von diesem Moment an vergaß Kliwon seinen Wunsch, mit der Prostituierten namens Dewi Ayu zu schlafen. Die hübsche Kleine hatte einfach alles zunichtegemacht, sein ganzes bisheriges Leben, möglicherweise auch seine Zukunft. Innerhalb weniger Tage nach dieser kurzen Begegnung änderte sich alles. Er schickte die Mädchen fort, die sich ihm zu nähern versuchten, er lehnte jede Einladung zum Feiern ab, er blieb lieber zu Hause und sinnierte über das erbärmliche Schicksal seiner Liebe: ein Frauenheld, von einem achtjährigen Mädchen außer Gefecht gesetzt. Doch das war nun einmal die Realität, auch wenn niemand ahnte, was geschehen war. Niemand von seinen Freunden wusste von seinem sonntäglichen Gang zu Dewi Ayus Haus, und daher wagte es niemand, über seine neue Zurückgezogenheit zu spekulieren.

Seine Mutter hingegen war sehr beunruhigt, denn in all den Jahren ihrer Fürsorge hatte sie Kliwon noch nie derart niedergeschlagen wie in jenen Tagen erlebt. »Bist du etwa Kommunist geworden?«, fragte sie ihn nahezu verzweifelt. »Nur ein Kommunist ist so trübsinnig.«

»Ich habe mich verliebt«, antwortete Kliwon.

»Das ist ja noch viel schlimmer.« Seine Mutter setzte sich neben Kliwon und streichelte ihm über sein langes, gelocktes Haar. »Geh und spiel Gitarre unter ihrem Schlafzimmerfenster, wie du es sonst immer tust.«

»Das habe ich schon getan, um ihre Mutter zu verführen«, sagte Kliwon, den Tränen nah. »Die Mutter habe ich nicht bekommen, stattdessen habe ich mich Hals über Kopf in deren Tochter verliebt, und es sieht ganz danach aus, als würde ich diese auch nicht bekommen.«

»Warum denn nicht? Gibt es überhaupt ein Mädchen, das dich nicht will?«

»Vielleicht dieses eine«, sagte Kliwon knapp und legte seinen Kopf in Minas Schoß, wie ein verwöhntes Kätzchen. »Ihr Name ist Allamanda. Angenommen, ich müsste Kommunist werden und rebellieren und vor ein Erschießungskommando treten wie Vater und Genosse Salim, um dieses Mädchen zu bekommen, ich würde es tun.«

»Erzähl mir, wie ist dieses Mädchen?«, fragte Mina, die bei dem Schwur ihres Sohnes eine Gänsehaut bekommen hatte.

»Niemand in dieser Stadt, und vielleicht niemand im ganzen Universum, ist schöner als sie. Sie ist schöner als Prinzessin Rengganis, die den Hund heiratete, jedenfalls soweit ich weiß. Sie ist schöner als die Königin des Südlichen Meeres. Sie ist schöner als Helena, die den Trojanischen Krieg auslöste. Sie ist schöner als Diah Pitaloka, die den Krieg zwischen den Königreichen Majapahit und Pajajaran auslöste. Sie ist schöner als Julia, wegen der sich Romeo umbrachte. Sie ist schöner als alle. Ihr ganzer Körper strahlt, ihr Haar glänzt mehr als frisch polierte Schuhe, ihr Gesicht ist so zart, als wäre es aus Wachs gegossen, und es ist, als zöge ihr Lächeln alles um sie herum an.«

»Du würdest gut zu diesem Mädchen passen«, sagte seine Mutter tröstend.

»Das Problem ist, das seine Brüste noch nicht einmal am Sprießen sind, und ihr Schamhaar ebenso wenig. Sie ist gerade einmal acht Jahre alt, Mama.«

Komplett niedergeschlagen suchte Kliwon Erleichterung, indem er Liebesbriefe schrieb, die er jedoch niemals abschickte. Tagelang mühte er sich ab, einen Liebesbrief zu formulieren, der zu einem achtjährigen Mädchen passte, doch blieben all seine Bemühungen vergeblich. Die Briefe endeten stets im Abfalleimer, in Schnipsel zerrissen. Er versuchte es mit einem kindlichen Liebesbrief, doch er schaffte es nicht, seine Liebe zum Ausdruck zu bringen. Er versuchte es auch damit, sein Herz auszuschütten, fragte sich dann aber, ob das Mädchen, so jung wie es war, überhaupt verstehen würde, was er da geschrieben hatte. Schließlich gab er es auf.

Zu jener Zeit hatte Kliwon die Schule bereits beendet, zwei Jahre früher als seine gleichaltrigen Freunde. Während sich alle anderen auf den Weg zur Schule oder zur Arbeit machten, stellte er seiner Liebe nach. Jeden Morgen schlüpfte er aus der Tür und ging zu Dewi Ayus Haus, allerdings setzte er nie einen Fuß in den Vorgarten. Er wartete, bis Allamanda, in Uniform und mit Schultasche und gefolgt von ihrer kleinen Schwester Adinda, erschien. Er ging auf die beiden zu und bot ihnen an, sie zur Schule zu begleiten.

»Bitte sehr«, sagte Allamanda. »Aber gib mir nicht die Schuld, wenn es anstrengend wird.«

Das tat er jeden Morgen. In der Pause stand er unter dem Sapotillbaum vor dem Klassenzimmer, nur um Allamanda zu sehen, wie sie mit ihren Freundinnen spielte. Wenn es Zeit für den Heimweg war, wartete er am Schultor, um sie zurück nach Hause zu begleiten. Wenn das Kind im Unterricht oder zu Hause war, dann fühlte sich Kliwon wieder niedergeschlagen. Sein Körper fiel mit einem Mal zusammen, und er ging orientierungslos umher.

»Hast du nichts anderes zu tun, als neben uns herzulaufen?«, fragte ihn Allamanda eines Morgens.

»Du weißt eben nicht, was es bedeutet, verliebt zu sein«, erwiderte er darauf.

»Spielzeugverkäufer verfolgen Kinder auch auf Schritt und Tritt«, sagte Allamanda. »Also, wenn man das ›verliebt sein‹ nennt, dann weiß ich jetzt, was es bedeutet.«

Das Mädchen flößte ihm richtiggehend Angst und Schrecken ein, es ließ ihn mehr erschaudern, als wenn er einem Dämon begegnet wäre. Wenn er nachts von ihr träumte, dann waren es Albträume, aus denen er auf einen Schlag erwachte, mit steifen Gliedern, schweißgebadet und nach Luft schnappend. Nach einiger Zeit geriet ihre unterkühlte, auf den Fußweg zwischen Haus und Schule beschränkte

Beziehung in eine Krise. So konnte es nicht weitergehen. Er brach zusammen, und dies war der erste Tag, an dem er das Mädchen nicht zur Schule begleitete. Er hatte es zwar versucht, war jedoch nur bis zur Haustür gekommen.

Mina schleppte ihren Sohn ins Bett zurück, legte kühle Kompressen auf seine Stirn und sang ihm sanfte Weisen vor, so wie sie es getan hatte, wenn er als kleiner Junge Fieber bekam. »Nur Geduld«, sagte sie, »in sieben Jahren ist sie alt genug, um dich zu lieben.«

»Das Problem ist«, antwortete er ihr leise, »ich werde an Liebeskummer gestorben sein, bevor dieser Tag gekommen ist.«

Seine Mutter suchte mehrere Heiler auf, und diese boten ihr verschiedene Rezepturen sowie Mantras an, die das Objekt der Begierde blind vor Liebe machen würden. Mina allerdings lehnte derlei Dinge ab. Kliwon würde außer sich vor Wut geraten, wenn er erführe, dass er die Liebe des Mädchens nur mit der Hilfe eines Heilers gewonnen hätte. Daher bat sie lediglich nach einem geeigneten Mittel, um die außer Rand und Band geratene Liebessehnsucht ihres Sohnes einzudämmen.

»Dagegen hat es noch nie etwas gegeben«, sagte der letzte Heiler, den sie aufsuchte, nachdem alle anderen bereits das Gleiche gesagt hatten.

»Was soll ich also tun?«

»Abwarten, bis sich die Lage klärt: Entweder gewinnt er ihre Liebe, oder er stirbt mit diesem Schmerz in der Brust.«

Als Kliwon von seinem Fieber fast vollständig genesen war, versuchte Mina es mit einem althergebrachten Heilmittel: ihn glücklich machen. Sie munterte ihn auf, am Strand spazieren zu gehen, im Park zu sitzen und die Hirsche und Affen zu füttern. Sie verwickelte ihn in Gespräche über alles Mögliche, außer über das kleine Mädchen namens Allamanda, und sie verwöhnte ihn wie ein sechsjähriges Kind.

Unterdessen hatten nach und nach auch alle seine engen Freunde erfahren, was geschehen war. Mina hatte es ihnen in der Hoffnung erzählt, sie könnten ihm dabei helfen, das vertrackte Problem zu lösen. Sie luden ihn wie früher zu ihren Partys ein, forderten ihn auf, Gitarre zu spielen und zu singen. Sie stifteten ihn an, Hühner der Nachbarn und Fische aus den Teichen zu stehlen, sie brachten ihn dazu, mit ihnen in die Berge zu gehen, dort zu zelten und ausgelassene Lagerfeuerfeste zu feiern. Einige Mädchen versuchten ihn sogar aufs Neue zu verführen, um sein Herz zu gewinnen oder seine Lust anzustacheln. Eine zerrte ihn gar ins Zelt, zog ihn nackt aus und erigierte seinen Penis. Er wollte mit ihr schlafen, doch der alte Kliwon kam dadurch nicht zurück. Er hatte seinen übersprudelnden Sinn für Humor verloren, seinen verschmitzt-vergnügten Gesichtsausdruck, und selbst sein Lustgefühl hatte er verloren, das früher in den Betten aufgewallt war.

Sämtliche Anstrengungen schienen erfolglos zu bleiben, auch Kliwon ahnte das. Er war verflucht, auf diese Weise leiden zu müssen, und nur die Liebe dieses kleinen Mädchens vermochte ihn davon zu erlösen. Er stellte sich vor, wie er sie entführte, sie zu einem fernen Ort brachte, tief im Wald vielleicht. Zu zweit würden sie in einer Höhle leben oder in einem Tal wilde Ziegen hüten. Er selbst würde sich um sie kümmern, sie beschützen, dafür sorgen, dass sie zu einer jungen Frau heranwuchs, bis die Zeit gekommen war, ihre Liebe zu empfangen. Er verließ seine Freunde und wartete eines Morgens wie zuvor auf das kleine Mädchen vor ihrem Haus. Das Mädchen war überrascht, ihn nach der langen Zeit wiederzusehen, und sprach ihn an: »Wie geht's? Ich habe gehört, du seist krank gewesen.«

»Ja, ich war krank vor Liebe.«

»Ist die Liebe eine Art Malaria?«

»Viel schlimmer.«

Das Mädchen schauderte, dann schritt sie, ihre kleine Schwester bei der Hand nehmend, in Richtung Schule.

Kliwon schloss zu ihr auf und ging mit leidendem Gesichtsausdruck neben ihr her, bevor er endlich sprach. »Hör zu, kleines Mädchen«, sagte er: »Willst du mich lieben?«

Allamanda blieb stehen und sah ihn an, dann schüttelte sie den Kopf.

»Warum nicht?«, fragte Kliwon enttäuscht.

»Du hast selbst gesagt, dass die Liebe viel schlimmer ist als Malaria.« Allamanda griff erneut nach der Hand ihrer Schwester und setzte ihren Weg fort. Sie ließ Kliwon zurück, der darauf einen neuerlichen, noch viel stärkeren Fieberschub erlitt.

Als Kliwon dreizehn Jahre alt war, kam ein Mann zu ihrem Haus mit einem merkwürdigen Anliegen: »Erlaubt mir, hier zu sterben.«

Mina konnte ihm diese Bitte nicht abschlagen, sodass sie ihn ins

Haus bat und ihm etwas zu trinken anbot. Kliwon wusste nicht, auf welche Weise der Mann in ihrem Haus sterben würde. Vielleicht würde er an Hunger sterben, denn er sah aus, als hätte er seit Tagen nichts gegessen. Als seine Mutter den Gast aufforderte, mit ihnen zu Abend zu essen, aß dieser jedoch mit solchem Heißhunger, als wolle er das Sterben doch noch ein bisschen aufschieben. Er verputzte alles, was man ihm vorsetzte, selbst auf den Gräten der gesalzenen Fische kaute er herum und ließ nicht den kleinsten Rest übrig. Nachdem er satt und zufrieden gerülpst hatte, öffnete er noch einmal den Mund. »Wo ist der Genosse?«

»Von den Japanern erschossen«, sagte Kliwons Mutter knapp.

»Und der Junge?«, fragte der Gast. »Ist das euer gemeinsamer Sohn?«

»Natürlich«, antwortete die Mutter etwas schroff, »er ist mit Sicherheit nicht das Kind von einem wilden Schwein.«

Der Gast hieß Salim. Obwohl es offensichtlich war, dass Mina den Besuch des Mannes nicht schätzte, bestand dieser darauf, bei ihnen zu bleiben. »Lass mich im Badezimmer wohnen und Reisbrei wie die Hühner essen, aber erlaub mir, hier zu sterben«, sagte er.

Kliwon versuchte, seine Mutter davon zu überzeugen, dass es besser war, den Mann im Haus sterben zu lassen anstatt in der Gosse. Schließlich erhielt Salim den Raum am Eingang, der für Besucher gedacht, aber bisher noch von niemandem benutzt worden war. Kliwon versprach, ihm zu essen bringen, bis er sterben würde.

Er war kein Wandersmann. Denn als er seine Schuhe auszog, sah Kliwon, dass die Haut an seinen Füßen mit Blasen übersät war. »Du siehst aus, als wärst du auf der Flucht«, sagte Kliwon.

»Ja, morgen werden sie kommen, um mich hinzurichten.«

»Hast du jemanden überfallen?«, fragte Kliwon wieder.

»Die Republik Indonesien.«

Das Gespräch, das nun folgte, sollte in einer Freundschaft münden. Salim gab dem Jungen seine Schirmmütze mit den Worten, er selbst habe sie bekommen, als er in Russland war, und er erklärte, alle russischen Arbeiter trügen solche Schirmmützen. Er habe bereits viele Länder bereist, sagte er, seit dem Jahr 1926.

»Das war aber keine Ferienreise«, sagte Kliwon.

»Da hast du recht, ich war auf der Flucht.«

»Wen hast du denn damals überfallen?«, fragte Kliwon wieder.

»Niederländisch-Indien.«

Der Mann war also ein Aufständischer. Und ein Kommunist, denn sein Rufname war »Genosse« Salim. Er war einer von diesen alten Kommunisten aus dem kleinen Kreis von Leuten, die ihr Gedankengut von dem niederländischen Kommunisten Henk Sneevliet hatten. Er gab zu, sich der Kommunistischen Partei Indonesiens bereits kurz nach deren Gründung angeschlossen und deren Vorsitzenden Semaun gut gekannt zu haben. Er habe sogar dem kommunistischen Philosophen und Aktivisten Tan Malaka, als dieser während ihrer gemeinsamen Zeit in Semarang an TBC litt, jeden Morgen Milch eingeflößt. Die PKI, die Partai Komunis Indonesia, sei, so erklärte er stolz, die erste Partei, die Indonesien im Namen getragen habe. Und es sei die erste Partei, die sich gegen die Kolonialregierung aufgelehnt habe, ergänzte er. Schon vor ihrem Widerstand hätte Niederländisch-Indien sie gehasst. Sneevliet wurde 1919 verbannt und sein Freund Semaun vier Jahre später aus dem Land geworfen, ein Jahr nach Tan Malaka. Andere Persönlichkeiten, unter anderem Salim selbst, hätten daraufhin ihre Sachen gepackt, bereit, des Landes verwiesen oder ins Gefängnis gesperrt zu werden.

Die Kolonialregierung beschloss letztendlich, ihn im Januar 1926 festzunehmen. Offenbar hatte sie von ihrem etwa einen Monat zuvor in Prambanan besprochenen Plan, einen Aufstand durchzuführen, Wind bekommen. Salim kam nicht ins Gefängnis, denn er war bereits gemeinsam mit einigen anderen nach Singapur geflohen. Dies sei das erste Mal gewesen, dass er auf Wanderschaft ging, auch wenn er kein Wandersmann war. »Wenn ein Kommunist nicht vorhat, sich aufzulehnen«, sagte er zu Kliwon, »dann glaub ihm nicht, dass er Kommunist ist.«

Es war merkwürdig, wie er auf dem Bett lag: völlig nackt. Er hatte sämtliche seiner schmutzigen und nach Dreck riechenden Kleidungsstücke ausgezogen und auch Kliwons gut gemeintes Angebot abgelehnt, ihm alte Kleider seines Vaters zu borgen. Erst verwirrte es Kliwon, den alten Mann nackt vor sich liegen zu sehen, doch nach einer Weile versuchte er, ihm so unbeschwert wie möglich auf dem Stuhl neben der Tür gegenüberzusitzen.

»Ich möchte mit nichts sterben«, sagte Genosse Salim und erklärte: »Ich befürchte, sie könnten mich erschießen, bevor ich aufwache.«

»Wenn du davor Angst hast, dann schlaf doch nicht ein«, wandte

Kliwon ein. »Wenn du tot bist, kannst du ganz lange schlafen. Für immer.«

Das stimmte. Und daher bemühte sich Salim, seine Augen offen zu halten, wobei auch Kliwon klar war, dass der Mann sehr erschöpft sein musste. Um zu vermeiden, dass er einschlief, sprach Genosse Salim ohne Unterlass. Manchmal war das, was er sagte, kaum zu hören, häufiger aber klang es wie ein Klagen, und Kliwon dachte, er redete im Delirium. Er erzählte, dass er den Präsidenten der Republik gut kenne. In Surabaya hätten sie in derselben Unterkunft gewohnt, hätten sich von denselben Personen unterweisen lassen und sich manches Mal in die gleiche Frau verliebt. Und als er das erste Mal nach seiner Flucht und nach seinem Moskauaufenthalt wieder das Land betrat, traf er sich sogleich mit dem Präsidenten der Republik. Sie hätten sich mit Freudentränen in den Augen umarmt. »Wenn du mir nicht glaubst, eines Tages wirst du es aus der Zeitung erfahren«, sagte er. »Aber jetzt schickt genau dieser Mann Soldaten, um mich erschießen zu lassen.«

»Warum?«, fragte Kliwon.

»Das passiert, wenn du anderer Leute Besitz stiehlst«, erwiderte Genosse Salim.

»Wen hast du sonst noch bestohlen?«

»Das habe ich dir schon gesagt: die Republik Indonesien.«

Die Unentschlossenheit, sagte er, sei die Ursache für das Scheitern des Aufstands der Kommunistischen Partei im Jahr 1926 gewesen. Er habe sich nach seiner ersten Flucht mit Tan Malaka in Singapur getroffen, um den Aufstand zu besprechen. Tan Malaka sei derjenige gewesen, der sich am vehementesten dagegen ausgesprochen habe, mit der Begründung, die Kommunisten seien dafür noch nicht bereit. Salim sei daraufhin nach Moskau gereist, um die Einschätzung der Komintern einzuholen, diese sei jedoch noch entschiedener dagegen gewesen. »Ich wurde sogar für drei Monate von Stalin festgesetzt«, sagte Genosse Salim, »für eine Re-Indoktrinierung.« Allerdings habe ihn die Idee des Aufstands nicht mehr losgelassen. Als er Moskau verlassen durfte, sei er mit dem Entschluss nach Singapur zurückgekehrt, diesen Aufstand auch ohne jedwede Unterstützung durchzuführen, und sei es im Guerillakampf. Der Aufstand war aber offenbar bereits ausgebrochen, und er war gescheitert. Die Kolonialregierung zerschlug die Kommunistische Partei und verbot sämtliche ihrer Aktivitäten. Der Großteil ihrer Verantwortlichen wurde festgenommen und zum Teil nach Boven-Digoel verfrachtet. Das Ärgerlichste war, dass die Komintern inzwischen den Aufstand befürwortete, wie ein Scherz, dessen Pointe zu spät kam. »Ich wurde wieder nach Moskau abgezogen«, sagte er, »um die Schulbank zu drücken.« Er erklärte, dass man die Idee eines weiteren Aufstands zu einem geeigneteren Zeitpunkt nicht aufgeben solle. Doch er habe gehört, dass einige der Kommunisten, die man in Boven-Digoel festhielt, inzwischen aufgegeben und es vorgezogen hatten, mit der Kolonialregierung zusammenzuarbeiten. Wer sich nach wie vor widersetzte, wurde an einen noch entlegeneren Ort verbannt, dorthin, wo die Malaria sie erbarmungslos töten konnte.

Genosse Salim erhob sich, um zur Toilette zu gehen, und Kliwon bedeckte den Körper des Mannes eilig mit einem Sarong und sagte: »Meine Mutter wird lauthals schreien, wenn sie dich splitternackt durchs Haus laufen sieht.«

Obwohl er sich den Sarong umlegen ließ, gab Genosse Salim zurück: »Was macht das für einen Unterschied? Morgen wird sie mich splitternackt *und* tot sehen.«

Sie setzten ihr Gespräch fort, dieses Mal auf der Veranda, wobei Genosse Salim weiterhin nur mit dem Sarong bekleidet war. Von dort, wo sie saßen, konnten sie auf die dunkle Weite des Meeres sehen, gesprenkelt mit den hellen Lichtpunkten der Fischerboote, und das ruhige Schlagen der Wellen hören. Der Junge fragte, was die Kommunisten suchten, und Genosse Salim antwortete, »den Himmel«. Punkt Mitternacht beobachteten sie, wie ein Lastwagen auf der Straße vorüberfuhr, er war voll besetzt mit KNIL-Soldaten, die aber die beiden, die auf der unbeleuchteten Veranda saßen, nicht entdeckten.

Die Welt habe sich verändert, sagte Genosse Salim. Europäische Länder hätten über Hunderte von Jahren mehr als die Hälfte der Erdoberfläche beherrscht, daraus Kolonien gemacht und sich alles, was sie dort finden konnten, einverleibt und mit nach Hause genommen, um reich zu werden. Nicht aber Deutschland und Japan. Doch jetzt seien sie ebenso mächtig wie alle anderen entwickelten Länder und forderten entsprechend ihren Anteil. Dies sei der Grund für diesen ganzen Krieg, ein Krieg zwischen gleichermaßen raffgierigen Ländern. Genosse Salim fragte nach einer Zigarette, darauf holte Kliwon Tabak aus seinem Schlafzimmer. Die Einheimischen seien erbarmenswürdige Menschen, erbärmlicher ginge es nicht. Nach den vielen Jahren, in denen sie von Königen belogen und betrogen worden waren, kamen plötzlich die Europäer. Diesen war nicht einmal das unverhältnismäßige Ehrempfinden ein Begriff, das im Lande Java noch immer existierte. Die javanischen Bauern mussten sich auf der Straße verbeugen, sobald nur eine niederländische Frau an ihnen vorüberging. Und das bei all der Zwangsarbeit, die sie für die Kolonialregierung leisten mussten, und bei all den Zwangsabgaben auf ihre Ernteerträge. Der Kommunismus wurde aus einem schönen Traum geboren, nämlich dass es so etwas nie mehr auf der Erde gibt, dass es nie mehr faule Leute gibt, die vortrefflich speisen, während andere hart arbeiten aber hungern. Kliwon fragte, ob die Revolution der Weg sei, diesen schönen Traum zu erfüllen.

»Ganz recht«, antwortete Genosse Salim, »die Unterdrückten haben nur ein Mittel, sich zu widersetzen: Amok. Und ich sage dir, die Revolution ist nichts anderes als ein gemeinschaftlicher Amoklauf, organisiert von einer Partei.«

Das sei auch der Grund, warum die Kommunisten letzten Endes einen Aufstand durchführen müssten. Denn die Bourgeoisie würde sich niemals auf ein Friedensangebot einlassen. Sie würde weder ihren Reichtum freiwillig abtreten noch ihr bequemes Leben aufgeben. Sie würde nie etwas teilen, denn sobald sie sich darauf einließe, gäbe es niemanden mehr, der den Kaffee servierte, die Kleider wusch, die Maschinen reparierte und die Kakaobohnen pflückte. In der Welt des Kommunismus hätten alle Menschen das Recht, faul zu sein, und umgekehrt müssten alle Menschen gleichermaßen bei der Arbeit mit anpacken. »Die Bourgeoisie wird dies niemals akzeptieren, daher ist der einzige Weg der Aufstand.«

Er sei wenige Tage vor den Feierlichkeiten zur Unabhängigkeit aus dem Ausland zurückgekehrt. Seit drei Jahren bestünde die Republik, doch die Niederländer seien nach wie vor überall. Noch enttäuschender sei, dass die Republik alle Auseinandersetzungen sowohl auf den Schlachtfeldern als auch an den Verhandlungstischen verloren hatte und nur wenige Gebiete im Landesinneren kontrollierte. Er habe sich mit dem Präsidenten der Republik, seinem alten Freund, getroffen, der gleich zu ihm sagte: »Hilf uns, das Land zu stärken und die Revolution voranzutreiben.«

»Das ist tatsächlich meine Pflicht. *Ik kom hier om orde te scheppen*«, sagte er. Ich bin gekommen, um Ordnung zu schaffen.

Er glaubte aber, dass die Wurzeln dieses Chaos vor allem beim Präsidenten der Republik selbst lagen sowie beim Vizepräsidenten, bei den Ministern und bei den Parteiangehörigen. »Zur Zeit der Japaner haben sie das Volk quasi als Zwangsarbeiter verkauft, heute verkaufen sie das Land an die Niederländer«, sagte er. Die einzige Gruppierung, der er noch vertraute, sei die Kommunistische Partei Indonesiens. Er sei von der Partei mit offenen Armen empfangen worden, auch wenn er sich nicht gescheut habe, die PKI wegen grundlegender Fehler bei der Ausrichtung ihres Kampfes offen zu kritisieren. Er wollte sie umgestalten, und man ließ ihm freie Hand, diesem Heiland, der soeben aus Moskau gekommen war. Ein Monat nach seiner Ankunft brach der Aufstand schließlich in Madiun aus. Ja, natürlich waren es die Kommunisten gewesen. Er selbst habe sich zu dem Zeitpunkt nicht dort befunden, habe sich aber schließlich auf den Weg dorthin gemacht und seine moralische Unterstützung zugesichert. Der Aufstand habe aber nur eine Woche lang gedauert, und seither sei er auf der Flucht. »Darum bin ich jetzt hier und warte darauf, dass mein Grab geschaufelt ist.«

»Du hast schon einen langen Weg hinter dir«, sagte Kliwon, »es ist noch Zeit, wenn du weiter fliehen willst.«

»Ich habe schon zwei Aufstände miterlebt, und beide sind sie gescheitert, das reicht, um zu wissen, wo ich stehe«, sagte der Mann mit untröstlicher Bitternis in seiner Stimme. »Für mich ist der Zeitpunkt zu sterben gekommen; selbst wenn ich weglaufen wollte, so würde ich meinem Schicksal nicht entgehen.«

Kliwon konnte seinem Gedankengang nicht recht folgen. »Wenn du stirbst, ist alles vorbei«, sagte der Junge.

Genosse Salim blinzelte im Abendwind, der über sein Gesicht streifte. »Nun bist du an der Reihe, Genosse.« Genosse Salim gestand, dass er kein guter Marxist sei, dass er die Klassentheorie noch nicht zur Gänze verstanden habe, doch sei er davon überzeugt, dass die Ungerechtigkeit, auf welche Weise auch immer, bekämpft werden müsse. Es gebe keine Marxisten in diesem Land, sagte er. Es gebe lediglich das einfache Volk, das hungerte, das viel mehr arbeitete, als es dafür bekäme, das sich buckeln müsse, wenn ein hohes Tier auftauchte, und das nur einen einzigen Weg kannte, sich von alldem zu befreien: den Widerstand. »Denk darüber nach«, sagte er, »es gibt Tausende Arbeiter in den Zuckerfabriken. Sie arbeiten das ganze Jahr über, während die Fabrikbesitzer in aller Behaglichkeit in ihren Ferienhäusern am Fuß der Berge leben. Die Arbeiter bekommen einen Lohn, der nur bis zum nächsten Zahltag reicht, während die Plantagenbesitzer ihre Riesengewinne abschöpfen. Das Gleiche geschieht auf den Teeplantagen. Das ist der Grund, warum wir uns widersetzen müssen; und der Spruch von Marx, der sich in unsere Herzen schreibt, lautet: Proletarier aller Länder, vereinigt euch!«

Mit dem ersten Hahnenschrei, der aus der Ferne herüberklang, ebbte ihr Gespräch allmählich ab, es war, als läge der Geruch des Todes in der Luft. Genosse Salim saß schweigend auf seinem Stuhl, wie vorzeitig gestorben. Er war allerdings nicht eingeschlafen, im Gegenteil, er war hellwach und erwartete geduldig den Anbruch seines letzten Morgens. »Wie fromme Menschen daran glauben, dass sie in den Himmel kommen, hat ein wahrer Kommunist keine Angst vor dem Tod«, sagte er leise, fast unhörbar.

»Glaubst du an Gott?«, fragte Kliwon zögerlich.

»Das ist irrelevant«, antwortete er. »Es ist nicht die Sache des Menschen, darüber nachzudenken, ob Gott existiert oder nicht, vor allem dann nicht, wenn dir bewusst ist, dass vor deiner Nase ein Mensch den anderen tritt.«

»Dann wirst du in die Hölle kommen.«

»Ich würde lieber in die Hölle kommen, denn mein ganzes Leben habe ich damit verbracht, die Unterdrückung des Menschen durch den Menschen zu beseitigen.« Er fuhr fort: »Wenn ich meine Meinung äußern darf: Die Welt ist die Hölle, und es ist unsere Aufgabe, einen Himmel zu schaffen.«

Sein letzter Morgen brach an, und wie Genosse Salim gesagt hatte, erschien plötzlich eine Einheit der republikanischen Truppen, angeführt von einem Hauptmann, um ihn hinzurichten. Da Halimunda zu den von der KNIL besetzten Gebieten gehörte, waren die Männer heimlich und in Zivilkleidung gekommen. Sie umstellten Genosse Salim, während dieser wie zuvor schweigend mit Kliwon auf der Veranda saß.

»Er will nackt sterben, so rein wie ein frisch geborenes Baby«, sagte Kliwon.

»Das ist ausgeschlossen«, sagte der Hauptmann. »Niemand will sein Geschlecht herumbaumeln sehen, er ist Kommunist.«

»Es ist aber sein letzter Wunsch.«

»Ausgeschlossen.«

»Wenn das nicht möglich ist, dann tut es im Badezimmer«, sagte Kliwon. »Vielleicht will er erst noch scheißen. Lasst ihn nackt sein, und dann schießt.«

»Kommunist Nummer eins stirbt im Badezimmer«, sagte der Hauptmann und senkte seinen Kopf zustimmend. »Eine gute Geschichte für die Geschichtsbücher.«

Und so kam es schließlich. Genosse Salim legte seinen Sarong ab, rieb sich mit Erde ein und holte noch einmal tief Luft, als wolle er der Welt auf Wiedersehen sagen. Kliwon, der hoffte, dass der ungewohnte Lärm am frühen Morgen nicht seine Mutter aufwecken würde, und der Hauptmann sowie einige der Soldaten folgten Genosse Salim zum Badezimmer. Im Badezimmer sang dieser *Blut des Volkes* und *Die Internationale*, was Kliwon zu Tränen rührte. Sowie Genosse Salim das zweite Lied zu Ende gesungen hatte, steckte der Hauptmann seine Pistole durch die einen Spalt weit geöffnete Tür und gab drei Schüsse ab. Genosse Salim starb nackt im Badezimmer. Als er geboren wurde, hatte er nichts, und als er starb, besaß er ebenfalls nichts.

Mina, von den Pistolenschüssen aufgeweckt, kam herbeigelaufen, um nachzusehen, was passiert war, und traf auf ein paar Soldaten, die sich an einer Männerleiche zu schaffen machten, sowie auf ihren Sohn, der die Szene beobachtete. »Du hast mitangesehen, wie dein Vater von den Japanern hingerichtet wurde«, sagte sie. »Nun siehst du diesen Mann in der Hand der republikanischen Armee sterben. Denk also nicht einmal im Traum daran, Kommunist zu werden!«

»Es sind viele Könige aufgehängt worden«, sagte Kliwon, »das hält die Leute nicht davon ab, König sein zu wollen.«

»Hat er dich in der letzten Nacht mit seinen Ideen angesteckt?«, fragte Mina leicht besorgt.

»Zumindest hat er dafür gesorgt, dass ich mich erkältet habe.«

Die Soldaten trugen den Leichnam bis zur Straßenkreuzung. Sie brauchten sich nicht vor der Patrouille der KNIL-Soldaten zu fürchten, denn so früh am Morgen waren diese sicherlich noch nicht aufgestanden. Kliwon folgte ihnen und beobachtete, wie sie die Leiche des Genossen Salim mitten auf der Straße ablegten. Er stand unter den Leuten, die inzwischen herbeigekommen waren, um sich den Toten, den drei Blut spuckende Einschusslöcher zierten, anzusehen. Der Junge trug die Schirmmütze, die Salim ihm gegeben hatte und die er auch viele Jahre später am Tag seiner eigenen Hinrichtung tragen sollte. Ein Soldat übergoss den Leichnam mit Petroleum, und ein anderer Soldat warf ein brennendes Zündholz darauf. Der Körper brannte augenblicklich und verbreitete den Gestank von geröstetem Hirschfleisch.

»Wer ist das?«, fragte ein Mann.

»Auf jeden Fall kein Schwein«, sagte Kliwon.

Der Junge wartete, bis das Feuer erloschen und der Trupp Soldaten verschwunden war. Dann sammelte er die Asche auf, tat sie in eine kleine Dose und nahm sie mit nach Hause.

Seine Mutter beunruhigte Kliwons überspanntes Verhalten und merkte an, dass die Asche dieses Leichnams Unglück bringen würde. »Und nimm die Schirmmütze ab.«

Er nahm die Schirmmütze ab und legte sie auf den Tisch, dann stieg er in sein Bett.

»Gepriesen sei Gott«, sagte seine Mutter, »du bist ein braves Kind.«

»Versteh das nicht falsch, Mama«, sagte Kliwon. »Ich habe die Schirmmütze abgenommen, weil ich heute Nacht kein Auge zugetan habe und jetzt schlafen will.«

Er saß auf dem Gehsteig vor einem geschlossenen Geschäft, ein Werbeplakat für Zigaretten zerzupfend, das er wahllos von der Wand des Ladens gerissen hatte. Während er über seine unglückliche Liebe sinnierte, sah er den vorbeifahrenden Autos nach und fragte sich, ob es wohl einen elenderen Menschen gab als ihn. Seine Mutter und seine Freunde hatten ihm nahegelegt, sich mit etwas abzulenken, was ihm Freude machte, er aber meinte, es gebe nichts, was ihm Freude machte, außer die Liebe des kleinen Mädchens.

»Geh und such Leute, die noch unglücklicher sind als du«, sagte Mina schließlich, »vielleicht fühlst du dich dann etwas besser.«

Die Ersten, die ihm einfielen, waren sein Vater und Genosse Salim, beide hingerichtet. Leider hatte Mina nicht bedacht, dass ihr Vorschlag bei Kliwon Erinnerungen an diese beiden Männer wachrufen könnte. Eine ganze Woche lang saß er auf dem Gehsteig, um die unglücklichen Menschen zu sehen, von denen Salim gesprochen hatte, aber auch sein Vater, als er noch klein war. Er wollte die Leute sehen, die in einem deutschen oder amerikanischen Auto vorüberfuhren, während neben ihm ein Bettler saß, dessen Körper mit eitrigen Wunden und Geschwüren übersät war. Er wollte die jungen Frauen sehen, die auf dem Weg zum Markt waren, in Begleitung von Hausangestellten, die für sie den Korb und einen Schatten spendenden Sonnenschirm trugen. Er wollte all die sozialen Widersprüche mit eigenen Augen sehen. Er wollte sich ablenken, indem er sich sagte, wie bemitleidenswert ein Mann war, den die Liebe zugrunde richtete, während andere halb tot waren, weil sie zu hart arbeiteten oder verhungerten.

Er hatte das Haus inzwischen vor über einem Monat verlassen und lebte mittellos unter den Obdachlosen und Bettlern. Sein ehemals kräftiger Körper war nur mehr ein Haufen Knochen, und sein Haar blich langsam rötlich aus und war steif wie das Ende eines Besens. Er verstellte sich in keiner Weise, er versuchte lediglich, sein Leiden durch ein anderes Leiden auszumerzen. Er aß das, was andere ihm gaben, und wenn ihm niemand etwas zu essen gab, dann durchwühlte er die Mülltonnen zusammen mit den Obdachlosen, den Hunden und Ratten.

Es gab keine Mädchen mehr, die ihm überallhin folgten, im Gegenteil. Begegnete ihm ein Mädchen, ohne zu ahnen, dass er jener Kliwon war, nach dem sie einmal verrückt gewesen war und mit dem sie möglicherweise geschlafen hatte, hielt sie sich die Nase zu, spuckte aus und wandte ihr Gesicht ab, bevor sie ihren Schritt beschleunigte. Die kleinen Kinder bewarfen ihn sogar mit Steinen, sodass er oft mit Wunden und blauen Flecken übersät war, und auch die Hunde jagten ihn, als sei er ein Stachelschwein, eine leichte Beute zum Fressen.

Selbst Mina erkannte ihn nicht, als er eines Tages zu ihrem Haus kam, stattdessen sagte sie zu ihm: »Wenn du einem Bettler namens Kliwon begegnest, dann schick ihn nach Hause, sag ihm, seine Mutter läge im Sterben und wollte ihn noch einmal sehen.«

Kliwon nahm einen Teller Reis von seiner Mutter entgegen und antwortete: »Du siehst ganz und gar nicht aus, als würdest du bald sterben wollen.«

»Eine kleine Lüge schadet doch nicht.«

Nach einer Weile begann er, dieses Leben zu führen, als sei es völlig normal. Allmählich gelang es ihm, Dinge zu vergessen: seine Mutter und das Haus, die Mädchen und seine Freunde, vor allem aber Allamanda, obwohl Letztere ab und zu noch durch seine Gedanken geisterte. All das war ausgelöscht durch die tägliche Routine der Obdachlosigkeit. Anstatt an diese und ähnliche Dinge zu denken, war nun die Suche nach einem Schälchen Reis oder nach einem sicheren

Schlafplatz weitaus wichtiger geworden. Befreit von all den komplizierten Gedanken, war er ein glücklicher Bettler – bis zu dem Tag, als Komplikationen in Gestalt einer jungen Bettlerin namens Isah Betina daherkamen.

Er sah sie zwei Mal. Einmal, als sie an ihm vorüberging, hübsch, auch wenn sie nach Wochen ohne Wasser und Seife zum Himmel stank. Das zweite Mal, als sie gerade von fünf Obdachlosen am Rand der Müllhalde vergewaltigt wurde und sie ihre Peiniger trotz erbitterter Gegenwehr nicht abschütteln konnte. Ihr lautes Wehklagen drang durch Mark und Bein. Es störte seinen Mittagsschlaf, den er in seinem Verschlag aus Pappkartons hielt, sodass er diesen mit einer Machete in der Hand verließ. Zwei Männer hatten die Frau bereits vergewaltigt, sie lachten hämisch und wischten sich ihr Geschlechtsteil mit dem Hemdsaum ab. Ein anderer Mann stieß gerade mit seiner Lanze zu, rein-raus, keuchend. Ein weiterer knetete ihre Brüste, und der fünfte wartete ungeduldig auf seinen Zug und rieb sich den Penis mit der Hand. Die Frau wehrte sich nun nicht mehr.

»Überlasst mir die Frau«, sagte Kliwon, deutlich und entschlossen.

Einer der beiden Männer, die die Frau bereits vergewaltigt hatten, schien der Anführer dieser Gruppe von Obdachlosen zu sein. Er baute sich vor ihm auf und krempelte die Hemdärmel hoch.

»Ich sagte, überlasst mir die Frau«, wiederholte Kliwon.

»Nur über meine Leiche kannst du hier beim Ficken mitmachen«, erwiderte der Schrank von einem Mann.

»Na schön.« Und bevor auch nur einer von ihnen die Machete bemerkte, die Kliwon hinter seinem Rücken verbarg, hatte er bereits die Kehle des Mannes durchschnitten. Aus der klaffenden Wunde spritzte das Blut, der Hals war beinah durchtrennt, und nach wenigen Augenblicken fiel der Mann tot zu Boden. Kliwon schritt über die Leiche und ging auf die übrigen vier Männer zu. »Jetzt bin ich über seine Leiche gegangen, also gebt mir die Frau.«

Der Mann, der gerade dabei war, die Frau zu vergewaltigen, zog sofort seinen Schwanz heraus, begleitet von einem ekelerregenden Schmatzgeräusch, und lief mit einem Gesicht so bleich wie verdorbenes Brot und gefolgt von seinen drei Kumpeln auf und davon. Die Frau ließen sie einfach liegen, ausgestreckt auf einer Tischplatte ohne

Beine, nackt und bewusstlos. Nachdem er sie in sein Hemd gewickelt hatte, trug Kliwon die Frau auf den Schultern zu seinem Verschlag. Er legte sie aufs alte Sofa, das ihm als Bett diente, und betrachtete sie einen Augenblick lang, bevor er sich auf einen Stapel verblichener Zeitungen legte und in den Schlaf fiel.

Als er aufwachte, war es bereits Nacht geworden, und er fand die Frau auf dem Sofa sitzend vor, die Arme um die Knie geschlungen und vor Hunger zitternd. Sie war noch ebenso nackt wie vorhin, als er sie hingelegt hatte, bis auf das Hemd, das locker über ihren Schultern lag. Kliwon bot ihr von dem Maisbrei an, der sich noch im Kochtopf befand. Es war der kalte und inzwischen fast verdorbene Rest vom Morgen, doch das Mädchen verschlang ihn gierig. Während sie aß, saß Kliwon neben ihr und beobachtete sie mit der ungeteilten Aufmerksamkeit kleiner Kinder. Die Frau schien sich beim Essen nicht an seiner Anwesenheit zu stören. Auch einen Schock ließ sie nicht erkennen, oder aber sie hatte die Vergewaltigung bereits vergessen. Kliwon registrierte ihr helles Haar, ihre scharfen Augen, ihre schmale Nase und ihre schmalen Lippen. »Wie heißt du?«, fragte Kliwon.

Sie machte keine Anstalten zu antworten, stellte nur den Topf mit dem restlichen Maisbrei unter das alte Sofa und sah dabei Kliwon verschämt wie eine kleine Jungfrau an. Ihre Hand griff nach Kliwons Hand und berührte sie mit der Zärtlichkeit einer Geliebten. Kliwon erschauderte einen Augenblick lang, und bevor er sichs versah, hatte das Mädchen schon einen Satz auf ihn zugemacht, ihn rücklings auf das Sofa geworfen und sich auf ihn gelegt. Sie hielt ihn fest umschlungen und überfiel ihn geradezu mit wilden Küssen. Zunächst wollte Kliwon sie mit aller Kraft von sich stoßen, doch dann zögerte er einen Augenblick und verharrte mit erhobenen Händen wie einer, der sich dem Erschießungskommando ergibt. Als die Frau dann sein Hemd aufknöpfte und er die Berührung ihrer rundlichen, festen Brüste an seiner Brust spürte, löste sich alles in stürmischer Wärme auf. Er fand die Glut seiner Leidenschaft wieder, erwiderte die Umarmung der Frau, erwiderte ihre Küsse und zog seine Hose aus.

Außer sich vor Wut, hatte sie sich gegen die fünf Vergewaltiger von der Straße gewehrt. Nun zeigte sie sich als ungestüme Liebhaberin. Selbst Kliwon vergaß alles, er hielt den Körper der Frau fest umschlungen und drehte sie um, sodass nun er auf ihr lag, beide nackt und beide erregt. Trotz der Beengtheit des schmalen alten Sofas liebten sie sich mit gleichmäßigen Bewegungen, lusterfüllt, sich aufbäumend, zuckend, wie ein im Sturm hin und her geworfenes Boot.

Als ihr Liebesspiel beendet war, wurde sich Kliwon mit einem Mal bewusst, dass er das Mädchen überhaupt nicht kannte, genauso wenig wie das Mädchen ihn. Sie lagen auf dem Sofa, eng umschlungen und erschöpft. Kliwon fragte sie noch einmal: »Wie heißt du?« Doch wie zuvor gab ihm die Frau keine Antwort. Sie lächelte nur und murmelte etwas, bevor sie ihre Augen schloss und bald darauf leise schnarchend eingeschlafen war.

»Sie heißt Isah Betina«, teilte ihm ein Obdachloser kurze Zeit später mit. »So jedenfalls nennen sie die Leute.«

»Woher kommt sie?«, bohrte Kliwon nach.

»Sie fanden sie vor einer Woche am Straßenrand, sie vergewaltigten sie zu mehreren fast jeden Tag, bevor du dann einen von ihnen umgebracht hast«, erklärte der Obdachlose. »Nicht ganz richtig im Kopf«, meinte er und ergänzte: »Das Mädchen.«

So also war das. Kliwon konnte sich nicht vorstellen, was seine Freunde sagen würden, allen voran die weiblichen, wenn sie erführen, dass er mit einer Verrückten schlief. Doch zunächst beschloss Kliwon, die Frau zum Strand zu bringen und sie zu waschen. Er gab ihr auch bessere Kleider, die er zuvor von der Wäscheleine seiner Mutter gestohlen hatte. Sie lebten in dem Verschlag aus Pappkartons, mit dem alten Sofa darin, wo sie gerne Nüsse mit einem Stein knackend beisammensaßen und auf dem sie zu anderen Zeiten schliefen oder sich liebten. Auf der Feuerstelle aus aufeinandergeschichteten Backsteinen stand der Topf, mit dem sie kochten. Kliwon befürchtete zunächst, dass die Männer, die Isah Betina vergewaltigt hatten, wiederkommen würden, um sich zu rächen, doch sie hörten nie wieder etwas von ihnen. Die Bewohner von der Müllhalde hatten die Leiche des Obdachlosen heimlich begraben, und nach jenem Vorfall wagte es niemand mehr, die Frau zu belästigen. Seit Isah Betina mit Kliwon zusammenlebte, waren sich alle darin einig, dass die zwei ein Liebespaar waren und man die Verrückte in Ruhe lassen sollte.

Kliwon selbst schien den Grund für sein Vorhaben, ein obdachloser Bettler zu werden, allmählich vergessen zu haben. Anstatt unglückliche Menschen zu suchen, um sich abzulenken, oder sich selbst ins Unglück zu stürzen, um seine Trauer ob der Zurückweisung seiner Liebe durch die kleine Allamanda zu verschmerzen, hatte er nun den besten Weg gefunden, das Mädchen zu vergessen, nämlich ein anderes Mädchen. Und anstatt unter einem Leben in der Verwahrlosung zu leiden, ohne Essen, ohne Obdach und dergleichen, schätzte er sich in seiner gegenwärtigen Situation überaus glücklich. Er entdeckte das Feuer der Liebe neu, insbesondere weil Isah Betina seine Zuneigung erwiderte und es sie beide ihre eigene Lage vergessen machte. Befand sich Isah Betina im trunkenen Zustand der Leidenschaft, hätte sie niemand für verrückt gehalten. Überdies war es Kliwon egal, dass er nichts über die Herkunft der Frau wusste, und er versprach ihr sogar: »Ich werde dich eines Tages heiraten.« Als Liebespaar taten sie nicht viel, außer den ganzen Tag und die ganze Nacht Zärtlichkeiten auszutauschen, und sie hörten nur auf, wenn sie hungrig waren oder schlafen gingen. Das Sofa war ihr Lieblingsplatz, um sich zu lieben, hier rangen sie miteinander, mit jedem Tag ungestümer, stießen mitten in der Nacht Schreie aus, die die Nachbarn aufweckten und mit ihrer Lust ansteckten. Die Leute deuteten ihr beneidenswertes Tun als die Flitterwochen eines frischgebackenen Liebespaars, auch wenn sich zeigen sollte, dass diese für viele Wochen anhielten.

Als eines Nachts während ihres gewohnten Liebesspiels eine Schlange in ihren Verschlag kroch und Isah Betina in eine Zehe biss, schrie die ins Liebesspiel versunkene junge Frau nicht einmal auf. Das Paar erreichte den bislang höchsten Gipfel seiner Leidenschaft. Doch das Glück sollte ihnen nicht hold bleiben. Nach der Ejakulation drehte sich Kliwon zur Seite, während die Frau sich wand und wimmerte. Er vermutete zunächst, sie wolle noch mehr, doch als er sah, wie sich ihr Fuß blau verfärbte, war ihm sofort klar, was passiert war. Es war bereits zu spät, denn die Schlange, die sie gebissen hatte, gehörte zur Gattung der giftigsten Kobras, und Isah Betina starb noch auf dem Sofa, nackt, nur bedeckt mit dem feuchten Glanz ihres Schweißes vom Liebesspiel.

Die Nachbarn, die sich durch die allnächtlichen Lustschreie allmählich gestört gefühlt hatten, deuteten die Tragödie als Bestrafung für ihre leichtfertige Liebesbeziehung. Kliwon trug den Leichnam der Frau zu Kamino, dem Totengräber, und bat ihn um eine Bestattung, wie sie üblicherweise für Gläubige durchgeführt wird. Nur Kliwon folgte dem Totengräber beim Trauerzug zum Grab, er war dafür in eleganten Kleidern erschienen, die er zuvor aus einem Haus gestohlen hatte. »Sie lebte nur, um mich glücklich zu machen«, sagte er unter Tränen.

Am siebten Tag seiner Trauer verbrannte er den Verschlag, bis nichts mehr davon übrig blieb. Und wären deren Eigentümer nicht rechtzeitig mit Wasser aus dem Abwasserkanal gekommen, hätte das Feuer auf die benachbarten Hütten und Verschläge übergegriffen. Er lief Amok und bewarf die Leute mit Hundescheiße und die Straßenlampen mit Steinen. Seine Trauer war absolut maßlos. Er warf die Schaufensterscheiben aller Bäckereien in der Jalan Merdeka mit faustgroßen Steinen ein, worauf die Verkäuferinnen hysterisch schrien. Er schubste einen Postboten vom Fahrrad, der sich daraufhin auf der Straße überschlug und schwer verletzte, während die Briefe durch die Luft flogen. Er tötete drei Hunde, die aus dem Haus reicher Leute herausgekommen waren; er zerstach die Reifen der Autos, die vor dem Kino parkten, und zündete einen Polizeiposten an. Schließlich wurde er von einem massiven Polizeiaufgebot bei dem Versuch, die Befestigungsmauern der Stadt einzureißen, rasch und ohne Widerstand zu leisten festgenommen.

Er wurde eingesperrt, ohne dass es jemanden interessierte, ob er nun vor Gericht gestellt werden würde oder nicht. In seiner Isolationszelle fand Kliwon erneut zu seiner inneren Ruhe, die sich aus der langsam wiedererwachten Niedergeschlagenheit speiste. Das einzige Problem bestand darin, dass er nachts im Schlaf ohrenbetäubend laut nach Isah Betina rief, was selbst das Gebell der Hunde oder das Heulen sich paarender Katzen in den Schatten stellte. Die Nachricht von einem Mann, der verhaftet worden war, weil er unter exzessivem Liebeskummer litt, verbreitete sich und kam auch seiner Mutter zu Ohren. Kliwon befand sich sieben Monate lang in Haft, bis Mina endlich kam und ihn gegen Kaution herausholte. Sie schleppte ihren Sohn mit nach Hause wie eine wütende Mutter, die ihr kleines Kind beim Spielen in der Rindersuhle ertappt hatte. »Gibt es denn nichts Wichtigeres für dich als die Liebe dieser Mädchen?«, fragte sie ärgerlich, während sie ihn badete, als sei ihr Sohn nicht inzwischen vierundzwanzig Jahre alt.

Das Haus war noch im gleichen Zustand, wie er es verlassen hatte. Sämtliche Gegenstände standen oder lagen an ihrem Platz, genau an der Stelle, an der er sie zurückgelassen hatte. Im vergeblichen Bemühen, sich abzulenken, las er Groschenromane, die ihm die Mädchen einst geschenkt hatten, Liebesgeschichten mit glücklichem Ausgang. Außerdem las er Dutzende von Liebesbriefen, die ihm dieselben Mädchen geschrieben hatten. Natürlich spendeten sie ihm kein bisschen

Trost, sie steigerten vielmehr noch seine Niedergeschlagenheit. Mit einem Mal schien alles wieder an den Anfang zurückgekehrt zu sein, zur selben Traurigkeit, zum selben Schmerz eines gebrochenen Herzens. Er versuchte erneut Kontakt zu seinen Freunden aufzunehmen, einige waren inzwischen verheiratet und hatten Kinder, um ein wenig an ihrem Glück teilzuhaben. Er besuchte auch wieder frühere Freundinnen, von denen einige inzwischen ebenfalls verheiratet, ein paar sogar verwitwet oder geschieden waren. Mit drei oder vier von ihnen versuchte er zu schlafen, einfach um noch einmal ein wenig Herzenswärme zu spüren. Doch das rief nur Erinnerungen an Isah Betina wach.

»Geh zurück zu deinem Leben auf der Straße«, sagte seine Mutter. »Vielleicht findest du da eine andere Liebe.«

»Das werde ich tun«, erwiderte er.

Er hatte bereits all seine Sachen verstaut, in dem Wunsch, sie in einem ordentlichen Zustand zurückzulassen. Die Bücher, die sonst verstreut auf dem Bett, dem Tisch oder auf dem Boden lagen, hatte er in Kartons gepackt und diese wiederum in einer Ecke des Zimmers gestapelt. Er ordnete auch seine Kleider im Schrank, verpackte seine alte Gitarre, verstaute seine Schallplatten. Selbst sein Rasiermesser und seine Zahnbürste brachte er ordentlich in der Schublade unter. Nur eins lag noch auf dem Tisch, und das würde er auch nirgends deponieren, denn er würde es tragen. Es war die Schirmmütze, die ihm Genosse Salim gegeben hatte. Er stand vor dem Spiegel und betrachtete sein Spiegelbild. Sein Körper war durch das jahrelange Leiden schmal geworden, sein Gesicht eingefallen, seine Augen matt, sein lockiges Haar bedeckte seine Ohren. Eine ganze Weile stand er dort, nahm hin und wieder die Schirmmütze in die Hand und fragte sich, ob es stimmte, dass die Arbeiter in Russland solche Mützen trugen, so wie es der Kommunist behauptet hatte. »Sieh dir diese traurige Gestalt an«, sagte er zu seinem Spiegelbild, »traurig genug, um diese Mütze zu tragen.«

Dann erschien Mina in der Türschwelle und sah ihren Sohn vor dem Spiegel stehend. Sie versuchte sich auszumalen, wohin er mit ordentlich gebügelten Hosen, einem Baumwollhemd und sogar der Schirmmütze gehen würde. Es war ausgeschlossen, dass er so gekleidet wieder auf der Straße leben wollen würde, daher fragte sie ihn schließlich: »Du siehst nicht wie ein Obdachloser aus, Kind.«

»Jetzt und von heute an, Mama«, sagte Kliwon und wandte sich seiner Mutter zu, »nenn mich Genosse Kliwon.«

8

Eines nebligen Morgens wurde die Menschenmenge, die sich auf dem Bahnsteig des Bahnhofs von Halimunda drängte, Zeuge einer überwältigenden und bis dahin für alle einzigartigen Szene. Vor dem Fahrkartenschalter unter dem Seemandelbaum küssten sich zwei Liebende voller Leidenschaft, Raum und Zeit vergessend. Ihre Küsse waren derart feurig, dass die Leute noch Jahre später neidisch erzählten, sie hätten eine kleine Flamme zwischen den Lippen des Paares aufIodern sehen. Das Ereignis wurde Legende, denn die Liebenden waren Kliwon und Allamanda.

Das provokative Auftreten des Liebespaars war in den letzten Wochen, bevor Kliwon in die Hauptstadt Jakarta ging, um an der Universität zu studieren, allerdings nichts mehr Neues.

Kliwon hatte Allamanda endlich für sich gewinnen können. Und jedermann war der Meinung, dass die beiden das schönste Paar auf der Welt abgaben – ausgenommen Adinda. Allamanda pflegte allerdings ihre Ohren zuzuhalten, wenn ihre kleine Schwester meinte, sie sei ein billiges Weibsstück, das nichts anderes im Sinn habe, als Männer zu verletzen, und sie solle damit aufhören, wenigstens um dieses Mannes willen. Offenbar erinnerte sie sich noch daran, wie sehr Kliwon sich in ihre damals acht Jahre alte Schwester Allamanda verliebt hatte, und er täte ihr leid, sollte ihre Schwester seine große Liebe mit Vorsatz verletzen. Adinda schwor gar, sie würde Allamanda umbringen, wenn sie es wagte, diesem Mann wehzutun. Ihrer Meinung nach tat Allamanda besser daran, seine Liebe abzuweisen anstatt sie anzunehmen, um sie dann wie einen ausgekauten Rest wieder auszuspucken.

Allamanda störte sich an keiner der Drohungen aus dem Mund ihrer kleinen Schwester und offenbarte sich immer deutlicher als eigensinnige junge Frau, die sich von niemandem etwas sagen ließ. »Sag doch einfach, dass du eifersüchtig bist, kleines Fräulein«, sagte sie.

»Gäbe es eine Frau«, gab Adinda zurück, »auf die ich eifersüchtig sein sollte, dann wäre das Mama, die schon mit Hunderten von Männern geschlafen hat.«

»Denkst du etwa, ich kann nicht mit Männern schlafen?«

»Doch, du kannst so gut wie Mama mit jedem Mann schlafen«, sagte Adinda, »aber wirklich lieben kannst du nicht.«

Im Unterschied zu ihrer jüngeren Schwester, die gern zu Hause blieb, verbrachte Allamanda ihre Zeit damit, Konzerte zu besuchen, sich mit ihrem Liebsten und ihren Freunden zu treffen und zur Gitarre zu singen. Sie machten Ausflüge und sahen sich Filme im Kino an, sodass sie oft erst spät in der Nacht oder im Morgengrauen nach Hause kam. Wenn dann ihre zwei jüngeren Schwestern mit besorgten Gesichtern an der Haustür auf sie warteten, ging sie wortlos auf ihr Zimmer und sang höchstens eine Zeile aus einer der Schnulzen, die gerade beliebt waren.

»Du bist schlimmer als eine Hure«, sagte Adinda wütend, »eine Hure bringt morgens wenigstens Geld nach Hause.«

»Gib es doch einfach zu, Fräulein Meckerliese«, sagte Allamanda aus ihrem Schlafzimmer heraus, »oder soll ich es noch einmal sagen: Du bist in Kliwon verliebt.«

»Selbst wenn ich mich in ihn verliebt haben sollte, würde ich es dir nicht sagen, denn dann würdest du dich noch umbringen.«

Es war kein Gerücht, dass der junge Mann bei den jungen Frauen enorm beliebt war, und das nicht nur in diesem Haus, sondern in ganz Halimunda.

Tatsächlich erfreute er sich bereits seit seiner Kindheit großer Beliebtheit, als er in der fünften Klasse war und andere mit seiner Intelligenz erstaunte. Etwa als er Aufgaben aus Abschlussprüfungen für Sechstklässler löste, sodass der Schuldirektor ihn direkt in die nächsthöhere Klasse versetzte. Als er in der Mittelschule war, hatte er bereits sämtliche Mathematikwettbewerbe gewonnen, und da er außerdem gut Gitarre spielte, schön singen konnte und ein hübsches Gesicht besaß, begann sich allmählich eine Gruppe von verliebten Mädchen um ihn zu scharen.

Das war die Zeit, in der er noch mit jedem Mädchen, das ihn interessierte, ausgehen konnte, noch bevor er sich in die achtjährige Allamanda verliebte, noch bevor er auf der Straße lebte und die Beziehung mit dem verrückten Mädchen namens Isah Betina einging.

Fast alle sagten, die beiden seien ein tolles Paar, ein kluger und gut aussehender junger Mann und ein schönes Mädchen, Spross der angesehensten Prostituierten der Stadt – außer Adinda, für die das schlicht eine Katastrophe war. Allamanda hatte bereits mit etlichen Männern Beziehungen gehabt, und jeden einzelnen hatte sie wieder abgeschüttelt. Ihr schlechter Ruf eilte ihr voraus, es wussten alle davon, einschließlich Adinda.

Allamanda behandelte auf diese Weise eine ganze Reihe ihrer Schulkameraden. Sie provozierte sie mit ihrem Aussehen, mit ihrem bezaubernden Lächeln, ihren kokettierenden Seitenblicken und ihrem geschmeidigen Gang und brachte so die meisten Jungen um den Schlaf. Einige versuchten, ihr nachzustellen, worauf Allamanda sich in ein zahmes Täubchen verwandelte, das, sobald man kurz davor war, es einzufangen, davonhüpfte.

Ihre Verehrer gaben deswegen längst nicht auf, sie begruben sie unter den charmantesten Schmeicheleien, ertränkten sie in Liebesschwüren, überschütteten sie mit protzigen Geschenken, mit Blumen, Grußkarten, Briefen, Gedichten und Liebesliedern. All das nahm Allamanda an und erwiderte es mit einem noch bezaubernderen Lächeln, mit noch koketteren Seitenblicken, mit einem noch geschmeidigeren Gang und mit obendrein einem kleinen Lob, wenn sie ihnen jeweils sagte, du bist ein netter Mann, klug, gut aussehend, dein Haar ist wunderschön, worauf sich jeder geschmeichelt fühlte und zu den Sternen schwebte.

Die Männer gewannen an Selbstbewusstsein, jeder einzelne fühlte sich als der bestaussehende Mann auf der Erde, als der netteste Mann des ganzen Universums, als der mit dem schönsten Haar. Und mit dieser Zuversicht ergriffen sie bei der erstbesten Gelegenheit das Wort, oder sie schrieben einen Brief, strotzend vor unterdrücktem archaischem Verlangen: »Allamanda, ich liebe dich.« Damit war der günstigste Augenblick gekommen, einem Mann die Luft rauszulassen, sein Herz zu verwüsten, ihn zu zerstören; es war die Gelegenheit, die Überlegenheit der Frau zu demonstrieren, und daher sagte Allamanda: »Junge, aber ich liebe dich nicht.«

»Ich mag Männer«, sagte Allamanda einmal, »aber noch lieber mag ich es, sie aus Liebeskummer heulen zu sehen.«

Dieses Spiel hatte sie etliche Male gespielt, und jedes Mal hatte es ihr Spaß gemacht, auch wenn der Ausgang immer der gleiche war: Sie ging daraus als Siegerin hervor und der Mann als Verlierer. Und sie lachte herzhaft, wenn ein neuer Bewerber den alten ersetzte.

Das tat sie nun seit ihrem dreizehnten Lebensjahr, seit nunmehr zwei Jahren. Unbestreitbar hatte sie die Schönheit ihrer Mutter geerbt, ihre scharfen Augen kamen nach dem Japaner, der ihre Mutter geschwängert hatte. Dass sie die Männerherzen höherschlagen ließ, war ihr zu Bewusstsein gekommen, als Kliwon sich in sie verliebte, obwohl sie erst acht war. Sie war dreizehn Jahre alt, als sich zwei Jungen nur deshalb prügelten, weil sie sich über die Farbe von Allamandas Unterhose stritten. Der eine schwor, er habe gesehen, dass sie eine rote trug, und der andere beharrte darauf, dass das Mädchen weiße Wäsche anhatte. Sie prügelten sich hinten im Klassenzimmer, bis sie grün und blau waren und ohne dass jemand dazwischenging, denn solange der Lehrer nichts davon erfuhr, boten sie ein kostenloses Schauspiel. Als die Schlägerei an den Punkt geriet, an dem die zwei Jungen gleichermaßen mit Prellungen und blutigen Blessuren übersät waren, ergriff Allamanda die Initiative, trennte die beiden und sagte: »Ich trage eine weiße Unterhose, die aber auch rot ist, weil ich meine Tage habe.«

Von da an war sich Allamanda bewusst, dass ihre Schönheit nicht nur eine scharfe Waffe war, mit dem sich Männer außer Gefecht setzen ließen, sondern auch ein Instrument, um sie zu kontrollieren.

Ihre Mutter, davon beunruhigt, warnte sie: »Du weißt, was die Männer den Frauen während des Krieges antaten?«, fragte sie.

»Ich weiß das, wovon du mir so oft erzählt hast«, antwortete Allamanda. »Heute siehst du, was Frauen in Friedenszeiten Männern antun.«

»Was meinst du damit, Kind?«

»Es herrscht Frieden, und du bringst die Männer dazu, sich in einer Reihe anzustellen und zu bezahlen, um mit dir zu schlafen, und ich bringe die Jungen dazu, wegen Liebeskummer zu heulen.«

Dewi Ayu konnte schon längst nichts mehr gegen die Halsstarrigkeit ihrer ältesten Tochter ausrichten und verfolgte deren Gebaren und die Zahl der Jungen, die sie ihrer Schönheit wegen um den Verstand brachte, über das, was die Männer ihr darüber im Bett erzählten. »Das Einzige, für das ich dankbar sein muss, ist, dass sie keine Hure geworden ist«, sagte Dewi Ayu zu ihren Freiern, »denn sonst würdest du jetzt vielleicht nicht mit mir im Bett liegen.«

Das war Allamanda. Selbst Kliwon hatte sie erobert, den Jungen, der zum Objekt der Begierde der meisten Mädchen Halimundas geworden war. Was ihn aber von den anderen Männern unterschied, war, dass sie diesen Jungen am Ende ihres Spiels nicht von sich stieß. Sie hatte sich selbst in ihn verliebt. Allamanda wusste schon lange vom Ruf des Jungen, weil sie die älteren Nachbarsmädchen über Kliwon als den »bestaussehenden Jungen auf der Erde« tuscheln hörte.

Nach dem gescheiterten Aufstand der Kommunisten in Madiun waren die meisten Menschen auf alles Kommunistische nicht gut zu sprechen, und es rankten sich unsinnige Gerüchte, wonach Kliwon gar nicht der Sohn der Witwe Mina und ihres verstorbenen Ehemanns sei, der Kommunist gewesen und von den Japanern hingerichtet worden war. Ein Mädchen fantasierte, Kliwon sei von dem Ehepaar im Inneren einer Wassermelone am Flussufer entdeckt worden. Er sei das Kind einer Nymphe, die ihren Sohn aus Mitleid mit den unglücklichen Eheleuten in deren Obhut gab, um sie aus der Sünde zu befreien. Eins der Mädchen erzählte, Kliwon sei als Baby einfach von einem Regenbogen herabgestiegen, und ein anderes Mädchen meinte, er sei in einer Blüte des Riesenstechapfels gefunden worden. Dabei war noch keines der Mädchen, die diese Geschichten verbreiteten, auf der Welt, als Kliwon geboren wurde.

Solche Gerüchte wurden allerdings nicht nur von den Mädchen, die insgeheim in ihn verliebt waren, verbreitet, sondern auch die Älteren beteuerten, dass, als Kliwon geboren wurde, die Sterne über der Stadt heller als sonst geleuchtet hätten, ganz so als ob die Erde die Geburt eines neuen Propheten erwartet hätte. Die Niederländer, von denen es zu jener Zeit noch eine große Zahl in Halimunda gab, betrachteten dies als schlechtes Omen.

Doch ob an diesen Gerüchten nun etwas dran war oder nicht, Allamanda war neugierig auf diesen jungen Mann geworden, seit er ihr als Achtjährige aufrichtig seine Liebe gestanden hatte. Auch in den Jahren danach hörte sie immer wieder von ihm reden, obwohl er inzwischen, wie es hieß, einfach verschwunden war. In der Zeit, in der Kliwon auf der Straße lebte, wovon allerdings kaum jemand wusste, sprachen die Mädchen immer noch über ihn und vermissten ihn schmerzlichst. Einige vermuteten, er könne von einer bewaffneten Bande an einen unbekannten Ort verschleppt und getötet worden sein. Andere glaubten, er hielte sich versteckt, weil sein Leben in Gefahr war. Ganz gleich an welche Geschichte sie auch glaubten, Kliwon wuchs sich in den Augen vieler Mädchen mit der Zeit zu einer imaginären Heldengestalt aus, die beinahe dem heroischen Bild, das sich die Stadt von Shodancho gemacht hatte, den Rang ablief.

Allamanda war fünfzehn Jahre alt, als Kliwon schließlich wieder auftauchte. Er war vierundzwanzig und nannte sich nun Genosse Kliwon. Nach seiner Rückkehr aus dem Leben auf der Straße versuchte er sich als Schneider und arbeitete für seine Mutter im Haus. Allerdings überstiegen die zwei Einkommen, die sich Mutter und Sohn nun teilten, insgesamt kaum jenes, das Mina allein erwirtschaftet hatte, abgesehen von dem kleinen Plus, das über die Mädchen hereinkam, die Kliwons Aufmerksamkeit auf sich zu lenken versuchten, indem sie ihn baten, ein Kleid für sie zu nähen. Er hängte bald seine wenig glanzvolle Karriere als Schneider an den Nagel und schloss sich einem Freund an, der Boote baute. Zu seinen Aufgaben gehörte es, den Holzbooten einen neuen Anstrich zu verpassen und sie mit schwarzem Teer abzudichten, da Fiberglas zu der Zeit noch sehr teuer war. Dann gab er auch die Arbeit in der Bootswerkstatt auf und begann auf der Pilzfarm des alten Kuwu zu arbeiten. Dort bestanden seine Hauptaufgaben darin, das Thermometer im Blick zu behalten, um für die Pilze die optimale Temperatur in der Scheune sicherzustellen, das Reisstroh zu verteilen und die Hefe unterzumischen. Außerdem half er des Öfteren bei der Ernte, verpackte und transportierte die Pilze und ging auf der Farm überall dort zur Hand, wo er gebraucht wurde. Sicher war, dass er zu dieser Zeit bereits zum Kader der Kommunistischen Partei gehörte und man ihn am ehesten im Parteiquartier an der Ecke zur Jalan Belanda antraf. Vier Jahre zuvor hatte die PKI bei den Wahlen in der Stadt zu den drei größten Parteien gehört, und sie hätte die Mehrheitspartei werden können, hätten die Einwohner Halimundas nicht unter dem Trauma des gescheiterten Aufstands gelitten.

Die Kommunistische Partei machte sich Kliwons Ruf zunutze, um junge Mädchen in ihre Kader zu locken, denn sobald Genosse Kliwon bei den öffentlichen Versammlungen als Sprecher auf dem Podium stand, war der Saal überfüllt, und die Mädchen schrien hysterisch. Doch Genosse Kliwon sah nicht nur sehr gut aus – er war auch ein kluger Redner. Angespornt durch ihre überspannten Freundinnen, ging Allamanda zum Umzug am Tag der Arbeit, um ihn zu sehen. Nicht wenige waren der Meinung, dass es Genosse Kliwon zu verdanken wäre, sollte die Kommunistische Partei die Mehrheit der Stimmen in der Stadt erhalten.

Zu dem Zeitpunkt, als Allamanda dem Reiz, den bestaussehenden Mann der Stadt zu erobern, nicht mehr widerstehen konnte, genoss sie bereits den Ruf, als einzige junge Frau nicht weniger als dreiundzwanzig Männer, die in sie verliebt waren, enttäuscht zu haben. Unterdessen war Kliwon innerhalb kürzester Zeit mit zwölf Mädchen ausgegangen und hatte alle übrigen abgewiesen. Es glich einem Wettstreit der hervorragendsten Krieger, und nicht nur die Arbeiter auf der Pilzfarm erwarteten den Ausgang dieses Wettstreits, sondern auch sämtliche Mitglieder der Kommunistischen Partei und alle Einwohner der Stadt fragten sich ungeduldig und mit klopfendem Herzen, wie die Sache ausging. Einige wetteten gar darauf, wer wen enttäuschen würde, und sowohl die jungen Mädchen als auch die jungen Männer richteten sich schon einmal vorzeitig auf den bevorstehenden Liebeskummer ein.

Als ihre Schule zum obligatorischen Berufspraktikum aufrief, überredete Allamanda einige ihrer Freundinnen, auf der Pilzfarm des alten Kuwu zu arbeiten. Und so kam es, dass sich die beiden in der aufgeheizten Luft der von Plastikplanen verkleideten Scheune begegneten. Allamanda tat so, als wolle sie bei der allmorgendlichen Pilzernte mithelfen, und traf dort auf den Mann, dem sie ihr verführerisches Lächeln und einen Blick in den leicht geöffneten Ausschnitt ihres Kleides schenkte. Während sie ihn von unten herauf anschaute und ihn mit nichtigen Fragen bezirzte, blickte der Mann sie vom Regalbrett der vierten Lage herab an. Er begegnete ihr mit gespielter Gelassenheit, tastete ihren Körper forsch mit anerkennenden Blicken ab, als verschwende er sonst keinen Gedanken mehr daran, wie ihn einige Jahre zuvor genau diese Schönheit gequält und fast um den Verstand gebracht hatte.

In den folgenden Wochen trafen sie sich täglich, wendeten gemeinsam das Reisstroh, diskutierten darüber, wie hoch die Temperatur eingestellt sein sollte, ob die Pilze groß genug waren, um gepflückt zu werden, und wie viel Hefe über das Reisstroh gestreut werden musste.

»Mädchen, du bist schön, aber zickig«, sagte Kliwon eines Tages zu Allamanda, während er am Bambusregal mit den Pilzen lehnte. Darauf ließ er sie stehen und gesellte sich zu den anderen Arbeitern, die sich nach getaner Arbeit ausruhten.

Blödmann, dachte Allamanda. Der Mann durfte sie doch nicht einfach so stehen lassen, er musste vielmehr aufs Heftigste mit ihr flirten und sich um sie bemühen, bevor sie ihn dann, wie sie es üblicherweise tat, abweisen würde. Allamanda stand in der Scheunentür und beobachtete Kliwon in der Gesellschaft seiner Freunde. Sie saßen am Feldrand, boten sich gegenseitig Zigaretten an, steckten diese an und bliesen fast gleichzeitig den Rauch in die Luft, während sie sich über dies und das unterhielten und lachten.

So verlor sie die Kontrolle über die Situation und wurde zum ersten Mal selbst von der Schlaflosigkeit der Liebe heimgesucht. Nachts erwartete sie ungeduldig den Morgen, nur um zur Pilzfarm gehen und diesen Mann sehen zu können, wobei sie sich fragte, ob er selbst wohl noch vom Liebesfieber befallen war oder nicht. Als sie sich bewusst wurde, dass sie sich wirklich in ihn verliebt hatte, erschrak sie bei der Erkenntnis, dass sie besiegt worden war, und sie versuchte ihre amourösen Gefühle abzutöten, indem sie die grausamsten Mittel und Wege ersann, um den Mann in die Knie zu zwingen. Ganz gleich, ob sie ihn nun liebte oder nicht, sie würde ihn fallen lassen, sie würde sich dafür rächen, dass er sie in ihn verliebt gemacht hatte. Doch jedes Mal, wenn sie sich trafen, schien Kliwon die Anwesenheit des schönen Mädchens auf der Pilzfarm einfach nur als Geschenk anzunehmen, ohne jeden Versuch, ihr nachzustellen, als stelle es bereits eine unermessliche Freude dar, wenn sie nur in seiner Nähe war.

Und so verstrickte sich Allamanda noch tiefer in ihren Liebesgefühlen, hingerissen, einen Mann entdeckt zu haben, der sie bewundernd ansah, der mit seinen Blicken ihre Kurven verlangend abtastete, ohne deswegen Reisstroh und Pilzzucht aus den Augen zu verlieren. Allamanda begann von ihm zu träumen, wie er sich um sie bemühte, ihr Blumen und Liebesbriefe schickte; sie wollte ihn die Dummheiten tun sehen, so wie früher, als sie acht Jahre alt war. Schließlich ergab sie sich der Tatsache, dass sie sich verliebt hatte, ohne das Bedürfnis, sich ihrem Herzen zu widersetzen. Doch obwohl Allamanda nun deutlich erkennen ließ, dass sie ihn mochte, indem sie etwa ständig seine Nähe suchte oder ihn bat, sie zu begleiten, änderte Kliwon sein Verhalten nicht. Schließlich befürchtete sie, dass sie noch tiefer in ihre Niederlage hinabtrudelte, und beschloss, sich ihr Debakel einzugestehen und aufzugeben. Sie musste einsehen, dass ihre Liebe einseitig war.

Also gut, sagte sie sich, ich werde nicht mehr versuchen, deine

Aufmerksamkeit auf mich zu ziehen. Der bestaussehende Mann der Welt lässt sich nicht leicht erobern. Doch kaum hatte sie ihre Hoffnung, diesen Mann für sich zu gewinnen, verworfen, pflückte Kliwon eine Rose und überreichte sie ihr. Und wieder geriet ihre Liebe außer Rand und Band.

»Am Sonntag machen wir einen Ausflug zum Strand«, sagte Kliwon. »Wenn du mitkommen willst, warte ich hinter der Pilzscheune auf dich.«

Ohne ihre Antwort abzuwarten, ging er auf die Gruppe der Arbeiter zu, um mit ihnen eine Zigarette zu rauchen. Allamanda ging nach Hause, stellte die Rose in einem Glas auf den Tisch und behielt sie auch dann noch, als die Blüte welkte und verdorrte.

Am Sonntagmorgen überkamen sie Zweifel, ob sie einen Ausflug mit diesem Mann machen sollte oder nicht. Ihr Ego als Eroberin sagte, sie müsse sich rarmachen, während der andere Part, der längst von der Liebe entflammt war, sie aufforderte, mit dem Mann mitzugehen, denn wenn sie es nicht täte, verginge der Tag, ohne ihn gesehen zu haben. Auf kraftlosen Beinen schritt sie zur Pilzfarm und sah dort Kliwon, wie er einen Reifen seines Fahrrads aufpumpte. Sie ging auf ihn zu und fragte, wo die anderen seien.

»Es sind nur wir beide«, antwortete Kliwon, ohne sich nach ihr umzudrehen.

»Ich will aber nicht, wenn niemand anderes mitkommt«, sagte Allamanda.

»Dann fahre ich eben allein.«

Verdammt, sagte Allamanda zu sich, aber als Kliwon das Aufpumpen beendet hatte, saß das Mädchen bereits auf dem Gepäckträger, als sei sie von Teufels Hand dorthin gepflanzt worden. Genosse Kliwon sagte kein Wort, stieg auf den Sattel, und zu zweit fuhren sie los in Richtung Strand.

Es wurde für Allamanda ein schöner Tag, der Erinnerungen an ihre unbeschwerte Kindheit weckte. Wie zwei kleine Kinder saßen sie am Strand und bauten, so hoch sie konnten, Tempel aus Sand. Als die Bauwerke von den Wellen überspült in sich zusammenfielen, liefen sie um die Wette, um die vom Wind angetriebenen Flugschirmchen der Pusteblumen zu fangen; sie sammelten Seeschnecken ein und veranstalteten kleine Wettrennen, bei denen sie laut schreiend ihre jeweiligen Favoriten anfeuerten, und dann, von alldem erschöpft, stürzten sie sich ins Wasser und schwammen ausgelassen. Wie Allamanda auf dem feuchten Sand liegend und von den seichten Wellen umspült in den sich rot verfärbenden Nachmittagshimmel sah, wünschte sie sich, dass dieser Tag niemals zu Ende ginge, dass diese Nachmittagsstunden gemeinsam mit dem bestaussehenden Mann der Welt ewig währten.

Genosse Kliwon lud sie dann ein, in ein Boot zu steigen, das dort am Strand festgemacht war. Das ginge schon in Ordnung, sagte er, das Boot gehöre einem Freund, und er selbst könne es durch die schlimmsten Stürme steuern. Im Rumpf des Bootes befanden sich ein paar Angelruten und kleine Fische zum Ködern, womit sie, so Kliwon, fürs Fischen ausgestattet seien. So glitten sie an diesem strahlenden Sonntagnachmittag hinaus aufs Meer, ohne dass Allamanda ahnte, dass sie an diesem Tag nicht mehr zurückkehren sollten. Genosse Kliwon steuerte das Boot fernab der Küste, bis sie das Festland nicht mehr sehen konnten und das Meer einen vollkommenen Kreis um sie herum bildete. Allamanda bekam es mit der Angst zu tun und fragte: »Wo sind wir?«

»An dem Ort, an den ein Mann ein junges Mädchen, das er seit vielen Jahren liebt, entführt«, antwortete Genosse Kliwon.

Danach legte er sich seelenruhig hin und betrachtete den blauen Himmel und die Möwen, die hoch oben ihre Runden drehten.

Die Zeit verging, und Allamanda, nicht gewohnt, auf dem Meer zu sein, begann vor Kälte zu bibbern. Ihre Kleider waren vom Schwimmen noch nass. Genosse Kliwon forderte sie auf, ihre Kleider auszuziehen und sie, solange die Sonne noch schien, auf dem Bootsdach zum Trocknen auszulegen, denn möglicherweise blieben sie länger auf dem Meer.

»Glaub bloß nicht, dass du mich dazu bringen kannst, mich nackt auszuziehen«, sagte Allamanda.

»Wie du willst«, sagte Genosse Kliwon. Seine eigenen Kleider waren ebenfalls nass, daher zog er ein Kleidungsstück nach dem anderen aus und legte es zum Trocknen auf das Bootsdach, bis keine einzige Faser mehr an ihm war. Splitternackt stand er vor dem Mädchen, das hysterisch aufschrie.

»Was tust du denn, du Wahnsinniger?«, fragte Allamanda.

»Du weißt genau, was ich tue.«

Er legte sich wieder auf den Platz, sein Geschlecht hing schlaff herab, und nichts deutete darauf hin, dass er erregt war, was Allamanda doch ziemlich irritierte. Nach einigen Momenten befand sie, dass auch sie ihre Kleider ablegen und sie auf dem Bootsdach trocknen musste, so wie er es getan hatte. Sie würde nackt sein, und wenn das den Mann erregte und er sie vergewaltigte, dann würde geschehen, was geschehen musste. Sie hatte keine andere Wahl: Wenn der Mann ihr wehtun wollte, dann konnte er das jederzeit tun.

»Ich werde dir nicht wehtun«, sagte Genosse Kliwon, als hätte er ihre Gedanken lesen können. »Ich entführe dich nur.«

So legte Allamanda schließlich ihre Kleider ab, setzte sich dann mit dem Rücken zu Genosse Kliwon gewandt hin und umfasste ihre Knie. Weit oben im Himmel lachten wahrscheinlich die Engel und Gott über die beiden: Was für dumme Menschen, da sind sie schon nackt, bleiben aber untätig, schweigen sich nur über die Distanz an. Nicht einmal erregt sind sie.

Sie führten diesen kalten Krieg, bis es dunkelte und sie allmählich Hunger bekamen. Genosse Kliwon fing ein paar Fische, die sie, da sie kein Feuer machen konnten, roh würden essen müssen. Durch seine Freundschaft mit den Fischern daran gewöhnt, hatte Kliwon keinerlei Schwierigkeiten damit, doch Allamanda lehnte es ab und zog es vor, zu hungern. Als die Nacht hereinbrach, hielt sie den Hunger nicht länger aus, sodass sie sich einen Ruck gab und in den rohen Fisch biss, worauf sie sich übergab.

»Du schmeckst den Fisch nur, solange er in deinem Mund ist«, sagte Genosse Kliwon, »wenn er in deinem Bauch ist, schmeckst du ihn nicht mehr.«

»Und du wirst nur so lange mit mir zusammen sein, wie du mich entführst«, erwiderte Allamanda schroff. »Zu Hause wirst du wieder der jämmerliche Mann wie früher sein.«

»Vielleicht kommen wir nicht mehr nach Hause.«

»Das ist ja noch viel jämmerlicher«, provozierte Allamanda ihn weiter, »weil du dich nicht einmal traust, mich an einem so einsamen Ort wie diesem hier zu vergewaltigen, wo ich nackt vor dir stehe und niemand es mitbekommen würde.«

»Ich habe noch nie jemanden vergewaltigt«, sagte Genosse Kliwon lachend und biss wieder in das rohe Fleisch eines Fisches. Allamanda ließ sich herausfordern, selbst einen Fisch zu nehmen. Sie widerstand der Übelkeit, kaute so wenig wie möglich und schluckte den Bissen schnell hinunter, so lange, bis sie ihren Fisch aufgegessen hatte.

Das Schauspiel dauerte zwei Wochen. Sie trieben allein auf dem Meer und trafen nicht einmal auf andere Fischer, denn Kliwon hatte das Boot absichtlich in ein Gebiet gesteuert, das jeder Fischer mied, da es dort schwierig war, einen Fang zu machen. Das Wetter blieb heiter, kein Sturm zog auf. Der einzige Wandel, der in diesem Zeitraum zu verzeichnen war, vollzog sich auf dem Boot.

Allamanda gewöhnte sich daran, rohen Fisch zu essen, und half am zweiten Tag sogar beim Fischen. Am dritten Tag sprangen sie gemeinsam ins Meer, schwammen um das Boot herum, lachten und jauchzten. Anschließend legten sie ihre Kleider ab, um sie auf dem Bootsdach zu trocknen, und setzten sich jeder an ein Ende des Bootes. Ob man es glaubt oder nicht, sie schliefen nicht miteinander. In der Nacht legte Genosse Kliwon sich eng an das Mädchen, um es vor dem kalten Wind zu schützen, und sie schliefen friedlich ein. Allmählich schienen sie sich an dieses merkwürdige Leben gewöhnt und sogar großen Gefallen daran gefunden zu haben. Bis Kliwon am vierzehnten Tag entschied, zurück zum Ufer zu rudern.

»Warum müssen wir denn nach Hause?«, fragte Allamanda, »wir könnten hier doch glücklich leben.«

»Weil ich nicht vorhabe, dich bis ans Lebensende zu entführen.«

Beim Rudern saß Genosse Kliwon neben dem Mädchen, beide blieben sie jedoch stumm. Da war etwas, über das sie beide nachgrübelten, allerdings drehte sich dies nur in ihren Hirnwindungen und war während der gesamten Heimreise nicht herauszubekommen.

Erst als sie schließlich am Strand anlegten, überraschte Genosse Kliwon das Mädchen mit seiner sanften Stimme: »Hör zu«, sagte er. »Ich mag dich, aber falls du mich nicht magst, dann macht das auch nichts.«

Du lieber Himmel, das ist der Mann, der mich immer wieder überraschen kann, und was er tut, lässt sich wohl nicht einmal mithilfe der Schicksalsbücher voraussagen, dachte Allamanda bei sich mit hilflosem Gesichtsausdruck. Sie sagte kein Wort, auch wenn ihr Herz sagen wollte, ja, ich liebe dich auch.

Auf ihrem Heimweg mit dem Fahrrad setzten sie ihr Schweigen fort. Während Allamanda das Schweigen des Mannes als Zeichen seines Liebeskummers auslegte, da sie ihm keine Antwort gegeben hatte, interpretierte Kliwon das Schweigen Allamandas als das Verhalten eines Mädchens, das zögert, auf die Liebeserklärung eines Mannes zu reagieren. Allamanda wollte dem jungen Mann versichern, dass es keinen Grund für den Liebeskummer gab und dass sie ihn ebenfalls liebte. Doch noch bevor ein Wörtchen aus ihrem Mund gewichen war, kam Kliwon ihr zuvor und sagte: »Sag jetzt nichts. Denk erst einmal darüber nach!«

Die folgende Woche verging für sie beide aufs Angenehmste. Sie arbeiteten auf der Pilzfarm, ohne ernste Diskussionen, sie sprachen lediglich über erfreuliche Dinge. Wohin auch immer Kliwon ging, folgte ihm Allamanda, und umgekehrt, sodass alle überzeugt waren, sie seien ein Liebespaar geworden.

Die Neuigkeit von ihrer Beziehung war nicht nur auf der Pilzfarm ein Thema, sondern auch bei den Reisbauern und den Maispflückern, und schließlich begann die Sache auch durch die Stadtmauern zu sickern. Allamanda, die derartige Gerüchte nicht hinnehmen wollte, während sie sich die Beziehung noch nicht ganz und gar eingestanden hatte, sagte eines Tages zu Genosse Kliwon, »Du weißt, dass ich dich liebe?«, und sofort darauf erwiderte Kliwon im Brustton der Überzeugung: »Ja, das weiß doch jeder.« Das reichte, um ihrer beidseitigen Reputation ein für alle Mal ein Ende zu setzen: Genosse Kliwon war kein Schürzenjäger mehr, und Allamanda war keine Herzensbrecherin mehr.

Ihre Liebesbeziehung dauerte seit mehr oder weniger einem Jahr, als Genosse Kliwon ein Stipendium der Partei erhielt, um an der Universität zu studieren. Dafür aber musste er nach Jakarta gehen.

Ihre Trennung würde so schmerzhaft sein, dass Allamanda Genosse Kliwon noch um eines bat: »Nimm mich, bevor du gehst.«

»Nein«, sagte Genosse Kliwon.

»Warum nicht? Du hast mit fast allen Mädchen in Halimunda geschlafen, aber deine Liebste willst du nicht?«

»Weil du anders bist.«

Das stimmte. Genosse Kliwon würde sich durch nichts umstimmen lassen und bestand darauf, das Mädchen nicht anzurühren. »Bis wir heiraten«, sagte er, wie einer dieser frommen Jugendlichen. In der Woche vor seiner Abreise waren sie unzertrennlich. Tag und Nacht sah man sie nur zu zweit. Dann war es so weit. Allamanda begleitete Kliwon zum Bahnhof. Als der Maschinist zur Abfahrt pfiff, hielt es Allamanda nicht mehr aus und küsste den jungen Mann. Noch nicht einmal geküsst hatten sie sich bisher, und nun taten sie es unter dem

Seemandelbaum umso leidenschaftlicher. Es stimmte, was die Leute sagten, kleine Flammen loderten zwischen den Lippen des Paares auf. Es war ihr Abschiedskuss, ein Abschied, der sich als unbeschreiblich schmerzhaft erweisen sollte.

Der Zug setzte sich in Bewegung, widerstrebend lösten sie ihre Lippen voneinander, während die Bahnhofsbesucher das Paar wie versteinert beobachteten.

»In fünf Jahren«, sagte Genosse Kliwon, »werden wir uns unter diesem Seemandelbaum wiedersehen.«

Dann lief er los und sprang auf den sich beschleunigenden Zug, begleitet von dem Winken der weinenden Allamanda, bis das Ende des Zuges außer Sicht geraten war.

Und weiter gings, mit dem nächsten Kandidaten und Opfer, dem berühmtesten Mann Halimundas, Kommandant des Militärdistrikts, einst Anführer des schicksalhaften Aufstands gegen die Japaner: Shodancho. Gleich einem alten Fischer, der bei ruhiger See einen großen Speerfisch fängt, waren die Gefühle des Mädchens bei der Vorstellung, eine solch fette Beute – möglicherweise die fetteste ihres Lebens – zu machen, in Wallung geraten, und sie würde sich für immer an jeden Augenblick der Eroberung erinnern, Schritt für Schritt, angefangen mit ihrer ersten Offensive in der Schweinekampfarena. Sie war sich sicher, dass der Mann spätestens seit jener Veranstaltung von ihrer Schönheit eingenommen war, sodass sie nur noch die Schlinge um ihn fester zuzuziehen musste.

Ein Jahr war bereits vergangen, seit Allamanda keine Herzensbrecherin mehr war, die der Reihe nach Männer verführte, um sie anschließend zu zerstören, ebenso wenig wie Kliwon ein Schürzenjäger geblieben war. Sie liebten einander, und von Tag zu Tag wurzelte ihre Liebe tiefer, sodass sie entschlossen waren, einander nicht zu betrügen. Doch nun war Kliwon in der Hauptstadt, um an der Universität zu studieren, und Allamanda begann, sich in ihrer Einsamkeit zu langweilen. Sie hatte nicht die Absicht, ihren Geliebten zu betrügen, war ihre Liebe doch höher als alle Berge und tiefer als der Ozean, sie wollte lediglich ein wenig Spaß haben, so wie sie es von früher her gewohnt war. Männer verführen, ohne sie lieben zu müssen.

Was sie sich allerdings nicht klarmachte, war, dass sie es nun mit einem anderen Kaliber zu tun hatte. Er war ein Mann, der nach einem

Aufstand während des Krieges mehrere Monate lang auf der Flucht vor der japanischen Armee gewesen war, ein Mann, der während der militärischen Aggression fünftausend Soldaten im Kampf gegen die Niederländer angeführt hatte und der durch zahlreiche Gefechte gestählt war, ein Mann, der einmal sogar kurzzeitig zum General ernannt worden war und der weit mehr Orden verliehen bekommen hatte als jeder andere Soldat. Und er war der einzige Mann, dem man zutraute, einer Stadt vorzustehen, in der Schmuggel in großem Stil im Verborgenen betrieben wurde. Früher oder später würde Allamanda diesen Mann wohl besser kennengelernt haben, aber bis die Zeit der Reue anbrach, sollte sie sich nicht darüber bewusst werden, dass Shodancho nicht die Beute war, mit der sich leichtfertig spielen ließ.

Wie es Allamanda vermutet hatte, erschien Shodancho einige Tage nach ihrer Begegnung beim Orkes-Melayu-Konzert in ihrem Haus. Er kam allein in seinem Jeep angefahren und wurde von ihrer Mutter empfangen, neben der er wie ein rotznäsiger Junge vor seiner ersten Verabredung aussah. Sie begannen ein Gespräch, das sich um die Stadt drehte, doch Allamanda wusste genau, dass er nicht deswegen gekommen war, denn er hatte ihr einen Blumenstrauß mitgebracht. Sie nahm die Blumen mit auf ihr Zimmer, nur um sie von ihrem Fenster aus auf den Komposthaufen im Hof zu werfen. Anschließend gesellte sie sich wieder zu ihrer Mutter und Shodancho und lächelte bezaubernd und verlockend.

So ging das über mehrere Tage. Bei jedem Besuch brachte Shodancho Blumen mit, die sofort im Hof landeten, ohne dass der Überbringer davon erfuhr. Am dritten Tag brachte er einen Stoffpandabären mit, der, wie er sagte, direkt aus China importiert worden war. Ein anderes Mal schenkte er ihr eine Blumenvase aus Keramik, dann wieder war es ein Stapel amerikanischer Pop-Schallplatten, die Allamanda allerdings zu behalten beschloss.

Solche Spielereien hatte sie seit nunmehr einem Jahr unterlassen, und nicht ohne Stolz stellte sie fest, dass ihre Begabung, Männer dumm und albern aussehen zu lassen, noch intakt war. Sie spielte die Schallplatten ab, tanzte in ihrem Schlafzimmer umher und stellte sich vor, sie tanze mit ihrem Geliebten. Gemeinsam mit Kliwon auf die Musik der Schallplatten zu tanzen, die Shodancho ihr geschenkt hatte, war eine amüsante Vorstellung, und sie lachte immer wieder über die Dummheit des Stadthelden. Dann aber, spät in der Nacht, träumte sie, dass Kliwon von der ganzen Sache erfuhr und, außer sich vor Wut, entschlossen war, sie umzubringen. Sie wachte aus dem Traum auf, mit stockendem Atem und über und über mit kaltem Schweiß bedeckt. Sie verfluchte den Albtraum und versicherte sich, dass sie ihren Geliebten in keiner Weise betrogen und ihre Liebe sich ebenfalls in keiner Weise verändert hatte.

Am darauffolgenden Tag erhielt Allamanda Post ihres Geliebten. Sie wurde leicht nervös und fragte sich, ob ein Zusammenhang zwischen ihrem Albtraum und dem Brief in ihren Händen bestünde. Sie ging auf ihr Zimmer, legte sich aufs Bett und wagte es nicht, den Umschlag zu öffnen, fürchtete sie doch, der Albtraum könne Wirklichkeit werden. Doch was auch immer geschehen würde, sie musste den Brief öffnen und seinen Inhalt erfahren.

Ihre Befürchtungen entbehrten jeder Grundlage, es gab weder Tadel noch die geringste Verdächtigung. Kliwon berichtete, dass er nun an der Universität sei, dass die Vorlesungen nicht so schwierig seien, wie er sie sich anfangs vorgestellt habe, und dass alles bestens liefe. Allamanda war überzeugt, der Mann würde mit nichts seine Schwierigkeiten haben, und sie war stolz auf ihren klugen Geliebten. Als Kliwon beschrieb, wie er neben dem Studium als fahrender Fotograf und in einer Wäscherei arbeitete, flossen Tränen der Rührung über ihre Wangen, und sie flüsterte, dass die Zukunft für sie beide besser werden würde. Sie küsste den Briefbogen, noch Tränen in den Augen, dann schlief sie, mit dem Brief über ihrem Gesicht, ein.

Erst als sie zwei Stunden später aus einem schönen Traum von einer fröhlichen Hochzeit mit ihrem Geliebten aufwachte, wurde sie sich bewusst, dass sie den Brief noch nicht bis zu Ende gelesen hatte. Zwischen den Briefbögen steckte eine Fotografie ihres Geliebten. Im Brief erklärte er, er habe dieses Bild selbst aufgenommen, und daher solle sie, falls es Schlagseite habe oder sein Gesicht zu komisch aussähe, ihm dies nachsehen.

Allamanda lachte beim Betrachten des Fotos, küsste es verzückt nicht weniger als acht Mal, drückte drei zusätzliche Bonusküsse darauf, bevor sie es an ihre Brust drückte und es dort liegen ließ, während sie mit dem Lesen fortfuhr. Gegen Ende wurde der Brief weniger interessant, da Kliwon von Parteiangelegenheiten berichtete. Allamanda interessierte sich nicht für diese Erörterungen und war dankbar, dass er nicht mehr als einen Abschnitt darauf verwendete, an den sich dann auch bald seine Bitte anschloss, ein Foto von ihr geschickt zu bekommen. Allamanda lächelte abermals und sagte, als befände sich der Mann direkt vor ihr: »Bald bekommst du ein Bild vom hübschesten Mädchen der Welt, eigens gemacht für den bestaussehenden Mann der Welt.«

Am Nachmittag hatte sie sich besonders hübsch zurechtgemacht und wollte zum Fotografen aufbrechen, als sie Shodancho wie üblich im Gespräch mit ihrer Mutter im Besucherzimmer antraf. Ihr Instinkt als Herzensbrecherin flammte gleich auf, und sie lächelte Shodancho zuckersüß an, woraufhin dieser augenblicklich das Gespräch mit Dewi Ayu einstellte. Er glaubte, das Mädchen habe sich für ihn herausgeputzt, und sandte stille Stoßgebete zum Herrscher des Weltalls. Doch genau in diesem Moment sagte Allamanda kühl, dass sie den beiden keine Gesellschaft leisten könne wie sonst, da sie auf dem Weg zum Fotografen sei.

Das Mädchen sah Shodanchos Enttäuschung, doch der Mann bekam sich in den Griff und bot sich persönlich an, sie zu begleiten. Daran hatte Allamanda gar nicht gedacht, aber was sollte schon verkehrt daran sein, wenn sie sich von einem naiven Verlierer zum Fotografen begleiten ließ, um ein Foto für ihren Geliebten zu machen. Allamanda lächelte abermals und warf ihrer Mutter, die sich über das schlechte Benehmen ihrer Tochter ärgerte, einen Seitenblick zu.

So brach dann auch Shodancho auf und begleitete Allamanda zu jenem Fotostudio, das es bereits seit der Kolonialzeit gab und früher von einem japanischen Spion betrieben worden war, inzwischen aber einer chinesischen Familie gehörte. Shodancho saß im Wartezimmer und bat die Ehefrau des Fotografen, jeweils zwei Abzüge zu machen, ohne dass das Mädchen davon erführe. Die Frau des Geschäftsinhabers nickte verständnisvoll.

Unterdessen wurde Allamanda anmutig vor die Leinwand gestellt, auf der ein See mit darauf schwimmenden Reihern und blauen Bergen dahinter abgebildet war. Sie wurde zunächst im Stehen fotografiert, dann setzte sie sich auf einen künstlichen Stein, der vor dem Bild platziert war, dann wurde das Hintergrundbild gegen eines ausgetauscht, auf der ein Fluss mit einer Hängebrücke und Bäumen zu sehen war, und als letzte Leinwand folgte die fremdartige Darstellung eines Winters in China. Der Fotograf machte insgesamt zehn Aufnahmen von ihr, und als sie bezahlen wollte, erfuhr sie, dass Shodancho das bereits erledigt hatte. Sie war ganz angetan von der Aussicht, ihrem Geliebten ein Foto auf Kosten eines anderen Mannes zu schicken, dessen Herz brechen würde, sollte er davon erfahren. Shodancho seinerseits betrachtete ihre Billigung als gutes Omen für ihre Beziehung.

Shodancho brachte die entwickelten Fotografien vier Tage später vorbei, und er gab vor, zufällig am Studio des Chinesen vorbeigekommen zu sein. Allamanda nahm sie freudig an, ging gleich auf ihr Zimmer und erfreute sich am Anblick der Bilder von sich selbst. Sie wählte vier Abzüge aus, auf denen sie sich besonders hübsch getroffen fand, begann einen Brief an ihren Geliebten zu schreiben, in dem sie ihm von Shodancho und dessen Blödsinnigkeit berichtete, und teilte ihm frei heraus mit, dass dieser Mann offenbar Gefallen an ihr gefunden habe. Sie versicherte ihrem Liebsten, sie habe umgekehrt nicht das geringste Interesse an Shodancho, sie fühle unverändert, ihre Liebe sei nur für ihren einzig Liebsten bestimmt und sie habe nicht das geringste Bedürfnis, ihn zu betrügen. Wenn sie in ihrem Brief über Shodancho sprach, dann tat sie es nicht, um ihren Geliebten eifersüchtig zu machen, sondern um ihm zu zeigen, dass es zwischen ihnen keine Geheimnisse gab. Vielleicht würde Kliwon eifersüchtig sein, aber Allamanda glaubte fest daran, dass er ihr vertraute und dass es daher nichts ausmachte, wenn sie in ihrem Brief von Shodancho sprach. Sie sprenkelte ein wenig Puder auf den Briefbogen, damit ihr Liebster ihren Geruch schnuppern konnte, und sie malte sich die Lippen an und drückte sie unter die letzte Zeile des Briefes, neben ihre Unterschrift, als Symbol für einen Sehnsuchtskuss aus der Ferne. Briefbogen und Fotos steckte sie in einen Umschlag, und sie lächelte bei der Vorstellung, wie ihr Geliebter diesen in wenigen Tagen erhalten würde.

Währenddessen hatte sich Shodancho in seinem Haus neben dem Militärquartier mit den Fotografien von Allamanda in seinen Händen tagträumend hingelegt. Immer wieder schaute er die Bilder mit einem schmachtenden Blick an, als wollte er sie durchbohren. Eins nach dem anderen legte er sie mit der Abbildung nach unten auf seine nackte Brust, seine Hände unter dem Kopf verschränkt.

Mit offenen Augen träumte er von dem Mädchen, von ihrer Schönheit, von ihrem Körper, bis er vor Verlangen fast platzte, sodass seine Hand erneut nach den Fotos griff und er diese immer wieder nacheinander betrachtete, ihre Oberfläche streichelte, als handelte es sich dabei um den Körper des Mädchens selbst, und er immer lüsterner wurde, wie ein läufiger Hund. Seine Augen wurden glasig vor Gier, er drehte sich auf den Bauch, legte die Fotografien auf das Kissen, betrachtete sie erneut, fuhr mit den Zeigefingern darauf herum, während seine Lippen den Namen des Mädchens murmelten. In diesem Unruhezustand verharrte er eine halbe Stunde. Danach sahen die Bilder, die er sich erschlichen hatte, speckig aus. Schließlich stand er auf, legte sie in eine Schublade, zog seine Uniform an und verließ sein Zimmer. Er ging auf den Soldaten zu, der neben dem Eingangstor zur Militärdistriktkommandantur Halimunda gerade Wache schob.

»Guten Tag, Shodancho«, sagte der Soldat, während Shodancho durchs Tor trat und sich gegen die Wand lehnte, obwohl ihm der Soldat einen Stuhl hingestellt hatte.

Shodancho fragte: »Wo sind in dieser Stadt die Huren?«

Der zweite Unteroffizier lachte und sagte, es gebe etliche Huren in Halimunda, aber nur eine sei gut, und er nannte ihm das Bordell von Mama Kalong. »Wenn Sie es heute Abend besuchen wollen, kann ich Sie hinbringen.«

Nicht überrascht darüber, dass seine Untergebenen so genau über die Bordelle in der Stadt Bescheid wussten, lachte Shodancho nur und sagte rasch: »Wir gehen heute Abend.«

»Selbstverständlich, Shodancho, wenn Sie das wünschen.«

Das war jener Abend, als er das Bordell von Mama Kalong aufsuchte und sich Dewi Ayu nahm und Maman Gendeng am folgenden Tag wutentbrannt in sein Büro stürmte und ihm drohte.

Nach dem Besuch des Preman war Shodancho klar, dass er einen Feind in Halimunda hatte. Nach wenigen Tagen, in denen seine Untergebenen ausgeschwärmt waren, um weitere Informationen zu beschaffen, kannte er Reputation und Namen des Mannes: Maman Gendeng. Da es nicht weise war, diesem Mann in die Quere zu kommen, gab es auch keinen Anlass, zum Bordell zurückzukehren und mit Dewi Ayu zu schlafen. Davon abgesehen war der Besuch im Bordell tatsächlich eine dumme Idee von einem Mann, der seine künftige Ehefrau beeindrucken wollte.

Er war umso entschlossener, Allamanda zu bekommen, die einzige Frau, von der er glaubte, sie sei wie für ihn geschaffen: eine Frau, heißblütig im Bett, elegant bei offiziellen Anlässen, hinreißend bei öffentlichen Zusammenkünften und selbstbewusst genug, um bei militärischen Zeremonien an seiner Seite zu stehen, falls die Anwesenheit einer Ehefrau nötig sein würde. Allerdings konnte er sich des unguten Gefühls nicht erwehren, das ihn überkam, als sein Untergebener, der ihm von Maman Gendengs Reputation berichtete, auch von Allamandas Reputation in dieser Stadt berichtete: eine junge Herzensbrecherin, die über Männer lachte, deren Herz sie gebrochen hatte, die unter der unerwiderten Liebe litten, zermürbt von den Bildern von ihr im Kopf. Der einzige Mann, der ihr Herz zu erobern imstande gewesen war, sei ein junger Kommunist namens Kliwon. »Aber der Mann studiert in der Hauptstadt, an der Universität, womöglich ist ihre Beziehung zu Ende.«

Dass das Mädchen schon einmal erobert worden war und sich selbst einmal verliebt hatte, erleichterte ihn ein wenig. Außerdem war es schwer zu glauben, dass das Mädchen die Unverfrorenheit besaß, mit einem Mann zu spielen, der in der Stadt über uneingeschränkte Macht verfügte, es sei denn, sie hätte sich ein zweites Mal verliebt, und Shodancho gefiel die letztere Möglichkeit weitaus besser.

Diese Illusion Shodanchos bekam mehr Nahrung, als das Mädchen eines Nachmittags bei einem seiner Besuche eine offene Naht an seiner Uniform entdeckte. Während Shodancho mit Dewi Ayu plauderte, sagte Allamanda ohne jede Spur der Zurückhaltung: »Die Naht an deiner Jacke ist offen, Shodancho. Wenn du nichts dagegen hast, nähe ich sie dir.«

Es klang derart süß, dass sein Herz in den siebten Himmel schwebte. Sofort zog er die Uniformjacke aus, unter der ein dunkelgrünes Unterhemd zum Vorschein kam, und gab sie Allamanda, die damit ins Nähzimmer ging. Diese Begebenheit überzeugte ihn davon, dass Allamanda seine Zuneigung ernsthaft erwiderte. Was ihm nun noch zu tun blieb, war einzig und allein ernsthaftere Gespräche betreffs ihrer Beziehung zu führen. Shodancho hoffte gar, über den Tag ihrer Hochzeit reden zu können, und er beklagte im Stillen, wie langsam die Tage verstrichen.

Die Gelegenheit, über seine Gefühle zu sprechen, kam an einem strahlenden Nachmittag, als er mit Allamanda im Urwald auf der Landzunge spazieren ging, auf den Spuren der früheren Guerillarouten. Er zeigte ihr die Hütte, in der er jahrelang gelebt hatte, die Höhlen, in denen er meditiert und sich versteckt gehalten hatte, und die Restbestände der Waffen, bestehend aus Mörsern, Gewehren und Schießpulver. Er zeigte ihr auch die Verteidigungsfestungen, die die Japaner errichtet hatten. Und genau vor seiner Guerillahütte, an der er einst die Besprechungen mit seinen Soldaten abgehalten hatte, setzten sie sich nun auf Steinblöcke und schauten aufs Meer hinaus. Es war recht warm an diesem Tag, und ein angenehmer Ostwind wehte.

Ob es ihr gefallen würde, hier am Meer einen Fruchtsaft zu trinken, fragte Shodancho, was Allamanda bejahte. Der Guerillastützpunkt war gar nicht so unheimlich, wie sie ihn sich vorgestellt hatte. Shodancho ging zum Lastwagen und kehrte mit einer Thermosflasche zurück.

Ein paar Fischerboote, die zu dieser späten Nachmittagsstunde auf dem Meer waren, schaukelten sacht auf dem offenen Wasser und trieben dort wie Blütenblätter auf einem Teich. Jeweils zwei bis drei Fischer befanden sich auf einem Boot, sitzend und plaudernd.

Die Fischer trugen dichte Kleidung, um sich vor der beißenden Kälte auf dem Meer zu schützen, die sie im Alter mit Rheumatismus plagen würde: ein langärmeliger Pullover, ein Sarong um die Schultern, ein kegelförmiger Reishut, Handschuhe und Turnschuhe aus Stoff. Shodancho erklärte, dass diese Form der Fischerei in der Zukunft verschwinden würde. Große Schiffe, die einige Dutzend Fischer aufnehmen und eine weitaus größere Fangrate garantieren konnten, würden die winzigen, obendrein noch sturmuntauglichen Fischerboote ersetzen. Die Fischer würden künftig kaum mehr mit dem Meerwasser in Berührung kommen und auch den Rheumatismus nicht mehr fürchten müssen. Allamanda gab nur knapp zurück, dass die Fischer viel zu sehr mit dem Meer verbunden seien, um sich vor Stürmen oder Rheumatismus zu fürchten, und möglicherweise hätten sie gar kein Interesse daran, mehr Fische zu fangen, als sie für ihren täglichen Bedarf brauchten. Das habe sie einmal von Kliwon gehört.

Shodancho lachte in sich hinein, und dann unterhielten sie sich darüber, welcher Fisch am schmackhaftesten sei. Allamanda sagte, der köstlichste Fisch für sie sei der Barsch, während Shodancho meinte, er möge Tintenfisch besonders gern, worauf Allamanda den Einwand erhob, Tintenfisch sei gar kein Fisch, da er weder Schuppen noch Flossen habe. Als er das hörte, lachte Shodancho erneut. Sie schwiegen beide für einen Moment, als Shodancho Fruchtsaft in Allamandas Glas goss. Dann kam der Moment, in dem Shodancho das sagte, was er sagen wollte, oder besser gesagt, er die Frage stellte, die er stellen wollte: »Allamanda, willst du vielleicht meine Frau werden?«

Allamanda überraschte diese Frage ganz und gar nicht. Sie hatte sie schon aus dem Mund vieler Männer und in unterschiedlichen Variationen gehört, sodass sie sie mit der Zeit immer weniger überraschte. Vielmehr hätte sie voraussagen können, zu welchem Zeitpunkt ein Mann mit der Sprache herausrückte. Ihrer Erfahrung nach wurde der Schritt, den ein Mann tat, um endlich einer Frau gegenüber seine Liebe zu gestehen, stets von gewissen Anzeichen begleitet, auch wenn sich diese von Mann zu Mann unterschieden. Allamanda war der Meinung, dass eine Frau dies spüren konnte, vor allem wenn es sich um eine Frau wie sie selbst handelte, die die Liebe von dreiundzwanzig Männern abgewiesen und erst den vierundzwanzigsten Mann akzeptiert hatte. Nun dachte sie darüber nach, wie sie den fünfundzwanzigsten Mann mit dem Fieber einer unerwiderten Liebe infizieren konnte.

Sie erhob sich und schritt auf das abfallende Ufer zu, schaute zwei Fischern nach, die in ihrem Boot gemächlich rudernd an ihr vorüberglitten, und sagte, ohne sich zu Shodancho umzusehen »Ein Mann und eine Frau müssen einander lieben, um zu heiraten, Shodancho.«

»Liebst du mich denn nicht?«

»Ich habe schon einen Liebsten.«

Warum aber machst du dich dann bei jeder unserer Begegnungen so hübsch, wenn nicht, um mein Herz zu gewinnen?, fragte sich Shodancho ein wenig aufgebracht. Und warum wolltest du, dass ich dich zum Fotografen begleite, und dass ich die Bilder deines Körpers sehe, und warum hast du dann die offene Naht an meiner Jacke genäht, wenn nicht, weil du mir deine Zuneigung zeigen wolltest?

Shodancho ließ all die Vorkommnisse der letzten Zeit vor seinem geistigen Auge Revue passieren, und die jähe Erkenntnis, dass das Mädchen ihn zum Narren hielt, brachte ihn mehr und mehr auf. Er verfluchte sich für seine Unvorsichtigkeit Allamanda gegenüber, er hatte die Tatsache ignoriert, dass sie jenes Mädchen war, von dem es hieß, dass es die Herzen vieler Männer gewonnen hatte und sie dann fortwarf wie Abfall. Er war dumm genug gewesen zu glauben, dass dieses Mädchen es nicht wagen würde, so etwas einem Shodancho anzutun, der einst einen Aufstand angeführt hatte und der Held der

Stadt war. Tatsächlich aber schien sie nicht nur großen Mut, sondern vor allem auch großen Spaß daran zu haben.

Es brachte ihn noch mehr auf, das Mädchen zu sehen, wie es sich wieder auf den Stein setzte, schweigend, mit dieser unglaublichen Gelassenheit, und dann von ihrem Fruchtsaft trank. Richtig zornig wurde er, als das Mädchen ihn anlächelte, so als wolle es ihn um Verzeihung bitten und als bedaure es, ihm das Herz gebrochen zu haben, oder als wolle es ihm sagen: »Du bist zu spät, Shodancho.« Er geriet außer sich vor Zorn, sagte jedoch ruhig: »Liebe ist wie ein Teufel, häufiger flößt sie Furcht ein, als dass sie Freude schenkt. Wenn du mich nicht liebst, dann schlaf wenigstens mit mir.«

Wie erbärmlich dieser Mann ist, dachte Allamanda. Sie sah in Shodanchos Gesicht, wunderte sich dann aber, warum dieses Gesicht plötzlich hin und her schwankte. Dann teilte es sich auch noch in zwei Hälften, die unabhängig voneinander entweder deutlich erkennbar waren oder verschwanden. Sie wollte Shodancho fragen, was mit seinem Gesicht los war, aber ihrem Mund fehlte die Kraft, sich zu bewegen. Plötzlich fühlte sie ihren eigenen Körper wanken und hoffte, dass nicht auch sie sich in zwei Hälften teilte wie das Gesicht Shodanchos. Aber genau das passierte, als sie auf ihre Hand sah, die noch das Glas mit einem Rest Fruchtsaft hielt: Jetzt begann sich ihre Hand in zwei Teile zu spalten, in drei und dann sogar in vier.

Sie sah noch, obgleich alles um sie herum mehr und mehr verschwamm, wie Shodancho sich von seinem Platz erhob, auf sie zuging und etwas zu ihr sagte, von dem sie jedoch keinen Ton hören konnte. Aber umso deutlicher konnte sie dann spüren, wie er ihr zärtlich über die Wange strich, ihr Kinn und ihre Nasenspitze berührte. Allamanda wollte aufstehen und dem Mann für diese Unverschämtheit eine Ohrfeige geben, doch jegliche Kraft war aus ihrem Körper gewichen. Dann schwankte sie nur noch und fiel gegen Shodancho.

Sie spürte, wie sich die Arme des Mannes fest um ihren schlanken Körper schlangen, dann war ihr, als schwebte sie in der Luft, und sie fragte sich, ob sie womöglich bereits tot und ihre Seele im Begriff war, in das himmlische Königreich zu fliegen. Doch wie sie mit ihrem stetig nachlassenden Sehvermögen wahrnahm, flog sie ganz und gar nicht, sondern schwebte nur kurz über dem Boden, als Shodancho sie emporhob und sie über seine kräftigen Schultern legte. Dann schritt er los, und Allamanda wollte ihn fragen, hey, wohin bringst du mich, doch kein einziger Ton drang aus ihrem Mund. Shodancho trug sie in die Guerillahütte, und wieder schwebte Allamanda, diesmal, als er sie auf das Bett warf.

Da lag sie nun und begann zu realisieren, was eigentlich gerade geschah. Verängstigt darüber, was ihr wohl bevorstand, wollte sie sich wehren, doch die Kraft dazu fehlte ihr. Es fühlte sich an, als klebten ihr Rumpf, ihre Arme und ihre Beine fest auf dem Bett, und sie war nicht in der Lage, auch nur einen Körperteil zu bewegen.

Als Shodancho begann, die Knöpfe ihres Kleides zu öffnen, hatte Allamanda jeglichen Willen verloren und sich völlig ihrer Wut und ihrem Elend ergeben. Sie verfolgte mit den Blicken, wie der Mann ihr das Kleid auszog und es ans Fußende des Bettes warf, dann arbeitete er sich mit einer grässlichen Ruhe weiter vor. Als sie völlig nackt dalag, fühlte sie, wie Shodanchos Finger mit ihrer vom Hantieren mit den Waffen schrundigen Haut und ihren von Granatsplittern stammenden Narben begannen, auf ihrem Körper herumzufahren, langsam vorwärtsgleitend, ihr Übelkeit bereitend.

Shodancho sagte etwas, das sie nicht hören konnte, und dann bewegten sich nicht nur seine Fingerspitzen, sondern seine ganzen Hände griffen nach ihr, als wollten sie sie zerstören. Shodancho knetete grob ihre Brüste, dass Allamanda aufheulen wollte, er fuhr ihren gesamten Körper entlang, griff zwischen ihre Schenkel, und dann begann er auch noch, sie zu küssen, dabei mit den Lippen eine Speichelspur an beinah jeder Körperstelle des Mädchens hinterlassend. Allamanda wollte nicht mehr nur aufheulen, sondern sich die Kehle zudrücken, damit sie stürbe, bevor dieser Mann noch weiter ging. Sie erinnerte sich nicht, wie lange sie bereits in diesem Zustand war, vielleicht eine halbe Stunde, vielleicht eine Stunde, ein Tag, sieben Jahre oder acht Jahrhunderte. Was sie jedoch wusste, war, dass Shodancho danach seine eigenen Kleider auszuziehen begann und nackt und hochmütig neben dem Bett stand.

Kurz knetete er noch einmal ihre Brüste, bevor er sich auf sie warf, ihre Lippen mit kleinen Bissen küsste und, ohne allzu viel Zeit zu verlieren, in sie eindrang. Allamanda sah sein Gesicht dicht vor ihren Augen wie eine formlose weiße Masse, sie spürte, wie dieser Barbar ihre Scham misshandelte. Sie begann zu weinen, ohne jedoch zu wissen, ob sie noch imstande war, Tränen zu vergießen oder nicht. Ihr schien es endlos zu dauern, wie weitere acht Jahrhunderte. Unfähig, ihre Augen offen zu halten, fühlte sie nur noch, wie sie beschmutzt wurde. Bis sie ihr Bewusstsein verlor oder dachte, sie habe es verloren, denn sie fühlte nichts mehr, oder sie wollte nichts mehr fühlen. Schließlich löste sich Shodancho von ihr und rollte sich neben ihren Körper, der noch in derselben Position wie zu Anfang dalag: auf dem Rücken, wie festgeklebt, nackt.

Shodancho lag neben ihr, mit ruhigen, gleichmäßigen Atemzügen, sodass Allamanda glaubte, der Mann sei erschöpft eingeschlafen. Sie schwor, wenn jetzt ihre Kraft zurückkehrte, dann würde sie sich ohne jeden Skrupel ein Messer greifen, auf den Schlafenden einstechen und ihn töten. Oder eine Granate in seinem Mund zünden. Oder ihn mit einer Kanone aufs offene Meer hinausschießen. Doch der Mann war keineswegs eingeschlafen, denn Shodancho richtete sich auf und sagte: »Falls du denkst, Männer erobern zu können und sie wie wertlosen Abfall wegzuwerfen, dann bist du bei mir an den Falschen geraten, Allamanda. Ich gewinne jede Schlacht, auch die gegen dich.«

Allamanda spürte jedes seiner zynischen und spottenden Worte wie stechende Dornen. Sie war nicht in der Lage, etwas darauf zu erwidern, sie konnte lediglich Shodancho mit nach wie vor verschwommenem Blick dabei zusehen, wie er vom Bett stieg, seine Kleider nahm und sich wieder anzog.

Anschließend nahm Shodancho auch die Kleider des Mädchens, zog sie ihm Stück für Stück über und verkündete, es sei Zeit, nach Hause zu fahren. Allamanda war zwar wieder vollständig angezogen, als sei nicht das Geringste geschehen, doch sie war immer noch benommen. Sie erinnerte sich nur, dass alles begonnen hatte, nachdem sie den Fruchtsaft getrunken hatte.

Shodancho hob sie aus dem Bett, und wieder schien ihr, als schwebte sie. Diesmal warf er sie nicht über die Schulter, sondern trug sie auf seinen kräftigen Armen vor der Brust, so wie er in der Vergangenheit Handkanonen getragen hatte oder einen seiner im Kampf gegen die Niederländer verwundeten Männer, den er aus der Schusslinie bringen musste. Nun lag Allamanda in seinen Armen, während er aus der Hütte und in Richtung Lastwagen ging. Shodancho setzte sie neben sich auf den Beifahrersitz und steuerte den Lastwagen über die unasphaltierte Straße durch den dunklen und dichten Wald.

Er brachte das Mädchen auf direktem Weg nach Hause. Allamanda erinnerte die Fahrt lediglich als eine Kette schwacher Lichtpunkte. Als sie vor dem Haus angekommen waren und Shodancho den kraftlosen Körper Allamandas abermals vor der Brust tragend vom Lastwagen stieg, kam ihnen Dewi Ayu entgegen. Sie half dem Mann, ihre Tochter auf ihr Schlafzimmer zu tragen. Zu zweit legten sie sie ins Bett, und Dewi Ayu fragte, was geschehen sei.

Shodancho antwortete seelenruhig, als gebe es nichts, worüber man sich Sorgen machen müsse: »Ihr ist nur während der Fahrt schlecht geworden.«

»Weil du dir ihren Körper ohne Erlaubnis genommen hast, Shodancho«, erwiderte Dewi Ayu, die aufgrund ihrer Lebenserfahrung auch ohne Worte wusste, was geschehen war. »Denk nur nicht, dass du damit davonkommst, weil du einen Krieg gewonnen hast.«

Allamanda wurde in ihrem Zimmer allein zurückgelassen, zum ersten Mal fühlte sie, wie Tränen ihre Wangen benetzten, und es kam ihr vor, als verdunkelte sich alles um sie herum, bevor sie schließlich wirklich das Bewusstsein verlor.

9

Als Allamanda am folgenden Tag ihr Bewusstsein wiedererlangte, war das Erste, an das sie dachte, Kliwon, und gleichzeitig wusste sie, dass für sie und für ihren Geliebten alles zu Ende war.

In diesem Moment überkam sie das Gefühl, verflucht zu sein. Vielleicht bereute sie nichts von dem, was sie jemals getan hatte, und vielleicht akzeptierte sie daher das, was geschehen war, und doch fühlte sie sich verflucht. Sie wollte ihrem Liebsten einen Brief schreiben, gleich dem Brief mit den Fotos hinterher, und ihm mitteilen, was geschehen war. Allerdings würde sie nicht davon schreiben, dass sie mit einem Mann gespielt hatte, mit dem man nicht hätte spielen dürfen, und sie würde auch nicht davon schreiben, dass Shodancho sie vergewaltigt hatte. Sie würde nur schreiben, dass sie mit Shodancho geschlafen hätte. Sie schämte sich vor sich selbst, und das Einzige, was sie zutiefst bedauerte, war, dass sie ihren Geliebten verlieren würde, denn auch wenn sie wusste, dass Kliwon sie so nehmen würde, wie sie war, wollte sie ihn unter keinen Umständen wiedersehen. Auch wenn sie ihn noch liebte, würde sie ihn anlügen und ihm sagen, dass sie ihn verließ, um ihren neuen Geliebten zu heiraten, und sie würde ihn um Verzeihung bitten. Am Nachmittag hatte sie diesen Brief tatsächlich geschrieben, und sowie die Briefmarke auf dem Umschlag klebte, in den Briefkasten gesteckt.

Was sie nun noch tun musste, war, mit Shodancho abzurechnen, ihrer Rache und ihrer Wut freien Lauf lassen und darüber nachzudenken, wie sie Vergeltung üben konnte, ohne gleich einen Dolch in den Leib dieses Mannes zu stoßen. Sobald sie den Brief, den Kliwon in wenigen Tagen öffnen würde, eingeworfen hatte, ging sie zum Quartier des Militärdistrikts, erhielt am Tor einen unangemessenen Ehrengruß des Wachsoldaten und betrat, wie es auch Maman Gendeng getan hatte, das Büro Shodanchos, ohne an die Tür geklopft zu haben.

Shodancho saß hinter seinem Schreibtisch und betrachtete die Fotos von Allamanda. Zwei hielt er in der Hand, und die übrigen acht lagen auf dem Tisch ausgebreitet. Als Allamanda hereinplatzte, erschrak er und versuchte, die Bilder zu verbergen, doch Allamanda winkte ab. Und dann stand das Mädchen vor Shodancho, eine Hand auf den Schreibtisch gestützt und die andere Hand in die Hüfte gestemmt. »Jetzt weiß ich, was ihr Männer als Guerillakämpfer getrieben habt«, sagte Allamanda, während Shodancho sie mit dem Blick eines liebeskranken Sünders ansah. »Du musst mich heiraten, ohne dass ich dich jemals lieben werde, oder ich werde mich umbringen, aber erst, nachdem ich jedem in der Stadt gesagt habe, was du mir angetan hast.«

»Ich werde dich heiraten, Allamanda«, sagte Shodancho.

»Gut. Und um die Hochzeitsfeier kümmerst du dich allein.« Ohne ein weiteres Wort zu verlieren, ging Allamanda wieder.

Bereits eine Woche später war die Hochzeitsfeier überall zum Gesprächsthema Nummer eins sowie zum Gegenstand ernsthafter wie unsinniger Spekulationen geworden. Da sich die Einwohner Halimundas jedoch recht schnell an alles Mögliche gewöhnten, waren sie letztlich auch nicht sonderlich von dieser Neuigkeit überrascht, und einige behaupteten im Brustton der Überzeugung sogar, dass Allamanda und Shodancho das harmonischste Paar abgaben, das man sich auf der Erde vorstellen konnte: Ein schönes Mädchen, Tochter der angesehensten Prostituierten, heiratete einen ehemaligen Revolutionär, der einmal zum General befördert worden war – etwas Passenderes als das gab es nicht. Andere meinten, dass Shodancho tatsächlich besser zu Allamanda passte als dieser Unruhestifter Kliwon, und das Mädchen sei klug genug, um das zu wissen.

Doch Kliwon hatte viele Freunde in der Stadt. Die Fischer, mit denen er, als er noch in Halimunda lebte, häufig aufs Meer hinausgefahren war oder denen er für den Lohn einer Plastiktüte voller frisch gefangener Fische beim Einholen der Netze am Strand geholfen hatte oder denen er, als er noch in der Bootswerkstatt arbeitete, etliche Male die lecken Boote ausgebessert oder die stotternden Außenbordmotoren repariert hatte. Die Landarbeiter, die so wie er selbst auf Feldern arbeiteten, die anderen gehörten, und denen er ein willkommener Gefährte war, der über viele Dinge sprechen konnte, die er in seinem klugen Kopf hatte und von denen seine Freunde sonst nichts erfahren oder über die sie nicht einmal nachgedacht hätten. Die Mädchen, die sich einmal in ihn verliebt hatten oder immer noch in ihn verliebt waren, und selbst wenn sie von Kliwon wegen eines anderen Mädchens verlassen worden waren, keineswegs unter Liebeskummer litten, sondern ihn immer noch liebten. Die jungen Leute schließlich, mit denen Kliwon als Kind gespielt hatte, mit denen er zum Schwimmen gegangen war und Brennholz gesucht hatte oder Gras, das sie dann an die reichen Leute verkauften, oder mit denen er in seiner Jugend Vögel gejagt hatte. Sie alle bedrückte die Nachricht, dass Allamanda entschieden hatte, diesen Mann, ihren Freund, zu verlassen und Shodancho zu heiraten. Aber es war nicht ihre Sache, sich in Allamandas Entscheidung einzumischen, und auch Kliwons Herzensangelegenheiten waren – schmerzlich oder nicht – ausschließlich seine Angelegenheiten.

Bald verbreiteten sich von einem Winkel Halimundas zum anderen rasch auch Einzelheiten der Hochzeitsfeier, von der die Leute als dem rauschendsten Fest sprachen, das seit Bestehen der Stadt ausgerichtet wurde und möglicherweise auch sämtliche in der Zukunft stattfindenden Feste übertreffen würde. Im Rahmen dieser Hochzeitsfeier würden nicht weniger als sieben Gruppen von Schattenspielern für Unterhaltung sorgen und in sieben Nächten das *Mahabharata* in voller Länge auf die Bühne bringen. Jeder Bewohner der Stadt sei eingeladen, das angerichtete Hochzeitsmahl reiche für die ganze Stadt über sieben Generationen. Außerdem gebe es Darbietungen von traditionellen Sintren- und Kuda-Lumping-Tänzen, Orkes-Melayu-Musik,

Filmvorführungen auf einer großen Leinwand und selbstverständlich Schweinekämpfe.

Diese Neuigkeiten erreichten schließlich auch Kliwon, zusammen mit Allamandas Brief. Ein Tag vor der Hochzeit, das Festzelt war bereits vor Dewi Ayus Haus aufgebaut worden, und Allamanda durchlief gerade die von mehreren Heilern durchgeführten Rituale zur Vorbereitung auf das Fest, kehrte Kliwon nach Halimunda zurück. Er kam mit dem Zug und vor Wut glühend, nicht etwa deshalb, weil er zuvor noch nie von einer Frau verlassen oder gekränkt worden war, sondern einzig und wahrhaftig, weil er Allamanda von ganzem Herzen liebte.

Vor dem Bahnhof, dort, wo sie sich zum letzten Mal gesehen und geküsst hatten, fällte Kliwon den Seemandelbaum. Die vielen Schaulustigen fragten sich, was er da mit dem Baum anstellte, doch angesichts seiner zornig funkelnden Augen und der Machete in seiner Hand wagte es niemand, ihn zu stören. Selbst der Polizist, der zufälligerweise in der Nähe war, traute sich nicht, ihm zu verbieten, den Seemandelbaum zu fällen, dessen Geäst ursprünglich dazu gedacht war, den Reisenden vor dem Bahnhof Schutz vor Regen und Sonne zu bieten. Als der Baum umstürzte, wichen die Leute lediglich einige Schritte zurück, um nicht von den herabfallenden Ästen und Zweigen getroffen zu werden, und fragten sich, warum dieser Mann seine Liebeswut an einem kleinen Baum ausließ, den doch keinerlei Schuld traf.

Kliwon selbst schien sich nicht von den Schaulustigen, die sich in wachsender Zahl vor dem Bahnhof drängten und ihn beobachteten, gestört zu fühlen. Er begann damit, die Äste und Zweige vom Stamm zu schlagen und die Blätter abzutrennen, bis das Blattwerk den Weg zum Bahnsteig völlig bedeckte und schließlich in einem aufkommenden schaurigen Wirbelwind, in den sich herumliegender Unrat mischte, umherflog. Der Straßenfeger wagte nicht, dem Mann Einhalt zu gebieten, und zog lediglich die Möglichkeit in Betracht, dieser sei verrückt geworden.

Nur ein Freund aus Kindertagen hatte den Mut, Kliwon zu fragen, was er da mit dem Seemandelbaum anstellte, und Kliwon antwortete ihm knapp, »ihn fällen«. Danach wagte es niemand mehr, ihn anzusprechen, und Kliwon fuhr mit seiner Arbeit fort.

Als der Baumstamm von Ästen und Blättern befreit war, begann er, Scheite in der Größe von Brennholz zu hacken. Die größeren Äste teilte er in zwei Hälften oder viertelte sie, bis sich nach einer Weile ein Stoß Holzscheite am Straßenrand türmte. Kliwon ging zum Gepäckschalter, wo er sich ungefragt und ungehindert ein dickes Seil nahm und das Holz damit zusammenband. Als alles fertig war, und ohne mit jemandem aus der Menschenmenge, die sich nach wie vor treu um ihn scharte, gesprochen zu haben, steckte er seine Machete in den Sarong, wuchtete das Bündel Holz auf seine Schultern und verließ das Bahnhofsgelände.

Die Leute wollten ihm zunächst folgen, doch der Freund, der ihn zuvor angesprochen hatte, begann zu begreifen und sagte: »Lasst ihn allein gehen.« Und tatsächlich ging Kliwon zum Haus Allamandas und traf die junge Frau dabei an, wie sie lustlos nach dem Stand der Vorbereitungen für das Fest sah. Sein plötzliches Erscheinen überraschte Allamanda, und es überraschte sie noch mehr, dass der Mann, den sie nach wie vor liebte, aus unerfindlichen Gründen einen Stoß Holzscheite geschultert hatte.

Für den Bruchteil einer Sekunde dachte Allamanda daran, auf ihn zuzuspringen, ihn zu umarmen und ihn zu küssen, so wie sie es am Bahnhof getan hatten, ihm zu sagen, dass all dies für sein und ihr Hochzeitsfest bestimmt sei und dass es gelogen sei, dass sie Shodancho heiratete. Doch sofort besann sie sich und versuchte den Anschein eines selbstzufriedenen Mädchens zu erwecken, das der Hochzeit mit Shodancho voller Stolz entgegensähe. Da ließ Kliwon das Holz von seinen Schultern herab auf den Boden fallen, worauf Allamanda zurücksprang, um ihre Zehen zu retten. Dann erst öffnete Kliwon den Mund: »Hier ist der unglückselige Baum, unter dem wir uns versprachen, uns wiederzusehen, ich spende ihn dir als Brennholz für dein Hochzeitsfest.«

Allamanda machte eine abweisende Handbewegung zum Zeichen, er solle gehen, und darauf ging Kliwon, wortlos, als habe ihn ihre Geste hinweggefegt, als sei er von einem alles mitreißenden Sturm des Hasses erfasst worden. Vermutlich ahnte er nicht, dass Allamanda, sowie nichts mehr von ihm zu sehen war, auf ihr Zimmer lief und weinend ihre noch verbliebenen Fotografien verbrannte.

Als sie am nächsten Tag neben Shodancho auf dem Hochzeitssessel saß, hatte sie alles versucht, um die Spuren ihrer Tränen der vergangenen Nacht zu verbergen, doch es war ihr nicht gelungen, und in den folgenden Monaten, selbst in den folgenden Jahren noch heizte dies die Gerüchteküche der ganzen Stadt an.

Kliwon blieb nach diesem Vorfall verschwunden, zumindest erfuhr Allamanda mehrere Monate lang keinerlei Neuigkeiten über ihn, oder vielleicht wollte sie das auch gar nicht. Sie vermutete lediglich, dass er sich wieder auf den Weg in die Hauptstadt gemacht hatte, um sein Studium an der Universität fortzusetzen oder um sich den Jungkommunisten anzuschließen. Tatsächlich aber war Kliwon nirgendwohin gegangen, er war in Halimunda geblieben, übernachtete wechselweise bei Freunden oder zog sich im Haus seiner Mutter zurück. Am Tag der Hochzeit war er sogar heimlich auf der Feier erschienen, verkleidet, damit er Shodancho und Allamanda gratulieren konnte, ohne dass ihn das Paar erkannte. Kliwon bemerkte, dass Allamanda in der Nacht geweint haben musste. Ganz offensichtlich ging sie eine Ehe ein, die sie nicht wollte, mit einem Ehemann, den sie nicht liebte. Für seinen Teil fühlte Kliwon Allamanda gegenüber keinen Zorn mehr, doch das unglückliche Los des Menschen, den er liebte, bedrückte ihn zutiefst.

In seinem Innersten fragte er sich immer wieder, was Allamanda dazu bewogen haben konnte, Shodancho zu heiraten, den sie kaum kannte. Schließlich hörte er einen der Fischer von seiner Beobachtung erzählen, wie Shodancho eines Abends einen Lastwagen aus dem Urwald gesteuert habe, während Allamanda neben ihm bewusstlos gewesen zu sein schien. Ein anderer Fischer schwor, er habe vom Meer aus gesehen, wie Shodancho Allamanda auf seinen Schultern in seine Guerillahütte getragen habe. »Mir tut es leid, was zwischen dir und Allamanda passiert ist«, sagte der Fischer. »Aber mach keine Dummheiten mit Shodancho. Wenn du mit dem Gedanken spielst, dich an ihm zu rächen, dann lass uns dir wenigstens dabei helfen.«

»Es wird keine Rache geben«, sagte Kliwon. »Bisher hat er jeden Kampf gewonnen.«

Während Kliwon wieder mit seinen Freunden hinaus aufs Meer fuhr, machte Allamanda die Farce einer aufregenden Hochzeitsnacht durch. Sie hatte Shodancho mit einem Schlafmittel betäubt, sodass der Mann auf der strahlend gelben, nach frischen Blüten duftenden Matratze des Ehebetts in ein gleichmäßiges Schnarchen gefallen war.

Völlig erschöpft breitete Allamanda eine Matte auf dem Fußboden aus und legte sich dort nieder, ohne die geringste Absicht, neben ihrem Ehemann zu schlafen. Als Shodancho am nächsten Morgen in aller Frühe aufwachte, fragte er sich erstaunt, wie er die Hochzeitsnacht einfach so hatte verstreichen lassen können. Noch erstaunter war er, als er seine Braut auf einer dünnen Matte auf dem Fußboden liegend vorfand. Und während er sich verfluchte, stieg Shodancho sogleich vom Bett und hob seine Ehefrau auf, um sie auf das Bett zu legen.

In diesem Moment erwachte Allamanda, sah dem lächelnden Shodancho ins Gesicht und hörte ihn sagen, wie dumm sie gewesen seien, ihre Hochzeitsnacht tatenlos verstreichen zu lassen. Als Shodancho kurz darauf sämtliche Kleider ausgezogen hatte und splitternackt vor seiner Ehefrau stand, drehte Allamanda ihm den Rücken zu und sagte: »Wie wäre es, wenn ich dir eine Geschichte erzähle, bevor wir zusammen schlafen?«

Shodancho lachte und sagte, das schiene ihm ein interessanter Vorschlag zu sein. Dann stieg er aufs Bett, schmiegte sich an die noch vollständig bekleidete Allamanda, roch an ihrem Haar und sagte: »Nun fang schon zu erzählen an, ich kann es kaum erwarten, mit dir zu schlafen.«

Also begann Allamanda zu erzählen, was immer ihr in den Sinn kam; eine Geschichte, die sich in Kreisen drehte und zu keinem Ende führte, damit es niemals zum Sex kommen würde. Kein Sex, niemals, bis sie beide tot waren oder bis die Welt untergegangen war. Während sie also ohne Unterlass erzählte, fuhr Shodancho mit seinen Händen über ihren Körper, ungeduldig das Ende der Geschichte erwartend, von der er nicht einmal hätte sagen können, von was sie überhaupt handelte. Er begann, sich an den Knöpfen von Allamandas Festkleid zu schaffen zu machen, und öffnete einen nach dem anderen. Allamanda versuchte sich dem zu entziehen, indem sie sich zusammenrollte, doch mit seinen kräftigen Händen gelang es Shodancho ganz leicht, sie auf den Rücken zu drehen und ihren Körper auszustrecken. Dann rollte er nackt auf den Körper seiner Frau. Doch Allamanda stieß ihn von sich und sagte dann zu ihm: »Hör zu, Shodancho, wir schlafen miteinander, wenn meine Geschichte zu Ende ist.«

Shodancho, der langsam einen Hauch von Feindseligkeit in diesem Spiel wahrnahm, warf ihr einen verärgerten Blick zu und erwiderte, er könne ebenso gut der Geschichte zuhören, während sie miteinander schliefen.

»Wir haben uns doch geeinigt, Shodancho«, sagte Allamanda, »dass du mich heiraten kannst, ich aber niemals mit dir schlafen werde.«

Das machte Shodancho so wütend, dass er nun grob am Festkleid seiner Braut zerrte, bis es zerriss. Allamanda schrie kurz auf, doch Shodancho brachte sie schnell zum Schweigen und zog weiter an ihren Kleidungsstücken, und Allamanda schien keinen nennenswerten Widerstand mehr leisten zu können. Doch als Shodancho meinte, seine Frau endlich ausgezogen zu haben, schaute er mit verdutzter Miene auf ihren Unterleib. »Verdammt, was hast du getan?«, stieß er beim Anblick einer Unterhose aus, die augenscheinlich aus Metall gefertigt und mit einem Vorhängeschloss versehen war, das kein Schlüsselloch besaß, um es zu öffnen.

Allamanda sagte mit einer verstörenden Ruhe: »Das ist eine Anti-Terror-Wäsche, Shodancho. Ich habe sie direkt bei einem Schmied und einem Heiler in Auftrag gegeben. Sie lässt sich nur mit einem Mantra öffnen, das niemand außer mir kennt und das ich dir niemals preisgeben werde, und sollte der Himmel einstürzen.«

In der darauffolgenden Nacht versuchte Shodancho, das Schloss mit unterschiedlichen Werkzeugen aufzubrechen. Er versuchte, es mit einem Schraubenschlüssel aufzuhebeln oder mit einem Hammer und einer Axt aufzuschlagen, und er versuchte sogar, es mit einer Pistole aufzuschießen, wobei Allamanda vor Angst beinahe ohnmächtig wurde. Doch alle Versuche, das Schloss an der Unterhose aus Metall zu öffnen, scheiterten, und die einzige Möglichkeit, mit seiner Frau geschlechtlich zu verkehren, lag darin, in einer Gefühlsmischung aus sexuellem Verlangen und Wut neben ihr zu verharren, ohne in sie eindringen zu können. Am nächsten Morgen schnitt er sich ein wenig in seine Fingerspitze und ließ ein paar Blutstropfen auf das Bettlaken fallen, ein Zeichen, das es den Wäscherinnen zu zeigen galt, um der Ehre eines frisch vermählten Brautpaares Genüge zu tun.

Eine Woche nach der Hochzeit, als von der Feier nur mehr noch der Abfall und die Gerüchte übrig geblieben waren, zog das Brautpaar in das Haus, das Shodancho für sie beide gekauft hatte. Ein Haus aus der Kolonialzeit mit zwei Hausangestellten sowie einem Gärtner. Dewi Ayu hatte das Brautpaar zum Umzug bewogen und ihm mit auf den Weg gegeben, dass es sie, insofern es sich vermeiden ließe, nicht wieder zu besuchen bräuchte. »Eine verheiratete Frau verkehrt nicht mit einer Hure«, sagte sie zu Allamanda. Ihre Mutter hatte fast immer recht, und so zog Allamanda schließlich schweren Herzens um.

Allamanda legte ihre eiserne Unterhose, so wie sie es geschworen hatte, niemals ab, wie ein Soldat im Mittelalter, der stets auf der Hut sein musste, da der Feind jederzeit aus dem Hinterhalt angreifen und mit seinem wabbligen, aber dennoch tödlichen Schwert zustechen konnte. Shodancho schien seine Versuche, das Schloss zu öffnen, inzwischen frustriert aufgegeben zu haben, insbesondere nachdem er mehrere Heiler konsultiert hatte. Diese hatten nur mit den Schultern gezuckt und gesagt, dass es keinerlei schwarze Magie gebe, die imstande sei, die Kraft einer Frau zu bezwingen, der man grausam mitgespielt habe. Shodancho musste sehr viel Geld für diese völlig überflüssigen Konsultationen ausgeben. Nicht etwa für die nutzlosen Antworten an sich, sondern dafür, dass die Heiler ihren Mund hielten und die Familienschande nicht überall verbreiteten. Diese blamable Angelegenheit war auch der Grund dafür, dass er niemanden sonst wegen seines Problems im Bett um Rat fragen konnte.

Er hatte es noch damit versucht, seiner Ehefrau ihre Halsstarrigkeit auszureden, aber anstatt nachzugeben und ihre eiserne Unterhose zu öffnen, beschloss Allamanda nun auch noch wie bei einem Ehepaar, das den Scheidungsspruch des Gerichts erwartete, getrennt von Shodancho zu schlafen. Und so musste Shodancho nicht selten nach einer unwürdigen Lustsimulation einschlafen, bei der er sein Kopfkissen oder seine Bettrolle umarmte und sich vorstellte, es handle sich dabei um seine Frau. Einmal sagte Allamanda zu ihm, ob aus Mitleid oder weil sie ihre Großherzigkeit demonstrieren wollte: »Falls du unbedingt den Inhalt deiner Hoden loswerden musst, dann geh doch ins Bordell. Ich werde deshalb nicht wütend sein, ganz im Gegenteil, ich werde mich für dich mitfreuen.«

Doch Shodancho kam dem Vorschlag seiner Frau nicht nach. Nicht, weil er sicher war, seine Lust kontrollieren zu können, und auch nicht, weil er kein Interesse an den Prostituierten hatte, sondern weil er ihr zeigen wollte, wie tief seine Treue und seine uneigennützige Liebe zu ihr wurzelte. Davon versprach er sich, mit der Zeit das Herz seiner Frau zu erweichen.

Allamanda aber zeigte nicht das kleinste Anzeichen, dass sie nachgeben würde. Die Unterhose aus Eisen öffnete sie nur für wenige

Augenblicke im verriegelten Badezimmer, wenn sie Wasser ließ und sich wusch, anschließend legte sie sie wieder an und verschloss sie mit dem geheimen Mantra, das sie sicher in ihrem Mund bewahrte, wann und wohin sie auch immer ging, ob Shodancho in der Nähe war oder nicht.

Immer wieder hoffte Shodancho darauf, seine Frau könnte versehentlich einmal das Mantra sagen, doch nicht einmal im Schlaf sprach sie den magischen Spruch aus. Das Einzige, was Shodancho zu tun übrigblieb, war, sich seinem Schicksal zu ergeben, niemals mehr mit einer Frau zu schlafen und sich mit der Notfallmaßnahme mit Kissen und Bettrolle zu begnügen. Oder er lief, wenn er es nicht mehr aushielt, hastig ins Badezimmer und entsorgte den Inhalt seiner Hoden in die Kloschüssel.

In dieser Zeit versuchte er sich abzulenken, indem er die früheren Schmuggelgeschäfte mit seinem Freund Bendo erneut aufnahm. Inzwischen besaßen sie sogar ein großes Fischereischiff, das ihr legales Unternehmen darstellte. Er widmete sich auch wieder seinem früheren Hobby und züchtete Ajak, die er als Haushunde abrichtete. Innerhalb eines Jahres waren die Hunde fähig, für die Bauern die marodierenden Schweine zu vertreiben. Ein Jahr verging, ohne dass das Brautpaar auch nur ein einziges Mal miteinander geschlafen hatte, sodass die Leute zu tuscheln begannen. Einige behaupteten mit felsenfester Überzeugung, dass Shodancho und Allamanda noch nie Sex miteinander hatten, denn schließlich sei schon ein Jahr vergangen, und Allamanda zeigte immer noch keinerlei Anzeichen einer Schwangerschaft.

Einige Kinder spekulierten, dass Shodancho, wenn nicht impotent, dann vielleicht unfruchtbar sei. Wieder andere wagten sogar zu behaupten, dass Shodancho während des letzten Krieges von den Japanern kastriert worden sei. Diese hanebüchene Geschichte, die ihren Weg zunächst aus dem Mund eines Kindes zum Ohr eines anderen Kindes genommen hatte, wurde bald auch von Erwachsenen aufgeschnappt und weiterverbreitetet.

Niemand stellte andere Vermutungen auf, wie etwa, dass die Ehe zu früh geschlossen worden war oder dass sie nicht auf Liebe fußte. Denn abgesehen von dem Problem im Bett, von dem niemand etwas ahnte, machte das Paar in der Öffentlichkeit stets einen harmonischen Eindruck, so wie es sich für ein liebendes Ehepaar gehörte. Man sah sie nachmittags häufig Hand in Hand beim Spaziergang, am Samstagabend im Kino oder bei festlichen Anlässen. Was sollte bei dem Anblick einer solchen ehelichen Eintracht schon falsch zu deuten sein? Allamanda wirkte stets heiter, und Shodancho schien seine Frau zu verwöhnen. Die einzige Begründung, warum Allamanda nach einem Jahr immer noch keine Anzeichen für eine Schwangerschaft erkennen ließ, konnte daher nur darin bestehen, dass entweder einer von ihnen oder alle beide unfruchtbar waren. »Das ist sehr bedauerlich, dabei ist ihre Ehe doch vollkommen«, sagte schließlich jemand.

Der einzige Mensch, dem die jüngsten Gerüchte zu Ohren kamen, ohne dass sie ihn auch nur im Geringsten störten, war Allamanda. Vielleicht amüsierten sie sie sogar. Wenn sie Shodancho nicht gerade zu einem öffentlichen Anlass begleitete, verbrachte sie den überwiegenden Teil ihrer Freizeit mit dem Lesen von Romanen. Dort lernte sie auch, wie man in der Öffentlichkeit die glückliche Ehefrau spielte. Sie tat dies nicht allein wegen des Ansehens ihres Ehemanns, sondern wegen ihres eigenen Ansehens, denn niemand sollte erfahren, dass sie mit einem Mann verheiratet war, den sie nicht liebte. Sie wollte von niemandem bemitleidet werden.

Scheinbar sollten Shodanchos Ohren die letzten sein, zu denen der hässliche Klatsch und Tratsch über seine Person drang. Nachdem die Gerüchte über seine mutmaßliche Impotenz und Kastration ihren Anfang in den Mündern kleiner, ungezogener Kinder genommen hatten, wollten diese plötzlich nicht mehr Krieg spielen, da sie den falschen Rückschluss zogen, ein Soldat würde aller Voraussicht nach kastriert werden. Als Shodancho schließlich davon hörte, geriet er völlig außer sich, und Scham, Wut und Hilflosigkeit kochten in ihm hoch. Abgesehen von dem Problem mit seiner Ehefrau im Bett, redete er sich ein, dass seine Ehe glücklich war, insofern sich Allamanda als zärtliche Ehefrau darstellte. Andererseits wollte er nicht auf ewig ihre potenziellen Babys in der Kloschüssel entsorgen und realisierte schlussendlich, dass bereits ein Jahr vergangen und es ihm immer noch nicht gelungen war, diese verdammte Schutzvorrichtung aus Eisen aufzubrechen.

Nach vielen Monaten, in denen das Paar nicht ein einziges Mal im selben Bett geschlafen hatte, betrat Shodancho daher eines Abends das Zimmer, in dem normalerweise Allamanda schlief, und traf seine Ehefrau an, wie sie gerade ihr Nachthemd anzog. Shodancho schloss die Tür und drehte den Schlüssel um, dann ging er auf Allamanda zu, die ihn argwöhnisch ansah und sich vergewisserte, dass der Eisenschutz fest angelegt war. Er aber sagte mit weinerlicher Stimme zu ihr: »Schlaf mit mir, Liebling.«

Allamanda schüttelte den Kopf und drehte ihm den Rücken zu, um ins Bett zu steigen. Plötzlich griff Shodancho sie von hinten, zerrte an ihrem Nachthemd, bis es zerriss, und zog es ihr aus. Noch bevor Allamanda reagieren konnte, hatte Shodancho sie bereits auf das Bett gestoßen, sich nackt ausgezogen und sprang auf sie zu. Allamanda versuchte, sich zu wehren und seinen Körper von sich fernzuhalten, indem sie ihn mit aller Kraft von sich stieß, doch Shodancho hielt sie fest im Griff, küsste sie wild und knetete gierig ihre Brüste. »Du vergewaltigst mich, Shodancho!«, schrie Allamanda und versuchte, sich ihm zu entziehen. Doch Shodancho setzte nach, griff nach ihr, drückte sie nieder und fuhr mit seinen Händen an jeder Stelle ihres Körpers herum. »Shodancho, du Satan, Teufel, du Schwein, sei verflucht, vergewaltige mich, und deine Lanze wird an meinem eisernen Schutzschild zerbrechen!«, sagte Allamanda schließlich, setzte sich nicht mehr zur Wehr, sondern ließ Shodancho sich mit seinem Gefummel vergeblich abmühen.

Nun konnte Shodancho sich freier bewegen und sich vormachen, dass er gerade mit seiner Frau schlief, bis seine Lanze das Sperma auf die glatte Oberfläche der Eisenvorrichtung, die die Vagina seiner Ehefrau schützte, ergoss. Mit stockendem Atem rollte er zur Seite, glänzende Schweißtropfen überall auf seinem Körper. In den wenigen Momenten, in denen er völlig verstummt war, genoss Allamanda seine Dummheit, sie war zufrieden mit ihrem Sieg und mit ihrer Rache. Mit schmerzverzerrtem Gesicht setzte Shodancho sich auf und fing herzzerreißend zu weinen an, es war das Weinen eines unglücklichen Mannes, dessen Herz gebrochen war. Während er sich wieder anzog, sagte er: »So oft ich dir das auch antue, schwanger wirst du davon nicht. Verflucht seien deine Scheide und deine Gebärmutter!« Dann verließ er das Schlafzimmer seiner Ehefrau.

Doch Allamanda täuschte sich, wenn sie glaubte, Shodancho würde nach diesem Vorfall seine Bemühungen einstellen und sich der Strafe, die sie über ihn verhängt hatte, ergeben. Eines Tages, als sie sich völlig nackt im sicher verriegelten Badezimmer befand und ihre eiserne Unterhose nachlässig auf den Rand des Beckens gelegt hatte, stieß plötzlich etwas mit voller Wucht von außen gegen die Tür.

Allamanda hatte sich noch nicht von diesem Schreck erholt, als sie Shodancho durch die Öffnung eindringen sah. Ihr blieb keine Zeit, um nach der eisernen Unterhose zu greifen, geschweige denn sie anzulegen, denn Shodancho hatte sie blitzschnell im Griff. Sie schrie laut auf wie eine verletzte Tigerin, doch Shodancho störte das nicht, er hob sie auf seine Schultern, so wie er es einst mit ihrem betäubten Körper in seinem Guerillastützpunkt im Urwald getan hatte, und trug Allamanda aus dem Badezimmer, während sie sich wehrte und mit den Fäusten auf seinen Rücken einschlug. Zwei Hausangestellte beobachteten die Szene heimlich und verängstigt aus der Küche durch den Türspalt.

Shodancho brachte Allamanda in sein eigenes Schlafzimmer, das ursprünglich als das gemeinsame Schlafzimmer gedacht war, und warf sie auf das Bett, bevor er sich umdrehte und die Tür verriegelte. »Verflucht seist du, Shodancho«, sagte Allamanda, während sie bis an die Wand zurückwich. »Du wagst es, deine eigene Frau zu vergewaltigen.«

Shodancho antwortete nicht, er lächelte nicht einmal, er zog lediglich seine Kleider aus und sah Allamanda mit dem Blick eines läufigen Hundes an. Bei diesem Gesichtsausdruck signalisierte ihr Instinkt gleich, in welcher Gefahr sie war, und sie presste sich noch dichter an die Wand. Vergebens, denn Shodancho griff nach ihr und warf sie erneut auf das Bett, bevor er sich auf sie warf.

Minutenlang rangen sie miteinander, es war der Kampf eines Mannes, der seinen Trieben freien Lauf lassen will, und einer Frau, die sich schlagend und schreiend vor einer Liebe zu verteidigen versucht, die zu vollziehen sie nicht bereit ist. Allamanda presste ihre Schenkel fest zusammen, doch Shodancho bezwang mit seinen kräftigen Knien und roher Gewalt ihre letzte Verteidigung, und was geschehen sollte, geschah. Shodancho vergewaltigte seine eigene Ehefrau, bis am Ende des kräftezehrenden Kampfes Allamanda herausbrachte, »Verflucht seist du, du Teufel von einem Vergewaltiger!«, dann weinte sie und verlor das Bewusstsein. Shodancho hatte zwei Kratzer im Gesicht und Allamanda unfassbar starke Schmerzen im Unterleib.

Sie hätte nicht sagen können, wie lange sie bewusstlos gewesen war, doch als sie wieder zu sich kam, fand sie sich unverändert rücklings und nackt auf dem Bett liegend vor. Ihre Hände und ihre Füße waren mit Stricken an den vier Ecken des Bettes gefesselt. Allamanda versuchte sich aufzurichten und zog an den Stricken, doch die Knoten waren derart festgezogen, dass davon nur ihre Hand- und Fußgelenke schmerzten.

»Teufel von einem Vergewaltiger, was hast du getan?«, fragte Allamanda in ihrer Wut, als sie Shodancho vollständig angezogen neben dem Bett stehen sah. »Wenn du nur ein Loch für deinen Schwanz suchst, jede Kuh und jede Ziege hat eins.«

Zum ersten Mal, seit er sie aus dem Badezimmer entführt hatte, lächelte Shodancho und sagte: »Jetzt kann ich in dich eindringen, wann immer ich will!«

Als sie das hörte, schrie Allamanda laut auf, beschimpfte ihn, spie Verwünschungen aus und versuchte, sich von den Fesseln loszureißen. Ihre Bemühungen blieben vergebens, und Shodancho ließ sie allein zurück.

Noch am gleichen Tag rief Shodancho einen Handwerker, der die zerstörte Badezimmertür richtete, und warf die eiserne Unterhose Allamandas in den Brunnen. Er drohte den beiden Hausangestellten, kein Wort über das, was sie gesehen hatten, zu verlieren. In der Zwischenzeit wurde Allamanda von der enormen Anstrengung, mit der sie sich zu befreien versuchte, zunehmend schwächer und weinte fortwährend mit herzzerreißendem Schluchzen. Shodancho aber kehrte wie ein frisch vermählter Bräutigam wieder und wieder in das Schlafzimmer zurück, in dem er seine Frau gefangen hielt, und schlief mit ihr etwa alle zweieinhalb Stunden, ohne zu ermüden. Er strahlte vor Vergnügen, wie ein kleines Kind, das ein neues Spielzeug bekommen hat. Unterdessen wurde Allamandas Widerstand immer schwächer.

»Und wenn ich tot bin«, sagte sie völlig entmutigt, »dann würde dieser Mann noch mein Grab vergewaltigen.«

So ging es den ganzen Tag über. Allamanda lag gefesselt auf dem Bett und wurde immer wieder vergewaltigt. Als der Nachmittag anbrach, kam Shodancho mit einem Eimer warmen Wassers sowie mit einem Waschlappen ins Schlafzimmer und wusch den Körper seiner Frau derart liebevoll und behutsam, als berührte er eine kostbare und leicht zerbrechliche Keramik. Anschließend vergewaltigte er sie erneut, um sie danach wieder zu waschen, und so ging es einige Male weiter. Allamandas Herz blieb von Shodanchos behutsamem Gebaren gänzlich unberührt, und als er ihr Mittagessen brachte, lehnte sie dieses vehement ab und presste ihre Lippen fest zusammen. Allamanda war nur bereit, etwas zu trinken, und als Shodancho ihren Mund gewaltsam aufsperrte und etwas Reis hineinstopfte, spuckte sie diesen in Shodanchos Gesicht.

»Iss! Denn Sex mit einer Leiche macht keinen Spaß«, sagte Shodancho.

Auf dieses Argument erwiderte Allamanda schroff: »Es macht noch weniger Spaß, Sex mit einem Lebenden wie dir zu haben.«

Das ist doch verrückt, dachte Shodancho, der ihr weiterhin geduldig zuzureden versuchte. Allamanda aber wollte erst wieder essen, wenn sie von den Fesseln befreit wäre und ihre eiserne Unterhose angelegt hätte. Shodancho war jedoch nicht bereit, ihrer Forderung nachzukommen. Um sich selbst zu beschwichtigen, redete er sich ein, dass Allamandas Kraft letztlich doch ihre Grenzen habe. Sie würde es höchstens eine Nacht ohne zu essen aushalten; spätestens am nächsten Morgen, wenn ihr knurrender Magen zu sehr schmerzte, würde sie bereit sein, eine Mahlzeit anzunehmen.

Mit dieser Annahme brachte Shodancho das Mittagessen für seine Frau wieder zurück in die Küche und aß dann allein am Esstisch. Als die Dämmerung hereinbrach, setzte er sich auf die Veranda und erfreute sich am aufkommenden Abendwind sowie an dem Paar Turteltauben, das sie zur Hochzeit geschenkt bekommen hatten. Die Vögel hüpften in ihrem Käfig, der von der Decke der Veranda herabhing, auf und ab. Shodancho genoss auch die nach und nach aufflammenden Lichter und die Nelkenzigarette, die er genussvoll inhalierte, den siegreichen Tag Revue passieren lassend. Jetzt konnte er nachempfinden, wie es sich anfühlte, mit seiner Ehefrau zu schlafen. Denn auch wenn er Allamanda zuvor schon einmal vergewaltigt hatte, war sie zu diesem Zeitpunkt noch nicht seine Frau gewesen.

In Abendstunden wie diesen saß er normalerweise gemeinsam mit Allamanda auf der zur Straße liegenden Terrasse. Die meisten Leute kannten ihre Gewohnheit bereits, sodass, wann immer nun jemand vorüberkam und mit einem »Guten Abend, Shodancho« grüßte, er außerdem die Frage stellte: »Wo ist denn Ihre Frau?« Shodancho grüßte zurück und erklärte, dass seine Ehefrau sich momentan nicht wohlfühle und sich ins Bett gelegt habe. Das brachte ihn wieder auf einen Gedanken, sodass er den Zigarettenstummel in den Hof warf und ins Haus ging, um nach seiner Ehefrau zu sehen.

Er fand seine Ehefrau unverändert vor: auf dem Rücken liegend, gefesselt, nackt. Nun schien sie allerdings eingeschlafen zu sein. Ob Shodancho sich in diesem Moment in einen guten Ehemann verwandelt hatte, da er seine Ehefrau zudeckte, um sie vor dem kühlen Nachtwind und den Mücken zu schützen, das wusste nur er selbst und Gott. Doch gelang es ihm nicht, die Nacht einfach so verstreichen lassen, ohne seine Frau zu vergewaltigen. Er tat es zwei Mal: um dreiundzwanzig Uhr vierzig und um Punkt drei Uhr am frühen Morgen, noch bevor der erste Hahn krähte.

Dann kam schließlich der Morgen, und Shodancho erschien erneut im Schlafzimmer, in dem seine Ehefrau nach wie vor, unter der Decke und mit Stricken an den vier Ecken des Bettes gefesselt, ihrem Schicksal überlassen war. Er brachte ihr das Frühstück, bestehend aus gebratenem Reis, einem Spiegelei und Tomatenscheiben sowie einer Tasse Schokolade. Allamanda war bereits aufgewacht und blickte niedergeschlagen in seine Richtung, in einer Mischung aus Übelkeit und Hass. »Na komm schon, ich füttere dich«, sagte Shodancho in aufrichtiger Freundlichkeit, die von dem zärtlichen Lächeln eines Mannes für seine Frau begleitet war, »Sex macht hungrig.«

Allamanda erwiderte sein Lächeln, es war allerdings kein reizendes Lächeln, sondern glich eher einem spöttischen Grinsen. Sie betrachtete Shodancho, als erkenne sie in ihm die Gestalt eines Teufels, dessen Äußeres sie sich als Kind häufig vorzustellen versucht hatte. Er hatte keine Hörner, keine Reißzähne und rote Augen höchstens, weil er zu wenig geschlafen hatte, doch sie war sich sicher, dieser Teufel stand nun vor ihr. »Fahr zur Hölle mit deinem verfluchten Frühstück«, sagte sie.

»Komm schon, Liebling, du wirst noch sterben, wenn du nichts isst«, erwiderte Shodancho.

»Das wäre in der Tat besser.«

Am Nachmittag bekam Allamanda Fieber, die Temperatur stieg stetig, ihr Gesicht war leichenblass, und sie zitterte am ganzen Leib. Shodancho vergewaltigte sie vorerst nicht wieder. Möglicherweise weil er zu erschöpft oder über das Maß hinaus befriedigt war, oder aber es war sein Versuch, die Beziehung zu seiner Frau so weit zu verbessern, dass sie sich von ihm zum Essen überreden ließ. Allamanda lehnte jedoch alles ab, sie verweigerte nicht nur den Reis, sondern auch das Trinken, was ihren Zustand verschlimmerte, bis sie delirierte und nur noch Verwünschungen ausstieß.

Shodancho bekam es mit der Angst zu tun, als sich der Zustand seiner Frau weiter verschlechterte, und er versuchte sie noch einmal zum Essen zu überreden, diesmal mit einer Schüssel Brei. Aber wieder stieß er nur auf Ablehnung. Dann begann Allamanda noch stärker zu schlottern, als läge sie im Sterben. Sie selbst erduldete diesen Zustand mit einer außerordentlichen Ruhe, als sei sie bereit, auch dem furchtbarsten Tod ins Auge zu sehen. Shodancho versuchte, ihr Fieber zu senken, indem er ihr eine Kompresse auf die Stirn presste. Sogleich stieg eine Wolke nebligen Dampfes auf, das Fieber aber schien sich keinen Grad senken lassen zu wollen.

In seiner Verzweiflung löste Shodancho schließlich die Fesseln, die seine Frau am Bett fixierten, doch Allamanda blieb regungslos liegen. Sie leistete selbst dann keinen Widerstand, als ihr Ehemann ihr die Kleider anzog, sie anschließend auf seine Arme nahm und nach draußen trug. Allamanda war zu diesem Zeitpunkt nicht mehr in der Lage zu verstehen, was vor sich ging, daher stellte sie keine Fragen, sondern hing nur schlaff von Shodanchos Schultern, der ihr, auch wenn kein Ton zu ihrem Bewusstsein drang, ungefragt mitteilte: »Ich will wirklich nicht, dass du zur Leiche wirst, wir fahren ins Krankenhaus.«

Shodancho hatte damit gerechnet, dass seine Frau lediglich eine Vitaminspritze und eine kleine Infusion benötigte, doch blieb Allamanda ganze zwei Wochen lang im Krankenhaus. Täglich kam er zu Besuch und beteuerte ihr, wie sehr er es bedauerte, was er getan hatte. Allamanda nahm ihm sein Bedauern nicht ab, zeigte sich ihm gegenüber jedoch nicht offen feindlich. Sie aß von dem Brei, den eine Krankenschwester ihr in den Mund löffelte, auch wenn sie nach wie vor den Brei von Shodancho ablehnte. Sie nickte nur, wenn Shodancho versprach, dass er das, was er getan hatte, nicht wiederholen wolle. Allamanda glaubte ihm kein Wort.

Nach vierzehn Tagen konnte er Allamanda mit nach Hause nehmen. Nach der Begrüßung forderte der Arzt ihn auf, sich für einen Moment in das Krankenhaus-Café zu setzen, um über Allamanda zu sprechen. »Ist es etwas Ernstes bei meiner Frau, Doktor?«, fragte Shodancho, während der Arzt ein einfaches Mittagessen bestellte. Erst als die Bestellung an den Tisch kam, schüttelte der Arzt den Kopf und antwortete: »Keine Krankheit ist ernst, wenn man sie zu behandeln weiß.«

Dann begann er zu essen, als wolle er seinen möglicherweise dramatischen Bericht über Allamanda noch etwas herauszögern. Währenddessen wartete Shodancho geduldig, eine Zigarette rauchend, denn nur in diesem Café war das Rauchen gestattet. Er machte sich immer noch große Sorgen um seine Frau. Er bedauerte, dass er der Verursacher des Ganzen war, seit der Arzt am ersten Tag die Diagnose einer Magenreizung und Dehydrierung gestellt und noch hinzugefügt hatte, dass Allamanda zudem Symptome von Typhus plagten. Endlich teilte der Arzt Shodancho mit, dass es keinen Anlass zur Sorge gebe. Allamanda benötige lediglich ausreichend Ruhe, noch etwa ein bis zwei Wochen. Sie solle auf saure Nahrungsmittel verzichten und stattdessen ungewürzten Brei essen, viel trinken und Antibiotika einnehmen, die Viren in ihrem Körper würden dann in weniger als einer Woche von selbst sterben. Obwohl der Arzt gesagt hatte, dass kein Anlass zur Sorge bestand, sorgte Shodancho sich dennoch. Er würde es nicht überstehen, sollte Allamanda sterben und ihn zurücklassen, auch wenn er wusste, dass sie ihn nie geliebt hatte und es auch niemals tun würde.

»Wenn ich Ihnen die frohe Nachricht mitteile, zahlen Sie mir dann mein Mittagessen, Shodancho?«, fragte der Arzt, nachdem er seine Mahlzeit beendet hatte.

»Sagen Sie es mir, Doktor, was ist mit meiner Frau?«

»Wenn es um die folgende Diagnose geht, verfüge ich über sehr viel Erfahrung. Ich kann Ihnen versprechen, dass Sie bald ein Kind haben werden, Shodancho. Ihre Frau ist schwanger.«

Shodancho verschlug es für einen Augenblick die Sprache. »Die Frage ist, wer sie geschwängert hat.« Das sagte er natürlich nicht laut. »Im wievielten Monat?«, fragte er stattdessen und sah dabei ganz und gar nicht glücklich aus, sein Gesicht war leichenblass, und seine Hände auf dem Tisch zitterten. Grauenhafte Bilder tanzten in seinem Hirn umher, Bilder von Allamanda, wie sie heimlich und aus Rache für ihr Schicksal, mit einem Mann verheiratet zu sein, den sie nicht liebte, mit jedem Mann, den sie wollte, schlief, ein einstiger Freund oder ein neuer Liebhaber.

»Was ist los, Shodancho?«

»Im wievielten Monat ist meine Frau, Doktor?«

»In der zweiten Woche.«

Shodancho ließ sich gegen die Stuhllehne fallen und atmete kräftig aus. Er wirkte erleichtert, nahm ein Taschentuch und wischte sich die Tropfen kalten Schweißes ab, die plötzlich auf seine Stirn getreten waren. Nach einigen weiteren Augenblicken des Schweigens begann er zu lächeln und wirkte schließlich glücklich, als er sagte: »Ich zahle Ihr Mittagessen, Doktor.«

Er würde also bald ein Kind haben. Das würde beweisen, dass die Gerüchte, er habe noch nie mit seiner Frau Sex gehabt oder er sei impotent oder gar kastriert worden, jeder Grundlage entbehrten. Gemeinsam mit dem Arzt suchte er Allamanda auf. Sie schien hinlänglich gesund, um nach Hause entlassen zu werden, ihr Gesicht wirkte deutlich frischer, und sie bewegte sich sogar in ihrem Bett. Der Arzt erlaubte ihr, nun anstelle des Reisbreis auch etwas Bissfesteres zu essen.

Als der Arzt das Paar allein ließ, damit es in Ruhe Allamandas Heimkehr vorbereiten konnte, sagte Shodancho zu seiner Ehefrau: »Du bist wieder gesund, Liebling.«

Allamanda antwortete ihm ausdruckslos: »Gesund genug, um deine Gier zu wecken.«

Unbeeindruckt von ihrer Schroffheit, setzte sich Shodancho auf das Bett und berührte das Bein seiner Frau, während Allamanda nur schweigend dalag und zur Zimmerdecke schaute. »Der Arzt hat mir mitgeteilt, dass wir bald ein Kind haben werden. Du bist schwanger, Liebling«, fuhr er fort, in der Hoffnung, er könne sein Glück teilen.

Doch Allamanda überraschte ihn darauf mit den Worten: »Ich weiß das, und ich werde es abtreiben.«

»Tu das nicht, Liebling«, sagte Shodancho flehend. »Lass dieses Kind leben, und ich verspreche dir, dass ich dir nie wieder etwas antun werde.«

»Na schön, Shodancho«, sagte Allamanda. »Wenn du es noch einmal wagst, mich anzurühren, dann zögere ich keine Sekunde, abzutreiben.«

Schnell wie ein Blitz nahm Shodancho seine Hand von Allamandas Bein, worauf diese beinahe über seine Dummheit gelacht hätte. Shodancho bekräftigte sein Versprechen, sie nie wieder zu vergewaltigen, auch wenn sie keine Unterhose aus Eisen mehr trug. Und so trug Allamanda ihre Unterhose aus Eisen nicht mehr, denn mal abgesehen davon, dass Shodancho sie in den Brunnen geworfen hatte, war sie sich sicher, dass er sein Versprechen so lange nicht brechen würde, wie sie die Möglichkeit hatte, ihre Schwangerschaft abzubrechen. Ein Kind zu haben war für das Ego eines Mannes wie Shodancho wichtiger als alles andere.

Auch als sie im siebten, achten und sogar im neunten Monat war, drohte Allamanda noch damit abzutreiben, sollte Shodancho sie zwingen, seine Gier zu bedienen. Und wenn sie selbst dabei stürbe. Sie hatte sich geschworen, ihn niemals zu lieben und niemals mit ihm Sex zu haben. Und bei Gott, sie liebte ihn wirklich nicht.

Allamandas Heimkehr wurde von ihren Freunden und Verwandten freudig begrüßt, und die Nachricht von ihrer Schwangerschaft verbreitete sich schnell bis in alle Winkel der Stadt. Shodancho richtete zu diesem Anlass ein kleines Dankesfest aus. Die Leute in Halimunda trugen die Neuigkeit von einem Lokal zum nächsten, als erwarteten sie die Geburt eines Thronfolgers, und fast alle freuten sich darüber – außer Kliwon und einige seiner Fischerfreunde.

Kliwon sagte in schroffem Ton sogar: »Sie ist eine Hure.« Seine Freunde erschraken darüber, ihn so über die Frau sprechen zu hören, die er einst über alle Maßen geliebt hatte, doch er fügte gelassen hinzu: »Eine Hure hat Sex wegen des Geldes, wie nennen wir aber eine Frau, die wegen des Geldes und des sozialen Status heiratet? Sie ist mehr als eine Hure, sie ist die Göttin der Huren.« In seiner Stimme lag kein Groll, es klang vielmehr, als spräche er eine allgemein bekannte Tatsache aus.

Selbst wenn er in seinem Inneren einen Groll auf das Paar, insbesondere auf Shodancho, gehegt hätte, dann sicherlich nicht deshalb, weil Shodancho ihm seine Geliebte ausgespannt hatte. Als ein wahrer Mann war Kliwon immer darauf vorbereitet, von der Frau, die er liebte, verlassen zu werden. Der Grund, warum er in jüngster Zeit auf Shodancho schlecht zu sprechen war, lag vielmehr in dessen zwei Fischereischiffen, die den Küstenstreifen vor Halimunda verändert hatten. Momentan waren sie draußen auf dem Meer und ließen die Netze ins Wasser. Die Schiffsarbeiter und die Träger, die den gefangenen Fisch zum Markt befördern würden, liefen auf den Decks hin und her. Die beiden Schiffe hatten jedoch auch die Gesichter der Fischer verändert: Sie waren von Sorgen gezeichnet. Es wurde immer schwieriger, Fische zu fangen, und praktisch unmöglich, mit der modernen

Ausrüstung an Bord der Fischereischiffe zu konkurrieren. Selbst wenn sie einen Fang machten, hatte das Überangebot an Fisch, das diese Schiffe auf den Markt warfen, die Preise massiv gedrückt.

So entschied Kliwon auf Anweisung der Kommunistischen Partei, eine Fischergewerkschaft zu gründen, und begann, seinen Freunden zu erklären, was mit ihren Fischerbooten geschehen würde. »Nicht nur der Wettbewerb ist ungesund, sondern sie rauben uns unseren Fisch.« Viele seiner Freunde hofften, sie könnten Widerstand leisten, indem sie die beiden Schiffe niederbrannten, doch Genosse Kliwon erläuterte, dass es nichts Schlimmeres gebe als anarchistische Aktionen, und bat: »Gebt mir Zeit, um mit Shodancho zu sprechen, dem Besitzer dieser Schiffe.«

Genosse Kliwon wählte den Zeitpunkt, als Allamandas Schwangerschaft unter den Bewohnern Halimundas ein offenes Geheimnis war. Er setzte darauf, dass Shodancho sich in seiner guten Laune zu Verhandlungen über die Angelegenheiten der Fischer bewegen ließe, und suchte ihn an einem Nachmittag in seinem Büro in der Militärdistriktkommandantur auf. Er war absichtlich nicht zum Haus gekommen, da er Allamanda unter keinen Umständen begegnen noch das Glück des Paares in Erwartung ihres ersten Kindes trüben wollte.

»Guten Tag, Shodancho«, sagte Genosse Kliwon, als er dem Mann gegenüberstand und sie sich die Hand gaben.

Shodancho schenkte ihm sehr zuvorkommend eine Tasse Kaffee ein und machte tatsächlich einen überaus glücklichen Eindruck. »Guten Tag, Genosse, ich habe gehört, du stehst jetzt der Fischergewerkschaft vor, und die Gerüchte besagen, dass sich die Fischer über meine Schiffe beklagen.«

»Ja, so ist es, Shodancho«, bestätigte Genosse Kliwon und berichtete anschließend von den Klagen der Fischer hinsichtlich der schwindenden Fischbestände und der fallenden Preise. Shodancho sprach seinerseits vom Lauf der Zeit und davon, dass der Einsatz von größeren Schiffen unvermeidbar sei. Nur mithilfe solcher Schiffe würden die Fischer im Alter nicht vom Rheumatismus geplagt werden. Nur mithilfe solcher Schiffe könnten die Ehefrauen der Fischer sichergehen, dass ihre Ehemänner bei Sturm nicht von den Wellen geschluckt würden. Nur mithilfe solcher Schiffe ließe sich mehr Fisch fangen, um den Bedarf der Konsumenten zu decken, und zwar aller Konsumenten, nicht nur jener in Halimunda.

»Seit Jahren, Shodancho, fangen wir täglich genau die Menge an Fisch, die wir brauchen, plus einen kleinen Überschuss als Reserve für die Zeiten, in denen raue See herrscht. Seit jeher haben wir auf diese Weise gelebt, wir sind davon niemals wirklich reich, aber auch niemals wirklich arm geworden. Aber jetzt stürzt du die Fischer in hoffnungslose Armut. Die Fische, die sie früher gefangen hätten, hast du ihnen mit diesen Schiffen geraubt. Und selbst wenn sie einen Fang machen, erzielen sie bei den Auktionen dafür keinen guten Preis mehr, und es bleibt ihnen nichts, als die Fische einzusalzen und selbst zu essen.«

»Ihr habt bestimmt vergessen, einen Rinderkopf ins Meer zu werfen, und jetzt ist die Göttin des Meeres nicht bereit, den Fisch mit euch zu teilen«, sagte Shodancho lachend, nahm einen Schluck Kaffee und zog an seiner Zigarette.

»Das stimmt, Shodancho, denn wir haben kein Geld mehr, um ein Rind zu kaufen. Sieh dich vor und stachele die Armen nicht auf, denn einem wütenden hungrigen Menschen ist niemand gewachsen.«

»Du drohst mir, Genosse«, sagte Shodancho, wieder lachend. »Nun gut, ich werde für das Fest und die Zeremonie aufkommen, damit ihr den Rinderkopf für dessen geizige Göttin in das Meer werfen könnt – als Dank für mein erstes Kind. Aber was das Problem der Fischer angeht, habe ich nur einen Ausweg: Ich werde ein weiteres Schiff kaufen, und es steht euch, den Fischern, offen, darauf anzuheuern, für einen festen Lohn und mit der Garantie, ohne Rheuma und ohne Sturmgefahren alt zu werden. Was hältst du davon, Genosse?«

»Du solltest klüger handeln, Shodancho«, sagte Genosse Kliwon. Darauf verließ er den Mann, der offenbar nur um den heißen Brei redete und keinerlei Interesse zeigte, seine Schiffe aus dem Verkehr zu ziehen.

Das neue Fischereischiff traf dann auch tatsächlich ein, da war Allamanda im siebten Monat schwanger. Doch kein einziger Fischer beabsichtigte, an der Zeremonie, bei der ein Rinderkopf ins Meer geworfen werden sollte, teilzunehmen, da sie von Shodanchos Leuten abgehalten werden würde. Genosse Kliwon wurde allmählich wütend und sagte Shodancho, er könne nicht länger dafür garantieren, dass die Schiffe vor dem Zorn der Fischer sicher seien. Doch Shodancho erwiderte ruhig, dass es besser für sie sei, nicht unbesonnen zu handeln. Danach schien er sich nicht weiter mit der Angelegenheit auseinandersetzen zu wollen, denn er war zu keinerlei weiteren Treffen bereit. Er wollte nur mehr im Haus auf die Geburt seines ersten Kindes warten. Es würde sein ganzer Stolz sein, seine Zukunft. Er würde ihm, sobald es geboren war, seine Nachmittage widmen, um mit ihm spazieren zu gehen. Er würde es sogar zur Schule bringen, wenn es schon etwas älter war, und er würde ihm jeden Wunsch von den Augen ablesen und erfüllen.

Daher wollte er nichts weiter von dem Streik der Arbeiter auf seinen Fischereischiffen wissen. Die Streikenden – die Mehrzahl von ihnen Fischer aus den Dörfern entlang der Küste – sahen sich einem Heer von bewaffneten Polizisten und Soldaten aus dem Militärdistrikt gegenüber, rührten sich aber auch dann nicht, als es zu Übergriffen kam. Ohne mit Shodancho Rücksprache gehalten zu haben, entließen die Schiffskapitäne die Fischer einen nach dem anderen und ersetzten sie durch neue Arbeiter, die bereit waren, ihre Spielregeln und ihre Verträge einzuhalten. Der Fischergewerkschaft war es zuvor gelungen, einige ihrer Männer auf den Schiffen zu beschäftigen, doch diese waren nun alle entlassen worden.

Die Wut unter den Fischern war grenzenlos, und in ihrer Verzweiflung waren sie drauf und dran, die Schiffe in Brand zu stecken. Doch wieder bemühte sich Genosse Kliwon, sie daran zu hindern, und versprach, ein weiteres Mal mit Shodancho zu sprechen. Nur bliebe ihm diesmal der Weg zu dessen Haus nicht erspart, da Shodancho während der letzten zwei Monate, in denen er auf sein erstes Kind wartete, nur noch selten ins Büro ging. Ob er wollte oder nicht, Genosse Kliwon würde auf Allamanda treffen.

Und so kam es auch, denn es war Allamanda, die ihm die Haustür öffnete, wankenden Schrittes, die Last ihres Bauches tragend, der sich unter dem weiß geblümten Hauskleid wölbte. Für einen Augenblick schauten sich beide an, voller Verlangen, aufeinander zuzuspringen, sich zu umarmen, zu küssen und gemeinsam ihre Trauer zu beweinen. Doch das taten sie nicht. Sie schwiegen wie versteinert, nicht einmal ein Lächeln oder ein Gruß kam über ihre Lippen. Bei ihrem Anblick konnte Genosse Kliwon nicht umhin, Allamandas Schönheit zu bewundern, die in ihrer Schwangerschaft sogar noch schöner geworden war. Ihm war, als stünde er einer der schönen Meerjungfrauen gegenüber, wie sie in den Mythen der Fischer vorkamen, oder der unvorstellbar bezaubernden Ratu Kidul, der Königin des Südlichen Meeres.

Dann aber erschrak er, als sein Blick auf den Bauch Allamandas fiel. Er schaute, als könne er das darin zusammengerollte Kind erkennen. Allamanda dachte beklommen, dass der Mann sich soeben vorstellte, das Kind in ihrem Bauch hätte sein Kind sein sollen. Allamanda wollte ihn für alles Geschehene um Verzeihung bitten, ihm sagen, dass sie ihn noch liebte, doch dass das Schicksal sie getrennt habe. Eines Tages vielleicht, wenn ich Witwe bin, wirst du mich heiraten können. Doch in Genosse Kliwons Kopf ging offenbar etwas völlig anderes vor, denn er sagte nun kurz und knapp zu Allamanda: »Dein Bauch ist wie ein leerer Topf.«

»Was meinst du damit?«, fragte Allamanda gekränkt und entschlossen, all das, was sie soeben gedacht hatte, für sich zu behalten.

»Da ist weder ein Junge noch ein Mädchen in deinem Bauch, er ist mit nichts als Luft gefüllt, wie ein leerer Topf.«

Allamanda fasste Kliwons Bemerkung als Beleidigung eines Mannes mit gebrochenem Herzen auf, und ihr wurde klar, dass sie, je länger sie ihm gegenüberstand, nur noch weitere verletzende Bemerkungen aus seinem Mund hören würde. Ohne ein weiteres Wort zu sagen, wandte sie sich um und wäre beinah mit Shodancho zusammengeprallt, der hinter ihr an der Türschwelle erschienen und ebenso wie sie über das, was Genosse Kliwon gesagt hatte, erschrocken war. Allamanda drängte sich an ihm vorbei und ging ins Haus. Die beiden Männer ließen sich darauf auf der Veranda nieder, dort, wo das Ehepaar jeweils seine gemeinsamen Abendstunden verbrachte.

Im Unterschied zu Allamanda nahm Shodancho das, was er aus dem Mund von Genosse Kliwon gehört hatte, sehr ernst und war beunruhigt, sodass er ihn fragte, was er mit dem »leeren Topf« gemeint habe. So wie er es bereits Allamanda erklärt hatte, wiederholte Genosse Kliwon, ihr Bauch sei wie ein leerer Topf, da sei weder ein Junge noch ein Mädchen in Allamandas Gebärmutter, sondern nichts anderes als Luft.

»Das ist unmöglich, der Arzt hat bestätigt, dass meine Frau schwanger ist, und du siehst ja selbst ihren Bauch!«, sagte Shodancho beunruhigt.

»Ich habe ihren Bauch gesehen«, erwiderte Genosse Kliwon. »Vielleicht ist es auch nur das Gemecker eines eifersüchtigen Mannes.«

10

Eines Tages wurden die Einwohner Halimundas durch den Fund eines Babys auf einer Müllhalde in helle Aufregung versetzt. Es war ein Junge, und er lebte noch, obwohl streunende Hunde an ihm herumzerrten. Immerhin ließ dies hoffen, er würde zu einem starken Mann heranwachsen. Tagelang versuchten die Leute vergebens, seine Mutter ausfindig zu machen, und so konnte erst recht niemand ermitteln, wer der Vater war.

Der Junge kam in die Obhut einer alten Jungfer namens Makojah, die meistgehasste und gleichzeitig auch die meistgebrauchte Frau der Stadt. Sie lebte davon, dass sie den Leuten in Halimunda Geld verlieh, die einzige Tätigkeit, die ihr blieb. Sie konnte keine Landwirtschaft betreiben, da ihr niemand Land verkaufen wollte und sie nur das kleine Grundstück besaß, auf dem sie lebte und das sie geerbt hatte. Sie konnte auch sonst keinem Beruf nachgehen, da ihr niemand Arbeit gegeben hätte. Selbst einen Ehemann konnte sie zeit ihres Lebens nicht finden, obwohl sie nicht weniger als sechzehn Männern einen Heiratsantrag gemacht hatte. Für ihr einsames und vergeudetes Leben rächte sie sich an den Leuten, die von der Armut bedroht waren. Sie gab sich als Wohltäterin und lieh ihnen Geld, bevor sie ihnen mit ihren Zinsen für die Rückzahlung den Hals zuschnürte.

Alle hassten Makojah, ganz besonders jene, die sich in ihrem endlosen Schuldennetz verstrickt hatten. Alle mieden sie, wollten nicht mit ihr sprechen und hielten sie für böser noch als einen Sündenteufel. Wenn aber die finanzielle Situation ausweglos geworden war, wenn alle anderen Möglichkeiten erfolglos ausgeschöpft waren, dann klopften sie an die Tür ihres Hauses, wussten sie doch, dass sie dahinter die einstweilige Rettung finden würden. Da standen sie, sich tief verbeugend, in vorgetäuschter Freundlichkeit lächelnd und mit mitleiderregender Miene. Makojah durchschaute das Theater, doch es störte sie nicht, es gehörte zu ihrem Geschäft.

Die Leute fragten sich immer wieder, wohin das Geld floss, das sie anhäufte, denn sie konnten keine Anzeichen eines sich mehrenden

Reichtums bei ihr erkennen. Ihr Haus blieb in dem Zustand, in dem es schon seit vielen Jahren war, abgesehen von einem gelegentlichen neuen Anstrich oder Ausbesserungsarbeiten hier und dort. Sie lebte nicht verschwenderisch, hatte keine Familienangehörigen, aber vor allem war sie noch nie dabei beobachtet worden, wie sie zur Bank ging, um das Geld, das sie den Schuldnern abgepresst hatte, einzuzahlen. Allmählich vermuteten die Leute, dass die alte Jungfer ihr Geld unter der Matratze aufbewahrte. Daher machten sich eines Nachts vier Männer zu ihrem Haus auf, um in einer Nacht-und-Nebel-Aktion bei ihr einzubrechen. Die Nachbarn, die von dem Einbruch wussten, beobachteten hinter den Gardinen verborgen alles ganz genau. Makojah ihrerseits sah den Räubern seelenruhig dabei zu, wie diese jeden Winkel ihres Hauses durchsuchten. Geld fanden sie nicht. Da war nichts unter der Matratze, auch nicht im Aschehaufen im Ofen, auch nicht in der Wassertonne. Der Kleiderschrank enthielt nur Kleider, der Vorratsschrank enthielt nur einen Teller Reis und ein bisschen Möhrensuppe. Die vier maskierten Einbrecher gaben schließlich auf und beendeten ihre Suche. Sie gingen auf Makojah zu, die nach wie vor in der Tür ihres Schlafzimmers stand. »Wo ist dein Geld?«, fragte einer der vier verärgert.

»Ich gebe es dir gerne«, sagte Makojah lächelnd. »Die Zinsen betragen vierzig Prozent, die Rückzahlung ist innerhalb einer Woche fällig.«

Sie verschwanden, ohne ein weiteres Wort zu sagen.

Seitdem versuchte niemand mehr, sie zu bestehlen, vor allem nicht, nachdem sie das Baby bei sich aufgenommen hatte. Makojah kümmerte sich um den kleinen Jungen, zum einen, weil sie sich schon lange ein Kind gewünscht hatte, und zum anderen, weil niemand sonst in der Stadt das Baby von der Müllhalde bei sich aufnehmen wollte. So wuchs das Kind also bei ihr auf. Makojah hatte ihm zwar einen guten Namen gegeben, Bhishma, nach dem starken Prinzen im Mahabharata, doch wegen seines lästigen und boshaften Verhaltens nannten ihn später alle nur Idiot oder, um einen weiteren Namen ergänzt, Edi Idiot. Die Leute vergaßen ganz, dass er in Wirklichkeit Bhishma hieß, einschließlich Makojah. Selbst der Junge vergaß es, und so blieb er zeitlebens Edi Idiot.

Die Leute sagten dem Jungen schon bald ein unglückliches Schicksal voraus, denn die alte Jungfer hatte bisher jedem, der mit ihr unter einem Dach gelebt hatte, Unglück gebracht. Bei ihrer Geburt starb ihre Mutter. Als sie fünf Jahre alt war, wurde ihr Vater von einem Skorpion gestochen und starb ebenfalls. Dann zog ihre Tante, eine kinderlose Witwe, ein, um sich um das Mädchen zu kümmern, starb aber, als Makojah sieben Jahre alt war: Eine Kokosnuss war ihr im Hof auf den Kopf gefallen. Doch da ihr Vater als Pfandhausbesitzer ihr genügend Geld hinterlassen hatte, konnte Makojah eine Hausangestellte beschäftigen, die sich um ihre täglichen Bedürfnisse kümmerte. Kaum zwölfjährig geworden, starb ihr diese Hausangestellte an hohem Fieber weg. Seitdem wollte niemand mehr mit ihr zusammenleben, denn jeder war davon überzeugt, dass sie Unglück brachte.

In jungen Jahren war sie tatsächlich ziemlich hübsch gewesen. Viele Männer waren heimlich in sie verliebt. Doch keiner von ihnen wollte das Risiko eingehen, mit ihr zusammenzuleben und frühzeitig zu sterben. Sie zogen es vor, ein Mädchen zu heiraten, das längst nicht so hübsch war, dafür aber länger zu leben. Niemand hatte eine Erklärung dafür, was die Ursache für ihr Unglück hätte sein können, und niemand kam auf den Gedanken, dass es sich lediglich um Zufälle handelte. Und so blieb Makojah, was die Männer anging, unberührt bis zu ihrem Tod.

Zwar hatte sie erfolgreich ihr Geschäft des Geldverleihens angeschoben, doch sie wurde älter und wollte nicht den Rest des Lebens auf sich allein gestellt sein. Sie versuchte zunächst, anständigen Männern einen Heiratsantrag zu machen, doch sie lehnten ab. Dann versuchte sie es bei übel beleumdeten Männern wie Spielern und Trinkern, doch auch die lehnten ab. Auch Obdachlosen und Bettlern machte sie einen Antrag, aber selbst diese zogen es vor, in Armut zu leben als in Reichtum mit ihr. Als sie zweiundvierzig Jahre alt war, stellte sie ihre Bemühungen, einen Mann zu finden, ein und versuchte, ein Kind zu adoptieren. Doch auch das scheiterte immer wieder. Bis zu dem Tag, als sie das Baby von der Müllhalde zu sich holte.

Edi Idiot wuchs in ihrer Obhut auf, ganz ohne Anzeichen für ein drohendes Unheil, außer dass kein anderes Kind mit ihm spielen wollte, denn selbst diese waren von den Vorurteilen ihrer Eltern ihm und seiner Pflegemutter gegenüber angesteckt worden. Während also ihre Eltern Makojah aus dem Weg gingen, außer wenn sie sie brauchten, mieden die Kinder Edi Idiot. So wuchs er zu einem schwierigen Jungen heran, zu einem Hitzkopf, der seine Altersgenossen ständig drangsalierte. Wenn er sich ausgeschlossen fühlte, lief er Amok, und er zögerte nicht, jeden zu schlagen, der ihm gegenüber nicht freundlich genug schien. Doch damit erreichte er nur, dass die anderen Kinder einen noch größeren Bogen um ihn machten.

Die Beziehungen, die er aufbaute, fußten auf der Angst vor ihm. Niemand wagte, sich ihm zu widersetzen, denn er war der stärkste Junge in der Stadt.

Doch schließlich fand er Freunde unter den Kindern, die ein ähnliches Schicksal teilten, Außenseiter wie er: zwei Jungen, über die sich die anderen lustig machten, weil sie hinkten; ein Hunger leidendes Kind, das wegen seiner Magerkeit verspottet wurde, und eines, weil sich sein Vater sowohl als Müllmann als auch als Dieb verdingte. Edi Idiot war sofort zur Stelle, wenn eins von ihnen gehänselt wurde, er schlug, ohne mit der Wimper zu zucken, denjenigen, der über die Not des mageren Kindes spottete. Er wurde zum Beschützer dieser Kinder und knüpfte eine enge Freundschaft mit ihnen. Am Ende des Jahres hatten sich die Kinder der Schule in zwei Gruppen gespalten: die Gruppe der braven Kinder und die Gruppe der von Edi Idiot angeführten Pechvögel.

Letztere wuchsen zu echten Stadtplagen heran. Anders als die anderen Kinder, die lediglich im kleineren Stil Unfug trieben, zögerte Edi Idiot nicht, den ganzen Hühnerstall eines Nachbarn zu leeren, um ein Fest am Strand auszurichten. Im Alter von elf Jahren hatte er schon ein Lokal ausgeraubt, den Wirt außer Gefecht gesetzt, flaschenweise Arak und Bier mitgenommen und sich mit seinen Freunden in der Kakaoplantage betrunken. Sie hatten auch schon beinahe alle Prostituierten in der Stadt aufgesucht. Und nur sie konnten von sich behaupten, dass sie bereits im jugendlichen Alter eine Gefängniszelle von innen gesehen hatten.

In einem solchen Fall kam Makojah zu ihrer Rettung, indem sie die entsprechenden Leute im Polizeipräsidium bestach. Was immer Edi Idiot tat, es weckte nicht ein Quäntchen Missstimmung bei der alten Jungfer. Es war im Gegenteil so, dass sie stolz auf ihn war. »Er wird die Leute in dieser Stadt piesacken«, sagte Makojah eines Tages zu einem der wachhabenden Polizisten, »so wie die Leute in der Stadt mich all die Jahre gepiesackt haben.«

Das traf zu. Die Eltern begannen, dem Schuldirektor damit zu drohen, dass sie ihre Kinder von der Schule nehmen würden, sollte er Edi Idiot nicht von der Schule verweisen. Der Direktor ließ sich einschüchtern und schickte den Jungen weg. Als Reaktion darauf fand er eines Morgens sämtliche Fenster- und Türscheiben der Schule als Scherbenhaufen vor, an Stühlen und Tischen waren die Beine abgebrochen, und der Fahnenmast war umgestürzt.

So trieb sich Edi Idiot im Alter von zwölf Jahren auf der Straße herum, während seine Altersgenossen in der Schule waren. Er ging in die Geschäfte und forderte von ihren Inhabern Geld, und wenn diese es ihm nicht gaben, dann ging eben die Glasscheibe der Ladentheke oder der Eingangstür zu Bruch, entweder durch einen Steinwurf oder durch einen Fußtritt Edi Idiots. Er ging ins Bordell, ohne zu bezahlen, er schaute sich Kinofilme an, ohne eine Eintrittskarte zu kaufen, und wenn jemand ein Problem daraus machte, dann prügelte er sich mit ihm, um am Ende der Schlägerei als Sieger daraus hervorzugehen.

Einige Ladenbesitzer heuerten schließlich einen Preman an, der dem Jungen die Stirn bieten sollte. Eines Tages musste sich Edi Idiot diesem Preman in einem Kampf stellen, der mit einem Mord endete. Edi Idiot kam wieder ins Gefängnis, wurde aber kurz darauf freigelassen, weil er gewalttätig geworden war, seine Zelle verwüstet und einige der Wachmänner krankenhausreif geschlagen hatte. Zurück auf der Straße, tötete er zwei oder drei Männer, die ihn zu überwältigen versuchten, doch dieses Mal war die Polizei nicht interessiert daran, ihn erneut festzunehmen.

Und so errichtete er seinen permanenten Posten in einer Ecke des Busbahnhofes mit dem Schaukelstuhl aus Mahagoniholz, den die Japaner zurückgelassen hatten, als seinem Sitz. Er rekrutierte seine Gefolgsleute einen nach dem anderen. Einige von ihnen hatte er in Schlägereien besiegt und sodann verpflichtet, andere waren ihm treu ergeben und folgten ihm aus freien Stücken. Sie zogen »Steuern« von den Ladenbesitzern ein, ebenso wie von allen Bussen, ob sie nun in den Busbahnhof hineinfuhren oder nicht, und dazu von den Verkaufsständen auf dem Markt, von allen Fischerbooten, die aufs Meer hinausfuhren, von allen Bordellen und Lokalen, von den Eisfabriken und Kokosnussölfabriken, selbst von den Rikscha- und Pferdekarrenfahrern. Und auch die Parkgebühren steckten sie sich in die eigenen Taschen.

Innerhalb kürzester Zeit waren Edi Idiot und seine Kumpane zum

Schrecken der Stadt geworden. Die Bande war zu allem fähig, sowohl im betrunkenen als auch im nüchternen Zustand. Sie stahlen Hühner, warfen Fensterscheiben ein, belästigten Mädchen, ob sie allein unterwegs waren oder in Begleitung ihrer Familie, und selbst die Sandalen vor der Moschee zu Zeiten gemeinschaftlicher Gebete stahlen sie. Turteltauben, die von den älteren Leuten gern in Käfigen gehalten wurden, verschwanden zu jener Zeit weitaus häufiger als früher, genauso wie die Hähne, die für den Hahnenkampf gezüchtet wurden, oder die Kleider von den Wäscheleinen.

Die Bande sorgte ernsthaft für Verdruss, auch unter den wohlerzogenen Jugendlichen, denn ihre Mitglieder tauchten überall plötzlich auf und klauten ihnen alles Mögliche. Sie erleichterten die Jugendlichen um etliche Gitarren, nahmen ihnen bei Überfällen auf der Straße gewaltsam die Schuhe ab und verlangten täglich eine Unmenge an Zigarettenpackungen. Wenn einige der Jugendlichen sich zu wehren versuchten, endete es in einer Schlägerei. Es wurde immer offensichtlicher, dass die Bande nicht zu besiegen war, vor allem dann nicht, wenn Edi Idiot sich persönlich an den Auseinandersetzungen beteiligte. Obendrein wurden häufiger Morde verübt. Am schlimmsten jedoch war, dass die Polizei solche Vorfälle lediglich als Dummejungenstreiche abtat.

»Er wird bestimmt sterben«, sagte jemand, um sich selbst gut zuzureden, »schließlich lebt er bei Makojah.«

»Das Problem ist nur, wann er stirbt«, wendete ein anderer ein.

Edi Idiots Tod sollte erst nach weiteren drei Jahren eintreten. Vorerst aber traf es Makojah. Eines Morgens starb sie einfach so, im Badezimmer, während sie gerade dabei war, ihren Darm zu entleeren. Es war Edi Idiot, der sie fand. Er war um Punkt neun Uhr aufgewacht und hatte sein Frühstück nicht, wie sonst üblich, für ihn zubereitet vorgefunden. Er suchte im ganzen Haus nach der alten Jungfer, konnte sie jedoch nirgends finden, bis er beim Anblick der verschlossenen Badezimmertür Verdacht schöpfte. Er versuchte, die Tür zu öffnen, doch sie war von innen verriegelt. Er trat sie ein und fand die alte Jungfer noch auf der Kloschüssel hockend, nackt und leblos.

»Mama, bist du tot?«, fragte Edi Idiot.

Makojah antwortete nicht.

Edi Idiot tippte mit seinem Zeigefinger gegen Makojahs Stirn, worauf deren Körper nach hinten kippte.

Die gute Nachricht von ihrem Tod verbreitete sich rasch in der ganzen Stadt, denn viele hatten noch unbeglichene Schulden bei ihr. Keiner der Nachbarn war bereit, sich um ihren Leichnam zu kümmern, sodass ihn Edi Idiot auf seinen eigenen Schultern zum Haus des Totengräbers Kamino trug. Kamino war zu dem Zeitpunkt noch ledig, da kaum eine Frau mit ihm zusammen auf dem Friedhof leben wollte. Daher begannen die beiden Männer alleine damit, die Leiche für das Begräbnis vorzubereiten, bevor ein wohlwollender Kyai hinzukam. Der Kyai trug ihnen auf, den Leichnam zu waschen, und sprach anschließend gemeinsam mit dem Totengräber einige Gebete, während Edi Idiot unruhig auf und ab ging. So wurde also Makojah, die fast jeder in der Stadt kannte und die als Einzige stets bereit war, in jeder Notlage zu helfen, zu Grabe getragen, ohne dass mehr als drei Menschen anwesend waren.

Makojah hinterließ Edi Idiot keine Erbschaft, abgesehen von dem Grundstück und dem Haus darauf, in dem sie beide gemeinsam gelebt hatten. Niemand wusste, wohin das viele Geld geflossen sein konnte, das von den Zinsen des verliehenen Geldes stammte. Edi Idiot interessierte dieses Geld nicht im Geringsten, aber die anderen Leute sehr wohl, waren sie doch der Ansicht, es handelte sich dabei um ihr Geld. Daher versuchten einige auch Jahre später noch, etwas über seinen Verbleib herauszufinden. Es gab Gerüchte, nach denen sich unter Makojahs Haus eine Art Kammer befand. So machten sich ein paar Männer daran, vom Nachbarhaus aus einen Tunnel zu graben, wurden jedoch nicht fündig. Obendrein kam einer der Grabenden ums Leben, weil er Schwefeldämpfe eingeatmet hatte, und sie schütteten den Tunnel wieder zu.

Das Glück der Einwohner Halimundas währte nicht lange. Sie hatten geglaubt, dass, wenn Makojah erst einmal tot war, Edi Idiot sich ändern und ein umgänglicher Junge werden würde. Zumindest würde er sich einige Monate lang in Trauer zurückziehen. Offenbar gedachte er, nichts davon zu tun. Er nahm Mädchen mit nach Hause, um dort mit ihnen zu schlafen, während ihre Väter verzweifelt überall nach ihnen suchten. In jeder Küche, in die er eindringen konnte, verlangte er nach Essen oder setzte sich gleich an den Esstisch und verschlang alles, bevor die Bewohner des Hauses selbst von dem Gericht probiert hatten. Dazu kamen schwerwiegendere Verbrechen wie Diebstähle und etliche Morde.

Als Shodancho aus seinem Guerilla-Unterschlupf zurückkam, erhofften sich in Halimunda viele, dass er nicht nur das Problem mit den Schweinen löste, sondern auch die Sache mit den Premans der Stadt. Doch Shodancho lehnte ab. »Sie sind wie Scheiße«, sagte er, »je mehr man darin rührt, desto heftiger stinkt es.« Er führte nicht aus, was genau er damit meinte, doch die Leute schlossen daraus, dass, falls man Edi Idiot und seine Bande behelligte, dieser für noch mehr Ärger in der Stadt sorgen würde.

In dieser Zeit sah man in Halimunda viele Leute mit niedergeschlagenem Gesichtsausdruck auf den Veranden ihrer Häuser sitzen. Ein Spaßvogel von außerhalb hätte sie vielleicht gefragt: »Was treibt ihr denn da?« Und sie hätten geantwortet: »Wir warten darauf, dass Edi Idiot mit der Leichentrage vorübergetragen wird.«

Ihre Gebete wurden niemals erhört, weil Edi Idiot niemals mit einer Leichentrage transportiert und auch niemals in einem Grab beigesetzt wurde. Er starb, weil er ertränkt wurde und sein Leichnam von zwei Haien aufgefressen wurde.

Ein Fremder, der eines Morgens in die Stadt gekommen war und für viel Wirbel gesorgt hatte, tötete ihn: Maman Gendeng. Er tötete ihn nach einem legendären Kampf, der sieben Tage und sieben Nächte gedauert hatte. Zunächst konnte niemand so recht glauben, dass dieser Übeltäter wirklich tot war, doch dann war es, als wachte man endlich aus einem Albtraum auf. Edi Idiot konnte, so wie jedermann, sterben. Die Leute waren dem Fremden sehr dankbar, und Maman Gendeng wurde schnell als Bürger Halimundas aufgenommen.

Um dies zu feiern, richtete man ein schier endlos dauerndes Fest aus, das alle anderen Feste in den Schatten stellte. Selbst die Feierlichkeiten am 23. September zum Tag der Unabhängigkeit Halimundas waren niemals so großartig gewesen. Ein Jahrmarkt schlug einen ganzen Monat lang seine Zelte auf, die Zirkustruppe präsentierte Elefanten, Tiger, Löwen, Affen, Schlangen und kleine Schlangenmädchen sowie selbstverständlich kleinwüchsige Clowns. Auf vielen Plätzen der Stadt konnten die Leute sich umsonst Sintren- und Kuda-Lumping-Tänze ansehen. Frisch verliebte junge Männer und Frauen gingen miteinander aus, ohne befürchten zu müssen, von Edi Idiots Bande behelligt zu werden. Man ließ Hühner und sonstiges Zuchtvieh in den Höfen frei herumlaufen, und die Küchentüren wurden nicht mehr abgeschlossen.

Selbst als Maman Gendeng erklärte, dass kein einziger Mann, ausgenommen er selbst, mit der Hure Dewi Ayu schlafen durfte, scherten die Leute sich nicht weiter darum, auch wenn es zweifelsohne einen schmerzlichen Verlust darstellte. Man betrachtete es letzten Endes als das angemessene Geschenk für den Helden, der Edi Idiot, den widerwärtigen Sohn der Makojah, getötet hatte.

Doch dann kam der tropisch heiße Tag, an dem sich Maman Gendeng aus seinem Mahagoni-Schaukelstuhl erhob, den er von Edi Idiot am Busbahnhof geerbt hatte, und zum nächstgelegenen Laden ging. Er bat um einen Kasten kaltes Bier, bei dieser verfluchten Hitze, doch der Verkäufer gab ihm nur eine einzige Flasche. Maman Gendeng geriet außer sich vor Wut und schlug die Ladentheke zu Bruch. Dann nahm er sich den Kasten Bier, aber erst nachdem er den Ladenbesitzer belehrt hatte, der seiner Ansicht nach keinerlei Anstand besaß. Dann kehrte er zu seinem Schaukelstuhl zurück und benetzte seine völlig ausgedörrte Kehle mit dem gestohlenen Bier.

Und die Einwohner Halimundas erkannten, dass sich für sie nichts geändert hatte. Edi Idiot war tot, aber ein anderer seines Kalibers war gekommen. Sein Name war Maman Gendeng.

Nach dem feierlichen Hochzeitsfest Allamandas legte Dewi Ayu den Frischvermählten nahe, in ihr neues Haus umzuziehen. Die jüngsten Ereignisse hatten sie aufgebracht, zumal sie ihre älteste Tochter betrafen. Sie hatte Allamanda immer wieder ermahnt, es sei nicht ungefährlich, Männer derart schlecht zu behandeln. Doch Allamanda hatte einen Starrsinn geerbt – von wem, das konnte sie sich beim besten Willen nicht erklären – und bekam nun die Auswirkungen zu spüren.

Dewi Ayu hätte niemals gedacht, dass sie einmal hübsche, aber ungezogene Mädchen auf die Welt bringen würde, die auf Männer Jagd machten, um sie dann fallen zu lassen. Sie hatte diesen leidigen Wesenszug an Allamanda beobachten können, seit das Mädchen wusste, was ein Junge überhaupt ist. Und wie es aussah, war diese schlechte Veranlagung auch auf Adinda übergegangen. Früher war ihre zweite Tochter eigentlich ein braves Mädchen gewesen, das lieber im Haus blieb, als sich draußen herumzutreiben. Doch seit der plötzlichen Hochzeit Allamandas verschwand auch sie nun immer öfter. Am meisten war sie dort anzutreffen, wo die Kommunistische Partei ihre ausgelassenen Feiern abhielt. Adinda begann, dem Mann, der einmal

Allamanda gehört hatte, auf Schritt und Tritt zu folgen: Genosse Kliwon. Dewi Ayu hätte nicht sagen können, was in Adindas Kopf vor sich ging. Sie vermutete, dass das Mädchen sich für den Liebeskummer revanchieren wollte, den ihre Schwester dem Mann bereitet hatte. Der Gedanke gefiel ihr ganz und gar nicht. »Männer haben es auf mein Geschlecht abgesehen«, sagte sie zu sich selbst, »und ich habe Mädchen zur Welt gebracht, die es auf das Geschlecht von Männern abgesehen haben.«

Daher machte sie sich große Sorgen um ihre jüngste Tochter Maya Dewi. Sie befürchtete, das Kind könnte sich durch die Wildheit ihrer älteren Schwestern anstecken lassen. Sie war inzwischen zwölf Jahre alt, ein braves Kind, das nicht das geringste Anzeichen von ungezogenem Verhalten an den Tag legte. Flink und geschickt nahm sie sich des Haushaltes an. Jeden Morgen pflückte sie Rosen und Orchideen, um sie, in einer Vase kunstvoll arrangiert, auf den Tisch im Empfangszimmer zu stellen. Und jeden Sonntag fegte sie die Spinnweben von den Zimmerdecken. Abends, bevor sie schlafen ging, erledigte sie alle ihre Hausaufgaben, und ihre Lehrer lobten ihr vorbildliches Verhalten. Doch alles kann sich wandeln, so wie es bei Adinda der Fall war, und darüber machte Dewi Ayu sich große Sorgen. »Mit jemandem verheiratet zu sein, den man nicht liebt, ist viel schlimmer, als das Leben einer Hure zu führen«, sagte sie zu ihrer jüngsten Tochter.

Dewi Ayu beschloss, Maya Dewi baldmöglichst zu verheiraten, noch bevor sie überhaupt zu einem ungezogenen Teenager heranwachsen konnte. Bisher hatte sie ihre Probleme immer durch blitzschnelles Denken gelöst, und der erste Gedanke, der ihr in den Sinn kam, war auch derjenige, den sie in die Tat umsetzte. Sie wollte unter keinen Umständen erleben, dass Maya Dewi ein ähnlich tragisches Schicksal erlitt wie Allamanda und möglicherweise auch Adinda. Dewi Ayu fiel jedoch niemand ein, mit dem sie die Zwölfjährige verheiraten konnte, denn einem x-beliebigen Mann wollte sie ihre Jüngste auch nicht überlassen.

Sie beabsichtigte, die Angelegenheit mit ihrem Geliebten, Maman Gendeng, zu besprechen. Am folgenden Sonntag gingen sie zu dritt in den Freizeitpark. Dort genossen sie einen entspannten Tag, kauften nach Herzenslust Süßigkeiten, fütterten die zahmen Hirsche und amüsierten sich zum Schluss auf den Schaukeln. Dewi Ayu beobachtete Maman Gendeng, wie er Maya Dewi an der Hand hier- und dorthin führte, wie er ihr die Pfauen zeigte, die sich in den Büschen versteckt hielten, und wie er die Futtererbsen unter den Affen verteilte, die sich um sie geschart hatten. Dass die beiden ihre Anwesenheit völlig vergessen zu haben schienen, störte sie überhaupt nicht. Sie liefen auch zum Steilufer und versuchten, die vielen Möwen zu zählen.

Als sie wieder zu Hause angekommen waren und Maya Dewi mit ihren Freundinnen verschwunden war, sagte Dewi Ayu zu Maman Gendeng: »Heiratet ihr beide doch.«

»Wer?«, fragte Maman Gendeng. »Ich und wer noch?«

»Du und Maya Dewi.«

»Du bist verrückt«, sagte Maman Gendeng. »Falls ich überhaupt eine Frau heiraten wollte, dann bist du das.«

Sie saßen auf der Veranda, eine warme Mittagsbrise wehte, und bei einem Glas kalter Limonade legte Dewi Ayu nun ihre Befürchtungen dar. In der Ferne war das Wellenrauschen zu hören, und auf dem Dach lärmten die Spatzen. Seit Monaten waren sie nun schon ein Liebespaar, die Prostituierte und der Freier, der das Monopol auf sie beanspruchte. Dewi Ayu blieb dabei, Maya Dewi mit einem Mann zu verheiraten. Da ihr aber kein anderer Mann nahestand, war der Einzige, der für eine Heirat mit ihr infrage kam, eben Maman Gendeng.

»Das hört sich an, als wolltest du nicht mehr mit mir schlafen«, sagte Maman Gendeng.

»Versteh mich nicht falsch«, sagte Dewi Ayu. »Dir steht es jederzeit frei, mich in Mama Kalongs Bordell zu besuchen, genau wie den anderen verheirateten Männern auch. Falls es dir deiner Ehefrau gegenüber nicht unangenehm sein sollte.«

»Über eine solche Angelegenheit muss ich erst ein paar Jahre lang nachdenken«, nörgelte Maman Gendeng.

»Du musst auch mal an die anderen denken. Die armen Männer in Halimunda leiden Höllenqualen, weil sie, nur wegen eines Platzhirsches wie dir, meinen Körper nicht mehr berühren dürfen. Wenn du mich freigibst, wirst du ihr Held sein. Und du bekommst dafür einen Ersatz, der dich nicht enttäuschen wird. Die Tochter der schönsten Hure der Stadt.«

»Sie ist erst zwölf Jahre alt.«

»Hunde tun sich zusammen, wenn sie zwei Jahre alt sind, und Hühner, wenn sie acht Monate alt sind.«

»Sie ist kein Hund und schon gar kein Huhn.«

»Du bist eben nie zur Schule gegangen. Der Mensch gehört zu den Säugetieren wie der Hund, und er geht auf zwei Beinen wie das Huhn.«

Maman Gendeng kannte das Wesen dieser Frau, zumindest glaubte er das. Er wusste, dass Dewi Ayu von ihrem Plan nicht abweichen würde, ganz gleich, wie verrückt dieser auch war. Er trank von seiner kalten Limonade und spürte, wie er am ganzen Leib zitterte. Ihm war, als müsse er über eine Brücke gehen, die nicht breiter war als ein Haar und unter der sich die Hölle auftat. »Ich werde niemals ein guter Ehemann sein«, protestierte er schwach.

»Dann werde ein schlechter, wenn dir danach ist.«

»Außerdem weißt du nicht, ob sie überhaupt will.«

»Sie ist ein folgsames Mädchen«, erwiderte Dewi Ayu. »Sie hört auf das, was ich ihr sage, aber davon abgesehen bin ich mir sicher, dass sie nichts dagegen hat, dich zu heiraten.«

»Es ist völlig ausgeschlossen, dass ich mit einem kleinen Mädchen Sex habe«, wandte Maman Gendeng ein.

»Du brauchst nur etwa fünf Jahre zu warten, dann kannst du mit ihr schlafen.«

Alles schien darauf hinauszulaufen, dass er die Zwölfjährige heiraten würde. Maman Gendeng schlotterte beim bloßen Gedanken. Er konnte sich nur zu gut vorstellen, wie sich die Leute über eine solch merkwürdige Ehe das Maul zerrissen. Sie würden denken, dass er das Mädchen vergewaltigt hatte und es deshalb heiraten musste.

»Und wenn du sie nur aus Liebe zu mir heiratest«, sagte Dewi Ayu schließlich.

Das kam für Maman Gendeng einem Richterspruch gleich. Als schwirrten Bienen in seinem Schädel, und als flatterten Libellen in seinem Bauch. Er trank seine kalte Limonade aus, konnte damit aber all das Getier nicht aus seinem Körper vertreiben. Ihm war, als wüchse ein Gebüsch in seiner Brust, wild wuchernd und mit stechenden Dornen bedeckt. Entwaffnet sank er gegen die Sessellehne, mit halb geschlossenen Augen. »Warum kommst du mir damit so unerwartet?«, fragte er.

»Ganz gleich, wann ich es dir sagen würde«, sagte Dewi Ayu, »es käme immer unerwartet.«

»Wo kann ich mich kurz hinlegen?«, fragte Maman Gendeng.

»Mein Bett ist immer auch dein Bett.«

Maman Gendeng schlief leise schnarchend beinah vier Stunden lang tief und fest. Das war sein Weg, den Bienen, Libellen und dem wild wuchernden Buschwerk in seiner Brust zu entfliehen. Dewi Ayu verbrachte die Zeit damit, sich im Badezimmer frisch zu machen und anschließend im Empfangszimmer bei einer Zigarette und einer Tasse Kaffee darauf zu warten, dass der Mann wieder aufwachte. Unterdessen erschien Maya Dewi, die sagte, dass sie ein Bad nehmen wolle, doch ihre Mutter bat sie, sich ihr gegenüber in den Sessel zu setzen.

»Kind, du wirst bald heiraten, wie es deine ältere Schwester Allamanda getan hat«, sagte Dewi Ayu.

»Das hört sich an, als wäre das Heiraten keine so schwierige Sache«, sagte Maya Dewi.

»Da hast du ganz recht. Eine schwierige Sache ist die Scheidung.«

Dann trat, mit dem blassen Gesicht eines Schlafwandlers, Maman Gendeng aus dem Schlafzimmer. Er setzte sich ebenfalls in einen der Sessel, und plötzlich überkam ihn ein Unbehagen, das kleine Mädchen, das dort bei dessen Mutter saß, anzuschauen. »Ich habe geträumt«, sagte er. Dewi Ayu und Maya Dewi warteten schweigend, dass der Mann weitersprechen würde. »Ich habe geträumt, mich hätte eine Schlange gebissen.«

»Das ist ein gutes Omen«, sagte Dewi Ayu. »Ihr werdet heiraten, und ich gehe am besten gleich los, um einen Geistlichen zu finden.«

So kam es, dass der etwa dreißigjährige Maman Gendeng die zwölf Jahre alte Maya Dewi noch im gleichen Jahr heiratete, in dem Allamanda und Shodancho die Ehe eingegangen waren. Die Trauung fand im Rahmen einer kurzen und schlichten Zeremonie statt, lebhaft begleitet vom Klatsch und Tratsch der Leute, die darüber mutmaßten, was zu dieser merkwürdigen Eheschließung geführt hatte. Zumindest aber machte diese Hochzeit die männlichen Einwohner der Stadt glücklich, denn diese konnten nun wieder in Mama Kalongs Bordell gehen und Dewi Ayu aufsuchen.

Dewi Ayu überließ dem frischvermählten Brautpaar ihr Haus und die zwei Hausangestellten, während sie mit Adinda in ein frisch renoviertes Haus in einer Wohnanlage zog, in der früher Japaner gelebt hatten. Dewi Ayu mochte diese Häuser, vor allem wegen der Badewannen, die beinahe die Größe von Schwimmbecken hatten.

»Sag es mir einfach, wenn du auch heiraten möchtest«, sagte sie zu Adinda.

»Ich habe es nicht so eilig«, erwiderte ihre Tochter. »Das Ende der Welt ist noch nicht in Sicht.«

Vor ihrem Umzug richtete Dewi Ayu noch ein prächtiges Hochzeitszimmer ein, in dem der Duft von Jasmin und Orchideen in der Luft hing. Zum neuen Bett gehörten ein plissiertes, rosafarbenes Moskitonetz und die beste Matratze, die in der ganzen Stadt zu haben war, ausgestattet mit moderner Sprungfedertechnik. Die Zimmerwände waren über und über mit Blumen aus Krepppapier dekoriert. Eigentlich war all das umsonst, denn das Brautpaar sollte nach der Zeremonie keine echte Hochzeitsnacht verbringen.

Maya Dewi trug bereits ihren Schlafanzug, sprang mit ihrer kindlichen Unbeschwertheit auf das neue Bett und testete die Sprungfedern, wie es Jahre zuvor ihre Mutter im Bordell der Japaner getan hatte. Als sie genug davon hatte, legte sie sich ins Bett, umarmte die Bettrolle und erwartete ihren Bräutigam. Maman Gendeng erschien mit einer unbeschreiblichen Unbeholfenheit. Er sprang nicht sofort aufs Bett, um sich den Körper seiner Frau zu greifen und sie skrupellos zu vergewaltigen, wie die meisten frischvermählten Ehemänner. Er zog einen Stuhl neben das Bett und setzte sich darauf. Er betrachtete das Gesicht des kleinen Mädchens mit dem Blick eines Mannes, der seine verstorbene Geliebte vor sich aufgebahrt sieht, und musste sich eingestehen, dass ihre aufkeimende Schönheit bezaubernd war. Ihr schwarzes, glänzendes Haar breitete sich auf dem Kopfkissen aus. Ihre Augen blickten offen und kindlich. Ihre Nase, ihre Lippen, einfach alles an ihr war hinreißend. Aber ja, es war eben alles auch noch sehr klein. Ihre Hände waren die eines kleinen Mädchens, ebenso ihre Waden. Selbst unter ihrem Schlafanzug war zu erkennen, dass ihre Brüste noch nicht gewachsen waren. Es war ausgeschlossen, dass er mit diesem kleinen, unschuldigen Mädchen schlief.

»Warum bist du denn so still?«, fragte Maya Dewi.

»Nun, was sollte ich denn tun?«, fragte Maman Gendeng seufzend.

»Erzähl mir doch wenigstens eine Geschichte.«

Maman Gendeng war nicht gut im Geschichtenausdenken, daher erzählte er die einzige Geschichte, die er kannte: die Geschichte von Prinzessin Rengganis.

»Wenn wir ein Mädchen bekommen, nennen wir es Rengganis«, sagte Maya Dewi.

»Genau das habe ich mir auch gedacht.«

Auf diese Weise verbrachten sie nun jeden Abend: Maya Dewi legte sich mit ihrem Schlafanzug ins Bett, dann erschien Maman Gendeng mit dem gleichen verwirrten Blick; er zog einen Stuhl heran und betrachtete seine Braut aufs Neue mit seiner traurigen Miene, und dann bat ihn Maya Dewi, eine Geschichte zu erzählen. Auch die Geschichte war immer dieselbe, nämlich die von Prinzessin Rengganis, die den Hund heiratete. Trotzdem verbrachten die beiden ihre gemeinsamen Abende nicht weniger glücklich als viele andere Brautpaare. Noch vor dem Ende der Geschichte war Maya Dewi meist tief und fest eingeschlafen. Maman Gendeng deckte sie dann zu, schloss das Moskitonetz, schaltete das Deckenlicht aus und das Nachtlicht ein. Nachdem er noch einen Moment lang das friedliche, schlafende Gesicht betrachtet hatte, verließ er das Zimmer, schloss leise die Tür und stieg einen Stock höher, wo er alleine in einem leeren Zimmer schlief, bis zum frühen Morgen, wenn seine Frau kam, um ihn mit einer Tasse heißen Kaffees zu wecken. Dies setzte sich so fort, auch nachdem Dewi Ayu und Adinda in ihr neues Haus gezogen waren und sich köstlich über die beiden amüsierten.

Maman Gendeng begann, neue Gewohnheiten zu entwickeln. Er wachte früh am Morgen auf und trank den Kaffee, den seine Frau ihm brachte. Eine halbe Stunde später servierte Mirah das Frühstück, und zu zweit setzten sie sich an den Esstisch, wie es viele glückliche Ehepaare tun. Anfangs war dies für Maman Gendeng eine schreckliche Zumutung, war er es als Preman doch gewohnt, erst spät aufzustehen. Doch seine Frau stellte ihm nach dem Frühstück frei, zurück ins Bett zu gehen, und so mit vollem Magen schlief es sich sogar noch besser. Wenn Maman Gendeng gegen zehn Uhr wieder aufwachte, fand er seine Kleider ordentlich gebügelt neben seinem Bett. Bevor er sich anzog, nahm er neuerdings ein Bad. Es kam ihm äußerst befremdlich vor, ein Hemd zu tragen und ein Paar Hosen, die mit schnurgeraden Bügelfalten versehen waren. Doch seiner Frau zuliebe trug er diese Kleider und machte sich schließlich, nachdem er sie vor dem Haus auf die Stirn geküsst hatte, auf den Weg zum Busbahnhof, zu seinem angestammten Platz.

Mit der Zeit machte ihm all das nicht mehr zu schaffen, auch wenn seine Kumpel am Busbahnhof sein Erscheinungsbild mit Verwunderung betrachteten. Er begann, sich nach seinem Heim zu sehnen, nach seiner Frau, und so machte er sich immer früher auf den Heimweg.

Als sie bereits einen Monat verheiratet waren, fragte Maya Dewi ihn eines Abends: »Darf ich wieder zur Schule gehen?«

Diese Frage überraschte ihn. Aber natürlich, sie war schließlich noch ein Schulkind. Jedes zwölfjährige Mädchen sollte von morgens bis mittags in der Schule sein. Andererseits war sie eine verheiratete Frau. Er hatte noch nie davon gehört, dass eine verheiratete Frau die Schulbank drückte. Er grübelte eine Weile nach, bis ihm schließlich bewusst wurde, dass ihre Ehe eben doch nicht so wie die Ehen anderer Leute war. Er hatte noch nie mit seiner Frau geschlafen und hatte auch nicht die Absicht, das zu tun. Vielleicht war es ganz gut, wenn er sie wieder an der Schule anmeldete. »Selbstverständlich sollst du wieder zur Schule gehen.«

Das Problem war nur, dass man keine verheiratete Frau aufnehmen wollte, denn man befürchtete, das könne die anderen Kinder negativ beeinflussen. Maman Gendeng blieb nichts anderes übrig, als zur Schule zu gehen und mit dem Direktor zu verhandeln. Die Verhandlungen nahmen kein gutes Ende, denn er war gezwungen, den widerspenstigen Schuldirektor an die Wand zu drücken und zwei Lehrer, die ihm zu Hilfe eilten, zu Boden zu schicken. Einige Jahre später musste er auf genau die gleiche Weise verfahren, als die Schule sich weigerte, seine Tochter, Rengganis die Schöne, aufzunehmen.

Unter diesem Druck nahm die Schule Maya Dewi schließlich wieder auf.

Ihre Ehe verlief so friedlich wie zuvor. Am Morgen wurde Maman Gendeng wie gewohnt von Maya Dewi mit einer Tasse Kaffee geweckt, die den unverwechselbaren Duft nach frisch gemahlenen Bohnen aus Südsumatra verströmte. Der einzige Unterschied war, dass Maya Dewi nun eine Schuluniform trug. Wenn sie dann am Esstisch gemeinsam das Frühstück einnahmen, wirkten sie auf die beiden Hausangestellten wie ein Vater ohne Ehefrau und ein Mädchen ohne Mutter. Um Punkt Viertel vor sieben stand Maya Dewi mit ihrer Schultasche bereit. Sie verließ das Haus, sobald Maman Gendeng sie auf die Stirn geküsst hatte, und während sie auf dem Weg zur Schule war, setzte Maman Gendeng seinen vormittäglichen Schlaf fort.

Am Mittag, wenn sie von der Schule zurückkehrte, war Maman Gendeng nicht im Haus, und Maya Dewi erledigte dann alles Mögliche im Haushalt. Nach dem gemeinsamen Abendessen setzte sie sich an ihren Schreibtisch, um sich mit den Hausaufgaben herumzuschlagen. Maman Gendeng konnte ihr dabei nicht unter die Arme greifen, außer dass er ihr mit der Geduld eines wahren Geliebten Gesellschaft leistete. Gegen neun Uhr dann war es für Maya Dewi höchste Zeit, ins Bett zu gehen, aber die Geschichte von Prinzessin Rengganis, die einen Hund heiratete, gab es nun nicht mehr. Maya Dewi zog ihren Schlafanzug an und legte sich ins Bett. Maman Gendeng kam, um sie zuzudecken, das Moskitonetz zu schließen und die Deckenlampe aus- und das Nachtlicht einzuschalten, dann sagte er: »Gute Nacht.«

»Gute Nacht«, antwortete Maya Dewi und schloss ihre Augen.

Auch nach einem Jahr war es zwischen den beiden nicht zum Geschlechtsverkehr gekommen.

Eines Tages suchte Maman Gendeng Dewi Ayu in Mama Kalongs Bordell auf. Er betrat ihr Zimmer, wie er es früher häufig getan hatte. Dewi Ayus einziger Gast war bereits gegangen.

»Warum bist du hergekommen?«, fragte Dewi Ayu.

»Ich kann meine Lust nicht mehr zurückhalten.«

»Du hast eine Ehefrau.«

»Sie ist zu klein, um ihr etwas anzutun. Sie ist zu unschuldig, um sie zu berühren. Ich will mit meiner Schwiegermutter schlafen.«

»Du bist wirklich ein hoffnungsloser Schwiegersohn.«

In dieser Nacht liebten sie sich, bis der Morgen anbrach.

Die merkwürdige Freundschaft zwischen Maman Gendeng und Shodancho begann am Kartentisch, mitten auf dem Markt. Merkwürdig deshalb, weil, seit Shodancho mit Dewi Ayu geschlafen hatte und Maman Gendeng in dessen Büro im Militärquartier gestürmt war, tief im Innersten der beiden Männer eine auf ewig unüberwindbare Feindschaft wurzelte. Zudem gerieten die Preman unter Maman Gendeng ständig in Schwierigkeiten mit Soldaten, vor allem mit jenen Shodanchos.

Diese Soldaten zahlten nicht gerne in den Bordellen, sodass die Preman sie mit Nachdruck dazu anhalten mussten. Sie zahlten ebenso ungern in den Lokalen. Im Grunde genommen störte das die Wirte nicht besonders, da die Männer nie besonders viel tranken, doch für die Preman, die in den Trinkstuben praktisch zu Hause waren, kam dies einem Faustschlag ins Gesicht gleich. Darüber hinaus häuften sich Vorfälle, bei denen Angehörige des Distriktmilitärs einen Preman, der nur zu viel getrunken oder das Schaufenster eines Ladens eingeworfen hatte, verhafteten und ihm, bevor sie ihn wieder auf freien Fuß setzten, eine ordentliche Tracht Prügel verpassten. Das wiederum provozierte weitere gewalttätige Auseinandersetzungen zwischen den Soldaten Shodanchos und der Bande von Maman Gendeng.

Bisher hatten sich die Konflikte immer beilegen lassen. Wenn ein Preman von Soldaten grün und blau geschlagen worden war, dann schnappte sich die Bande im Gegenzug eben einen Soldaten und verprügelte ihn in der Kakaoplantage. Wenn einer der Preman eingesperrt worden war, kam Maman Gendeng, um ihn mit einer Lösegeldsumme freizukaufen. Zwischen den Fronten standen die Polizisten, die es jedoch, was solcherlei Dispute anging, vorzogen, in ihren jeweiligen Posten zu sitzen und die Hände in den Schoß zu legen.

Viele Einwohner Halimundas hatten gehofft, dass Shodancho die Störenfriede rasch aus dem Weg räumen würde, doch ähnlich wie zuvor bei Edi Idiot blieb von ihrer Hoffnung nur der fromme Wunsch. Deutlich wurde dies vor allem in der jüngsten Zeit, in der sich Shodancho dem problematischen Zustand seiner Ehe sowie den Forderungen seitens der Fischergewerkschaft an sein Fischereiunternehmen stellen musste. Er hatte nicht die Zeit, sich Gedanken über Maman Gendeng und dessen Kumpane zu machen. Die Beliebtheit Shodanchos als Held der Stadt bekam Risse, die Leute misstrauten ihm, und darüber hinaus argwöhnten sie, dass ausgerechnet Teile des Militärs mit den Preman unter einer Decke steckten. Vor allem, wenn man sich vor Augen hielt, dass beide Männer, Shodancho und Maman Gendeng, gleichermaßen Dewi Ayus Schwiegersöhne waren.

Die Lage wurde noch unübersichtlicher, als eines Tages ein Soldat in eine Schlägerei mit einem der Türsteher von Mama Kalongs Bordell geriet. Es ging um ein Dorfmädchen, das beide Männer für sich beanspruchten. Zunächst prügelten sich die beiden auf der Straße, dann kamen ihre jeweiligen Freunde hinzu, und die anfängliche Prügelei von zwei Männern wuchs sich zu einer gewaltigen Massenschlägerei zwischen einer Gruppe von Soldaten und einer Gruppe von Preman aus.

Wie auch immer die Sache begonnen hatte, eine Stunde später waren über ein Dutzend Bäume umgestürzt, die Schaufenster und Ladentheken der umliegenden Geschäfte zerstört, und zwei Autos lagen mit Totalschaden auf dem Dach. Große Steinbrocken und brennende Autoreifen blockierten die Straße, und der Polizeiposten war niedergebrannt.

Die eingeschüchterten Einwohner der Stadt flüchteten sich in ihre Häuser. Der Kampf fand auf der normalerweise belebten Jalan Merdeka statt. Auf der einen Seite stand die Horde der Preman, bewaffnet mit Säbeln, Samuraischwertern aus der Hinterlassenschaft der Japaner, Kurzschwertern, Eisenknüppeln, Macheten, Steinen, Benzinkanistern und Molotowcocktails, dazu Handgranaten und Gewehre der Guerilla-Veteranen. Währenddessen lauerten auf der anderen Seite die Soldaten, aber nicht nur jene Shodanchos, sondern weitere aus allen Militärstützpunkten der Stadt, mit geladenen Gewehren gerüstet.

An dem Tag war es derart ruhig, dass es schien, als sei die Stadt bereits seit Jahren von ihren Bewohnern verlassen worden. Die erstickende Stille kroch in jeden Winkel der Stadt und überzog sie mit der Angst, ein Bürgerkrieg könnte ausbrechen und den Frieden, auf den sie seit dem Ende des Unabhängigkeitskrieges sehnlichst wartete, weiter verzögern. Viele Einwohner hatten die Nase voll von den Preman und würden sich, falls es zum Bürgerkrieg kommen sollte, den Soldaten anschließen. Andere hatten von den angeberischen Soldaten genug und würden, falls es zum Bürgerkrieg kommen sollte, die Preman unterstützen. Am Ende würden sie sich gegenseitig umbringen, bis zum letzten Mann.

Den ganzen Nachmittag über hallte zwischen den Geschäften und Häusern auf der Jalan Merdeka das Getöse detonierender Handgranaten und Molotowcocktails sowie die pfeifenden Töne der Gewehrschüsse wider. Niemand wusste, ob der Kampf bereits Opfer gefordert hatte oder nicht. Weil er mit seinen vertrackten familiären Angelegenheiten beschäftigt war, erfuhr Shodancho erst sehr spät vom Kampf, und dann ärgerte ihn die Tatsache, dass der Auslöser für die Zerstörung einer ganzen Stadt ein Mädchen vom Land sein konnte. Er beabsichtigte, den nichtsnutzigen Soldaten für sieben Tage und sieben Nächte ohne Essen und ohne Trinken einzusperren, und wenn dieser dabei sterben sollte. Doch vorher musste er verhindern, dass sich Chaos und Zerstörung noch weiter ausdehnten. Daher schickte er seinen vertrauenswürdigsten Soldaten, Tino Sidiq, zu Maman Gendeng, um den Weg zu Verhandlungen über einen Waffenstillstand und ein Friedensabkommen zu ebnen.

Maman Gendeng, der das Glück seiner außergewöhnlichen Ehe genoss, hatte ebenfalls erst spät von den Kämpfen auf der Jalan Merdeka erfahren, die ihn jedoch nicht weiter zu kümmern schienen. Vielmehr ärgerte er sich, dass man sein zufriedenes Leben störte, das er nach seinen einsamen und ziellosen Wanderjahren aufbaute. Er war außerdem fest davon überzeugt, dass die Auseinandersetzungen mit einer Unverfrorenheit eines der Soldaten angefangen hatten.

Doch schließlich war es seine zwölfjährige Ehefrau, die ihn davon überzeugte, er könne das Chaos, das die Stadt befallen hatte, beenden. Dem Rat seiner Frau folgend, brach Maman Gendeng schließlich auf, nachdem er mit Tino Sidiq übereingekommen war, dass er und Shodancho sich an einem neutralen Ort zwischen dem Busbahnhof und dem Sitz des Distriktmilitärs treffen würden. Dieser Ort war der Markt.

Sie vertrieben eine Gruppe von vier Männern – ein Salzfischhändler, ein Rikscha-Fahrer, ein Kuli und der Ehemann einer Textilverkäuferin –, die um einen Tisch in der Mitte des Marktes saßen und Karten spielten, wobei das Münzgeld, um das sie spielten, von einer Ecke des Tisches in die andere Ecke klimperte. Die Kartenspieler verdrückten sich und schauten vom Geflügelstand aus der Szene zu, die nun auch von Shodancho betreten wurde. Sämtliche Marktaktivitäten kamen plötzlich zum Erliegen, denn sowohl Händler als auch Käufer hielten gleichermaßen die Luft an und erwarteten mit Spannung das Ergebnis der Unterredung der beiden Männer, das darüber bestimmen würde, ob es an diesem Nachmittag zu einem furchtbaren Bürgerkrieg kommen würde oder ob dieser sich auf Jahre oder sogar für die nächsten Jahrhunderte aufschieben ließ.

Shodancho forderte, dass die Preman sich auf der Stelle zurückzogen und alle Waffen abgaben, denn nur die Armee habe das Recht, Waffen einzusetzen. Doch Maman Gendeng war dagegen, denn seiner Meinung nach lag es auf der Hand, dass die Soldaten ihre Waffen willkürlich einsetzten.

Dann sprach Shodancho wieder: »Aufgepasst, mein Freund, wir können das Problem nicht lösen, wenn wir uns wie die Kinder streiten. Aber gut, für den Augenblick wird es keine Entwaffnung geben. Befiehl deinen Männern, sich von der Straße zurückzuziehen, und sage ihnen, dass es keine größeren Menschenansammlungen und keine zerstörten Schaufenster mehr geben darf.«

»Aufgepasst, mein Freund«, antwortete Maman Gendeng, »es wird auch keine Streitereien von bewaffneten Soldaten um ein Mädchen mehr geben. Doch die Soldaten müssen wie alle anderen Männer in dieser Stadt, und so wie es sich gehört, für Sex im Bordell bezahlen, und genauso müssen sie in den Lokalen bezahlen, wenn sie dort etwas trinken, und sie müssen für den Bus zahlen, wenn sie damit irgendwohin fahren wollen. Hier gibt es keine Goldjungen mehr, Shodancho.«

Shodancho holte tief Luft und beklagte dann das viel zu geringe Einkommen, das die Regierung der Republik den Soldaten zahlte, während der Löwenanteil sämtlicher Gewinne aus den Geschäften, die er und die Militärs des Distrikts und der Stadt führten, von den Generälen in der Hauptstadt beansprucht werden würden. »Daher, mein Freund«, sagte er schließlich, »mache ich dir ein Angebot, das vielleicht nicht allzu verlockend erscheint, das uns aber aus dieser vertrackten Misere hinausführen könnte.«

»Sprich.«

»Also, mein Freund«, hob Shodancho an. »Es ließe sich vielleicht vereinbaren, dass ihr Kerle einen Teil von dem, was ihr, auf welche Art und Weise auch immer, einnehmt, an die Soldaten abtretet, damit diese die Huren bezahlen und sich volllaufen lassen können.«

Maman Gendeng dachte einen Augenblick nach und sah keinen guten Grund, nicht einen Teil von dem, was seine Männer einnahmen, abzuzweigen. Sofern gewährleistet war, dass seine Männer, was immer auch passierte, von den Soldaten nicht belästigt werden würden, war er bereit, künftig in Frieden und zu beiderseitigem Nutzen zu leben.

Die Menschenmenge auf dem Markt folgte mit größter Neugier den Lippenbewegungen der beiden Männer. Nach einigem Geflüster, das niemand der Umstehenden verstehen konnte, kam es schließlich zur Übereinkunft. Und plötzlich ging alles ganz schnell. Vertrauensmänner von Maman Gendeng und Shodancho zogen gleich los und verbreiteten die Nachricht, dass um Punkt vier Uhr am Nachmittag ein Waffenstillstand in Kraft getreten war. Die Soldaten wurden zurück zu ihren jeweiligen Posten beordert, und ebenso mussten die Preman zu ihren Plätzen zurückkehren. Nur Maman Gendeng und Shodancho waren, auf ihren Stühlen sitzend, auf dem Markt zurückgeblieben. Beide atmeten erleichtert auf, als seien sie noch einmal knapp aus den

Fängen eines Tigers entkommen, und lehnten sich entspannt zurück, bis Shodancho schließlich fragte: »Kennst du das Kartenspiel Truf?«

»Ich spiele oft mit meinen Kumpeln am Busbahnhof«, antwortete Maman Gendeng.

Also forderten sie den Salzfischhändler und den Lastenträger auf, mit ihnen zu spielen, und das war der Beginn ihrer merkwürdigen Freundschaft am Kartentisch. Viele Probleme, die die Soldaten und die Preman betrafen, wurden von den beiden Männern dort im Stillen beigelegt. Von nun an trafen sie sich etwa drei Mal in der Woche an diesem Tisch. Es war weder für den einen noch für den anderen ein Geheimnis, dass sie sich gegenseitig betrogen, um zu gewinnen. Doch die Kosten waren nicht sonderlich hoch: Es ging höchstens um ein paar Münzen, ob sie nun verloren oder gewannen. Hin und wieder spielten sie mit dem Ehemann der Textilverkäuferin oder mit dem Heilmittelverkäufer, mit einem der Lastenträger oder mit einem Rikscha-Fahrer, mit dem Fleischer, dem Salzfischhändler, dem Kurier, oder mit wem auch immer, den sie auf dem Markt antrafen und der das Kartenspiel beherrschte.

Wenn Shodancho dort war, dann war auch Maman Gendeng dort, und umgekehrt. Eine wahrhaft merkwürdige Freundschaft war es, denn tief in ihren Herzen konnten sie sich nach wie vor nicht ausstehen. Maman Gendeng trug Shodancho immer noch die Dreistigkeit nach, mit der von ihm geliebten Prostituierten Dewi Ayu geschlafen zu haben, und Shodancho grollte immer noch, weil der Mann dort vor ihm sich erfrecht hatte, ihn in seinem eigenen Büro zu bedrohen, ohne Rücksicht darauf, dass er der Leiter des örtlichen Militärdistrikts war oder dass er vom Präsidenten der Republik zum General ernannt worden war.

Diese Freundschaft löste bei den Einwohnern der Stadt ein Wechselbad der Gefühle aus. Einerseits waren sie dankbar dafür, dass sämtliche Probleme in der Stadt leichterdings am Kartentisch beigelegt werden konnten, andererseits aber machte es sie wütend, dass die Soldaten mit den Preman offensichtlich unter einer Decke steckten, wenn es darum ging, von dem Geld zu profitieren, das man den Bürgern abpresste. Damit kam auch die Erkenntnis, dass es nun niemanden mehr gab, bei dem sie sich hätten beschweren können. Schon gar nicht bei der Polizei, deren Arbeit sich darauf beschränkte, auf der Straßenkreuzung stehend in die Trillerpfeife zu blasen.

Blieb noch die Kommunistische Partei, an die man sich wenden konnte, vor allem an den Genossen Kliwon. Beide, Genosse Kliwon und die Kommunistische Partei, waren in dieser Zeit gleichermaßen auf dem Höhepunkt ihres Renommees.

Währenddessen wuchs die Freundschaft zwischen Shodancho und Maman Gendeng. Längst dienten die Treffen am Kartentisch nicht mehr nur dazu, Streitigkeiten zwischen den Soldaten und den Preman beizulegen oder die gerechte Aufteilung der Einnahmen zu besprechen, sondern Shodancho begann nun auch, sich über seine privaten Probleme auszulassen, als würde er einem alten Freund gegenüber sein Herz ausschütten. Solche Gespräche führten sie für gewöhnlich unter vier Augen und nach Ende des Kartenspiels, wenn die Händler auf dem Markt bereits damit begonnen hatten, ihre Stände und Läden zu schließen und sich auf den Heimweg zu machen. So kamen sie auch auf Genosse Kliwon zu sprechen. Shodancho glaubte im Grunde nicht, dass dieser Mann wirklich Kommunist war. Er glaubte vielmehr, dass Kliwon sich an ihm rächen wollte, weil er, Shodancho, mit dessen ehemaliger Geliebten Allamanda verheiratet war. Dies brachte Maman Gendeng zum Lachen, und er gab zu bedenken, dass es schließlich nicht die feine Art war, anderer Leute Geliebte auszuspannen. Denn auch er sei tief gekränkt gewesen, als er erfahren musste, dass Shodancho mit Dewi Ayu geschlafen hatte. Als er das hörte, lief Shodanchos Gesicht rot an, und aus seinen Augen quollen Tränen hervor, wie einem Kind, das seine Mutter aus den Augen verloren hat.

»Ich bin der einsamste Mann in dieser verdammten chaotischen Welt«, sagte er. »Ich war zwölf Jahre alt, als ich die Militärausbildung der Japaner antrat, lange bevor ich Shodancho wurde. Ich habe in einem monatelangen Guerillakampf gegen sie gekämpft, bis ich erfahren habe, dass sie aufgegeben hatten. Mein Leben spielt sich von einem zum anderen Krieg ab, sogar im Krieg gegen die Schweine. Ich bin es leid.« Maman Gendeng reichte ihm ein Taschentuch, das Maya Dewi ihm stets in die Hosentasche steckte, und Shodancho trocknete seine feuchten Augen. »Ich möchte wie jeder andere Mensch leben. Lieben und geliebt werden.«

»Du wirst von deinen Männern geliebt«, sagte Maman Gendeng.

»Schon, aber die kann ich ja nicht heiraten.«

»Zumindest haben wir heute beide außerordentlich schöne Ehefrauen.«

»Aber mein Unglück ist, dass ich mit einer Frau verheiratet bin, die einmal einen anderen Mann geliebt hat. Und diese Liebe wird nie vergehen.«

»Das mag sein«, sagte Maman Gendeng. »Ich habe diesen Genossen Kliwon gesehen, vor einer Gruppe von Fischern. Er wirkt äußerst sympathisch und setzt sich pausenlos für Menschen ein, denen es schlecht geht. Oft bin ich neidisch auf ihn und denke, er ist der einzige Mensch in dieser Stadt, der hoffnungsvoll in die Zukunft blickt.«

»So sind die Kommunisten«, sagte Shodancho. »Es sind die Unglücklichen, die nicht wissen, dass die Welt der schlimmstmögliche Ort ist. Das ist der Grund, warum Gott den Himmel verspricht, als Trost für die Unglücklichen.«

Über ihrer Unterhaltung übersahen sie oft, dass der Tag zur Nacht geworden war. Dann standen sie rasch auf, umarmten sich und gingen in entgegengesetzte Richtungen heimwärts. Jeder in sein Heim und zu seiner Ehefrau.

Eines Tages kam eine schlechte Nachricht: Mirah und Sapri hatten sich entschieden, mit ihrer Arbeit im Haus aufzuhören. Sie hatten sich nach all den Jahren verliebt und wollten nun heiraten und als Bauern auf dem Land leben. Maman Gendeng sah sich der Herausforderung gegenübergestellt, neue Hausangestellte zu finden, da seine Frau schließlich noch ein sehr junges Ding war. Doch die Wirklichkeit strafte seine Befürchtungen Lügen. Es war der erste Tag ohne die beiden Hausangestellten, als er nach dem Kartenspiel mit Shodancho nach Einbruch der Dunkelheit nach Hause kam und seine Frau antraf, die mit dem fertigen Abendessen auf ihn wartete. »Wer hat das alles gekocht?«, fragte er verwirrt.

»Ich.«

Ganz offenbar hatte seine Frau ein außergewöhnliches Talent für alle Dinge des Haushalts. Sie legte ihm nicht nur die fein säuberlich gebügelten und frisch duftenden Kleider zurecht, sondern sie kochte auch alle möglichen Gerichte, die ihm ausnahmslos mundeten. Dewi Ayu habe ihr von klein auf das Kochen beigebracht, erklärte ihm Maya Dewi. Sogar Brot backen konnte sie und versuchte sich anschließend an Keksen und Kuchen, die sie an die Nachbarn verteilte. Maya Dewi wurde zu einer Art Botschafterin der Familie, die mit den Leuten in der Nachbarschaft ein gutes Verhältnis pflegte, denn in dieser Hinsicht wäre auf Maman Gendeng nicht zu zählen gewesen, bedenkt man den schlechten Ruf, den er bei den meisten Leuten genoss. Das Gebäck brachte tatsächlich viel Glück, denn nicht lange darauf bestellte eine Nachbarin eine größere Menge davon für die Feier zur Beschneidung ihres Sohnes. Danach trafen immer mehr Bestellungen ein. Maya Dewi erledigte diese Aufträge nach der Schule, und fortan musste man sich über die wirtschaftliche Situation der Eheleute keine Gedanken mehr machen.

Angesichts all dessen begann Maman Gendeng, plötzlich zutiefst zu bereuen, in Mama Kalongs Bordell mit seiner Schwiegermutter geschlafen zu haben, während er eine derart bewundernswerte Ehefrau besaß.

Eines Abends ging er daher zu Mama Kalongs Bordell und traf Dewi Ayu, die ihn lachend fragte: »Hast du den Körper deiner Frau immer noch nicht angerührt und willst nun den Körper deiner Schwiegermutter?«

»Ich bin nur gekommen, um dir zu sagen, dass ich dich nie wieder berühren werde.«

Das allerdings überraschte Dewi Ayu nun doch, und sie fragte ihn: »Warum?«

»Mit einer Ehefrau, wie es deine jüngste Tochter ist, will ich keine andere Frau mehr berühren.«

Maman Gendeng ging gleich darauf wieder und verließ Dewi Ayu. Er sehnte sich nach seinem Heim und nach seiner Frau.

11

Nachdem er den zu Brennholz gespaltenen Seemandelbaum zum Haus Allamandas gebracht hatte, schloss sich Genosse Kliwon wieder seinen Freunden am Strand an. Von klein auf liebte er das Meer vor Halimunda. Er hatte seit jeher mit den Fischern gelebt und fuhr ebenso häufig aufs Meer hinaus wie ihre Söhne. Und ebenso häufig, wie sich ein Bauer an der Machete schnitt, war er beinah im Meer ertrunken. Er wollte nicht wieder zurück zur Pilzfarm, denn der Ort erinnerte ihn zu sehr an Allamanda, und er wollte nicht in bitteren Erinnerungen versinken.

Mit zwei seiner alten Freunde, Karmin und Samiran, errichtete er am Strand im Schutz einiger Pandan-Büsche eine kleine Hütte. Nachts fuhren sie aufs Meer hinaus und teilten ihren Fang mit dem Mann, dem das Boot gehörte. Tagsüber, nach kurzem Schlaf, las er in marxistischen Schriften und gab das, was er daraus gelernt hatte, an seine beiden Freunde weiter. Er ging weiterhin zum Parteibüro in der Jalan Belanda und führte vermehrt auch Briefwechsel mit Kommunisten, überwiegend aus der Hauptstadt. Während seines kurzen Aufenthalts in Jakarta hatte er an der Parteischule teilnehmen und dort viele neue Bekannte gewinnen können.

Viele der Genossen, mit denen er sich schriftlich austauschte, schickten ihm Publikationen und Zeitschriften, und auch die Parteizeitung erreichte regelmäßig seine Hütte. Dort begannen sich die Bücher allmählich in einer Ecke zu stapeln, und Kliwon studierte eifrig die Lehren von Marx und Engels sowie jene von Lenin und Trotzki oder die des Vorsitzenden Mao, außerdem die Schriften, die von Landsleuten wie Semaun oder Tan Malaka verfasst worden waren. Die Schriften einiger der Verfasser, unter anderem Trotzki oder Tan Malaka, waren eigentlich nicht ganz legal, doch ein Parteimitglied besorgte sie eigens für ihn.

Noch war er kein richtiges Parteimitglied, sondern erst Anwärter. Das für die Aufnahme notwendige Wissen eignete er sich autodidaktisch aus Büchern und Publikationen an. Daneben nahm er gewissenhaft an den Politikkursen der Partei teil und sprach auf dem Podium, wann immer sich die Gelegenheit dafür bot. Und er organisierte die Fischer und Plantagenarbeiter. Sechs Monate nach Allamandas Hochzeit waren die Parteivorsitzenden in der Parteizentrale der Ansicht, er sei der beste Kader der Region, und er wurde als vollwertiges Mitglied in der Kommunistischen Partei aufgenommen. Seine erste Aufgabe bestand darin, die noch auffindbaren Veteranen der Revolutionsarmee, von denen die meisten Kommunisten waren, zusammenzubringen. Sie hatten im Krieg Seite an Seite mit den Soldaten Shodanchos als Partisanen gekämpft und waren in den Jahren nach dem gescheiterten Aufstand in alle Winde zerstreut worden. Nun kamen sie in der Partei erneut zusammen, beseelt von wehmütigen Erinnerungen an die Revolution.

Etwa zu dieser Zeit wurde die Fischergewerkschaft gegründet, mit Samiran und Karmin als ihre ersten Mitglieder und mit Genosse Kliwon als ihr Vorsitzender. Innerhalb von zwei Wochen stieg die Mitgliederzahl auf dreiundfünfzig, und wenig später waren nahezu alle Fischer der Gewerkschaft beigetreten. Jeden Sonntag trafen sich die Männer beim Fischmarkt direkt am Hafen. Bei dieser Gelegenheit verteilte Genosse Kliwon Propagandamaterial der Partei, aber vor allem erläuterte er den Fischern, inwiefern ihre Existenz durch die großen Fischereischiffe bedroht war.

Inzwischen betreute die Gewerkschaft auch die traditionellen Zeremonien der Fischer. Wenn also etwa ein Rinderkopf als Opfergabe für die Göttin des Meeres ins Wasser geworfen werden sollte, dann hielt Genosse Kliwon vorab eine kurze Ansprache, bei der er Auszüge aus dem Kommunistischen Manifest zitierte. Dies tat er auch bei Begräbnissen von Fischern, die bei rauer See ums Leben gekommen waren, und ebenso bei den Festen, die die Fischer, begleitet von Sintren-Tänzen, ausrichteten, um sich für das gute Wetter zu bedanken. Sämtliche traditionellen Lieder waren durch die Internationale ersetzt worden, und alle Gebete endeten nun mit »Proletarier aller Länder, vereinigt euch!«.

»Ich bin wie ein Missionar, der eine neue Religion verkündet«, sagte Genosse Kliwon scherzend zu seinen Freunden im Parteibüro. »Und das Manifest ist das heilige Buch. Das ist die wichtigste Aufgabe von Kommunisten und Religionen: Anhänger zu finden.«

Es waren äußerst geschäftige Zeiten für Genosse Kliwon. Neben seinen Aufgaben im Zusammenhang mit Organisationsbildung und Propaganda kam der Unterricht in der Parteischule und in den Politikkursen für die neuen Kader hinzu. Dabei fuhr er weiterhin aufs Meer und kümmerte sich um die Belange der Fischergewerkschaft. Seine Aufgaben gefielen ihm so sehr, dass er das Angebot der Partei, in Moskau zu studieren, ablehnte und es vorzog, in Halimunda zu bleiben.

Ausruhen konnte er nur in den Morgenstunden, wenn er vom Meer zurückgekehrt war. Dann setzte er sich vor die Hütte und las in drei Tageszeitungen, die sich rühmten, noch vor dem Frühstück in Halimunda einzutreffen: die Zeitung der Kommunistischen Partei, jene einer befreundeten Partei sowie eine in Bandung erscheinende Lokalzeitung der Kommunistischen Partei. Dazu trank er Kaffee, bevor er sich anschließend am Waschplatz hinter der Hütte wusch, frühstückte und dann bis zum Mittag schlief.

Während dieser morgendlichen Routine bemerkte er eines Tages eine Gruppe Schulmädchen, die den Strand entlang in östliche Richtung gingen. Es war durchaus nicht ungewöhnlich, dass sich Kinder, die sich im Unterricht langweilten, zum Strand stahlen. Daher nahm Genosse Kliwon nicht weiter Notiz von den Mädchen und wandte sich wieder seinem Kaffee und seinen Zeitungen zu. Doch noch bevor er den einen Artikel, der auf der Titelseite begann und auf Seite acht fortgesetzt wurde, bis zum Ende gelesen hatte, war plötzlich lauter Tumult aus der Richtung der Mädchen zu hören. Das laute Kreischen waren eindeutig Schreie der Angst.

Genosse Kliwon legte die Zeitung auf den Tisch und machte sich zu den Mädchen auf, die auseinandergestoben waren und panisch umherliefen. Plötzlich scherte eines der Mädchen aus der Gruppe aus, gejagt von einem wilden Hund, der offenkundig die Ursache der ganzen Panik war. Es gab zu viele wilde Hunde in Halimunda, dachte Genosse Kliwon bei sich, vor allem seit Shodancho sie züchtete.

Genosse Kliwon wollte dem Mädchen, das dem Hund nur knapp vier Meter voraus war, zu Hilfe eilen und rannte los. Als das Mädchen dies bemerkte, lief es in Kliwons Richtung, wobei ihm der Hund laut kläffend auf den Fersen blieb. Das Mädchen schrie in seiner Panik ununterbrochen immer wieder ein Wort, das wie »Hilfe!« klang, während seine Freundinnen weit hinter ihm ebenfalls schrien.

Obwohl Kliwon an Tempo zulegte, realisierte er erst im Nachhinein, wie schnell das Mädchen lief. Ob aus Talent oder aus Panik – das schreiende Mädchen schaffte es, den Abstand von vier Metern zwischen sich und der angriffslustigen Schnauze des bellenden Hundes aufrecht zu halten. Je näher der deutlich langsamere Kliwon kam, desto klarer konnte er das Grauen im Gesicht des Mädchens erkennen. Als es nur noch etwa zwei Meter entfernt war, machte das Mädchen einen Satz und fiel ihm um den Hals. Genau diesen Augenblick hatte der Hund gewählt, um zuzubeißen. Doch Kliwons Fuß kam ihm zuvor und trat kräftig gegen den Kiefer des Tieres, sodass dieses weit nach hinten geschleudert wurde. Es bäumte sich noch einmal kurz auf, bevor es zusammensackend und mit Schaum vor der Schnauze alle viere von sich streckte. Der tollwütige Hund war tot.

Nun galt es, sich dem Schulmädchen zu widmen, das ihn fest umklammerte. Seit der zärtlichen Umarmung und den leidenschaftlichen Küssen mit Allamanda unter dem Seemandelbaum vor dem Bahnhof hatte er kein Mädchen mehr in den Armen gehalten. Er hatte seinen Ruf als Frauenheld abgelegt, obwohl nach wie vor viele Mädchen und junge Frauen mit ihm zu flirten suchten. Den Großteil seiner Zeit widmete er der Partei und seiner Arbeit, da blieb ihm keine Zeit mehr für hübsche Frauen. Doch nun hielt ihn dieses Mädchen fest umschlungen, und auch er hatte seine Arme um seinen Körper gelegt, wenn auch instinktiv, um es vor dem Angriff des tollwütigen Hundes zu schützen.

Ihre Umarmung war so eng, dass Genosse Kliwon die Brust des Mädchens weich und warm an seine Brust gepresst spürte, seine Haarsträhnen flatterten im Wind und strichen ihm übers Gesicht. Sowie sich die Freundinnen erleichtert genähert hatten, schob Genosse Kliwon das Mädchen sachte von sich, und in diesem Moment bemerkte er dessen einzigartige Schönheit, eine fast altertümliche, natürliche Anmut, das Haar zu zwei Zöpfen gebunden, die geschlossenen Augen mit geschwungenen Wimpern, die schmale Nase, leicht gekräuselte Lippen, volle Wangen. Dann wurde ihm schlagartig bewusst, dass das Mädchen nicht mehr bei Bewusstsein war, möglicherweise seit dem Moment, in dem es ihm in die Arme gesprungen war.

Gemeinsam mit dessen Freundinnen setzte er das ohnmächtige Mädchen hin und versuchte vergeblich, es aufzuwecken. Schlussendlich hielt Genosse Kliwon einen Pferdekarren an, der etwas oberhalb der Hütte auf der Straße vorüberfuhr und sich dann mühsam einen Weg durch das hohe Dünengras bahnte. Kliwon bat ihn, das bewusstlose Mädchen nach Hause zu bringen, und die anderen Mädchen drängten sich mit auf den Karren, um ihre Freundin zu begleiten.

Auch als die Mädchen längst hinter der Straßenbiegung außer Sicht geraten und das Klappern der Hufe verklungen war, spürte Genosse Kliwon noch die Berührung der weichen Brüste, nahm den Duft des Haares und den Hauch der geheimnisvollen Schönheit wahr. Auch wenn er sich anstrengte, das alles zu vergessen, indem er sich sagte, dass er hart für die Zukunft und für die Partei zu arbeiten hatte, klang die Körperwärme des Mädchens nicht ab. Sie verschwand auch dann nicht, als er versuchte, sie zu ignorieren, und sich mit allen möglichen Beschäftigungen ablenkte. Er begrub den infizierten Hundekadaver zwischen den Büschen, weckte seine Freunde auf, da der Reis bereits gar war und sie frühstücken konnten. Dann legte er sich zum Schlafen hin.

Doch das machte alles noch schwieriger. Der Vorfall am Morgen verfolgte ihn, und er meinte, das Schulmädchen vage zu kennen. Er hatte dieses Gesicht schon einmal gesehen und wusste möglicherweise sogar seinen Namen. Noch immer seine Körperwärme spürend, grübelte er darüber nach, woher nur er das Mädchen kannte. Es war etwa fünfzehn Jahre alt und somit sicherlich keines der Mädchen, mit denen er früher ausgegangen war. Als ihm dann endlich einfiel, wer das Mädchen war, litt er nur noch mehr. Kliwon hatte das Gesicht des Mädchens tatsächlich schon gesehen, und er kannte seinen Namen, seit es sechs Jahre alt war. In dem Jahr, bevor er nach Jakarta gegangen war, hatte er es beinahe täglich gesehen. Er versuchte, die Erinnerungen an den morgendlichen Vorfall zu verdrängen, die Wärme seines Körpers zu vertreiben, die Berührung seiner weichen Brüste auszulöschen, doch all das war vergeblich.

»Ihr Name ist Adinda«, sagte er kläglich, »Allamandas kleine Schwester.«

Schließlich entschloss er sich, aufzustehen und sich zu waschen. Die Fischer waren längst aus ihren Häusern gekommen, einige inspizierten die Netze, besserten die Stellen aus, die von wild zappelnden Fischen zerrissen worden waren, andere machten sich auf den Weg in die Stadt, wo sie sich die Zeit vertrieben. Nachdem er sich vergewissert hatte, dass ihre eigenen Netze, die neben der Hütte zum Trocknen ausgebreitet lagen, in einwandfreiem Zustand waren, begab sich Genosse Kliwon zum Waschplatz. Dieser hatte keine Wände, sondern war lediglich von Pandan-Büschen geschützt; ein Fässchen stand in einer Ecke, die kleine Öffnung am unteren Rand mit einem Stück Gummi aus einem alten Flip-Flop verstopft. Genosse Kliwon mochte es nicht besonders, sich an diesem Wasserstrahl zu waschen, der ihn an einen Urinstrahl erinnerte, und zog es vor, sich das Wasser mit einer Schöpfkelle wie einen Sturzbach über den Körper fließen zu lassen.

Er bekam das Mädchen namens Adinda nicht aus dem Kopf, als sei dessen Familie dazu bestimmt, ihn ein Leben lang zu verfolgen. Bevor er sein Bad beendet hatte, rief ihm Karmin zu, dass zwei Mädchen nach ihm suchten. Er zog sich an und betrat mit noch nassem Haar den Vorraum ihrer Hütte. Die beiden Mädchen betrachteten die an der Wand hängenden Porträts von Marx und Lenin sowie ein Bild mit

Hammer und Sichel. Es waren Adinda und eine der Freundinnen, die am Morgen dabei gewesen waren.

»Vielen Dank für die Hilfe«, sagte Adinda und senkte verlegen den Kopf.

Das Mädchen war ganz anders als Allamanda. Ihre Gesichtszüge schienen gelöst und unschuldig.

»Du bist schneller gelaufen als der Hund«, sagte Genosse Kliwon. »Wenn dir niemand geholfen hätte, dann wäre der vor Erschöpfung tot umgefallen.«

»Er hätte mich gebissen«, sagte Adinda, »weil ich vorher ohnmächtig geworden wäre.«

Genosse Kliwon konnte die innere Unruhe, die das Mädchen in ihm auslöste, vorübergehend mit seinen zahlreichen Aufgaben für die Partei bekämpfen. Er hatte sich um die Beschwerden der Gewerkschaftsmitglieder zu kümmern, die sich gegen den Einsatz der Schiffe Shodanchos richteten. Genosse Kliwon versuchte, die Fischer in einer koordinierten Aktion zu organisieren: An einem Morgen, als die Schiffe am Hafen neben dem Auktionsgelände anlegten, um ihren gefangenen Fisch zu entladen, versperrten Genosse Kliwon und seine Männer ihnen den Zugang. Er sprach mit einem der Kapitäne und erklärte, dass sie dort so lange stehen bleiben würden, bis sie die Zusicherung erhielten, dass die Schiffe nicht mehr in den angestammten Fanggebieten der Fischer operierten. »Und wenn die Fische verrotten«, sagte er, und schloss mit: »Proletarier aller Länder, vereinigt euch!«

Die Arbeiter auf den Schiffen taten nichts weiter, als ruhig an der Reling zu stehen. Sie hatten nicht die geringste Absicht, sich mit den Männern, die aus denselben Dörfern stammten, anzulegen; sie scherten sich auch nicht darum, ob der Fisch verrottete, denn sie wurden nicht in Fisch bezahlt. Die vergebens wartenden Großeinkäufer beobachteten währenddessen vom Auktionsgelände aus schweigend die vielen Fischer mit ihren Körpern so kräftig wie Babywale. Nur die Kapitäne und die Offiziere auf Shodanchos Schiffen gerieten in Rage, doch auch diese stellten sich den Männern der Fischergewerkschaft nicht entgegen. Eine Stunde verging in dieser angespannten Lage. Die Fischer machten Stimmung und sangen im Chor die Internationale, sie standen Arm in Arm in einer Reihe und hinderten jeden daran, eines der Schiffe zu verlassen – ob Mensch oder Fisch.

Genosse Kliwon war fast sicher, dass der Sieg bereits in ihren Händen lag. Der Fisch würde bald verderben, und falls man ihren Forderungen nicht nachkam, würden die Schiffe eben jeden weiteren Tag nichts anderes als verdorbenen Fisch anzubieten haben. Doch bevor es so weit kam, näherten sich Polizisten und ein Trupp Soldaten dem Hafen. Nach einem Augenblick höchster Anspannung entschloss sich die Mehrheit der Fischer zum Widerstand. Als jedoch die Soldaten die ersten Schüsse in die Luft abfeuerten, liefen die Fischer auseinander, und Genosse Kliwon sah sich gezwungen, den Rückzug anzutreten.

Das alles hätte genügen müssen, um ihn Adinda vergessen zu lassen, doch das war nicht der Fall. Genosse Kliwon sah das Mädchen überall, selbst unter den Fischern.

Die Hütte, in der er mit Karmin und Samiran lebte, fungierte auch als Niederlassung der Fischergewerkschaft. Dort hielten sie ihre zahlreichen Sitzungen ab, trafen sich aber auch ebenso häufig, um über dieses und jenes zu reden, wie etwa jüngst das Scheitern ihrer Aktion am Hafen. Da die Hütte jedem offenstand, konnte Genosse Kliwon schlecht das Mädchen hinauswerfen, wenn es nach der Schule mit seinen Freundinnen dort auftauchte.

Adinda konnte recht gut Englisch, wie viele in Halimunda, da häufig Besucher aus dem Ausland in die Stadt kamen. Genosse Kliwon besaß eine Bibliothek, die jeden Büchernarren glücklich gemacht hätte. Den größten Teil machten philosophische und politische Titel aus, es gab aber auch Romane, die Adinda besonders gern mochte. Wenn Genosse Kliwon aus seinem Mittagsschlaf erwachte, traf er das Mädchen häufig am großen Tisch sitzend an, wo es, genau unter dem Porträt Lenins, andächtig in einem Buch las. Es drehte sich dann kurz zu ihm um und lächelte ihn an, als wollte es sagen, »Entschuldige, ich bin ohne zu fragen hereingekommen«. Kliwon reichte ihm, leicht nervös, eine Tasse Tee, und darauf sagte das Mädchen: »Danke, die hätte ich mir doch selbst nehmen können«, aber Genosse Kliwon war bereits zum Waschplatz gelaufen, um seine Nervosität zu verbergen.

Adinda hatte in der Hütte bereits etliche Bücher gelesen, darunter sämtliche Romane von Gorki, Dostojewski und Tolstoi. All diese Bücher waren vom Verlag für fremdsprachige Literatur mit Sitz in Moskau herausgegeben und über die Partei versandt worden. Außerdem las sie Romane hiesiger Autoren oder Übersetzungen aus anderen Sprachen, die der parteieigene Verlag herausgegeben hatte, ebenso wie Bücher des staatlichen Verlags.

Genosse Kliwon forderte sie nie auf zu gehen, doch nach Möglichkeit ging er ihr aus dem Weg. Denn erstens weckte Adinda schmerzliche Erinnerungen an Allamanda und zweitens an ihre wohlig warme Begegnung am Strand, die ihn ganz schwindelig machte. Er lenkte sich ab, indem er sich noch intensiver mit den Angelegenheiten der Fischergewerkschaft beschäftigte und das Scheitern ihrer ersten Aktion gegen die Schiffe Shodanchos analysierte. Er stellte einige Gewerkschaftskader zusammen, die als Arbeiter auf die Schiffe geschleust werden sollten, um dort ihre Kollegen für die Sache zu gewinnen und zu organisieren. Das würde seine Zeit brauchen, aber er glaubte fest daran, dass die Kommunisten die geduldigsten Lebewesen auf der Welt waren. Es war nicht leicht, aber schließlich gelang es, jeweils zwei Männer auf die Schiffe zu schleusen. Das war bei Weitem nicht genug, aber immer noch besser als keiner. Nicht wenige der Fischer, die an Land darauf warteten, dass die Männer auf den Schiffen die Arbeiter von ihrer Sache überzeugten und auf ihre Seite brachten, wurden immer ungeduldiger und drängten Genosse Kliwon, die Schiffe in Brand zu stecken. Genosse Kliwon bemühte sich, sie zu beschwichtigen. »Gebt mir Zeit, um mit Shodancho zu sprechen«, sagte er.

Es kam zu jener ersten Unterredung zwischen Genosse Kliwon und Shodancho, die nur dazu geführt hatte, dass Shodancho noch ein weiteres Fischereischiff ausrüstete. Die Fischer hatten Genosse Kliwon abermals gedrängt, kurzen Prozess zu machen und die Schiffe anzuzünden. Zum zweiten Mal hatte er um ihre Zustimmung gebeten, nochmals mit Shodancho zu sprechen. Das war, als er zu Shodanchos Haus gegangen war und Allamandas leeren Bauch gesehen hatte. Nicht nur Shodancho betrachtete Kliwons Befund als den Fluch eines eifersüchtigen Mannes, sondern auch Adinda.

Eines Nachmittags kam sie zu ihm und bat ihn inständig und den Tränen nahe: »Tu meiner Schwester nicht weh. Sie leidet unter der Ehe mit Shodancho schon genug.«

»Ich habe ihr nichts getan.«

»Du hast sie verflucht, damit sie ihr Kind verliert.«

»Das ist nicht wahr«, verteidigte sich Genosse Kliwon, »ich habe nur den Bauch deiner Schwester gesehen und gesagt, was ich sehe.«

Das Mädchen glaubte ihm nicht. In einer Gefühlsmischung aus

Wut und Verwirrung saß es auf dem Platz, auf dem es sonst die Bücher las. Normalerweise würde Genosse Kliwon gegangen sein und sie allein gelassen haben, doch dieses Mal zog er einen Stuhl heran und setzte sich Adinda gegenüber. Es war außer ihnen beiden niemand da, nur die Eidechsen an der Wand und die Spinnen, die von der Decke herabhingen und ihre Netze webten.

»Ich bitte dich, Genosse, vergiss Allamanda.«

»Ich habe sogar vergessen, dass das ihr Name war.«

Adinda ignorierte seine ganz und gar nicht witzige Bemerkung. »Wenn du wütend auf sie bist, dann lass deine Wut an mir aus.«

»Na gut, ich werde dich in Scheiben schneiden wie eine Tomate«, sagte Genosse Kliwon im vergeblichen Bemühen, das Mädchen zu beruhigen.

»Du kannst mich umbringen, wenn du willst. Oder mich vergewaltigen, und ich werde dir kein bisschen Widerstand leisten«, sagte Adinda, von seinen Scherzen völlig unbeeindruckt. »Du kannst mich zur Sklavin machen, oder zu was auch immer.« Sie nahm ein Taschentuch aus ihrer Rocktasche und wischte sich die herabströmenden Tränen von ihrer Wange. »Sogar heiraten kannst du mich.«

In der Ferne rief ein Gecko sieben Mal, zum Zeichen, dass er nach einer Geschlechtspartnerin suchte.

Wenn das Baby tatsächlich aus dem Bauch seiner Frau verschwunden sein sollte, dann lag die Ursache, davon war Shodancho überzeugt, in Genosse Kliwons Fluch. Es war der Fluch eines eifersüchtigen Geliebten. Dagegen ließ sich mit Waffen nichts ausrichten, auch nicht mit einem Krieg über sieben Generationen hinweg. Um sein erstes Kind zu retten, musste er mit diesem Mann zu einer friedlichen Einigung kommen. Schließlich sagte er zu Genosse Kliwon, dass er den Kapitänen befehlen werde, seine Fischereischiffe von der Küste und den angestammten Fanggebieten der Fischer abzuziehen.

»Aber ich bitte dich«, sagte er, »nimm deinen Fluch vom Bauch meiner Frau.« Er wollte unbedingt ein Kind, um der Welt zu beweisen, dass er und seine Frau einander liebten und dass sie eine glückliche Ehe führten. Genosse Kliwon lächelte, als er das hörte. Nicht weil er wusste, dass Allamanda nur ihn liebte und Shodancho überhaupt nicht, sondern aus dem folgenden Grund: »Es gibt keinen Zusammenhang zwischen einem leeren Topf und den Schiffen, Shodancho.«

Ungeachtet dessen, was Genosse Kliwon ihm gesagt hatte, ließ Shodancho die Fischereischiffe weit hinaus aufs Meer fahren. Die Fischer betrachteten dies als ihren Sieg und jubelten, denn die Schiffe hatten nicht nur ihre Fanggebiete verlassen, sondern sie verkauften ihren Fang auch nicht mehr in Halimunda. Shodanchos Schiffe steuerten nun größere Städte mit höherem Bedarf an Fisch an.

Genosse Kliwon versuchte, den Fischern zu erklären, was der Grund für das Verschwinden der Fische gewesen war und dass sich der Erfolg ihres Einsatzes daran zeigte, dass sich die großen Schiffe verzogen hatten und die Fische wiedergekommen waren. Seine Erklärungen waren möglichst anschaulich und konkret, so wie es ihm seine marxistischen Lehrer beigebracht hatten. Doch dann musste er feststellen, dass die Fischer, sobald sie genügend Geld beisammenhatten, ein Rind kauften und dessen Kopf im Rahmen eines Festes am Strand, bei dem reichlich Palmwein floss, als Opfergabe für die Göttin der Meere in die Wellen warfen. Genosse Kliwon konnte nichts gegen ihren Aberglauben ausrichten, und er ahnte, dass es nicht leicht werden würde, den Fischern die Grundlagen der Logik zu vermitteln, ganz zu schweigen von marxistischer Dialektik, in die er selbst nur nach und nach während seines kurzen Aufenthalts in der Hauptstadt einen Einblick erhalten hatte. Genosse Kliwon war daher bereits froh, dass die Männer den Mut aufgebracht hatten, sich gegen das aufzulehnen, was ihre Gemeinschaft und ihre Lebensgrundlage bedrohte. Nichtsdestotrotz mahnte er seine Freunde ein ums andere Mal, dass das Leben nicht ganz so simpel war, wie es schien, dass sie sich keinem trügerischen Sieg hingeben sollten und dass das Band der Freundschaft fester geknüpft werden musste, denn mächtige Feinde würden noch kommen.

Nicht nur die Fischer richteten ein ausgelassenes Dankesfest aus, sondern auch Shodancho. Er war so glücklich, dass er gar nicht mehr zu feiern aufhören konnte. Aus Angst, Genosse Kliwons Fluch könne sich bewahrheiten, bat er um die althergebrachte Zeremonie für seine Frau, die sowohl ihrem Schutz als auch dem Schutz des werdenden Kindes in ihrem Bauch dienen sollte. Diese Zeremonie bestand aus einem nächtlichen Bad, wobei das Wasser mit verschiedenen Blüten aromatisiert und von einer Hebamme mit Mantras besprochen wurde. Die Hebamme versicherte Shodancho, dass sich der Bauch seiner Frau aufs Schönste wölbte und sie sich daher sicher sei, dass das Kind darin wohlauf wäre, ein kleines Mädchen, das ebenso schön wie die Mutter sei.

Ob Mädchen oder Junge – das war Shodancho nicht wichtig; allein der Gedanke, dass er bald ein Kind haben würde, stimmte ihn überglücklich. Sowie er die Prognose der Hebamme gehört hatte, machte er einen Freudensprung und war sich nun sicher, dass der Fluch nur leeres Gerede war, nichts weiter als Worte aus dem Mund eines vor Eifersucht brennenden Mannes. Er begann gleich damit, sich zu überlegen, wie sein Kind einmal heißen sollte, und entschied sich für den Namen Nurul Aini. Er wusste nicht, was der Name bedeutete, er war ihm einfach plötzlich in den Sinn gekommen, und daher glaubte er fest daran, dass es sich um eine Art göttlicher Eingebung handelte, der er zu folgen hatte. Unterdessen übergoss die Hebamme seine Frau Schöpfkelle für Schöpfkelle mit dem Blütenwasser, während Allamanda in der Nachtluft vor Kälte zitterte und befürchtete, dass sie am nächsten Tag erkältet sein würde.

Draußen auf dem Meer hoffte Genosse Kliwon derweil, dass ihn sein Blick getäuscht hatte und das Ehepaar ein richtiges Baby bekommen würde. Nicht nur Luft aus einem leeren Topf.

Doch das Mädchen Nurul Aini wurde niemals geboren: Das Baby verschwand schlichtweg aus dem Bauch Allamandas, nur wenige Tage vor dem errechneten Geburtstermin.

Allamanda selbst hätte nicht sagen können, wie es vor sich gegangen war. Am Morgen, nachdem sie aufgewacht war, musste sie heftig aufstoßen und beförderte eine große Menge Luft nach draußen. Plötzlich fühlte sie sich wie eine Jungfrau mit schlankem Leib, sie spürte keinen Inhalt in ihrer Gebärmutter. Auch wenn sie sich klar und deutlich an Genosse Kliwons Worte zwei Monate zuvor erinnerte, dass ihr Bauch wie ein leerer Topf war, mit nichts darin als Luft, bekam sie an jenem stillen und kühlen Morgen einen großen Schrecken und begann, laut zu schreien. Shodancho, der im anderen Schlafzimmer geschlafen hatte, kam eilig herbeigelaufen. Er war lediglich mit einer Unterhose und einem Unterhemd bekleidet, in seinem Gesicht hatten sich zahlreiche Falten seines Kopfkissens abgezeichnet, und seine Arme waren von Mückenstichen übersät. Er stürzte in das Schlafzimmer seiner Frau und sah schockiert ihren flachen Bauch.

Sein erster Gedanke war, dass sein Kind schon geboren war, und er suchte auf dem Bett und sogar darunter nach dem Kleinen und nach den Blutspuren. Weder fand er das Baby, noch hörte er sein Weinen. Er sah seine Frau an, die leichenblass ihren Bauch betrachtete. Sie schien etwas sagen zu wollen, ihre geöffneten Lippen bebten wie bei einem Kranken mit Schüttelfrost, doch kein einziges Wort drang aus ihrem Mund.

Shodancho erinnerte sich an Genosse Kliwons Worte und befürchtete, dass sie sich nun bewahrheitet hatten. Panisch machte er einen Satz auf seine Frau zu, schüttelte sie heftig und forderte sie auf, ihm zu sagen, was geschehen war. Doch anstatt etwas zu sagen, sank Allamanda kraftlos in die Kissen und verlor das Bewusstsein. In diesem Augenblick tauchte die Hebamme auf. Die Frau, die derlei Phänomene bereits häufiger erlebt hatte, bettete Allamanda etwas bequemer und deckte sie zu, dann sagte sie zu Shodancho: »Solche Dinge passieren manchmal, Shodancho, da ist kein Baby, sondern nichts als Luft.«

»Du selbst hast gesagt, dass mein Kind ein Mädchen wird!«, schrie Shodancho sie wutentbrannt in schrillem Ton an. Wie er aber bemerkte, dass die Hebamme gelassen blieb, setzte er sich auf die Bettkante und fing hemmungslos an zu weinen, ungeachtet dessen, dass er ein erwachsener Mann war. Er hatte Nurul Aini verloren, das kleine Mädchen seiner Träume. Shodancho dachte sofort an Genosse Kliwon. Dieses Mal jedoch nicht mit der Furcht, dass dessen Fluch eintreten könnte, sondern mit rasender Wut, weil der Fluch wirklich und wahrhaftig eingetreten war. Genosse Kliwon hatte ihm sein Kind genommen, und er würde sich dafür rächen.

Nach außen wurde erklärt, das Kind sei tot geboren. Nur Genosse Kliwon wusste, dass ihn sein Blick auf Allamandas Bauch zwei Monate zuvor nicht getäuscht hatte. Um sich an Genosse Kliwon und an dessen Freunden zu rächen, befahl Shodancho nach nur einer Woche der Trauer den Kapitänen seiner Schiffe, in die alten Fanggründe zurückzukehren und die Ausbeute erneut in Halimunda zu verkaufen. Die Arbeiter auf den Fischereischiffen protestierten, denn sie fürchteten sich vor der Drohung der Fischer, die Schiffe in einem solchen Fall in Brand zu setzen, egal, ob Menschen an Bord waren oder nicht. Shodancho ignorierte den Protest und entließ jeden, der sich ihm nicht zu fügen bereit war.

Genosse Kliwon bemühte sich, mit Shodancho zu sprechen und ihn zur Rede zu stellen, da dieser sein Versprechen gebrochen hatte. Doch Shodancho beschuldigte ihn umgekehrt, Kliwon habe sein

Versprechen gebrochen. Genosse Kliwon hatte nie etwas versprochen, außer, dass die Schiffe vor dem Zorn der Fischer sicher wären. Doch Shodancho sprach von dem Fluch, und dass jede Frau auf der Welt schließlich das Recht habe, zu wählen, wen sie heiraten wolle.

Genosse Kliwon war gekränkt von der Beschuldigung, er habe das ungeborene Kind aus Eifersucht verflucht, und sagte: »Es gibt nur eine Erklärung, Shodancho. Du hast mit deiner Frau geschlafen, ohne dass dabei Liebe im Spiel war. Aus einer solchen Vereinigung entsteht kein Kind, und wenn doch, dann wird es verrückt geboren, und an seinem Hinterteil wächst ein Rattenschwanz.« Bei diesen Worten holte Shodancho mit der Faust aus, um Genosse Kliwon ins Gesicht zu schlagen. Genosse Kliwon konnte ausweichen und sagte: »Schaff schleunigst deine Schiffe von hier fort, Shodancho, bevor wir die Geduld verlieren.«

Shodancho ignorierte die Drohung und befahl seinen Schiffen, in der üblichen Weise zu operieren, mit dem einzigen Unterschied, dass zu ihrem Schutz nun bewaffnete Soldaten mitfuhren. Die Soldaten standen an den Relings und beobachteten die Fischer in ihren Booten, die wiederum wütend zu ihnen hinaufschauten. Shodancho lächelte verschlagen beim Anblick der Szene: Die Dämmerung brach herein, Kliwon bestieg mit drei weiteren Männern einen Außenborder und fuhr, gefolgt von anderen Fischerbooten, weit hinaus aufs Meer. Sie würden versuchen, dort draußen neue Fanggründe zu finden, wo sie zumindest Fische für ihren eigenen Herd fangen konnten.

Nicht anders als Shodancho war Allamanda zutiefst erschüttert von dem Verlust ihres Kindes. Denn ungeachtet der Umstände, durch wen und auf welche Weise es zur Zeugung gekommen war, wäre es trotz allem ihr Kind gewesen. Auch nachdem eine Woche der Trauer vergangen und Shodancho zu seinen Geschäften zurückgekehrt war, blieb Allamanda weiterhin trauernd in ihrem Schlafzimmer. Hin und wieder sprach sie den Namen ihres ungeborenen Kindes leise vor sich hin oder rief ihn laut hinaus.

Doch wenn Shodancho ihr sagte, dass es Gottes Wille gewesen sei und dass sie beide noch eine zweite und dritte und vierte und fünfte Chance hätten, oder sogar noch unendlich viele, um ein Kind zu bekommen, schüttelte Allamanda den Kopf. »Schau doch, Liebling«, sagte Shodancho, »wir können im Guten miteinander schlafen und so viele Kinder bekommen, wie wir wollen.«

Allamanda schüttelte noch energischer den Kopf und erinnerte ihn an das Versprechen, dass sie ihn heiraten, aber niemals lieben werde. Shodancho versuchte, sie erneut zu erweichen, er sprach von der Aussicht, eine andere Nurul Aini zu bekommen, ein kleines Mädchen, das leibhaftig zur Welt käme, doch Allamanda hatte, trotz ihrer Trauer, ihre Unnachgiebigkeit wiedererlangt. »Der Verlust eines Kindes ist entsetzlicher, als dem Teufel zu begegnen«, sagte sie scharf, »aber noch entsetzlicher als der Verlust von zwanzig Kindern ist, dir Zuneigung zu schenken.«

In diesem Moment fiel Shodancho ein, dass seine Frau ihre eiserne Unterwäsche nicht mehr trug. Sowie dieser niederträchtige Einfall sich in seinem Hirn einnistete, und noch bevor Allamanda realisierte, was ihrem Mann da durch den Kopf ging, hatte Shodancho sich bereits herumgedreht und die Tür verriegelt. Er wandte sich zu Allamanda um, die seit dem Verlust Nurul Ainis das Bett nicht mehr verlassen hatte und nun sofort erkannte, was er im Schilde führte. Sie richtete sich auf und blickte Shodancho hasserfüllt an, bereit, sich auf einen Kampf einzustellen. »Bist du geil, Shodancho?«, sagte sie scharf. »Meine Ohrlöcher sind noch schön eng, nur zu, wenn du willst.«

Ihr Ehemann lachte nur und gab zurück: »Ich mag immer noch deine Scheide, Liebling.«

Allamanda war nicht in der Lage, Shodancho etwas entgegenzusetzen, als er auf sie zusprang, sie fest umklammerte und zurück auf das Bett warf. Mit all ihren Kräften versuchte sie, sich zu wehren, doch in wenigen Augenblicken war sie vollständig nackt, ihre Kleider wie von den Reißzähnen hungriger, sich um sie reißender Wölfe zerfetzt; dann ließ Shodancho sich auf sie fallen und nahm sich ihren Körper.

Während der Vergewaltigung unternahm Allamanda keinen weiteren Versuch mehr, sich zu wehren, wusste sie doch, dass es vergebens sein würde, aber sie biss Shodanchos Lippen, sobald diese sich ihrem Mund näherten. Shodancho stieß zu, wieder und wieder, unermüdlich, in einem grotesken Zusammenspiel von Lust und Trauer. Allamanda war es, als würde ihr Innerstes ganz und gar zerstört. Ein weiteres Mal war es ihr nicht gelungen, sich zu verteidigen, und sie fühlte sich erniedrigt und beschmutzt. Als Shodancho seine Begierde endlich herausgeschleudert hatte, rollte er sich neben sie, worauf Allamanda nach ihm trat, sodass er zu Boden fiel. »Du verkommener, niederträchtiger Vergewaltiger«, fuhr Allamanda ihn an, »du vergewaltigst bestimmt nicht nur deine Ehefrau, sondern auch deine Mutter!« Sie bewarf ihn mit Kissen und sagte abschätzig: »Wäre dein Schwanz lang genug, würdest du dich am Ende noch in den Arsch ficken.«

Immerhin fesselte ihr Ehemann sie diesmal nicht splitternackt ans Bett, und sobald er weg war, verschwand Allamanda aus dem Haus. Shodancho überfiel nackte Panik, als er es bemerkte. Er befahl einem seiner Männer, Allamanda im Haus von Dewi Ayu zu suchen, doch dort war sie nicht. Glutheiß vor Eifersucht, schickte er einen anderen Mann heimlich zu Kliwons Haus, doch dort war sie auch nicht. Er entsandte Leute in alle Winkel der Stadt, doch Allamanda blieb unauffindbar. Er schickte Leute zum Bahnhof und zum Busbahnhof, um in Erfahrung zu bringen, ob sie die Stadt verlassen hatte, doch niemand hatte sie in einen Zug oder in einen Bus steigen sehen. Shodancho fiel niedergeschlagen in einen Sessel auf der Veranda und war so sehr in sein Selbstmitleid versunken, eine Frau geheiratet zu haben, die er über alles liebte, die ihn aber nicht liebte, dass er keinen einzigen Gruß der vorübergehenden Passanten erwiderte.

Mit Einbruch der Dämmerung fühlte er sich noch leerer und noch trostloser. Plötzlich wurde ihm bewusst, wie einsam sein Leben werden würde. Denn selbst wenn Allamanda zurückkäme, schien es keinen Funken Hoffnung auf Glück an ihrer Seite zu geben, solange sie kein Anzeichen dafür zeigte, seine Liebe zu erwidern, und sei es nur ein ganz kleines.

Womöglich musste er sich ritterlich geben und ihr wie ein wahrer Mann, ein echter Krieger die Scheidung anbieten. Vielleicht könnte er auf diese Weise dafür sorgen, dass Allamanda glücklich werden würde, auch wenn er selbst ein bemitleidenswertes Geschöpf bliebe. Aber allein der Gedanke an eine Scheidung ließ ihm Tränen tiefster Traurigkeit in die Augen schießen. Er sagte sich, dass, wenn man seine Frau finden sollte, er ihr niemals wieder wehtun und sich all ihren Wünschen fügen würde. Hauptsache, Allamanda verließ ihn nicht. Vielleicht könnten sie ja Kinder anderer Leute adoptieren und gemeinsam großziehen.

Die Dämmerung war allmählich der nächtlichen Finsternis gewichen, indessen waren die Lampen im Haus noch nicht angezündet worden. Daher befürchtete er zunächst auch, es handle sich um eine Halluzination, als er den Schatten Allamandas am Tor auszumachen glaubte. Doch sowie der Schatten näher kam, gewann er an Gewissheit, dass das, was da auf ihn zukam, tatsächlich seine Frau war. Shodancho fiel sofort vor Allamanda auf die Knie und bat um Verzeihung.

»Du brauchst dich nicht zu entschuldigen, Shodancho«, sagte Allamanda, »ich trage einen neuen Schutz mit einem noch komplizierteren Mantra. Er ist nicht aus Eisen gemacht, und selbst wenn ich nackt bin, wirst du nicht in mich eindringen können.«

Shodancho blickte seine Frau mit echter Bewunderung an, fasziniert, dass sie ihm gegenüber nicht die geringste Spur von Feindseligkeit an den Tag legte.

»Der Abendwind ist kühl, Shodancho, lass uns ins Haus gehen.«

Es gab eine weitere Kündigungswelle auf den Schiffen, da viele der Fischer sich zu arbeiten weigerten. Sie streikten nicht, weil sie inzwischen der Fischergewerkschaft beigetreten waren, sondern weil sie sich vor der Drohung der Fischer fürchteten, die Schiffe in Brand zu stecken, falls sie zurückkehrten. Tatsächlich fischten die Schiffe wieder in den alten Gewässern und verkauften ihren Fang wieder in Halimunda. Einer der entschlossenen Fischer sagte zu Genosse Kliwon: »Es gibt keinen anderen Weg, Genosse, wir müssen Shodanchos Schiffe abfackeln.«

Genosse Kliwon war frustriert und stand zunehmend unter Druck. Er war kein bösartiger Mann, der die Entscheidung für einen solchen Schritt ohne Schuldgefühle traf. Vielmehr bekam er, wie seine Freunde bemerkten, schon dann feuchte Augen, wenn er einen auch nur im Entferntesten sentimentalen Film ansah.

Heimlich hatte er sich darum bemüht, noch einmal mit Shodancho zu sprechen, doch dieses Gespräch endete in einem Streit. Als Shodancho das Problem auch noch zu einem Problem zwischen zwei Männern verdrehte, die sich um Allamanda stritten, war Genosse Kliwon gekränkt und verließ seinen Widersacher mit einer Drohung. Ebenso wie die Fischer kam schließlich auch er zu der Überzeugung, dass es keinen anderen Ausweg gab, als diese verdammten Schiffe in Brand zu stecken. Die Russische Revolution hätte möglicherweise auch niemals stattgefunden, wenn Lenin Stalin nicht befohlen hätte, eine Bank auszurauben.

Doch da Shodancho eine große Anzahl von Soldaten an Bord der Schiffe stationiert hatte, war es für die Fischer alles andere als einfach, ihr Vorhaben in die Tat umzusetzen. Sechs Monate vergingen, während denen Besprechungen meist in einer Sackgasse endeten, wenn es um die Frage ging, wie vorzugehen war, und die Fischer von Tag zu Tag ärmer und wütender wurden.

Wenn Genosse Kliwon früher mit Problemen konfrontiert war, die ihm den Kopf beinah zum Bersten brachten, flüchtete er sich zu Frauen. Doch diesmal hatte er keine Freundin außer Adinda, der kleinen Schwester Allamandas, die er inzwischen seit einem Jahr kannte. Als bliebe ihm keine andere Wahl, verließ er während eines dieser Treffen die Hütte und die Männer, die weiter über die Schwierigkeiten diskutierten, sich den Tag und Nacht von bewaffneten Soldaten bewachten Schiffen zu nähern. Er machte sich auf den Weg zu Dewi Ayus Haus, wie ein unglücklicher, vom revolutionären Kampf erschöpfter Flüchtling. Er wollte eigentlich seine Gefühle, seine Hoffnungen mit Adinda teilen, doch hatte die Partei unmissverständlich klargestellt, dass Parteifremde nicht eingeweiht werden durften. Daher vertat Genosse Kliwon eine ganze Stunde lang mit Adinda für ein belangloses Gespräch, das seiner wunden Seele in keinster Weise guttat. Sowie er danach zu seiner Hütte zurückgekehrt war, ließ er sich ermattet in einen Stuhl vor der Tür fallen.

Bevor er nach Hause gegangen war, hatte Adinda noch zu ihm gesagt: »Man sollte dir eine Pistole an die Stirn drücken, damit du einmal über dich selbst nachdenkst.«

Nun blickte er wie so oft in den dämmernden Himmel über dem Meer, doch an diesem Abend fühlte er sich anders an. Früher hatte er ihn immer an die wunderschönen Stunden erinnert, in denen er mit Allamanda am Strand gesessen hatte. Doch der Himmel an diesem Abend erschien ihm kalt und abweisend, einsam und traurig, wie ein Spiegel seines Herzens, das sich in seiner Brust plötzlich wie ausgedörrt anfühlte. Seine Zigaretten rauchend, fragte er sich, ob die Revolution wirklich machbar war, ob wirklich Aussicht darauf bestand, dass eines Tages der Mensch nicht mehr von einem anderen Menschen unterdrückt werden würde.

Er hatte in ferner Vergangenheit einmal einen Imam in einer Moschee über den Himmel sprechen hören. Er sprach über Milch, die einem um die Fußknöchel floss, über schöne, jungfräuliche Engel, die sich jedem hingaben, über Dinge, die allen offenstanden. Das hatte derart schön geklungen, fast zu schön, um daran glauben zu können. Kliwon lag nichts an einer solchen Herrlichkeit, ihm reichte es, wenn alle Menschen die gleiche Menge Reis bekamen. Oder war dieser Wunsch am Ende vielleicht noch fantastischer?

Immer wenn er über diese Dinge nachdachte, überkamen ihn früher oder später wehmütige Erinnerungen an vergangene Zeiten, in denen er noch nicht ahnte, dass er die Revolution brauchte. Früher wie heute war er ein armer Mann, doch früher war er den Reichen auf einfachere Art und Weise begegnet: Er stahl, was auch immer in ihren Gärten wuchs, verführte ihre Töchter und ließ diese in den Kinos und für das Essen in den Garküchen bezahlen, oder er nahm die Einladungen zu ihren Partys an und trank dort kostenlos Bier. All das bedurfte weder einer Partei noch der Propaganda oder des Kommunistischen Manifests. So drehte sich sein ruheloser Geist, bis er selbst für den Blick in den rot glühenden Abendhimmel zu müde wurde, und ohne es zu merken, sank er tiefer und tiefer in seinen Stuhl, bis er schließlich eingeschlafen war. So war es ihm häufig ergangen während der sechs Monate, in denen sie auf die Gelegenheit warteten, die Schiffe anzuzünden.

Eines Abends wurde Genosse Kliwon von ein paar Fischern aufgeweckt. Seit zwei Wochen bewachten die Soldaten die Fischereischiffe nicht mehr. Die Kapitäne der Schiffe gingen mittlerweile davon aus, dass die Drohungen der Fischer nur leeres Gerede waren, und hatten entschieden, die Soldaten zurück zu ihren Kasernen zu schicken, anstatt sie weiterhin mit Essen, Zigaretten und einer nicht unbeträchtlichen Menge Bier versorgen zu müssen. Sie fuhren wieder ohne Begleitschutz aufs Meer hinaus und wurden nur von wenigen bewaffneten Soldaten beschützt, wenn sie im Hafen anlegten, um den Fisch abzuladen. Die Fischergewerkschaft hatte beschlossen, die Schiffe in einer Neumondnacht anzugreifen. Das war jene Nacht, in der die Fischer Genosse Kliwon aufweckten, die Nacht, in der sie ihre Abrechnung, die sie seit sechs Monaten aufgeschoben hatten, endlich in die Tat umsetzen würden. »Wach auf, Genosse«, sagte einer seiner Freunde, »die Revolution findet nicht im Bett statt.«

Unter der persönlichen Führung Genosse Kliwons, der seine Müdigkeit sofort abgeschüttelt und sich wild entschlossen aufgerafft hatte, bewegten sich dreißig kleine Boote unter dem klaren, mit Sternen besetzten Himmel über das Wasser. In dieser Nacht sollte sich für Genosse Kliwon das Blatt wenden: Er gelangte zur Einsicht, dass man als Revolutionär ein kaltes, unerschütterliches Herz haben musste, angereichert mit einer Mischung aus Unnachgiebigkeit und Mut, die auf Überzeugung fußt. In der Ferne, aus der beinahe undurchdringlichen Dunkelheit des Meeres, tauchten schließlich die diffusen Lichter der drei Schiffe auf. Die Fischerboote bewegten sich ganz ohne Licht, intuitiv gesteuert von den Fischern, die das Meer kannten wie ihre Heimatdörfer. »Stell dir vor, du steckst die Bastille in Brand«, sagte der Anführer zu sich selbst, um sich Mut zuzusprechen. »Für die Revolution und für die Verdammten dieser Erde.«

Die Schiffe lagen in einigem Abstand zueinander. Jedes wurde von zehn Fischerbooten, jeweils mit drei bis fünf Fischern besetzt, angesteuert. Die dreißig kleinen Boote glitten langsam voran, wie die Schlangen, die sich in den Reisfeldern an Mäuse heranschleichen. Im flackernden Licht der Lampen auf den Decks konnten die Fischer die Arbeiter beobachten, wie sie die Netze einholten und die Fische ins Innere der Schiffsrümpfe beförderten.

Genosse Kliwon führte jene zehn Boote an, die sich auf das mittlere Schiff zubewegten und es einkreisten. Als seiner Einschätzung nach die beiden anderen Schiffe ebenfalls eingekreist waren, blies er kräftig in eine Pfeife. Aufgeschreckt hielten die Männer auf den Decks mit ihrer jeweiligen Arbeit inne. Doch noch bevor sie ihren Schreck überwunden hatten, ertönte die Pfeife ein zweites Mal. Nun diente der Pfiff den Männern auf den dreißig Booten zum Signal, ihre Fackeln anzuzünden. Mit einem Mal war das Meer übersät mit leuchtenden Punkten, wie Glühwürmchen, die die Schiffe umflogen.

Genosse Kliwon, im Heck des Bootes stehend, rief den Männern auf Deck mit einer kräftigen Stimme, die in der Stille der Nacht widerhallte, zu: »Meine Freunde, springt von Deck und kommt auf unsere Boote. Die Schiffe werden gleich brennen.«

Obwohl der Schiffskapitän, außer sich vor Wut, zurückbrüllte und seinen Arbeitern befahl, sich der Drohung zu widersetzen, war er es, der in seiner Panik als Erstes ins Wasser sprang und auf das nächstgelegene Fischerboot zuschwamm. Auf dem Boot beschimpfte er die Männer, bevor er, von einem der Fischer bewusstlos geschlagen, auf die Bootsplanken fiel. Unterdessen sprangen die Arbeiter um die Wette ins Wasser und schwammen zu den Booten. Die Fischer jubelten vor Freude, als feierten sie eine heilige Opferzeremonie, und einer stimmte sogar, wenn auch etwas schief, die Internationale an. Es war ihr schönstes Fest.

Plastiktüten, gefüllt mit Benzin, segelten durch die Luft und flogen auf die menschenleeren Schiffsdecks, und als jedes Schiff mit Benzin überschwemmt war, segelten die Fackeln hinterher, und das Feuer leckte am Benzin. Die Boote entfernten sich rasch von den Schiffen, die bald wie drei gigantische Freudenfeuer mitten im Meer brannten. Und als sie mit drei gewaltigen Explosionen in die Luft flogen, jubelten die Fischer ausgelassen und riefen: »Es lebe die Fischergewerkschaft! Es lebe die Kommunistische Partei! Proletarier aller Länder, vereinigt euch!«

Shodancho erfuhr, dass Genosse Kliwon der Anführer dieses Komplotts gewesen sei, es keine Opfer gebe, doch die drei Schiffe durch die gewaltigen Explosionen völlig zerstört worden und schließlich untergegangen seien.

Als er das hörte, schnaubte Shodancho lediglich kurz und dachte, dass er jederzeit ein neues Fischereischiff anschaffen und mit strengerer Bewachung ausstatten konnte. Er zeigte nicht die geringste Spur von Zorn, wohl, weil Allamanda zu diesem Zeitpunkt im sechsten Monat schwanger war. Er war dankbar, dass der einmalige Geschlechtsakt, zu dem es gekommen war, bevor Allamanda das Schutzmantra um ihre Scham legte, offensichtlich Früchte trug. Seine Freude sollte durch nichts getrübt werden; er wollte sich ausschließlich den Vorbereitungen für die Geburt seines zweiten Kindes widmen. Er brachte seine Ehefrau zwei Mal in ein größeres Krankenhaus in der Provinzhauptstadt, um sicherzustellen, dass sich in Allamandas Bauch tatsächlich ein Baby befand; er bat Heiler mit übersinnlichen Kräften hinzu, um sein Kind vor einem wie auch immer gearteten Fluch zu schützen.

Doch im neunten Monat der Schwangerschaft verschwand das Kind aus Allamandas Bauch, genau wie ihr erstes. Shodancho explodierte vor Wut, ergriff sein Gewehr, stürmte in den Hof und schoss wild um sich. Die Leute brachten sich hektisch in Sicherheit und dachten, Shodancho sei verrückt geworden. Er schrie hasserfüllt, dass seine Kinder noch vor der Geburt verschwunden seien, gestohlen durch einen Fluch Kliwons. Als Shodancho genug von der Schießerei hatte, lief er in Richtung Strand, mit einem einzigen Ziel: Genosse Kliwon zu stellen und mit seinem Gewehr zu töten. Niemand wagte, ihn davon abzuhalten.

12

Wie jeden Morgen nahm Genosse Kliwon eine Tasse Kaffee mit hinaus auf die Veranda, setzte sich auf einen Stuhl und wartete auf seine Zeitungen. Er wohnte nicht mehr in der Hütte am Strand, die gleichzeitig auch als Gewerkschaftsbüro gedient hatte. Einen Tag, bevor Shodancho ihn aufsuchte, um ihn zu töten, war er in das Büro der Kommunistischen Partei am Ende der Jalan Belanda umgezogen. Daher hatte Shodancho niemanden in der Hütte vorgefunden und begonnen zu randalieren. Er hatte wild um sich geschossen und die Hütte anschließend in Brand gesteckt. Dann war er erschöpft und weinend in den Sand gefallen, wo man ihn wenig später bewusstlos auffand. Genosse Kliwons Umzug stand überhaupt unter einem guten Stern: Nach Jahren, in denen er sich unermüdlich in den Dienst der Partei gestellt hatte, war er inzwischen zur Nummer eins der Kommunistischen Partei Halimundas aufgestiegen.

Es war der 1. Oktober. Dass die Zeitungen noch nicht auf der Veranda lagen, beunruhigte ihn. Ungeduldig holte er die alten Zeitungen hervor und begann, in den Kleinanzeigen zu blättern, da er bereits alle Artikel gelesen hatte. Es gab nichts Interessantes, außer einer Anzeige für Haarwuchsmittel speziell für Schnauzbärte sowie einer Anzeige, die den Kauf deutscher Autos auf Kredit anpries. Er warf die Zeitungen zurück unter den Tisch, trank einen Schluck Kaffee und spähte angestrengt auf die Straße in der Hoffnung, der Zeitungsjunge würde endlich mit seinem Fahrrad um die Ecke biegen.

Stattdessen näherte sich ein Mädchen. Es war Adinda. »Wie gehts, Genosse?«, fragte sie.

»Schlecht«, antwortete Genosse Kliwon. »Meine Zeitungen sind noch nicht da.«

Das Mädchen runzelte die Stirn. »Hast du noch nichts von den blutigen Vorfällen in Jakarta gehört?«

»Wie soll ich davon erfahren haben, wenn die Zeitungen nicht da sind?«

Adinda setzte sich neben Genosse Kliwon, nahm, ohne ihn zu fragen, einen Schluck von seinem Kaffee und sagte: »Das Radio bringt die ganze Zeit immer die gleichen Nachrichten. Die Kommunistische Partei hat einen Putsch verübt, und mehrere Generäle sind getötet worden.«

»Das steht bestimmt auch in den Zeitungen, wenn sie denn mal endlich da wären.«

Dann trafen nach und nach Besucher ein, die meisten von ihnen wichtige Parteigrößen. Alte wie junge, Veteranen wie Kader. Genosse Yono kam als Erster, er war vor Genosse Kliwon die Nummer eins der Partei in der Stadt gewesen, es folgten Karmin und die anderen. Sie alle berichteten das Gleiche, nämlich, dass es blutige Ereignisse in Jakarta gegeben habe.

»Es sieht ganz so aus, als nähme das ein schlimmes Ende«, sagte Karmin.

»Da hast du recht«, erwiderte Genosse Kliwon. »Wir haben alle Abonnements im Voraus bezahlt, und die Zeitungen sind immer noch nicht da. Dem Zeitungsjungen setzt es was, sich so unverschämt zu verspäten.«

»Was ist bloß los mit dir, Genosse?«, fragte Genosse Yono. »Hast du wirklich nichts als diese Zeitungen im Kopf?«

Genosse Kliwon warf ihm einen grimmigen Blick zu. »In all den Jahren sind die Zeitungen immer gekommen, und jetzt bleiben sie weg. Gibt es etwas Schlimmeres als das?«

»Hör zu, Genosse«, sagte Adinda. »Heute erscheinen gar keine Zeitungen.«

»Warum denn nicht? Heute ist weder Ende des Ramadan noch Weihnachten, und es ist auch kein Neujahr.«

Karmin war kurz ins Büro gegangen und trat nun wieder hinaus auf die Veranda. »Ich kann es dir erklären«, sagte er. »Soldaten haben sämtliche Zeitungsredaktionen besetzt. Tut mir leid, Genosse, aber heute werden wir keine Zeitungen lesen können.«

»Das ist schlimmer als ein Staatsstreich«, klagte Genosse Kliwon und trank den Rest seines Kaffees.

Fest stand jedenfalls, dass dieser Morgen nicht mit Zeitunglesen beginnen würde. Stattdessen gab es eine Krisensitzung, an der etwa ein Dutzend wichtiger Parteileute, die sich inzwischen eingefunden hatten, teilnahmen. Aus mehreren Städten, vor allem aber aus Jakarta, trafen Meldungen ein. Es kursierten Gerüchte, dass ausnahmslos alle

Anführer der Kommunistischen Partei in der Hauptstadt festgenommen worden waren und dass es sogar bereits zu Morden an Parteikadern gekommen war. So wurde entschieden, in Halimunda die Massen zu mobilisieren und eine Großdemonstration durchzuführen. Falls die Genossen der Parteiführung tatsächlich festgenommen worden waren, würde man ihre bedingungslose Freilassung fordern. Doch die Informationen waren widersprüchlich. Einigen Berichten zufolge war der Parteivorsitzende D. N. Aidit bereits hingerichtet worden, aus anderen ging hervor, dass er verhaftet worden war, und wieder andere erklärten, er sei wohlauf. Dasselbe galt für Minister Njoto und andere Genossen. Doch was immer auch geschehen sein mochte, in Halimunda würden sie alle Kader und Sympathisanten zusammenrufen. Sie würden die Fischer, die Plantagenarbeiter und die Eisenbahnarbeiter, die Bauern und die Studenten versammeln. Mit dem heutigen Tag würden die stürmischsten Tage dieser Stadt anbrechen; sie würden einen Generalstreik ausrufen, und sie würden riesige Massenkundgebungen in den Straßen abhalten.

Die Aufgabenverteilung begann. Einige schwärmten gleich aus und nahmen Kontakt zu den Parteizellen auf, und andere trafen die für eine Krisensituation notwendigen Vorbereitungen. Plakate wurden gemacht und Fahnen bereitgelegt. Unterdessen diskutierte Genosse Kliwon in einer geschlossenen Versammlung mit fünf Männern über die Bewaffnung, für den Fall, dass sich die Lage weiter zuspitzte. Sie führten eine Bestandsaufnahme durch und fanden unterschiedlichste Waffen aus dem Besitz der Guerilla. Zudem hatten viele der Parteimitglieder aus dem Revolutionskrieg Kampferfahrung. Karmin fiel die Aufgabe zu, diesen bewaffneten Arm der Partei zu organisieren, und er machte sich gleich auf den Weg, um sich um die Waffen zu kümmern und die Veteranen zusammenzutrommeln. Genosse Kliwon erhielt eine Pistole zu seiner eigenen Verteidigung, denn er war zu wichtig, als dass er sein Leben leichtfertig aufs Spiel setzen durfte.

Um Punkt zehn Uhr füllten die Massen bereits einen Gutteil der Jalan Belanda. Es waren Fischer und Plantagenarbeiter. Die Bauern, Eisenbahnarbeiter, Hafenarbeiter und Studenten waren noch auf dem Weg.

»Lasst uns auf die Straße gehen«, sagte Genosse Yono.

»Geht nur«, erwiderte Genosse Kliwon. »Ich werde hierbleiben und auf die Zeitungen warten.«

Niemand protestierte. Die Genossen deuteten sein Verhalten als Stressreaktion ihres Parteiführers angesichts einer derartigen Krisensituation. Die Männer ließen ihn in der Gesellschaft Adindas auf der Veranda zurück, wo er auf die niemals eintreffenden Zeitungen warten konnte.

Das Parteibüro war ein großes, relativ neues zweistöckiges Wohnhaus, in dessen Hof die Fahne der Partei neben der rot-weißen wehte. Beinah alle Wände waren in leuchtendem Rot angestrichen, und an der Eingangstür hingen Hammer und Sichel aus Kupfer. Sowie man eintrat, fiel der Blick unweigerlich auf ein großes Ölgemälde von Karl Marx und auf weitere Bilder, die im Stile des sozialistischen Realismus der Sowjetunion gemalt waren. Genosse Kliwon bewohnte eines der Schlafzimmer, auch einige Wachleute lebten dort im Haus. Eigentlich gab es sowohl Radio als auch Telefon, doch Genosse Kliwon las nach wie vor lieber Zeitungen. Die aber blieben an diesem Tag aus, weil die Zeitungsredaktionen vom Militär besetzt worden waren und man die Druckerschwärze durch das Blut der Kommunisten ersetzt hatte.

In den zwei Jahren, die Genosse Kliwon die Partei führte, waren für ihn arbeitsreichere Zeiten angebrochen, und er fuhr nachts nicht mehr hinaus aufs Meer. Es war ihm gelungen, die Plantagenarbeiter und die Bauern in den Arbeiter- und Bauerngewerkschaften zu organisieren, und er hatte mehrere Streiks erfolgreich durchgeführt. Die Kommunistische Partei dieser Stadt zählte eintausendsiebenundsechzig aktive und zahlende Mitglieder sowie Tausende von Sympathisanten, von denen rund die Hälfte regelmäßig zu den Großveranstaltungen auf dem Fußballfeld erschien, ihren Beitrag zum Gelingen der Streiks leistete und die Parteikurse besuchte.

Genosse Kliwon hatte in seiner Eigenschaft als Parteiführer zudem die Veteranen der Guerilla reaktiviert. Sie bezeichneten sich nun als Volksarmisten, und mit ihren alten Waffen nahmen sie rege an Militärübungen teil. Natürlich hätten sie gegen das reguläre Militär nichts ausrichten können, aber es reichte, um die Streikenden vor der Brutalität der Eisenbahngesellschaften, der Plantagen- und Landbesitzer sowie der Bootseigner zu schützen.

Während dieser zwei Jahre verloren zwei Genossen ihre Parteimitgliedschaft, weil sie ihre Ehefrau und ihre Kinder für eine andere Frau verlassen hatten – nach der Parteiordnung war das strikt verboten. Drei weitere Mitglieder wurden entlassen, weil man sie zum Lager der

Trotzkisten rechnete. Mit seinem strengen Führungsstil hatte Genosse Kliwon höchstes Ansehen geerntet. Man würde ihn für immer als den charismatischsten Führer der Kommunistischen Partei dieser Stadt in Erinnerung behalten.

»Es ist Regenzeit«, sagte Genosse Kliwon plötzlich.

Mit einem Blick zum Himmel pflichtete Adinda ihm bei. Am Morgen war das Wetter zwar schön gewesen, aber wie jeder wusste, konnte es im Oktober urplötzlich zu regnen anfangen. Das Mädchen erwiderte schließlich: »Aber sie werden sich kaum wegen des Regens zurückziehen. Ich glaube, die Truppen in Jakarta spielen uns übel mit.«

»Ich befürchte, der Zeitungstransport ist in eine Überschwemmung geraten.«

»Es erscheinen heute keine Zeitungen, Genosse«, sagte Adinda. »Und ich gehe mit dir jede Wette ein, dass die Zeitungen auch in den nächsten sieben Tagen nicht erscheinen werden, wenn überhaupt noch einmal.«

»Ohne Zeitungen gehen wir zurück in die Steinzeit.«

»Ich mache dir noch einen Kaffee, damit du wieder klarer denken kannst.«

Adinda ging in die Küche, um für Genosse Kliwon und für sich Kaffee zu kochen. Als sie mit zwei Tassen zurück auf die Veranda trat, stand Genosse Kliwon am Tor vor dem Haus und sah die Straße hinunter. Offenbar hoffte er immer noch, dass der Zeitungsjunge mit seinem Fahrrad auftauchte. Er war geradezu süchtig nach Zeitunglesen, und wenn er die Blätter nicht in seine Hände bekam, drohte er den Verstand zu verlieren.

Adinda stellte die Kaffeetassen auf den Tisch und setzte sich auf ihren Stuhl. »Setz dich wieder hin«, sagte sie zu Genosse Kliwon, »wenn du wieder normal bist.«

»Nicht normal ist, einen Tag ohne Zeitungen zu verbringen.«

»Vergiss die verdammten Zeitungen, Genosse«, sagte Adinda, die langsam die Geduld verlor. »Deine Partei steckt in großen Schwierigkeiten und braucht einen Führer, der bei Verstand ist.«

Es war unfassbar, dass die Kommunistische Partei mit einer Krise von der Größenordnung eines Putsches konfrontiert sein sollte. Gerade zu dieser Zeit genoss die Partei ein in der Geschichte Halimundas beispielloses Ansehen. Die Zahl aktiver Mitglieder entsprach anteilsmäßig der Bevölkerungsmehrheit Halimundas. Und wären Wahlen angestanden, hätte die Kommunistische Partei locker gewonnen. Halimunda war eine rote Stadt, und selbst der Bürgermeister und das Militär ließen sie gewähren.

Man kann sagen, dass die Kommunistische Partei in den zwei Jahren unter der Führung Genosse Kliwons eine goldene Ära erlebte. Den Genossen war es sogar gelungen, die Schulen, einschließlich der Kindergärten und der Schulen für Behinderte, davon zu überzeugen, die Internationale in die Lehrpläne aufzunehmen sowie die Bilder von Marx und Lenin in einer Reihe mit den Gemälden der Nationalhelden vergangener Zeiten in den Klassenzimmern aufzuhängen. Und am Tag der Unabhängigkeit – man erinnere sich, dass dieser in Halimunda auf den 23. September fiel – waren ihre Aufmärsche immer die feierlichsten bei den Paraden, und während sich die Einwohner der Stadt in Scharen entlang der Straßen drängten, skandierten sie revolutionäre Parolen. Einige Genossen lasen sogar Verse aus *Sama Rata Sama Rasa*, das Gleichberechtigungsepos, das der Schriftsteller und Journalist Marco Kartodikromo etliche Jahre zuvor geschrieben hatte.

Adinda stellte sich Demonstrationen immer wie die feierlichen Aufmärsche der Kommunisten vor. Jahre später sollte ihr auffallen, dass sie nach dem Verbot der Kommunistischen Partei keine solchen Umzüge mehr in den Straßen erlebt hatte, und selbst wenn ein Umzug stattfand, dann war er längst nicht so ausgelassen und feierlich wie die der Kommunisten. Üblicherweise befand sich Genosse Kliwon in der Mitte ihres Aufmarschs, in einem offenen Wagen und mit der Arbeiterkappe auf dem Kopf, die er von Genosse Salim bekommen hatte. Er winkte in die Menge, und die jungen Frauen am Straßenrand schrien hysterisch.

Die gegnerischen Parteien waren fassungslos angesichts dieses unglaublichen Phänomens und beteten, dass in absehbarer Zeit keine Wahlen abgehalten würden. Andere Parteien gaben sich als revolutionäre Verbündete aus, wobei sie in Wirklichkeit nur auf einen günstigen Moment warteten, um den Kommunisten hinterrücks einen Dolchstoß zu versetzen. Doch der Erfolg war nicht von ungefähr gekommen, vielmehr waren ihm zwei Jahre harter Arbeit vorausgegangen. Es gab Gerüchte, nach denen Genosse Kliwon bereits zwei mysteriöse Mordanschläge überlebt hatte. Beim ersten Mordversuch stach ihn eines Nachts ein Angreifer aus dem Nichts nieder und verschwand, ohne Spuren zu hinterlassen. Ein anderer Unbekannter hatte eine Handgranate durch das Fenster seines Schlafzimmers geworfen. Doch Kliwon überlebte beide Anschläge unbeschadet und erklärte öffentlich, dass er den Attentätern verziehen hatte. In seinen Augen hatten diese schlichtweg die Ideale des Kommunismus noch nicht verstanden, jene Ideale also, die sich gerade gegen die Knechtschaft des Menschen durch den Menschen richteten. In der Folge stieg nicht nur das Ansehen Genosse Kliwons, sondern auch das der gesamten Partei deutlich an, bis selbst kleine Kinder ihn verehrten.

Seine übermäßigen politischen Aktivitäten beunruhigten seine Mutter Mina sehr. Für sie waren die ganze Propaganda und die Aufmärsche nichts anderes als närrisches Spektakel ohne Sinn und Zweck. Natürlich dachte sie dabei an ihren Mann, der von den Japanern hingerichtet worden war. Manchmal beobachtete Mina ihren Sohn, wenn er vor Tausenden von Menschen eine Rede hielt und Parolen rief wie »Nieder mit den Landbesitzern!«. Nach einem leidenschaftlichen Echo aus der Menge fuhr er mit seinen Verwünschungen fort und dehnte sie auf Geldverleiher und Fabrikbesitzer aus sowie auf Bootseigner, Plantagenbetreiber und Eisenbahngesellschaften. Natürlich verfluchte er Amerika und die Niederlande und den Neokolonialismus, und er tat dies mit einer solchen Eloquenz, als soufflierte Gott persönlich ihm die Sprüche ins Ohr.

Jedes Mal, wenn Genosse Kliwon sie besuchte, sagte Mina zu ihrem Sohn, dass es nicht ratsam war, sich allzu viele Feinde zu schaffen. »Ein einziger Freund ist zu wenig, aber ein einziger Feind ist zu viel«, sagte sie sorgenvoll. »Und du hast jetzt schon viele Leute gegen dich aufgebracht.« Genosse Kliwon beruhigte seine Mutter, ihm würde nicht das Gleiche widerfahren wie seinem Vater; und dann lächelte er, trank den Tee, den seine Mutter für ihn zubereitet hatte, und legte sich hin.

Die Sorge Minas schlug in blanke Wut um, als eines Tages auf Drängen der Kommunistischen Partei hin eine Gruppe Jugendlicher ins Militärgefängnis geworfen wurde. Shodancho hatte dem Drängen nachgegeben, entsprach ein solches Vorgehen doch auch der nationalen Politik. Mina lief ins Parteibüro, stellte sich vor ihren Sohn und machte ihrer Wut Luft. Die Jugendlichen hatten eine Feier in ihrer Schule veranstaltet, und ihr einziges Vergehen war es gewesen, auf die Bühne gestiegen zu sein, Rock 'n' Roll gespielt und gesungen zu haben. »Das kann ich nicht zulassen!«, schrie sie ihren Sohn im voll besetzten Parteibüro an. »Hast du früher etwa nicht solche Lieder zu deiner Gitarre gesungen? Habt ihr das nicht alle gemacht? Und jetzt sollen die Jungs dafür ins Militärgefängnis wandern?«

Genosse Kliwon, durch die Parteidisziplin unnachgiebig geworden, gab sich seiner Mutter gegenüber kühl. Er beschwichtigte sie nur, bevor er sie hinaus auf den Gehsteig der Hauptstraße begleitete und einen Rikscha-Fahrer bat, sie nach Hause zu fahren.

Genosse Kliwon ging allerdings noch weiter. Er übte verstärkt auch Druck auf den Stadtrat, das Militär und die Polizei aus, damit man die Schallplatten mit der den Geist zersetzenden westlichen Musik beschlagnahmte und jeden ins Gefängnis warf, der sie auch zu Hause abspielte. »Nieder mit Amerika, und verflucht sei seine falsche Kultur!«, rief er bei jeder Gelegenheit aus. Im Gegenzug dazu begann die Partei nun, massiv Volkskunst zu unterstützen – wobei neben Geld und Naturalien auch Parteipropaganda abgegeben wurde. So kam es, dass die Volkskünste, die zu Zeiten der Königreiche oder der Kolonialherrschaft noch als subversive Kunstformen gegolten hatten, nun den Einwohnern Halimundas zur Unterhaltung dienten. Zum Jahrestag der Parteigründung wurde etwa eine Adaption des Sintren-Tanzes geboten, bei dem sich ein hübsches Mädchen in einem Hühnerkäfig versteckte, um kurz darauf, noch hübscher zurechtgemacht und mit Hammer und Sichel in den Händen, wieder herauszusteigen, von den Zuschauern heftig applaudiert. Bei den ebenfalls stattfindenden Kuda-Lumping-Auftritten schluckten die mitwirkenden Tänzer in Trance nicht mehr nur Glasscherben oder zersplitterte Kokosnussschalen, sondern auch amerikanische Flaggen und Bruchstücke der unerwünschten Rock-'n'-Roll-Schallplatten.

Indem er die Partei im Zeitraum von nur zwei Jahren so groß gemacht hatte, zog Genosse Kliwon die Aufmerksamkeit der Parteispitzen in der Hauptstadt auf sich. Es hieß, man habe ihn aufgefordert, sich dem Politbüro anzuschließen, und er galt als vielversprechender Kandidat für eine Mitgliedschaft im Zentralkomitee der Kommunistischen Partei Indonesiens. Eine glänzende politische Karriere schien ihm beschieden zu sein, aber all diese Angebote, darunter auch die Mitgliedschaft in der Komintern, lehnte Genosse Kliwon mit einer nicht nachvollziehbaren Sturheit ab. Er kämpfe nicht für eine glänzende politische Karriere, sagte er; er kämpfe, um den Kommunismus auf dem Boden Halimundas zum Wachsen und Gedeihen zu bringen, und aus diesem Grunde wolle er diese Stadt nicht verlassen.

Inzwischen befand er sich seit zwei Stunden in Adindas Gesellschaft auf der Veranda und wartete auf seine Morgenzeitungen. »Ein komischer Oktoberanfang ist das«, klagte er vor sich hin und lamentierte weiter: »Vielleicht ist der Junge gegen einen Baum gefahren.« Das Ausbleiben der Zeitungen brachte ihn auf, als hätte er gewusst, dass im Zuge dessen etwas weitaus Schrecklicheres folgen würde.

Einige Genossen waren nach und nach zurückgekehrt und berichteten von den Demonstrationen in den Straßen. Demnach schien das Militär auf allen Seiten für den Einsatz gerüstet zu sein, sämtliche Einheiten in der Stadt waren mobilisiert worden und standen auf den Straßen bereit. Die Soldaten standen unter direktem Befehl Shodanchos, der von seinem persönlichen Hass auf Genosse Kliwon getrieben wurde.

»D. N. Aidit wurde festgenommen«, berichtete ein Genosse.

»Njoto wurde hingerichtet«, meldete ein anderer.

»D. N. Aidit hat sich mit dem Präsidenten getroffen.«

Die Meldungen steckten voller Widersprüche, und die einzig verfügbare Informationsquelle blieb das Radio, dem man jedoch keinen Glauben schenken konnte, da seit dem frühen Morgen immer wieder die gleiche Nachricht zu hören war, als würde immer wieder ein und dieselbe Tonbandaufnahme abgespielt werden: »Ein Putschversuch der Kommunistischen Partei wurde dank dem raschen Einschreiten des Militärs vereitelt, die Armee hat zur Rettung des Landes vorübergehend die Macht übernommen.« Eine aktuelle Meldung lautete: »Der Präsident befindet sich unter Hausarrest.« Es blieb verworren.

»Tu etwas«, sagte Adinda.

»Was denn?«, fragte Genosse Kliwon. »Es gibt keine Anweisungen aus der Sowjetunion oder China.«

Die Genossen planten, die Demonstrationen und Streiks zunächst bis in die Nacht und den nächsten Tag und dann bis auf unbestimmte Zeit auszudehnen. Während sich die Veteranen der Volksarmee auf den Kampf gegen die regulären Truppen vorbereiteten und überall Suppenküchen eingerichtet wurden, bewegte Genosse Kliwon sich immer noch nicht vom Fleck. Als Adinda ging, saß er weiterhin auf der Veranda und wartete auf seine Zeitungen.

»Vielleicht kommen sie morgen«, sagte Genosse Kliwon schließlich, als es bereits Nacht geworden war. Es klang wie ein Gutenachtgebet oder eine Art Abschiedsgruß für Adinda, und darauf ging er in sein Schlafzimmer und legte sich schlafen.

Am nächsten Morgen machte Adinda wie immer das Frühstück für ihre Mutter, die noch nicht aus Mama Kalongs Bordell nach Hause zurückgekehrt war, und ging los, um nach den Demonstrationen zu sehen. Dann machte sie sich mit Frühstück eilig auf den Weg zum Parteibüro. Dort auf der Veranda saß bereits Genosse Kliwon mit einer Tasse Kaffee in der Hand. »Wie gehts, Genosse?«

»Schlecht«, erwiderte Genosse Kliwon, »sie sind immer noch nicht da.«

»Iss etwas, gestern hast du den ganzen Tag über nichts gegessen.« Adinda stellte das Frühstück zwischen sich und Kliwon auf den Tisch.

»Ich kann nichts essen, wenn die Zeitungen nicht da sind.«

»Ich schwöre dir, sie werden auch heute nicht kommen«, sagte Adinda. »Seit gestern sprechen alle davon, dass das Militär verboten hat, Zeitungen zu veröffentlichen.«

»Die Zeitungen gehören nicht dem Militär.«

»Ihm gehören aber Waffen«, sagte Adinda. »Und seit wann bist du eigentlich so ein Trottel?«

»Dann kommen sie aus dem Untergrund«, beharrte Genosse Kliwon. »So läuft das normalerweise.«

Am Vormittag wurden erneut Krisensitzungen abgehalten. Es häuften sich Meldungen, nach denen sich antikommunistische Gruppen ebenfalls auf den Straßen formierten. Ein Bürgerkrieg, wie man ihn einst zwischen den verfeindeten Soldaten und Preman befürchtet hatte, drohte nun wirklich auszubrechen: Die Akteure waren diesmal die Kommunisten und ihre Gegner. Militär und Polizei versuchten, die beiden Lager unter Kontrolle zu halten, um den Ausbruch des Bürgerkriegs noch abzuwenden, konnten jedoch einzelne Ausschreitungen oder das Werfen von Molotowcocktails nicht verhindern. Dann flogen die ersten Steine, und weitere Krisensitzungen fanden statt.

»Das ganze Durcheinander hat damit angefangen, dass die Zeitungen nicht gekommen sind«, sagte Genosse Kliwon.

»Sei nicht albern«, sagte Karmin. »All das passiert, weil vor zwei Tagen sieben Generäle ermordet worden sind.«

»Warum kannst du an nichts anderes denken als an diese Zeitungen?« Genosse Yono konnte sich die Frage schließlich nicht verkneifen.

»Weil die Russische Revolution nicht erfolgreich gewesen wäre, wenn die Bolschewiken keine Zeitung gehabt hätten.«

Dies war bislang die sinnreichste Erklärung, und so ließen die Männer ihren Freund ein weiteres Mal in Gesellschaft Adindas auf der Veranda sitzen und warten.

Gegen Mittag hatten die Antikommunisten deutlich zugelegt und posaunten das heraus, was seit dem Vortag im Radio zu hören war, nämlich dass die Kommunisten einen Putschversuch unternommen hatten.

Genosse Kliwon, der seinen Sinn für Humor nicht verloren hatte, bemerkte: »Sie putschen und verbieten ihre eigenen Zeitungen.«

Um ein Uhr mittags kam es schließlich zum ersten großen Zusammenstoß. Ein Steinwurf wuchs sich zu einem blutigen Gemetzel aus. Die Männer auf beiden Seiten setzten ihre Waffen ein, und das überfüllte Krankenhaus geriet an seine Kapazitätsgrenzen. Die Partei richtete Notfallposten ein, in denen Adinda und andere freiwillige Helfer alle Hände voll zu tun hatten. Nur Genosse Kliwon rührte sich nicht.

Immer mehr Verletzte strömten ins Parteibüro, und in allen Räumen herrschte großer Tumult. Doch noch war in Halimunda niemand ums Leben gekommen, weder ein Kommunist noch ein Antikommunist. Aus Jakarta aber wurden Massaker an Kommunisten gemeldet. Demnach waren rund einhundert Menschen getötet und viele andere festgenommen und ins Gefängnis gesperrt worden. Hunderte von Kommunisten waren in Ostjava ums Leben gekommen, und auch in Zentraljava gab es erste Massaker. Die Männer im Parteibüro beschlich allmählich die böse Ahnung, dass Halimunda nicht verschont bleiben würde.

Schließlich gab es am Nachmittag den ersten Toten. Der erste Kommunist, der in Halimunda gewaltsam ums Leben kam, war ein Veteran des Revolutionskrieges namens Mualimin. Er gehörte zu jenen Genossen, die der Partei treu ergeben waren. Er beherrschte die kommunistische Ideologie in Theorie und Praxis und war ein wahrer Kämpfer, der praktisch seit der Kolonialzeit bis hinein in die neoliberale Ära für die Sache gekämpft hatte. So etwa formulierte es Genosse Kliwon in seiner kurzen Ansprache bei der Bestattung Mualimins, die unmittelbar nach dessen Tod stattfand. Mualimin war muslimischer Kommunist gewesen. Er hatte immer den Wunsch gehegt, im Kampf zu sterben, denn für ihn gehörte dies zum Dschihad. Er hatte vor vielen Jahren bereits in seinem Testament verfügt, dass er, falls er im Kampf starb, als Märtyrer bestattet werden sollte. Aus diesem Grund wurde sein Leichnam nicht gewaschen, er wurde lediglich mit Gebeten bedacht und anschließend begraben, komplett bekleidet und über und über mit Blut besudelt. Er war während eines bewaffneten Scharmützels am Flussufer von einem Soldaten der regulären Truppen erschossen worden und sollte an diesem Nachmittag der einzige Tote bleiben. Mualimin hinterließ lediglich eine Tochter von einundzwanzig Jahren namens Farida. Vater und Tochter hatten sich seit dem Tod der Mutter einige Jahre zuvor sehr nahegestanden. Während alle anderen nach und nach den Friedhof verließen, blieb Farida noch am Grab ihres Vaters. Man versuchte, sie dazu zu bewegen, nach Hause zu gehen, doch sie rührte sich nicht. Schließlich ließ man sie allein zurück.

Auch Kriegswirren können romantische Liebesgeschichten hervorbringen.

Wärter des öffentlichen Friedhofs Budi Dharma und Totengräber in einer Person war ein junger Mann von zweiunddreißig Jahren namens Kamino. Er übte seine Ämter aus, seit er sechzehn Jahre alt und sein Vater an Malaria gestorben war. Als Einzelkind hatte er das berufliche Erbe seines Vaters angetreten, so wie es in seiner Familie seit Generationen, vermutlich seit seinem Ururgroßvater, üblich war. Denn abgesehen davon, dass Kaminos Familie lange schon im Umgang mit den Gräbern vertraut war, fand sich niemand anderes, der diesen Beruf hätte ausüben wollen. Von klein auf an die Einsamkeit des Ortes gewöhnt, hatte Kamino keinerlei Schwierigkeiten damit gehabt, die Aufgaben seines Vaters zu übernehmen. Er hob ein Grab so schnell aus wie eine Katze, die sich ein Loch im Sand für ihren Haufen scharrte. Allerdings brachte die Arbeit ein anderes, ziemlich ernstes Problem mit sich: Kein Mädchen wollte ihn heiraten, denn kein Mädchen wollte auf dem Friedhof leben.

Tatsache war, dass der Großteil der Leute in Halimunda abergläubisch war. Sie glaubten noch daran, dass sich Teufel und Dämonen und was es sonst noch an übernatürlichen Wesen geben mochte, auf dem Friedhof herumtrieben und mit den Geistern der Verstorbenen zusammenlebten. Und sie glaubten daran, dass mit diesen Wesen auch die Totengräber eng zusammenlebten. Kamino war sich seiner schwierigen Situation bewusst und hatte nie um eine junge Frau zu werben versucht. Sein Umgang mit anderen Menschen beschränkte sich auf die Tage, an denen die Beerdigungen stattfanden. Sonst hielt Kamino sich meist in seinem Haus auf, ein altes, feuchtes Gebäude aus Beton im Schatten eines großen Banyanbaums. Die Beschäftigung, der er am liebsten nachging und die ihm eine gewisse Unterhaltung in seinem ansonsten einsamen Leben bot, war Jailangkung. Das hieß, er rief die Geister der Toten und unterhielt sich mit ihnen über alle möglichen Dinge. Diese Begabung wurde in seiner Familie ebenfalls von Generation zu Generation vererbt.

Aber nun bebte sein Herz zum allerersten Mal, als er die junge Frau erblickte, die dort reglos am Grab ihres Vaters kniete. Die junge Frau war Farida. Nachdem es niemand geschafft hatte, ihr gut zuzureden, versuchte es Kamino, indem er ihr klarmachte, dass der Friedhof nachts der kühlste Ort in der ganzen Stadt sei und es daher am besten wäre, wenn sie nach Hause ginge. Doch das beeindruckte die junge Frau keineswegs. Also versuchte er, ihr zu erklären, dass es da Jins und böse Geister geben könne, musste aber bald einsehen, dass sie sich auch davon nicht abschrecken ließ. Sein Herz quoll über, und im Stillen betete Kamino, dass die Frau ihren Dickkopf behalten und nicht nach Hause gehen würde, damit er an diesem Ort endlich, nach all den Jahren, eine Gefährtin hätte.

Der öffentliche Friedhof Budi Dharma maß etwa zehn Hektar und erstreckte sich parallel zum Meeresufer; eine Kakaoplantage trennte ihn von den Wohnhäusern der Fischer. Er war erst während der Kolonialzeit errichtet worden und bot noch etliche freie, lediglich mit hohem Gras bewachsene Grabstätten, über die die heftigen Brisen vom Meer ungehindert hinwegbliesen. Als die Nacht hereinbrach, näherte sich Kamino ein weiteres Mal der jungen Frau, diesmal mit einer brennenden Laterne, die er auf dem Grabstein abstellte.

»Wenn du schon nicht nach Hause gehen willst«, sagte Kamino zu Farida, ohne es zu wagen, ihr ins Gesicht zu sehen, »dann kannst du in meinem Haus übernachten, als mein Gast.«

»Danke sehr, aber ganz allein und so spät in der Nacht gehe ich nicht in fremde Häuser.«

Während die Nacht zunehmend frostiger wurde, wollte die junge Frau also dort ohne Matte oder Decke auf der sandigen Erde sitzen bleiben. Da Kamino das Gefühl hatte, Farida zu stören, ließ er sie schließlich allein, ging ins Haus und bereitete sich sein Abendessen zu. Dann tauchte er mit einem Teller für sie wieder auf.

»Du bist wirklich freundlich«, sagte Farida.

»Das gehört zu den Aufgaben eines Totengräbers.«

»Bestimmt bleiben nicht viele Leute am Grab, bis du ihnen Abendessen bringst.«

»Aber viele Geister der Toten sind hungrig.«

»Hast du denn mit den Toten zu tun?«

Für Kamino war diese Frage ein Hoffnungsschimmer, sich dieser Frau nähern zu können. Er sagte: »Ja, ich könnte auch den Geist deines Vaters rufen.« Und so kam es dann auch. Mithilfe des Jailangkung rief Kamino den Geist Mualimins und ließ den alten Veteranen in seinen Körper fahren. Nun war er Mualimin, sprach mit der Stimme Mualimins und begegnete als Mualimin dessen Tochter Farida. Diese schien sich außerordentlich darüber zu freuen, noch einmal die Stimme ihres Vaters hören zu können, so wie an jedem anderen Abend zuvor. Sie hatten es sich zur Gewohnheit gemacht, sich nach dem Abendessen noch eine Weile zu unterhalten, bevor sie zum Schlafen auf ihre Zimmer gingen. Und nun, nach dem Abendessen, das ihr diesmal Kamino gebracht hatte, fand sich Farida im Gespräch mit ihrem Vater wieder, als wäre der Tod nie eingetreten. Als ihr dieser Umstand wieder bewusst wurde, sagte sie: »Aber du bist doch tot, Vater.«

»Nun werde nicht neidisch«, antwortete der Vater, »du wirst früher oder später schon noch drankommen.«

Die Unterhaltung hatte die junge Frau erschöpft, vor allem da sie bereits seit Stunden auf dem Friedhof war, und schließlich schlief sie ein. Darauf beendete Kamino sofort das Jailangkung und ging zurück ins Haus, um eine Decke zu holen. Mit den zärtlichen Handbewegungen eines vor Liebe trunkenen Verehrers deckte er Farida behutsam zu und betrachtete ihr Gesicht, auf dem im flackernden Schein der Laterne die Schatten tanzten. Nachdem er sich versichert hatte, dass Farida unter der Decke gut geschützt war und die Laterne bis zum Morgen Licht spenden würde, ging Kamino zurück ins Haus und versuchte vergeblich zu schlafen. Er dachte die ganze Nacht an Farida und schlief erst ein, als die ersten Morgenstrahlen durch die Blätter des Frangipanibaumes drangen.

Um halb zehn wurde er von Gewürzdüften aus der Küche aufgeweckt. Schlaftrunken, wie er war, stieg er aus seinem Bett und ging in Richtung Küche, wo eine junge Frau eine dampfende Schüssel auf den Esstisch platzierte.

»Ich habe etwas für dich gekocht«, sagte die Frau.

Es war Farida. Er war sprachlos.

»Nimm erst einmal ein Bad«, sagte Farida, »oder wasch dir wenigstens dein Gesicht. Wir essen zusammen.«

Wie unter Hypnose ging er ins Badezimmer, vergaß beinah, das Handtuch mitzunehmen, und nahm ein schnelles Bad. Als er wieder aus dem Badezimmer kam, saß Farida bereits am Esstisch und erwartete ihn. Der Reis dampfte noch. In der Schüssel konnte er eine Kohlsuppe mit Möhren und Makkaroni ausmachen. Auf einem Teller entdeckte er frittierten Tempeh, und auf einem anderen lagen in schmale Streifen geschnittene und kross gebratene Filets vom Fliegenden Fisch.

»Das habe ich alles in der Küche gefunden.«

Kamino nickte. An diesem Tag war einfach alles wie verzaubert. Er hatte seit vielen Jahren, seit seine beiden Eltern gestorben waren, nicht mehr in Gesellschaft eines anderen Menschen gegessen. Und da saß er nun mit einer jungen Frau, in die er sich am Vortag insgeheim verliebt hatte. Sein Herz machte Luftsprünge, und er aß Bissen für Bissen, ohne zu wagen, sie anzusehen. Nur ab und zu trafen sich ihre Blicke, und dann lächelten sie verlegen, wie Sünder, die man auf frischer Tat ertappt hatte. Sie saßen am Esstisch wie Mann und Frau, oder mehr noch, wie ein glückliches, frischvermähltes Brautpaar.

Diese junge Liebesgeschichte wurde durch den arbeitsreichen Vormittag überschattet. Fünf Menschen, vier Kommunisten und ein Antikommunist, waren bei einem Zusammenstoß ums Leben gekommen, und Kamino musste sie alle begraben. Ihm wurde rasch klar, dass die Zahl der Leichen, die er zu begraben hatte, noch steigen würde, und er ahnte, dass die letzten Tage der Kommunistischen Partei angebrochen waren. Das sagte ihm allein schon das Zahlenverhältnis dieser Toten. Er hob fünf neue Gräber aus, vier in einem Winkel für die Kommunisten und eines in einem anderen Winkel für gewöhnliche Bürger. Fünf Menschen waren tot, und ihre jeweiligen Angehörigen, die ihre Gräber beweinten, sowie die kurzen Ansprachen von Parteigrößen beanspruchten an diesem Nachmittag recht viel von Kaminos Zeit. Während er alle Hände voll zu tun hatte, wich Farida, wie am Tag zuvor, nicht vom Grab ihres Vaters.

»Ich gehe mit dir jede Wette ein«, sagte Kamino zu Farida, als er nach getaner Arbeit zurück zum Haus ging, um ein Bad zu nehmen. »Morgen sind zehn Kommunisten tot.«

»Wenn es zu viele werden«, gab Farida zurück, »begrab sie doch einfach in einem Massengrab. Am siebten Tag sterben vielleicht neunhundert Kommunisten, und du kannst unmöglich so viele Gräber ausheben.«

»Ich hoffe nur, dass deren Kinder nicht so unvernünftig sind wie du«, sagte Kamino. »Um sie satt zu machen, müsste ich direkt ein Bankett ausrichten.«

»Dürfte ich heute Nacht dein Gast sein?«

Von dieser Frage völlig überrumpelt, antwortete Kamino lediglich mit einem Nicken. Farida bereitete ihr Abendessen zu, und nach dem Essen spielten sie ein weiteres Mal Geisterrufen. Natürlich riefen sie wieder den Geist Mualimins, und Farida plauderte wieder mit ihrem Vater, bis es neun Uhr und Zeit zu schlafen war. Farida bekam das Zimmer, in dem früher Kaminos Eltern geschlafen hatten, während er selbst auf das Zimmer ging, das er schon seit frühster Kindheit bewohnte.

Am nächsten Tag stellte sich heraus, dass Kamino mit seiner Annahme ziemlich richtiggelegen hatte. Am frühen Morgen waren zwölf Kommunisten ums Leben gekommen. Dieses Mal gab es keine Ansprachen seitens der Parteiführer, denn die Lage hatte sich weiter zugespitzt. Es gab Gerüchte, nach denen D. N. Aidit und die Führer der Kommunistischen Partei in der Hauptstadt nun tatsächlich verhaftet und hingerichtet worden waren. Auch Kaminos Ahnung schien sich zu bewahrheiten, dass die letzten Tage der Kommunistischen Partei angebrochen waren. Die zwölf Leichen der Kommunisten waren in einem Lastwagen transportiert und einfach auf dem Friedhof abgeladen worden. Ihre Namen blieben unbekannt. Zunächst hob Kamino eine Grube nur für diese zwölf Toten aus, doch das war erst der Anfang. Am Mittag kam der Militärlastwagen zurück, und die Soldaten luden weitere acht Leichen ab. Am Nachmittag bekam Kamino nochmals sieben Leichen.

Derweil saß Farida am Grab ihres Vaters. Und am Abend war sie Kaminos Gast. Dies setzte sich die folgenden sieben Tage fort.

Nachdem der Großteil der Sympathisanten der Kommunistischen Partei Hals über Kopf geflohen war, hielten noch etwa eintausend

Kommunisten am Ende der Jalan Merdeka die Stellung. Einige hielten Waffen aus dem vergangenen Krieg in Händen, dazu einen kärglichen Rest Munition. Einen Tag und eine Nacht waren sie inzwischen eingekesselt, hungrig und durstig, aber Aufgeben kam für sie nicht infrage. Sämtliche Geschäfte der Gegend waren zerstört, die Anwohner des Viertels längst geflohen. Schwer bewaffnete Soldaten der regulären Truppen hatten die Kommunisten aus beiden Richtungen der Straße eingekeilt, und der Kommandeur hatte die Demonstranten aufgefordert, sich aufzulösen, und ihnen mit durchdringender Stimme mitgeteilt, dass die Kommunistische Partei im ganzen Land nach ihrem gescheiterten Putschversuch zerschlagen sei. Doch die mehr als tausend Kommunisten blieben standhaft.

Am Nachmittag feuerten einige unter ihnen sogar Schüsse in Richtung der Soldaten ab. Keine der Kugeln traf. Der Kommandeur verlor schließlich seine Geduld und gab den Befehl, zu schießen. Vom Kugelhagel aus beiden Richtungen eingeschlossen stürzten mehr und mehr Genossen auf die Straße. Diejenigen, die noch nicht getötet worden waren, liefen panisch umher, brachten sich gegenseitig zu Fall oder trampelten andere nieder, bevor sie am Ende doch einer nach dem anderen von den Kugeln getötet wurden. Am späten Nachmittag waren eintausendzweihundertzweiunddreißig Kommunisten tot. Sie waren in einem kurzen Massaker ums Leben gekommen, das der Geschichte der Kommunistischen Partei dieser Stadt und des ganzen Landes ein Ende setzte.

Die Leichen wurden auf Lastwagen geworfen, bis sie sich stapelten wie bei einem Schlachthaustransport. Eine ganze Kolonne solcher Lastwagen, voll beladen mit Leichen, bewegte sich auf Kaminos Haus zu. Das war schließlich der Höhepunkt der arbeitsreichen Tage des Totengräbers. Die Grube, die er ausheben musste, um die Toten zu begraben, war derart groß, dass er in der Nacht nicht damit fertig wurde und es erst am nächsten Morgen mit der Hilfe einiger Soldaten geschafft hatte. Er hoffte, dass die Kommunisten aufgaben, sodass keine weiteren Leichen zum Friedhof gebracht werden würden und er sich ausruhen konnte. Während all dieser Zeit war Farida bei ihm geblieben, sie bereitete das Essen zu und wachte am Grab ihres Vaters.

An jenem Morgen, nachdem die Soldaten mit ihren Lastwagen den Friedhof verlassen hatten und die eintausendzweihundertzweiunddreißig Leichen der Kommunisten in ihrem riesigen Massengrab begraben worden waren, näherte sich der völlig übermüdete, jedoch entschlossene Kamino seinem seit einer Woche bei ihm verweilenden Gast Farida und sprach: »Willst du nicht meine Frau werden und mit mir zusammenleben?«

Farida wusste, dass dieser Mann ihre Bestimmung war. So gingen sie an diesem Morgen, nachdem sie ein Bad genommen und ordentliche Kleider angezogen hatten, zu einem Geistlichen und baten ihn um ihre Trauung. Und noch am gleichen Tag wurden sie Mann und Frau und traten ihre Flitterwochen in Faridas Elternhaus an.

Das bedeutete, dass es an jenem Tag keinen Totengräber gab, was allerdings kein Problem war. Die Soldaten hatten inzwischen genug davon, die Leichen der Kommunisten zum Friedhof zu bringen und dem Totengräber dabei helfen zu müssen, Massengräber auszuheben. Immerhin hatten überwiegend die Antikommunisten getötet, mit Macheten, Schwertern, Sicheln und allem, was sich dazu eignete, und die Toten einfach am Straßenrand liegen gelassen, bis sie verwesten. Die Stadt Halimunda war bald mit Leichen übersät, sie lagen verstreut in den Straßengräben, vor allem in den Außenbezirken, am Fuß der Berge und an den Flussufern, auf den Brücken und in den Büschen. Die meisten waren bei ihrem Versuch zu fliehen getötet worden.

Doch nicht alle. Einige hatten sich schließlich ergeben und waren darauf ins Gefängnis geworfen worden. Ein großer Teil kam nach Bloedenkamp, in das meistgefürchtete Gefängnis, das seit der Kolonialzeit bestand und im Delta lag. Es gab Verhöre, die viele Stunden dauerten und mit dem Versprechen endeten, dass sie am nächsten Tag fortgesetzt werden würden. Viele der Gefangenen starben schließlich in der Gefangenschaft, an den Folgen von Hunger oder von Schlägen mit dem Gewehrkolben. Man machte Jagd auf jene Kommunisten, die sich noch auf freiem Fuß befanden, um auch sie zu töten oder gefangen zu nehmen, selbst wenn sie in den Urwald oder aufs Meer geflohen waren.

Doch der Meistgesuchte blieb Genosse Kliwon.

Shodancho stellte eine Sondereinheit auf, die ihn lebendig oder tot fassen sollte.

Genosse Kliwon saß nach wie vor in Gesellschaft Adindas und einer Tasse Kaffees auf der Veranda des Parteibüros, als die Männer der Sondereinheit kamen. Doch sie bemerkten die beiden nicht. Sie drangen, gefolgt von einem Mob von Antikommunisten, ins Haus ein und schlugen alles kurz und klein, rissen das Bild von Karl Marx von der Wand und verbrannten es am Straßenrand zusammen mit der Parteifahne, Hammer und Sichel und sämtlichen Büchern aus der Bibliothek. Nur die Bücher über Silat-Kampfkunst blieben von den Flammen verschont, sie wurden von Shodancho, der die Sondereinheit zu seinem größten Vergnügen persönlich anführte, für seine Zwecke in Sicherheit gebracht. Die Kampfkunstbücher füllten zwei Kartons und wurden direkt in seinen Jeep verladen. All das geschah vor den Augen Genosse Kliwons und Adindas, die sich verwundert fragten, warum man sie nicht beachtete.

Dann eilten die Soldaten zum öffentlichen Friedhof, da jemand gemeldet hatte, Genosse Kliwon verstecke sich dort. Aber als sie dort ankamen, war er nicht da. »Er ist geflohen«, sagte einer der Soldaten. Der Friedhof war menschenleer, denn auch der Totengräber war nicht anwesend. Als Nächstes ging es zu Minas Haus, weil Shodancho inzwischen eine entsprechende Meldung zu Ohren gekommen war. Aber natürlich war Genosse Kliwon nicht dort. Mina wurde ausgiebig verhört und blieb dabei, dass sie Genosse Kliwon seit einer Woche nicht mehr gesehen habe.

Als die Sondereinheit ihr Haus verlassen hatte, sagte Mina zu sich selbst: »So ein dummer Junge, er sollte längst wissen, dass alle Kommunisten vor dem Erschießungskommando enden.«

Ein Mann kam hastig angerannt, um Shodancho zu sprechen. Er gab an, Genosse Kliwon zusammen mit einem Mädchen gesehen zu haben, wie sie mit einem Boot hinaus aufs Meer flohen. Mit wachsendem Verdruss, diesen Mann einfach nicht zu fassen zu bekommen, und von ewigen Rachegelüsten getrieben, befahl Shodancho seinen Soldaten sofort, die Verfolgung auf dem Meer aufzunehmen. Die Männer brausten los, doch das Einzige, was sie fanden, war ein unbemanntes Boot, das, von Wellen und Wind umspielt, auf dem Wasser schaukelte. Von den Flüchtenden keine Spur. Shodancho wollte nichts unversucht lassen und befahl drei seiner Männer, an dieser Stelle zu tauchen, doch sie kehrten enttäuscht an Land zurück.

Um seinen Durst nach Rache zu stillen, verhörte Shodancho einige wichtige Parteigrößen, deren sie erfolgreich hatten habhaft werden können. Einhellig gaben sie an, Genosse Kliwon das letzte Mal auf der Veranda gesehen zu haben, wo er auf seine Zeitungen wartete. Shodancho fühlte sich zum Narren gehalten und führte die Männer hinter das Gebäude des Militärgefängnisses, wo er sie mit seiner eigenen Pistole einen nach dem anderen hinrichtete.

Gerüchte kamen auf, nach denen Genosse Kliwon übernatürliche Kräfte besaß und an mehreren Orten gleichzeitig erscheinen oder sich in viele Persönlichkeiten spalten konnte und damit alle hinters Licht führte.

Doch schließlich wurde auch er gefasst. Shodancho, inzwischen völlig frustriert, führte seine Einheit zurück zum Parteibüro am Ende der Jalan Belanda, um von dort aus Genosse Kliwons Spuren Schritt für Schritt nachzuverfolgen. Und da sah er ihn plötzlich, auf der Veranda und in Begleitung seiner eigenen Schwägerin auf die Zeitungen wartend, genauso wie es die soeben erst hingerichteten Männer gestanden hatten. Es war bereits Nachmittag, und leichter Regen fiel auf die Stadt. Shodancho war es zu peinlich, ihn zu fragen, wo er den ganzen Tag über gesteckt hatte, denn augenscheinlich hatte Genosse Kliwon tatsächlich den ganzen Tag dort gesessen, ohne sich gerührt zu haben.

»Du bist verhaftet, Genosse«, sagte Shodancho, »und du, liebe Schwägerin«, sagte er, an Adinda gerichtet, »gehst jetzt besser nach Hause.«

»Auf welcher Grundlage bin ich verhaftet?«, fragte Genosse Kliwon.

»Der Grund ist, dass du auf Zeitungen wartest, die nie kommen werden«, erwiderte Shodancho mit seinem bitteren Humor. »Das ist das schwerste Verbrechen in dieser Stadt.«

Genosse Kliwon streckte seine Hände nach vorn, und Shodancho legte ihm Handschellen an.

Adinda stand tränenüberströmt da. »Shodancho«, sagte sie, »erlaube mir, mich zu verabschieden, denn vielleicht richtest du diesen Mann hier kurzerhand hin, sobald ihr im Gefängnis angekommen seid.«

»Nur zu«, sagte Shodancho.

Adindas Abschiedsgruß war ein langer Kuss auf Genosse Kliwons Lippen.

Kurz darauf hatte fast jeder in der Stadt von seiner Festnahme gehört, und alle versammelten sich nun schnell, teils noch mit blutbesudelten Händen, auf dem Weg zwischen dem Parteibüro der Kommunisten und der Militärkommandantur. Als hinge jeder von ihnen einer kostbaren Erinnerung an Genosse Kliwon nach, wartete die dicht gedrängte Menge geduldig darauf, diesen Mann noch einmal zu sehen.

Dann erschien Genosse Kliwon. Er ging zu Fuß, mit der ihm verbliebenen Würde. Er hatte sich geweigert, in den Militärjeep zu steigen, daher wurde er auf dem gesamten Weg von mehreren Soldaten eskortiert. Adinda saß bei Shodancho im Jeep, der im Schritttempo hinter diesem kurzen Geleitzug herfuhr, vorbei an den Menschen, die in ehrfürchtigem Schweigen aufgereiht rechts und links am Straßenrand standen. Mit gemischten Gefühlen schauten die Männer und Frauen auf den Mann, der selbst in einem Augenblick wie diesem voller Stolz seine Kappe trug.

Viele unter den Umstehenden waren Freunde aus seiner Schulzeit. Sie fragten sich, wie der klügste und bestaussehende Mann der Stadt das fehlgeleitete Leben eines Kommunisten hatte wählen können. Unter ihnen waren auch junge Frauen, die einmal mit ihm ausgegangen waren, oder die zumindest davon geträumt hatten, und nun dem Mann mit feuchten Augen nachblickten wie ihrem wahren Geliebten, der sie verlassen will.

Der Zorn all dieser Leute löste sich in Luft auf, sobald sie seiner Unerschütterlichkeit gewahr wurden. Er ging aufrechten Schrittes, sein Blick geradeaus gerichtet; nicht als sei er besiegt worden, sondern wie ein Feldherr, der die unerschütterliche Überzeugung ausstrahlte, bald wieder frei zu sein, um in der nächsten Schlacht zu siegen. Die Männer und Frauen, die ihn so sahen, erinnerten sich plötzlich nur an seine guten Eigenschaften und Taten. Er war ein kluger Junge gewesen, freundlich, fleißig bei der Arbeit und höflich gegenüber anderen. Niemand dachte mehr daran, wie er nicht selten für Unruhe gesorgt, Prostituierte geprellt und einen Brandanschlag auf die drei Schiffe Shodanchos verübt hatte.

An seiner Kappe prangte nun ein kleiner roter Stern. Er trug ein Hemd, das seine Mutter für ihn genäht hatte, ein Paar Hosen, die er sich während seines kurzen Universitätsstudiums in der Hauptstadt gekauft hatte, und ein Paar Lederschuhe, von denen er vergessen hatte, wann er sie gekauft hatte.

Er blickte sich zum Jeep um, in der Hoffnung, Adinda zu sehen, konnte sie im Wageninneren jedoch nicht ausmachen. Er suchte die Menschenmenge nach Allamanda ab, entdeckte aber auch sie nicht. Da ihn sonst niemand interessierte, setzte er ruhigen Schrittes seinen

Weg fort. Shodancho warf ihn in eine Zelle hinter der Militärkommandantur und entschied, dass er ohne Prozess am nächsten Morgen um Punkt fünf Uhr hingerichtet werden sollte. Danach begleitete er Adinda zum Haus Dewi Ayus.

Adinda kehrte aber kurz darauf wieder, doch da niemand den zum Tode verurteilten Gefangenen besuchen durfte, blieb ihr schließlich nichts anderes übrig, als Shodancho darum zu bitten, die mitgebrachte Garnitur Kleidung an Genosse Kliwon zu übergeben und diesem zu sagen, er solle sie vor der Hinrichtung am frühen Morgen des nächsten Tages anziehen. Dazu hatte sie Essen für Genosse Kliwon mitgebracht. »Versprich mir, Shodancho«, sagte Adinda, »dass er davon isst. Seit er seine Morgenzeitungen nicht bekommen hat, hat er außer Kaffee und Wasser nichts mehr zu sich genommen.«

Shodancho brachte die Sachen selbst in die Zelle. Genosse Kliwon lag auf der Pritsche, seine Hände hinter dem Kopf verschränkt, und blickte zur Decke.

»Dein Ruf ist in den Augen der Mädchen immer noch nicht ruiniert, Genosse«, sagte Shodancho. »Eins von ihnen lässt dir eine Garnitur Kleider und Essen schicken.«

»Ich weiß, wer es ist«, sagte Genosse Kliwon, »es ist deine Schwägerin.«

Dann hüllte sich Genosse Kliwon, ohne seine Körperhaltung zu verändern, in Schweigen. Im Halbdunkel des Raumes aber lächelte Shodancho, seine kleine Vergeltungsaktion genießend. Hier ist der Mann, sagte er zu sich selbst, der mir die Liebe meiner Frau weggenommen hat und der meine beiden Kinder verfluchte.

»Morgen früh werde ich dich hinrichten lassen.«

Er hatte keine Hinrichtung im Kopf, bei der nur einmal geschossen wird. Er wollte Genosse Kliwon langsam sterben sehen; ihm sollten die Fingernägel einzeln herausgerissen werden, er sollte skalpiert werden, seine Augäpfel ausgestochen, seine Zunge abgeschnitten. Dieser Mann sollte unendlich leiden. Shodancho, völlig von seiner zersetzenden Rachsucht besessen, grinste hämisch.

Genosse Kliwon aber zeigte weiterhin keinerlei Reaktion. Es schien ihn nichts zu kümmern, und das ärgerte Shodancho maßlos. Auf der Pritsche liegend, strahlte dieser lebende Tote eine derartige Autorität aus und wirkte so voller Stolz, als stürbe er als Märtyrer. Er schien mit seinem Lebensweg, den er aus freien Stücken eingeschlagen hatte, zutiefst und ohne jede Reue einverstanden zu sein, auch wenn er nun ein derart unerfreuliches Ende nahm.

Da lag ein riesiger Graben zwischen diesen beiden Männern; zwischen dem einen, der die Macht besaß, dem anderen den Tod zu bringen, und dem anderen, der die letzte Stunde vor dem Tod erwartete. Der Erste litt aufgrund seiner Macht an Unruhe, während der Zweite aufgrund seines Schicksals zur Ruhe fand.

Tatsache war, dass Genosse Kliwon keinen Gedanken an Shodancho verschwendete. Genosse Kliwon war wehmütig versunken in Erinnerungen an die Stadt, die er bald verlassen würde. Wie anstrengend die Revolution doch ist, sagte er zu sich selbst, und das einzig Erfreuliche ist, dass ich das alles los sein werde, ohne dass ich dafür ein Reaktionär oder ein Konterrevolutionär sein muss.

Wer auch immer den Putsch verübt hatte, Genosse Kliwon fand es angemessen, sich bei ihnen zu bedanken. Denn morgen früh würde er vor ein Erschießungskommando treten und sterben, und all das, was ihn erschöpft hatte, würde er zurücklassen. Er machte sich nicht allzu große Sorgen um seine Mutter: Mina war stark und konnte für sich selber sorgen. Bei diesem Gedanken war er erst recht bereit zu sterben, ja beinahe glücklich. Ein leichtes Lächeln umspielte darauf seine Lippen, das Shodancho, der dies aus dem Augenwinkel beobachtete, noch wütender machte.

»Man wird dich um zehn Minuten vor fünf abholen, und um Punkt fünf wird dein Todesurteil vollstreckt werden. Sag, was ist dein letzter Wunsch«, sagte schließlich Shodancho.

»Mein letzter Wunsch ist«, erwiderte Genosse Kliwon, »Proletarier aller Länder, vereinigt euch!«

Shodancho ging und knallte die Zellentür ins Schloss.

13

In den Monaten der Regenzeit heiraten viele Paare. Es gibt kaum eine Straße, in der kein Janur Kuning an einen Zaun oder an ein Gartentor gesteckt ist. Diese verspielten, aus kunstvoll gesteckten goldgelben Kokosblättern gefertigten Masten sind von Weitem sichtbar und weisen den in Scharen von einem Hochzeitsfest zum nächsten ziehenden Gratulanten den Weg. Indes gehen die unverheirateten Männer ins Bordell, die Verliebten verabreden noch häufigere Liebestreffen, und die Verheirateten benehmen sich, als schwemmten die Regenmonate sie in neue Flitterwochen. Und Gott erschafft viele kleine Kinder.

Selbst als die Massaker an den Kommunisten verübt wurden, hatten die Leute nach wie vor Sex, wann immer sich die Gelegenheit dazu bot, und insbesondere dann, wenn es stark regnete. Allerdings traf dies, vorläufig zumindest, nicht auf Shodancho und Allamanda zu. Und ebenso wenig auf Maman Gendeng und Maya Dewi, die noch dieselben Rollen spielten wie bei ihrer Hochzeit vor fünf Jahren.

Eins aber machte Maman Gendeng dabei sehr glücklich: Nun besaß er einen Ort, der sich Zuhause nennen ließ. Davon hatte er geträumt, seit er sich in Nasiah verliebt und das Liebesleuchten in den Augen des Mädchens beim Anblick ihres Geliebten gesehen hatte. Auf einen solchen liebevollen Blick, eine eigene Familie und ein Heim hatte er während all der Jahre der Enttäuschungen und der Ungewissheit vergebens gehofft, zumal er bei allen als Tunichtgut und Unruhestifter bekannt war.

Wenn er nach Hause kam, entweder vom Busbahnhof, wo er den ganzen Tag über herumsaß, oder nach dem Kartenspielen mit Shodancho, wartete seine Ehefrau mit dem Abendessen auf ihn. Rasch machte sie ihm heißes Wasser und legte ein Handtuch bereit, damit er ein Bad nehmen konnte. Allabendlich schwebte er in einem unbeschreiblichen Glückszustand, aß er doch an einem Tisch, besaß saubere Kleider und schlief auf einer Matratze im Schutze einer Decke, genauso wie es seine Nachbarn taten.

Zwischen Schule und Haushalt kümmerte sich Maya Dewi hingebungsvoll um ihren Ehemann. Wie er es Dewi Ayu geschworen hatte, hatte Maman Gendeng nie wieder eine andere Frau berührt, auch seine eigene Ehefrau nicht. Jahr um Jahr verging, und das kleine Mädchen entwickelte sich zu einer jungen Frau. Sie war in den letzten fünf Jahren beträchtlich gewachsen, und ihre Brüste nahmen immer deutlichere Konturen an. Doch Maman Gendeng sah in ihr noch das kleine Mädchen von damals, das Schulmädchen, dem er, eine Zigarette rauchend, Gesellschaft leistete, wenn es seine Hausaufgaben machte, und das er zudeckte, wenn es eingeschlafen war. Sie hatten bislang noch nicht einmal im selben Bett geschlafen.

Er übte sich in einer bemerkenswerten sexuellen Enthaltsamkeit. Wenn er aber Lust verspürte, was hin und wieder vorkam, ging er ins Badezimmer und machte sich selbst eine Freude. Was dies betraf, war Shodancho der geeignetste Freund, um sich über solcherlei Dinge auszutauschen. Denn auch wenn ihre Probleme auf unterschiedlichen Ursachen fußten, schien das Schicksal sie in einer sich stetig vertiefenden Freundschaft vereint zu haben. Inzwischen klagte Shodancho nicht mehr nur darüber, seine Frau liebe den Mann namens Genosse Kliwon immer noch, sondern er begann, all seine ehelichen Probleme mit Maman Gendeng wie mit einem vertrauten Freund zu diskutieren.

Nach dem Kartenspiel, wenn ihre Partner gegangen und Angelegenheiten allgemeiner Natur geklärt waren, sprachen sie für gewöhnlich über ihre persönlichen Kümmernisse. Dabei wirkten sie nicht mehr wie zwei Freunde, sondern vielmehr wie zwei Brüder, die einander ihre Sorgen klagten. Eines Tages offenbarte Shodancho die Sache mit Allamandas Unterhose aus Eisen. »Der Schlüssel ist ein Mantra, das niemand außer meiner Frau kennt.«

»Ich habe aber gehört, sie war schwanger?«

Da brach Shodancho plötzlich in lautes Schluchzen aus und sagte: »Sie war zwei Mal schwanger, aber beide Kinder sind verschwunden, obwohl ich ihnen schon einen Namen gegeben hatte, Nurul Aini.«

»Keine Frau wird schwanger, ohne dass ein Mann mit ihr geschlafen hat, außer, du glaubst auch daran, dass Maria unberührt ihren Sohn Jesus zur Welt gebracht hat.«

Shodancho weinte noch bitterlicher und erklärte: »Ich habe sie vergewaltigt, als sie ohne diesen Schutz war.«

Maman Gendeng sprach ihm gut zu und sagte, dass er selbst seine Frau noch nie angerührt habe und dass sie noch genauso jungfräulich sei wie bei der Geburt. »Und ich sage dir, Shodancho, ich habe nie wieder ein Bordell betreten, ich habe mich nur selbst im Badezimmer beglückt, und daher rate ich dir, tu, was ich tue.« Maman Gendeng fuhr fort: »Das ist ganz gut, um Wut und Ärger loszuwerden, schließlich sollten deine Eier ja regelmäßig entleert werden.«

»Das hab ich schon getan«, erwiderte Shodancho.

Dann kamen sie überein, dass ihrer beider Eheglück eine Frage der Zeit und der Geduld war, auch wenn die Zeit nur sehr langsam verging. Maman Gendeng musste warten, bis seine Frau erwachsen genug war, um mit ihr zu schlafen. »Ich weiß nicht, wann das sein wird, Shodancho«, sagte Maman Gendeng, »aber auch du brauchst Zeit und Demut. Denn früher oder später beugt sich eine Frau der Beharrlichkeit. Zumindest behaupten das die weisen Männer, die schon jede Menge Frauen rumgekriegt haben. Wenn du also geduldig bist, dann wirst du bestimmt einmal die Früchte deiner Geduld ernten können. Irgendwann wird deine Frau, wie beim steten Tropfen, der den Stein höhlt, ihre Starrsinnigkeit aufgeben und sogar anfangen, sich in dich zu verlieben. Du brauchst sie gar nicht zu überreden, den Schutzschild um ihre Scham zu öffnen, denn das wird sie eines Nachts selbst für dich tun. Glaub mir, früher oder später wird das passieren, Shodancho, denn es gibt keine Frau, die ihren Dickschädel bis zum Tod behält, genauso wenig wie es einen solchen Mann gibt.«

Die weisen, wenn auch etwas seltsamen Worte Maman Gendengs, den er insgeheim noch immer hasste, vermochten Shodanchos Herz tatsächlich zu trösten, sodass er für einen Augenblick an anderes denken konnte, als mit seiner eigenen Ehefrau zu schlafen, auch wenn ihn die süße Erinnerung an die Vergewaltigung in der Guerilla-Hütte nicht ganz verließ.

Anders als bei Shodancho war es für Maman Gendeng völlig unvorstellbar, seine Ehefrau zu vergewaltigen. Bestimmt würde Maya Dewi, wenn er sie darum bat, ihre Kleider ausziehen und sich auf das Bett legen, in Erwartung, dass er sich nackt über ihren Körper machte. Aber nein, er wäre nicht imstande, eine solche Grausamkeit an einem Mädchen zu begehen, das in seinen Augen so niedlich war. Das süße Nesthäkchen, so hatte er Maya Dewi früher immer genannt, als er noch der Liebhaber ihrer Mutter Dewi Ayu gewesen war. In seinen Augen bestand seine Aufgabe als Ehemann darin, dafür zu sorgen, dass seine Frau glücklich war, und es ihr selbst zu überlassen, sich darin zu üben, eine gute Ehefrau zu sein. »Und seht, wie stolz ich auf meine kleine Ehefrau sein kann«, sagte er immer wieder zu seinen Kumpeln. »Als ich sie mit ihren erst zwölf Jahren geheiratet habe, da war sie schon so geschickt im Kochen und Nähen und bei der Hausarbeit und im Garten, dass wir uns selbst dann keinen Kopf machen mussten, als sich unsere beiden Hausangestellten aus dem Staub gemacht haben, um zu heiraten. Und wenn sie von der Schule nach Hause kommt, kümmert sie sich um das Gebäck, das die Nachbarn bei ihr für die Geburtstagsfeiern ihrer Kinder bestellen.«

Maya Dewi war so erfolgreich, dass sie bereits zwei Angestellte beschäftigte: Sie hatte zwölfjährige Waisenmädchen aufgenommen, die Tag für Tag mit dem Teig und dem Ofen und dem Formen des Gebäcks beschäftigt waren.

Bei aller Geschäftigkeit vernachlässigte sie nie ihren Ehemann, und das machte Maman Gendeng überaus glücklich. Dennoch berührte er sie nicht. Er wollte nicht das Glück ihrer Kindheit zerstören. Denn, obwohl von Geburt an mit der berühmtesten Prostituierten der Stadt unter einem Dach, hatte sie möglicherweise noch nie an einen wie auch immer gearteten geschlechtlichen Umgang gedacht. Und nachdem er die Geschichte von den ersten beiden Kindern Shodanchos gehört hatte, war er mehr denn je davon überzeugt, dass es nicht richtig war, einer Frau gegenüber Zwang anzutun. Auch wenn es sich dabei um die eigene Ehefrau handelte.

So war Maman Gendeng recht stolz auf seine Langmut und bediente sich höchstens ab und zu seiner eigenen Hand im Badezimmer. Die Berührungen mit seiner Frau blieben auf einen Kuss auf die Stirn beschränkt, wenn es für sie Zeit zum Schlafen war oder morgens, wenn sie sich auf den Weg zur Schule machte. Manchmal saßen sie Arm in Arm im Kino, oder er trug sie ins Bett, wenn sie auf dem Sofa eingeschlafen war. Bislang hatte er sie noch nicht einmal nackt gesehen. Er hielt weiterhin stand, mit der unergründlichen Duldsamkeit eines Mannes, der sich einst wie kein anderer auf die Wanderschaft verstand und den Wechsel der Jahreszeiten mit der Ruhe und Gelassenheit eines Wartenden beobachtete.

»Ich werde mit der Schule aufhören«, sagte Maya Dewi eines Tages zur größten Überraschung Maman Gendengs. Sie war inzwischen schon fast siebzehn Jahre alt. Die Begründung dafür lieferte Maya Dewi gleich voller Entschiedenheit mit, nämlich dass sie sich künftig besser um das Haus und um ihren Mann kümmern wolle.

Obwohl Maman Gendeng hätte entgegenhalten können, dass sowohl das Haus als auch er persönlich bislang immer sehr gut versorgt waren, wahrscheinlich sogar weit besser als jeder andere Mann in Halimunda, denn warum sonst flüchteten sich derart viele Ehemänner in Mama Kalongs Bordell?, akzeptierte er die Entscheidung seiner Frau, zumal er in ihren Augen eine unerschütterliche Entschlossenheit bemerkt hatte.

An jenem Abend betrat Maman Gendeng wie gewöhnlich das

Schlafzimmer seiner Frau, um ihr einen Gutenachtkuss auf die Stirn zu drücken und sie zuzudecken. Im Zimmer hing der Duft von Rosen, und im schwachen Licht der Deckenlampe entdeckte er Maya Dewi auf dem Bett liegend, auf einem rosafarbenen Laken, splitternackt. Sie lächelte ihn an und sagte: »Liebling, ich bin deine Frau, und ich bin jetzt erwachsen genug, um dich im Bett zu empfangen. Nimm mich in deine Arme und schlafe mit mir heute Nacht, es wird unsere schönste Nacht sein, unsere erste Nacht, auf die wir fünf Jahre gewartet haben.«

Sie war hinreißend. Sie hatte die Schönheit ihrer Mutter geerbt, ihr Haar floss über das Kissen, ihre Brüste hoben sich im schwachen Licht der Lampe etwas heller ab, ihre Hüften waren atemberaubend und jugendlich fest. Bei diesem verzaubernden Anblick verschlug es Maman Gendeng für einen Moment den Atem. Bei Gott, er hätte es sich niemals träumen lassen, dass ihn die fünf Jahre des Wartens mit einem solch außerordentlichen Himmelsgeschenk belohnen würden, es war, als erhielte er am Ende einer unendlich weiten Reise nun den schönsten Edelstein auf Erden.

Wie von einer magischen Kraft bewegt, näherte er sich seiner Frau, streckte seine Hände aus, erkundete jeden Winkel ihres Körpers mit zärtlichsten Liebkosungen, unter denen sie flüsternd aufseufzte. Maman Gendeng stieg auf das Bett, ohne Hast, geübt von der langen Zeit des freudigen Erwartens, er küsste ihre Stirn, ihre Wange, und dann bedachte er ihre Lippen mit langen, glühenden Küssen. Maya Dewi entkleidete ihn mit derart zarten Handbewegungen, dass er gar nicht bemerkte, wie sie schließlich beide nackt dalagen.

Sie schwelgten im Rausch einer Hochzeitsnacht, die kein Ende zu nehmen schien und sich über Wochen ausdehnte. Wie ein frischvermähltes Hochzeitspaar verließen sie kaum das Haus, sie liebten sich von Sonnenuntergang bis zum Morgen und vom Morgen bis zum Sonnenuntergang. Sie verließen das Schlafzimmer nur, um etwas zu essen und zu trinken oder um ins Badezimmer zu gehen und frische Luft zu schnappen, woraufhin sie gleich wieder ins Bett zurückgingen. Ihre einmaligen Flitterwochen dauerten bis zum Anfang des regnerischen und blutigen Oktobers, weswegen sie nicht erfuhren, was um sie herum in Halimunda geschehen war.

Allamanda erfuhr als Letzte von der Verhaftung Genosse Kliwons und von seiner bevorstehenden Hinrichtung um Punkt fünf am frühen

Morgen. Diese Nachricht hatte ihr der Wind überbracht, der durch das Fenster in ihr Schlafzimmer wehte, während sie auf dem Bett lag und auf die Heimkehr ihres Mannes wartete. Seit Shodancho mit den plötzlich so dringlich gewordenen und rätselhaften Angelegenheiten um den Oktoberanfang beschäftigt war, hatte sie kaum mehr das Haus verlassen. Allamanda zitterte bei der Vorstellung, dass der Mann, den sie insgeheim noch liebte, am Morgen sterben würde – vielleicht vor einem Erschießungskommando stehend, vielleicht hängend, vielleicht mit Gewichten beschwert ertränkt, oder im Kampf mit den Ajak.

Sie saß auf der Bettkante, eingehüllt in eine Decke, und verfolgte mit starrem Blick die Bewegungen der Zeiger der Uhr an der Wand. Auch wenn diese sich unmerklich bewegten, würde die Zeit unweigerlich kommen, da das Leben ihres einstigen Geliebten endete. Er würde auf Befehl ihres Ehemanns sterben, und möglicherweise würde Shodancho die Hinrichtung persönlich vollziehen. Übermannt von dem Gefühl der Fremdheit und der Verlassenheit, begann sie zu weinen und sehnte sich plötzlich nach der Umarmung eines Mannes. Doch der Mann, mit dem sie verheiratet war, war mit dem aktuellen Chaos in der Stadt beschäftigt, indes jener andere Mann, von dem sie sich nichts sehnlicher wünschte, als dass er bei ihr auf dem Bett läge, von ihr nicht gerettet werden konnte.

Allamanda war jedoch nicht die Einzige, die die Hinrichtung Genosse Kliwons nicht hinnehmen wollte. Ihr war es gleich, ob er die drei Fischereischiffe ihres Mannes in Brand gesteckt oder ob er junge Rock-'n'-Roll-Fans in das städtische Gefängnis geworfen hatte, denn für sie wie für viele andere war dieser Mann Halimunda, und Halimunda war dieser Mann. Er hatte den Ruf der Stadt aufpoliert, die einst als Hort für Bordelle oder als Sammelbecken für Kriminelle und Guerilleros gegolten hatte.

Jedes Mädchen und jede junge Frau in Halimunda, auch Allamanda, würde bei dem Gedanken an die Stadt das Bild dieses Mannes vor Augen haben. Doch im Morgengrauen würde er sterben, und von den Mündern jener Menschen, die seine Strafe nicht abwenden konnten, stiegen Gebete in die Luft über der Stadt. Einzig Allamanda besaß wohl die Macht, den gewaltsamen Tod dieses Mannes aufzuhalten: Sie hielt den Schlüssel dazu in ihren Händen.

Um halb fünf am frühen Morgen betrat Shodancho schließlich das Haus. Er wollte sich einen Augenblick ausruhen, bevor er der Hinrichtung seines ärgsten Feindes beiwohnen würde. Ein Gefühl des Bedauerns beschlich ihn, diesen Mann töten und verlieren zu müssen. Insgeheim musste er sich eine aufrichtige Bewunderung für diesen gebührenden Gegner eingestehen, ähnlich der Anerkennung, die er Maman Gendeng gegenüber empfand. Er warf den Revolver auf sein Bett, jene Waffe, die er dazu benutzen wollte, um auf diesen verrückten Kommunisten zu schießen, und legte sich daneben. Erschöpft, wie er war, bemerkte er Allamanda nicht, die zitternd auf der anderen Seite des Bettes saß.

»Sag, Shodancho, er wird heute früh um Punkt fünf sterben, ja?«, fragte Allamanda plötzlich in der Dunkelheit.

»Ja«, antwortete Shodancho, ohne sich nach ihr umzuwenden.

»Ich werde das Mantra sprechen, und ich werde dir meine Liebe schenken, wenn du mir versprichst, dass der Mann am Leben bleibt.« Allamandas Stimme ließ keinen Zweifel an ihrer Entschlossenheit.

Abrupt richtete sich Shodancho auf und saß nun in der Dunkelheit des Zimmers seiner Frau gegenüber. Beide schauten sich einen Moment lang an, angesichts des wohl eigenartigsten Tauschhandels zwischen Mann und Frau.

»Es ist mein Ernst, Shodancho.«

»Ein fairer Handel«, erwiderte Shodancho, »auch wenn er mich eifersüchtig macht.« Shodancho sprach kein weiteres Wort. Er stand auf, nahm seinen Revolver wieder an sich und verließ dann energischen Schrittes das Schlafzimmer. Er ging zur Militärkommandantur und traf die Männer des Erschießungskommandos dabei an, wie sie ihre Gewehre polierten, stolzerfüllt, in einer halben Stunde die fetteste Beute ihrer bisherigen Militärlaufbahn, wenn nicht sogar ihres gesamten Lebens, erlegen zu können.

Shodancho suchte den Anführer des Erschießungskommandos auf und gab seinen Befehl aus. Er teilte mit, dass niemand Genosse Kliwon töten und dass niemand nach dem Grund dafür fragen dürfe. Sämtliche Angelegenheiten, die der Verantwortlichkeit der Generäle in der Zentralkommandantur unterlägen, fielen für Halimunda in seinen Zuständigkeitsbereich, und falls es jemand wagen sollte, den Mann zu töten, dann würde er nicht zögern, den Mörder mit seinem eigenen Revolver – und dabei fuchtelte er mit seiner Waffe – umzubringen. Er würde auch die Familie des Mörders restlos auslöschen: Kinder, Ehefrau, Eltern und Schwiegereltern, Geschwister und selbst deren Nichten und Neffen, Cousins und Cousinen, Onkel und Tanten.

Er hatte seinen Befehl derart nachdrücklich hervorgebracht, dass niemand ihm zu widersprechen wagte, obwohl sich in den Köpfen der Männer die Frage drehte, was wohl passiert sein mochte. Als Shodancho bereits bis zum Tor gelangt war, blieb er abrupt stehen, blickte sich zu den Soldaten um, die in der Nacht vor lauter Vorfreude auf die bevorstehende Hinrichtung kein Auge zugetan hatten, und sagte: »Ihr könnt ihn meinetwegen verprügeln. Aber ich sage es euch noch einmal: Er darf dabei nicht umkommen. Um sieben in der Früh muss er auf freiem Fuß sein.« Dann eilte er nach Hause.

Im Haus fand Shodancho seine Frau nackt auf dem Ehebett liegend, genau wie Maman Gendeng kurz zuvor Maya Dewi entdeckt hatte. Die Luft im Zimmer war angenehm warm, obwohl die Regenzeit draußen alles zum Stillstand gebracht hatte. Im Licht der Nachttischlampe erkannte er die Konturen ihres Körpers, die ihm bereits derart vertraut waren, jede Vertiefung, jede Erhebung. Die Frau war nun einundzwanzig Jahre alt, reif und verführerisch.

Und dann bemerkte Shodancho, dass der Raum wie ein Hochzeitszimmer hergerichtet war. Alles war in Gelb, der Lieblingsfarbe Allamandas, von den Laken über die Bettdecke bis hin zum Moskitonetz. Orchideen und Tuberosen standen in einer Vase auf dem Ecktisch und verströmten ihren betörenden Duft. Es schien wie das wundersame Angebot einer Hochzeitsnacht, einfach mit fünfjähriger Verspätung.

Ganz im Gegensatz zu seiner sonstigen Gepflogenheit, zog Shodancho seine Kleider mit der Verlegenheit eines Bräutigams ganz langsam aus. Dann begann schließlich die Hochzeitsnacht, an die sich außerordentlich romantische und leidenschaftliche Flitterwochen anschlossen. In dieser Nacht liebten sie sich wild und ungestüm, erst im gelben Bett, dann auf dem Fußboden, auf den sie, ohne es zu merken, gerollt waren, dann im Badezimmer und schließlich auf dem Sofa, als die ersten Sonnenstrahlen bereits durch die Fenster linsten.

Sie schlossen alle Türen des Hauses, sperrten die Hausangestellten in der Küche ein und taten es, einander laut aus Pornoheften vorlesend, erneut im Empfangszimmer und kehrten zurück ins Badezimmer. All das geschah zum größten Erstaunen der Nachbarn und der Hausangestellten in der Küche, die sich über Allamandas Schreie und Shodanchos Schnauben wunderten. Es kam in der kurzen Nacht zu drei Ejakulationen, aber befriedigt waren sie erst am nächsten Tag, als sie es das elfte Mal taten: wie zwei Gegner, die fünf Jahre lang auf die Austragung ihres Kampfes warten mussten.

Wie Maman Gendeng und Maya Dewi gingen auch die beiden in den folgenden Wochen kaum aus dem Haus und scherten sich nicht weiter um das, was außerhalb geschah.

Einige Monate später erfuhr Shodancho, dass Maman Gendengs Frau hochschwanger war. Ein kleines Fest wurde ausgerichtet, die Preman betranken sich im Hinterhof, ohne sich an den wütenden Schreien Maman Gendengs zu stören, der ihnen untersagte, in seinem Haus Alkohol zu trinken. Irgendwann lagen die Ersten sturzbetrunken auf dem Fußboden herum, sodass Maman Gendeng jeden Einzelnen vor die Tür schleifen und am Straßenrand ablegen musste.

Anschließend setzte Maman Gendeng sich auf einen Verandastuhl und beobachtete seine Kumpel, wie sie am Straßenrand lagen oder, inzwischen etwas berappelt, zurück zu ihrem Stützpunkt am Busbahnhof torkelten. Er betrachtete die Szene mit dem kummervollen Blick eines Mannes, der einerseits nichts anderes wollte, als ein möglichst normales Leben zu führen, wie er es bei anderen Familienvätern gesehen hatte, der aber andererseits viele Jahre des unsteten Lebens, gewiss jedoch der Solidarität seiner Kumpel, hinter sich hatte.

Auch als ihr Kind geboren war, blieb er in diesem Zwiespalt stecken: ein übler Kerl außerhalb des Hauses, aber ein guter Mann im Haus. Wie er es sich geschworen hatte, gab er dem Baby den Namen Rengganis. Doch schließlich nannten die Leute das Mädchen meist Rengganis die Schöne, denn sie war in der Tat atemberaubend.

Kurz nach der Geburt von Maman Gendengs Tochter erschien Shodancho bei ihm und erklärte in aller Aufrichtigkeit, wie glücklich er sei, ihn als Vater eines schönen Töchterchens, ganz wie die Mutter und die Großmutter, zu wissen. Natürlich ließ er die Gelegenheit zum Spötteln nicht ungenutzt und beglückwünschte ihn dazu, dass sein Gerät nach dem ausgedehnten Zwangsurlaub und den Zwischenspielen im Badezimmer immer noch funktionierte. Sonst immer schlagfertig und geradeheraus, wurde Maman Gendeng bei diesen Worten etwas verlegen und fragte zaghaft, wie es bei Shodancho selbst stünde.

Shodancho stellte ein breites Lächeln zur Schau und sagte: »Sieh mich an, mein Freund! Uns beiden ist ein glückliches Schicksal beschert, und unsere Geduld trägt schließlich Früchte. Auch meine Ehefrau ist hochschwanger, sie ist kugelrund. Und schau mich nicht mit diesem fragenden Blick an, denn ich habe nichts dergleichen wie bei den beiden früheren Schwangerschaften getan. Zwei Kinder sind verschwunden, die als Wonneproppen hätten auf die Welt kommen sollen, aber ich hoffe, meine Trauer wird sich nun in Luft auflösen. Meine Frau wird ein echtes Kind zur Welt bringen, und ich verspreche dir, dass es nicht weniger schön sein wird als dein Töchterchen hier. Denn ich habe es diesmal richtig angestellt, nicht auf diese verabscheuungswürdige Art, meine eigene Ehefrau zu vergewaltigen. Auch wenn wir etwas verlegen waren, wir haben es getan wie andere Brautleute auch, wir waren leidenschaftlich und berauscht und aufrichtig und voller Liebe.«

Er fuhr fort: »Du wunderst dich bestimmt, das zu hören. Auch ich habe mich gewundert, als ich meine Ehefrau nackt im Bett liegend fand und sie zu mir sagte, sie sei nun freiwillig bereit, Sex zu haben, sodass wir die folgenden Tage genossen wie die herrlichsten Flitterwochen. Diese Geschichte unterscheidet sich vielleicht gar nicht so sehr von der, die du erlebt hast, mein Freund, denn vielleicht hat die Welt die Vorsehung getroffen, uns beide im gleichen Schicksal zu einen.«

Beide Männer kicherten.

Shodancho verlor kein einziges Wort darüber – denn das fand er überflüssig –, dass er die Liebe seiner Ehefrau gewonnen hatte, weil er sie mit dem Leben von Genosse Kliwon bezahlte.

Um ihr überbordendes Glück zu begießen, aßen und tranken die beiden Männer anschließend im Hof hinter dem Haus bei Maman Gendengs Fischteich und unterhielten sich über alle möglichen Dinge, etwa über ausgeklügelte Strategien beim Kartenspiel. Sie vereinbarten, sich nach den Monaten ihrer beinah endlosen Flitterwochen bald wieder am Kartentisch auf dem Markt zu treffen.

Sechs Monate, nachdem Rengganis geboren war, ging Maman Gendeng gemeinsam mit seiner Frau und seiner Tochter zum Haus Shodanchos, da er erfahren hatte, dass Allamanda kurz vor der Niederkunft stand. Sie trafen genau zu dem Zeitpunkt ein, als das Kind mit einem Schrei das Licht der Welt erblickte. Sofort ergriff Maman Gendeng die Hände Shodanchos, der überglücklich sein Baby betrachtete, das wahrhaftig aus Fleisch und Knochen und Haut und Blut bestand und so vollkommen war, wie es die Babys auf der Welt eben sind. Es war ein Mädchen, und es schien tatsächlich so zu sein, dass es der Schönheit des Kindes seines Widersachers und Freundes in nichts nachstand.

Maman Gendeng sagte: »Herzlichen Glückwunsch, Shodancho, ich hoffe, die beiden Cousinen werden einander, anders als wir beide, gute Freundinnen sein. Hast du dir schon einen Namen überlegt?«

»Ja, wie seinen verschwundenen Schwestern«, erwiderte Shodancho, »gebe ich dem Kind den Namen Nurul Aini.« Später sollten es die Leute kurz Ai nennen.

So viel zur Geschichte von den zwei Vätern, die Jahr um Jahr nach ihrer Hochzeit gewartet hatten, bis jeder von ihnen seinen Schatz bekam. Beide liebten ihre Töchter über alles, sodass sie sie selbst zum Kartentisch mitnahmen, an dem sie sich fortan wieder mit dem Salzfischhändler und dem Fleischer zusammenfanden. Dort wuchsen die Mädchen schließlich gemeinsam auf. Ihre Väter ließen sie die Karten mischen oder das Geld, um das sie spielten, umherwerfen, und mit der Anwesenheit der zwei Mädchen wurde auch die Freundschaft zwischen Maman Gendeng und Shodancho zunehmend enger.

Unterdessen wurde zwölf Tage nach der Geburt Nurul Ainis ein weiteres Familienmitglied des gleichen Verwandtschaftsgrads geboren. Es war ein Junge, Adindas Sohn, dessen Vater ihm den Namen Krisan gab. Das ist eine andere Geschichte, eine andere Familie, ein anderes Schicksal. Sie begann Monate zuvor, am frühen Morgen des Tages, an dem Genosse Kliwon hingerichtet werden sollte, aber durch Allamanda, die sich Shodancho hingegeben hatte, gerettet wurde. Zu jener Zeit ahnte noch niemand, dass diese drei soeben geborenen Cousins, Dewi Ayus Enkelkinder, Jahre später die qualvollste Tragödie herbeiführen sollten.

Kamino und Farida führten ein zurückgezogenes, glückliches Leben. Kamino war selig, weil er nach all den Jahren endlich ein Mädchen gefunden hatte, das seine Frau werden wollte, und war auch dann nicht gekränkt, wenn seine Frau zum wiederholten Male sagte, dass sie ihn geheiratet habe, um in der Nähe des Grabes ihres Vaters zu leben. »Es bringt nichts, auf die Toten eifersüchtig zu sein«, wusste Kamino. Sie gingen häufig dem Jailangkung nach und riefen den Geist Mualimins, damit er und seine Tochter sich trafen.

Der Tote schien froh darüber, dass Farida einen Totengräber zum

Mann genommen hatte. »Es gibt keinen besseren Mann als einen Totengräber«, sagte er, »sie dienen jenen, die es nicht mehr nötig haben.«

Ihre Ehe wurde noch glücklicher, als Farida kurz nach der Hochzeit schwanger wurde. »Wenn es ein Junge wird, dann ist die nächste Generation von Totengräbern angekommen«, sagte Farida zu ihrem Mann, »und wenn es ein Mädchen wird, dann droht der Stadt, dass niemand ihre Toten bestatten will.«

So sah das Leben der beiden aus. Tagsüber sprachen sie beinah nur miteinander oder höchstens mit den Geistern der Toten. Manchmal unterhielten sie sich mit den Wallfahrern oder mit den Trauernden, die ihre toten Angehörigen zum Friedhof brachten, oder seltener mit ihren Nachbarn, die auf der anderen Seite der Kakao- und Kokosnussplantagen lebten.

Man konnte sie durchaus als wohlhabend bezeichnen. Neben dem Haus, das ihnen die Stadt zur Verfügung stellte, besaß das Ehepaar hinreichend Geld, weil die vielen Wallfahrer Kamino immer einen oder zwei Geldscheine zusteckten. Die Leute pilgerten am siebten Tag nach dem Tod eines Angehörigen zum Friedhof, sie pilgerten ein weiteres Mal am vierzigsten Tag dorthin, dann wieder am hundertsten und auch am tausendsten Todestag. Außerdem machten sie am Anfang des Fastenmonats eine Wallfahrt, und manchmal nach dem Fastenbrechen noch eine. Da nicht wenige Menschen auf dem Friedhof begraben lagen, traf man dort also täglich Wallfahrer an, was das Leben des Ehepaars nicht ganz so einsam machte.

Ärgerlich waren allenfalls die Belästigungen durch die Geister, die auf dem Friedhof lebten. Sie waren zwar nicht bösartig, aber sie waren frech. Häufig foppten sie Passanten, deren Weg am Friedhof vorbeiführte, indem sie unheimliche Geräusche machten oder sich als Süßkartoffel-Verkäufer ohne Gesicht zeigten. Daher mieden die meisten Menschen, vor allem nachts, die Umgebung rund um den Friedhof. Kamino und Farida aber waren daran gewöhnt und vertrieben die Störenfriede mit einer Geste, mit der man auch ein vorwitziges Huhn aus der Küche verscheucht. Und manchmal zahlten sie es ihnen mit eigenen Streichen heim.

Tagsüber, wenn nicht viel zu tun war, saß Farida häufig allein am Grab ihres Vaters. Sie hatte sich inzwischen einen Stuhl dorthin gestellt. Wie aber ihre Schwangerschaft fortschritt, strengte sie das Sitzen immer mehr an, sodass sie eine Bastmatte ausrollte und sich im

Schatten der Frangipani darauflegte. Aber auch das blieb nicht lange angenehm, denn die Meeresbrise wehte feinsten Sand herüber. Kamino machte ihr daher eine Hängematte aus geflochtenen Schnüren, die er zwischen zwei Frangipanibäumen aufhängte und in die sich seine Frau hineinlegen konnte, um sich mit geschlossenen Augen sacht im Wind zu wiegen.

Eines Tages wurde ihr dies zum Verhängnis. Sie war im sechsten Monat schwanger und schlief in der Hängematte, als sie plötzlich, aus einem aufwühlenden Albtraum aufgeschreckt, hinauskippte. Sie erlitt innere Blutungen, und noch bevor Kamino, der das dumpfe Geräusch des aufschlagenden Körpers gehört hatte, zu ihr gelangte, war sie tot.

Kaminos Trauer war bodenlos. Er hatte seine Ehefrau und sein ungeborenes Kind verloren und verbrachte die Tage so einsam, wie er es die Jahre zuvor getan hatte. Doch nun war es weit hoffnungsloser, denn inzwischen hatte er glückliche Zeiten voller Freude auf sein Kind erfahren. Er kümmerte sich selbst um die Bestattung seiner Frau und gab lediglich ein, zwei Nachbarn Bescheid, denn er war so traurig, dass er nicht imstande war, weitere Bekannte zu informieren. Liebevoll wusch er seine Frau, von herzzerreißender Trauer erfüllt, und verfluchte seine Hängematte. Auch die Fürbitten für den Leichnam sprach er selbst. Im Haus des Totengräbers war ein ganzer Vorrat an Leichentüchern vorhanden, sodass er mit einem davon seine Frau einhüllen konnte. Am Nachmittag begann er, das Grab auszuheben, gleich neben dem Grab Mualimins, denn das hätte Farida bestimmt so gewollt. Als der Abend hereinbrach, war es so weit. Tränenüberströmt trug er die Leiche seiner Frau zum Grab, legte sie in die schmale Mulde und bedeckte sie mit kurzen Holzbrettern. Sowie er das Grab mit Erde zuzuschütten begann, brach er in herzergreifendes Schluchzen aus.

Er schlief in jener Nacht nicht. Wie Farida, die den Tod ihres Vaters betrauert hatte, saß Kamino bewegungslos am Grab seiner Frau. Feuchte Erde vom Graben klebte noch an seinen Kleidern, und auch die Schaufel stand noch neben ihm. Da hörte er plötzlich ein leises Wimmern. Das Wimmern eines kleinen Kindes, oder nein, das eines Babys. Er drehte sich nach allen Seiten um, sah jedoch niemanden. Er vermutete zuerst, dass es sich um einen Streich der Friedhofsgeister handelte. Doch als die wimmernden Laute immer deutlicher wurden, wusste er sicher, dass sie aus dem Grab seiner Frau kamen.

Wie ein Besessener schaufelte er die Erde wieder aus ihrem Grab und nahm die schützenden Holzbretter ab. Der Leichnam lag steif im Leichentuch eingewickelt da, doch in seinem Schoß bewegte sich etwas. Kamino öffnete rasch das Leichentuch, und da sah er ein Baby, das noch zur Hälfte im Leib seiner Frau steckte, zwischen den Schenkeln der Toten eingeklemmt. Er zog an dem Baby, das zweifellos quietschlebendig war und nach Leibeskräften schrie, und trennte die Nabelschnur mit einem Biss.

Das war sein Sohn. Geboren in einem Grab, zu früh, aber augenscheinlich gesund und munter. Er war wie ein Segen in seiner Trauer, wie ein süßes Geschenk seiner Geliebten. Er zog das Kind allein auf. Er liebte es und gab ihm den Namen Kinkin.

Am Morgen, an dem er eigentlich hätte hingerichtet werden sollen, fand Adinda, die wissen wollte, ob er tatsächlich tot war, Genosse Kliwon übel zugerichtet hinter der Militärkommandantur. So wie Adinda es sich vorgestellt hatte, trug er die mittlerweile zwar blutbespritzten, aber ordentlichen und frischen Kleider, die sie ihm geschickt hatte, denn um Punkt halb fünf in der Frühe hatte er ruhig ein Bad genommen und sich vor dem Spiegel, den ihm ein wachhabender Soldat brachte, zurechtgemacht, in der Hoffnung, dass sein Erscheinungsbild dem Todesengel zusagen würde.

»Hast du Angst, dem Tod ins Auge zu sehen, Genosse?«, fragte einer der Wachsoldaten, kurz bevor es Zeit für die Hinrichtung war.

»Nur Soldaten haben Angst«, sagte Genosse Kliwon, »denn hätten sie keine, brauchten sie auch keine Waffen.«

Um fünf Uhr holte ihn eine Gruppe von Soldaten ab, die verärgert waren, weil der Befehl Shodanchos sie um ihr Vergnügen gebracht hatte. Und sie schäumten noch mehr vor Wut, als sie die ruhige Haltung des Mannes im Angesicht des Todes bemerkten.

»Ich kann selbst zu meinem Grab gehen«, sagte Genosse Kliwon.

»Gestatte uns die Mühe, dich dorthin zu begleiten«, sagte einer der Soldaten.

Dann packten sie ihn an den Armen und zerrten ihn, bevor er auch nur ein Wort des Protestes sagen konnte, die Beine auf dem Boden nachschleifend, durch den Gang und traten grob nach ihm. Sie warfen ihn auf den kleinen Platz, wo er hätte hingerichtet werden sollen und wo ein Scheinwerfer Genosse Kliwon, der auf der Erde lag und aufzustehen versuchte, blendete. Jede Stelle seines Körpers schmerzte von den Tritten im Gang. Selbst auf der Schwelle seines Todes hoffte er noch, dass wenigstens kein Knochen gebrochen war.

Er stand auf, spürte, wie Blut an seinem Rücken herabrann, und ging leicht schwankend auf die Mauer zu, vor der er zu stehen hatte, um erschossen zu werden. Doch die Soldaten prügelten brutal auf ihn ein, traten ihn abermals mit ihren Stiefeln und schlugen ihn mit dem Gewehrkolben.

»So werdet ihr mich nicht töten«, sagte Genosse Kliwon.

Es folgte ein weiterer Tritt, und er verlor das Bewusstsein. Das setzte seiner Qual ein Ende. Die Soldaten drehten ihn mit ihren Stiefelspitzen um, und niemand wagte, ihn ein weiteres Mal zu schlagen, vor allem nicht in bewusstlosem Zustand, denn sie befürchteten, dass er am Ende noch starb. Shodancho hatte ihnen erlaubt, ihn zu foltern, aber nicht, ihn umzubringen, und so zerrten sie schließlich seinen bewusstlosen Körper in den Hof hinter der Militärkommandantur. Falls ihn die Hunde zerfleischten, lag das nicht in ihrer Verantwortung.

Als er zu Bewusstsein kam, fand sich Genosse Kliwon im Bett eines Krankenhauses wieder, sein bewegungsunfähiger Körper von kreuz und quer laufenden Bahnen weißen Verbands umwickelt. Adinda saß bei ihm Wache, ein Lächeln in ihrem hübschen Gesicht, sichtlich erfreut, ihn wach und lebendig zu sehen.

»Diese junge Frau hier hat dich bis zur Hauptstraße geschleppt und dich dann in einer Rikscha hierhergebracht«, sagte der Arzt, der neben Adinda stand. »Zwei Tage und zwei Nächte warst du ohne Bewusstsein, und sie ist während der ganzen Zeit nicht von deiner Seite gewichen.«

Genosse Kliwon bedankte sich, was allerdings ungehört blieb, da auch sein Mund verbunden war, aber Adinda konnte an seinem Blick erkennen, was er gesagt hatte, und meinte, er solle so schnell wie möglich gesund werden.

Das war der Mann, der etliche Streiks angeführt hatte, der mehr als eintausend Kommunisten in Halimunda vorgestanden hatte – und der alles verloren hatte: seine Genossen, seine Freunde und sogar seine eigene Stadt, die nun auf dem Weg in eine neue Welt war, eine Welt ohne Kommunisten.

Fremd und einsam lag er eine Woche lang im Krankenhaus. Adinda blieb an seiner Seite, und Mina besuchte ihn jeden Morgen. Ab und zu rief er im Delirium immer wieder die Namen seiner Freunde, die höchstwahrscheinlich alle tot waren und vielleicht schon in der Hölle schmorten. Hin und wieder fragte er auch nach den Zeitungen, immer noch überzeugt, dass dieses ganze Chaos mit dem Ausbleiben seiner Zeitungen begonnen hatte. Wenn sein Delirium zunahm, legte ihm Adinda eine Kompresse auf seine fiebrig glühende Stirn, worauf er bald wieder in tiefen Schlaf fiel.

»Soll ich eine Überweisung in die Nervenklinik veranlassen?«, fragte der Arzt.

»Das ist nicht nötig«, antwortete Adinda. »Eigentlich ist er bei bestem Verstand. Verrückt ist die Welt um ihn herum.«

Nach seiner Entlassung kehrte Genosse Kliwon, körperlich beinahe wiederhergestellt, in das Haus seiner Mutter zurück. Menschenscheu geworden, übernahm er möglichst viele der Nähaufträge seiner Mutter, nur um möglichst niemandem zu begegnen. Er hatte den Bezug zur Realität seiner Stadt verloren und beschäftigte sich nur noch mit den Näharbeiten, den Blick seiner tief eingesunkenen Augen auf die Nadel gerichtet. Wenn es keine Aufträge gab, nähte er aus Stoffresten irgendetwas, etwa Taschentücher oder Kissenbezüge; und wenn nur noch kleinste Stoffreste vorhanden waren, sammelte er sie auf und fertigte daraus, was ihm gerade in den Sinn kam.

Da er mit niemandem sprechen wollte und nicht einmal mehr das Haus verließ, nahmen die Leute ihn allmählich gar nicht mehr wahr, und hin und wieder murmelte jemand: »Besser, er wäre damals wirklich hingerichtet worden.«

»Du bist auch ohne Hinrichtung gestorben«, sagte Adinda, die etliche Male versuchte, ihn wieder zurück ins Leben zu holen. »Vielleicht stimmt es, dass du eigentlich in eine Nervenklinik gehörst.« Er gab keine Antwort, weswegen auch sie schließlich aufgab und ihn nicht wieder aufsuchte.

Aber dann eines Morgens verließ er bestens gekleidet plötzlich das Haus und überraschte damit seine Mutter, die ihm irritiert hinterhersah, als er durch die Tür schritt. Sowie sie davon Wind bekamen, dass der große Genosse Kliwon sich wieder in der Stadt blicken ließ, überfluteten die Anwohner die Straße vor dem Haus. Sie folgten ihm auf seinem Weg durch die Jalan Pramuka, Jalan Rengganis, Jalan Kidang, Jalan Belanda, Jalan Merdeka und viele andere Straßen. Das erinnerte viele an die Menschentrauben, die sich um ihn gebildet hatten, als er, von den Soldaten eskortiert, in Richtung Gefängnis schritt. Und so wie damals, legte er auch diesmal eine außerordentliche Gleichgültigkeit an den Tag. Für ihn waren die Leute nicht mehr als Schaulustige, die ihm auf seinem Weg folgten, von der Neugier getrieben, wohin er wohl ginge.

»Darf ich fragen, wohin du gehst?«, fragte jemand.

»Ans Ende der Straße«, erwiderte Genosse Kliwon knapp.

Das war sein erster gesprochener Satz seit der Entlassung aus dem Krankenhaus, und für die Leute, die ihn hörten, kam das der Sensation eines sprechenden Orang-Utans gleich. Viele glaubten, er sei auf dem Weg zum ehemaligen Parteibüro der Kommunisten, von dem allerdings nicht mehr als Trümmer übrig geblieben waren, und wolle die erneute Gründung der Kommunistischen Partei ausrufen. Einige vermuteten, er wolle ins Meer gehen und sich umbringen. Da sich aber niemand sicher sein konnte, folgten sie ihm weiterhin wie ein Paradeumzug.

Am zentralen Platz der Stadt angelangt, pflückte er eine Rose und sog gedankenverloren ihren Duft ein. Bei diesem Anblick staunten die Leute noch mehr, und nicht wenige Mädchen standen kurz vor der Ohnmacht. Nach dem selbst auferlegten einmonatigen Hausarrest wirkte er etwas fülliger als noch zu Zeiten, in denen er die Kommunistische Partei angeführt hatte, doch mit der Blume in der Hand erkannten sie in seinen Augen wieder das Leuchten, das früher so viele junge Frauen um den Verstand gebracht hatte. Nun hoffte jede dieser Frauen, dass er gerade auf dem Weg zu ihrem Haus war, aus Gründen der Versöhnung oder der Nostalgie oder wie immer man es nennen wollte, um ihre Liebesgeschichte wiederzubeleben, oder sie überhaupt erst zu starten.

»Darf ich fragen, für wen ist denn die Blume, Genosse?«, fragte ein Mädchen mit vor Herzklopfen bebenden Lippen.

»Für einen Hund.«

Darauf warf er die Rose einem streunenden Hund hin, der zufälligerweise des Weges kam.

Vielen Mädchen schmerzte das Herz, und es schmerzte ihnen noch mehr, als sich herausstellte, dass er sich auf dem Weg zu Adinda befand, die inzwischen zwanzig Jahre alt und ebenso wie ihre beiden Schwestern mit der Schönheit ihrer Mutter bedacht worden war.

Dewi Ayu, von seinem Besuch überrascht, bat ihn ins Haus, während Hunderte Schaulustige sich im Hof vor dem Haus drängten oder ihre Nasen an den Fensterscheiben platt drückten, um zu erfahren, was nun passieren würde. Selbst Shodancho und Allamanda, die Dewi Ayu inzwischen schon seit fünf Jahren nicht mehr gesehen hatten, vergaßen für einen Augenblick ihre leidenschaftlichen Flitterwochen und drängten sich zu den anderen Neugierigen vor Dewi Ayus Haus. Die Leute fragten sich, ob Genosse Kliwon wohl wegen Adinda oder wegen Dewi Ayu gekommen war, niemand hätte es mit Gewissheit sagen können. Er schien wie all die Jahre zuvor der gefragteste Mann zu sein, und nun wartete jeder auf das Schauspiel, das er aufführen würde. Zumindest hatte er schon die Rolle des meistgeliebten Mannes in der Stadt gespielt – und des meistgehassten.

»Guten Tag«, sagte Genosse Kliwon.

»Guten Tag. Ich frage mich, warum man dich nicht hingerichtet hat«, sagte Dewi Ayu.

»Weil man wusste, dass ich mich auf den Tod freue.«

Der ironische Ton seiner Antwort ließ Dewi Ayu schmunzeln. »Magst du eine Tasse Kaffee, die meine Tochter zubereitet hat, Genosse? Ich habe gehört, ihr seid euch in den letzten Jahren nähergekommen.«

»Welche Tochter meinst du?«

»Es ist nur noch eine bei mir. Adinda.«

»Ja, danke. Ich bin hier, weil ich um Adindas Hand anhalten wollte.«

Lautes Gemurmel schwoll über der von diesem Heiratsantrag überraschten Menge an, und natürlich brach noch mehr Mädchen das Herz. Auch Allamanda kamen die Tränen, einerseits war sie gerührt, so als würde er um ihre Hand anhalten, und andererseits schmerzte es sie, dass ihre jüngere Schwester die Auserwählte war. Mehr als alle anderen aber war Adinda von Genosse Kliwons unerwartetem Antrag überrascht. Sie war mit einem Tablett und zwei Tassen Kaffee in ihren Händen auf dem Weg zum Empfangsraum gewesen, als seine Worte sie abrupt zum Stehen brachten. Sie konnte von Glück sprechen, dass die zwei Tassen nicht zu Boden gefallen waren. Dort stand sie nun, verwirrt vor Glück und Überraschung.

Dewi Ayu, die bitterste Lebenserfahrungen Selbstbeherrschung gelehrt hatten, lächelte liebenswürdig. »In dieser Angelegenheit muss ich meine Tochter selbst befragen.« Dann ging Dewi Ayu nach hinten.

In ihrer Verlegenheit mochte Adinda sich nicht zeigen, erst recht nicht, nachdem sie die Menschenmenge vor dem Haus bemerkt hatte. Aber ihrer Mutter nickte sie entschlossen zu. Dewi Ayu kehrte zu Genosse Kliwon zurück und setzte sich ihm gegenüber; das Tablett mit den Kaffeetassen brachte sie mit. »Sie hat genickt«, sagte sie zu Genosse Kliwon und fuhr schmunzelnd fort: »Du wirst mein Schwiegersohn. Der Einzige meiner Schwiegersöhne, der nicht mit mir geschlafen hat.«

»Dabei hatte ich es einmal so erhofft«, sagte Genosse Kliwon etwas verlegen.

»Das habe ich mir gedacht.«

Genosse Kliwon heiratete Adinda schließlich Ende November des gleichen Jahres in einem rauschenden Hochzeitsfest, dessen Kosten sämtlich Dewi Ayu übernahm. Sie schlachteten zwei fette Rinder, vier Ziegen und Hunderte von Hühnern, und es gab Unmengen an Reis, Kartoffeln, Bohnen, Nudeln und Eiern. Zunächst hatte sich Genosse Kliwon ein möglichst einfaches Hochzeitsfest vorgestellt, denn abgesehen von den wenigen Ersparnissen aus der Zeit, als er noch zum Fischen hinausgefahren war, besaß er nicht viel Geld. Aber Dewi Ayu wünschte sich ein rauschendes Fest, war Adinda doch ihre einzig verbliebene Tochter.

Als Aussteuer schenkte Genosse Kliwon Adinda einen Ring, den er einst in Jakarta von dem Erlös seiner Arbeit als fahrender Fotograf gekauft und ursprünglich für Allamanda vorgesehen hatte. Adinda wusste, was es mit diesem Ring auf sich hatte, war aber nicht das eifersüchtige Mädchen, wie Allamanda dies früher immer behauptet hatte. Vielmehr trug sie ihn voller Stolz an ihrem Ringfinger. Sie verbrachten ihre Flitterwochen in einer Pension am Meer, die Dewi Ayu für sie gebucht hatte.

Dewi Ayu kaufte den Frischvermählten sogar ein Haus im gleichen Wohnkomplex, in dem auch Shodancho wohnte. Genosse Kliwon hatte ein Stück Land gekauft, das er allein bestellte. Im hinteren Teil legte er einen Teich an und brachte Fischlaich aus, den er jeden Morgen mit Reiskleie fütterte, und den Fischen warf er Maniok- und Papayablätter ins Wasser. Auf dem Feld baute er, so wie alle anderen, Reis an. Adinda musste für ihr neues Leben als Bäuerin ziemlich viel lernen, war sie bislang doch noch nicht einmal mit Erde in Berührung gekommen, aber natürlich war sie sehr glücklich.

Wie alle Bauern ging Genosse Kliwon sehr früh morgens auf sein Reisfeld. Er prüfte den Wasserzulauf, entfernte das Unkraut, fütterte die Fische und pflanzte Erdnüsse und Bohnen auf dem Deich des Reisfelds an. Adinda kümmerte sich in der Zeit um die Hausarbeit, und gegen Mittag, wenn alles getan war, folgte sie ihrem Mann auf das Feld, in ihren Händen einen Lunchkorb. Sie aßen gemeinsam im Unterstand, den Genosse Kliwon am Rande des Reisfelds errichtet hatte, und wenn sie anschließend nach Hause ging, war der Korb gefüllt mit jungen Maniok-Blättern und Süßkartoffeln.

Im Januar des folgenden Jahres ließ sich Adinda im Krankenhaus untersuchen und bestätigen, dass sie schwanger war. Diese Nachricht machte nicht nur Adinda und Genosse Kliwon glücklich, sondern alle, die sie kannten. Allamanda war die Erste, die sie beglückwünschte. Zu dem Zeitpunkt war sie mit Nurul Aini schwanger. Sie kam zum Haus, als das Paar entspannt auf der Veranda saß und die Blumen betrachtete, die Adinda gepflanzt hatte und nun aufs Schönste blühten. Beide waren ein wenig überrascht von Allamandas Besuch, denn obgleich sie Nachbarn waren, hatten sie einander noch nie besucht. Genosse Kliwon war betreten, aber Adinda umarmte ihre Schwester, und sie küssten sich.

»Was sagt der Arzt?«, fragte Allamanda.

»Er sagt, hoffentlich wird es keine Hure wie die Großmutter und kein Kommunist wie sein Vater.«

Allamanda lachte.

»Und was sagt der Arzt zu deiner Schwangerschaft?«, fragte Adinda.

»Wie du weißt, hat mich mein Bauch schon zwei Mal getäuscht, ich kann mich daher nicht allzu sehr darauf verlassen.«

»Allamanda«, sagte Genosse Kliwon plötzlich, worauf sich die beiden Frauen gleichzeitig zu ihm umwandten und sahen, wie er Allamandas Bauch betrachtete. Allamanda wurde bleich, sie erinnerte sich daran, wie Genosse Kliwon einst zu ihr gesagt hatte, dass ihr Bauch nichts als Luft enthielt, wie ein leerer Topf. »Ich verspreche dir, dein Bauch ist kein leerer Topf wie bei deinen früheren Schwangerschaften«, sagte Genosse Kliwon.

Allamanda forderte ihn mit Blicken auf, das eben Gesagte zu wiederholen, doch Genosse Kliwon nickte nur bekräftigend. »Es ist ein kleines, schönes Mädchen, vielleicht schöner noch als seine Mutter, vollkommen und gesund, es hat pechschwarzes Haar und die scharfen Augen seines Vaters. Es wird zwölf Tage vor unserem Kind auf die Welt kommen. Ihr könnt ihm wie seinen älteren Geschwistern den Namen Nurul Aini geben. Glaub mir, es wird geboren und leben und heranwachsen.«

»Bei Gott, wie der Genosse sagt, werde ich ihm den Namen Nurul Aini geben«, sagte Shodancho am Abend. Er und Allamanda begannen zu begreifen, dass ihre früheren Babys nicht verflucht worden waren, sondern aus Mangel an Liebe zwischen ihnen entschwanden. Und wie Allamanda es bei ihrer Bitte, Genosse Kliwon vor der Hinrichtung zu verschonen, versprochen hatte, schenkte sie Shodancho ihre aufrichtige Liebe. Diese Liebe trug nun tatsächlich Früchte in der Gestalt eines lang ersehnten Babys in ihrem Leib.

Genosse Kliwon war sich bewusst darüber, dass mit dem Baby im Bauch seiner Ehefrau auch seine Verantwortung wuchs, und er begann, sich Gedanken über eine andere Arbeit jenseits der Reisfelder und Fischteiche zu machen. In der Zeit, als er noch der Kommunistischen Partei vorstand, hatte er viele Bücher zusammengetragen, die sowohl von den Kindern der Sonntagsschule gelesen wurden als auch als Lesestoff für Parteimitglieder dienten. Ein großer Teil der Bücher überstand das Feuer nicht, das Shodanchos Männer und die Antikommunisten im Parteibüro gelegt hatten. Aber Shodancho hatte die Kampfkunst-Romane und ein paar Groschenhefte gerettet, die als frei von kommunistischer Ideologie galten, und sie in der Militärkommandantur untergebracht, damit er selbst oder die Soldaten sie lesen konnten. Einige Tage nach Allamandas Besuch gab ihm Shodancho die zwei mit Kampfkunst-Romanen gefüllten Kartons zurück. Mit diesen Büchern startete Genosse Kliwon sein erstes Unternehmen. Vor seinem Haus richtete er eine Bibliothek ein, deren Kunden überwiegend Schulkinder waren, die aber Adinda eine Beschäftigung gab und sie beide glücklich machte.

Dann wurde schließlich Nurul Aini geboren. Shodancho ließen die Worte Maman Gendengs bei dessen Besuch nicht ungerührt: »Herzlichen Glückwunsch, Shodancho, ich hoffe, die beiden Cousinen werden einander, anders als wir beide, gute Freundinnen sein.«

Das war eine tolle Idee, die Kinder in Freundschaft miteinander aufwachsen zu lassen, um die alte und heimliche Feindschaft zwischen den Vätern aufzuheben. Shodancho war einverstanden und sagte, dass es am besten sei, wenn man die beiden Mädchen, Rengganis die Schöne und Nurul Aini, zu gegebener Zeit in denselben Kindergarten und auf dieselbe Schule schickte. Als schließlich auch Adinda – wie von Genosse Kliwon vorhergesagt, zwölf Tage nach der Geburt Nurul Ainis – ihren Sohn auf die Welt gebracht hatte, wiederholte Shodancho, immer noch beeindruckt, Maman Gendengs Satz für Genosse Kliwon in etwas abgewandelter Form: »Herzlichen Glückwunsch, Genosse, auf dass dein Kind und mein Kind, anders als wir zwei, gute Freunde und vielleicht sogar einmal ein Paar werden.«

Der Junge erhielt von seinem Vater den Namen Krisan. Und möglicherweise war tatsächlich vorherbestimmt, dass er und Nurul Aini ein Paar werden sollten, aber das Leben hält stets anderes parat: Rengganis die Schöne stand zwischen ihnen.

14

1976 war Halimunda von Hass überflutet und von ruhelosen Geistern heimgesucht. Alle Bewohner spürten das, aber auch die beiden niederländischen Touristen, die soeben im Bahnhof aus dem Zug gestiegen waren, ein Ehepaar in den Siebzigern. Der rüstige Mann schulterte einen enormen, vollgestopften Rucksack, während seine Ehefrau in der einen Hand eine kleine Tasche und in der anderen einen Regenschirm mit sich führte. Kaum auf dem Bahnsteig, umfing sie eine drückende Luft, angereichert mit einem beißenden Verwesungsgestank und voller dunkler, rötlich flackernder Schatten.

»Als beträte man ein Geisterhaus«, bemerkte die Ehefrau kopfschüttelnd.

»Nein«, sagte der Ehemann, »als hätte es in dieser Stadt einmal ein Blutbad gegeben.«

Der Rikscha-Fahrer, der sie zu ihrer Unterkunft fuhr, erzählte ihnen von den Geistern. »Sie sind ganz schön stark«, sagte er, »betet lieber, dass sie die Rikscha nicht mitten auf der Straße zum Überschlagen bringen.«

»Passiert denn so etwas häufiger?«, fragte der Ehemann.

»Es ist sehr, sehr selten, dass es nicht passiert«, antwortete der

Rikscha-Fahrer. Darauf schilderte er, wie einmal ein Auto von der Straße abgehoben und, nachdem es die Straßenbegrenzung durchbrochen habe, fliegend ins Meer gestürzt sei. Keiner der Insassen habe überlebt, und die Leute in der Stadt glaubten, dass die ruhelosen Geister dahintersteckten. Auch habe es zwei Jahre zuvor ein großes Feuer auf dem Markt gegeben. Die Brandursache sei ungeklärt geblieben, aber die Leute seien auch da überzeugt, dass die Geister dafür gesorgt hätten.

»Wie viele Geister sind es denn?«, fragte die Ehefrau.

»Ach, wissen Sie, niemand ist so dumm, die Geister zu zählen.«

Das Ehepaar erfuhr darauf, dass es in der Stadt einige Jahre zuvor zu einem an Grausamkeit kaum zu übertreffenden Massaker gekommen war, bei dem mehr als eintausend Kommunisten ums Leben kamen. Selbst Leute, die Kommunisten verabscheuten, würden sagen, dass es niemals zuvor ein entsetzlicheres Massaker in ihrer Stadt gegeben habe und dass es hoffentlich auch künftig keines geben werde. Einen Teil der Toten habe man in einem Massengrab auf dem öffentlichen Friedhof Budi Dharma bestattet, die Übrigen habe man einfach am Straßenrand verwesen lassen, bis sie von Leuten, die es nicht mehr ertrugen, schließlich doch noch begraben wurden. Aber nicht so, wie man Tote beisetzt, sondern so, wie man einen Haufen Scheiße vergräbt, den man zwischen den Bananenstauden hinterlassen hat.

Die beiden niederländischen Touristen fanden eine passable Unterkunft am Meer. Die Ehefrau flüsterte ihrem Ehemann zu: »Hier haben wir uns einmal geliebt, und Papa hat uns dabei erwischt. Das war das letzte Mal, dass wir ihn gesehen haben.« Ihr Ehemann nickte. Sie gingen auf den Empfangstresen zu, der von einem jungen Mann besetzt war, der in seiner weißen Uniform mit symmetrisch gebundener Fliege steif und unnatürlich wirkte. Er begrüßte die Touristen mit einem Lächeln und schob ihnen das Gästebuch hin. In einer altmodischen, geschwungenen Handschrift trug der Mann ihre beiden Namen ein: Henri und Aneu Stammler.

Den Rest des Tages ruhten sie sich im Zimmer aus, das sich, laut Aneu Stammler, seit den Tagen der Kolonialzeit erheblich verändert habe. »Ich gehe jede Wette ein, dass der jetzige Besitzer ein Einheimischer ist«, sagte sie. Erst für den nächsten Tag hatten sie sich vorgenommen, einen Spaziergang in der Umgebung zu unternehmen. Sie schienen es nicht sonderlich eilig zu haben; es sah vielmehr so aus, als beabsichtigten sie, für längere Zeit in der Stadt zu bleiben. Vielleicht für mehrere Monate, vielleicht für Jahre. Viele niederländische Touristen taten dies im Bemühen, ihre Erinnerungen an verflossene Tage heraufzubeschwören, bevor sie der Krieg vertrieb.

Ein Hoteljunge brachte ihnen das Abendessen aufs Zimmer und richtete ihnen Folgendes aus: »Sehen Sie sich vor den kommunistischen Geistern vor.«

»Karl Marx warnt vor ihnen schon im ersten Abschnitt des Manifests«, erwiderte Henri Stammler lachend. Bevor aber der Hoteljunge ging und sich die Eheleute an ihr Abendessen machten, das ihnen die beinah vergessenen tropischen Gaumenfreuden schenken sollte, stellte Henri Stammler noch eine Frage: »Kennst du eine Frau namens Dewi Ayu? Sie ist etwa zweiundfünfzig Jahre alt.«

»Natürlich«, sagte der Junge, »es gibt keinen in Halimunda, der sie nicht kennt.«

Henri Stammler und seine Frau wurden von unbeschreiblicher Freude übermannt. Den halben Erdball hatten sie umflogen, nur um in diese Stadt zu gelangen und ihre Tochter zu finden, die sie einst als Säugling auf der Schwelle ihres Großvaters abgelegt hatten. Fassungslos sahen sie den Jungen an, als konnten sie kaum glauben, Dewi Ayu derart leicht gefunden zu haben. »Ist sie halb weiß?«

»Ja, es gibt in dieser Stadt niemanden sonst mit dem Namen Dewi Ayu.«

»Das heißt, sie lebt?«, fragte Aneu Stammler mit feuchten Augen.

»Nein«, antwortete der Junge. »Sie ist erst vor Kurzem gestorben.«

»Woran ist sie gestorben?«

»Sie wollte sterben.« Der Junge war bereits im Begriff, das Paar allein zu lassen, doch bevor er verschwand, fügte er noch hinzu: »Es gibt aber noch viele andere Prostituierte, wenn Sie wünschen.«

So erfuhren sie, dass Dewi Ayu eine Prostituierte war. Der Junge erklärte weiter, dass Dewi Ayu als höchstgepriesene Prostituierte eine Legende in der Stadt verkörperte – auch wenn dies weder Henri noch Aneu Stammler sonderlich beeindruckte. »Alle Männer träumten davon, mit ihr zu schlafen. Sogar zwei ihrer drei Schwiegersöhne haben mit ihr geschlafen. Sie war eine großartige Prostituierte.«

»Das heißt, sie hat drei Töchter?«, fragte Aneu Stammler.

»Vier. Die jüngste ist zwölf Tage vor Dewi Ayus Tod auf die Welt gekommen.«

Sie erhielten die Adresse, unter der sie Dewi Ayus jüngste Tochter würden antreffen können. Diese Enkeltochter lebte in der Obhut der tauben Hausangestellten Rosinah, und Dewi Ayu hatte ihr den Namen Schönheit gegeben.

»Aber sie ist fürchterlich hässlich, wie ein Monster«, sagte der Junge.

Henri und Aneu Stammler konnten sich davon selbst ein Bild machen, als sie am folgenden Tag das Haus aufsuchten. Beinah wären sie in Ohnmacht gefallen, denn sie konnten es nicht fassen, eine solche Enkeltochter zu haben. »Wie ein verkohlter Kuchen«, sagte, auf einen Stuhl sinkend, Aneu Stammler.

Rosinah legte die kleine Schönheit in eine Wiege aus Stoff, die im Türrahmen aufgehängt war, und gab den Gästen ein Glas kalter Limonade. »Dewi Ayu hatte die Nase voll von schönen Kindern, daher wollte sie ein hässliches Kind, und das ist dabei herausgekommen«, erklärte sie in ihrer Zeichensprache.

Henri und Aneu Stammler verstanden nichts. Rosinah ärgerte nichts so sehr, als mit Leuten kommunizieren zu müssen, die ihre Zeichensprache nicht verstanden. Aber sie war von gutherziger Natur. Also nahm sie ihr Notizbuch und schrieb das auf, was sie den beiden bereits mit Gesten erklärt hatte.

»Was ist mit den anderen Kindern?«, fragte Henri.

»Sowie sie die Bekanntschaft mit dem ›männlichen Geschlecht‹ gemacht hatten, sind sie nie wieder hergekommen«, wiederholte Rosinah schriftlich die Erklärung, die Dewi Ayu ihr einmal mündlich gegeben hatte.

Die beiden alten Leute machten eine kleine Besichtigungstour durch das Haus und betrachteten die Fotos an den Wänden. Ein Foto von Ted und Marietje Stammler ließ sie beide in Tränen ausbrechen, worauf Rosinah ihren Kopf schüttelte und bei sich dachte, wie nah am Wasser gebaut die zwei Alten doch waren. Nach ihrem Tränenausbruch lachten sie aber sogleich wieder über ein Foto, das sie beide im Teenageralter zeigte. »Ich wette, die zwei sind geradewegs aus der Nervenklinik entlassen worden«, sagte Rosinah in ihrer Zeichensprache zum Baby in seiner Wiege. Henri und Aneu Stammler waren ganz angetan von den Fotos, auf denen sie Dewi Ayu erkannten. Eines zeigte sie als kleines Mädchen, ein anderes als Heranwachsende. Aus der Zeit, als sie in ihren Zwanzigern war, gab es aufgrund des Krieges kein einziges Bild, dann aber wurde die Reihe fortgesetzt mit Aufnahmen, auf denen sie bereits erwachsen war. Es gab sogar ein Foto, das sie im Alter von etwa fünfzig Jahren zeigte. Aneu und Henri Stammler waren fasziniert, dass ihre Tochter ungeachtet ihres Alters eine gleichbleibend hinreißende Schönheit ausstrahlte. Kein Wunder, dass zahllose Männer ein Loblied auf sie als Prostituierte sangen.

Es fanden sich auch Fotos von anderen schönen jungen Frauen. »Die mit dem hellen Gesicht und den schmalen Augen einer Japanerin heißt Allamanda«, erklärte Rosinah. »Sie ist mit Shodancho verheiratet, einem Soldaten, und hat ein Kind namens Nurul Aini.« Rosinah erfüllte ihre Rolle als Reiseleiterin vortrefflich. »Das Mädchen, das Dewi Ayu am ähnlichsten sieht, ist ihre zweite Tochter«, schrieb Rosinah in das Notizbuch. »Sie heißt Adinda. Sie ist mit einem Kommunistenveteranen namens Genosse Kliwon verheiratet, und sie haben einen Sohn namens Krisan. Ihre dritte Tochter sieht aus wie ein Mischling. Es ist die Schönste von den dreien. Dewi Ayu gab ihr den Namen Maya Dewi. Sie hat im Alter von zwölf Jahren Maman Gendeng, den gefürchtetsten Preman der Stadt, geheiratet. Und erst nach fünf Jahren Ehe ohne Sex haben sie ein Kind bekommen, Rengganis die Schöne.« Rosinah habe die drei Töchter noch nie zu Gesicht bekommen, gleichwohl habe ihr Dewi Ayu alles über sie erzählt.

Plötzlich spürten sie alle drei einen enorm starken Druck, so als komprimiere sich die Luft, und ihre Nackenhaare richteten sich auf.

»Verdammt«, sagte Henri, »was ist das für eine böse Energie?«

»Ich weiß es nicht«, gab Rosinah mit Gesten zu verstehen, »aber tatsächlich gibt es hier Geister. Dieser ist nicht besonders bösartig, aber ziemlich nachtragend.«

»Ein kommunistischer Geist?«, fragte Aneu Stammler, sich an ihren Ehemann schmiegend.

»Nein, die sind auf der Straße, nicht in diesem Haus.«

Die Fotos an den Wänden begannen, leicht hin- und herzupendeln, als habe sie ein Windhauch erfasst. Das Notizbuch in Rosinahs Hand schlug auf und wieder zu. Die Wiege, in der Schönheit lag, schaukelte sachte. Dann war aus der Küche der Lärm zerbrechender Teller zu hören und der eines Topfes, der scheppernd zu Boden fiel.

»Ist das Dewi Ayus Geist?«, fragte Aneu wieder.

»Ich bin mir nicht sicher«, schrieb Rosinah. »Dewi Ayu hat davon gesprochen, dass ihr der Geist Ma Gediks überallhin gefolgt sei, selbst nach ihrem Umzug, und dass sie Angst vor ihm habe, obwohl er uns bis heute noch nichts Böses getan hat.«

»Wer ist Ma Gedik?«, fragte Henri.

»Dewi Ayu sagte, er sei ihr ehemaliger Ehemann gewesen.«

»Die Stadt wird von zu vielen Geistern bevölkert«, sagte Henri Stammler, als die übernatürliche Störung verschwunden zu sein schien und die Fotorahmen wie zuvor unbeweglich an ihren jeweiligen Nägeln hingen. Er trank die kalte Limonade und versuchte, sich zu beruhigen. »Ich habe kein Foto von einem Mann gesehen, der jener Ma Gedik sein könnte.«

»Auch ich habe kein einziges Foto von ihm gesehen«, antwortete Rosinah.

Bevor Schönheit geboren worden war, hatten Rosinah und Dewi Ayu häufig in der Küche vor dem Ofen gesessen und einander Geschichten erzählt. Bei einer dieser Gelegenheiten erzählte Dewi Ayu von Ma Gedik. Sie habe ihn, so Dewi Ayu, seinerzeit gezwungen, sie zu heiraten, weil sie ihn über alle Maßen geliebt habe. Niemals habe sie einen anderen Mann so geliebt wie diesen Alten. »Obwohl von vornherein klar war, dass meine Liebe unerwidert bleiben würde. Er hat mich als böse Hexe angesehen«, habe Dewi Ayu lachend gesagt. Sie habe ihn geliebt, obwohl sie ihn zuvor noch nie gesehen hatte. Sie habe ihn geliebt, weil sie wusste, wie sehr ihre Großmutter mütterlicherseits ihn geliebt hatte. »Ma Gedik und meine Großmutter Ma Iyang waren ein Liebespaar. Ihre Liebe wurde zerstört, so wie ihrer beider Leben zerstört wurde, und das nur wegen der hemmungslosen Gier und Wollust eines Niederländers«, sagte Dewi Ayu. »Und das Tragischste an der ganzen Sache: Bei diesem gierigen und lüsternen Niederländer handelt es sich um meinen eigenen Großvater.« Dewi Ayu habe Ma Gedik von dem Moment an geliebt, als sie zum ersten Mal von der Geschichte gehört hatte. Vielleicht hatten sie ihr die Dienstboten oder die Nachbarn erzählt. Sie sagte, dass sie vorhatte, sich umzubringen, sollte sie ihn nicht heiraten können. Daher habe sie ihn eines Nachts gegen seinen Willen entführen lassen. Und ebenso gegen seinen Willen habe sie ihn dann geheiratet, obwohl sie nie miteinander schlafen würden. »Er ist auf den Gipfel des Hügels gelaufen und hat sich von dort oben in die Tiefe gestürzt«, so Dewi Ayu. Und fortan sei ihr sein Geist überallhin gefolgt.

Sowohl Henri als auch Aneu Stammler wussten selbstverständlich von der Geschichte von Ma Iyang und Ma Gedik, allerdings wussten sie bislang nicht, dass Dewi Ayu später ebenjenen Ma Gedik geheiratet hatte.

»Und so kam es«, notierte Rosinah, »dass Dewi Ayu bis zu ihrem Alter von zweiundfünfzig Jahren ständig von diesem Geist begleitet wurde.«

»Aber weshalb ist sie Prostituierte geworden?«, fragte Aneu.

Rosinah berichtete, was Dewi Ayu während des Krieges widerfahren war, und dass sie nach Ende des Krieges nicht nur Prostituierte geblieben sei, um ihre Schulden bei Mama Kalong zurückzuzahlen, sondern weil sie nicht wollte, dass sich das, was Ma Iyang und Ma Gedik widerfahren war, im Leben anderer Liebespaare wiederholte. »Prostituierte sorgen zumindest dafür, dass ein Mann sich keine Mätresse zu halten braucht. Denn jedes Mal, wenn sich ein Mann eine Mätresse nimmt, verletzt er aller Voraussicht nach die Gefühle ihres Geliebten. Jedes Mal, wenn sich ein Mann eine Mätresse nimmt, wird eine Liebe zerstört und das Leben der Liebenden ins Unglück gestürzt. Eine Prostituierte aber verletzt höchstens die Gefühle einer Ehefrau, die bereits verheiratet ist – und es ist ihre eigene Schuld, wenn sie ihrem Ehemann Anlass bietet, ins Bordell zu gehen.«

»So wurde sie also Halimundas viel gepriesene Prostituierte«, schrieb Rosinah. »Das ist ja, als würde ich hier die Biografie meiner Arbeitgeberin aufschreiben.« Sie kicherte.

»Wie kann es sein, dass wir ein Kind mit einer solch abscheulichen Einstellung bekommen haben?«, fragte Aneu Stammler verwirrt ihren Mann.

»Denk nicht schlecht über das Kind«, sagte Henri. »Wir haben uns nicht weniger versündigt als sie. Wir sind Geschwister gleichen Blutes und haben uns dennoch entschlossen zu heiraten. Das darfst du nicht vergessen.«

Niemand hatte das vergessen, auch Rosinah nicht, die die Geschichte von Dewi Ayu erfahren hatte.

Darauf erschien der Geist erneut, dieses Mal etwas geselliger, er warf den Tisch um, auf dem die kalten Limonaden standen.

Die Geister der Kommunisten quälten jedoch niemanden mehr als Shodancho. In all den Jahren seit den Massakern litt er unter einer hartnäckigen Schlaflosigkeit, und wenn er endlich doch noch eingenickt war, lief er schlafwandelnd umher. Die kommunistischen Geister suchten ihn unentwegt heim, selbst bis an den Kartentisch verfolgten sie ihn und ließen ihn ständig verlieren. Ihre harmlosen Streiche trieben ihn an den Rand des Wahnsinns. Nicht selten zog er sein Hemd verkehrt herum an, oder er verließ das Haus nur in seinen Unterhosen. Er kehrte in das falsche Haus zurück, oder er meinte, mit seiner Frau zu schlafen, tat es in Wirklichkeit aber mit der Kloschüssel. Vor seinen Augen verwandelte sich das Wasser im Wasserbecken im Badezimmer plötzlich in dickflüssiges Blut, und er machte die Entdeckung, dass auch alles andere Wasser im Haus, selbst das Trinkwasser in der Teekanne oder das in der Thermoskanne, zu dieser zähen, roten Flüssigkeit geworden war.

Jeder in der Stadt spürte die Präsenz der Geister, man erkannte und fürchtete sie. Aber Shodancho traf es am härtesten.

Manchmal erschienen sie am Fenster seines Schlafzimmers, ihre Stirn zierte jeweils ein Einschussloch, aus dem unentwegt Blut strömte. Sie seufzten, als wollten sie etwas sagen, doch schienen sie ihre Worte verloren und nur mehr ihre Schmerzenslaute zu haben. Wenn Shodancho sie sah, stieß er mit bleichem Gesicht einen Schrei aus und presste sich an die dem Fenster gegenüberliegende Wand.

Allamanda kam dann herbeigelaufen und versuchte, ihn zu beruhigen. »Denk nach, das sind doch nur die Geister der Kommunisten«, sagte sie.

Shodancho tröstete das allerdings nicht, sodass Allamanda am Ende die Geister von ihrem Schlafzimmerfenster vertreiben musste. Manchmal waren die Geister nicht bereit zu gehen und seufzten so heftig, als verlangten sie nach etwas. Allamanda gab ihnen dann zu trinken und zu essen, und sie machten sich darüber her, als hätten sie gerade eine ausgedehnte Wüste durchquert oder drei Jahre lang gefastet. Daraufhin verschwanden sie von den Fenstern, und Shodancho ließ sich beruhigen.

Anfangs war er nicht so ängstlich gewesen. Wenn ein kommunistischer Geist mit klaffenden Schusswunden und undeutlich die Internationale quäkend erschienen war, hatte Shodancho seine Pistole gezogen und ihn erschossen. Zunächst verschwanden die Geister auch beim ersten Schuss, doch mit der Zeit wurden sie unverwundbar. Shodancho hatte inzwischen in bald jedem Winkel der Stadt unzählige Male auf Geister geschossen, sodass diese immun geworden waren. Die Kugeln hinterließen Schusswunden, aus denen sogar Blut floss, aber sterben taten die Geister nicht. Sie blieben einfach stehen, egal wie oft sie getroffen worden waren, und versuchten sogar noch, sich zu nähern, sodass am Ende Shodancho derjenige war, der das Weite suchte. Seit dieser Zeit befiel ihn diese entsetzliche Angst, jedes Mal, wenn ein Geist erschien.

Shodancho war im Übrigen keinesfalls verrückt. Und er hatte keine Halluzinationen. Was er sah, sahen auch alle anderen, und was ihn ängstigte, ängstigte auch alle anderen. Der Unterschied war, dass er sich in einem weit höheren Maß als jeder andere ängstigte, vor allem verglichen mit seiner Ehefrau, die sich mit der Zeit an das Erscheinen der Geister gewöhnt hatte und bei sich dachte, dass sie von selbst die Lust daran verlören, die Lebenden zu belästigen.

Shodancho hatte während der Massaker zugegebenermaßen zahllose Kommunisten getötet, sodass es ihn nicht überraschte, dass diese nun als Geister Rache an ihm üben wollten. Er musste ständig vor ihnen auf der Hut sein, doch auch ohne Geistererscheinungen ließ ihn die Angst nicht los, sodass sein Leben unerträglich wurde.

Selbst ihre Tochter, die inzwischen zehn Jahre alt war, wurde in Mitleidenschaft gezogen. Ai, oder Nurul Aini, klagte ständig, dass der Kern einer Goldpflaume in ihrer Kehle stecke und ihr Vater ihr helfen solle, diesen Goldpflaumenkern herauszuholen. Ihr Vater bemerkte dann lediglich, dass es sich dabei um eine weitere Machenschaft der Geister handele, und Ai glaubte ihm. Nur ihre Mutter verstand den eigentlichen Grund: Ihre Tochter suchte die Aufmerksamkeit ihres Vaters, der sich nur noch mit seiner Angst vor den Geistern der Kommunisten beschäftigte.

Schließlich begann er, sich völlig unberechenbar und irrational zu verhalten. Einmal beobachtete er einen verwirrten Obdachlosen dabei, wie er einen Hund schlug. Jeder wusste, wie sehr Shodancho Hunde liebte. Er hielt selbst etliche Hunde im Haus, und als Guerillakämpfer hatte er zahllose Ajak gezähmt. Wie er nun diesen Obdachlosen auf den Hund einschlagen sah, lief er Amok. Er verprügelte den Mann erbarmungslos, dann warf er ihn ins Militärgefängnis. Dass ein verwirrter Obdachloser, nur weil er einen Hund geschlagen hatte, ohne jede Gerichtsverhandlung ins Militärgefängnis geworfen wurde, irritierte natürlich jeden.

Allamanda war erschüttert und fragte ihren Ehemann: »Was ist denn überhaupt passiert?«

»Dieser Obdachlose ist von einem kommunistischen Geist besessen.«

Eines Nachts grölte ein betrunkener Fischer irgendwelche Lieder und weckte damit alle Anwohner auf. Auch Shodancho, der gerade erst seine fiebrige Schlaflosigkeit überwunden und in den Schlaf gefunden hatte. Ohne Umschweife lief er mit seiner Waffe in der Hand hinaus, schoss dem betrunkenen Fischer in den Fuß und schleppte ihn ins Militärgefängnis.

»Bist du verrückt geworden, jemanden ins Gefängnis zu werfen, nur weil er betrunken ist?«, fuhr ihn Allamanda an.

»Er ist von einem kommunistischen Geist besessen.«

Solcherlei Vorfälle häuften sich. Shodancho beschuldigte jeden, der sich nicht nach seinen Vorstellungen verhielt, von Geistern besessen zu sein. Der alte Shodancho, der früher so gern meditierte und stets besonnen auftrat, war restlos verschwunden. Schließlich brachte Allamanda ihn nach Jakarta in die Nervenklinik, weil eine solche 1976 in Halimunda noch nicht existierte. Sie kehrte nach einer Woche zurück und ließ Shodancho in der Obhut der Krankenschwestern und Pfleger der Nervenklinik, denn schließlich gab es noch ihre Tochter, um die es sich zu kümmern galt.

Auch ohne Shodancho blieben Halimunda die Geister erhalten. Zumindest aber flößten sie den Bewohnern der Stadt keine Angst mehr ein, da sie nun nicht mehr mit ihren verwundeten Körpern oder ihren leidenden Stimmen erschienen. Shodancho war mit seinen Aktionen für die Bewohner zuletzt ohnehin weitaus beängstigender gewesen als die Geister, da er ungestraft jeden, den er nicht mochte, bezichtigte, von einem kommunistischen Geist besessen zu sein, diesen folterte oder auf unbestimmte Zeit ins Gefängnis warf. Aus diesem Grund war Shodanchos Fortgang eine echte Erleichterung.

Es dauerte jedoch nicht lange, da kehrte Shodancho in die Stadt zurück. »Verdammt«, war sein erstes Wort, »die Ärzte meinten, ich wäre verrückt, da habe ich auf einen von ihnen geschossen und bin nach Hause.«

»Du bist bestimmt nicht verrückt«, sagte Allamanda, »nur ein wenig nicht ganz bei Verstand.«

»Da ist ein Goldpflaumenkern in meinem Hals, Papa«, klagte Ai.

»Mach den Mund auf, damit ich den kleinen Kommunisten da drin erschießen kann.«

»Ich bringe dich um, wenn du das tust«, drohte Allamanda.

Shodancho schoss nicht auf den Goldpflaumenkern, auch wenn Ai ihren Mund bereits sperrangelweit geöffnet hatte.

Nach Halimunda zurückzukehren bedeutete, zum Ursprung all seiner Ängste zurückzukehren. Er versuchte, die Geister von sich fernzuhalten, indem er noch mehr Hunde im Haus hielt. Und zunächst schien es sogar, als verringerten sich die Übergriffe. Allerdings gelang es einigen Geistern, die Hunde auszutricksen. Sie flogen auf das Hausdach und drangen durch die Ritzen in den Zimmerdecken ein. Shodancho schrie dann wie wild in seinem Bett, und Allamanda gab ihnen zu essen und zu trinken, denn offenbar war es das, was sie wollten.

»Nur Genosse Kliwon kann sie kontrollieren«, klagte Shodancho.

»Du musstest ihn ja kurz nach Krisans Geburt auf die Insel Buru schicken«, erwiderte Allamanda.

Das stimmte, und Shodancho bedauerte zutiefst, es getan zu haben. Nicht etwa, weil seine Ehefrau wütend befand, er habe damit seine Abmachung gebrochen. Diese beinhaltete schließlich nur, dass er Genosse Kliwon am Leben ließ, und Kliwon lebte ja noch. Zudem waren ihm die Hände gebunden gewesen, da die Generäle aus der Zentralkommandantur beschlossen hatten, Genosse Kliwon gehöre zu der Gruppe der unverbesserlichen Kommunisten, die nach Buru verbannt werden mussten. Nein, er bedauerte es, weil außer Genosse Kliwon niemand imstande war, die kommunistischen Geister in der Stadt zu kontrollieren. Er brauchte diesen Mann, und er dachte darüber nach, wie er zurückzuschaffen war – oder er selbst musste aus dieser Stadt fliehen.

Er entschied sich für Letzteres.

Aus den Meldungen des Militärs hatte er von der Besetzung Osttimors erfahren. Die Guerillakämpfer aus der Region machten den Besatzungstruppen der Regierung das Leben zur Hölle. Shodancho erinnerte sich an die Zeiten, in denen er selbst Guerillakämpfer war, und meldete sich, um nach Osttimor entsandt zu werden. Er würde den Geistern »Sayonara« sagen und gehen, obwohl dies bedeutete, dass er auch seine Ehefrau und seine Tochter zurücklassen musste.

Bald hatten alle in der Stadt von seinen Abreiseplänen erfahren. Bei seiner Abschiedsfeier spielte eine Marschkapelle der Armee auf dem Platz der Unabhängigkeit und verlieh seiner Abreise einen angemessenen Glanz. Während des anschließenden Umzugs durch die Straßen stand Shodancho in voller Militärmontur im offenen Jeep, er winkte den Menschen am Straßenrand zu und zeigte den ruhelosen Geistern ein spöttisches Lächeln. Shodancho und die Soldaten, die ihm nach Osttimor folgten, ließen schließlich die Marschkapelle zurück und verschwanden hinter der Stadtgrenze. Er hatte völlig vergessen, sich von seiner Frau und seiner Tochter zu verabschieden.

»Er hat mir noch nicht mal den Goldpflaumenkern herausgenommen«, sagte Ai.

»Glaub mir, er wird es nicht lange dort drüben aushalten«, tröstete Allamanda ihr Kind. »Er war ein großartiger Guerilla hier in Halimunda, aber Osttimor ist nicht Halimunda.«

Und so kam es dann auch. Bereits nach sechs Monaten wurde Shodancho nach Hause geschickt, eine Kugel in seiner Wade. Den Leuten in Halimunda blieb nichts anderes übrig, als sich ihrem Schicksal, ihn einfach nicht loszuwerden, zu fügen.

Seiner Frau gegenüber beklagte er sich darüber, wie schwierig es sei, an diesem beschissenen Ort Krieg zu führen. »Ich weiß nicht, was in einer solchen Ödnis zu finden sein soll«, tröstete sich Shodancho selbst über seine Abberufung hinweg. Seine Frau versuchte, ihn zu bewegen, ins Krankenhaus zu gehen, um die Kugel entfernen zu lassen, aber Shodancho weigerte sich. Er sagte, er habe nun keine Schmerzen mehr und würde lediglich beim Gehen ein wenig hinken. Er wolle, dass die Kugel genau dort bliebe, als bitteres Andenken. »Denn als der Schütze sein Gewehr auf mich richtete, hat er die Internationale gesungen«, sagte er mit bedrückter Miene. »Die Kommunistenbrüder sind einfach überall.«

Nach einer Weile musste Genosse Kliwon seine Bibliothek schließen. Es ging das heimtückische Gerücht um, er vergifte die Schulkinder mit pädagogisch wertlosem und unmoralischem Lesestoff, was angesichts seiner früheren Aktivitäten als einer der einflussreichsten Kommunisten der Stadt kein Wunder war. Genosse Kliwon schäumte vor Wut, als er von diesem Gerede erfuhr, doch Adinda konnte ihn besänftigen. Er gab die Bibliothek schließlich auf und lagerte die Bücher ein, allerdings mit dem Versprechen, er würde seinen Sohn, wenn er groß genug dafür war, dazu anhalten, sämtliche dieser Bücher zu verschlingen, damit die Leute selbst sehen würden, ob dessen Moral nach der Lektüre verdorben war oder nicht. »Es ist nicht so, dass ich keine gehaltvollen Bücher anbieten will. Das Problem ist, dass sie alle diese Bücher verbrannt haben«, sagte er.

Shodancho hatte erst kürzlich mithilfe eines dubiosen Partners eine Eisfabrik gegründet. Und da Genosse Kliwon nach der Zwangsschließung der Bibliothek in finanziellen Schwierigkeiten steckte, bot er diesem an, in das Management der Eisfabrik einzusteigen, praktisch als gleichberechtigter Partner. Zweifelsohne hatte die Eisfabrik die besten Aussichten, vor allem in Anbetracht des steigenden Bedarfs der Fischer nach Eis. Denn seit dem Fall der Kommunistischen Partei und der Zerschlagung der Gewerkschaft der Fischer operierten nun weit mehr der großen Schiffe in der See vor Halimunda, und diese benötigten ausnahmslos Eis.

Genosse Kliwon jedoch war in keiner Weise an diesem Angebot interessiert. Niemand kannte seine Beweggründe. Vielleicht waren sie ideologischer Art, oder aber es war ihm unangenehm, ein weiteres Hilfsangebot von Shodancho und seiner Frau, die ihm schon die Hinrichtung erspart hatten, in Anspruch zu nehmen. Jedenfalls zog er es vor, seinen Lebensunterhalt mit dem Sammeln von Schwalbennestern zu verdienen. Er schloss sich einer jener Gruppen an, die sich für gewöhnlich aus vier Männern zusammensetzten. Die Nester ließen sich zu hohen Preisen an Chinesen verkaufen, die sie wiederum in größere Städte und sogar ins Ausland verkauften. Genosse Kliwon war es einerlei, wer diese Schwalbennester, die seiner Meinung nach nicht besser schmeckten als Makkaroni, letztendlich aß. Er dachte nur daran, dass er die Dinger zu fassen bekam, um sie an die chinesischen Schieber zu verkaufen.

Die bewaldete Halbinsel bei Halimunda war zum größten Teil umsäumt von Steilufern. In den Wänden dieser Steilufer lagen Höhlen, kleine wie große, nahe an der oberen Bruchkante oder weit unten vom Meerwasser überspült und nur bei Ebbe sichtbar. Darin bauten die schönen, schwarzen Vögel ihre Nester, flogen durch die Höhleneingänge hinein und hinaus, schwebten über dem Wasser oder stürzten sich in die schäumenden Wellen. Es hieß, dass sie die Nester mit ihrem Speichel bauten, aber das war Genosse Kliwon einerlei, wegen ihm hätten sie die Nester auch aus ihrem Kot bauen können.

Die Gruppe ging für gewöhnlich in der Nacht los, ausgestattet mit Säcken, ein wenig zu essen, Taschenlampen und Notfallmedizin, da in den Höhlen auch zahllose Schlangen lebten. Die Männer näherten sich, um keinen Lärm zu machen, den Steilufern in einem Ruderboot ohne Motor. Außerdem mussten sie beim Navigieren in den tückischen Wellen, die oftmals den Höhleneingang überspülten, große Geduld aufbringen. Selbst wenn die Wellen weniger hoch schlugen, galt es stets, auf der Hut vor der Flut zu sein, die sie beim Hereinbrechen in einer der Höhlen einschließen konnte. Manchmal mussten sie an einem der aus dem Wasser ragenden Korallenfelsen festmachen und unter Lebensgefahr mit Kletterseilen das Steilufer erklimmen, um einen höher gelegenen Höhleneingang zu erreichen. Diese Arbeit war äußerst kräftezehrend, und es konnte vorkommen, dass sie mehrere Tage festsaßen und besseres Wetter abwarten mussten. Das Einkommen aus einer solchen Jagd aber erlaubte allen vier Männern ein finanziell recht sorgenfreies Leben. Im Falle Genosse Kliwons überstieg das Einkommen bei Weitem jenes, das ihm die Arbeit auf dem Reisfeld und auf dem Acker beschert hatte – geschweige denn die Arbeit in seiner Bibliothek.

Er führte das Leben eines Schwalbennestsammlers etwa einen Monat lang, währenddessen Adinda stets voller Sorge zu Hause in Gesellschaft des kleinen Krisan auf ihn wartete. Eines Nachts rutschte einer der Männer am Steilufer aus, stürzte in die Tiefe und schlug auf einem Korallenfelsen auf. Er benötigte weder Erste Hilfe noch ein Krankenhaus, denn er war auf der Stelle tot. Sie hatten bereits etliche Schwalbennester gesammelt, doch den Männern schien dies nun, da sie mit der Leiche ihres Freundes nach Hause zurückkehrten, völlig wertlos. Den gesamten Erlös aus diesen letzten Schwalbennestern übergaben sie der Familie des Toten. Und von da an suchten Genosse Kliwon und seine zwei Freunde keine Schwalbennester mehr. Natürlich gab es weitere Sammler, und es gab weitere Tote, denn die Vögel bauten weiterhin ihre Nester, doch Genosse Kliwon hatte sich entschlossen, dieses schauerliche Geschäft aufzugeben. Denn würde er seinerseits sterben, würde er seine Frau und das neugeborene Kind zurücklassen. Und das wollte er nicht.

Er zermarterte sein Hirn auf der Suche nach einer neuen Geschäftsidee. Zu jener Zeit galt Halimunda als beliebtes Reiseziel. Genau genommen war die Stadt, dank der zwei herrlichen Buchten, die durch die bewaldete Landzunge gebildet wurden, bereits zu Kolonialzeiten als Ausflugsort stark frequentiert gewesen. Doch erst unter der neuen Regierung hatte die Stadt damit begonnen, sich als attraktive Stranddestination anzupreisen. Überall in Halimunda gab es neue Hotels und Souvenirbuden. Viele der einfachen Essensstände von einst hatten sich inzwischen in schicke Sea-Food-Restaurants verwandelt; und die Löcher in den Straßen waren mit frischem Asphalt ausgebessert worden. Die Touristen kamen von überall her, aus dem Inland wie aus dem Ausland, hauptsächlich, um sich am Strand aufzuhalten und baden zu gehen. Die Bucht im Westen zog vor allem Urlauber an, während die Bucht im Osten weiterhin den Hafen samt Fischmarkt beherbergte. Genosse Kliwon dachte darüber nach, was die Touristen, die zum Schwimmen herkamen, wohl am meisten benötigten, und was er mit seinen Fertigkeiten dazu beitragen könnte. Er fand eine Antwort.

»Ich werde Badehosen machen«, sagte er zu Adinda.

Adinda fand die Idee absurd, aber das war ihm einerlei, und er kaufte sich eine Singer-Nähmaschine. Er wollte seine Badehosen so günstig wie möglich verkaufen, denn die Touristen würden sie aller Wahrscheinlichkeit nach nur zum Schwimmen tragen und sie anschließend fortwerfen. Er musste also den billigsten Stoff auftreiben. Daher ging er zu seiner Mutter und fragte sie, welche Art von Stoff das wohl sein könnte.

»Mehlsäcke«, antwortete Mina. »Ich benutze sie normalerweise als Futter für Hosentaschen.«

So musste Genosse Kliwon zunächst die Technik des Bleichens erlernen, um die verschiedenfarbigen Markenaufdrucke der Stoffe zum Verschwinden zu bringen. Im Grunde genommen unterschieden sich die Badehosen nicht allzu sehr von jenen Unterhosen, die die Bauern auf den Reisfeldern trugen, doch durch sein Design hoben sie sich deutlich von diesen ab, farbige Motive, die er selbst gestaltete und vor dem Nähen im Siebdruckverfahren aufbrachte. Trotz seiner mäßigen Begabung waren die Designs sehr gelungen: Fische in kräftigen, fröhlichen Farben, deren Namen er manchmal selbst nicht wusste, oder Kokosnusspalmen, deren Blätter sich vor dem Hintergrund einer in leuchtendem Orange untergehenden Sonne abhoben. Außerdem schrieb er unter jedes Bild in großen Lettern den Namen Halimunda. Wenn sie wollten, konnten die Touristen sie als Andenken an ihre Reise mit nach Hause nehmen.

Am Strand aufgereiht standen etliche einfache Verkaufsstände aus Bambus, denen eine Plastikplane als Dach diente. An diese Buden verteilte Genosse Kliwon seine Badehosen. Und die kamen bei den Touristen offenbar sehr gut an. Ob nun aufgrund ihres niedrigen Preises oder aufgrund ihrer ansprechenden Motive, oder schlicht, weil die Ausflügler sie zum Schwimmen im Meer brauchten. Die Budenbetreiber baten um einen größeren Nachschub an Badehosen, und Genosse Kliwon musste deutlich mehr produzieren. Adinda konnte zwar ein wenig nähen, half aber mehr bei der Buchführung, da sie sich auch noch um den kleinen Krisan zu kümmern hatte. Als er mit den Bestellungen nicht mehr nachkam, begann Genosse Kliwon, einen Teil der Aufträge an seine Mutter abzugeben, bis sie nach einem Monat auch nicht mehr ein noch aus wusste. So kaufte er drei neue Nähmaschinen und stellte drei Schneiderinnen und einen Siebdrucker ein. Die Muster und Designs gestaltete er nach wie vor selbst. Das Geschäft lief äußerst vielversprechend, und er störte sich auch nicht daran, dass er auf diese Weise zu einem Kleinkapitalisten geworden war. Vielleicht hatte Genosse Kliwon seine Vergangenheit vergessen, oder aber er zwang sich dazu, sie zu vergessen. Er genoss jene glücklichen Tage, sein Geschäft lief gut, er hatte eine schöne Ehefrau und einen gesunden kleinen Sohn.

Natürlich erschienen bald Konkurrenten auf der Bildfläche, vor allem Chinesen und Leute aus Padang. Doch die Badehosen von Genosse Kliwon blieben die beliebtesten Modelle, und er war *das* Gesprächsthema der Geschäftsleute Halimundas.

Das glückliche Leben aber geriet durch ein Vorhaben des Bürgermeisters aus den Fugen. Und Genosse Kliwon wurde wieder jener Genosse Kliwon, der Genosse Kliwon von einst.

Halimunda hatte sich also zu einem beliebten Reiseziel entwickelt. Der raffgierige Bürgermeister spekulierte nun darauf, die Grundstücke entlang des Strandes an große Hotels veräußern zu können sowie an Restaurants und Bars und Diskotheken und Spielcasinos und vielleicht sogar an bessere Bordelle als das von Mama Kalong. Die meisten dieser Grundstücke gehörten den Fischern. Der Bereich am äußeren, von der Straße begrenzten Ende des Strandes war zwar herrenlos, stand jedoch voll mit den einfachen Bambusbuden der

Souvenirverkäufer. Zunächst versuchte man im Guten, die Fischer zum Verkauf ihrer Grundstücke zu bewegen; und den Budenbetreibern versuchte man, den Umzug auf den Kunsthandwerksmarkt, den man in Kürze errichten würde, schmackhaft zu machen. Die meisten Fischer weigerten sich jedoch, ihre Grundstücke, auf denen ihre Familien teilweise bereits seit Generationen lebten, zu verlassen. Für sie war es undenkbar, weiter ins Landesinnere zu ziehen, denn sie mussten immer das Meer riechen können. Auch die Budenbesitzer wollten nicht umsiedeln, denn der in Aussicht gestellte Kunstmarkt würde abseits der belebten Strände liegen.

Schließlich übte man Druck aus. Soldaten kamen, unterstützt von den Preman. Sie schüchterten die Leute ein. Aber sie konnten den Fischern keine Angst einjagen, denn schließlich waren diese daran gewöhnt, allnächtlich auf dem Meer, wo jederzeit ein Sturm aufziehen konnte, dem Tod ins Auge zu schauen. Angesichts der Entschlossenheit der Fischer hielten auch die Budenbetreiber stand. Als ihre Einschüchterungsversuche nicht den gewünschten Erfolg erzielten, griffen die Soldaten und Preman zu härteren Maßnahmen. Bei dem Stück Land zwischen Meer und Straße handele es sich nicht um wildes Land, sagte der Bürgermeister, der zum Strand gekommen war und eine Rede hielt, sondern um Eigentum des Staates. Bulldozer wurden geordert, um die Souvenirstände abzureißen.

Genosse Kliwon konnte das nicht vor seinen Augen geschehen lassen und wurde wieder der Genosse Kliwon von einst. Niemand hätte sagen können, ob er aus Gründen der Solidarität und der Ideologie zur Tat geschritten war, oder weil die Angelegenheit auch seine eigenen wirtschaftlichen Interessen zu beeinträchtigen drohte, da immerhin seine Badehosen an diesen Buden am Strand verkauft wurden. Er organisierte eine große Demonstration, an der sich nicht nur zahlreiche Fischer und Budenbesitzer beteiligten, sondern auch viele Menschen, die Anteil an deren Schicksal nahmen. Es war die größte Demonstration seit dem Fall der Kommunistischen Partei. Die Demonstranten stellten sich den Bulldozern in den Weg, die sich den klapprigen Buden näherten, um sie dem Erdboden gleichzumachen, und blockierten die Straßen. Schließlich rückte das Militär an. Genosse Kliwon blieb als Anführer an vorderster Front.

Geheimagenten, die kommunistische Subjekte in der Menge der Widerständler auszumachen hatten, hatten Genosse Kliwon bald erkannt. Man glich Meldungen und Protokolle ab und versicherte sich, dass der Mann tatsächlich ein waschechter Kommunist war. Auf Druck der Generäle nahm Shodancho schließlich Genosse Kliwon fest und fuhr ihn an, wie er bloß eine solche Dummheit habe begehen können.

»Ich bin Kommunist, und jeder Kommunist würde das Gleiche tun«, erwiderte Genosse Kliwon.

Er wurde schließlich nach Bloedenkamp deportiert, wo zahllose seiner Kommunistenfreunde ihre auf unbestimmte Zeit verhängten Haftstrafen fristeten. Sie waren erstaunt, ihn lebend zu sehen, und noch mehr erstaunte es sie, dass er erst nach dieser langen Zeit nach Bloedenkamp gekommen war. Es tröstete ihn ein wenig, viele ihm bekannte Menschen wiederzusehen, auch wenn diese sich ausnahmslos in einem erbärmlichen Zustand befanden. Sie hatten zu wenig zu essen, es gab keine Kleidung, und niemand besuchte sie. Sie wurden jeden Tag verhört und von den Wachen und Soldaten gefoltert, auch Genosse Kliwon, der wegen seiner Reputation noch rigoroser und sadistischer angefasst wurde.

»Glaub mir, er wird am Leben bleiben«, sagte Shodancho, um seine Frau zu beruhigen, die wegen der Festnahme Genosse Kliwons und seiner Deportation nach Bloedenkamp außer sich vor Wut geraten war. »Und selbst wenn er stirbt, Kommunisten leben weiter als Geister, wie wir wissen.«

»Sag das Adinda und ihrem Sohn«, sagte Allamanda.

Nicht lange danach wurden die politischen Häftlinge und Kommunisten von Bloedenkamp auf die Insel Buru verlegt. Alle, ausnahmslos. Niemand wusste, was man dort mit ihnen tun würde. Vielleicht war es eine Art Boven-Digoel der Kolonialherrschaft, vielleicht war es eine Art Konzentrationslager der Nazis. Die Gefangenen stellten sich grauenhafte Zwangsarbeit vor oder noch grausamere Bestrafungen als in Bloedenkamp. Genosse Kliwon bekam keine Gelegenheit mehr, sich von seiner Mutter oder von seiner Frau und seinem Sohn zu verabschieden. Er konnte sich lediglich von Shodancho verabschieden, der ihn noch besuchte, kurz bevor ein Schiff des Militärs alle Häftlinge auf die weit im Osten Indonesiens gelegene Insel verbrachte.

»Ich werde dafür sorgen, dass es deiner Frau und deinem Kind gut geht«, sagte Shodancho zu Genosse Kliwon.

»Und nun verbannt man ihn sogar auf die Insel Buru«, sagte Allamanda zu Shodancho, als dieser nach Hause kam. »Sie werden ihm befehlen, im Urwald zu roden, ohne ihm zu essen zu geben, und dann wird er sterben.«

»Denk daran, er hat doch selbst das ganze Chaos angezettelt. Ein Kommunist bleibt ein Kommunist, und es sind allesamt Unruhestifter. Ich bin kein Präsident, der jemanden begnadigen kann, ich bin auch kein Oberbefehlshaber, ich bin nur ein Shodancho mit einer Distriktkommandantur.«

»Und vor allem warst du noch immer nicht bei Adinda und hast es ihr und ihrem Kind gesagt.«

Schließlich ging Shodancho doch zu Adinda hinüber, drückte sein aufrichtiges Bedauern über das Geschehene aus und beteuerte, es habe nicht in seiner Macht gelegen, Genosse Kliwons Deportation nach Bloedenkamp und anschließend auf die Insel Buru zu verhindern. Es handele sich um einen komplizierten politischen Fall, sagte er.

»Sag mir wenigstens, Shodancho, wie lange man ihn dort in Haft halten wird?«, fragte Adinda.

»Ich weiß es nicht«, antwortete Shodancho, »vielleicht so lange, bis die neue Regierung geputscht wird.«

Krisan hatte seinen Vater nie wirklich kennengelernt, denn als Genosse Kliwon nach Bloedenkamp und danach auf die Insel Buru kam, war Krisan noch ein Baby gewesen. Das, was er über Genosse Kliwon wusste, hatte ihm seine Mutter erzählt, oder Allamanda und Shodancho. Als sein Vater 1979 mit der letzten Gruppe der Verbannten von der Insel Buru nach Hause zurückkehrte, war Adinda überglücklich, doch Krisan war nicht fähig, dieses Glück zu teilen. Er war mittlerweile dreizehn Jahre alt. Und sein Vater war für ihn wie ein Fremder, der plötzlich mit ihnen im Haus lebte.

Aus diesem Grund beobachtete er ihn eingehend, vor allem dann, wenn sie gemeinsam am Esstisch versammelt waren und sein Vater ihm gegenübersaß. Seine Gestalt wirkte viel magerer als die des Mannes, den er von den alten Fotos her kannte und den seine Mutter ihm als seinen Vater vorgestellt hatte. Damals war sein Gesicht glatt rasiert gewesen, nun aber ließ er Bart, Schnauzer und Koteletten einfach wachsen, und sein inzwischen recht langes Haar fiel in Wellen über seinen Nacken. Krisan war sehr überrascht gewesen, als sein Vater nach der Heimkehr als Erstes im Schrank nach seiner verschlissenen Mütze suchte, deren ursprüngliche Farbe sich nicht mehr eindeutig als schwarz, braun oder grau identifizieren ließ. Er hatte sie abgeklopft, dann aber, anstatt sie aufzusetzen, zurück in den Schrank gelegt.

Genosse Kliwon sprach nicht viel nach seiner Rückkehr aus der Verbannung. Daher fragte sich Krisan, wie es sein konnte, dass dieser Mann einmal ein sprachgewandter Redner auf Großkundgebungen gewesen war. Vielleicht sprach dieser Mann ja mit seiner Mutter, wenn sie nachts im Bett lagen. Mit ihm aber sprach er kaum. Er fragte höchstens: »Wie gehts dir, Junge?«, oder: »Wie alt bist du jetzt?« Solche Fragen stellte er derart häufig, dass Krisan befürchtete, sein Vater habe den Verstand verloren. Vielleicht war er schon senil geworden, auch wenn er bestimmt noch keine fünfzig Jahre alt war. Er kannte das Alter seines Vaters nicht. Vielleicht war er auch erst vierzig. Aber er wirkte alt, gebrechlich und niedergeschlagen und trug alte Kleider, die ihm inzwischen viel zu weit geworden waren. Auf Krisan wirkte er erbärmlich.

Möglicherweise fühlte Genosse Kliwon seinem Sohn gegenüber ein ähnliches Befremden, denn auch er kannte seinen Sohn kaum. Er betrachtete ihn eingehend, als wolle er auf diese Weise erfahren, was in dessen Kopf vorging.

Mehrere Tage lang verließ Genosse Kliwon das Haus nicht, und niemand besuchte ihn. Er war unbemerkt zurückgekommen, und weder Adinda noch Krisan hatten jemandem von seiner Rückkehr erzählt. Sie wollten ihm seine Ruhe lassen, bis er selbst zu Begegnungen bereit wäre. Selbst Shodancho und seine Frau wussten von nichts. Ebenso wenig Mina.

»Wie ist es dort?«, fragte Krisan einmal am Esstisch. »Auf der Insel Buru.«

»Das beste Essen dort ist das, was du normalerweise in der Kloschüssel findest«, antwortete Genosse Kliwon.

Damit war die Stimmung am Tiefpunkt, und Adinda gab Krisan ein Zeichen, keine weiteren Fragen zu stellen. So war das Gespräch beendet. Genosse Kliwon war nicht bereit, über die Insel Buru zu sprechen, und weder Adinda noch Krisan wagten es, ihm weitere Fragen zu stellen.

Eingeschlossen in sein Schweigen und sein Haus, schien Genosse

Kliwon noch niedergeschlagener zu werden. Vielleicht fühlte er sich fremd in seinem Haus, das er für Jahre hatte verlassen müssen, oder vielleicht fühlte auch er die vielen kommunistischen Geister in der Stadt und war wegen ihnen bedrückt. Eines Tages klopfte es an der Tür, und Krisan öffnete. Vor ihm stand ein Mann in verschlissenen Kleidern, in seiner Brust klaffte eine blutende Schusswunde. Krisan hätte beinah aufgeschrien und die Flucht ergriffen, aber dann erschien sein Vater, der sagte: »Wie gehts dir, Karmin?«

»Schlecht, Genosse«, erwiderte der Verwundete, »ich bin tot.«

Mit bleichem Gesicht trat Krisan einen Schritt zurück und lehnte sich gegen die Wand. Nachdem er einen Eimer Wasser und einen Waschlappen geholt hatte, ging Genosse Kliwon auf den Geist zu. Er säuberte die Wunde mit äußerster Behutsamkeit, bis sie nicht mehr blutete.

»Magst du eine Tasse Kaffee?«, fragte Genosse Kliwon. »Allerdings ohne Zeitung.«

Krisan schaute ungläubig zu, wie die beiden ihren Kaffee tranken, und wunderte sich darüber, wie vertraut sein Vater mit einem solch schauerlichen Geist umging. Sie sprachen über die verlorenen Jahre, und hin und wieder lachten sie leise. Als sie den Kaffee ausgetrunken hatten, verabschiedete sich der Geist.

»Wohin wirst du nun gehen?«, fragte Genosse Kliwon.

»Zum Ort der Toten.«

Gleichzeitig mit dem Verschwinden des Geistes fiel Krisan ohnmächtig zu Boden.

Jedes Mal, wenn wieder ein kommunistischer Geist erschien, nahm Genosse Kliwons Niedergeschlagenheit zu. Vielleicht machten die Geister ihn traurig, oder vielleicht gab es einen anderen Grund. Krisan, der bereits dreizehn Jahre ohne seinen Vater hatte leben müssen, machten diese Geister eifersüchtig. Er wünschte sich, dass sein Vater ein Wort an ihn richtete, doch wagte er es seit dem Vorfall am Esstisch nicht noch einmal, ihm eine Frage zu stellen.

Eines Tages fragte Genosse Kliwon seine Frau: »Wie geht es Shodancho?«

»Vor lauter Angst vor den kommunistischen Geistern ist er so gut wie verrückt geworden«, antwortete Adinda.

»Ich werde ihn besuchen.«

»Tu das«, erwiderte Adinda, »vielleicht wird es dir helfen.«

Es war ein warmer Nachmittag, der Wind wehte sacht von den Hügeln her. Da Genosse Kliwon zu Fuß ging, sahen ihn nun auch einige der Nachbarn zum ersten Mal wieder, völlig überrascht, dass er zurückgekehrt war. Shodanchos Haus lag in Sichtweite von seinem Haus, und er benötigte keine zwei Minuten, bis er an die Haustür klopfen konnte.

Allamanda öffnete ihm und war, wie ihre Nachbarn, völlig überrascht, Kliwon zu sehen. »Du bist kein Geist, oder?«, lautete Allamandas Frage.

»Ich bin eine schaurige Erscheinung«, antwortete Genosse Kliwon, »falls du dich vor einem lebendigen Kommunisten fürchtest.«

»Du bist also nach Hause zurückgekehrt.«

»Sie haben mich nach Hause zurückgeschickt.«

»Komm herein.«

Genosse Kliwon setzte sich auf einen Sessel im Empfangsraum, während Allamanda ging, um ein Getränk für ihn zu holen. Als sie zurückkehrte, fragte Genosse Kliwon nach Shodancho.

»Er durchstreift jeden Winkel der Stadt, um kommunistische Geister zu erschießen«, sagte Allamanda, »oder aber er spielt Karten auf dem Markt.«

Danach sprachen sie kein weiteres Wort. Genosse Kliwon wollte sich nach Nurul Aini erkundigen, doch Allamanda blickte ihn zärtlich an, vielleicht aus Mitleid, vielleicht aus einem anderen Beweggrund. Er erinnerte sich nicht mehr daran, wo es gewesen war, aber er hatte diesen Blick schon einmal gesehen. Jedenfalls vergaß er augenblicklich, nach Nurul Aini zu fragen. Vielleicht war das Mädchen irgendwohin zum Spielen gegangen, vielleicht zu Rengganis der Schönen. Angesichts des Blickes dieser Frau, die ihm gegenübersaß, war es auch nicht weiter von Belang. Es war ein Blick, der ihm vor vielen Jahren einmal sehr vertraut gewesen war.

In der Verbannung hatte sein Hirn Schaden genommen, und er begriff die Dinge nur mehr sehr langsam. Dann aber erinnerte er sich, und er verstand. Ja, es stimmte, er kannte diesen Blick. Nur Allamanda, mit ihren schmalen Augen, besaß ihn, es war ein Blick voller Liebe, den sie ihm einmal vor vielen Jahren geschenkt hatte. Ihr Blick war überaus zärtlich, vergleichbar mit den zarten Berührungen einer Frau, wenn sie das Fell einer Katze streichelt; er zeugte von Liebe und vom Feuer der Sehnsucht. Er erkannte diesen Blick wieder und auch, wie töricht er war, ihn vergessen zu haben. Nun erwiderte er diesen Blick mit der gleichen Leidenschaft, und plötzlich verwandelte er sich von einem niedergeschlagenen Eigenbrötler zu einem Mann, der seine lang verschollen geglaubte Geliebte wiederfindet.

Und so kam es, dass Genosse Kliwon und Allamanda sich erhoben, aufeinander zusprangen und sich umarmten und weinten und bald in einem langen glühenden Kuss versanken, so wie einst unter dem Seemandelbaum vor dem Bahnhof. Der Kuss führte sie zum Sofa, wo sie eilends ihre Kleider auszogen und sich wild und wie von Sinnen liebten.

Als sie wieder zu sich kamen, bereuten sie es nicht im Geringsten.

Doch bei seiner Heimkehr wurde Genosse Kliwon bereits von seiner Frau an der Haustür erwartet. Er versuchte, den Ausdruck des Glücks, der aus seinem Gesicht strahlte, zu verbergen, und setzte seine niedergeschlagene Miene auf.

Doch Adinda ließ sich nichts vormachen. »Die Geister haben es mir gesagt, daher weiß ich, was du in Shodanchos Haus getan hast«, sagte Adinda. »Aber es macht mir nichts aus, wenn es dich glücklich macht.«

Das brachte ihn aus der Fassung. Er bedauerte nicht, was er getan hatte, aber er schämte sich vor seiner Frau. Er fühlte sich unrein einer Ehefrau gegenüber, die sagte: »Aber es macht mir nichts aus, wenn es dich glücklich macht.« Eine Ehefrau, die jahrelang auf ihn gewartet hatte und die er nach seiner unerwarteten Heimkehr verriet.

Genosse Kliwon sprach kein Wort und ging ins Gästezimmer, er verschloss die Tür und kam bis zum nächsten Morgen nicht mehr heraus, obwohl Adinda und Krisan immer wieder gegen die Tür klopften und ihn aufforderten, mit ihnen zu Abend zu essen. Als der Morgen anbrach und das Frühstück bereitet war, klopften Adinda und Krisan wieder abwechselnd an die Tür, doch Genosse Kliwon gab keinerlei Antwort, geschweige denn, dass er die Tür öffnete. In wachsender Sorge, dass dem Mann etwas zugestoßen war, hämmerten sie kräftiger an die Tür, ohne jedoch eine Antwort zu erhalten.

Krisan lief schließlich in die Küche und holte ein Beil, mit dem er normalerweise das Holz für den Bau der Taubenverschläge spaltete. Adinda sah nur zu, wie Krisan ohne Umschweife mit dem Beil auf die Tür einschlug, bis das Türblatt in der Mitte splitterte. Nach wenigen Hieben gab das Holz nach und hinterließ eine Öffnung, durch die Krisan griff und den Schlüssel drehte. Sie öffneten die Tür, und sie sahen Genosse Kliwon, tot, erhängt mit einem Laken, das er an einen Querbalken unter der Zimmerdecke geknüpft hatte. Krisan fing seine Mutter auf, die das Bewusstsein verlor.

Die Nachricht von der unerwarteten Rückkehr Genosse Kliwons hatte sich rasch verbreitet. Dennoch waren alle zu spät. Die Leute sahen nur mehr das Geleit für die Leichentrage des toten Mannes, das in Richtung Friedhof zog. Und Krisan, der niemals die Gelegenheit hatte, seinen Vater kennenzulernen, würde sie auch niemals mehr erhalten. Vater und Sohn waren sich nur für kurze Zeit begegnet, eine Woche höchstens, und bei Weitem nicht lang genug, um sich näherzukommen. Daher traf der Tod Genosse Kliwons Krisan von allen am heftigsten. Er bestand darauf, die abgenutzte Schirmmütze zu erben, die sein Vater auf den alten Fotos getragen hatte. Er setzte sie häufig auf, schlicht um sich selbst Trost zu spenden und um sich seinem Vater nahe zu fühlen.

Die kommunistischen Geister in der Stadt zählten einen Geist mehr, aber glücklicherweise zeigte sich dieser niemals niemandem.

15

Als eines Morgens Rengganis die Schöne einen Jungen gebar, ließen die Leute in Halimunda sofort alles stehen und liegen und strömten in Scharen zu ihrem Haus, um ihn mit eigenen Augen zu sehen. Sie hatten gleich mehrere Gründe, um ihren Verpflichtungen, wie Hühner mit Reiskleie zu füttern oder das schmutzige Geschirr abzuwaschen, nicht nachzugehen. Erstens war Rengganis die Schöne stadtbekannt, nicht zuletzt auch durch ihre Wahl zur Strandprinzessin des Jahres. Zweitens war sie die Tochter Maman Gendengs, der gleichermaßen bekannt wie gefürchtet war. Drittens, und das war der gewichtigste Grund, war es in der langen Geschichte der Stadt noch nie vorgekommen, dass eine junge Frau ein Kind gebar, nachdem sie von einem Hund vergewaltigt worden war.

Als die Hebamme, die die Geburt begleitete, versicherte, dass es sich bei dem, was aus der Gebärmutter des Mädchens auftauchte, wahrhaftig um ein Baby handelte, mussten die Leute schließlich doch das breitgetretene Gerede überdenken, dass Rengganis die Schöne von einem braunen Hund mit schwarzer Schnauze vergewaltigt worden war, einem Hund, wie man sie in Halimunda überall antraf, ganz so, wie man beim Blick in den nächtlichen Himmel unweigerlich auf Sterne stößt. Zu dem Vorfall war es etwa neun Monate zuvor in der Toilette der Schule gekommen, kurz nachdem das Klingeln der Pausenglocke verebbt war.

Das Ganze begann mit Rengganis' unrühmlicher Vorliebe für das Wetten, die sie von ihrem Vater übernommen hatte. Ihre vorwitzigen Freundinnen hatten sie herausgefordert, fünf Flaschen Limonade zu trinken, die sie, falls sie alle bis auf den letzten Tropfen leerte, umsonst bekommen würde. Sie tat es. Als dann aber die Glocke zum Unterrichtsbeginn läutete, war der Preis dafür das Gefühl, sich demnächst in die Hosen zu machen. Nun war dies der denkbar ungünstigste Zeitpunkt zum Pinkeln, da für gewöhnlich ganze Horden von Schulkindern, wie schon alle Generationen vor ihnen, genau dann zur Toilette zu gehen pflegen, um die Pausenzeit auszudehnen und somit die Unterrichtszeit zu verkürzen. Angesichts der endlos langen Schlangen war es oft zu spät, wenn man endlich an die Reihe kam, und es tropfte bereits aus den Hosen oder aus dem Rock und roch nach Urin. Aber in die Klasse zu gehen und das Risiko auf sich zu nehmen, auf den Stuhl zu pinkeln, war nicht minder misslich. Selbst die einfältige Rengganis die Schöne wusste das, und daher lief sie sofort, ihre gackernden Freundinnen zurücklassend, aus der Schulkantine hinaus und in die Richtung der tückischen Schlange.

Insgesamt vierzehn Toiletten reihten sich an der Rückseite des Schulgebäudes aneinander, von denen dreizehn bereits von Schulkindern umlagert waren, die aber überwiegend dort standen, um einen Zug an einer der reihum gereichten Zigaretten zu ergattern, anstatt ihr kleines oder großes Geschäft zu verrichten. Hier würden sie von den wachsamen Augen des Schuldirektors unentdeckt bleiben. Die letzte Toilette wurde schon seit vielen Jahren nicht mehr benutzt. Einem Gerücht zufolge hatte sich darin einmal ein Mädchen umgebracht; ein anderes besagte, ein Mädchen habe darin ein uneheliches Kind zur Welt gebracht und es anschließend erwürgt. Keines der Gerüchte konnte belegt werden, dennoch galt besagte Toilette seither als Brutstätte für Dämonen.

In der Kolonialzeit direkt neben eine Kakao- und Kokosnussplantage gebaut, hatte die Schule zunächst den Franziskanern gedient. Nach dem Fortgang der Niederländer gingen sowohl die Plantage als auch die Schule in das Eigentum der Republik über. Die schlüssigste Erklärung für den Zustand der vierzehnten Toilette war, dass irgendwann eine Kokosnuss oder der Ast einer Kokosnusspalme durch das Dach gefallen sein musste und die Schule zunächst nicht das nötige Geld besessen hatte, um den Schaden beseitigen zu lassen. Im Laufe der Zeit häuften sich die Kakaoblätter, die durch das durchlöcherte Dach in den Toilettenraum fielen, wurden wechselweise vom Regen durchweicht und von der Sonnenhitze gedörrt. Die ersten Pilze wuchsen, dann nisteten Echsen unter dem Laub, Spinnen webten ihre Netze. Das Wasser im Becken war bald mit Mückenlarven, Flechten und Algen angereichert, und möglicherweise hatten Leute ihr Geschäft in der Kloschüssel verrichtet, ohne hinterher spülen zu können. Die Toilette jedenfalls wurde zum Ort des Grauens, sodass niemand wagte, sich auch nur vor ihre Tür zu stellen.

Sie war also seit Jahren unangetastet geblieben, bis Rengganis die Schöne sie betrat. Die fünf Flaschen Limonade in ihrem Bauch begannen zu rumoren, und ihr blieb keine andere Wahl, als auf diese verwünschte Toilette zu gehen. Beim Blick ins Innere sah sie einen Hund, der sich auf der Jagd nach einer Katze dort verlaufen hatte und nun in den Kakaoblättern nach ihren Spuren schnüffelte, obwohl sie längst durch das durchlöcherte Dach entkommen war. Der Hund stammte von einem Ajak ab, er hatte braunes Fell und eine schwarze Schnauze. Rengganis der Schönen blieb keine Zeit, ihn zu vertreiben, sie trat ein, schloss die Tür, verriegelte sie und war dann in diesem engen Raum mit dem Hund gefangen. Wie angewurzelt stand sie da, als der Urin, offenkundig mehr als der Inhalt der fünf Flaschen Limonade, herausplätscherte, ohne dass sie die Chance hatte, ihre Unterhosen auszuziehen. Warmes Nass breitete sich auf ihren Schenkeln und auf ihren Waden aus, benetzte ihre Strümpfe und ihre Schuhe.

Wenig später sorgte sie ein weiteres Mal für Aufregung, so wie sie es in den sechzehn Jahren ihres Lebens, ausgestattet mit einem schlichten Gemüt, etliche Male getan hatte. Sie erschien im Klassenzimmer, so nackt, wie ihre Mutter sie geboren hatte. Die Kinder erstarrten, und der alte Mathematiklehrer, der sich eben noch über die schmutzige Tafel hatte beklagen wollen, stellte fest, dass er von der Impotenz, an der er seit Jahren litt, geheilt zu sein schien und seine Lanze so steif dastand wie die Klinge eines Stiletts. Zwar wusste jeder, dass sie das schönste Mädchen der Stadt war – die wahre Nachfahrin der Prinzessin Rengganis, Halimundas Göttin der Schönheit –, aber beim Anblick ihres normalerweise bedeckten Körpers, der offenkundig so schön war wie ihr Gesicht, überkam jeden im Klassenraum eine beklommene Sprachlosigkeit.

»Mich hat ein Hund in der Schultoilette vergewaltigt«, sagte die Schöne, ohne darauf zu warten, dass man ihr eine Frage stellte.

Wenn man ihrer Schilderung Glauben schenkte, hatte sich in der Toilette, in der sie zusammen mit dem Hund eingeschlossen war, alles so zugetragen, wie sie erzählte. In den ersten fünf Minuten starrte sie fassungslos auf ihren Rock, ihre Strümpfe und ihre Schuhe, alles völlig durchnässt und nach Urin riechend. Auch als die Stimmen der Kinder auf der anderen Seite der Tür nicht mehr zu hören waren, blieb sie in der Toilette, ihr Unglück beklagend. Ihr Gehirn, das noch wie jenes eines kleinen Mädchens funktionierte, befahl ihr, die nassen Kleider auszuziehen, und zwar alles, auch das Oberteil mitsamt dem Büstenhalter, und in ihrer hilflosen Benommenheit kam sie diesem Befehl nach. Sie hängte ihre Sachen an die rostigen Nägel in der Wand und hoffte, dass die Sonnenstrahlen, die durch das durchlöcherte Dach drangen, bald auch die letzten Rückstände ihres Urins getrocknet haben würden. Wie der Reisende im Waschsalon auf seine sauberen Kleider wartet, stand Rengganis nun nackt vor dem Hund, der plötzlich in Wallung geriet. Und dann, so die Schöne, habe der Hund sie vergewaltigt. »Und dann hat er auch noch alle meine Kleider mitgenommen.«

Unleugbar verliehen ihre geheimnisvolle Anmut in Kombination mit ihrem schlichten Gemüt Rengganis eine sinnliche Ausstrahlung. Man konnte davon ausgehen, dass jeder, der mit der nackten Rengganis in einer Schultoilette eingeschlossen gewesen wäre, sie vergewaltigt hätte. Sie besaß eine Art Zauber, der bei jedem das Verlangen weckte, mit ihr zu schlafen, im Guten oder im weniger Guten. Und nur wegen ihres kriminellen, streitsüchtigen und Furcht einflößenden Vaters war sie überhaupt noch bis zu jenem Morgen, an dem der Hund sie vergewaltigte, Jungfrau geblieben.

Maman Gendeng würde, ohne mit der Wimper zu zucken, jeden Mann töten, der es wagte, sein einziges Kind anzurühren, auch wenn die Schönheit des Mädchens stets und überall eine gefährliche Provokation darstellte. So konnte man sie etwa an der Straße beobachten, wie sie, auf den Bus wartend, mit ihrem kindlichen Wesen und bar jeder Sünde ihren Rock hob und an seinem Saum knabberte. Und wenn der Wind mal wieder gnadenlos heiße Luft heranwehte, konnte es sein, dass sie die obersten Knöpfe ihrer Bluse öffnete. Dann konnte man die zarte Haut ihrer engelsgleichen Waden und Schenkel sehen, oder die Wölbung der schönen Brüste eines sechzehnjährigen Mädchens. Aber es war gefährlich, diese Provokation allzu lange zu genießen, denn früher oder später würde ihr Vater erfahren, wer das Mädchen lüstern angeschaut hatte, und er würde diesem eine Abreibung verpassen, die ihn für die nächsten sechs Monate ans Krankenhausbett fesselte.

In Momenten wie diesen trat ein anderes Mädchen, das von anderer Schönheit war, als Beschützerin der vollkommenen Rengganis der Schönen auf. Nurul Aini war schon mit Rengganis der Schönen befreundet, seit sie beide als Babys in ihren Wiegen lagen. Sie schob dann Rengganis' Rock wieder nach unten und machte die Knöpfe ihrer Bluse zu. »Lass das, Liebes«, sagte sie dann. »Das gehört sich nicht.«

Etwas Ähnliches geschah nun auch, als Rengganis die Schöne mit ihren einhundertsiebenundsechzig Zentimetern Körpergröße und ihren zweiundfünfzig Kilogramm Körpergewicht nackt vor der Klasse stand, mit der ihr eigenen natürlichen Gelassenheit, ihrem strahlenden Körper und ihrem langen Haar wie ein Strom schwarzer Tinte. Sie war das schönste Mischlingsmädchen Halimundas, sie hatte die Schönheit ihrer Mutter und die vorteilhaftesten niederländischen Gene geerbt. Ihre blauen Augen glänzten, als sie ihren Blick entmutigt in der Klasse umherschweifen ließ und sich fragte, warum plötzlich alle mucksmäuschenstill dasaßen, mit weit aufgerissenen Mündern wie Krokodile, die seit Monaten auf Beute warteten. Nur Ai sprang mit ihrem Beschützerinstinkt Rengganis der Schönen gegenüber von ihrem Stuhl auf, lief zwischen den Bänken hindurch und griff nach der Tischdecke auf dem Lehrerpult, worauf alles, was darauf gestanden hatte, durch die Luft flog: Die Tasse fiel zu Boden und zerbrach, die Mappe aus schwarzem Krokodilleder schlug gegen die Tafel und entleerte ihren kompletten Inhalt, und die Blumenvase landete zusammen mit ein paar Büchern unter dem Tisch. Ai wickelte die Tischdecke um Rengganis' Körper, wie man sich nach dem Bad ein Handtuch umbindet.

Dieses resolute Wesen hatte Ai wahrscheinlich von ihrem Vater Shodancho geerbt, denn nun erhoben sich kraft ihres Blickes und ohne dass sie ein Wort sagte, die Jungen auf der Stelle von ihren Plätzen und verließen zusammen mit dem alten Mathematiklehrer den Klassenraum. Enttäuschtes Schnauben und bedauernde Kommentare begleiteten ihren Auszug. »Verdammt, ein Hund! Als gäbe es unter uns keinen, der Rengganis die Schöne vergewaltigen könnte.«

Ein paar der Mädchen liefen in die Turnhalle, wo sie eine Fußballuniform fanden, die als Ersatz für die Tischdecke, in die Rengganis eingehüllt war, dienen sollte.

Mehr oder weniger zur gleichen Zeit erlebte Maya Dewi, Rengganis' Mutter und Maman Gendengs Ehefrau, einen kleinen, aber doch besorgniserregenden Vorfall: Sie war gerade dabei, das Haus sauber zu machen, als ein Hausgecko von seinem Platz auf dem Schirm der Deckenlampe hinunterkackte und sein Köttel schnurstracks auf ihre Schulter fiel. Nicht der Geruch oder der Schmutzfleck auf ihrer Bluse beunruhigte sie, sondern der Umstand, dass der fallende Köttel eines Hausgeckos immer Unglück bedeutete. Es war ein Zeichen.

Anders als ihr Ehemann wurde Maya Dewi von den Einwohnern der Stadt überaus geschätzt, auch wenn sie die Tochter Dewi Ayus war, der berühmtesten Prostituierten Halimundas. Sie war ruhig, freundlich und nicht zuletzt auch fromm. Die Leute vergaßen das beunruhigend kindliche Wesen ihrer Tochter und das furchterregend kriminelle Wesen ihres Ehemanns, sobald sie an diese Frau dachten, die an den Frauen-Koranstunden am Donnerstagabend oder an den gemeinschaftlichen Spartreffen am Sonntagnachmittag teilnahm. Dank ihr wirkte die Familie etwas kultivierter, und das Backunternehmen, das sie gemeinsam mit ihren beiden Gehilfinnen betrieb, vermittelte den Eindruck von regelmäßiger, ehrlicher Arbeit.

Wenige Augenblicke, nachdem sie den Köttel des Hausgeckos beseitigt sowie einer der Backgehilfinnen aufgetragen hatte, ihre Arbeit zu übernehmen und den mittleren Raum zu fegen, wurde ihr Gesicht mit seinen niederländischen Zügen so bleich wie eine zwei Tage alte Leiche. Sie saß auf der Veranda, besorgt, ihrem Mann oder ihrer Tochter könnte etwas zugestoßen sein. Die unzähligen kleineren Missgeschicke, die ihnen ständig passierten, bereiteten ihr keine Sorgen mehr. Sie hatte vielmehr das Gefühl, dass ihnen früher oder später etwas Ärgeres zustoßen würde, von dem sie sich keine Vorstellung machen konnte. Sie konnte sich nur sorgen. Verdammter Gecko-Köttel.

Wie immer war Maman Gendeng zu dieser Tageszeit natürlich am Busbahnhof. Er hatte vor vielen Jahren einen anderen Preman getötet, um dessen Platz einzunehmen. Doch Maya Dewi befürchtete stets, dass eines Tages ein anderer Mann diese Machtposition für sich beanspruchen und seinerseits Maman Gendeng töten könnte. Wie kriminell auch immer er sein mochte, sie liebte ihren Mann nicht weniger, wie sie beide ihre Tochter liebten. Maya Dewi wollte nicht, dass ihm etwas zustieß, und hoffte, dass er tatsächlich unverwundbar war, so wie es die Gerüchte in Halimunda behaupteten.

Dann hielt eine Rikscha vor dem Tor, und zwei Mädchen stiegen aus. Das eine war Shodanchos Tochter, und das andere ihre eigene Tochter. Sie wunderte sich, warum sie so früh heimkamen und weshalb Rengganis die Schöne anstelle ihrer Schuluniform Fußballkleidung trug. Maya Dewi erhob sich mit der Sorge einer Henne um ihre Küken und sah, dass Nurul Ainis Gesicht noch blasser war als ihr eigenes, wie das einer drei Tage alten Leiche. Das Mädchen schien kurz davor, in Tränen auszubrechen. Noch bevor sie die Gelegenheit hatte, eine Frage zu stellen, sprach schließlich Rengganis die Schöne. »Mama, ich bin in der Schultoilette von einem Hund vergewaltigt worden«, sagte sie unumwunden und gelassen. »Und möglicherweise werde ich schwanger.«

Maya Dewi fiel zurück auf ihren Stuhl, ihr Gesicht nun so blass wie das einer vier Tage alten Leiche. Sie gehörte zu den Müttern, die niemals böse werden, auf ihre Tochter genauso wenig wie auf ihren Mann. Daher blickte sie Rengganis die Schöne nur kraftlos an und fragte sie eigenartigerweise: »Was war das für ein Hund?«

Kurz darauf erreichte Halimunda die schlechte Nachricht, im kommenden Jahr würde sich eine totale Sonnenfinsternis ereignen. Die meisten Heiler nahmen dies als Zeichen, dass ein unglückreiches Jahr bevorstand. Und die Katastrophen schienen bereits ihren Anfang genommen zu haben, wenn es denn der Wahrheit entsprach, dass Rengganis die Schöne in der Schultoilette von einem Hund vergewaltigt worden war. Rasch wie eine tödliche Epidemie verbreitete sich diese

Nachricht, und jeder in Halimunda erfuhr davon, jeder, bis auf den unglücklichen Maman Gendeng, der Vater von Rengganis der Schönen. Vermutlich zum ersten Mal sahen die Leute den Preman mit Anteilnahme an.

Einen Monat lang brachte niemand den Mut auf, Maman Gendeng davon in Kenntnis zu setzen. Daher kam für ihn der Besuch eines dicklichen, lächerlich aussehenden und unbeholfen auftretenden Schuljungen namens Kinkin völlig überraschend. Er war im Alter seiner Tochter, trug trotz der Hitze ein Sweatshirt, das ihm jedoch zu klein war, ein Paar ausgeblichene, braune Cordsamthosen sowie weiße, ausgetretene Sportschuhe, und seine Brille mit ihren runden Gläsern ließ ihn wie eine Comic-Figur aussehen. Wie er da am Busbahnhof erschien und sich dem Preman, der gerade mit einem großen, nach Pferdeäpfeln schmeckenden Glas Bier schläfrig in seinem heiligen abgenutzten Schaukelstuhl aus Mahagoni saß, sorgte er für ein gewisses Aufsehen. Einige erkannten den Jungen als den einzigen Sohn des Totengräbers Kamino, doch es war zu spät, ihn daran zu hindern, die Ruhe und Behaglichkeit des Premans zu stören.

Maman Gendeng, der im Begriff war, auf dem Stuhl einzunicken, stellte sein Glas Bier widerstrebend auf den Boden und betrachtete verärgert den Jungen, der jetzt neben ihm stand. Da dieser mit der Sprache nicht herausrückte und stattdessen nur steif herumstand und am Saum seines Hemdes herumfingerte, verlor Maman Gendeng schließlich die Geduld. »Sag, was du willst, und dann verschwinde«, sagte er. Nachdem der Junge minutenlang kein einziges Wort gesagt hatte, nahm der Preman sein Bierglas und goss dessen Inhalt verärgert über dem Kopf des Jungen aus. »Rede, oder ich ertränke dich in der Rindersuhle!«

»Ich bin bereit, deine Tochter Rengganis die Schöne zu heiraten«, sagte Kinkin endlich.

»Warum sollte sie dich heiraten?«, fragte Maman Gendeng, eher belustigt als überrascht. »Sie kann jeden heiraten, den sie will, und ich bin mir sicher, dass du das nicht sein wirst. Außerdem, denk doch einmal nach: Es ist viel zu früh für euch, übers Heiraten zu reden.«

Kinkin erklärte dem Preman, dass er und Rengganis die Schöne in ein und dieselbe Schulklasse gingen. Er habe sich bereits bei ihrer ersten Begegnung in sie verliebt. Er zitterte jedes Mal, wenn er sie sähe, und wenn er sie nicht sähe, dann zitterte er nicht weniger, nur eben dann vor Sehnsucht. Er litte unter Fieber, Schlaflosigkeit und Atemnot, und alles das wegen der Liebe. Er habe ihr heimlich ein Liebesgedicht zukommen lassen, indem er es zwischen die Seiten ihres Schulhefts gesteckt habe, ebenso ein Brief auf parfümiertem Papier, und als keine Antwort kam, sei er fast gestorben. Er versicherte dem Preman, dass er Rengganis die Schöne liebte wie Romeo seine Julia oder wie Rama seine Shinta.

»Sie wird die Schule zu Ende bringen und dann Zahnärztin werden wie die reiche Frau da am Ende der Straße«, sagte der Preman. »Und selbst wenn ihr euch liebt, dann gibt es längst noch keinen Grund, so früh zu heiraten.«

»Deine Tochter ist schwanger, und da muss sie jemand heiraten«, sagte der Junge.

Der Preman grinste spöttisch. »Es müsste sie einer vergewaltigen, um sie zu schwängern, und um sie zu vergewaltigen, müsste er mich vorher umbringen.«

»Ein Hund hat sie in der Schultoilette vergewaltigt.«

Davon abgesehen, dass ihn diese Aussage noch mehr belustigte, war Kinkins Besuch an diesem Mittag für Maman Gendeng nichts weiter als eine harmlose Belästigung durch einen liebestrunkenen Jungen. Er vertrieb ihn mit dem Ratschlag, er solle sich, wenn er seine Tochter tatsächlich liebte, das nächste Mal gescheiter anstellen.

Als der Nachmittag kam und er sich auf den Heimweg machte, hatte er die Begegnung längst vergessen. Rengganis die Schöne erzählte zu Hause nichts dergleichen, ebenso wenig seine Frau, und daher wähnte er alles in bester Ordnung. Wie jeden Tag legte er sich für ein kurzes Nickerchen hin, bis es um sieben Uhr Zeit wurde, dass Maya Dewi die Mückenspiralen anzündete und ihn zum Abendessen aufweckte. Da erst erinnerte er sich wieder an Kinkins Besuch, und er fragte seine Frau, ob er nur geträumt habe, dass ein Junge ihm erzählte, Rengganis die Schöne sei in der Schultoilette vergewaltigt worden.

»Das hat sie mir vor einigen Wochen auch erzählt«, sagte Maya Dewi.

»Warum hast du mir nichts davon gesagt?«

»Der Hund hätte uns beide vorher umbringen müssen, um sie zu vergewaltigen.«

In den folgenden Wochen beschäftigten die Gerüchte um den Vorfall in der Schule das Paar über Gebühr. Allerdings schenkte niemand dieser Geschichte wirklich Glauben. Vielmehr mutmaßte man, dass Rengganis damit nur Aufsehen erregen wollte, oder man fragte sich, welcher Bengel den Mut aufbringen könnte, sich ihr zu nähern. Ihr beklagenswerter Zustand führte dann aber doch dazu, dass dem Mädchen seitens der Bevölkerung Halimundas Mitgefühl zuteilwurde und selbst die frommen Frauen für ihr Seelenheil beteten.

»Niemand wird sie anfassen«, sagte der Preman knapp. »Nicht solange wir leben.« Er hatte seine Tochter nach Halimundas Göttin der Schönheit benannt, doch jetzt erinnerte er sich, dass der Legende nach die Prinzessin einen Hund heiratete. »Sie wird nicht schwanger sein«, sagte er mit Bestimmtheit. »Aber angenommen, an der Geschichte ist was dran, dann werde ich jeden Hund in dieser Stadt töten.«

Die Familie fand allmählich zurück in ihren Alltag und versuchte, die Gerüchte zu ignorieren. Für Rengganis die Schöne selbst war es nicht unüblich, Aufruhr zu erregen. Sie hatte schon einmal ein kleines Kätzchen in einen Topf mit siedendem Öl gesteckt. Ein anderes Mal hatte sie eine Zirkusnummer platzen lassen, indem sie ihren Platz verließ und den Clowns in der Manege ihre Masken abnahm. Wie zuvor gab Maya Dewi den zwei Backgehilfinnen ihre Anweisungen, und Maman Gendeng war wieder auf seinem Schaukelstuhl aus Mahagoni oder mit Shodancho am Kartentisch auf dem Fischmarkt zu finden.

Seit vielen Jahren vertrieb er sich nun schon mit Shodancho am Kartentisch die Langeweile. Mit von der Partie waren der Salzfischverkäufer, der Gemüseverkäufer oder einer der Träger oder Rikscha-Fahrer. Nur während der sechs Monate, in denen Shodancho in Osttimor gekämpft hatte, gab es kein Kartenspiel. Wenn dieser einen Spielkameraden suchte, kam er meist gegen drei Uhr nachmittags mit seinem Motorroller, dessen Auspuff der Schalldämpfer fehlte, von seiner Distriktkommandantur zum Busbahnhof gefahren und hob seine Hand zum Zeichen für den Preman, dass er ihn am Kartentisch erwartete. Der Roller knatterte wie eine Dreschmaschine, sodass der Preman, selbst wenn er gerade seinen Mittagsschlaf hielt, davon aufwachte. Shodancho war schmaler und kleiner als die meisten Soldaten, doch seine hagere Statur wurde von der Respekt einflößenden Militäruniform kaschiert. Er war so gut wie immer in vollständiger Montur anzutreffen, zu der neben der fleckig grünen Tarnuniform auch robuste Schuhe gehörten, sowie eine Pistole und ein Schlagstock. Shodancho hatte dunkle Haut, und in seinem Haar und in seinem Schnauzbart fanden sich bereits einige graue Strähnen. Die meisten hatten seinen wirklichen Namen längst vergessen, wussten aber noch, dass er zu Zeiten der Japaner ein aufständischer Shodan-Kommandant gewesen war.

Eines Donnerstagnachmittags trafen sich die beiden Männer wieder einmal am Kartentisch. In Gesellschaft eines Jungen vom Rindfleischstand und eines Fischverkäufers begannen sie ihr Ritual: Shodancho warf eine Packung heller amerikanischer Zigaretten zusammen mit einem Gasfeuerzeug auf den Tisch, und bevor die Karten gemischt wurden, griffen die vier Spieler zu. Der Tabakrauch vertrieb den beißenden Gestank nach Salzfisch und verrottendem Gemüseabfall.

»Ah, ein Joker«, sagte Shodancho. »Wie gehts übrigens deinem?«

Die dünnen Freundschaftsbande zwischen den beiden Männern hatte sich in erster Linie durch die Freundschaft ihrer Töchter, Renganis die Schöne und Nurul Aini, gehalten. Seit sie klein waren und noch in ihre Hosen machten, hatten die beiden Mädchen an diesem Kartentisch sehr viel Zeit miteinander verbracht. Dort bekamen sie die Joker in ihre kleinen Hände gesteckt, damit sie beschäftigt waren und das Spiel ihrer Väter nicht störten, denn die Joker wurden bei ihrem Kartenspiel nicht benötigt. Für die Männer standen daher die Joker für die zwei Mädchen.

»Ein Rotzbengel ist zu mir gekommen, er wollte sie heiraten«, sagte Maman Gendeng.

Shodancho hatte bereits davon gehört, wie auch von dem Vorfall in der Klasse. Halimunda steckte voll von Streithammeln und von Gerüchteküchen, da war es nicht leicht, etwas vor den Ohren und Augen anderer zu verbergen. Dennoch schien er sich vor einer Reaktion zu drücken.

»Ich kann mir nicht vorstellen, dass sie heiratet und Kinder bekommt und ich Großvater werde.« Maman Gendeng blickte seine drei Mitspieler aufmerksam an, vor allem Shodancho, um zu sehen, wie sie reagierten. »Sie ist gerade mal sechzehn Jahre alt.«

»Wie mein Joker«, sagte Shodancho.

Seine Pläne, im kommenden Jahr in Pension zu gehen, hatten sich ebenfalls längst herumgesprochen. Die Verletzung, die er sich in Osttimor zugezogen hatte, war nie vollständig verheilt, da die Kugel noch immer in seinem Wadenmuskel steckte. Er würde im Rang eines Obersten in Pension gehen, und vor allem würde er das Gerede um seine Sturheit, seinen Posten partout nicht räumen zu wollen, beenden. Ein Posten, der ohnehin zu gering für ihn war. Denn aufgrund seiner erfolgreichen Führung des Daidan-Aufstands, bei dem die japanischen Kasernen zerstört werden konnten, hatte man ihn zum Oberbefehlshaber der Nationalen Armee, die im Zuge der Unabhängigkeit der Republik ein halbes Jahr später gegründet worden war, gemacht. Er aber hatte Halimunda nie verlassen wollen, und er hatte niemals die Armee des Landes befehligt. Den Rang eines Obersten erhielt er, nachdem es ihm gelungen war, die alliierten Truppen zu vertreiben, er selbst aber hatte nie den Ehrgeiz aufgebracht, befördert zu werden. Selbst nachdem er die Kommunisten in der Stadt erfolgreich ausgelöscht hatte, lehnte er es ab, Adjutant des Präsidenten der Republik zu werden. Und am allerwenigsten gab es für ihn jetzt, da er eine Ehefrau und eine Tochter hatte, die er über alles liebte, einen Grund, die Stadt zu verlassen. Und dies hatte letztlich dann dazu geführt, dass er seine Pension beantragte. »Ich habe gehört, dass Rengganis die Schöne von einem Hund vergewaltigt worden ist?«, fragte er.

»Es gibt viel zu viele Hunde in Halimunda«, sagte Maman Gendeng.

Das ließ Shodancho aufhorchen. Es traf natürlich zu, dass es viele Hunde in der Stadt gab, doch soweit er wusste, hatte sich darüber noch nie jemand beklagt.

»Für den Fall, dass es stimmt, was dort in der Schultoilette passiert sein soll, habe ich genug Hundegift«, fuhr der Preman kalt fort. »Eine Hure ist vor zwei Jahren an Tollwut gestorben. Was auch immer mit meiner Tochter geschah, gibt es mehr als genug gute Gründe, die Köter zu den Batak zu schicken, die so gerne Hundefleisch essen.«

Auch wenn seine Worte an niemanden im Speziellen gerichtet waren, so begriffen alle drei Mitspieler sofort, dass sie allein Shodancho galten. Die meisten Tiere stammten von den Ajak oder von ihren Nachkömmlingen ab, die man, seit Shodancho sie für die Schweinejagd einsetzte, zähmte und züchtete. Jeder wusste, dass die Ahnfrau Rengganis damals, als sie in den Nebelwald kam, wo später die Stadt entstehen sollte, in Begleitung eines Hundes war. Doch vor Shodancho hatte niemand Hunde gezüchtet.

»Ich hoffe, das ist nur ein Gerücht«, sagte schließlich Shodancho.

»Oder ein weiterer Unfug meiner Tochter«, erwiderte der Preman trocken. Dann erzählte er von den Heilern, die er in der Hoffnung aufgesucht hatte, sie würden seine Tochter zu einem ganz normalen Mädchen machen. Einige waren der Meinung, sie sei von einem bösen Geist besessen. Andere erklärten, ihr Verstand wolle nicht erwachsen werden. Sie war ein Kind von sechs Jahren in dem Körper einer jungen Frau von sechzehn Jahren. Doch was auch immer sie sagten, sie hatten nichts ausrichten können. »Und du weißt ja selbst, wie ich erst drei Lehrer verprügeln musste, damit man sie in der Schule aufnahm.« Er versank in Selbstmitleid und verlor allmählich die Lust am Kartenspiel. »Lacht ihr etwa über sie?«

»Wir lachen nur über Joker«, sagte Shodancho.

Maman Gendeng verließ den Kartentisch und ging nach Hause. Der Wind von den Hügeln nahm zu, und die steigende Flut war zu hören. Flughunde kämpften gegen den Wind an, wie Betrunkene hoben sie sich vor dem glutorangen Himmel ab. Die Fischer kamen mit Rudern und Netzen und Eisfässern aus ihren Häusern, derweil die Plantagenarbeiter mit Sicheln und leeren Säcken in ihren Händen nach Hause zurückkehrten. Die drückende Luft machte ihn unruhig.

Doch sein Heim würde ihn vor dem Sturm der Trübsal retten. Im Hof wuchsen ein Sternfruchtbaum und ein üppiger Sapotillbaum, und Maya Dewi hatte eine Hecke aus den Sträuchern der Himmelsblüte angelegt. Als er endlich ankam, sah er seine Frau, wie sie vor einem Eimer mit Wäsche hockte und weinte.

»Ich befürchte, sie ist schwanger«, sagte Maya Dewi, ohne ihren Kopf zu wenden. »Seit einem Monat habe ich schon keine Unterhosen mehr von ihr mit Blutflecken in der Wäsche gehabt.« Obwohl sie sonst niemals wütend wurde, lag jetzt Wut in ihrer Stimme. Und dann schlug die sonst so sanfte Person gegen den Wascheimer, und sein Inhalt ergoss sich über den Boden.

Der Preman war wie gelähmt und verfiel ins Grübeln. »Selbst wenn dem so sein sollte, dann war es kein Hund, der sie vergewaltigt hat«, sagte Maman Gendeng mit Bestimmtheit. »Eher hätte meine Tochter den Hund vergewaltigt.«

Nach seinem gescheiterten Heiratsantrag am Busbahnhof widmete sich Kinkin ganz seiner neuen Gepflogenheit, mit dem Luftgewehr die Hunde zu erschießen, die sich auf das Friedhofsgelände verlaufen hatten. Er schien der einzige Mensch zu sein, der daran glaubte, Rengganis die Schöne sei tatsächlich von einem Hund vergewaltigt worden. Vor Eifersucht brennend, verschonte er keinen einzigen Hund in seinem Machtbereich; und wenn kein Hund auftauchen wollte, dann hängte er eben Hundeposter, die vor dem Eingang zum Markt verkauft wurden, an den Ast eines Frangipanibaumes und schoss so lange darauf, bis sie in Fetzen abfielen.

Sein Vater war der Einzige, der von Kinkins Untaten wusste und der sich wegen der sonderbaren Neigung seines Sohnes Sorgen machte. »Was ist los mit dir, Junge?«, fragte er. »Hunde tun nichts Böses, vom Bellen einmal abgesehen.«

»Hunde sind Hunde, Vater«, erwiderte er kühl, ohne seinen Kopf zu wenden, weiterhin auf das Hundeposter zielend, das, von der letzten Kugel getroffen, hin und her flatterte. »Und einer von ihnen hat das Mädchen vergewaltigt, das ich liebe.«

»Ich habe noch nie von einem Hund gehört, der ein Menschenmädchen vergewaltigt hat. Es sei denn, du hast dich in ein Hundemädchen verliebt.«

»Scheiße«, sagte Kinkin. »Geh nach Hause, Vater, die letzten Schuss Munition sind für die Hunde bestimmt und nicht für dich.«

Seine Verliebtheit hatte sein ohnehin sonderbares Verhalten noch verstärkt, zumindest sahen das seine Klassenkameraden so. Keiner von ihnen hatte jemals mit ihm spielen wollen, so wie auch er mit keinem von ihnen hätte spielen wollen. Seine besten Freunde gehörten einer Clique von Wesen an, die niemand von seinen Klassenkameraden gemocht hätte: die Jailangkung-Wesen. Er hatte keine Kameraden, denn seine Schuluniform roch immer nach Weihrauch, und manchmal sprach er mit einer Stimme, die nicht seine eigene war. Und obwohl die anderen Kinder wussten, dass er bei den Prüfungen oft betrog, indem er die Jailangkung-Wesen um die richtigen Antworten bat, traute sich weder jemand, ihn des Betrugs zu bezichtigen, noch, ihn für die eigene Prüfung um Hilfe zu bitten. Er war wie ein Bauchnabel: Man weiß, dass er da ist, aber man beachtet ihn nicht. Das war, bevor er Rengganis die Schöne erblickte.

Zum ersten Mal sah er sie, als sie an der Schule antreten sollte. Nach neun langweiligen Schuljahren war plötzlich ein Tumult im Lehrerzimmer ausgebrochen, und um zu erfahren, was dort passierte, kamen alle Kinder angelaufen. Der schweigsame Junge war wohl der Letzte, der hinzukam und sah, wie ein Mann drei Lehrer niederschlug, die zuvor seiner Tochter die Aufnahme verweigert und eine Schule für geistig behinderte, zurückgebliebene Kinder empfohlen hatten.

Davon wollte der Mann nichts wissen und entgegnete, sein Kind sei durchaus wohlauf. »Das Einzige, was mein Kind von allen anderen unterscheidet, ist die Tatsache, dass es das schönste der Stadt ist, wenn nicht des ganzen Universums«, sagte der Mann an die drei sich auf dem Boden krümmenden Lehrer und den hinter dem Tisch schlotternden Schuldirektor gerichtet.

Das Mädchen stand hinter seinem Vater, es trug eine weiß-graue, brandneue Schuluniform, die noch nach Nähmaschinenöl roch, mit scharfen Falten im Rock. Ihr langes Haar war zu zwei Zöpfen geflochten, die rechts und links über ihre Hüften fielen und die jeweils mit einer rot-weißen Schleife zusammengebunden waren, hinter der man eine leicht übertriebene Würdigung der Nationalflagge hätte vermuten können. Sie trug die vorgeschriebenen schwarzen Schuhe und kurze weiße Strümpfe mit kleinen gestickten Blümchen um den Bund. Ihre Waden waren bezaubernder als alles, was sie trug. Sie war eindeutig nicht zurückgeblieben, da waren sich alle sicher, auch Kinkin, der sie durch die Trennscheiben zum Lehrerzimmer betrachtete. Sie war nichts anderes als ein Engel, der sich auf die grausame Welt verirrt haben musste. Kinkin war auf den ersten Blick entflammt und fortan seinem Liebesfieber wehrlos ausgeliefert. Er hatte bislang weder mit einem der Schüler gesprochen, noch hatte ihm jemals einer der Lehrer eine Frage gestellt. Doch als er erfuhr, dass dieses Mädchen in seine Klasse gehen würde, näherte er sich ihm, vom Liebeszauber wie betäubt, und fragte es, ob er seinen Namen erfahren dürfe. Das Mädchen zeigte leicht irritiert auf das kleine Abzeichen, das oben rechts an ihrer Bluse aufgenäht war: »Du kannst es hier lesen: Rengganis.«

Jedes Schulkind trug seinen Namen in der Form eines solchen Abzeichens an der Brust seines Uniformhemdes, aber nicht auf das Abzeichen des Mädchens achtete Kinkin, als dieses mit seinem zarten Zeigefinger darauf zeigte. Für ihn gab es in diesem Moment nur die Wölbungen ihrer Brüste, die ihn für den Rest des ersten Schultages bebend an nichts anderes denken und einsam auf der hintersten Bank in der Klasse leiden ließen.

Er litt noch mehr unter den Blicken der Klassenkameraden, die immer noch darüber staunten, ihn zum ersten Mal sprechen gehört zu haben, obwohl sie ihn schon seit Grundschultagen kannten. Sie wagten es aber nicht, sich über ihn lustig zu machen, denn sie fürchteten, dass dieser sonderbare Junge sie verhexen oder sonst wie schwarze Magie anwenden könnte.

Nur ein Mädchen, das in erster Linie deshalb in der Klasse zu sein schien, um auf Rengganis die Schöne aufzupassen, hatte den Mut, auf ihn zuzugehen. »Hör mir gut zu, du Jailangkung-Meister«, sagte das Mädchen, »wenn du meine kleine Freundin hier belästigst, dann schneide ich deinen Pimmel in Scheiben wie eine Möhre.«

Kinkin schaute dem Mädchen, das gleich darauf zurück auf ihren Platz neben Rengganis der Schönen ging, sprachlos hinterher, den Tränen nahe bei der Vorstellung, wie viele Hürden er noch zu überwinden hatte, bis er endlich die ersehnte Liebe würde erreichen können. Für ihn war das Mädchen namens Ai das garstigste Wesen auf der Welt. Tag für Tag wünschte er sich, auf dem Heimweg von der Schule Rengganis die Schöne begleiten zu können, denn das war das Schönste, was sich ein verliebter Junge vorzustellen imstande war. Aber ständig wurde sie von dieser Ai eskortiert. So verärgert war er, dass er eines Tages zu ihr sagte: »Umbringen sollte man dich.«

»Tus doch, wenn du keine Tunte bist.«

Das traute er sich dann doch nicht. Das einzige Glück war ihm in der Klasse beschieden, wenn er sich nach Rengganis umschauen und sie ausgiebig betrachten konnte. Er wurde das Schlusslicht der Klasse, weil er in keiner Stunde mehr aufpasste. Das Letzte, was seine Noten noch retten konnte, waren die Jailangkung-Wesen, die er während der Prüfungen in Anspruch nahm. Auch verlor er an Gewicht, er aß und schlief zu wenig, und all das nur, weil die Liebe ihn ergriffen hatte.

»Um dich scheint es schlechter zu stehen als um mich«, bemerkte sogar die Schöne eines Tages. »Du Hohlkopf.«

Sie brachten sie ins Krankenhaus, wo ihnen ein Arzt zweifelsfrei erklärte, dass das Mädchen tatsächlich schwanger war. Inzwischen in der siebten Woche. Sowohl Maman Gendeng als auch Maya Dewi weigerten sich, ihm zu glauben, doch fünf weitere Ärzte, die ihre Tochter ebenfalls untersuchten, waren zu dem gleichen Ergebnis gekommen. Außerdem auch ein Heiler.

Also sperrte der Vater das Mädchen in seinem Zimmer ein, in der Hoffnung, die Gerüchte über seine schwangere Tochter eindämmen zu können. Maya Dewi hatte zwar immer versucht, die Schatten der Vergangenheit ihrer Mutter – einer Prostituierten, von der jedermann wusste, dass sie mehrere Kinder hatte, ohne jemals verheiratet gewesen zu sein – abzuschütteln. Aber das, was nun Rengganis die Schöne ereilt hatte, schien zu belegen, dass ein Fluch über ihrer Familie lag. Die Leute würden sagen, dass diese verderbte Familie für alle Zeiten verderbte Kinder in die Welt setzte. Maya Dewi und Maman Gendeng kamen darin überein, dass das Mädchen eingesperrt bleiben müsse, und hofften, dass die Leute früher oder später vergaßen, dass sie eine schwangere Tochter hatten.

Ihr Zimmer lag im oberen Stock, zu hoch, um aus dem Fenster zu springen, und die Tür war von außen fest verschlossen. Rengganis' einzige Gesellschaft waren ein Teddybär, ein Stapel Groschenromane und ein Radio. Maya Dewi selbst sorgte dafür, dass es ihr an nichts fehlte. Sie brachte ihr einen Nachttopf und einen Eimer mit Wasser, um sich waschen zu können. Sie brachte ihr auch Frühstück, Mittag- und Abendessen. Obwohl das Mädchen jammerte, wieder zur Schule gehen zu wollen, blieb ihre Mutter hart. »Ich verspreche auch, mich besser vor den Hunden in Acht zu nehmen«, sagte die Schöne in herzerweichendem Ton. Sofort brach Maya Dewi in Tränen aus und erwiderte schluchzend: »Nein, Liebes, außer du sagst uns, wer dich in der Schultoilette vergewaltigt hat.«

Immer wieder stellten sie ihrer Tochter dieselbe Frage, aber es war vergebens, das Mädchen antwortete stets mit bemerkenswerter Hartnäckigkeit, dass es sich bei dem Täter um einen braunen Hund mit schwarzer Schnauze handelte. Solche Hunde gab es in jedem Winkel Halimundas, und natürlich würden sie unmöglich jeden einzelnen von ihnen befragen können. Nachdem es ihr nicht gelungen war, Rengganis eine sinnvolle Erklärung abzuringen, verließ Maya Dewi ihre Tochter und verriegelte die Tür. Darauf schrie die Schöne und flehte, herausgelassen zu werden und wieder zur Schule gehen zu dürfen. Sie weinte bitterlich und so ohrenbetäubend laut wie ein Baby, dessen vollgepinkelte Windeln gewechselt werden müssen. Ihre schrille Stimme lockte die Nachbarn aus ihren Häusern, die dann hoch zum Fenster im oberen Stock schauten, und die Fußgänger blieben stehen, um miteinander zu tuscheln. Maman Gendeng schlug vor, sie an einen anderen Ort zu bringen, doch Maya Dewi war strikt dagegen und bestand darauf, sie weiterhin im Zimmer einzuschließen. »Lieber lebe ich mit der Schande, als mein Kind zu verlieren.«

Letzten Endes gaben sie doch nach und erlaubten ihr, wieder zur Schule zu gehen. Aber auch das war kein leichtes Unterfangen, denn schwangere Mädchen lehnt man an Schulen normalerweise ab, angeblich weil sie einen schlechten Einfluss auf die anderen Mädchen haben. Also erschien Maman Gendeng zum zweiten Mal in der Schule, betrat das Büro des Schuldirektors, ohne zuvor an die Tür geklopft zu haben, und vergewisserte sich persönlich, dass man seine Tochter nicht von der Schule verwies.

Der unglückliche Schuldirektor befand sich in einer Zwickmühle. Auf der einen Seite waren die Eltern, die sich um das Wohlergehen ihrer Töchter sorgten, denn das, was Rengganis der Schönen widerfahren war, belegte schließlich, dass die Schule keineswegs ein sicherer Ort war. Auf der anderen Seite musste er sich diesem Preman stellen, dem niemand zu widersprechen wagte. Er wischte sich den kalten Schweiß ab, der ihm von der Stirn lief. »Also gut, mein Bester, bis zum Abschluss bleibt sie unsere Schülerin«, sagte er. »Aber hilf mir. Ich muss die Eltern der Mädchen beruhigen. Du musst denjenigen finden, der das deiner Tochter angetan hat. Ach ja, und noch eins, bitte gib ihr Kleider, die ihr ein wenig lockerer sitzen.«

Da erinnerte sich Maman Gendeng an den Jungen namens Kinkin. Nachdem er sich vom Kartentisch fortgestohlen hatte, ging er zum Haus des Totengräbers Kamino. Wie immer war Kinkin damit beschäftigt, seine Munition auf Hundeposter schießend zu verpulvern. Eine Weile lang beobachtete Maman Gendeng bewundernd die Treffgenauigkeit des Jungen, auch wenn er sich fragte, warum er auf unschuldige Papierbilder feuerte.

Als das Hundeposter zu Boden fiel, drehte der Schütze seinen Kopf und ging, nicht merklich überrascht, auf den Preman zu. »Du siehst selbst, was ich hier tue, oder?«, fragte der Junge mit Stolz in der Stimme. Der Preman verstand nicht, wie er das meinte, und nickte nur, bis der Junge sich erklärte. »Ich erschieße Hunde und auch Bilder von ihnen. Ich hasse sie und bin eifersüchtig auf sie, weil einer von ihnen deine Tochter vergewaltigt hat, und du weißt, wie sehr ich sie liebe.«

Kamino, der die Szene beobachtete, überkam das ungute Gefühl, etwas stimme nicht, wenn der meistgefürchtete Preman der Stadt persönlich herkam, um seinen Sohn aufzusuchen. Er trat auf die beiden zu und bat den Besucher freundlich auf eine Tasse Kaffee ins Haus. Maman Gendeng und Kinkin setzten sich in den Vorraum, der bis unter die Decke mit allerhand merkwürdigen Dingen, die früher den Verstorbenen gehört hatten, vollgestopft war. Als der Kaffee serviert und der alte Kamino gegangen war, fragte Maman Gendeng den Jungen: »Sag mir, wer hat Rengganis die Schöne vergewaltigt?«

Der Junge sah ihn verwirrt an. »Ich dachte, du wüsstest das: Ein Hund in der Schultoilette war das«, sagte er deutlich und voller Überzeugung. Diese Antwort hatte Maman Gendeng nicht erwartet, und sie machte ihn wütend. Aber dann wurde ihm klar, dass der Junge ebenso wenig Ahnung hatte wie alle anderen, und einzig Rengganis die Schöne und Gott wussten, was sich in der Schultoilette wirklich zugetragen hatte. Er griff nach der Tasse Kaffee, um seine Nervosität in den Griff zu bekommen.

Die ganze Angelegenheit schien ein unlösbares Mysterium zu sein. Er hätte es vorgezogen, einem Feind im Kampf auf Leben und Tod gegenüberzustehen, als dass er es mit einem unbekannten Vergewaltiger seiner Tochter zu tun hatte. Schweigend saß er dem Jungen gegenüber, bis er plötzlich merkte, dass es bereits spät geworden war. Dann erhob er sich, obwohl es ihm widerstrebte, ohne eine zufriedenstellende Antwort nach Hause zu gehen. »Tja, mehr scheinen wir nicht zu wissen«, brach er das Schweigen. Er stieß einen Seufzer aus und sagte mit seiner rauen Stimme: »Wenn es tatsächlich ein Hund war, der sie vergewaltigt hat, dann wird sie eben einen Hund heiraten.«

Das brachte Kinkin in der folgenden Nacht vollends um den Schlaf. Auch sein Vater machte die ganze Nacht über kein Auge zu, und selbst die Friedhofsgeister waren rastlos. Als der Morgen endlich kam, nahm Kinkin rasch ein Bad und lief dann, weit bevor es an der Zeit war, zur Schule zu gehen, zum Haus von Rengganis der Schönen. Dort traf er ihren Vater, leicht verärgert, so früh am Morgen geweckt zu werden. »Es ist ausgeschlossen, dass sie einen Hund heiratet«, japste Kinkin mit der Stimme eines Sterbenden. »Ich werde sie heiraten.«

Das war weitaus besser, und der Preman wusste das. Er sah den Jungen an und erinnerte sich an seine erste Begegnung mit ihm am Busbahnhof. Nun fragte er sich, warum er den Heiratsantrag des Jungen nicht gleich dort angenommen hatte, noch bevor sich das Problem derart aufgebläht hatte. Dann nickte er und fragte ihn nach dem Warum.

»Es war kein Hund, der sie vergewaltigt hat, sondern ich war das.«

Darauf zerrte Maman Gendeng den Jungen hinter das Haus und verprügelte ihn erbarmungslos. Der Junge wehrte sich nicht, er wäre dazu auch gar nicht imstande gewesen, denn schon der erste Schlag schmetterte ihn mit blutender Nase in einen Winkel der Himmelsblütenhecke. Maya Dewi kam eilends angelaufen, um der Brutalität ihres Mannes ein Ende zu setzen, bevor der Junge starb. Sie musste ihre ganze Kraft aufbringen, um Maman Gendeng davon abzuhalten, erneut nach dem Jungen zu greifen, obwohl dieser schon längst beim kleinen Fischteich zusammengebrochen war. Er war zwar nicht tot, litt aber große Schmerzen und jammerte.

»Natürlich werde ich dich nicht töten«, sagte Maman Gendeng, nachdem es seiner Frau gelungen war, ihn von dem Jungen fortzureißen. »Du musst am Leben bleiben, um Rengganis die Schöne zu heiraten.«

Nachdem sie den ganzen Morgen lang Kinkins Gerede von seiner Hochzeit mit Rengganis der Schönen mit anhören musste, die nach der Geburt ihres Kindes stattfinden sollte, machte sich Ai am Nachmittag, auf dem Gepäckträger von Cousin Krisans Klapprad sitzend, auf den Weg zum Friedhof, um dort den Jungen zur Rede zu stellen. »Ich weiß, dass du an dem Tag nicht in der Schultoilette warst«, sagte das Mädchen wütend.

Der Junge lächelte beim Anblick der beiden Besucher, und anstatt zu widersprechen, bat er sie ins Haus und bedankte sich bei ihnen, denn es war das erste Mal, dass Schulkameraden bei ihm vorbeikamen. Das Haus war kein gastlicher Ort, es war alt und ließ die ordnende Hand einer Frau vermissen. Es wurde vielleicht einmal in der Woche gefegt, sodass die versammelten Gegenstände aus der Hinterlassenschaft der Toten alle verstaubt und schaurig wirkten, wie bei einer Mumienausgrabung.

Nachdem er zwei Gläser kalter Limonade aus der Küche geholt hatte, erklärte er, dass seine Mutter bei seiner Geburt gestorben sei, als wolle er den verwahrlosten Zustand des Hauses rechtfertigen. Oder er beabsichtigte damit sogar, das Gespräch in eine völlig andere Richtung zu lenken.

Aber Ai wartete nur einen geeigneten Moment ab, um ihn weiter anzugreifen. »Du hinterhältige Tunte, du kannst sie gar nicht vergewaltigt haben«, sagte Ai.

»Natürlich nicht, ich könnte gar nicht so gemein zu ihr sein«, sagte Kinkin gelassen. »Wenn man jemanden liebt, würde man so etwas niemals tun, selbst wenn sich die Gelegenheit dafür bietet. Ich werde sie heiraten, weil ich sie liebe, und ich habe, wie es sich gehört, um ihre Hand angehalten.«

Er würde den Beruf seines Vaters übernehmen und auch das Haus auf dem Friedhof erben, so wie es seit Generationen der Fall war. Der Grund dafür lag auf der Hand: Niemand sonst wollte diesen Beruf ausüben. Jeder in der Stadt glaubte, dass das Friedhofsgelände nur so von Teufeln und Dämonen wimmelte und dass es dort nur die Familie des Totengräbers über Jahre aushalten konnte. Die Totengräber gaben an ihre Nachkommen auch das magische Wissen weiter, wie man Jailangkung anwendete und so mit den Geistern der Verstorbenen in Kontakt treten konnte. Kinkin, der keine Geschwister hatte, war der vorläufig letzte Erbe. Wenn aber die Kinder seines Alters Angst vor Kinkin hatten, dann lag dies nicht nur daran, dass er der Sohn des Totengräbers war und Jailangkung beherrschte. Dass ihnen die Nackenhaare zu Berge standen, lag vielmehr an seinem kalten Gesichtsausdruck und an seinem modrigen Körpergeruch. Auf Schritt und Tritt schien er einen Jin auf seiner Schulter mit sich herumzutragen. Krisan schwieg die ganze Zeit. Er hatte nicht den geringsten Wunsch gehabt, mitzukommen, und hatte letztlich nur Ais Druck nachgegeben.

»Denk bloß nicht, dass du tun kannst, was du willst, nur weil du schwarze Magie beherrschst«, sagte das Mädchen nun.

»Schwarze Magie bringt überhaupt nichts«, sagte Kinkin mit einer wegwerfenden Handbewegung. »Die verleiht nicht mehr als eine trügerische, falsche und böse Kraft. Die Liebe aber hat mir gezeigt, dass sie die stärkste Kraft überhaupt ist.«

Die Liebe hatte ihm offenbar einen Dickkopf verliehen. Das hatte Ai nun begriffen, und im Grunde genommen wollte sie ihn gar nicht davon abbringen, Rengganis die Schöne zu lieben. Sie wollte lediglich die Schöne beschützen, und sie hatte das Gefühl, dass mit diesem Heiratsvorhaben etwas ganz und gar nicht stimmte. Sie stand abrupt auf und griff nach Krisans Hand, bereit, das Haus zu verlassen. Doch bevor sie verschwand, sah sie Kinkin noch einmal an und sagte unvermittelt: »Liebe Rengganis die Schöne aus tiefstem Herzen.« Es klang wie der aufrichtige Ratschlag einer Mutter an ihren Schwiegersohn am Tag der Hochzeit.

Kinkin nickte entschlossen. »Bestimmt.«

»Aber sollte sich herausstellen, dass deine Liebe einseitig ist und meine schöne Freundin dich nicht will, dann lasse ich diese Heirat nicht zu«, sagte Ai drohend. »Ich bin dazu bestimmt, dafür zu sorgen, dass sie immer glücklich ist.«

Ihre Entschiedenheit führte meist dazu, dass andere ihrem Blick nicht standhielten, und so senkte nun auch Kinkin seinen Kopf. »Aber«, sagte der Junge, »sogar ihr Vater hat meinen Heiratsantrag angenommen.«

»Selbst dann«, erwiderte das Mädchen.

Ai ließ dem Jungen keine Gelegenheit, noch etwas zu sagen. Sie zog an Krisans Hand, und mit seiner Cousine auf dem Gepäckträger fuhr er vom Haus des Totengräbers direkt zu Rengganis der Schönen.

Als sie ankamen, fanden sie ein heilloses Chaos vor. Aus Rengganis' Schlafzimmer im oberen Stockwerk war das Jaulen ihrer Cousine zu hören. Im Erdgeschoss entdeckten sie Maya Dewi still weinend auf dem Sofa sitzend. Die zwei Backgehilfinnen standen unbeholfen in der Tür zur Küche. Krisan hockte sich vor die Frau, während Ai sich neben sie setzte und mit einer Mischung aus Verwirrung und Sorge nach ihrer Hand griff. »Was ist passiert, Tante?«

Maya Dewi wischte sich die Tränen mit dem Ärmel ihres Kleides. Sie bemühte sich, ihre Nichte und ihren Neffen anzulächeln, so als wolle sie sagen, es sei nichts Ernstes vorgefallen. Dann aber erklärte sie: »Sie ist Amok gelaufen, als sie erfuhr, dass sie mit Kinkin verheiratet werden soll.«

»Der Junge hat angefangen, in der Schule sein Maul aufzureißen«, sagte Ai.

»Armer Junge, will ein Mädchen heiraten, das gar nicht von ihm schwanger ist«, sagte Maya Dewi. »Er muss sie sehr lieben.«

»Egal, ob er sie liebt oder nicht«, sagte Ai. »Rengganis darf keinen heiraten, den sie nicht liebt.«

Sie bemerkten besorgt, dass von Rengganis der Schönen plötzlich kein Ton mehr zu hören war. Doch dann kam sie, noch in ihrem Schlafanzug, den sie immer während des Mittagsschlafs trug, die Treppe herunter. Ihr Gesicht war so verquollen, als wäre es zu lange in Eiswasser getaucht gewesen. Sie setzte sich neben ihre Mutter, ohne sich die Mühe zu machen, ihre Tränen fortzuwischen.

»Wenn du den Sohn des Totengräbers nicht liebst und ihn nicht heiraten willst«, sagte die unglückliche Mutter, »dann sag mir doch, welchen Mann du magst. Wen möchtest du zum Ehemann haben?«

»Ich mag niemanden«, sagte die Schöne. »Wenn ich schon heiraten muss, dann heirate ich meinen Vergewaltiger.«

»Sag mir, wer ist das?«, fragte erneut ihre Mutter.

»Ich werde einen Hund heiraten.«

Ihre Schwangerschaft nahm deutliche Formen an, und wie bei allen Schwangeren trat ihre Schönheit besonders strahlend zutage. Ihr märchenhaft schwarzes Haar war seit Jahren nicht geschnitten worden und floss glatt über ihre Hüften, und ihre Haut hatte die Farbe einer Weißbrotkruste. Seit ihrer Geburt galt sie als das schönste Mädchen der Stadt. Ihre Mutter und ihr Vater waren sehr stolz darauf, auf diese Weise beschenkt worden zu sein, auch wenn der Preis, den sie dafür zu zahlen hatten, ihnen Sorgen bereitete: ihr schlichtes Gemüt. Sie halfen ihr, das Beste aus sich zu machen, und gaben sich jeden Morgen vor der Schule die größte Mühe, ihr Haar zu flechten. Als die Wahl zur Strandprinzessin des Jahres anstand, brachte ihr Vater die Schöne dorthin, obwohl sie nicht besonders gut tanzte und zudem mit kläglicher Stimme sang. Aber ihre Schönheit hatte längst jedes Jurymitglied um den Verstand gebracht, sodass schließlich niemand anderes zur Strandprinzessin gekrönt wurde als sie.

»Weißt du, welcher Hund es war?«, fragte Ai.

Aufrichtig bedauernd schüttelte die Schöne ihren Kopf. »Alle Hunde sehen für mich gleich aus«, sagte sie. »Vielleicht kommt er, wenn sein Kind geboren wird.«

»Woher soll er erfahren, dass sein Kind geboren wird?«

»Mein Kind wird bellen, und er wird es hören.«

Niemand hätte sagen können, woher sie diese absonderliche Fantasie hatte, aber sie schien Rengganis aufzuheitern, sodass die anderen ihr nur schweigend beipflichteten. Auf ihren Wangen lag ein zartrosa Schimmer. Maya Dewi nahm schließlich ihre Tochter in die Arme, streichelte ihr über das lange Haar und murmelte sanft: »Du weißt, dass ich so alt war wie du jetzt, als ich schwanger wurde.«

Als der Abend hereinbrach, berichtete sie ihrem Mann, was tagsüber geschehen war, und zeigte ihm die Spuren des Durcheinanders, das Rengganis angerichtet hatte. Maman Gendeng setzte sich mit bedrückter Miene auf die unterste Treppenstufe.

»Jeder weiß, dass Kinkin an diesem Tag nicht in der Schultoilette war«, sagte sie. »Und Rengganis will ihn nicht heiraten.«

»Wenn das so ist, müssen wir das Kind zwingen, uns zu sagen, wer es war«, sagte Maman Gendeng.

»Und wenn es stumm bleibt?«

»Wenn es stumm bleibt, dann werden wir das Kind mit demjenigen verheiraten, der ihr Ehemann werden will«, sagte Maman Gendeng. »Hauptsache, es ist kein Hund.«

Rengganis blieb stumm. Natürlich gab es jede Menge Männer, die sich danach sehnten, sie zu heiraten, aber nur einer besaß den Mut, um ihre Hand anzuhalten, und das war Kinkin. Während der Geburtstermin näher rückte, begannen Maya Dewi und Maman Gendeng, ohne sich weiter um Rengganis' Widerwillen zu scheren, mit den Hochzeitsvorbereitungen. Wohl bekam Rengganis alles mit, aber unerwarteterweise blieb sie völlig gelassen und gab lediglich den Kommentar ab, dass der Junge am Schluss der Leidtragende sein würde.

Ai befand sich in einer Zwickmühle. »Wenn wir sie zwingen, wird sie etwas Fürchterliches tun«, sagte sie. Sie kannte Rengganis die Schöne nur zu gut, genau wie ihre Eltern, doch schienen diese keine Rücksicht mehr auf sie nehmen zu wollen. Es reichte, dass Maya Dewi, wie ihre älteren Schwestern, das uneheliche Kind von Dewi Ayu war und ihren Vater nicht kannte. Dieses Los sollte Rengganis die Schöne nicht treffen. Selbst Maman Gendeng, der kaum die Tugendhaftigkeit erfunden hatte, bedrückte das Geschehene in den folgenden Monaten zutiefst. Jemand hatte seine Tochter vergewaltigt, und er, der meistgefürchtete Mann der Stadt, wusste nicht, was passiert war. Er hatte das Gefühl, dem schrecklichsten Feind seines Lebens gegenüberzustehen. »Ich habe ihr den Namen Rengganis gegeben«, sagte er betrübt. »Wie jedermann weiß, hat Rengganis einst einen Hund geheiratet.«

Als der Tag der Hochzeit kurz bevorstand, mietete er Stühle für das rauschende Fest. Und er plante den Auftritt eines Orkes Melayu vor seinem Haus. All das erledigte er jedoch aus lauter Verzweiflung.

»Das ist einfach nicht richtig, Onkel«, sagte Ai mit wachsender Beunruhigung. »Sie will die Hochzeit nicht. Sag mir, warum müssen schwangere Mädchen immer heiraten?«

Er wollte auf die Nörgelei des Mädchens nicht eingehen und fuhr mit den Hochzeitsvorbereitungen fort, als handele es sich um sein eigenes Fest. Der Arzt bestimmte den Tag der Geburt des Kleinen in Rengganis' Bauch, und am folgenden Tag sollte die Hochzeit sein. Doch als das Baby mit der Unterstützung einer Hebamme endlich geboren war, beharrte Rengganis die Schöne unvermindert darauf, dass es das Kind eines Hundes sei. Man redete ihr zu, beim bevorstehenden Fest auf den Hochzeitsthron zu steigen. Als Antwort darauf verschwand Rengganis in der Nacht vor der Hochzeit zusammen mit ihrem Baby.

»Sie ist bei Ai«, sagte ihr Vater. Und man suchte sie dort. Doch selbst Ai wusste nicht, was geschehen war. Panik befiel sie, und alle liefen zurück zum Haus, in der Hoffnung, sie sei doch dort. Was sie fanden, war nur ein Zettel mit einer kurzen Notiz darauf: »Ich gehe fort und heirate einen Hund.«

16

Tatsächlich war es Krisan, der Ais Grab öffnete und ihre Leiche unter dem Bett versteckte.

Davor hatte er jeden Morgen am Fenster seines Schlafzimmers gestanden und auf die rückwärtige Veranda von Shodanchos Haus geschaut. Da hatte Ai natürlich noch gelebt, und er hatte nur deshalb am Fenster gestanden, um zu sehen, wie sie schlaftrunken aus dem Haus trat und sich am Wasserhahn beim Fischteich das Gesicht wusch. Auch nachmittags stand er jeweils an derselben Stelle, schaute auf dieselbe Veranda, und beobachtete Ai dabei, wie sie, mit ihrer Mutter plaudernd, ein Hühnchen oder Wasserspinat für das Abendessen klein schnitt. Doch an diesem Nachmittag war Ai nicht dort, denn Ai war tot und ihre Leiche unter seinem Bett.

Er stellte sich vor, dass die Leute längst wussten, dass jemand das Grab geschändet hatte, und dass Shodancho, der, obwohl stark gealtert, immer noch Kommandant der Militärdistriktkommandantur in Halimunda war, erfuhr, ein Hund habe das Grab aufgebuddelt. Er würde natürlich nicht daran glauben, dass ein Hund das Grab seines dritten Kindes aufgescharrt haben sollte, denn das Grab war sehr tief und mit starken Holzplanken abgedeckt gewesen. »Nur ein Mensch hat das tun können, und der Einzige, der dafür infrage kommt, ist Maman Gendeng.« Das würde Shodancho möglicherweise sagen.

Krisan gefiel die Vorstellung, wie viele Leute er täuschen konnte. Er wusste, dass Shodancho immer noch einen Groll gegen den Preman hegte. Doch Maman Gendeng hatte Ais Grab nicht geöffnet, wozu auch. Das Einzige, was er wollte, war, seine geflohene Tochter Rengganis die Schöne wiederzusehen. Noch einmal: Krisan war es, der Ais Grab ausgehoben hatte, und nun war ihre Leiche unter seinem Bett bestens aufgehoben, und er wunderte sich, warum man ihn nicht als Täter verdächtigte.

Er hatte es tatsächlich so getan, wie ein Hund es getan hätte. Er dachte, so würde Ai ihm nicht böse sein und sich vielmehr über sein Tun freuen. Krisan hatte Ais Grab mit Händen und Füßen aufgebuddelt, er hatte in der Erde gescharrt, die selbst eine Woche nach Ais Begräbnis noch locker war. Er hatte fast die ganze Nacht hindurch ununterbrochen gegraben. Um Ai eine Freude zu machen, hatte er sogar einen streunenden Hund mitgebracht, auch wenn dieser, mit einer Kette an den Stamm eines Frangipanibaumes gebunden, lediglich schweigend zugeschaut hatte. Die Spuren des Hundes aber würden die Leute glauben lassen, das Grab von Shodanchos Tochter sei von einem Hund aufgebuddelt worden, und Krisan verwischte zusätzlich fein säuberlich seine eigenen Spuren.

Es war schwer, das Grab mit Händen und Füßen aufzugraben. Aber hätte es nicht genau so ein Hund getan? Wie ein Hund hatte Krisan dabei sogar hechelnd seine Zunge herausgestreckt, er glaubte, dass Ai sich freute, wenn sie ihm vom Himmel aus zusah. Und als ihn inmitten seiner wahnsinnigen Arbeit der Durst überkam, lief er auf allen vieren zu dem Kanal, der am Friedhof entlangfloss, und schlabberte Wasser mit der Zunge auf. Nachdem er um halb acht Uhr am Abend mit dem Graben begonnen hatte, stieß er gegen drei Uhr morgens endlich auf die Holzplanken.

Krisan musste nur wenige der Planken abnehmen, bevor er Ais in ein Leichentuch gehüllten, federleichten Körper herausheben konnte. Sein Herz hüpfte innerlich vor unerklärlicher Freude. Denn auch wenn sie tot war, konnte er sie zum ersten Mal in seinem Leben ganz fest in seine Arme schließen. Unter dem Leichentuch drang ein seltsamer Geruch hervor, wie von einem Blumenbeet, aber natürlich handelte es sich nicht um Blumenduft, sondern um den Eigenduft des Mädchens.

Krisan machte den Hund los und ließ ihn laufen, dann nahm er Ais Leichnam auf die Schultern. Vorsichtig eilte er nach Hause, denn zu dieser Stunde waren die Leute für gewöhnlich schon aufgestanden. Gläubige machten sich bereit, um zur Moschee zu gehen, Gemüseverkäufer trafen ihre Vorkehrungen, um auf den Markt zu gehen und dort ihre Stände zu öffnen, und ein paar Leute waren vielleicht unterwegs, um an den Teichen, die sich unweit des Friedhofs aneinanderreihten, ihr morgendliches Geschäft zu verrichten.

Er kam unbehelligt, ohne dass ihn jemand gesehen hatte, am Haus an. Weder seine Großmutter, die nach dem Tod seines Vaters zu ihnen gezogen war und die Näherei betrieb, noch seine Mutter waren aufgestanden, obwohl sie beide Frühaufsteherinnen waren. Er betrat das Haus durch die Küchentür, ging auf Zehenspitzen in sein Schlafzimmer und versteckte Ais Leichnam unter seinem Bett. Dann putzte er auf dem Weg von der Küche zu seinem Zimmer alle Spuren von Erde weg. Erst dann zog er Ais Körper unter dem Bett hervor und öffnete das Leichentuch.

Mit einem Mal breitete sich der blumige Duft, diesmal noch intensiver, im Zimmer aus, und Krisan sah, wie frisch Ais Körper geblieben war. Das Mädchen lag auf dem Fußboden, auf das Leichentuch gebettet, so als sei es nicht wirklich tot, sondern nur kurz eingeschlafen. Krisan wunderte sich darüber nicht allzu sehr, da er davon überzeugt war, dass Ais Körper nicht verwesen würde, auch wenn er viele Jahre oder Jahrhunderte unter der Erde läge. Und er betrachtete ihre Wangen, die an diesem Morgen so rosig waren wie zu ihren Lebzeiten.

Plötzlich war es ihm peinlich, sie nackt zu sehen. Rasch bedeckte er ihren Körper wieder mit dem Leichentuch, nur ihr Gesicht ließ er frei, um weiterhin ihre Schönheit betrachten zu können. Und dann weinte er, dieser zartbesaitete Junge. Er war traurig, weil sie tot war und er sich in der trostlosen Welt allein gelassen fühlte. Dann aber bekam sein Weinen einen anderen Klang, den der Dankbarkeit, weil Ai sich auch tot nicht verwesen ließ. Sie würde im Zustand ewiger Schönheit bleiben, und er glaubte daran, dass sie es einzig für ihn tat. Und bevor er sichs versah, hatte er die Wange des toten Mädchens geküsst.

Krisan war lange schon in Ai verliebt gewesen, und er war überzeugt davon, dass auch Ai schon lange in ihn verliebt gewesen war, vielleicht seit der Zeit, in der sie noch oft in derselben Wiege geschlafen hatten. Sie waren Cousin und Cousine, ebenso wie Rengganis die Schöne ihre Cousine war. Ai wurde zwölf Tage vor Krisan geboren. Und als er, von Allamanda, Shodancho sowie seinem Vater erwartet endlich zur Welt kam, war das erste Gesicht, das er erblickte, jenes von Ai, die in den Armen ihrer Mutter lag. Wer weiß, vielleicht gilt die Liebe auf den ersten Blick auch für Neugeborene. Davon abgesehen, hatte Shodancho kurz darauf gesagt: »Mögen dein Kind und mein Kind einmal ein Paar werden.« Krisan musste das gehört haben, auch wenn er gerade erst das Licht der Welt erblickt hatte, und meinte fortan, ihre Heirat sei tatsächlich im Lauf des Universums vorherbestimmt. So hatten sie, seit sie auf der Welt waren, die meiste Zeit zusammen verbracht, sie hatten zusammen geweint, zusammen in ihre Hosen gemacht, sie waren in den gleichen Kindergarten und in dieselbe Schule gegangen, und irgendwann hatte Krisan gemerkt, dass er in Ai verliebt war.

Aber es war keine leichte Sache, dem Mädchen zu gestehen, dass er es liebte, insbesondere da Ai seine Cousine war und eine enge Freundschaft sie verband. Vielleicht würde ein solches Geständnis ihre zarten Bande durcheinanderbringen. Doch wenn er schwieg, würde Ai vielleicht gar nicht bemerken, dass er sie liebte, und dann würde er es am Ende, wenn ihm ein anderer Mann zuvorkäme, bitterlich bereuen. Davor fürchtete er sich am meisten. Er würde sogar den Tod durch den Strick dem gebrochenen Herzen vorziehen.

Ein anderes, ernsteres Problem war, dass Krisan außer Rengganis der Schönen und Ai keine weiteren Freunde hatte. Es war undenkbar, dass er sich seiner Großmutter oder seiner Mutter anvertraute, und erst recht nicht seinen beiden Onkeln und Tanten. Es war ebenso ausgeschlossen, dass er Tagebuch führte, denn Ai würde seine Aufzeichnungen mit Sicherheit finden und lesen, ganz gleich, wie gut er sie versteckte. Es wäre zu schmerzhaft, wenn Ai wüsste, dass er sie liebte, während sie ihn nicht liebte. Es war verzwickt, und oft verfluchte er sein Schicksal, als Cousin dieses Mädchens geboren worden zu sein.

Als dieser Geisterbeschwörer Kinkin bei Maman Gendeng am Busbahnhof um Rengganis' Hand angehalten hatte, war ein neuer Schrecken über ihn hereingebrochen. Jemand hatte öffentlich verkündet, dass er Rengganis die Schöne liebte, und es war nur eine Frage der Zeit, bis ein anderer bei Shodancho um Nurul Ainis Hand anhalten würde. Krisan war fest entschlossen, die Liebe des Mädchens zu gewinnen, bevor es ein anderer tat.

Er arbeitete sein Liebesgeständnis über mehrere qualvolle Wochen aus.

Krisan begann damit, Liebesbriefe zu schreiben, und jedes Mal, wenn es den Namen Ai zu schreiben galt, ließ er absichtlich eine Lücke und schrieb die zwei Buchstaben nicht hin, für den Fall, dass Ai plötzlich in sein Zimmer platzte. Zehn Liebesbriefe schrieb er, jeder fast so lang wie eine Kurzgeschichte, aber er schickte keinen davon ab. Krisan bewahrte die Briefe lediglich in seinem Schrank unter einem Stapel Unterhosen auf, nicht etwa, weil er einen Hang zu Abseitigem hatte, sondern weil es sich um das sicherste Versteck handelte. Ai kam häufig herein und wühlte in seinen Sachen herum, sie nahm einfach mit, was ihr gefiel, insbesondere die Kampfkunstromane aus der Hinterlassenschaft Genosse Kliwons. Es gab das ungeschriebene Gesetz zwischen Krisan, Ai und Rengganis der Schönen, dass alles, was dem Einzelnen gehörte, gemeinsames Eigentum war. Ausgenommen Unterhosen. Ai wollte die Dinger nicht anrühren, daher waren Krisans Liebesbriefe dort am sichersten. Die Belege seiner unaussprechlichen Liebe.

Irgendwann fand er es albern, Briefe zu schreiben, und dachte immer häufiger daran, ihr geradeheraus zu sagen, dass er sie liebte. Er liebte sie mehr als eine Cousine, er liebte sie, wie ein Mann eine Frau liebt. Er wurde das Gefühl nicht los, dass, solange er dem Mädchen gegenüber seine wahren Gefühle nicht offenbarte, sein Leben nur noch bitter schmeckte, obwohl sie derart eng und vertraut miteinander waren und ihr Schicksal in der Form einer späteren Heirat längst besiegelt war.

Er hatte schon viele Tage vor dem Spiegel damit zugebracht, das Geständnis seiner Liebe einzustudieren. Vielleicht wären sie zum Strand geschlendert, und vielleicht schaute sie gerade den Möwen nach, wie sie über dem Meer flogen und sich in die Wellen stürzten, und er würde sagen: »Ai …« An dieser Stelle würde er eine Kunstpause machen, damit das Mädchen sich zu ihm umdrehte oder zumindest seine Ohren spitzte. Dann würde er, das Getöse der brechenden Wellen und des Windes in den Kokospalmen und den Pandan-Büschen übertönend, mit fester Stimme fortfahren: »Weißt du, dass ich dich liebe?«

Nur eine Zeile, ein kurzer Satz. Krisan glaubte fest daran, dass er es schaffen würde, ihn auszusprechen, und dann stellte er sich vor, wie sich darauf die Wangen des Mädchens leicht rot färbten, obwohl es längst wusste, dass er, Krisan, es heimlich liebte. Natürlich würde Ai sich nicht zu ihm umdrehen. Sie neigte zur Schüchternheit, sie würde stattdessen vielleicht ihren Kopf senken, beschämt darüber, dass man ihr ansah, wie glücklich sie war. Und ohne ihn anzusehen, würde sie ihm sagen, dass auch sie ihn liebte.

Was dann passieren würde, konnte sich Krisan sehr viel leichter vorstellen. Er würde nach der Hand des Mädchens greifen, und fortan wäre alles gut. Sie würden heiraten, Kinder bekommen, sich an ihren Enkeln erfreuen und nach vielen Jahrzehnten gemeinsam sterben. Diese Vorstellung war derart schön, dass sie Krisan an sich selbst zweifeln ließ und er noch intensiver übte. Er sprach die kurze Zeile immer wieder aus: im Badezimmer, im Bett, überall. Eines Nachmittags nutzte er sogar seine Großmutter Mina, die auf der Veranda vor dem Haus stickend neben ihm saß, als Versuchskaninchen.

Er sagte unvermittelt: »Oma …« Und genauso, wie er es schon oft geübt hatte, machte er an dieser Stelle eine Kunstpause.

Mina hielt in ihrer Stickarbeit inne, wandte sich zu ihm um und schaute ihn aus ihren dicken Brillengläsern fragend an. Sie vermutete, dass der Junge sie wie so oft um Geld für unsinnige Dinge, die er angeblich brauchte, bitten würde. Umso überraschter war sie, als Krisan fortfuhr: »Oma, weißt du, wie sehr ich dich liebe?«

Bei diesen Worten füllten sich Minas Augen mit Tränen. Sie legte die Stickarbeit zur Seite, rückte ihren Sessel herum, umarmte ihren Enkel und sagte unter Tränen der Rührung: »Du bist so lieb. Selbst der verrückte Genosse, mein eigener Sohn, hat so etwas nie zu mir gesagt.«

Aber jedes Mal, wenn Krisan seine Cousine Ai traf – selbst bei den seltenen Gelegenheiten, bei denen sie nur zu zweit und ohne Rengganis die Schöne waren –, schien all das, was er einstudiert hatte, wie weggeblasen. Er schwor sich, es ihr bei der nächsten Gelegenheit zu sagen, aber sobald er wieder vor dem Mädchen stand, waren die Worte aus seinem Hirn verschwunden. Ai machte ihn immer sprachlos, so als würde sie ihn dem Sturm unaussprechlicher Liebe wehrlos aussetzen.

Und dann kam der Tag, an dem Rengganis die Schöne ein Kind gebar und mit diesem verschwand. Ai traf es schwerer noch als Maya Dewi und Maman Gendeng, die Eltern Rengganis' der Schönen.

Es war allseits bekannt, dass sich Ai als Beschützerin von Rengganis der Schönen betrachtete. Und dass nun Rengganis von einem Unbekannten, der angeblich ein Hund war, schwanger geworden war und auch noch die Flucht ergriffen hatte, erschütterte Ai zutiefst. Noch am selben Tag bekam sie hohes Fieber und rief im Halbschlaf immer wieder den Namen Rengganis'. Das war begreiflich. Krisan wusste, dass die beiden sich sehr nahestanden, viel näher als ihm, möglicherweise weil sie Mädchen waren.

Das Fieber hielt mehrere Tage an, und kein Arzt konnte sagen, an welcher Art von Krankheit Ai litt, denn auch nach mehreren Untersuchungen stand fest, dass sie körperlich in bester Verfassung war.

»Ein kommunistischer Geist ist in sie gefahren«, sagte Shodancho.

»Halt deinen Mund!«, fuhr Allamanda ihn an.

Krisan war ihr treuster Besucher, der, sobald er mittags von der Schule kam, an ihrem Bett wachte, sie ansah, wie sie dalag mit leerem Blick, fiebernd und von Schüttelfrost geschwächt. Nur war das kein geeigneter Zeitpunkt, um ihr zu sagen, dass er sie liebte, wie ein Mann eine Frau liebt. Sie waren beide siebzehn Jahre alt.

Schon immer war Ai unerwartet in Krisans Schlafzimmer geplatzt. Manchmal kam sie durch die Tür, aber nicht selten sprang sie einfach durch das geöffnete Fenster herein. Eines Abends, es war gegen sieben Uhr, hüpfte sie wieder einmal durchs Fenster in Krisans Zimmer, mit einem verschmitzten Lächeln, so als führe sie etwas im Schilde. Sie war so schön, so reizend und kerngesund. Alle ihre Kleider waren weiß, mit Spitzen besetzt und strahlend sauber, als ob an diesem Tag Lebaran wäre. Krisan würde sich für immer an diesen unerwarteten Besuch erinnern. Ein Leuchten ging von ihr aus, und ihr glattes, schwarzes Haar fiel offen über ihren Rücken. Ihre scharfen Augen blitzten, ihre reizenden Wangen schimmerten rosig, und ihr Lächeln offenbarte ihre schönen, verführerischen Lippen. Krisan hatte sich eben erst nach dem Abendessen aufs Bett gelegt und wurde von ihrem plötzlichen Besuch überrascht. »Du«, sagte er knapp und setzte sich an den Rand des Bettes, »bist du wieder gesund?«

»So gesund wie eine Olympionikin«, sagte Ai kichernd und hob ihre Arme im Stile einer Bodybuilderin.

Und dann, wie von einem übermächtigen Verlangen übermannt, fielen sie einander in die Arme und umschlangen sich fest – fester noch, als Adinda Genosse Kliwon umarmt hatte, als sie von dem Hund gejagt wurde. Sie küssten sich glühend – glühender noch als Genosse Kliwon und Allamanda unter dem Seemandelbaum. Und dann fielen sie aufs Bett.

»Ai«, sagte Krisan endlich, »weißt du, dass ich dich liebe?«

Ai antwortete mit ihrem bezaubernden Lächeln, das Krisan noch mehr berauschte, und wieder küsste er sie. In Windeseile hatten sie ihre Kleider ausgezogen, und dann liebten sie sich mit der ungestümen Lust Heranwachsender – ungestümer noch als Allamanda und Shodancho an jenem Morgen, an dem Genosse Kliwon nicht hingerichtet wurde, und ungestümer noch als Maman Gendeng und Maya Dewi nach fünf Jahren des Wartens. Sie widmeten sich die ganze Nacht hindurch dem Liebesspiel mit der brennenden Leidenschaft von zwei Siebzehnjährigen und mit dem Verlangen, Außergewöhnliches auszuprobieren.

Danach zog Ai ihre weißen Kleider an, stieg aus dem Fenster und winkte Krisan zu.

»Ich muss nach Hause«, sagte sie, »nach Hause … nach Hause.«

Die letzten Worte klangen bereits verschwommen, als Krisan ein heftiges Beben, ausgehend von seinen Lenden, durchfuhr und er ohne Ai an seiner Seite aufwachte. Das Fenster war fest verschlossen. Es war nur ein Traum gewesen, nicht sein erster feuchter Traum, aber sicherlich der schönste. Er hatte so etwas noch nie von Ai geträumt, und es machte ihn überglücklich.

Diffus drang Sonnenlicht in sein Zimmer, er öffnete das Fenster und sah zu Shodanchos Haus. Vor der Veranda hatten sich viele Leute versammelt, selbst seine Mutter war darunter. Mit einem Stich in seinem Herzen sprang er aus dem Fenster, und ohne sich das Gesicht zu waschen oder Schuhe anzuziehen, lief er auf Shodanchos Haus zu und bahnte sich den Weg durch die Menschenmenge. Er betrat das Zimmer, in dem Ai die letzten Tage krank gelegen hatte, und sah Allamanda auf der Bettkante sitzen und weinen.

Sowie sie Krisan erkannte, erhob sie sich und umarmte ihn, weinend und sich das Haar raufend, und bevor Krisan sie fragen konnte, was passiert war, sagte sie: »Deine Liebste ist von uns gegangen.«

Und nun, wo er das Grab geöffnet und ihre Leiche zum Haus gebracht hatte, weinte Krisan an ihrer Seite und erinnerte sich an seinen letzten Traum kurz vor ihrem Tod. Vielleicht war er traurig, weil er es vor ihrem Tod nicht geschafft hatte, ihr seine Liebe zu gestehen. Oder vielleicht weinte er vor Rührung, weil Ai ihn vor ihrem Abschied besucht hatte, auch wenn es nur im Traum war. Sie war zu ihm gekommen, um seine Liebeserklärung anzuhören, sie war gekommen, um mit ihm zu schlafen, bevor sie heimkehrte, heim, für immer. Vielleicht rührten seine Tränen vom Schmerz seines Verlusts her, von der Sehnsucht und dem Leid, an dem er beinahe zugrunde ging. Denn ein toter Körper, ganz gleich wie schön er ist, wird nie ein lebendiges Mädchen sein.

Tatsächlich war es ebenfalls Krisan, der Rengganis die Schöne tötete und ihre Leiche ins Meer warf.

Eine Woche nachdem Krisan das Grab Ais geöffnet hatte, klopfte mitten in der Nacht jemand sachte an die Fensterscheibe seines Schlafzimmers. Krisan wachte auf und öffnete das Fenster. Rengganis die Schöne stand da, in einem jämmerlichen Zustand, ihr Haar zerzaust und ihre Kleider nass, aber auch das konnte ihre überwältigende Schönheit nicht verdecken. Selbst Krisan musste zugeben, dass Rengganis die Schöne tatsächlich schöner war als Ai, so wie es Ai selbst immer wieder gesagt hatte. »Du meine Güte, was ist mit dir passiert?«, fragte Krisan.

»Mir ist kalt.«

»Dummkopf, das ist schon klar.«

Krisan lehnte sich hinaus, hoffte, dass niemand sie sehen würde, und griff nach Rengganis' Hand, um ihr zu helfen, durch das Fenster zu steigen. Sie sah aus, als sei sie in einen schlammigen Straßengraben gestürzt, und außerdem schien sie großen Hunger zu haben. »Zieh dich um«, sagte Krisan, während er sicherstellte, dass seine Zimmertür verschlossen war.

Rengganis die Schöne öffnete Krisans Kleiderschrank, nahm ein T-Shirt, ein Paar Jeans und Unterhosen heraus. Und dann zog sie vor den Augen des Jungen ohne Scheu ein Kleidungsstück nach dem anderen bis auf das letzte aus. Beim Anblick ihres umwerfenden Körpers, der feucht im Lampenlicht glänzte, hätte Krisan sich beinah verschluckt. Er saß im Schneidersitz auf seinem Bett, mit einem Ständer, aber obwohl er am liebsten aufgesprungen wäre und das Mädchen hier und jetzt genommen hätte, machte er keine Anstalten aufzustehen.

Rengganis' umwerfend schöner Körper umgab stets eine Aura sexueller Begierde und lud sozusagen dazu ein, mit ihr zu schlafen. Er saß immer noch auf seinem Bett, während sie sich in bemerkenswerter Bedenkenlosigkeit mit einem kleinen Handtuch, das sie an einem Haken hängend hinter der Tür gefunden hatte, abtrocknete.

Ihre Brüste waren so vollkommen wie die einer erwachsenen Frau. Krisan betrachtete sie ausgiebig, stellte sich vor, wie er sie berührte, knetete, küsste und wie er forsch in ihre Brustwarzen kniff. Eine formvollendete Kurve verlief von ihrer Brust bis zu ihrer Hüfte, völlig symmetrisch, wie mit dem Zirkel gezogen. Und zwischen ihren Beinen, unter dichtem Haar, wölbte sich etwas hervor, wie eine junge Kokosnuss, aber sicherlich weicher. Krisans Ständer wurde noch härter, und mit ihm wuchs sein Drang, aufzuspringen und seine Cousine auf das Bett zu zerren und sie zu nehmen. Doch er tat nichts dergleichen, nicht mit Ais Leiche unter seinem Bett.

Die Qual ebbte langsam ab. Rengganis die Schöne zog Krisans Unterhosen an, ihr war es völlig egal, dass es Männerunterhosen waren. Dann zog sie das Paar Jeans an, und ihre Brüste verschwanden bald darauf unter dem T-Shirt. Aber Krisan hatte immer noch einen Ständer, denn unmittelbar hinter dem Stoff ahnte er die Brüste des Mädchens.

»Wie sehe ich aus, Hund?«, fragte Rengganis die Schöne.

»Nenn mich nicht Hund, ich heiße Krisan.«

»Gut, Krisan«, und Rengganis die Schöne setzte sich neben den Jungen auf die Bettkante. »Ich habe Hunger.«

Krisan schlich in die Küche und holte einen Teller Reis mit Spinat und einem Stück gebratenen Fisch. Etwas anderes war im Vorratsschrank nicht zu finden. Dazu reichte er dem Mädchen ein Glas Wasser, das die Portion in Windeseile verschlang und um Nachschlag bat. Krisan ging noch einmal in die Küche, holte eine gleiche Portion, und das Mädchen verputzte auch diese mit unvermindertem Heißhunger und so, als habe man ihr nicht beigebracht, anständig zu essen. Krisan war seiner Cousine sehr dankbar, dass sie, nachdem sie auch die zweite Portion aufgegessen hatte, um keinen weiteren Nachschlag bat, denn seine Mutter würde ihm bestimmt nicht glauben, wenn er behauptete, er habe in der Nacht drei Portionen verputzt. »Und jetzt«, sagte Krisan, während Rengganis die Schöne ihr Haar abzutrocknen begann, »wo ist dein Baby?«

»Von den Hunden aufgefressen, es ist tot.«

»Scheiße«, sagte Krisan, »aber Gott sei Dank. Sag mir, was passiert ist.«

Rengganis die Schöne erzählte es ihm. Sie war mit dem Baby zu Shodanchos Guerillahütte tief im Urwald auf der Landzunge gegangen. Es war das lang gehütete Geheimnis der drei gewesen. Rengganis die Schöne, Ai und Krisan hatten von dieser Hütte gehört, sie gesucht und gefunden. Auf ihren Erkundungstouren waren sie später zwei oder drei weitere Male dort gewesen. In jener Nacht hatte sich Rengganis die Schöne auf den Weg zur Hütte gemacht, mit der Gewissheit, dass dieser Ort das beste Versteck war, an dem selbst Ai sie nicht vermuten würde. »Das Baby war ganz schön quengelig«, sagte sie zu Krisan. Obwohl sie versuchte, es zu stillen, blieb es quengelig. Das Baby hatte nichts an, es war lediglich in eine Decke gewickelt und wurde in den Armen seiner Mutter gewärmt.

Eigentlich wäre die Guerillahütte innerhalb von acht Stunden zu Fuß zu erreichen gewesen, aber Rengganis die Schöne benötigte eine Nacht und einen Tag. Sie hatte sich hier und dorthin ein wenig verlaufen, und sie war nur sehr langsam vorwärtsgekommen. Außerdem hatte sie keinen Proviant mitgenommen. Daher war sie, als sie endlich an der Hütte ankam, völlig ausgehungert. »Da gab es überhaupt nichts, was man essen konnte«, erklärte Rengganis die Schöne. Als Stadtkind wusste sie nicht, was im Wald essbar war und was nicht. Allmählich aber zwang sie der Hunger, auf die Suche zu gehen. Sie fand Kenarinüsse, die vom Baum gefallen waren und deren harte Schale sie verblüffte. Es gelang ihr, ein Exemplar mit einem Stein zu knacken und etwas von seinem weichen Inneren zu kosten. Als sie feststellte, dass die Nuss gut schmeckte, sammelte sie eine ganze Menge davon und bestritt damit ihr erstes Abendessen. Das Trinkwasser stellte kein allzu großes Problem dar, da gleich neben der Guerillahütte ein Bach mit klarem Wasser floss.

Das Problem war das Baby. Es blieb quengelig. Unterwegs hatte sie seinen Mund mit einem Zipfel der Decke gestopft, damit sein Schreien sie nicht verriet. Sie mied öffentliche Wege und Straßen und lief stattdessen im Schatten der Bäume und durch Bananen- und Maniokpflanzungen. Aber auch da musste sie auf der Hut sein, denn viele Bauern sahen in der Nacht dort nach dem Rechten, oder es waren Nachtwächter unterwegs, oder Leute, die nach Aalen oder Heuschrecken suchten. Der Zipfel der Decke eignete sich recht gut, um die Quengelei des Babys abzustellen, auch wenn sie es damit beinah erstickt hätte. Als Rengganis den Urwald auf der Landzunge erreichte, nahm sie den Knebel heraus und lief mit dem unentwegt schreienden Baby tiefer in den Wald hinein, in der Überzeugung, dass es in der Nacht niemand anderen dorthin verschlagen hatte.

In der Guerillahütte schrie das Baby immer noch, auch dann noch, als es von seiner Mutter gestillt worden war. Zuletzt verweigerte es sogar die Brust. Es hatte gepinkelt, und die Decke, in der es eingewickelt war, war nass geworden. Rengganis die Schöne hatte nichts dabei, um die Decke zu ersetzen, sodass sie sie lediglich ein wenig verschob und die nassen Stellen nach außen wendete. Aber auch dann schrie das Baby noch, wobei seine Stimme allmählich immer schwächer wurde. Erst da begriff Rengganis die Schöne, dass ihr Baby unter Fieber litt. Sein Körper verströmte Hitze und schlotterte vor Kälte. Da sie nicht wusste, was sie sonst hätte tun sollen, sah sie nur zu, wie das Baby unter dem Fieber litt. »Es ist am dritten Tag gestorben«, sagte Rengganis die Schöne.

Und auch dann wusste sie nicht, was sie tun sollte. Sie nahm das Baby aus der Decke, trug es nach draußen vor die Hütte und legte es auf den Stein, der viele Jahre zuvor Shodancho und seinen Männern als Esstisch gedient hatte. Den ganzen Tag lang betrachtete sie das Baby, unfähig, darüber nachzudenken, was sie tun sollte. Erst am späten Nachmittag hatte sie den Einfall, das Baby ins Meer zu werfen. Aber dazu kam es nicht, denn plötzlich näherte sich, vom Geruch der Leiche angelockt, ein Rudel Ajak, das sie und ihr Baby umzingelte. Rengganis die Schöne sah die Hunde an und sah, wie sehr diese nach der Babyleiche lechzten. Da warf sie ihnen das Baby zu. Auf der Stelle stürzten sie sich darauf, bis eins der Tiere sich aus dem Rudel löste und, gefolgt von den anderen Ajak, das Baby ins Dickicht verschleppte.

»Du bist abscheulicher als der Teufel«, sagte Krisan und schauderte bei ihrem Anblick.

»Aber das war leichter, als ein Grab auszuheben«, sagte Rengganis die Schöne.

Sie schwiegen beide. Vielleicht stellten sie sich gleichermaßen vor, wie die Ajak die winzige Leiche des armen Babys zerfleischten. Krisan konnte sich nicht vorstellen, was Maman Gendeng tun würde, wenn er vom Schicksal seines Enkelkindes erführe. Vielleicht würde er wahnsinnig werden, vielleicht würde er die ganze Stadt niederbrennen, oder er würde alle umbringen, vor allem die Ajak. Es wäre vergeblich, nach den Überresten suchen zu wollen. Die Ajak hatten vom Baby wahrscheinlich nichts übrig gelassen, denn schließlich waren selbst seine Knochen noch so weich, dass man sie essen konnte. Krisan musste sich beinah übergeben, als er sich vorstellte, wie ein Hund den Kopf des Babys am Stück verschlang.

»Und du bist nicht gekommen«, sagte Rengganis die Schöne und sah Krisan mit einem Blick, gemischt aus Wut und Enttäuschung, an. »Ich habe bis heute Nachmittag gewartet und habe nur diese harten Nüsse gegessen.«

»Ich konnte nicht kommen.«

»Du bist gemein.«

»Ich konnte nicht kommen«, sagte Krisan und gab ihr mit einer Geste zu verstehen, nicht so laut zu sprechen, da er befürchtete, seine Mutter und seine Großmutter könnten sie zusammen erwischen. »Weil Ai krank geworden und dann gestorben ist.«

»Was?«

»Ai ist krank geworden und ist dann gestorben.«

»Das ist nicht möglich.« Rengganis die Schöne wirkte betroffen – und ungläubig.

Krisan sprang vom Bett auf, griff nach der Leiche unter dem Bettgestell, zog sie hervor und präsentierte sie Rengganis der Schönen. Ais Leichnam lag in das Leichentuch gehüllt auf dem Fußboden, noch in demselben Zustand, in dem Krisan ihn hergebracht hatte. So frisch, so schön und gar nicht wie eine Leiche.

»Sie schläft ja nur«, sagte Rengganis die Schöne, die inzwischen vom Bett gestiegen war und Ais Gesicht betastete. Dann versuchte sie erfolglos, Ai aufzuwecken. Sie schüttelte sie, zog ihre Augenlider auf und kniff ihr in die Nase, bis sie sich schließlich schluchzend neben sie setzte und ihren Tod beweinte. Dieses Mädchen hatte ihr am nächsten gestanden und war immer zur Stelle gewesen, wenn sie es brauchte. Plötzlich bedauerte Rengganis die Schöne, dass sie Ai nicht in ihre Fluchtpläne eingeweiht und dazu aufgefordert hatte, zur Guerillahütte mitzukommen. Sie wäre noch weitaus trauriger gewesen, wenn sie geahnt hätte, dass Ai krank wurde und starb, nachdem sie erfahren hatte, dass Rengganis von zu Hause fortgelaufen war. Krisan stand wie angewurzelt da, einzig in Sorge, dass Rengganis noch lauter weinte und dadurch seine Mutter und seine Großmutter aufweckte, bis das Mädchen fragte: »Warum ist sie eigentlich hier?«

»Ich habe sie ausgegraben«, sagte Krisan.

»Warum hast du sie denn ausgegraben?«

Er wusste keine Antwort, beziehungsweise wusste er nicht, was er Rengganis der Schönen antworten sollte. Also sah er das Mädchen nur verlegen schweigend an, bis im Augenblick, da er sie am dringendsten benötigte, ihm die geniale Idee kam. »Damit sie sieht, wie wir heiraten.«

Diese Begründung schien Rengganis die Schöne zu beruhigen. »Wann heiraten wir denn?«

Diese Frage kam Krisan etwas ungelegen, er setzte sich ans Fußende des Bettes und machte ein Gesicht wie die meisten Leute, wenn sie nachdenken. Er sah zu Rengganis der Schönen, dann in das Gesicht der toten Ai zu seinen Füßen, dann zu den Kleidern, die an der Tür hingen, zu dem Stapel mit den Kampfkunstbüchern, auf das Kissen, und schließlich wieder zu Rengganis der Schönen. Das Mädchen blickte ihn wie zuvor, auf eine Antwort wartend, an.

»Noch heute Nacht«, sagte Krisan.

»Und wo?«

»Darüber denke ich gerade nach.«

Und als ihm der Einfall kam, teilte er ihn gleich Rengganis der Schönen mit. Sogleich befreiten sie Ais Leichnam aus dem Leichentuch und zogen ihr stattdessen Sachen aus Krisans Kleiderschrank an. Es waren Männerkleider, so wie sie Rengganis die Schöne trug: Männerunterhosen, ein Paar Jeans und ein T-Shirt. Als die Leiche aussah wie ein lebendiges Mädchen, das sich einfach nur auf den Fußboden gelegt hatte, öffnete Krisan seine Zimmertür und warf einen Blick in das Zimmer seiner Mutter und in das seiner Großmutter, um sich zu vergewissern, dass beide fest schliefen. Heimlich schob er sein Klapprad durch die Hintertür, ohne das leiseste Geräusch zu verursachen. Dann kehrte er zurück, schulterte Ais Leichnam und verließ sein Zimmer, gefolgt von Rengganis der Schönen, die hinter sich die Tür schloss. Auf Zehenspitzen gingen sie durch die Küche und überquerten den Hinterhof, wo das Klapprad auf sie wartete. Krisan setzte sich auf den Sattel, während Rengganis die Schöne rittlings auf dem Gepäckträger saß und dabei Ais Leichnam vor ihr fest umklammert hielt, damit er nicht hinunterfiel. Mit einem einzigen Tritt in die Pedalen war das Fahrrad vom Hof auf die Straße gelangt und raste nun, mitten in der Nacht, unter den Straßenlaternen hindurch in Richtung Meer.

Sie hatten Glück, denn die wenigen Leute, die ihnen begegneten, dachten sich nichts dabei, wenn sie einen siebzehnjährigen Jungen sahen, der zwei Mädchen auf seinem Fahrrad mitnahm, und vermuteten höchstens, die drei Jugendlichen kämen von einer Party.

Krisan hielt am Ende des Strandes an, wo eine Deichmauer das Land und das Meer voneinander trennte. Der Morgen würde bald kommen, und er konnte sehen, wie bereits einige der Fischerboote im Begriff waren anzulegen. Am östlichen Himmel zeigte sich das erste rötliche Licht. Ein sehr günstiger Zeitpunkt, dachte er. »Warte hier, ich mache ein Boot klar«, sagte Krisan.

Rengganis die Schöne saß auf der Mauer neben dem Klapprad, nach wie vor Ais Leiche umklammernd, damit sie nicht in sich zusammenfiel, und wartete auf Krisan.

Der Junge kehrte in einem Boot zurück, das wer weiß wem gehörte. Möglicherweise gehörte es aber auch niemandem mehr, denn, obwohl es kein Leck hatte, wirkte es ziemlich marode. Krisan ruderte das Boot an die Stelle der Mauer, an der oben Rengganis die Schöne auf ihn wartete, und drehte es seitlich bei. »Wirf die Leiche runter«, sagte er. Rengganis die Schöne warf Ais Leiche hinunter, worauf diese im Rumpf des leicht hin- und herschaukelnden Bootes zu liegen kam. Rengganis sprang an ein Ende des Bootes und setzte sich hin, während Krisan am gegenüberliegenden Ende saß und ruderte, fort vom Strand, hinaus aufs Meer, zu der Stelle, wo er laut seinem Versprechen Rengganis die Schöne heiraten würde.

Krisan versuchte, den Fischerbooten aus dem Weg zu gehen; über die großen Fischereischiffe weit draußen brauchte er sich keine Gedanken zu machen. Der Morgen brach an, die ersten Sonnenstrahlen schienen über den Ma-Iyang-Hügel hinweg und fielen in geraden Linien auf die Wasseroberfläche, die daraufhin zu leuchten begann. Das Rot am Himmel verblasste langsam, und die Möwen und Schwalben kreisten über ihren Köpfen.

Er suchte lange nach einer ruhigen Stelle, von der er annahm, dass kein Boot vorbeikommen würde. Dann fand er sie, eine Stelle, an der das Meer von tiefblauer Farbe war. Er wusste, dass das Wasser an einer solchen Stelle extrem tief war und dass sich keines der Fischerboote dafür interessieren würde, da es in solchen Tiefen nicht viel Fisch gab. Natürlich konnten weder Rengganis die Schöne noch Krisan wissen, dass genau an diese Stelle vor vielen Jahren Genosse Kliwon Allamanda entführt hatte.

Der Morgen kam in all seiner Pracht.

»Wann heiraten wir denn?«

»Hetz doch nicht so«, entgegnete Krisan, »leg dich noch etwas in die Sonne.« Krisan legte sich an seinem Bootsende hin und sah in den Himmel.

Rengganis die Schöne versuchte, es ihm an ihrem Bootsende gleichzutun. Krisan schien bedrückt, denn trotz strahlendem Himmel lag seine Stirn in Falten. Rengganis die Schöne dagegen war, ihre bevorstehende Hochzeit erwartend, sehr aufgeregt. Schließlich setzte sie sich wieder auf, sie hatte endgültig die Geduld verloren, und fragte: »Wie werden wir denn heiraten?«

»Ich werde dich überraschen.« Krisan bewegte sich auf das Mädchen zu, wobei er über Ais Leichnam steigen musste. »Dreh dich um«, forderte er es auf.

Rengganis die Schöne drehte sich um und schaute auf den Horizont. Sie wartete eine ganze Weile, bis sie plötzlich Krisans Arme sah, die sich blitzschnell um ihren Körper schlossen, und bevor sie begriff, was vor sich ging, strangulierte er sie schon. Krisan hatte ein Taschentuch um ihren Hals gelegt und zog mit aller Kraft an dessen Enden. Rengganis die Schöne versuchte, sich loszureißen, sie trat mit ihren Füßen nach ihm und versuchte, mit ihren Händen das Taschentuch zu lockern. Aber Krisan war sehr viel stärker. Sie rangen etwa fünf Minuten miteinander, bevor Rengganis die Schöne endgültig unterlag und im Bootsrumpf tot neben die Leiche des anderen Mädchens fiel.

Krisan starrte sie an, seine Augen füllten sich mit Tränen. Er rang nach Luft.

Mit heftig zitternden Händen hob er Rengganis' Leichnam empor und warf ihn über Bord. Dann, am Dollbord kauernd, weinte er, er weinte wie Heulsusen, er weinte wie neugeborene Babys, er vergoss Tränen wie die Sintflut eines gebrochenen Herzens. »Ich habe dich getötet«, sagte er schluchzend, »weil ich nur Ai liebe.« Er weinte noch eine halbe Stunde lang.

Tatsächlich war es einmal mehr Krisan, der Rengganis die Schöne in der Schultoilette vergewaltigte und die Verantwortung für das, was er getan hatte, nicht übernahm.

Das ist der heikelste Teil der Geschichte, aber so hat es sich eben zugetragen.

Eines Tages, als er und Ai nach der Schule wie so oft bei Rengganis der Schönen zu Hause waren, saß er auf dem Sofa und blätterte in einer alten Zeitschrift. Die zwei Mädchen waren unterdessen in Rengganis' Schlafzimmer im oberen Stockwerk. Plötzlich hörte er Schritte auf der Treppe. Krisan legte die Zeitschrift nieder, und da kam Rengganis die Schöne die Treppe hinunter, mit nichts am Leib außer einem Höschen und einem Büstenhalter. Vielleicht hatte er sie so schon einmal gesehen, vielleicht sogar splitternackt, aber das musste ewig her sein, als sie noch Kinder waren. Nun aber waren sie fünfzehn Jahre alt, und Krisan machte seit geraumer Zeit schon die Erfahrung feuchter Träume.

So wie die meisten Männer bewunderte er Rengganis' Körper. Ihr Körper war nicht nur schön, er war erregend. Köstlich – das war der treffende Ausdruck. Er hatte sich in seiner Vorstellung schon oft ihre festen, rundlichen Brüste und ihre zart geschwungenen Hüften ausgemalt, und nun konnte er fast all das mit seinen eigenen Augen sehen. Ihr Büstenhalter bedeckte ihre Brüste nicht vollständig und offenbarte Krisan ihren Schimmer, und ihre knappen Spitzenhöschen wiesen vorne eine leichte Wölbung auf. Das erweckte seinen Penis zum Leben und machte ihn hart wie Stahl. Er musste an seinem Hosenschritt ziehen, um seinen aufgerichteten und eingezwängten Penis in eine angenehmere Position zu bugsieren. Derweil schien Rengganis die Schöne sich nicht daran zu stören, dass Krisan im selben Raum war und zu ihr sah, vielmehr schien sie sich zu freuen, dass er sie betrachtete. Mit betont bedächtigen Schritten ging sie auf den Bügeltisch zu, auf dem ihre Kleider lagen, und zog sich an – der lustvolle Moment entglitt, doch Krisan sollte ihn niemals vergessen.

Es gibt zwei Arten von Frauen, die ein Mann lieben kann: Die eine wird der Liebe wegen geliebt; die andere Art wird des Sex wegen geliebt. Krisan meinte, er besäße beide Arten. Ai war von der ersten, und Rengganis die Schöne war von der zweiten Art. Er wollte Ai heiraten, und gleichzeitig stellte er sich vor, wie er eines Tages mit Rengganis der Schönen Sex haben würde. Aber bisher war es ihm weder gelungen, Ai seine Liebe zu gestehen, noch hatte er eine Idee, wie er mit Rengganis der Schönen gefahrlos schlafen konnte.

Als sie noch Kinder waren, besaßen sie in einer Ecke des Feldes, das Genosse Kliwon gekauft hatte, einen großartigen Unterschlupf. Shodancho hatte ihnen dort im Geäst eines alten Banyanbaums ein Baumhaus gebaut. Ihre Eltern machten sich keine Sorgen, wenn die drei sich auf dem Feld herumtrieben, denn sie konnten selbst aufeinander aufpassen. Sie spielten zusammen, so wie sie es immer schon getan hatten, lange bevor es das Baumhaus gab und auch lange danach. Doch ein Spiel spielten sie besonders gerne in ihrer Baumhauszeit, das war das Hochzeits-Spiel. Rengganis die Schöne wollte immer die Braut sein; und weil Krisan der einzige männliche Mitspieler war, spielte er immer den Bräutigam. Auch Ai spielte immer das Gleiche, sie war abwechselnd die Trauzeugin, der Geistliche und der Hochzeitsgast. Das Spiel machte ihnen unheimlich viel Spaß, außer Krisan, der sich unfreiwillig in seine Rolle gedrängt fühlte, da er nur der Bräutigam von Ai sein wollte.

Rengganis die Schöne wurde mit einer Krone aus geflochtenen Blättern der Jackfrucht geschmückt, ebenso Krisan. Sie setzten sich unter den Banyanbaum, Seite an Seite, und dann kam Ais Einsatz, die vor ihnen auf dem Boden kniend sprach: »Seid ihr beide bereit, einander zu heiraten?«

»Ja«, antworteten darauf immer Krisan und Rengganis die Schöne.

»Dann seid ihr jetzt verheiratet«, sagte Ai, »küsst euch.«

Rengganis die Schöne küsste Krisan auf den Mund, für einige Sekunden, und diesen Teil mochte Krisan am liebsten.

Aber auch über das Spiel hinaus betrachtete Rengganis die Schöne Krisan immer als ihren Bräutigam.

Krisan passte dies gar nicht, aber da ließ sich nichts machen, denn ebenso wie Ai kannte er Rengganis die Schöne nur zu gut. Sie war verwöhnt, unberechenbar, kindisch, naiv, labil, zerbrechlich und eine ganze Reihe von weiteren Adjektiven, die beschrieben, warum es zwecklos war, mit ihr böse zu sein. Aber was Krisan am meisten ärgerte, war Ais Verhalten. Er hätte sich gerne mit ihr gegen Rengganis die Schöne verbündet, um diese zur Vernunft zu bringen, stattdessen verteidigte Ai jeden Unfug, den die Schöne anstellte.

Obgleich er zu der Zeit bereits realisierte, wie schön und aufreizend Rengganis die Schöne war, begehrte Krisan das Mädchen noch nicht auf jene Weise. Er mochte eher die stillen Mädchen, mit ernstem Gesichtsausdruck, die aber auch ziemlich hitzig werden konnten, und ein solches Mädchen war Ai. Anstatt Rengganis die Schöne zu begehren, neigte er eher dazu, sie als Störenfried zu empfinden. Und Ais Auftreten als Beschützerin Rengganis' der Schönen machte ihn obendrein eifersüchtig auf das Mädchen.

Es gab jedoch etwas anderes, das ihn sehr viel eifersüchtiger machte: Hunde. Shodanchos Hundeliebe hatte sich auf seine Tochter übertragen. Früher hatte sich Krisan immer dann, wenn Ai ohne Rengganis die Schöne war, gewünscht, er könne mit ihr allein sein. Aber solche Gelegenheiten waren sehr rar, da sich Ai am Ende doch nur wieder mit ihren Hunden beschäftigte. Sie spielte auch dann noch mit ihnen, wenn Krisan zu ihr kam, um etwas mit ihr zu unternehmen.

»Muss ich ein Hund sein, damit du was mit mir unternehmen willst?«, fragte er eines Tages, als er besonders sauer war.

»Nicht nötig«, erwiderte Ai, »sei ein echter Mann, dann mag ich dich.«

Diese rätselhafte Antwort war nur schwer zu verdauen, daher sagte Krisan wenig später maulend zu Rengganis der Schönen: »Ich will ein Hund sein.«

»Das ist gut«, sagte Rengganis die Schöne, »ich stelle mir oft Hunde ohne Schwänze vor.«

Man konnte mit Rengganis der Schönen einfach nicht über ernste Dinge reden.

Aber danach schlüpfte Krisan tatsächlich oft in die Rolle eines Hundes, um Ais Aufmerksamkeit zu wecken. Wenn sie zu dritt irgendwohin gingen, etwa von der Schule nach Hause oder beim Herumbummeln am Nachmittag, und Krisan von Weitem einen Hund sah, dann bellte er. Oder manchmal verwandelte er sich auch in einen winselnden Welpen, der unter Schmerzen litt. Und dann wieder war er ein Ajak, der in der Nacht heulte und jaulte.

»Wenigstens hörst du dich schon so an wie ein Hund«, bemerkte Rengganis die Schöne. »Vom Ajak-Heulen habe ich richtig eine Gänsehaut bekommen.«

»Aber eine Hündin verliebt sich deshalb nicht«, sagte Ai.

Sie machte sich wohl über sein kindisches Verhalten lustig. Aber

Krisan scherte sich nicht darum und spielte seine Rolle als Hund vortrefflich weiter, ob die beiden Mädchen nun da waren oder nicht. Beim Pinkeln im Badezimmer etwa hob er ein Bein und ließ auch immer öfter seine Zunge heraushängen.

»Selbst wenn du auf allen vieren gehst, hast du immer noch nicht den Körper eines Hundes«, sagte Ai, für die Krisan einfach nur albern war, »höchstens das Hirn.«

Vielleicht stimmte das: Sein Hirn war das eines Hundes geworden. Er hatte Ais Grab auf die gleiche Art und Weise ausgebuddelt, wie ein Hund seinen verscharrten Knochen ausgraben würde. Weil Ai Hunde mochte, war er ein Hund geworden. Zumindest konnte er bellen, hecheln, Wasser aufschlabbern und mit den Händen ein Grab ausbuddeln.

Und davor war er auch schon in die Rolle eines Hundes geschlüpft, als er nämlich Rengganis die Schöne in der Schultoilette vergewaltigte.

In dem Moment, als er auf dem Sofa saß und Rengganis die Schöne sah, wie sie mit nichts am Leib außer einem Höschen und einem Büstenhalter die Treppe hinunterstieg, kam ihm zum ersten Mal der Gedanke, mit ihr zu schlafen. Er begann, Rengganis die Schöne zu begehren, und sah über den Ärger, den sie durch ihre kindische Art verursachte, hinweg. Anders als früher verhielt er sich nun einfach still, wenn Rengganis die Schöne ihn plötzlich von hinten umarmte und ihm die Augen zuhielt. Es konnte natürlich nur Rengganis die Schöne sein, denn niemand sonst würde ihn so fest umarmen. Er spürte den Druck ihrer Brüste an seinem Rücken, und er tat lange so, als ob er raten würde, wer ihm da die Augen zuhielt, nur um ihre Wärme zu spüren und um die zarte Berührung ihrer Hand auf seiner Wange zu genießen.

Wenn sie zu dritt unterwegs waren, ging Rengganis die Schöne so gut wie immer in der Mitte. Ai hielt dabei immer die Hand ihrer Cousine. Nach der Sache mit der Treppe nahm Krisan ihre andere Hand, um ihre Zartheit zu spüren.

Ai und Krisan, die nah beieinanderwohnten, brachten Rengganis die Schöne immer zuerst nach Hause. Sie verabschiedete sich dann jedes Mal von Ai, indem sie ihr einen Kuss auf die Wange drückte, und Ai erwiderte den Kuss. Rengganis die Schöne tat es auch bei ihrem

Cousin. Anfangs stellte sich Krisan diesem Ritual mit Widerwillen, doch nach dem Erlebnis auf dem Sofa genoss er es, die Wärme ihrer Lippen auf seiner Wange zu spüren und die warme Wange des Mädchens mit seinen Lippen zu berühren.

Und bei Einbruch der Nacht stellte er sich nun nicht mehr nur die künftige Ehe mit Ai vor, sondern gab sich auch der Fantasie hin, großartigen Sex mit Rengganis der Schönen zu haben.

Er brauchte nur die richtige Strategie und die Gelegenheit, es zu tun.

Als eines Tages Ai für einen Moment unachtsam war und Krisan allein mit Rengganis der Schönen im Hof vor Shodanchos Haus saß, umarmte er das Mädchen, und das Mädchen umarmte ihn zurück. Niemand hätte Anstoß daran genommen, selbst Ai nicht. Die drei waren verwandt und fast mehr wie Drillinge. Darüber hinaus fand Rengganis die Schöne großen Gefallen daran, andere zu umarmen und umarmt zu werden.

Da begann Krisan, sie zu verführen: »Willst du mich später nicht einmal in echt heiraten?«, fragte er in einem scherzhaften Ton.

Doch Rengganis die Schöne antwortete ernsthaft. »Ja«, sagte sie. »Es gibt keinen anderen Mann in meinem Leben außer dir, daher musst du mich heiraten.«

»Verheiratete Leute müssen miteinander schlafen.«

»Dann werden wir miteinander schlafen.«

»Das machen wir mal.«

»Ja, das machen wir mal.«

Krisan löste seine Umarmung, und nur Rengganis die Schöne hatte noch ihre Arme um seine Schultern geschlungen, als Ai mit einem kleinen Korb voll mit Wasseräpfeln, einem Messer und einem mit Gewürzen gefüllten Steinmörser erschien. Sie machten ein Picknick und verbrannten ihre Zungen an der gemörserten Chilipaste, wobei Krisan auch das Herz brannte bei dem Gedanken, dass die Gelegenheit für Sex bald kommen würde.

Die Gelegenheit kam an dem Tag, als Rengganis die Schöne die Limonadenwette gewann. Krisan stand rauchend bei den Toiletten, als er seine Cousine erblickte. Sowie Rengganis die Schöne die letzte Toilette, diese Geisterbrutstätte, betrat, hatte Krisan seine Gelegenheit erkannt. Er ließ seine Freunde stehen und machte sich auf den Weg. An einem uneinsehbaren Winkel des Schulgeländes kletterte er auf die zwei Meter hohe Mauer, die an die Kakaoplantage grenzte, und lief auf ihr entlang, bis er das durchlöcherte Dach der Toilette erreichte, spähte hindurch und erblickte Rengganis die Schöne, die in die Hocke gegangen war und pinkelte.

»Hey«, rief er leise nach ihr.

Rengganis die Schöne schaute nach oben und war überrascht, Krisan über sich zu sehen. »Was machst du denn da?«, fragte sie. »Pass bloß auf, du könntest runterfallen und sterben.«

»Ich warte auf dich.«

»Damit ich zu dir hochklettere?«

»Nein. Damit wir Sex haben!«

»Kannst du denn nicht runterkommen?«, fragte Rengganis die Schöne wieder.

»Natürlich komme ich runter.«

Sich an zwei morschen Holzbrettern festhaltend, hangelte sich Krisan in die Toilette hinab. Nun waren sie beide darin eingeschlossen. Die Toilette stank fürchterlich und war alles andere als ein behaglicher Ort. Aber Krisan kümmerte das nicht, er war auf dem Gipfel der Erregung.

»Also dann, lass uns Sex haben«, flüsterte er.

»Ich weiß aber nicht, wie das geht«, flüsterte Rengganis die Schöne zurück.

»Ich kann es dir zeigen.«

Langsam zog Krisan das Höschen des Mädchens, das ihm immer noch an den Knien hing, ganz hinunter und hängte es an einen rostigen Nagel in der Wand. Dann knöpfte er mit der gleichen Bedächtigkeit die Knöpfe von Rengganis' Schuluniform auf, einen nach dem anderen, sodass er den Anblick ihres sich langsam entblätternden Körpers genießen konnte. Ihre Bluse hängte er ebenfalls an den rostigen Nagel. Er zog ihren Rock aus, bezaubert vom Schwarz zwischen ihren Beinen. Der Anblick ließ seine Hände ein wenig zittern, und er hatte es plötzlich eiliger, ihren Büstenhalter zu öffnen. Als er ihre Brüste sah, nach denen er sich so lange gesehnt hatte, wurde er wieder ruhiger. Dann zog er sich aus, sein Hemd, dann seine Hosen, seine Unterhosen. Sein Penis stand hart nach oben gerichtet, er umfasste ihn und präsentierte ihn Rengganis der Schönen. Das Mädchen kicherte über seine Form.

Dann war es mit der Ruhe am Ende. Krisan griff nach ihren Brüsten, streichelte und knetete sie erregt, worauf sich Rengganis die Schöne wand und keuchte. Sie schlang ihre Arme fest um Krisans Körper. Er schob sie gegen die Wand der Toilette, presste seinen Körper gegen ihren und begann, ihre Lippen zu küssen, nach denen er sich all die Zeit, in der sie das Hochzeitsfestspiel nicht mehr spielten, gesehnt hatte. Mit den Händen erkundete er ihren Oberkörper, derweil das Mädchen sanft über seinen Rücken kratzte. Sein Penis begann vehement, sich einen Weg zwischen ihre Beine zu bahnen, stieß dabei aber nur gegen die zarte Haut ihrer Oberschenkel und vermochte es höchstens, sich dazwischen zu reiben. »Stell einen Fuß auf den Rand«, flüsterte Krisan. Rengganis die Schöne stellte einen Fuß auf das Becken. Und da öffnete sich der Raum ihrer Vagina, und so feucht und warm, wie sie war, drang er ganz leicht in sie ein, und mit ihren gleichmäßigen Stoßbewegungen erzeugten sie unüberhörbare Geräusche, als ob sie über einen Kiesweg liefen. Sie genossen es in vollen Zügen, obgleich der Akt, wie bei allen Anfängern, recht schnell zu Ende war.

So hatte es sich wirklich zugetragen.

»Aber was ist, wenn ich schwanger werde?«, fragte Rengganis die Schöne nach ihrem kurzen Liebesspiel.

Krisan war von ihrem Wissen, dass man von Sex schwanger werden konnte, leicht überrascht. Plötzlich bekam er es ebenfalls mit der Angst zu tun, aber dann hatte er den verrückten Einfall. »Du sagst, du bist von einem Hund vergewaltigt worden.«

»Ich bin aber nicht von einem Hund vergewaltigt worden.«

»Bin ich etwa kein Hund?«, fragte Krisan. »Du hast selbst gesehen, wie ich bellen und hecheln kann.«

»Allerdings.«

»Also sagst du, du bist von einem Hund vergewaltigt worden. Von einem braunen Hund mit schwarzer Schnauze.«

»Von einem braunen Hund mit schwarzer Schnauze.«

»Sag niemals meinen Namen in dieser Sache.«

»Aber du wirst mich doch heiraten, oder?«

»Ja. Wir werden alles planen, wenn du wirklich schwanger bist.«

Krisan zog sich rasch an und hangelte sich, so wie er gekommen war, durch das Loch im Dach wieder nach oben. Ihm war noch eingefallen, Rengganis' Kleider mitzunehmen und sie irgendwohin zu werfen, wo sie niemand finden würde. Währenddessen verließ Rengganis die Schöne splitternackt und ohne Schuhe und Strümpfe die Toilette und kehrte in ihre Klasse zurück. Krisan bekam von dem Tumult, den ihr Erscheinen verursachte, nichts mit, denn er ging mit Rengganis der Schönen und Ai nicht in dieselbe Klasse.

Als dann Rengganis die Schöne wirklich schwanger geworden war, schmiedeten sie ihren Fluchtplan. Sie würden sich in der Guerillahütte verstecken und dort ein richtiges Hochzeitsfest veranstalten. Aber dazu kam es nicht. Während der neun Monate wurde Krisan die quälende Angst nicht los, dass andere, allen voran Maman Gendeng und Maya Dewi, aber auch seine Mutter, erfuhren, dass er es war, der mit Rengganis der Schönen geschlafen hatte. Er plante, das Mädchen in der Guerillahütte zu töten, um sie zusammen mit der ganzen Geschichte zu begraben, aber dann tötete er sie auf einem Boot und warf ihre Leiche ins Meer.

17

Maman Gendeng war am dritten Tag, nachdem er Moksha, die letzte Stufe des Wiedergeburtenzyklus, erreicht hatte, wieder auferstanden. Er war gekommen, um sich zu verabschieden. Von Maya Dewi.

Dabei hatte Maya Dewi drei Tage zuvor seinen Leichnam bestattet, der, nachdem sich zunächst die Hunde und dann die Maden über ihn hergemacht hatten, kaum wiederzuerkennen war. Außerdem hatten den Toten unzählige Fliegen umschwärmt, die diesem wie der Schweif eines Kometen folgten, als man ihn vom Fundort fortschaffte. »Das bin nicht ich«, versicherte Maman Gendeng. Drei Tage war Maya Dewi schon in tiefster Trauer, denn nun hatte sie nach ihrer Tochter Rengganis der Schönen auch Maman Gendeng verloren. Dennoch redete sie sich in den drei Tagen immer wieder ein, dass ihr Mann und ihre Tochter noch lebten, auch wenn sie zum Zeichen ihrer Trauer ganz in Schwarz gekleidet war.

Es gab keinen Trost für sie, und auch der Gedanke an das Schicksal ihrer zwei älteren Schwestern half nicht. Allamanda hatte Nurul Aini verloren, und Shodancho war auf der Suche nach der Leiche seiner Tochter, die aus ihrem Grab entwendet worden war, verschwunden.

Adinda hatte zwar noch ihren Sohn Krisan, aber sie hatte Genosse Kliwon durch Selbstmord verloren.

Am Morgen bereitete sie das Frühstück mit Reis, Gemüse und Beilagen für drei Personen zu, so wie sie es an jedem anderen Morgen zuvor getan hatte, als Maman Gendeng und ihre Tochter Rengganis die Schöne noch lebten. Es aß natürlich nur Maya Dewi allein, und am Ende des Rituals warf sie die zwei unangetasteten Portionen jeweils fort. Ebenso verfuhr sie beim Abendessen, drei Tage lang.

Bevor Maman Gendeng fortgegangen war, hatte sie mit ihm gemeinsam diese Posse gespielt; sie hatten sich beide vorgemacht, dass Rengganis die Schöne noch lebte, setzten sich an den Esstisch, taten wie üblich auch für Rengganis die Schöne eine Portion auf und warfen diese nach dem Essen fort. Nun musste Maya Dewi es allein tun.

Ganz allein.

Doch am dritten Tag nach Maman Gendengs Tod war sie nicht allein. Sie aß in Gesellschaft zu Abend. Wie an den zwei Abenden zuvor und auch so, wie sie es drei Mal während des Frühstücks getan hatte, saß sie mit zwei weiteren Portionen für ihren Ehemann und ihre Tochter am Esstisch. Sie hatte noch nicht den Reis angerührt, als sich die Schlafzimmertür öffnete und ihr Mann erschien. Er setzte sich, wie er es immer tat, sogleich auf seinen Stuhl. Maya Dewi aß von ihrem Reis, und ihr Mann rührte in der Brühe. Sie aßen mit großem Appetit wie an allen anderen Tagen, ohne ein Wort miteinander zu wechseln. Nur eine Portion blieb unangetastet, so wie auch ein Stuhl unbesetzt blieb. Doch Maya Dewi glaubte, dass Rengganis die Schöne auf ihrem Platz saß, genauso wie sie nun Maman Gendeng auf seinem Stuhl sitzen und seine Mahlzeit verzehren sah. Erst nach dem Essen realisierte sie, dass der Mann wahrhaftig anwesend war. Sein Teller war leer, während derjenige ihrer Tochter noch mit Reis gefüllt war. Ungläubig blickte sie zu Maman Gendeng. Sie schauten sich lange an, dann fragte Maya Dewi flüsternd, kaum hörbar: »Bist du es?«

»Ich bin gekommen, um mich zu verabschieden.«

Maya Dewi ging auf ihren Ehemann zu, berührte ihn vorsichtig, als sei er aus Wachs gemacht und könne leicht schmelzen. Ihre Finger berührten tastend seine Stirn, fuhren hinunter zur Nase, zu seinen Lippen, zu seinem Kinn, in ihren Augen der neugierige Blick eines Kindes. Als sie seine Wärme spürte, spürte, dass er lebte, kam sie näher an ihn heran und legte ihre Arme um ihn. Maman Gendeng umarmte sie, ließ die Trauernde an seiner Schulter weinen, streichelte ihr übers Haar und küsste ihren Scheitel.

»Du bist gekommen, um dich zu verabschieden?«, fragte Maya Dewi plötzlich und hob ihren Kopf, um in Maman Gendengs Gesicht zu sehen.

»Um mich zu verabschieden.«

»Du gehst wieder fort?«

»Weil ich tot bin. Ich habe Moksha erreicht.«

»Was ist mit ihr?«

»Ich werde auf sie aufpassen. Dort drüben.«

Maman Gendeng berührte die linke Wange seiner Frau und küsste sie auf die rechte, dann ging er zurück in das Schlafzimmer, aus dem er gekommen war, und schloss die Tür. Irritiert sah Maya Dewi auf die Tür, dann auf den leeren Teller ihres Mannes, auf den noch mit Reis gefüllten Teller Rengganis der Schönen, und schließlich wieder auf die geschlossene Schlafzimmertür. Überwältigt lief sie auf die Tür zu, öffnete sie, ohne aber jemanden im Raum dahinter vorzufinden.

Dennoch suchte sie nach ihm. Sie vergewisserte sich, dass das Fenster wie am Nachmittag verschlossen war. Sie schaute unter dem Bett nach, wo sie lediglich den abgebrannten Rest einer Moskitospirale entdeckte und die Haussandalen, die sie normalerweise vor dem Beten trug. Es gab keinen anderen Winkel in diesem Zimmer, in dem der Mann sich hätte verstecken können. Der Schrank mit dem großen Spiegel etwa war in viele Fächer aufgeteilt und voll mit ihren Kleidern, Maya Dewi öffnete ihn dennoch, schloss ihn aber sofort wieder. Sie strich über den Bettüberzug, über ihren Kosmetiktisch, in der Hoffnung, so etwas wie eine Spur zu finden, doch ihre Suche blieb erfolglos. Sie verließ das Zimmer und stand wieder vor dem Esstisch.

Dann wandte sie sich ihrer Hausarbeit zu. Sie deckte den Tisch ab, stellte den restlichen Reis, das Gemüse und die Beilagen in den Vorratsschrank. Später würden sich die beiden Backgehilfinnen etwas davon zum Essen nehmen. Sie trug die benutzten Teller zum Spülbecken und warf den Reis, den Rengganis die Schöne nicht gegessen hatte, in den Abfall. Sie wusch ihre Hände, doch statt wie sonst die schmutzigen Teller abzuwaschen, ging sie noch einmal ins Schlafzimmer, blickte sich in dem menschenleeren Raum um und stellte Maman Gendeng eine Frage, als ob er dort wäre. »Wenn du Moksha erreicht hast«, begann sie, »wen habe ich dann vor drei Tagen begraben?«

Es ist die Geschichte eines Verrats, die vor langer Zeit ihren Anfang nahm. Zu der Zeit waren Maya Dewi und Maman Gendeng noch frisch verheiratet, lange vor ihrer Hochzeitsnacht mit fünfjähriger Verspätung und lange vor der Geburt ihrer Tochter Rengganis der Schönen.

Eines heißen Sonntags kam ein Mann von großer Statur, mit kahlem Schädel und einem zerschlitzten Ohr auf den Busbahnhof und bahnte sich einen Weg durch die zum größten Teil aus Touristen bestehenden Fahrgäste, die sich nach einem Wochenendaufenthalt in der Stadt die Plätze in den Bussen streitig machten. Er stieß mit jedem an, der ihm in die Quere kam, und hätte dabei beinahe den gesamten Warenbestand eines Zigarettenverkäufers umgeworfen. Er war gekommen, um Maman Gendeng zu treffen. Er hatte es auf den zerschlissenen Mahagonischaukelstuhl des Premans abgesehen, den dieser einst in einem Machtkampf auf Leben und Tod von Edi Idiot erobert hatte.

Seither hatte Maman Gendeng vielen Männern gegenübergestanden, die den alten Stuhl, das Zeichen seiner Macht, für sich beanspruchten. Er hatte sie alle besiegt, ohne auch nur einen von ihnen töten zu müssen, aber ständig gab es neue Männer, die versuchten, den Stuhl an sich zu reißen. Und nun kam da wieder einer auf ihn zu. Ein paar seiner Kumpel hatten den Fremden bereits gesehen, sowie er den ersten Fuß auf den Busbahnhof setzte, und wussten, ohne ihn zu fragen, warum er gekommen war. Auch Maman Gendeng wusste es. Doch er sagte kein Wort, saß mit übergeschlagenen Beinen in seinem Stuhl, schaukelte vor und zurück und rauchte eine Zigarette. Noch wusste niemand den Namen des Mannes, woher er stammte oder woher er wusste, dass derjenige, der an diesem Ort das Sagen hatte, Maman Gendeng war. Sicher war nur, dass er nicht aus der Stadt war, denn sonst hätte er Maman Gendeng sehr viel früher herausgefordert.

Zu der Zeit bewahrte Maman Gendeng sein Geld in Beuteln auf, die er einer hässlichen Frau namens Moyang in Obhut gab. Neben seiner Ehefrau war sie der einzige Mensch, dem er vertraute. Das Geld sparte er, um eine Überraschung für seine Frau zu kaufen, er wusste nur noch nicht, was. Moyang war, so wie er selbst, jeden Tag auf dem Busbahnhof. Tagsüber verkaufte sie Getränke und Zigaretten, nachts schlief sie mit Männern, die sich nicht um ihr hässliches Gesicht scherten – denn was ist schon der Unterschied zwischen einem hübschen und einem hässlichen Gesicht hinterm Gebüsch – und die kein Geld im Bordell auszugeben bereit waren. Moyang wollte nie Geld für Sex. Maman Gendeng hatte nie mit ihr geschlafen, und er hatte auch nicht vor, es zu tun, aber er vertraute ihr seine Geldbeutel an, die sie in ihrer Hütte unters Bett legte. Die Freunde Maman Gendengs wussten alle früher oder später darüber Bescheid, aber niemand hätte es gewagt, das Geld zu stehlen, noch nicht einmal, es anzusehen.

Es war nichts Besonderes, wenn es am Busbahnhof zu einer Schlägerei kam, denn die Schulkinder nutzten den Ort, um ihre Streitereien auszutragen. Das Besondere war, wenn einer der Kontrahenten Maman Gendeng hieß. Daher warteten nun, da der Kahlkopf sich dem Preman näherte und ihn, was jeder wusste, herausfordern würde, alle gespannt darauf, was als Nächstes passieren würde und wie es passieren würde. Nach all den Jahren waren die Leute am Busbahnhof inzwischen davon überzeugt, dass Maman Gendeng von niemandem zu besiegen war, außer vielleicht, wenn der gesamte Bestand an Soldaten der Regierung der Republik ihn gleichzeitig hinterrücks überfiel. Aber selbst daran zweifelten noch viele, die dem Gerücht, Waffen könnten dem Preman nichts anhaben, Glauben schenkten. Nichtsdestoweniger stellte eine Schlägerei stets eine willkommene Attraktion dar.

Sehr frühmorgens, noch bevor es Zeit für Maya Dewi war, zur Schule zu gehen, legte sie ihrem Mann jeweils eine Garnitur sauberer Kleider auf das Bett. An jenem Morgen hatte sie ihn ermahnt, nicht wieder mit schmutzigen Kleidern heimzukommen. Mal waren es Spritzer von Maschinen- oder Schmieröl, wenn er den Fahrern, deren Busse streikten, geholfen hatte, oder es war Ruß aus den Auspuffen, der sich an den Karosserien der Busse absetzte. Nicht, dass es das Waschen der Kleider erschwert hätte, wie Maya Dewi ihrem Ehemann erläuterte, aber er sah mit schmutzigen Kleidern einfach nicht gut aus. An jenem Sonntag trug er ein cremefarbenes Hemd, an dem man sofort den winzigsten Schmutzfleck hätte sehen können, und er versprach seiner Frau, sich nicht schmutzig zu machen, selbst dann nicht, wenn er sich prügeln müsse.

Der Mittag war heiß, und er saß gerade entspannt in seinem Schaukelstuhl, zog genüsslich den Rauch seiner Zigarette ein und blies, ebenso genüsslich, den Rauch wieder aus, als er den Fremden den Busbahnhof betreten sah. Wie alle anderen wusste auch er, dass er es mit ihm zu tun bekommen würde. Dann stand der kahlköpfige Mann vor ihm. Weil er unter keinen Umständen seine Kleider schmutzig machen wollte, erhob sich Maman Gendeng aus seinem Stuhl und sagte, noch bevor der andere den Mund öffnete: »Wenn du diesen Stuhl willst, bitte sehr, setz dich oder nimm ihn gleich mit.« Das war nicht zu fassen, auch der Kahlkopf war sprachlos und starrte nur stumm auf den leeren Stuhl.

»So einfach ist das nicht«, sagte der Kahlkopf, »ich will den Stuhl und alles, was dazugehört.«

»Ich verstehe sehr gut, also setz dich, und du wirst das alles bekommen«, sagte Maman Gendeng nickend und schnippte seine Zigarettenkippe fort.

»Ein Preman, der aus jedem Kampf als unschlagbarer Sieger hervorgeht, gibt urplötzlich und widerstandslos seine Macht auf«, sagte der Fremde. »Das ergibt keinen Sinn, es sei denn, der Preman will sich zur Ruhe setzen und ein guter Ehemann werden.«

Maman Gendeng nickte zustimmend und lächelte. Mit einer Handbewegung forderte er den Mann auf, sich zu setzen. Dieser steuerte umgehend auf den Stuhl zu, das Zeichen uneingeschränkter Macht, des Mutes und des Siegens. Doch noch bevor sein Hintern die Sitzfläche erreicht hatte, hatte ihm Maman Gendeng mit der Unterkante seiner Faust derart kräftig in den Nacken geschlagen, dass die Umstehenden meinten, seine Knochen brechen zu hören, als der Mann neben dem Stuhl zusammenbrach. Maman Gendeng hatte seine Kleider nicht schmutzig gemacht. Jemand schleppte den Kahlkopf zum Gehsteig vor dem Busbahnhof, während sich Maman Gendeng wieder auf seinen Stuhl setzte und sich eine neue Zigarette anzündete.

Seit dem Tag trieb sich der Kahlkopf am Busbahnhof herum – als einer der besten Männer des Preman. Er nannte sich Romeo. Vielleicht hatte er einmal Shakespeare gelesen, vielleicht aber auch nicht. Jedenfalls nannten ihn auch alle anderen Romeo, obschon es ihnen komisch vorkam, diesen großen, kahlköpfigen Kerl mit seinem zerschlitzten Ohr bei diesem Namen zu rufen. Romeo wurde Teil der Gemeinschaft, er lebte mit den anderen zusammen und akzeptierte Maman Gendengs Macht. Niemand wusste, woher er kam, aber auch die anderen Männer besaßen keinen lupenreinen Lebenslauf. Und wie die anderen Männer schlief auch er ein, zwei Mal mit Moyang, bis er eines Tages zu Maman Gendeng sagte: »Ich will sie heiraten.«

»Frag sie selbst«, erwiderte der Preman, »ob sie deine Ehefrau werden will.«

Moyang wollte, und bald wusste jeder von ihrer bevorstehenden Heirat. Sie heirateten einen Monat später, und Maman Gendeng kam für die Kosten des kleinen Hochzeitsfestes auf. Das Paar wohnte nun zusammen in der Hütte, in der Moyang bislang allein gelebt hatte.

»Bei Gott«, sagte Maman Gendeng, »Romeo hat eine Frau geheiratet, die nachts immer noch mit etlichen Kerlen schlafen wird.«

Ihre Flitterwochen machten viele neidisch. Nach ihren ausgefüllten Liebesnächten kamen sie morgens erst spät zum Busbahnhof, und tagsüber verschwanden sie des Öfteren aus Moyangs Kiosk und liebten sich hinter den Büschen unweit des Busbahnhofs, in der Nähe der Kakaoplantagen. Doch nach einem Monat begann sich abzuzeichnen, dass Maman Gendeng mit seinem Befund nicht danebengelegen hatte. Nachts, wenn ihr Ehemann gegangen war und sie ihren Kiosk geschlossen hatte, schlief Moyang mit anderen Männern. Manchmal mit einem Rikscha-Fahrer oder mit einem Busschaffner, und es kam auch vor, dass sie mit zwei Männern gleichzeitig schlief.

»Man kann eine Frau nicht von ihrem Spaß abhalten«, sagte Romeo, »auch wenn es sich um die eigene Ehefrau handelt.«

»Du hättest Philosoph werden sollen«, sagte Maman Gendeng, »wenn du nicht völlig irre bist.«

»Sie selbst gibt mir Geld«, fuhr Romeo fort, neben dem Schaukelstuhl aus Mahagoni sitzend, den er selbst einmal für sich beansprucht hatte, »damit ich die Frauen im Bordell ausprobieren kann.«

Der Busbahnhof war seit Jahren schon der ganze Stolz der Gemeinschaft, schon seit Edi Idiot die Stadt kontrollierte und bevor Maman Gendeng ihn ablöste. Er war nicht besonders groß, denn aus der Stadt führte nur eine Straße in zwei Richtungen hinaus, nach Osten und nach Norden. In Richtung Westen gab es lediglich eine kurze Route, die nach zwei Kleinstädten in einer Sackgasse mündete. Nicht jeder Preman der Stadt hielt sich am Busbahnhof auf, aber weil Maman Gendeng so gut wie immer dort war – er genoss die Geschäftigkeit der Leute und vor allem den Schaukelstuhl aus Mahagoni –, war der Busbahnhof ein bedeutender Ort für sie alle. Jeder in dieser Gemeinschaft schien sich des Lebens zu freuen, denn selbst als Moyang mit Romeo verheiratet war, konnte man noch, wann immer man wollte und ohne zu bezahlen, mit ihr schlafen, jedenfalls wenn Moyang danach war.

Doch dieses Glück wurde eines friedlichen Tages, der ohne jeden Zwischenfall hätte vergehen können, jäh getrübt. Moyang hatte zwar ihren Kiosk geöffnet, zeigte aber nicht den geringsten Antrieb, etwas zu verkaufen. Stattdessen wartete sie auf Maman Gendeng, der noch nicht auf dem Busbahnhof aufgetaucht war. Als er dann endlich kam, war er wie immer seit seiner Heirat in nahezu tadelloser Garderobe. Moyang trat gleich auf ihn zu und brach lauthals in Tränen aus. Sie weinte wie eine verlassene Ehefrau, und daher vermutete Maman Gendeng, dass Romeo sie verlassen hatte. Doch angesichts ihres Verständnisses von Liebe und Treue fragte er sie: »Was ist denn los?«

»Romeo ist fort.«

»Ich dachte, du liebst ihn gar nicht so sehr!«

Sie wischte sich die Tränen mit dem Saum ihres Oberteils, wobei die Speckrollen an ihrem Bauch zum Vorschein kamen, und sagte: »Die Sache ist die: Er ist fort, zusammen mit deinen Geldbeuteln.«

Es war völlig ausgeschlossen, dass Romeo sich über den Busbahnhof aus dem Staub gemacht haben konnte, und so früh am Morgen hatte noch kein Zug die Stadt verlassen. Daher war er höchstwahrscheinlich in den Urwald geflohen, oder aber es musste ihm jemand mit einem Fluchtfahrzeug geholfen haben. Maman Gendeng war außer sich vor Wut und fest entschlossen, Romeo zu fassen, tot oder lebendig. Er ließ jeden seiner Männer kommen und befahl ihnen, bis im hintersten Winkel und selbst in den nächstgelegenen Städten zu suchen und sich dort mit den jeweiligen Preman kurzzuschließen. Bevor man ihn nicht gefasst hatte, durfte niemand nach Halimunda zurückkehren, es sei denn, um eine Tracht Prügel zu beziehen. Daher zogen alle Preman aus der Stadt los, und noch nie war Halimunda so friedlich wie in dieser Zeit. Nur Maman Gendeng blieb zurück, kaum fähig, seine Wut im Zaum zu halten. Er hatte lange schon davon geträumt, ein friedliches Familienleben zu führen und von ehrlich verdientem Geld zu leben. Er wünschte sich eine ganz normale Familie und hatte Geld gespart, um sich seinen schönen Wunschtraum erfüllen zu können. Er wollte sich davon etwas kaufen, vielleicht ein Fischerboot, und er würde Fischer werden. Oder einen Lastwagen, und er würde Gemüselieferant werden. Oder ein paar Hektar Land, und er würde Bauer werden. Er hatte sich noch nicht einmal entschieden, was er von dem Geld kaufen wollte, und nun hatte sich jemand damit aus dem Staub gemacht. Er war richtig wütend. Während der drei

Tage, die er ungeduldig warten musste, reagierte er auf keine einzige Frage seiner Frau, die sich über seine Unruhe wunderte, und er brach am Busbahnhof in ungeahnt heftige Wutausbrüche aus, sodass die Busschaffner und Busfahrer ihn so weit wie möglich mieden.

Am vierten Tag aber gelang es zwei seiner Männer, Romeo zurückzuschaffen. Sie hatten ihn in einer kleinen Stadt am Rand des großen Urwaldes im Westen Halimundas – einst Austragungsort des unerbittlichsten Guerillakrieges – gefasst. Maman Gendeng hatte großes Glück, sein Geld war bis auf die Summe für ein Glas Palmwein, eine kalte Limonade und eine Packung Zigaretten noch vorhanden. Die beiden Männer hatten Romeo geschnappt, bevor dieser noch mehr hatte ausgeben können. Doch Maman Gendengs Wut kannte keine Grenzen.

Romeo war bereits von den zwei Männern grün und blau geprügelt worden, doch Maman Gendeng war derart in Rage, dass er nun ebenfalls auf ihn einschlug. Um sie herum bildete sich ein Kreis von Zuschauern wie bei einem Hahnenkampf. Romeo jaulte erbärmlich, flehte um Gnade und versprach, seine verwerfliche Tat niemals zu wiederholen. Doch die Erfahrung hatte Maman Gendeng gelehrt, einem Verräter nicht zu trauen. Immer mehr Leute kamen hinzu, diejenigen ganz vorne setzten sich auf die Erde, und diejenigen weiter hinten stellten sich dicht dazu, sie konnten nichts anderes tun, als dieser Brutalität zuzuschauen. Selbst die Polizisten, die vor dem Busbahnhof patrouillierten, schlossen die Augen und blieben auf ihren Posten.

Als Todesgeruch aufstieg und von der Meeresbrise in alle Richtungen geweht wurde, kreisten die ersten Aasgeier über ihren Köpfen. Aber Romeo war längst noch nicht tot, nicht deshalb, weil er so stark gewesen wäre, sondern deshalb, weil Maman Gendeng seinen Tod absichtlich hinauszögerte und ihn leiden ließ, als Lektion für alle, welches Schicksal einem Verräter blühte. Nur für die Aasgeier tat es ihm sehr leid. Aber nicht etwa, weil sich der Tod seines Opfers so lange hinzog, weil er ihm ganz langsam einen Zahn nach dem anderen ausschlug, zwei oder drei Finger brach, ihm die Fußnägel herauszog, ihn dann völlig entkleidete und damit begann, ihm die Schamhaare auszureißen, und seinen ohnehin bereits schwarz und blau verfärbten Körper mit brennenden Zigarettenkippen schmückte. Nein, für die Aasgeier tat es ihm leid, weil er nicht die Absicht hatte, seinen Spaß mit ihnen zu teilen. Er wollte das Aas niemand anderem überlassen, er wollte den Mann als Ausdruck seiner unendlichen Wut lebendig verbrennen.

Sowie er aber schon Benzin und Feuerzeug in seinen Händen hielt, sprang mit einem Mal die Hässliche in die Mitte der versammelten Menge und stellte sich vor ihn. Sie bat um Gnade für ihren Ehemann und versprach, dass sie ihn, vorausgesetzt, Maman Gendeng ließ ihn am Leben, pflegen und in einen treu ergebenen Mann verwandeln würde. »Gib mir die Chance, mein Freund«, sagte Moyang, »denn trotz alledem ist er mein Mann.«

Maman Gendeng war zutiefst gerührt. Er warf den Benzinkanister in den Müll und sagte den Umstehenden, dass er dem Mann eine zweite Chance geben wolle, dass es aber eine solche Chance für niemand anderen geben würde, der versuchen sollte, ihn zu hintergehen. Auf diese Weise wurde Romeo, Moyangs Ehemann, weder zum Futter für das Feuer noch für die Aasgeier, sondern Maman Gendengs treuster Freund und Gefolgsmann. Und Maman Gendeng gab das Geld Maya Dewi, die es als Startkapital für ihr Gebäckgeschäft verwendete.

»Das ist der Mann«, sagte Maman Gendeng, »den du begraben hast. Romeo.«

Natürlich hörte und verstand Maya Dewi ihn nicht. Und sie kannte Romeo nicht.

Und dann nahmen die Ereignisse ihren Lauf, als Rengganis die Schöne mit ihrem neugeborenen Kind von zu Hause fortlief, »um einen Hund zu heiraten«.

Es war Anfang Dezember, das Wetter häufig unbeständig und die Stadt voller Touristen, die das Jahresende dort verbrachten. Es herrschte großer Trubel, die Geschäfte liefen auf Hochtouren, und niemand gab mehr auf den anderen acht. Die Souvenirstände behaupteten ihre Stellung wie einst, als Genosse Kliwon sie vor der drohenden Räumung bewahrt hatte. Ständig verschwanden Kinder, ältere Menschen oder junge Frauen, und die Behörden hängten überall Mitteilungen auf oder gaben Suchmeldungen über die den gesamten Strand beschallenden Lautsprecher bekannt.

Doch Rengganis die Schöne war nicht auf diese Weise verschwunden. Die verschwundenen Touristen hatten sich sehr wahrscheinlich nur verlaufen und würden bald wieder in den Schoß ihrer Reisegruppe gelangen. Rengganis die Schöne aber war von zu Hause fortgegangen. Und ihre ganze Familie suchte nach ihr. Maman Gendeng und Maya Dewi fragten überall nach ihr, und Maman Gendengs Männer schwärmten aus wie einst bei ihrer Suche nach Romeo. Aber das Mädchen blieb unauffindbar. Shodancho, der sich in erster Linie um seine Tochter Nurul Aini sorgte, die seit Rengganis' Verschwinden unter hohem Fieber litt, mobilisierte Suchtrupps. Dabei vergaß er allerdings die Guerillahütte zu erwähnen, da er gar nicht wusste, dass die Kinder sie kannten.

Während man Tag und Nacht nach dem Mädchen suchte, wurden die Hochzeitsvorbereitungen gestoppt und bereits gemietetes Mobiliar wieder an die jeweiligen Geschäfte zurückgegeben. Der verstörte Kinkin zog mit seinem Gewehr allein los, suchte in jedem Winkel nach dem Mädchen und erschoss jeden Hund, der ihm in die Quere kam. Er befragte die Geister der Toten mithilfe seines Jailangkung, doch keiner von ihnen wusste eine Antwort. »Die Kraft eines bösen Geistes beschützt sie«, sprach er zu sich selbst.

»Sie wird in wenigen Tagen sterben«, sagte Maya Dewi weinend, »sie weiß nicht, was sie unterwegs essen soll, und außerdem hat sie kein bisschen Geld dabei.«

»Ich sehe keinen Grund, warum sie sterben sollte«, sagte Maman Gendeng im Bemühen, seine Frau zu beruhigen. »Wenn sie Hunger hat, kann sie immer noch das Baby essen.«

Die Suchtrupps kehrten nach und nach erfolglos zurück, niemand hatte eine Spur von ihr entdeckt. »Es ist ausgeschlossen, dass sie Moksha erreicht hat«, sagte Maman Gendeng, »sie hat ja noch nicht ein einziges Mal in ihrem Leben meditiert.« Also zogen die Suchtrupps erneut los, durchforsteten jeden Strauch und jeden Busch, durchkämmten sämtliche Gassen Halimundas und seine Elendsviertel, aber sie fanden sie auch diesmal nicht. Maya Dewi wollte die Schulfreunde ihrer Tochter aufsuchen, doch natürlich war das sinnlos, da nur Ai und Krisan zu ihren Spielgefährten zählten. Maya Dewi zerging vor Sorge, und sie bereute, dass sie in jener Nacht nicht bei ihrer Tochter geblieben war.

Nach Neujahr war die Stadt noch dichter von Touristen bevölkert. Etliche Menschen ertranken im Meer, und Maman Gendeng und Maya Dewi inspizierten nun auch jede der Wasserleichen. Die meisten waren Touristen, die das Badeverbot missachtet hatten, aber dann war schließlich auch Rengganis die Schöne darunter. Sie war leicht wiederzuerkennen gewesen, denn selbst das Meerwasser hatte ihrer Schönheit nichts anhaben können. Es war schwer zu sagen, wie lang sie im Wasser gelegen hatte, bevor sie die Wellen an den Strand spülten. Rengganis lag auf dem Rücken, ihre Kleider hatten sich beinahe völlig aufgelöst. Ihr Gesicht, umspielt von ihrem im seichten Wasser schwebenden Haar, war noch genauso schön wie eh und je. Ihr Leib war nicht aufgedunsen, so wie es bei den meisten Ertrunkenen der Fall war, doch ihr Hals wies schwarze Flecken auf. Jemand hatte sie getötet und dann ins Meer geworfen. Maya Dewi brach in einen heftigen Weinkrampf aus.

»Was auch immer geschehen ist, sie muss bestattet werden«, sagte Maman Gendeng, seinen Zorn unterdrückend, »und dann finden wir den elenden Hund von einem Mörder.«

»Ausgeschlossen, dass ein Hund sie erdrosselt hat«, sagte Maya Dewi in den Armen ihres Mannes und kaum mehr bei Sinnen.

Maman Gendeng selbst trug Rengganis' Leichnam auf seinen Armen nach Hause, Maya Dewi folgte ihm, mit verquollenen Augen und einem schier unstillbaren Strom von Tränen. Auf dem gesamten Weg vom westlichen Ende des Strandes von Halimunda, wo man das Mädchen knapp einen Monat nach seinem Verschwinden aufgefunden hatte, bildeten mitfühlende Menschen einen Schweif hinter dem Paar.

Nachdem am Nachmittag auch das letzte Totenritual vollzogen worden war, durchquerte die Leichentrage mit dem Körper Rengganis' der Schönen die Stadt bis zum Friedhof Budi Dharma. Kinkin verlor beinah das Bewusstsein, als er erfuhr, dass die Beerdigung an jenem Tag jene des Mädchens sein würde, das er über alles liebte. Mit unvorstellbar tiefer Trauer half er seinem Vater beim Ausheben des Grabes. Er half Maman Gendeng und Kamino, den Leichnam ins Grab hinabzulassen. Und nachdem Maman Gendeng die erste Handvoll Erde auf das Leichentuch gestreut hatte, half Kinkin sogar, das Grab seiner Geliebten zu verschließen, und stellte das hölzerne Grabmal behutsam auf seinen Platz.

»Ich werde herausfinden, wer ihr Mörder ist«, sagte Kinkin hasserfüllt, »und ich werde ihren Tod rächen.«

»Tu das«, sagte Maman Gendeng, »wenn du das schaffst, lasse ich dir den Vortritt, ihn zu töten.«

In der Nacht trafen sie sich am Grab von Rengganis der Schönen, Kinkin rief ihre Seele, und Maman Gendeng wartete ab. Das Jailangkung begann, doch Rengganis' Seele erschien nicht. Kinkin versuchte, eine andere Seele zu rufen und diese zu fragen, wer das Mädchen getötet habe, doch keine der gerufenen Seelen kannte die Antwort, ebenso wenig, wie zuvor eine von ihnen gewusst hatte, wo Rengganis die Schöne gewesen war. »Es klappt nicht«, sagte Kinkin enttäuscht und beendete das Jailangkung. »Ein sehr starker böser Geist hat von Anfang an alle meine Versuche abgewehrt.«

»Wenn es nötig ist, werde ich Moksha erreichen, um ihn zu bekämpfen«, sagte Maman Gendeng, »aber ich will wissen, wer Rengganis getötet hat.«

Und da begannen er und seine Frau sich vorzumachen, dass Rengganis die Schöne noch lebte. Sie tischten ihr Frühstück und Abendessen auf, auch wenn Maya Dewi anschließend alles fortwerfen musste. Unterdessen öffnete die Polizei das Grab von Rengganis der Schönen, ließ eine Obduktion durchführen und den Leichnam anschließend erneut begraben. Maman Gendeng bemühte sich, darauf zu vertrauen, dass die Polizisten den Mörder finden würden. Doch nach einer Woche gab es keine neuen Erkenntnisse, und auch nach einem Monat nicht. Sie fanden nicht den kleinsten Anhaltspunkt. Es gab nur Verhöre mit einer ganzen Reihe von Leuten auf der Polizeiwache. Maman Gendeng und Maya Dewi wurden ganze fünf Male einbestellt, andere ebenso häufig, aber der Identifikation des Mörders von Rengganis der Schönen kam man keinen Schritt näher. Es war anstrengend, und Maman Gendeng verlor allmählich seinen Glauben an die Polizei. Den Polizisten, der ihn als Letztes aufsuchte, um ihn zu vernehmen, beschimpfte er. »Ihr werdet ihren Mörder unmöglich in diesem Haus finden«, sagte er wütend, »und ihr seid zu dumm, wenn ihr auch nur einen Gedanken daran verschwendet habt.« In diesem Augenblick, als habe er aus dem Himmel die Offenbarung der Wahrheit empfangen, erkannte der Preman deutlich, was er zu tun hatte. »Wenn niemand sagen kann, wer sie getötet hat«, verkündete er im Brustton der Überzeugung, »dann bedeutet das, dass die ganze Stadt ihr Mörder ist.«

Am Montag darauf entfachte er zusammen mit etwa dreißig seiner Männer eine beispiellose Orgie der Gewalt. Sie sollte den Einwohnern Halimundas später als die grauenvollste Episode ihrer Stadtgeschichte in Erinnerung bleiben. Erstes Ziel der Gewaltaktion war das Polizeirevier. Die Männer zerstörten alles, was sie dort vorfanden, und sie kämpften jeden Polizisten nieder, der versuchte, sich ihnen in den Weg zu stellen. Und am Ende ihres Besuches zündete Maman Gendeng das Gebäude an, um seiner Wut über die Inkompetenz der Beamten freien Lauf zu lassen.

Die Stadt war wie gelähmt. Dichter Rauch stieg in den Himmel, und selbst die Feuerwehr war nicht in der Lage, den Brand zu löschen. Sobald die Leute wussten, dass Maman Gendeng und seine Kumpane in unbeherrschbarer Wut marodierend umherzogen, wagten sie nicht, sich den Brand aus nächster Nähe anzusehen, so wie sie es sonst bei jedem Feuer taten. Sie verhielten sich ruhig, flüsterten sich Neuigkeiten zum Geschehen zu und schlotterten bei der Vorstellung, was dieser furchtbare Mann noch alles tun würde.

Obwohl er inzwischen ein alter Mann war, der mehr als ein halbes Jahrhundert auf dem Buckel hatte, wusste jeder, dass Maman Gendeng nichts von seiner Kraft eingebüßt hatte. Und nun hatte er sein Mädchen auf die bitterste Art und Weise verloren, die man sich vorstellen kann: Jemand hatte sie getötet und ihren Leichnam ins Meer geworfen. Und er wusste nicht, wer es getan hatte. Er bereute, nicht sofort aktiv geworden zu sein, nachdem das Mädchen sagte, dass es in der Schultoilette von einem Hund vergewaltigt worden war. Warum hatte er nicht von Anfang an nach diesem Hund gesucht? Und warum hatte er nicht sämtliche Hunde in der Stadt getötet, so wie es Kinkin auf seine dilettantische Art tat? »*Mijn hond is weggelopen*«, mein Hund ist weggelaufen, sagte er, wobei nicht ganz klar war, was er damit meinte. Nachdem er das Polizeirevier niedergebrannt hatte, fand er den ersten Hund, einen im Müll wühlenden Streuner, den er fasste und ihm so lange den Hals herumdrehte, bis sein Kopf vom Körper getrennt zu Boden fiel. »Was nützen mir meine Kräfte, wenn ich nicht einmal meine eigene Tochter vor einem Hund beschützen kann«, sagte er. »Lasst uns alle Hunde in der Stadt töten.«

Seine Männer schwärmten in großen Gruppen aus, in ihren Händen todbringende Waffen. Einige hatten Luftgewehre dabei, andere schwangen Macheten und Schwerter.

»Ich werde es tun, auch wenn es meiner Seele keinen Frieden bringt«, sagte Maman Gendeng seufzend.

»Kannst du denn nicht noch ein Kind machen?« Das war Romeos dümmliche Frage.

»Selbst wenn ich zehn andere Kinder hätte, könnte ich keinen Frieden mehr finden, denn jemand hat dieses eine getötet.« Er spähte auf der Suche nach anderen Hunden in die Gassen und fuhr betrübt fort: »Sie war doch erst siebzehn Jahre alt.«

»Shodanchos Tochter ist auch tot«, sagte Romeo.

»Das tröstet mich nicht«, sagte der Preman.

Und so kam es zu dem schaurigsten Massaker an Hunden in der Stadt, fast vergleichbar mit dem Massaker an den Kommunisten achtzehn Jahre zuvor. Undenkbar, was geschehen wäre, wenn Shodancho davon erfahren hätte, wo doch die meisten Hunde in Halimunda Abkömmlinge der Ajak waren, die er selbst vor etlichen Jahren gezähmt und abgerichtet hatte. Doch er durchstreifte ähnlich wie Maman Gendeng jeden Winkel der Stadt und der Dörfer im Umland, um den Leichnam seiner Tochter zu finden. Die Preman hackten auf die streunenden Hunde ein, als wollten sie sie zu Fleisch für Saté-Spieße zerschnetzeln. Das Blut troff noch aus den Hundeköpfen, die sie an den Straßenecken aufhängten, als Warnung für die anderen Hunde, sich in der Stadt nicht allzu sicher zu fühlen. Als sämtliche Streuner bis auf das letzte Tier getötet worden waren, machten sich die Preman über die Haushunde her. Sie rissen die Zäune ein und töteten die angeketteten Hunde, die nicht die geringste Chance hatten, sich gegen ihre Schlächter zur Wehr zu setzen. Sie zerschlugen Fensterscheiben, drangen in die Häuser ein und stachen Hunde ab, die friedlich in ihren Körbchen lagen. Anschließend warfen sie sie in die Bratpfannen in der Küche.

Protest begann sich zu regen, doch Maman Gendeng scherte sich nicht darum. »Wenn es stimmt, dass ein Hund meine Tochter vergewaltigt hat«, sagte er, »dann hat dieser die Boshaftigkeit des Menschen geerbt.« Er befahl seinen Männern darauf sogar noch, alles Hab und Gut der Hundebesitzer zu zerstören.

»Wir kriegen es noch mit dem Militär zu tun, wenn du so weitermachst«, sagte Romeo ängstlich.

»Wir hatten es schon mit dem Militär zu tun.«

Romeo sah ihn ungläubig an.

»Was sonst soll ein Mann tun, dessen Tochter ermordet wurde und der vor Wut brennt?«, fragte Maman Gendeng. »Ich weiß, dass die Leute nichts Böses getan haben, aber ich bin außer mir.«

Dies diente ihm ein wenig als Rechtfertigung, denn er war auf jeden in der Stadt wütend, seine Kumpel ausgenommen. Die Leute hatten ihn und seine Freunde mit Geringschätzung betrachtet und hielten sie für arbeitslose Kriminelle, die ihre Zeit mit Streitereien und Biergelagen zubrachten. Und sie hielten Rengganis die Schöne für ein schlichtes Gemüt, das sie dennoch mit lüsternen Blicken bedachten. Er hatte wirklich Gründe, wütend zu sein. »Sie meinen, wir sind der Müll der Gesellschaft«, fasste Maman Gendeng zusammen. »Das stimmt, aber vielen von uns mangelt es an Bildung, um etwas aus sich zu machen, und dann schlagen uns die Leute die Tür vor der Nase zu. Am Ende werden wir Räuber und Taschendiebe und warten nur auf die Gelegenheit, uns an den Leuten, die uns neidisch machen, rächen zu können. Ich war neidisch auf all die anständigen Leute mit ihren glücklichen Familien. Ich habe mir eine solche Familie gewünscht. Am Ende hat sich mein Traum erfüllt. Und jetzt, da ich alles besaß, hat mir jemand das Glück wieder entrissen. Mein Hass ist aufgebrochen wie eine schwärende Wunde.«

Romeos Befürchtungen wurden wahr. Krawalle breiteten sich in der ganzen Stadt aus. Einige der Hundehalter setzten sich zur Wehr, worauf die Preman noch aggressiver wurden, nicht nur die Hunde töteten, sondern alles zerstörten, was ihnen in die Finger kam. In den Straßen lagen Autos auf ihren Dächern, Verkehrsschilder und Bäume waren ausgerissen worden, Schaufensterscheiben gingen zu Bruch, mehrere Polizeiposten wurden niedergebrannt und viele Menschen verletzt. Terror überzog die Stadt, bis der Militäroberkommandant Shodancho ermächtigte, die Preman zur Vernunft zu bringen und, falls das nicht klappte, sie abzuschlachten.

»Ich bin lange schon der Überzeugung, dass man die Preman töten sollte wie die Kommunisten«, sagte Shodancho zu seiner Ehefrau, nachdem er von seiner vergeblichen Suche nach seiner Tochter heimgekehrt war.

»Erst hast du Genosse Kliwon in die Verbannung geschickt, und nun willst du Maman Gendeng töten?«, fragte seine Frau, die im Übrigen nie ein Wort über ihren Seitensprung mit dem Genossen am Tag vor dessen Selbstmord verloren hatte. »Willst du alle meine Schwestern zu Witwen machen?«

Shodancho sah seine Frau überrascht an. »Wenn er nicht getötet wird, dann wird er jeden hier in der Stadt töten. Was bleibt mir anderes übrig?«, fragte er. »Und außerdem, denk doch einmal darüber nach: Er hat nicht gut auf seine Tochter aufgepasst, da ist sie schwanger geworden. Er hat sie gezwungen, einen Jungen zu heiraten, den sie gar nicht wollte. Sie ist noch in derselben Nacht, in der sie das Baby zur Welt brachte, davongelaufen. Darauf wurde ihre seit Kindertagen beste Freundin, unsere Tochter, so krank, dass sie starb. Und nach ihrem Tod stahl sie jemand aus ihrem Grab. Kommst du da nicht zu dem Schluss, dass dieser Preman eigentlich der Mörder unseres Kindes ist, unserer dritten Nurul Aini?«

»Gib doch gleich Eva die Schuld daran, dass sie Adam in Versuchung geführt hat, den Apfel zu essen, und wir deswegen auf der verfluchten Erde leben müssen«, sagte seine Frau wütend.

Doch Shodancho hörte nicht auf seine Frau. Abgesehen davon, dass er dem wild gewordenen Maman Gendeng und seinen Männern auf Befehl der Zentralkommandantur Einhalt zu gebieten hatte, hegte er noch immer Rachegelüste aufgrund von Ais Tod. Und er verquickte dies mit seinem Hass auf Maman Gendeng, der schwelte, seit dieser Mann in sein Büro gestürmt war und ihn bedroht hatte, nur weil er mit Dewi Ayu geschlafen hatte. Noch nie hatte ihn jemand von Angesicht zu Angesicht bedroht, kein Japaner und kein Niederländer, aber dieser eine Preman hatte es getan. Obwohl er mit eigenen Augen gesehen hatte, dass keine Waffe dem Mann etwas anhaben konnte, war er zuversichtlich, dass es Mittel und Wege gab, ihn zu töten. Er war der Freund des Mannes gewesen, in erster Linie am Kartentisch, aber er hatte dennoch stets danach gelechzt, ihn eines Tages zu töten. Nun war die Zeit dafür gekommen, und er verschloss vor Allamandas Worten die Ohren.

»Tu es, und du brauchst gar nicht erst wiederzukommen«, sagte Allamanda schließlich, »wir drei werden Witwen sein, und die Gerechtigkeit ist hergestellt.«

»Adinda hat noch Krisan.«

»Töte den Jungen doch auch noch, wenn du neidisch bist.«

Shodancho leitete die Operation zur Beseitigung dieser ganzen Preman-Bande persönlich. Er kommandierte sämtliche seiner Soldaten ab und holte zusätzliche Verstärkung von den nahe gelegenen Militärstützpunkten. Er beraumte eine Krisensitzung an und entwarf einen Lageplan all jener Orte, an denen die Preman für Krawalle sorgten, sowie eine Strategie, wie sie die Männer erledigen würden. Shodancho war inzwischen eigentlich zu alt, um selbst im Feld zu operieren, er erwartete schließlich seinen Pensionsbescheid, aber dennoch wirkte er voller Tatendrang und sogar ein wenig weise. »Wir werden es diesmal nicht so machen wie bei den Kommunisten«, sagte er. »Jeder Getötete kommt jetzt in einen Sack.«

Also kam ein Lastwagen, voll beladen mit leeren Säcken.

Um unter der Stadtbevölkerung keine Massenpanik auszulösen, wurde die Operation in der Nacht durchgeführt. Die Soldaten rückten aus, schwer bewaffnet, aber in Zivilkleidung, auch die Scharfschützen. Sie definierten jeden als Preman, der tätowiert war, Alkohol trank, Unruhe stiftete oder einen Hund tötete. Sie erschossen jeden von ihnen auf der Stelle, um ihn anschließend in einen Sack zu stecken und in den Straßengraben zu werfen oder einfach auf der Straße liegen zu lassen. Diejenigen, die die Leichen fanden, würden sie in den Säcken vergraben. Das war weitaus praktischer, als sie in Leichentücher zu hüllen.

»Sie sind zu verflucht für Leichentücher«, sagte Shodancho, »geschweige denn für ordentliche Gräber.«

Als der Morgen anbrach, war die Hälfte aller Preman der Stadt bereits verschwunden, geschluckt von diesen mit einer Plastikschnur zugebundenen Säcke. Die Säcke lagen am Straßenrand, trieben im Fluss, schaukelten in den Wellen am Strand, stapelten sich in den Büschen oder lagen in den Abwassergräben. An manchen machten sich neugierige Hunde zu schaffen, andere wurden von Fliegen umschwärmt. Bis zum Nachmittag hatte keiner der Anwohner auch nur einen einzigen Sack angerührt. Alle waren froh, dass Hilfe gekommen war, wer auch immer es war, der die Unruhestifter restlos auslöschen würde. Natürlich erinnerten sich die Leute an das Massaker an den Kommunisten und wie sie seither von deren Geistern terrorisiert worden waren. Aber es wäre weitaus besser, wenn die toten Preman als Geister umherspukten, als dass sie lebend den Leuten das Leben zur Hölle machten. Daher ließen die Leute die Leichen, so wie sie waren, in den Säcken und hofften, dass Maden und Aasgeier sie bis aufs Mark vertilgen würden. Als aber der beißende Verwesungsgestank sie zu umwabern begann und sie es nicht mehr aushielten, begruben sie schließlich zumindest jene Leichen, die ihren Häusern am nächsten lagen.

Sie begruben sie aber nicht, wie man Tote begräbt, sondern wie einen Scheißhaufen in der Bananenplantage.

Das Massaker setzte sich in der zweiten Nacht fort, und auch in der dritten Nacht, sowie in der vierten, der fünften, der sechsten und siebten. Die Operation ging sehr schnell vonstatten und vernichtete beinahe den gesamten Bestand an Preman in Halimunda. Doch Shodancho war in keiner Weise zufriedengestellt, denn Maman Gendeng war noch nicht unter den Toten.

Während der gesamten Woche war Maman Gendeng nicht ein einziges Mal heimgekehrt. Maya Dewi war in größter Sorge, umso mehr, als sie hörte, dass in den vergangenen sieben Nächten die Preman der Stadt einer nach dem anderen getötet wurden. Niemand wusste, wer sie tötete, die Leute wussten nur, dass die Männer erschossen wurden, in den Kopf oder in die Brust. Allerdings konnte man sich denken, wer es tat, denn schließlich trug nicht jeder eine Waffe mit sich herum. Also suchte Maya Dewi ihren Schwager Shodancho auf. »Hast du meinen Mann erschossen?«, fragte sie.

»Noch nicht«, antwortete Shodancho betrübt, »frag die Soldaten.«

Maya Dewi befragte einen nach dem anderen, beinah jeden, und jeder gab die gleiche Antwort wie Shodancho. »Noch nicht.«

Doch Maya Dewi glaubte ihnen nicht. Shodancho hatte Genosse Kliwon auf die Insel Buru verbannt, und genauso gut konnte er Maman Gendeng, ihren Mann, getötet haben. Sie hoffte nur, dass ihr Mann tatsächlich unverwundbar war. Als sie aber die vielen Leichensäcke in den Straßen liegen sah, hielt sie es nicht mehr aus und begann, nach ihm zu suchen, denn schließlich konnte er einer von diesen Toten sein.

Also zog die schöne Frau mit einem roten Kopftuch als Sonnenschutz von Leiche zu Leiche. Sie zog jede Schnur auf, die einen Sack zusammenband, ignorierte den Verwesungsgestank, der ihr in die Nase stach, sowie die Schwärme der Fliegen, und untersuchte die Leichen, ob eine von ihnen ihrem Mann glich. Keine der Leichen war die Maman Gendengs, doch je mehr Leichen sie fand und die meisten als die Freunde ihres Mannes wiedererkannte, desto überzeugter war sie, dass ihr Mann ebenfalls tot sein musste. Womöglich war die Kunst der Unverwundbarkeit nur leeres Gerede gewesen. Sie musste ihren Ehemann finden, und wenn er wirklich tot war, dann musste sie ihn bestatten, so wie es sich gehörte.

Da etliche Leichen bereits von den Leuten, die den Gestank nicht mehr ertrugen, begraben worden waren, suchte sie den jeweiligen Totengräber auf und fragte ihn von Angesicht zu Angesicht. »Ich habe ihn nicht gesehen«, lautete die Antwort, »aber vom Gestank her glaube ich nicht, dass er dabei war.«

Maya Dewi fragte zurück: »Wie, meinst du, stinkt denn mein Mann?«

»Er stinkt bestimmt mehr als alle diese Preman zusammen, denn er war der Größte von ihnen.«

Maya Dewi erkannte den wahren Kern darin und setzte ihre Suche fort. Einigen Leichensäcken, die im Fluss trieben, musste sie hinterherlaufen, doch als sie sie erschöpft eingefangen hatte, stellte sie fest, dass ihr Mann nicht darin war. Sie untersuchte auch die Leichensäcke, die am Strand verteilt lagen und die Touristen verscheucht hatten. Bei Einbruch der Dunkelheit kehrte sie erfolglos nach Hause zurück und hoffte inständig, dass es in der Nacht kein weiteres Massaker geben würde und dass ihr Mann nach Hause käme. Ihr Wunsch erfüllte sich nicht, und sobald der Morgen anbrach, setzte sie ihre Suche fort und öffnete all jene Säcke, die sie bislang noch nicht untersucht hatte.

Das tat sie so lange, bis sie erfuhr, dass ihr Mann am siebten Tag des Massakers zusammen mit Romeo in den Urwald auf der Landzunge geflohen sei. Doch die Soldaten hatten ebenfalls davon gehört. Es war ein Wettlauf mit der Zeit, und sie konnte nur hoffen, dass die Soldaten ihren Mann noch nicht erschossen hatten. Sie ging allein in den Urwald, und sie stolperte in ihrem roten Kopftuch und nur mit Flip-Flops an den Füßen den verbuschten Weg entlang. Bereits zu Kolonialzeiten war der Urwald geschütztes Waldgebiet, in dem nicht nur Affen und zutrauliche Hirsche lebten, sondern auch wilde Büffel und sogar Nebelparder, doch Maya Dewi hatte vor nichts Angst. Sie wollte nur ihren Ehemann finden, tot oder lebendig.

Eine Gruppe Soldaten kam ihr entgegen, und sie hielt sie an. »Habt ihr meinen Mann getötet?«

»Ja, diesmal haben wir ihn getötet«, sagte der Anführer der Gruppe, »und wir richten Ihnen unser Beileid aus.«

»Wo habt ihr seine Leiche gelassen?«

»Hundert Meter den Weg geradeaus, dort liegt die Leiche, schon von Fliegen umschwärmt«, antwortete einer der Soldaten. »Davor haben wir ihn an einem Mangobaum gekreuzigt.«

»Liegt er in einem Sack?«

»Er liegt in einem Sack, zusammengerollt wie ein Baby.«

Maya Dewi setzte ihren Weg fort, hundert Meter geradeaus, so wie es der Soldat gesagt hatte, und dort fand sie tatsächlich einen Sack, der von Fliegen bedeckt war. Ein Aasgeier hieb bereits seinen Schnabel in den Sack, und auch zwei Ajak machten sich die Beute streitig. Maya Dewi vertrieb das Getier, öffnete die Schnüre und vergewisserte sich, dass das, was da »zusammengerollt wie ein Baby« in seinem Inneren lag, tatsächlich ihr Mann war. Das Gesicht war zwar beinah nicht wiederzuerkennen, aber es war zweifellos ihr Mann. Noch weinte sie nicht. Mit bemerkenswerter Selbstbeherrschung verschnürte sie den Sack wieder. Und weil sie ihn unmöglich tragen konnte, zog sie ihn den gesamten Weg vom Fundort bis hin zum öffentlichen Friedhof Budi Dharma, begleitet von einem Fliegenschwarm, der ihr wie ein Kometenschweif folgte. Dort bat sie darum, dass man ihren Mann, so wie es sich gehörte, bestattete.

Die Fliegen verzogen sich erst, als Kamino den Toten gewaschen und parfümiert hatte. Nun lag die Leiche ausgestreckt und steif da, mit einer Schusswunde in der Stirn und einer in der Brust. Nur zwei Schüsse, die ihn aber auf der Stelle getötet haben mussten. Die Schusswunde in der Brust war dort, wo sich sein Herz befand. Bei diesem Anblick erst weinte Maya Dewi, und um ihr weiteren Schmerz zu ersparen, hüllte Kamino den Leichnam rasch in ein Leichentuch ein. Er sprach ein Totengebet, gemeinsam mit Kinkin, dem der Tod des Mannes, der eigentlich sein Schwiegervater hätte sein sollen, naheging. Maman Gendeng wurde gleich neben dem Grab seiner Tochter bestattet, und dort, zwischen den beiden Gräbern, kniete Maya Dewi für beinah eine Stunde nieder. Sie fühlte sich einsam, fremd und verlassen. Sie begann ihre Trauerzeit, drei Tage bevor Maman Gendeng aus Moksha wiederauferstand.

Wie es sich bereits erwiesen hatte, war der Mann wirklich und wahrhaftig unverwundbar. Er fürchtete das Massaker nicht. Als er aber mit ansehen musste, wie immer mehr seiner Freunde tot in den Straßen lagen, wurde es unerträglich für ihn. Zu Romeo, der nach wie vor an seiner Seite geblieben war, sagte er: »Lass uns in den Urwald fliehen.«

Nachdem es ihnen gelungen war, sich unentdeckt von einem Versteck zum nächsten zu bewegen, flohen sie am siebten Tag des Massakers in den Urwald. Nein, die Stadt gefiel dem Preman wirklich nicht mehr. Er konnte nicht weiterleben und sich etwas auf seine Kräfte und seine körperliche Unverwundbarkeit einbilden, während vor seinen Augen seine Freunde starben. »Es dauert nicht lange, dann sind sie alle Geister«, sagte er auf der Flucht, »und wenn wir überleben, dann werden wir beim Anblick ihres Leidens leiden.« Er musste an die letzten Tage Genosse Kliwons denken. Der Mann hatte mit abgrundtiefer Trauer mit ansehen müssen, wie sehr die Geister seiner Freunde litten. Damit weiterzuleben, würde sehr schmerzvoll sein, und Maman Gendeng wollte dies vermeiden.

»Es ist unmöglich, vor den Geistern zu fliehen«, sagte Romeo.

»Das ist wahr«, sagte Maman Gendeng, »außer, wenn wir uns ihnen anschließen, so wie Genosse Kliwon es tat, indem er sich für den Selbstmord entschied.«

»Ich trau mich nicht, mich umzubringen.«

»Das will ich auch nicht tun«, sagte der Preman, »aber ich denke über einen anderen Weg nach.« Er hatte sich für die Flucht in den Urwald auf der Landzunge entschieden, weil dieses Waldgebiet selten von Menschen betreten wurde. Es gab dort nur Forstarbeiter, doch das waren größtenteils Faulpelze. Er hoffte, mit ihrer Flucht Zeit gewinnen zu können, bevor die Soldaten ihn aufspürten, denn auch wenn sie ihn nicht würden töten können, so waren sie trotz allem ziemlich lästig. Er versuchte, eine Entscheidung zu treffen. »Es ist ausgeschlossen für mich, weiterzuleben, nachdem alle meine Freunde bei dem Massaker umgekommen sind«, sagte er tief bedrückt.

»Für mich ist ausgeschlossen, dass ich sterbe, während andere sich des Lebens freuen«, sagte Romeo patzig.

»Aber ich denke dabei auch an meine Frau«, erwiderte Maman Gendeng, »sie wird sehr traurig sein, besonders, da wir schon Rengganis die Schöne verloren haben.«

»Mich kümmert meine Frau nicht, sie wird immer viele Kerle finden, die mit ihr schlafen wollen und denen egal ist, wie hässlich sie ist«, sagte Romeo, »aber ich für meinen Teil ziehe es vor zu leben.«

Sie kamen an einen kleinen Hügel mit einer Höhle, die die Japaner während des Krieges als Verteidigungsfestung in den Fels gehauen hatten. Die beiden Männer rasteten auf dem Gipfel des Hügels, wobei Maman Gendeng nach wie vor über seinen Willen, aus dem Leben zu scheiden, nachdachte und sich fragte, ob er es tatsächlich fertigbrachte, Maya Dewi allein auf der Welt zurückzulassen. Er warf einen Blick auf die japanische Höhle, deren Inneres dunkel und feucht war und deren Wände eher Gefängniszellen zu bilden schienen als Räume einer Verteidigungsfestung. Ein solcher Ort war ideal für die Meditation. Maman Gendeng wollte meditieren, bis er Moksha erreichen würde. Er dachte aber noch an seine Frau, bevor er schließlich sagte: »Auf jeden Fall kommt früher oder später der Tod«, und dann fuhr er fort: »Sie ist die stärkste Frau, die ich kenne.«

Schließlich entschied er sich, in der japanischen Höhle zu meditieren. Er bat Romeo, Wache zu halten, solange er in der Höhle meditierte, denn wer konnte schon wissen, ob die Soldaten nicht schon längst von ihrer Flucht Wind bekommen hatten und ihnen bereits auf den Fersen waren. »Warne mich, wenn die Soldaten kommen«, sagte er.

»Ich werde sie töten, noch bevor sie hier sind«, sagte Romeo.

»Du klingst nicht gerade überzeugend«, sagte Maman Gendeng, »aber ich vertraue dir.«

Maman Gendeng betrat die Höhle, setzte sich auf den feuchten Boden und begann mit seiner Meditation. Er benötigte nicht lange, da erreichte er bereits Moksha und löste sich in Lichtteilchen auf. Er tötete sich nicht, verließ aber die Erde, indem er seinen Körper ablegte, sämtliche Materie, die seine Seele fesselte, und dann wurde er eins mit allem Licht, glitzerte wie Kristall und stieg auf gen Himmel. Doch bevor er den Himmel erreichte, sah er vier Soldaten auf dem Hügel, die ihre Waffen auf Romeo richteten. Er wollte ihm zu Hilfe kommen, indem er die Sicht der Soldaten vernebeln würde, da hörte er Romeo rufen: »Tötet mich nicht! Ich sage euch, wo Maman Gendeng steckt.«

»Gut, sprich«, sagte einer der Soldaten.

»Er meditiert in der japanischen Höhle.«

Die vier Soldaten stiegen hinab und durchsuchten die japanische Höhle. Natürlich fanden sie Maman Gendeng nicht. Romeo wollte die Gelegenheit zur Flucht nutzen, aber das ließ Maman Gendeng nicht zu und hielt ihn fest, sodass Romeo zwar Laufbewegungen machte, ohne aber vom Fleck zu kommen.

»Ein Verräter bleibt ein Verräter«, sagte Maman Gendeng. Romeo vernahm die Worte, auch wenn er Maman Gendengs Gestalt nicht sehen konnte.

Maman Gendeng verwandelte darauf Romeos Gesicht in sein eigenes, genau in dem Moment, als die vier Soldaten wutentbrannt von der Höhle zurückkamen.

»Am Ende haben wir dich also doch gefunden, Maman Gendeng«, sagten sie und richteten ihre Waffen auf ihn.

»Ich bin Romeo«, sagte der Mann, »und nicht Maman Gendeng.«

Doch zwei Gewehrschüsse hatten seinem Leben bereits ein Ende gesetzt. Eine Kugel in die Stirn und die andere in die Brust. Das war die Leiche, die Maya Dewi fand. Unterdessen stieg Maman Gendeng in den Himmel auf und besuchte sie am dritten Tag nach Moksha.

18

Der überaus mächtige und böse Geist war überglücklich über seine Triumphe und darüber, wie all seine Verbitterung und sein Hass gerächt werden konnten, auch wenn er sehr lange darauf hatte warten müssen.

»Ich habe sie von ihren geliebten Menschen getrennt«, sagte er zu Dewi Ayu, »so wie er mich von dem Menschen getrennt hat, den ich liebte.«

Ich habe sie von ihren geliebten Menschen getrennt, so wie er mich von dem Menschen getrennt hat, den ich liebte, hallte seine Stimme wider.

»Aber ich habe dich geliebt«, sagte Dewi Ayu, »mit einer Liebe, die tief aus meinem Innersten kam.«

»Und deshalb bin ich vor dir geflohen, du Stammler-Enkelin!«

Und deshalb bin ich vor dir geflohen, du Stammler-Enkelin!

Dewi Ayu konnte kaum glauben, wie abgrundtief der schier unermessliche Hass des bösen Geistes wurzelte. Bisher war er nur ein Geist gewesen, der ihr nicht allzu sehr zu schaffen machte. Natürlich hatte sie immer geahnt, dass er einen bösen Plan verfolgte, aber ein solches Ausmaß an Niedertracht hatte sie nicht vermutet, hatte nicht geahnt, wie tief der Hass in seinem Herzen gesät war.

»Sieh deine Töchter an«, sagte der böse Geist, »sie sind allesamt bedauernswerte Witwen, und die vierte ist eine alte Jungfer, die nie verheiratet gewesen ist.«

Sieh deine Töchter an, sie sind allesamt bedauernswerte Witwen, und die vierte ist eine alte Jungfer, die nie verheiratet gewesen ist.

Kurz vor dieser Begegnung hatte der Geist Shodancho vor seiner Guerillahütte auf grausame Weise getötet. Als Shodancho eines frühen Morgens völlig unerwartet bei ihr auftauchte und sich vor den Ofen hockte, hatte Dewi Ayu tatsächlich vergessen, dass dieser Mann ihr Schwiegersohn war, denn außer, dass sie bereits seit mehreren Jahren tot war, hatte sie auch zu Lebzeiten keinen Kontakt mehr zu ihm gepflegt. Shodancho sagte, in all den Jahren seit der Ausrottung der Preman Halimundas habe er auf der Suche nach dem gestohlenen Leichnam seiner Tochter erfolglos Städte und Urwälder durchstreift. Nun sei er müde, und habe nicht den Mut, zu seiner Frau Allamanda zurückzukehren, daher sei er zum Haus seiner Schwiegermutter gekommen, zu Dewi Ayu.

»Ich hatte keinen passenden Darsteller für die Rolle von Shodanchos Mörder«, sagte der böse Geist, »da habe ich es selbst getan.«

Ich hatte keinen passenden Darsteller für die Rolle von Shodanchos Mörder, da habe ich es selbst getan.

»Ich habe von Anfang an gewusst«, sagte Dewi Ayu, »dass du ein mieser Komödiant bist.«

Nein, in Wirklichkeit hatte er es nicht selbst getan, nicht selbst Hand angelegt. Aber tatsächlich hatte auch kein menschliches Wesen Shodancho getötet. Da er nicht wagte, seiner Ehefrau gegenüberzutreten, die ihn aus dem Haus warf, nachdem er ihre jüngeren Schwestern zu Witwen gemacht hatte, und unter dem Verlust seiner über alles geliebten Tochter leidend, tröstete sich Shodancho in der schwermütigen Einsamkeit seiner alten Tage damit, dass er ab und an seine Guerillahütte tief im Urwald auf der Landzunge aufsuchte. Sie war nicht mehr ganz so stabil, aber es genügte, um ihn in der Nostalgie vergangener Tage schwelgen zu lassen.

Außerdem versuchte er, sich damit abzulenken, dass er wieder wilde Ajak zähmte. Wohl war er inzwischen in die Jahre gekommen, doch er holte weiterhin Welpen aus ihrem Bau. Aber dann kam eines Tages deren Mutter und suchte nach ihnen.

Als sich die Ajak-Hündin zusammen mit ihrem Rudel näherte, lag er gerade auf dem Stein, auf dem er früher mit seinen Männern gegessen hatte und auf dem Rengganis die Schöne die Leiche ihres Babys abgelegt hatte, bevor sie es den Ajak vorwarf. Sowie das Muttertier ihren Feind in dieser schutzlosen Position witterte, griff sie an und verbiss sich in seinem Oberschenkel. Auf des alten Shodanchos Reflexe war nicht mehr allzu viel Verlass, und auch seine Gegenwehr war nicht mehr die eines kräftigen Mannes. Noch bevor er reagieren konnte, waren die Ajak auf ihn gestürzt, einer biss in seinen Arm, und ein anderer schnappte nach seiner Wade. Bald klafften an seinem ganzen Körper tiefe Wunden, und sein Altmännerblut überschwemmte den Stein. Shodancho war noch imstande, in alle Richtungen zu treten und zu schlagen in der Hoffnung, die Ajak vertreiben zu können, aber er war bereits zu schwer verwundet, und allmählich verließen ihn seine Kräfte. Er wurde ruhig, blickte zum Himmel und wurde sich seines bevorstehenden Todes in den Fängen der Ajak bewusst, die er zeit seines Lebens geliebt hatte. Er starb mit zerfleischtem Körper, bei lebendigem Leib aufgefressen. Dabei waren Ajak normalerweise faule Tiere, die eher Aas fraßen. Einzig Shodancho wurde ihr lebendes Opfer. Sein tragischer Tod war ihm vorherbestimmt gewesen.

Als Shodancho auch nach einer Woche noch nicht heimgekehrt war, begann sich Dewi Ayu Sorgen zu machen, denn normalerweise hielt er sich nicht so lange in seiner Guerillahütte auf. In Begleitung von zwei alten Soldaten aus Shodanchos Truppe schlug sie sich einen Weg in den Urwald, um nach ihm zu suchen. Sie fanden seine fürchterlich zugerichtete Leiche. Das Gesicht des Mannes war kaum mehr vorhanden, nur an den Resten seiner Kleidung war er zu erkennen. Die Ajak hatten ihn an Ort und Stelle aufgefressen. Nur ein wenig Muskelfleisch war an den Knochen geblieben, an dem die Aasgeier herumpickten, und Dewi Ayu war rechtzeitig gekommen, bevor es verweste.

Sie packten ihn in einen schwarzen Sack aus Plastik, wie sie Feuerwehrleute für den Transport von Verbrannten verwenden. So brachten sie ihn zu Allamandas Haus, und nachdem sie den schwarzen Plastiksack vor die Füße ihrer Tochter gelegt hatte, sagte Dewi Ayu zu ihr: »Kind, ich bringe dir die Knochen deines Mannes. Er wurde von Ajak getötet und aufgefressen.«

»Das habe ich mir fast gedacht, Mama, dass so etwas einmal passiert, schon damals, als er mit den sechsundneunzig Ajak für die

Schweinejagd angekommen war«, erwiderte Allamanda ohne das kleinste Anzeichen von Traurigkeit.

»Sei wenigstens ein bisschen traurig«, sagte Dewi Ayu, »und wenn es nur deswegen ist, weil er dir nicht das Geringste hinterlassen hat.«

Allamanda begrub die Knochen, die sie mit den Fleischfetzen daran an Rinderknochen für die Suppe erinnerten. Shodancho wurde auf dem Heldenfriedhof beigesetzt und erhielt ein militärisches Zeremoniell. Zumindest dafür war Allamanda dankbar, denn wenn der Mann auf dem öffentlichen Friedhof beigesetzt worden wäre, so befürchtete sie, würde sein Geist mit dem Geist von Genosse Kliwon streiten. Dort auf dem Heldenfriedhof würde er in Frieden ruhen, in einem Sarg und in die Nationalflagge eingehüllt. Es gab Kanonenschüsse, um ihm die letzte Ehre zu erweisen, aber für Allamanda sah es mehr danach aus, als feuerte man auf den Geist ihres Mannes, damit er so tot war, wie er nur eben totzukriegen war, und auch das stimmte sie etwas froh.

Nun war sie wirklich eine Witwe, so wie ihre beiden jüngeren Schwestern.

»Mir ist dein Rachedurst bewusst geworden, als man die Kommunisten abgeschlachtet hat und Genosse Kliwon vor das Erschießungskommando treten sollte«, sagte Dewi Ayu wieder an den bösen Geist gerichtet.

»Da hätte er eigentlich einen äußerst schmerzvollen Tod sterben sollen.«

Da hätte er eigentlich einen äußerst schmerzvollen Tod sterben sollen.

»Aber die Liebe war stärker«, sagte Dewi Ayu. »Allamanda war rechtzeitig eingeschritten, noch bevor er sterben sollte.«

Der böse Geist lachte verächtlich. »Und dann schlief sie mit ihm mehr als zehn Jahre später, kurz bevor er Selbstmord beging. Selbstmord. Selbstmord. Er ist tot. Ha. Ha. Ha.«

Und dann schlief sie mit ihm mehr als zehn Jahre später, kurz bevor er Selbstmord beging. Selbstmord. Selbstmord. Er ist tot. Ha. Ha. Ha.

»Aber ich habe endlich gemerkt, worauf du aus bist.«

Das stimmte. Dewi Ayu hatte gemerkt, dass der böse Geist Rache üben würde. Damals hatte sie nicht mit dieser Grausamkeit gerechnet, wohl aber damit, dass er die Liebe ihrer Familie zerstören würde, der letzten Nachkommen Ted Stammlers, so wie Ted Stammler einst seine Liebe zu Ma Iyang zerstört hatte. Selbst als der böse Geist noch lebte und lediglich ein alter Mann war, hatte Dewi Ayu tief in ihrem Herzen seinen abgrundtiefen Schmerz gespürt, auch wenn sie ihn nicht kannte. Das hatte sie zu dieser blinden Liebe geführt und ihr keine andere Wahl gelassen, als ihn zu heiraten. Sie wollte ihm Liebe schenken, die Liebe, die er nicht von Ma Iyang, ihrer Großmutter, bekommen hatte, nachdem diese von ihrem Großvater Ted Stammler geraubt worden war. Aber der Mann hatte sich geweigert, ihre Liebe anzunehmen, eine durch und durch aufrichtige Liebe, die aus ihrem tiefsten Inneren kam. In diesem Moment begriff Dewi Ayu, dass die Liebe des Mannes zu Ma Iyang durch nichts zu ersetzen gewesen war, und sie spürte noch tiefer in ihrem Inneren, wie sehr der Mann litt, nachdem ihm seine einzige und wahre Liebe mitsamt ihren Wurzeln herausgerissen worden war. Nach seinem Tod ahnte Dewi Ayu daher bereits, dass er ein rastloser, trauriger Geist werden und keinen Frieden in der Welt der Toten finden würde. Der Geist folgte ihr überallhin. Sie hatte es in Bloedenkamp gespürt, im Bordell und in ihren beiden Häusern. Aber da ahnte sie noch nicht, wie grausam seine Rache sein würde – bis zu dem Morgen, als sie hörte, dass Genosse Kliwon hingerichtet werden sollte, jener Mann, den sowohl Allamanda als auch Adinda liebten.

»Er war zu dem Zeitpunkt noch nicht verheiratet. Er durfte nicht sterben, bevor er nicht eine deiner Töchter geheiratet hatte. Ha. Ha. Ha.«

Er war zu dem Zeitpunkt noch nicht verheiratet. Er durfte nicht sterben, bevor er nicht eine deiner Töchter geheiratet hatte. Ha. Ha. Ha.

Kurz nach Shodanchos Tod rief Dewi Ayu schließlich diesen bösen Geist mit der Hilfe des Jailangkung-Meisters Kinkin. Nun stand dieser böse Geist vor ihr und lachte immer wieder auf, seine unbändige Schadenfreude zur Schau stellend.

»Das ist der böse Geist, der etliche Male verhindert hat, dass ich herausfinde, wer der Mörder von Rengganis der Schönen ist«, sagte Kinkin.

»Auch dich habe ich von dem Menschen getrennt, den du liebst. Ha. Ha. Ha.«

Auch dich habe ich von dem Menschen getrennt, den du liebst. Ha. Ha. Ha.

Als sie vom Flüstern des Windes und dem Heulen der Ajak tief im Urwald erfuhr, dass Genosse Kliwon dank der Bitte Allamandas nicht hingerichtet werden würde, da glaubte und hoffte Dewi Ayu, dass die Liebe über den Hass des Geistes ihres Mannes siegen würde. Stets zerbrach sie sich den Kopf darüber, wie sie ihre Töchter retten und sie glücklich machen konnte, frei von dem Fluch und dem Hass des bösen Geistes, der für den Rest ihres Lebens ihr Begleiter sein würde. Als ihre Töchter ihre Männer geheiratet hatten, warf sie die frischvermählten Paare daher aus dem Haus. Nur Maman Gendeng und Maya Dewi hatte sie nicht fortgeschickt, stattdessen war sie selbst in ein neues Haus umgezogen. So wollte sie ihre Kinder von diesem Geist fernhalten.

Als sie etwa zehn Jahre nach der Heirat ihrer dritten Tochter wieder schwanger war, packte sie erneut die Angst. Sie war im Begriff, in ihrem Leib eine neue Beute für den bösen Geist heranzuziehen. Sie musste das Kind retten, koste es, was es wolle. Sie versuchte, es mit den unterschiedlichsten Mitteln abzutreiben, damit das Kind niemals auf die Welt käme und frei wäre von jedem Fluch, von jedem Hass. Aber das Kind war stark und wuchs in ihrem Leib heran. Wenn es ein Mädchen war, dann würde es so schön sein wie ihre Schwestern, und wenn es ein Junge war, dann würde es der bestaussehende Mann auf der Erdoberfläche sein. Ein solches Geschöpf würde mit Liebe überschüttet werden, und dabei spürte sie, wie der böse Geist es auf diese Liebe abgesehen hatte. Er würde sie zerstören, so wie Ted Stammler seine Liebe zu Ma Iyang zerstört hatte.

Daher sagte sie zu Rosinah: »Ich bin es leid, schöne Töchter zu bekommen.«

»Wenn das so ist, dann bete für ein hässliches Baby.«

Sie musste dieser Stummen dankbar sein, denn ihre Gebete wurden erhört, und zum ersten Mal gebar sie eine hässliche Tochter, auch wenn sie ihr ironischerweise den Namen Schönheit gegeben hatte. Mit einem solchen Gesicht und einem solchen Körper würde es niemals jemanden geben, der sie liebte, weder Mann noch Frau. Sie wäre frei von dem Fluch des bösen Geistes. Sie musste Rosinah dankbar sein.

»Aber sogar sie ist jetzt schwanger!«, schrie der böse Geist. »Beweist das nicht, dass jemand sie liebt?«

Aber sogar sie ist jetzt schwanger! Beweist das nicht, dass jemand sie liebt?

Der böse Geist hatte recht.

»Aber du hast ihn noch nicht getötet.«

»Ich habe ihn noch nicht getötet.«

Ich habe ihn noch nicht getötet.

Eines Nachts, als zum wiederholten Mal dieser Lärm zu hören war, eine Art Schnauben und Stöhnen eines Paares beim Sex, brach sie die Schlafzimmertür mit einem heftigen Axthieb auf. Die Erkenntnis, dass jemand mit der hässlichen Schönheit schlief, hatte sie zutiefst niedergeschlagen. Jemand liebte sie, und das war etwas, das sie unter keinen Umständen gewollt hatte, schon bevor das Mädchen überhaupt geboren war. Es tat ihr in der Seele weh, und sie wollte herausfinden, wer dieser dumme Mann war, der ein solches Mädchen liebte. Doch sie sah niemanden in dem Schlafzimmer, außer Schönheit, die nackt und verschreckt in einer Zimmerecke kauerte.

»Mit wem hast du geschlafen?«, fragte Dewi Ayu mit einer Mischung aus Wut, Enttäuschung und Panik.

»Das werde ich niemals sagen, er ist mein Prinz.«

Aber Dewi Ayu sah, wie ein körperloses Etwas vom Bett stieg. Sie ging um den Tisch herum und sah die Fußspuren, die sich, vom Schweiß etwas feucht, im Licht der Zimmerlampe auf dem Fußboden abzeichneten. Die unsichtbare Gestalt schob hastig die Vorhänge beiseite, öffnete das Fenster und sprang hinaus. Sie war überzeugt, dass dieser Geist aus ihr schleierhaften Gründen gekommen war, um mit Schönheit zu schlafen.

»Nein, das war ich nicht«, sagte der böse Geist gekränkt.

Nein, das war ich nicht.

»Aber du hast dafür gesorgt, dass ich nicht sehen konnte, wer es war.«

»Das ist wahr. Ha. Ha. Ha.«

Das ist wahr. Ha. Ha. Ha.

Seine Rachepläne schienen perfekt aufzugehen, beinahe lückenlos, und der Fluch setzte sich fort und zerstörte alles, was von ihrer Familie übrig geblieben war. Allamanda hatte Shodancho verloren, und auch wenn sie ihn nie geliebt, sondern eher gehasst hatte, so gab es dennoch Momente, da sie ihn aufrichtig mochte. Und nachdem ihre ersten beiden Kinder nicht zur Welt gekommen waren, hatte sie auch noch die dritte Nurul Aini im zarten Alter verlieren müssen. Maya Dewi hatte auf noch tragischere Weise Rengganis die Schöne verloren: Jemand tötete sie und warf sie ins Meer, und niemand wusste, wer es gewesen war. Und ihr Ehemann hatte Moksha angestrebt, nachdem er beinah sämtliche seiner Freunde verloren hatte. Dewi Ayus zweite Tochter Adinda musste ihren Mann, Genosse Kliwon, im Badezimmer erhängt auffinden. Sie immerhin hatte noch Krisan. Und Schönheit hatte also anscheinend einen Geliebten. Dewi Ayu musste retten, was nach dem Fluch des bösen Geistes von ihrer Familie noch übrig war. Sie würde nicht zulassen, dass am Ende auch noch Krisan von Adinda fortgerissen wurde, und dass Schönheit ihren Geliebten verlor, wer immer das auch sein mochte. Dewi Ayu würde alles dafür tun, um den bösen Geist vor ihr zu bekämpfen.

»Ich muss dich aufhalten«, sagte sie daraufhin.

»Bei was?«, fragte der böse Geist.

Bei was?

»Bei der Zerstörung meiner Familie.«

»Ha. Ha. Ha. Die Zerstörung deiner Familie ist längst vorherbestimmt. Meine Rache ist durch nichts aufzuhalten.«

Ha. Ha. Ha. Die Zerstörung deiner Familie ist längst vorherbestimmt. Meine Rache ist durch nichts aufzuhalten.

»Dir ist es nicht gelungen, Henri und Aneu Stammler voneinander zu trennen«, warf Dewi Ayu ein.

»Weil der eine Teil des Paares vom Fleisch und Blut meiner Geliebten ist.«

Weil der eine Teil des Paares vom Fleisch und Blut meiner Geliebten ist.

»Aber ich bin die Enkelin von Ma Iyang.«

»Das ist zu weit entfernt.«

Das ist zu weit entfernt.

Dewi Ayu holte einen kleinen Dolch aus der Tasche ihres Kleides. Seine äußerst stabile und glänzende Klinge ähnelte jenen der Soldatenmesser. »Ich habe diesen Dolch in Shodanchos Zimmer gefunden«, sagte sie. Kinkin schaute entsetzt – eine wütende Frau mit einem Dolch in den Händen! –, doch der böse Geist grinste nur höhnisch. »Und damit werde ich dich töten.«

»Ha. Ha. Ha. Kein Mensch kann mich töten«, sagte der böse Geist.

Ha. Ha. Ha. Kein Mensch kann mich töten.

»Darf ich es versuchen?«, fragte Dewi Ayu.

»Bitte sehr.«

Bitte sehr.

Dewi Ayu näherte sich dem bösen Geist, während dieser weiterhin selbstgerecht und abstoßend grinste. Unfähig, einem Mord zuzuschauen, wandte Kinkin sein Gesicht ab. Nach einigen Sekunden, in denen sie sich gegenseitig beäugten, stach Dewi Ayu mit all der Kraft einer Frau, die eine grenzenlose Wut in sich trug, letztendlich vielleicht sogar mit der Kraft so stark wie der Hass des bösen Geistes, auf ihren früheren Ehemann ein. Blut spritzte, und sie stach erneut auf ihn ein. Noch mehr Blut spritzte, und wieder stach sie zu. Fünf Mal mit einer von Stich zu Stich wachsenden Kraft.

Der Geist brach auf dem Fußboden zusammen und fasste sich keuchend an die Brust. »Wie ist das möglich«, brachte er hervor, »dass du mich töten kannst?«

Wie ist das möglich, dass du mich töten kannst?

»Ich bin mit zweiundfünfzig Jahren gestorben, kraft meines eigenen Willens, mit der Hoffnung, dass ich die Macht deines bösen Geistes bezwingen kann«, antwortete Dewi Ayu. »Und heute bin ich hier. Glaubst du etwa an Menschen, die aus ihrem Grab auferstehen, nachdem sie einundzwanzig Jahre lang tot waren? Ich bin kein Mensch, und deshalb kann ich dich töten.«

»Du hast mich töten können, aber mein Fluch wird weiterleben.«

Du hast mich töten können, aber mein Fluch wird weiterleben.

Darauf starb der böse Geist, verwandelte sich in dichten Rauch und verschwand, von der Luft geschluckt.

Dewi Ayu sah Kinkin an. »Meine Arbeit ist getan, ich werde zurück in die Welt der Toten gehen«, sagte sie. »Alles Gute, Junge, vielen Dank für deine Hilfe.«

Dann verwandelte sie sich in einen wunderschönen Schmetterling, flatterte aus dem Fenster und entschwand im Hof.

Der Mann war häufig wie aus dem Nichts aufgetaucht, und weil er es derart häufig tat, erschreckte sich Schönheit nicht mehr über seine Anwesenheit. Das erste Mal war sie noch ganz klein, und er hatte mit ihr gesprochen. Rosinah war oft dabei gewesen, aber sie hatte diesen Mann nie gesehen, im Gegensatz zu ihr. Rosinah hatte seine Stimme nie gehört, im Gegensatz zu ihr. Von ihm lernte Schönheit sprechen. Er war ein alter Mann, so alt, dass seine Augenbrauen völlig ergraut waren, seine Haut von der Sonne gegerbt und seine Muskeln von jahrelanger körperlicher Arbeit gestählt. Sie lernte alles Mögliche von diesem Mann. Als Rosinah sie in der Schule anmelden wollte und der Direktor sie ablehnte, wobei sie ohnehin nicht hingehen mochte, da hatte der Mann zu ihr gesagt: »Ich bringe dir das Schreiben bei, auch wenn ich nie gelernt habe zu schreiben.«

Ich bringe dir das Schreiben bei, auch wenn ich nie gelernt habe zu schreiben.

Er fuhr fort: »Und ich bringe dir das Lesen bei, auch wenn ich nie gelernt habe zu lesen.«

Und ich bringe dir das Lesen bei, auch wenn ich nie gelernt habe zu lesen.

Sie brauchte nichts weiter, denn allein mit ihm zu sein, machte sie schon überglücklich. Die Leute wollten nicht mit ihr befreundet sein, weil sie hässlich war. Aber ihn kümmerte es nicht. Die Leute wollten sie nicht treffen, aber er sehr wohl. Oft spielten sie zusammen, und dann wunderte sich Rosinah jedes Mal über die plötzliche und scheinbar grundlose Freude des Mädchens.

Die kleine Schönheit freute sich sehr darüber, schreiben und lesen zu können. Sie fand viele Bücher, die ihre Mutter hinterlassen hatte, und las sie mit großer Begeisterung. Ebenso begeistert nutzte sie sie für ihre Schreibversuche.

Rosinah sah sie nur irritiert an. »Als würde dich ein Engel unterrichten«, schrieb Rosinah für Schönheit in ihren Schreibblock.

»Ja, ein Engel unterrichtet mich.«

Dieser Engel kam nicht jeden Tag, aber Schönheit war sich sicher, dass er immer mal wieder auftauchen würde, um ihr etwas beizubringen. Sie brauchte keine anderen Freunde, die sie ablehnten, weil sie hässlich war. Sie brauchte nicht nach draußen zum Spielen zu gehen, weil sie im Haus spielen konnte. Sie wollte niemanden behelligen, indem sie ihr grauenvolles Äußeres zeigte, und so wurde sie ebenfalls von niemandem in ihrem Haus belästigt. Ihr Haus machte sie froh und glücklich, weil ein guter Engel darin wohnte und ihr Freund geworden war.

»Ich kann dir sogar das Kochen beibringen, auch wenn ich nie gelernt habe zu kochen.«

Ich kann dir sogar das Kochen beibringen, auch wenn ich nie gelernt habe zu kochen.

So lernte sie auch zu kochen und verstand bald schon meisterlich, die Zutaten für die unterschiedlichsten Gerichte zusammenzustellen. Und das war noch lange nicht alles. Sie begann zu stricken, zu nähen und zu sticken, und womöglich würde sie auch Autos repariert und Felder gepflügt haben können, wenn man ihr die Gelegenheit dazu gegeben hätte. All das hatte sie von ihrem guten Engel gelernt, der sie in allen Dingen äußerst gewissenhaft unterrichtete.

»Wenn du die Dinge selbst nie gelernt hast, woher kannst du sie dann tun und mir beibringen?«, fragte Schönheit.

»Ich nehme mir das von den Leuten, die es können.«

Ich nehme mir das von den Leuten, die es können.

»Was kannst du tun, ohne es dir von anderen Leuten zu nehmen?«

»Einen Karren ziehen.«

Einen Karren ziehen.

Und so wuchs sie in dem Haus heran, an der Seite von Rosinah, die sich bald nicht mehr an all den Eigenarten und übernatürlichen Fähigkeiten störte, die das Mädchen zu besitzen schien. Schönheit hatte von ihrer Mutter eine hinlängliche Erbschaft erhalten, und Rosinah hatte diese lediglich so zu verwalten, dass sie für ihr Leben zu zweit ausreichte. Sie ging jeden Tag auf dem Markt einkaufen, und Schönheit blieb in dieser Zeit allein zu Hause. Wie sie von Dewi Ayu wusste, gab es einen Geist in ihrem Haus, der sie aber nicht belästigte. Und wenn er es war, der Schönheit all die Dinge beigebracht hatte, dann musste es sich wohl um einen guten Geist handeln. Rosinah musste sich also nicht sorgen, wenn sie Schönheit allein im Haus ließ.

Auch wenn die Kinder manchmal hinter dem Zaun hervor neugierig einen ängstlichen Blick auf Schönheit zu erhaschen versuchten, brauchte sie sich keine Sorgen zu machen. Schönheit würde sich ihnen nicht zeigen, denn sie wusste selbst, welch große Angst sie ihnen einjagte. Schönheit war ein gutes Mädchen, das sich nur Rosinah zeigte, die sie seit ihrer Geburt kannte. Sie war sogar so gut, dass sie auf das Leben verzichtete, das die meisten anderen genossen. Ihr Leben spielte sich im Haus ab, in ihrem Schlafzimmer, im Esszimmer, im Badezimmer, in der Küche, und hin und wieder, wenn es Nacht war, ging sie hinaus in den dunklen Hof. Sie lebte ihr einsames, monotones Leben und schien damit auch noch glücklich zu sein.

»Nun werde ich dir sogar einen Prinzen schenken«, sagte der gute Engel.

Nun werde ich dir sogar einen Prinzen schenken.

Sie war inzwischen zu einer jungen Frau herangewachsen und wünschte sich einen Mann, der sich in sie verliebte und in den sie sich verlieben würde. Diese Vorstellung machte sie sehr traurig, denn sie war sicher, dass es keinen einzigen Mann gab, der sie je lieben könnte. Sie war kein Mädchen, das man liebte. Sie war ein hässliches Mädchen mit einer Nase wie eine Steckdose und einer pechschwarzen Haut wie Ruß. Sie war ein furchterregendes Mädchen, bei deren Anblick den Leuten übel wurde, sie sich übergaben, vor Grauen ohnmächtig wurden, sich in die Hosen pinkelten oder wie besessen davonliefen, aber sich nicht in sie verliebten.

»Das stimmt nicht, du wirst deinen eigenen Prinzen bekommen.«

Das stimmt nicht, du wirst deinen eigenen Prinzen bekommen.

Das war ausgeschlossen. Es hatte sie noch nie jemand gesehen, es hatte sie noch nie jemand kennengelernt, da war es ausgeschlossen, dass sich auf einmal jemand in sie verliebte.

»Habe ich dich jemals angelogen?«

Habe ich dich jemals angelogen?

Nein.

»Warte auf der Veranda nach Einbruch der Dunkelheit, dein Prinz wird kommen.«

Warte auf der Veranda nach Einbruch der Dunkelheit, dein Prinz wird kommen.

Sie saß oft auf der Veranda, sobald es dunkel geworden war, um frische Luft zu schnappen, ohne befürchten zu müssen, dass ihr Monstergesicht jemanden erschreckte. In der Dunkelheit fühlte sie sich geborgen, und die Nacht war ihr bester Freund. Auch in den frühen Morgenstunden, bevor die Sonnenstrahlen alles hell erleuchteten, stand sie häufig auf, um dort draußen zu sitzen und den rötlichen Stern zu sehen, den der Engel Venus nannte. Sie mochte den Stern, denn er war eine Schönheit. Wie Schönheit, ihr Name.

Nun saß sie auf der Veranda, um auf den versprochenen Prinzen zu warten. Sie wusste nicht, auf welche Weise er kommen würde. Vielleicht kam er auf einem Drachen von der Venus angeritten, vielleicht kam er ganz überraschend aus der Erde geschossen. Sie wusste es nicht, aber sie wartete. Doch die Nacht ging vorüber, ohne dass ein Prinz vorbeigekommen wäre. Nicht einmal ein Obdachloser hatte sich sehen lassen.

Schönheit aber war sich sicher, dass der Engel sie niemals belügen würde, und so wartete sie auch in der zweiten Nacht. Ein Trauerzug zog vorüber, aber kein Prinz. Auch ein Kokosgetränk-Verkäufer ging vorüber, machte aber weder halt, noch sah er sich um. Kein Prinz kam, und schließlich war sie vor Müdigkeit auf dem Sessel eingeschlafen, sodass Rosinah sie auf ihre Arme nahm und ins Bett brachte.

In der dritten Nacht kam auch niemand. Rosinah fragte sie, warum sie jede Nacht auf der Veranda saß, als ob sie auf irgendetwas wartete, und Schönheit antwortete: »Ich warte darauf, dass mein Prinz kommt.« Rosinah begriff, dass das Mädchen nun in der Pubertät war. Sie wusste, dass sie bereits menstruierte, und nun wünschte sie sich also einen Liebhaber. Sie saß auf der Veranda in der Hoffnung, jemand würde sie sehen und sich in sie verlieben. Bei diesem Gedanken wurde Rosinah traurig, ging auf ihr Zimmer und beweinte das Unglück der hässlichen Schönheit, der noch nicht einmal bewusst war, dass sie wahrscheinlich ihr ganzes Leben lang keinen Menschen finden würde, der sie liebte. Für sie würde es niemals einen Prinzen geben.

Doch Schönheit wartete auch in der vierten Nacht, und in der fünften und in der sechsten. In der siebten Nacht tauchte aus dem Gebüsch in einem Winkel des Hofes ein Mann auf. Er sah gut aus, und sie war sich sofort sicher, das war ihr Prinz. Er war etwa dreißig Jahre alt, ein zärtlicher Blick lag in seinen Augen, sein Haar war ordentlich nach hinten gekämmt, und er trug dunkle Kleider. In seinen Händen hielt er eine Rose. Er ging auf sie zu und überreichte ihr die Blume mit größter Vorsicht, als befürchtete er ihre Abweisung. »Für dich«, sagte der Mann, »Schönheit.«

Schönheit nahm die Blume entgegen, ihr Herz ging auf, und dann verschwand der Mann. Er erschien abermals in der folgenden Nacht, und wieder überreichte er ihr eine Rose, um darauf wieder zu verschwinden. Erst in der dritten Nacht, nachdem er ihr eine weitere Rose überreicht und Schönheit sie angenommen hatte, sagte der Mann: »Morgen Nacht werde ich an dein Schlafzimmerfenster klopfen.«

Den ganzen Tag über erwartete sie die Nacht und das Erscheinen des Prinzen am Fenster ihres Schlafzimmers, so wie die Mädchen ihrer ersten Verabredung entgegenfiebern. Sie fragte sich, welches Kleid sie anziehen sollte, und probierte dies und jenes vor dem Spiegel aus. Sie vergaß ihr hässliches Gesicht und versuchte, sich mit allem, was sie in der alten Frisierkommode ihrer Mutter und auch in jener Rosinahs fand, zurechtzumachen. Rosinah wusste nichts von den Besuchen des Mannes und vermutete, Schönheit habe sich die Rosen im Hof selbst gepflückt. Doch dann wurde sie traurig, als sie Schönheit sah, wie sie sich den ganzen Tag über mit dem größten Aufwand hübsch zu machen versuchte. »Wie eine Kröte, die sich als Prinzessin zurechtzumachen versucht«, sagte sie zu sich selbst und wischte sich die feuchten Augen.

Schönheit hoffte, den alten Mann wiederzusehen, der doch so gern aus dem Nichts auftauchte, ihren guten Engel. Aber seit dem ersten Besuch des Prinzen war er nicht mehr erschienen. Dabei hätte sie ihn gern ganz viele Dinge gefragt, wie zum Beispiel, was ein Mädchen vor ihrer ersten Verabredung tun sollte? Was sollte sie sagen oder tun, wenn der Prinz sie verführte? Was, wenn er an das Fenster geklopft und sie es geöffnet hatte? Wenn sie schon reden mussten, über was sollten sie sich unterhalten? Sie wollte ihren guten Engel sehen, aber seitdem der Prinz da war, tauchte der Alte einfach nicht mehr auf.

Schließlich zog sie ein ganz normales Alltagskleid an und wartete in ihrem Zimmer darauf, dass die Nacht endlich hereinbrach. Sie saß aufgeregt auf der Bettkante und spitzte die Ohren, als befürchtete sie, das vielleicht äußerst leise und sachte Klopfen überhören zu können, so wie Arbeitsuchende, die besorgt auf den Aufruf ihres Namens warteten. Hin und wieder stand sie auf und spähte durch den Vorhang, aber dahinter lagen nur der Hof und die in der Dunkelheit sämtlich schwarz erscheinenden Pflanzen, und darauf setzte sie sich wieder auf die Bettkante, nicht weniger aufgeregt als zuvor.

Dann hörte sie das Klopfen, so zart, dass sie ihre Ohren noch mehr spitzen musste, und dann war das Klopfen erneut zu hören, drei Mal. Mit gemischten Gefühlen und mit schnellen Schritten eilte Schönheit zum Fenster und öffnete es.

Dort stand ihr Prinz, wie immer mit einer Rose.

»Darf ich reinkommen?«, fragte der Prinz.

Schönheit nickte verlegen.

Nachdem er Schönheit die Rose überreicht hatte, sprang der Prinz durch das Fenster ins Zimmer. Einen Augenblick lang blieb er stehen und sah sich im Zimmer um, ging langsam von einer Ecke zur anderen, dann wandte er sich um und sah Schönheit an, die gerade das Fenster schloss, ohne es zu verriegeln. Der Prinz setzte sich auf die Bettkante und forderte Schönheit auf, sich neben ihn zu setzen. Das Mädchen gehorchte, und für einige Augenblicke schwiegen sie beide.

»Schon lange habe ich dich treffen wollen«, sagte der Prinz.

Schönheit fühlte sich derart geschmeichelt, dass sie nicht in der Lage war, ihn zu fragen, woher er sie überhaupt kannte.

»Schon lange habe ich dich kennenlernen wollen«, sagte der Prinz wieder, »und schon lange habe ich dich berühren wollen.«

Schönheits Herz klopfte wie wild. Sie wagte nicht, sich dem Mann zuzuwenden, aber plötzlich überkam ihr ganzer Körper ein Kälteschauer, als er ihre Hand berührte und sie zärtlich in die seine nahm.

»Darf ich deinen Handrücken küssen?«, fragte der Prinz. Bevor Schönheit antworten konnte, hatte der Prinz schon den Handrücken ihrer rechten Hand geküsst.

Bei ihrer ersten Verabredung sprach vor allem der Prinz, während Schönheit größtenteils sprachlos blieb, verlegen und schüchtern, nickte oder ihren Kopf schüttelte, und dabei wieder verlegen und schüchtern wurde. Auf diese Weise verbrachten sie anderthalb Stunden, bis es Zeit für den Prinzen war, nach Hause zu gehen. Er verließ das Haus so, wie er gekommen war, durch das geöffnete Fenster. Doch bevor er ging, traf er eine neue Verabredung. »Warte auf mich, wie du vorhin auf mich gewartet hast, am Wochenende.«

Für das Wochenende nahm sich Schönheit vor, auf jeden Fall zu sprechen. Sie würde nicht mehr verstummen, verlegen dasitzen und nicken oder den Kopf schütteln. Sie musste sprechen und alles tun, damit sich der Prinz am Ende nicht langweilte. Der alte Mann kam nicht mehr wieder, doch Schönheit vermisste ihn nicht mehr. Sie hatte einen Nachfolger gefunden, der weitaus besser aussah, der netter war, der ihr schmeichelte, der ihr Komplimente machte, und der sie vielleicht sogar liebte. Mit klopfendem Herzen erwartete sie das Wochenende.

Wie versprochen, kam der Mann am Wochenende, wieder mit einer Rose. Er kam durch das Fenster herein und setzte sich zu Schönheit auf die Bettkante.

Schönheit ergriff die Initiative und fragte schüchtern: »Wo hast du die Rosen gepflückt?«

»In eurem Hof.«

»Ach?«

»Ich bin knapp bei Kasse.«

Sie kicherten.

Dann griff der Prinz erneut nach Schönheits Hand, und dieses Mal erwiderte Schönheit den Griff. Ohne sie um Erlaubnis zu fragen, küsste der Prinz ihren Handrücken, worauf Schönheit zu ihrer alten Gewohnheit zurückkehrte. Sie wurde verlegen und schüchtern. Dann spürte sie, wie der Mann zärtlich ihre Hand zu streicheln begann, seine Berührung war derart besänftigend, dass sie in einen Schwebezustand geriet, ähnlich wie wenn man langsam in den Schlaf hinübergleitet. Dann war der Mann plötzlich vor ihr, sein Gesicht war vor dem ihren, und ihr Herz klopfte noch heftiger. Bevor sie sichs versah, war das Gesicht ganz dicht herangekommen, und sie spürte, wie die Lippen des Prinzen ihre Lippen berührten, sich auf die ihren pressten und sie dabei ganz feucht wurden. Sie machte Anstalten, seinen Kuss zu erwidern, und spürte, wie nun nicht nur ihre Lippen, sondern auch ihre Zungen wild miteinander spielten. Dann küssten sie sich fast eine halbe Stunde lang, bis es Zeit für den Prinzen war, sich zu verabschieden und heimzukehren.

»Ich warte auf dich am nächsten Wochenende«, dieses Mal war es Schönheit, die sprach, und der Prinz nickte mit seinem bezaubernden Lächeln.

Der Kuss hatte einen mächtigen Eindruck bei Schönheit hinterlassen, und sie hoffte, dass das Wochenende so schnell kommen würde, wie die Fliegen kamen und gingen. Sie spürte seine Wärme noch am nächsten Tag, und sie spürte sie auch noch am übernächsten Tag. Sie ließ Schritt für Schritt bis zu dem Moment, da sie sich küssten, Revue passieren, und bei der Erinnerung daran bebte ihr Herz.

Und so kam es, dass sie sich bei ihrer nächsten Verabredung bereits zur Begrüßung küssten. Sie taten es schon im Fensterrahmen, wobei Schönheit im Zimmer stand, während der Prinz noch außerhalb war. Aber schließlich stieg der Prinz ins Zimmer, und Schönheit schloss das Fenster, und während der ganzen Zeit lösten sie ihre Lippen nicht voneinander. Der Kuss setzte sich im Zimmer fort, Schönheit lehnte mit dem Rücken an der Wand, und der Prinz presste sich gegen sie, wild und leidenschaftlich.

Langsam, aber sicher begannen die forschen Hände des Prinzen, sich unter das Kleid von Schönheit zu schieben, sodass sich die Luft im Zimmer aufheizte. Sie zogen ihre Kleidungsstücke eins nach dem anderen aus, ließen sie auf den Boden fallen, bis sie nackt waren und der Prinz Schönheit umfasste und sie zum Bett trug.

»Ich werde dir zeigen, wie man sich liebt«, sagte der Prinz.

»Ja, zeige mir, wie man sich liebt«, erwiderte Schönheit.

Also begannen sie, sich zu lieben. Schönheit war noch Jungfrau, und daher stöhnte sie in einer Mischung aus Schmerz und Genuss. Rosinah wunderte sich vor dem Zimmer irritiert über die Laute. Sie öffnete die unverschlossen gebliebene Tür und sah nur den nackten Körper von Schönheit, der auf dem Bett auf und ab federte. Sie schüttelte, wie es ihre Art war, traurig den Kopf, schloss langsam die Tür und ließ das Mädchen allein. Währenddessen versuchte der Prinz weiterhin, Schönheits Jungfernhäutchen einzureißen, bis sie ein wenig blutete, aber auch vor höchstem Genuss schrie.

Auch wenn ihr Prinz jedes Mal durch das Fenster kam, saß Schönheit jeweils wartend auf der Veranda, denn in ihrer unstillbaren Sehnsucht wollte sie ihn vom ersten Augenblick seines Erscheinens an sehen. Sie liebten sich jedes Mal, wenn sie sich trafen, nicht selten auch zwei Mal, und fühlten sich wie das glücklichste Liebespaar auf Erden. Schönheit brauchte es nicht zu wundern, dass Rosinah den Prinzen nicht sehen konnte. Auch nicht, dass Dewi Ayu, kurz nachdem sie aus dem Grab auferstanden und zurück ins Haus gezogen war, den Prinzen nicht sah. Das Übernatürliche war ihr täglich Brot, und schließlich hatte Rosinah auch den alten Mann, ihren Engel, nie gesehen, obwohl sie selbst ihn sah.

Dann wurde Schönheit schwanger.

Doch selbst dann erwartete sie den Prinzen, damit sie sich liebten. Sie sagte ihm nichts von ihrer Schwangerschaft, da sie befürchtete, es würde ihr gemeinsames Glück zerstören.

Bis eines Nachts, nicht lange nachdem Dewi Ayu wieder in die Welt der Toten entschwunden war und gerade, als Schönheit mit dem Prinzen nackt und erschöpft von ihrem Liebesspiel auf dem Bett lag, ein Mann mit einem Luftgewehr in der Hand die Schlafzimmertür aufbrach. Er war ein Mann von eher kleiner, gedrungener Gestalt und hatte einen bedrückten Gesichtsausdruck. Der Mann schauderte zunächst ein wenig vor Grauen, als er Schönheits Gesicht sah, aber sein Blick wechselte rasch hasserfüllt zum Prinzen. »Du«, sagte er, »Mörder von Rengganis der Schönen. Ich bin gekommen, um ihren Tod zu rächen.«

Bevor der Prinz sich in Deckung bringen konnte, löste sich ein Schuss aus dem Luftgewehr, und die Kugel traf genau in die Mitte seiner Stirn. Er fiel rücklings zurück auf das Bett, sterbend. Der Schütze lud eine neue Patrone und schoss noch einmal auf den Prinzen. Er schoss insgesamt fünf Mal auf ihn, hasserfüllt, und Schönheit schrie und schrie.

Man wusste später nur, dass er bei einem Besuch im Haus seiner Großmutter erschossen worden war.

Bei Krisans Beerdigung war seine gesamte Verwandtschaft anwesend, Adinda in tiefster Trauer. Nun war es vollendet: Allamanda hatte Shodancho und Nurul Aini verloren, Maya Dewi hatte Maman Gendeng und Rengganis die Schöne verloren, und Adinda hatte nach dem Verlust von Genosse Kliwon nun auch Krisan verloren. Sie hatten die Menschen verloren, die sie liebten.

Die drei Schwestern begleiteten die Leichentrage Krisans zum Friedhof Budi Dharma, und auf dem gesamten Weg bemühten sich Allamanda und Maya Dewi darum, Adinda Trost zu spenden.

»Als ob unsere Familie verflucht wäre«, sagte Adinda mit tränenerstickter Stimme.

»Nein, nicht ›als ob‹«, sagte Allamanda, »wir sind wirklich und wahrhaftig verflucht.«

Der alte Kamino hatte bereits das Grab für Krisan ausgehoben, gleich neben dem Grab seines Vaters, so wie es der Bitte Adindas entsprach. Sie hatte sich sogar schon den Platz daneben für ihr eigenes Grab reservieren lassen.

Normalerweise kamen keine Frauen auf den Friedhof. Nur in besonderen Fällen, etwa, wenn sie sich nicht von dem Toten trennen konnte, so wie es Farida viele Jahre zuvor ergangen war. Aber bei Krisans Beerdigung bestand die Trauergemeinde aus den drei Schwestern, und außerdem noch aus sechs Männern, die als Leichenträger fungierten, und einem Imam, der die Gebete für den Toten sprechen sollte.

Es war niemand anderes außer ihnen anwesend. Sie standen dort in ihren dunklen Kleidern unter Schirmen, obwohl es am Nachmittag weder regnete noch die Sonne besonders stark schien. Sie waren nur zu dritt – bis zwei dunkle Punkte in der Ferne auftauchten. Die Punkte kamen näher, dann formten sie sich zu Gestalten und entpuppten sich schließlich als zwei weitere Frauen in Trauerkleidung.

Noch verwunderlicher aber war, dass diese beiden Frauen ebenfalls gekommen waren, um Krisan das letzte Geleit zu geben. Sie trafen genau zu dem Zeitpunkt ein, als man seinen Leichnam ins Grab hinabgelassen hatte und ihn die erste Schicht Erde bedeckte. Die drei Schwestern waren von der Anwesenheit der zwei Frauen überrascht, aber auch schockiert über das hässliche Gesicht der einen, von der sie dachten, es handele sich um einen Friedhofsgeist. Aber dann erinnerten sie sich an das Gerede über Dewi Ayus vierte Tochter, der sie niemals begegnet waren und von der es hieß, sie sei hässlich wie ein Monster. Die Hässliche wirkte sogar besonders tief betroffen von Krisans Tod. Sie weinte und schien nicht akzeptieren zu wollen, dass der in ein Leichentuch gehüllte Körper allmählich unter der Erde verschwand. Ihre Trauer wirkte tiefer noch als jene Adindas.

Es war Allamanda, die sich ein Herz fasste und sie ansprach: »Bist du Schönheit?«

Schönheit nickte. »Und ich weiß, ihr seid Allamanda, Adinda und Maya Dewi.«

»Wir sind alle Dewi Ayus Töchter«, sagte Allamanda. Sie umarmte Schönheit ungeachtet ihres Monstergesichts.

»Mein herzliches Beileid zum Tod des einzigen Menschen, der euch noch geblieben war«, sagte Schönheit.

Als die Bestattungszeremonie beendet war, gingen sie gemeinsam zu Dewi Ayus Haus, in dem Schönheit und Rosinah lebten. Sie gingen durch die Räume, sahen sich ihre Kinderfotos an, sahen sich die

Fotos von Dewi Ayu an und weinten bei ihren Erinnerungen an ihre schwierige Vergangenheit. Sie waren nun eine Gruppe von bedauernswerten, einsamen Waisen. Sie hatten nur noch sich und ihren Willen, füreinander da zu sein.

»Mama kam erst vor Kurzem zurück, ist aber wieder fortgegangen, bevor Krisan starb«, sagte Schönheit.

»So ist das mit den Toten«, sagte Maya Dewi. »Mein Mann ist am dritten Tag nach seinem Tod zurückgekommen und gleich wieder gegangen.«

Danach führten sie ihre einsamen, stillen Leben fort, jede von ihnen im eigenen Haus. Um sich aufzuheitern, besuchten sie sich gegenseitig. Seit ihrem ersten öffentlichen Auftritt auf dem Friedhof wagte Schönheit nun sogar, aus dem Haus zu gehen und ihre älteren Schwestern zu besuchen. Sie scherte sich nicht mehr um die Blicke der Leute. Sie trug hochgeschlossene lange Kleider und einen Schleier, der beinahe vollständig ihr Gesicht bedeckte. Sie genossen ihr neues Leben, so gut es ging, versuchten, die Tragödien, die über sie hereingebrochen waren, zu vergessen, liebten einander und waren glücklich, diese Liebe zu haben.

Das blieb so, bis sie alt waren, und die Leute tratschten häufig über sie oder nannten sie die »Witwenbande«, wenn sie sich trafen. Aber sie waren glücklich, und sie liebten einander.

Als sie im siebten Monat schwanger war, bekam Schönheit vorzeitige Wehen, und ihr Baby starb, ohne dass es je geweint oder geschrien hatte. Schönheits ältere Schwestern begruben das Baby im Garten hinter ihrem Haus mit der Hilfe der stummen Rosinah.

»Hast du ihm keinen Namen gegeben?«, fragte Allamanda.

»Ein Name würde mir nur wehtun.«

»Wenn ich fragen darf, von wem ist eigentlich das Baby?«, fragte Adinda.

»Von mir und dem Prinzen.«

Natürlich gab es jede Menge Geheimnisse zwischen ihnen, so hatte Allamanda etwa nie von ihrem Seitensprung mit Genosse Kliwon erzählt, auch wenn Adinda längst davon wusste. Daher zwangen sie Schönheit nicht, ihnen den Namen des Mannes preiszugeben, den sie als Prinzen bezeichnete.

Das Baby war unter der Erde, und sie führten ihr Leben weiter. Einander liebend und ihre jeweiligen Geheimnisse hütend.

Als die Leiche Rengganis der Schönen aufgefunden worden war, befiel Krisan entsetzliche Angst, dass die Leute schließlich doch erfahren würden, wer das Mädchen getötet hatte. Umso mehr, als er den Leichnam Nurul Ainis unter seinem Bett versteckt hatte, während Shodancho in grenzenloser Wut überall nach ihm suchte.

Er spielte mit dem Gedanken, die Leiche zurück in das Grab zu legen, aber er hatte Angst, dass ihn jemand dabei erwischen könnte, denn seit Shodancho wusste, dass jemand das Grab ausgehoben und den Leichnam seiner Tochter entwendet hatte, wurde der Friedhof überwacht. Nurul Aini zurück in ihr Grab zu legen, war daher keine besonders gute Idee. Krisan drehte beinah durch über der Frage, wie er die Leiche unter seinem Bett verschwinden lassen konnte, bevor jemand davon erfuhr.

Er schloss sich in seinem Zimmer ein, die Tür dabei so gut wie immer verriegelt und ständig in Angst, seine Mutter oder seine Großmutter könnte ins Zimmer kommen und den blumigen Duft der Leiche bemerken, der unter dem Bett hervorwaberte. Er fegte auch sein Zimmer, um seine Mutter und seine Großmutter fernzuhalten.

Krisan hatte sogar daran gedacht, den Körper des Mädchens, das er liebte, zu zerstückeln, sodass er ihn leichter entsorgen konnte. Es wäre sicherer für ihn, sie zu Hundefutter zu verarbeiten, anstatt sie in ihr Grab zurückzulegen. Aber beim Anblick ihres schönen Gesichtes, des Gesichtes, das auch im Tod nicht verweste, des Gesichtes, das aussah, als würde sie schlafen, und wenn es Zeit dafür war, aufwachen und sich ihre Augen reiben, brachte es Krisan nicht über sich. Er liebte das Mädchen über alle Maßen, und allein die Vorstellung, er würde es zerstückeln, brachte ihn zum Weinen. Er hatte auch nicht die Kraft, das bereitgelegte Hackmesser zu heben, und schob Nurul Aini, in ihr Leichentuch gehüllt, wieder zurück unter das Bett.

Er war auf dem Höhepunkt seiner Verzweiflung angelangt und kurz davor, ein Geständnis abzulegen, als ihm ein glänzender Einfall kam. Er würde es tun und sich würdig von Nurul Aini verabschieden.

Wie damals, als er mit Rengganis der Schönen und Ais Leichnam zum Meer gefahren war, zog er ein weiteres Mal dem toten Körper seine Kleider an. In der Nacht band er sich die Leiche auf den Rücken und raste mit seinem Fahrrad zum Strand. Er stahl dasselbe Boot und fuhr mit Ais Leichnam weit hinaus aufs Meer, nicht nur mit ihrem

Leichnam, sondern auch mit zwei großen Steinen, beinah doppelt so groß wie sein Kopf.

Er erreichte die Stelle, an der er Rengganis die Schöne tötete, als der neue Tag begann. Die Stelle war sehr tief, sodass selbst Haie sie nicht finden würden. Tränenüberströmt band er die beiden Steine ganz fest an den Körper des Mädchens, damit auch beim Angriff eines Sägefischs das Seil nicht durchtrennt werden würde. Sowie er ihn über Bord geworfen hatte, sank Ais toter Körper mit der Last der Steine rasch in die Tiefe des Ozeans und verschwand spurlos. Shodancho würde sie niemals finden, und wenn er sie Hunderte von Jahren suchte.

Mit schwerem Herzen, aber ruhig, trat Krisan den Heimweg an.

Ein Fischer kam ihm entgegen, der allein in seinem Boot saß, und sprach ihn an. »Was machst du da allein auf dem Meer, so ganz ohne Fische auf deinem Boot?«

Was machst du da allein auf dem Meer, so ganz ohne Fische auf deinem Boot?

»Leichen loswerden«, sagte Krisan und schauderte, als die Stimme des Mannes ein Echo erzeugte.

»Liebeskummer wegen eines schönen Mädchens? Ha. Ha. Ha. Ich gebe dir einen guten Rat, Junge, such dir eine hässliche Geliebte. Hässliche brechen keine Herzen.«

Liebeskummer wegen eines schönen Mädchens? Ha. Ha. Ha. Ich gebe dir einen guten Rat, Junge, such dir eine hässliche Geliebte. Hässliche brechen keine Herzen.

Der Fischer fuhr davon, in entgegengesetzte Richtung, aber Krisan dachte über dessen Ratschlag nach. Und als er am Strand die Stelle erreicht hatte, an der sein Fahrrad stand, sagte er zu sich: »Vielleicht stimmt das, ich sollte mir eine hässliche Geliebte suchen. Die hässlichste auf der Welt.«

Nicht lange nachdem Dewi Ayu den mächtigen bösen Geist erfolgreich getötet hatte, widmete sich Kinkin am Grab von Rengganis der Schönen seinem Jailangkung. Er war sich sicher, dass es ihm dieses Mal gelingen würde, da der Widersacher besiegt worden war. Er setzte eine hölzerne Puppe, die das Medium für Rengganis' Geist werden würde, auf das Grab und begann mit der Rezitation der Mantras. Die Puppe begann gleich darauf zu schwanken, das Zeichen, dass der

Geist gerufen war, aber dann wackelte sie heftig, ein Zeichen für große Wut. Kinkin versuchte, sie zu beruhigen, doch Rengganis' Geist fuhr ihn scharf an.

»Du Schwachkopf, was tust du da?«

»Ich rufe deinen Geist.«

»Na, das weiß ich«, sagte Rengganis die Schöne, »aber hör mir gut zu, du wirst mich jetzt immer noch nicht heiraten können.«

»Ich möchte nur wissen, wer dich getötet hat. Erlaube mir, mich für dich zu rächen, und für meine Liebe«, sagte Kinkin und verbeugte sich, als wolle er tatsächlich die Holzpuppe um Erlaubnis bitten.

Die Holzpuppe, Rengganis die Schöne, sagte: »Selbst wenn du tausend Jahre alt wirst, werde ich dir nicht sagen, wer mich getötet hat.«

»Warum denn nicht? Warum willst du nicht, dass ich dich räche?«

»Weil ich ihn über alles liebe.«

»Na gut, dann töte ich ihn, und ihr werdet euch in der Welt der Toten wiedersehen.«

»Auf so einen billigen Trick falle ich nicht rein.« Und Rengganis die Schöne verschwand.

Aber schließlich erfuhr er es doch, nicht von Rengganis' Geist, sondern von einem Geist, den er nicht kannte. Er setzte das Jailangkung fort, indem er auf gut Glück Geister rief. Er glaubte daran, dass es nun niemanden mehr gab, der die Geister daran hinderte, offen und ehrlich zu sprechen, und er glaubte, dass die Geister wussten, was die Menschen nicht wussten. Er hatte einen der Geister gerufen, der alt und gebrechlich zu sein schien, aber mit kräftiger Stimme sprach.

»Ha. Ha. Ha. Ich bin nicht so stark wie früher, aber da bin ich wieder, Junge.«

Ha. Ha. Ha. Ich bin nicht so stark wie früher, aber da bin ich wieder, Junge.

»Weißt du, wer der Mörder von Rengganis der Schönen ist?«, fragte Kinkin.

»Klar. Krisan war es, der Rengganis die Schöne getötet hat. Töte den Jungen, wenn du das Mädchen wirklich liebst und wenn du den Mumm dazu hast. Ha. Ha. Ha.«

Klar. Krisan war es, der Rengganis die Schöne getötet hat. Töte den Jungen, wenn du das Mädchen wirklich liebst und wenn du den Mumm dazu hast. Ha. Ha. Ha.

Und so tötete er Krisan im Schlafzimmer von Schönheit, mit fünf geübten Schüssen aus seinem Luftgewehr.

Anschließend verbrachte er sieben Jahre im Gefängnis, wo er als Prügeljunge für sämtliche Verbrecher diente. Man nahm ihn fast jede Woche von hinten, man schlug ihn beinah täglich, man klaute ihm seine Essensration, und er verlor alle persönlichen Dinge, die ihm Kamino während seiner Haft mitbrachte. Doch wie groß sein Leid im Gefängnis auch sein mochte, er war glücklich, denn er befand sich auf einer Mission im Auftrag der wahren Liebe: Er rächte sich für den Tod des Mädchens, das er von der ersten Begegnung an geliebt hatte.

Ein Jahr seiner Haftstrafe bekam er wegen guter Führung erlassen. Er erschien in der Welt der freien Menschen in erbärmlichem Zustand, bis auf die Knochen abgemagert, mit langem verfilztem Haar und eingefallenem Gesicht, in dem seine Schläfen- und Wangenknochen deutlich hervortraten. Er war wie ein lebendes Skelett, sog aber die Luft der Freiheit mit dem berauschenden Gefühl der Unabhängigkeit ein.

Obwohl er Kleidung sowie Geld für Essen und Transportmittel bekommen hatte, machte er sich zu Fuß auf den Weg. Er zog sich nicht um und trug noch die zerlumpten Kleider wie ein Stadtstreicher. Die zugeteilte Kleidung klemmte unter seinem Arm, und das Geld, das man ihm mitgegeben hatte, war sicher in seiner Hosentasche verstaut. Er wollte unterwegs keinen Halt machen und keine Zeit verlieren. Er wollte direkt zu seinem Haus und sichergehen, dass der Mann tatsächlich begraben war.

Schließlich fand er Krisans Grab neben jenem von Genosse Kliwon. Auf seinem Stein stand deutlich sein Name, ein Irrtum war also ausgeschlossen. Er warf das Grabmal mit dem Namen Krisan weg und ersetzte es durch ein neues. Und dort stand nun geschrieben:

HUND (1966–1997)

Mehrere Jahre hatte Krisan über die Idee nachgedacht, eine hässliche Geliebte zu haben. »Was ist verkehrt an hässlichen Geliebten?«, fragte er sich. »Sie lassen sich genauso vögeln wie schöne Frauen.« Und er erinnerte sich an das Gerede über die Tochter Dewi Ayus, die so hässlich sein sollte wie keine andere auf der Erdoberfläche. Dass Dewi Ayu seine Großmutter war und somit die Hässliche, von der alle sagten, sie hieße Schönheit, seine Tante, störte ihn nicht. Er hatte mit seiner eigenen Cousine geschlafen, was war also dabei, wenn er mit seiner eigenen Tante schlief.

Also ging er eines Nachts zum Haus seiner Großmutter, und da sah er das Mädchen auf der Veranda sitzen, als erwarte sie jemanden. Er wusste nicht so recht, wie er es anstellen sollte, sie kennenzulernen, daher beobachtete er sie einige Nächte lang aus der Dunkelheit und kehrte müde heim. Erst am siebten Tag fasste er den Mut, bahnte sich einen Weg durch die Hecke, pflückte eine Rose, ging auf Schönheit zu und überreichte ihr die Blume. »Für dich«, sagte er, »Schönheit.«

Danach lief alles bestens, bis sie schließlich miteinander vögelten. Vögelten. Vögelten. Und immer wieder vögelten. Was machte das für einen Unterschied? Es fühlte sich alles gleich an. Mit Rengganis der Schönen oder mit der hässlichen Schönheit zu vögeln, das machte keinen großen Unterschied. Alles war gleich, alles brachte seinen Penis zum Spucken. Er schlief weiterhin mit der Frau. »Sie vögeln«, erklärte er. Und dann erfuhr er, dass sie schwanger war, aber das störte ihn nicht, »und weiter vögeln.«

Bis eines Tages Schönheit fragte: »Warum willst du mich?«

Er antwortete, ohne zu wissen, ob es der Wahrheit entsprach oder nicht: »Weil ich dich liebe.«

»Du liebst eine hässliche Frau?«

»Ja.«

»Warum?«

Weil »Warum?« immer schwer zu beantworten ist, antwortete er nicht. Er konnte nur die Frage nach dem »Wie?« beantworten, und das war leicht. Um ihr seine Liebe zu zeigen, hörte er nicht auf, sie zu liebkosen, er scherte sich nicht darum, wie hässlich sie war, wie ekelerregend, wie grauenvoll. Alles fühlte sich gut an, und er erlebte ein Glück, wie er es niemals zuvor in seinem Leben erfahren hatte. Doch Schönheit ließ ihm keine Ruhe. Jedes Mal, wenn sie sich trafen und sich liebten, fragte sie ihn: »Warum?« Krisan blieb stumm, obwohl er die Antwort kannte. Doch in der Nacht, bevor er getötet wurde, antwortete er ihr schließlich.

»Weil Schönheit eine Wunde ist.«

Weil Schönheit eine Wunde ist.

Worterklärungen

Ajak Rothund (Cuon alpinus), gehört zu den Rudel bildenden Hetzjägern.

Bataafsche Petroleum Maatschappij Niederländisches Ölförderunternehmen, gegründet 1907, heute Royal Dutch Shell.

Bhisma Der achte Sohn des Königs Shantanu und der Flussgöttin Ganga. Kriegsheld auf dem Schlachtfeld von Kurukshetra.

Borsoi Russischer Windhund, Jagdhund

Bubat Kampf zwischen dem Sundanesischen Königshaus und der Majapahit-Armee, ausgetragen 1357 auf dem Bubat-Platz in Trowulan, der Hauptstadt Majapahits im Osten Javas.

Budancho Unteroffizier

Chudancho Kompanieführer

Daidan Bataillon

Daidancho Bataillonsführer

Diponegoro Prinz Diponegoro (1785–1855), starb in der Verbannung, nachdem er im Krieg (1825–1830) gegen die niederländische Kolonialmacht gekämpft hatte.

Gandari Figur im indischen Epos Mahabharata, Mutter der einhundert Kaurava.

Jalan Straße, Weg

Keroncong Ein Ukulele-ähnliches Instrument und ein in Indonesien verbreiteter Musikstil. Die Band besteht meist aus Flöte, Geige, Gitarre, Cello, Bass und Gesang.

Koninklijk Nederlands Indisch Leger Königlich Niederländisch Indische Armee (KNIL), diente der Verteidigung Niederländisch-Ostindiens vor äußeren Feinden und als Polizeimacht im Inneren. Nach dem Ersten Weltkrieg bestand die KNIL fast ausschließlich aus indonesischen Soldaten. 1950 offiziell aufgelöst.

Kurawa Die einhundert Söhne von Gandari und König Dhritarashtra. Im Epos Mahabharata stehen die Kurawa ihren Cousins, den Pandawa, in der Schlacht zu Kurukshetra gegenüber.

Kyai Titel und Anrede für einen islamischen Geistlichen.

Madiun-Aufstand Kommunistischer Aufstand während des Unabhängigkeitskrieges in der Stadt Madiun in Ostjava 1948.

Majapahit Die letzte große hinduistische Seemacht auf dem Malaiischen Archipel von 1293 bis zum Anfang des 16. Jh.

Mooi Indie Niederländisch für »schönes Ostindien«. Kolonialer Kunststil in der Malerei, der v. a. verklärende Landschaftsbilder und Alltagsszenen zeigt.

Multatuli Eduard Douwes Dekker, niederländischer Schriftsteller (1820–1887), Autor des antikolonialen Romans *Max Havelaar.*

Nederlandsch-Indische Stoomvaart-Maatschappij Niederländische Schifffahrtslinie, besaß lange ein Monopol im Gütertransport im Malaiischen Archipel.

Netherlands Indies Civil Administration, NICA Gegründet im April 1944, mit der Aufgabe, die Zivilverwaltung und die niederländische Kolonialregierung in Niederländisch-Ostindien nach Ende des Zweiten Weltkrieges wiederherzustellen.

Nina Bobo Schlaflied

Nona Junge Frau; Anrede für eine junge Frau, »Fräulein«

Nyai Anrede für eine Frau, die älter ist als der Sprecher. Bezeichnung für die Geliebte eines Europäers.

Nyonya Anrede für eine verheiratete Frau, entspricht der Anrede »Tuan« für einen Mann.

Ojek Motorradtaxi.

Orkes Melayu Malaiisches Orchester, bestehend aus Rebana (malaiisches Tamburin), Gambus (Saiteninstrument), Gong und Serunai (Flöte).

Pandawa Die fünf Söhne von König Pandu und seinen beiden Frauen Kunti und Madri.

Preman Gauner, Verbrecher, Kleinkrimineller

Ratu Kidul Meeresgöttin, Königin des Indischen Ozeans in der javanischen und sundanesischen Mythologie.

Selamatan-Ritual Ritual, um Segen zu erbeten. Anlässe sind beispielsweise Geburt, Hochzeit, Tod oder Hausbau.

Shodancho Zugführer (militärisch)

Syahadat Schahāda, Glaubensbekenntnis des Islam

Tuan Herr; Anrede für eine höhergestellte männliche Persönlichkeit.

Yudistira Der älteste Sohn von König Pandu gilt als Verkörperung der Rechtschaffenheit. Im verzweifelten Kampf in Kurukshetra spricht er trotzdem eine bewusste Lüge, damit der unbesiegbare Drona seine Waffen niederlegt und geschlagen werden kann.

Pramoedya Ananta Toer *Kind aller Völker*

Als seine Frau von den holländischen Kolonialherren verschleppt wird, regt sich in Minke, einem indonesischen Journalisten, der Widerstand. Sein anfänglich überschwänglicher Glaube an die »Europäisierung« wird schwer erschüttert. Zusammen mit einer Bauernfamilie wagt er es, sich gegen die Landnahme der Holländer aufzulehnen.

Colin McPhee *Ein Haus in Bali*

Als Colin McPhee Bali betrat, verfiel er dieser Insel und wurde auf einzigartige Weise mit ihr und ihren Menschen vertraut. Er wurde zum größten Kenner balinesischer Musik und Kultur. Er erzählt von Menschen und Geistern, von Traditionen und Tanz, von Riten und natürlich der Musik: Bis heute die wohl tiefgründigste Einführung in Balis Geheimnisse.

Indonesien fürs Handgepäck *Geschichten und Berichte*

Hermann Hesse ist zu Gast im Urwald · Vincent Mahieu fährt über eine belagerte Konvoistraße · Pramoedya Ananta Toer sieht Habgier und Menschlichkeit inmitten des Unglücks · Bakri Siregar steigt in die Tiefen eines Kraters · Subagio Sastrowardojo spürt dem magischen Wissen der Ältesten nach · Dies und vieles mehr über Indonesien …

Bali fürs Handgepäck *Geschichten und Berichte*

Nigel Barley hat viel vor, aber er scheitert am Willen der Götter und seines balinesischen Führers · Colin McPhee hört die Dämonen und bestellt einen Priester · Margaret Mead will ein Haus bauen und stößt auf geheime Gesetze · Miguel Covarrubias schaut einem Dorforchester auf die Finger · Dies und vieles mehr über Bali …